Cress
크레스

Cress
크레스

THE LUNAR CHRONICLES

마리사 마이어 지음 | 김지현 옮김

북로드

조조, 메건, 타마라에게 바칩니다.
(하이파이브!)

1부

소녀가 아주 어렸을 때,
마녀는 문도 계단도 없는 탑에
소녀를 가둬놓았습니다.

1장

소녀가 탄 인공위성은 열여섯 시간마다 한 번씩 공전했다. 시시각각 숨이 막히도록 아름다운 풍경이 내다보였다. 드넓고 푸르른 바다, 소용돌이치는 구름, 지구의 절반을 붉게 물들이는 일출. 그러나 그곳은 감옥이었다.

처음 인공위성에 갇혔을 때, 소녀는 붙박이 책상 위에 베개를 잔뜩 쌓고 침대 시트로 이런저런 화면들을 다 가려서 아늑한 다락방을 만들었다. 그곳에 틀어박혀 있으면 소녀는 자신이 위성이 아니라 지구로 향하는 캡슐 비행선에 타고 있다고 상상할 수 있었다. 머지않아 착륙해서 진짜 흙에 발을 디디고, 햇살을 만끽하고, 산소를 맛볼 수 있으리라고.

어린 소녀였던 크레스는 지구의 대륙들을 몇 시간이고 바라보면서 그곳에 가면 어떤 느낌일지 상상했다.

달은 웬만하면 보지 않으려 했다. 하지만 위성의 위치가 달과 너무 가까워지면 창밖의 시야 전체가 달로 가려지기도 했다. 그러면 달의 지표면에서 빛나는 거대한 돔들, 루나인들이 사는 반짝이는 도시들까지도 알아볼 수 있었다. 그곳은 여러 해 전에 추방된 크레스의 고향이었다.

달이 창밖에 가득 차오르는 그 길고 괴로운 시간이면 크레스는 달을 피해 숨어 다녔다. 작은 세면장에 틀어박혀 머리카락을 정교하게 땋아내리는 데에만 정신을 집중하기도 했고, 책상 밑에 웅크리고 앉아 혼자 자장가를 부르다가 잠들기도 했다. 가상의 엄마 아빠가 자신과 같이 연극 놀이를 하거나 모험 이야기를 읽어주거나 이마에 흩어진 머리카락을 다정하게 쓸어넘겨주는 공상에 빠지기도 했다. 그러다가 마침내 달이 지구의 뒤편으로 가라앉아 보이지 않게 되면, 크레스는 다시 안전해졌다.

크레스는 이제 어린아이가 아니었지만, 창밖으로 달만 보일 때면 여전히 침대 밑으로 기어들어가 낮잠을 자거나 책을 읽거나 머릿속으로 작곡을 하거나 복잡한 코딩을 풀면서 시간을 보냈다. 루나의 도시들을 보고 싶지 않았다. 그곳에 있는 루나인들을 볼 수 있다면, 그들 역시 달의 인공 하늘 너머에 있는 크레스를 볼 수 있을 것만 같아서 무서웠기 때문이다.

이런 악몽이 벌써 7년도 넘게 이어지고 있었다.

하지만 지금 달의 은빛 지평선은 창문 귀퉁이로 꺼져가고 있었기에 크레스는 그쪽에 신경 쓰지 않았다. 그 대신 벽 전면을 차지하는 투명한 유리 같은 넷스크린(전광판과 유사한 형태의 네트워크 단말기이자 수

상기. 터치스크린 식으로 작동되며, 작중 세계관에서 텔레비전을 대체하는 장치이다_역주)이 새로운 악몽을 보여주고 있었다. 잔혹한 뉴스, 사진, 영상 들이 화면에 하나씩 펼쳐졌다. 시야를 흐릿하게 메우는 그 문자들을 크레스는 좀처럼 빨리 읽어나갈 수가 없었다.

전 세계 열네 개 도시가 습격당하다.

두 시간 동안 지구인 1만 6000명이 살해돼

제3시대 사상 최대 규모의 학살을 기록

네트워크가 공포에 휩싸여 있었다. 복부가 갈가리 찢긴 시체들이 거리마다 나뒹굴고 낭자한 피가 배수로를 따라 흘렀다. 턱과 손톱 밑에 피를 묻히고 셔츠 앞섶이 시뻘겋게 물든 인간형 짐승들이 곳곳을 활보했다. 크레스는 화면에 뜬 사진들을 스크롤해 넘겨 보면서 손으로 입을 가렸다. 진실을 깨닫자 숨을 쉬기가 힘들어졌다.

이건 다 크레스 탓이었다.

지난 몇 달간 크레스는 루나 측 우주선이 지구의 감시망을 뚫고 침투할 수 있도록 은폐해주는 일을 했다. 주인인 시빌이 시키는 대로 잘 훈련된 종처럼 고분고분 명령을 따랐다.

크레스는 이제야 그 우주선들에 어떤 괴물들이 타고 있었는지, 루나의 여왕이 무슨 계략을 꾸미고 있었는지를 깨달았다. 하지만 이미 너무 늦은 일이었다.

지구인 1만 6000명이 살해돼

지구가 불시에 침공을 당했다. 크레스가 주인의 명령을 거부할 용기를 내지 못했기 때문에. 묵묵히 명령에 따르고 나중에 무슨 일이 생길지에 대해서는 눈을 감아버렸기 때문에.

크레스는 살육의 현장을 찍은 사진들에서 눈을 돌려 또 다른 뉴스를 읽었다. 그건 더욱 끔찍한 소식이었다.

동방연방제국의 카이토 황제가 루나왕국의 레바나 여왕과의 혼인에 동의함으로써 침공이 중단되었다는 것이었다. 이로써 레바나 여왕은 동방연방제국의 새로운 황후가 될 것이다.

기자들은 논란의 여지가 많은 이 외교적 사안에 대해 충격 속에서도 나름의 입장을 정리하려고 허둥거리고 있었다. 어떤 이들은 결혼을 할 게 아니라 동방연방과 지구연합 전체가 전쟁에 나서야 한다고 격분했다. 반대로 결혼동맹을 허겁지겁 정당화하는 이들도 있었다.

크레스는 얇고 투명한 넷스크린 화면을 손가락으로 훑어, 결혼동맹의 잠재적 이득을 논하는 방송의 소리를 키웠다. 화면 속에서 한 남자가 이야기하고 있었다. 그는 이제는 습격도, 언제 습격당할지 추측하며 마음 졸이는 일도 끝이라고 말했다. 지구는 루나의 문화를 더 잘 이해할 수 있을 것이고, 루나의 선진 과학 기술을 받아들일 수도 있을 거라고 목소리를 높였다. 루나는 지구의 우방이 될 것이고, 레바나 여왕이 원하는 것은 동방연방뿐, 나머지 지구연합 국가들은 안전할 거라고 했다.

저런 이야기를 믿는 바보가 있을까? 레바나 여왕은 황후가 된 뒤 카이토 황제를 살해하고, 그렇게 해서 빼앗은 동방연방을 발판 삼아서 군대를 집결시켜 다른 국가들도 정복할 작정이었다. 지구 전체를 손아귀에 넣기 전까지는 멈추지 않을 것이다. 1만 6000명의 사망자를 낸 이번 습격은…… 작은 시작일 뿐이었다.

크레스는 방송 소리를 죽이고, 책상에 팔꿈치를 얹고서 풍성한 금발을 두 손으로 감싸쥐었다. 위성 안의 기온은 늘 동일하게 유지되는데도 불현듯 추위가 느껴졌다. 뒤편에 있는 넷스크린들 중 하나에서는 이번 사태에 대한 또 다른 기사가 어린아이의 음성으로 출력되고 있었다. 크레스가 열 살 때, 4개월 동안 미치도록 따분한 시간을 견뎌가며 직접 프로그래밍한 것이었다. 그 음성이 읽어주는 내용은 쾌활한 음색에 어울리지 않게 살벌했다. 아메리카공화국의 의학 블로그에 게재된, 루나인 병사 시체 한 구의 검시 결과였다.

뼈는 칼슘이 풍부한 생체조직으로 강화되었고, 주요 관절의 연골에는 유연성을 높이기 위해 식염수가 주입되어 있었다. 송곳니와 앞니는 늑대 이빨을 모방한 인공 치아로 대체되었으며, 턱도 동일하게 강화된 뼈로 이루어져 다른 생물체의 뼈나 조직을 파괴하기 쉽게 되어 있었다. 또한 중추신경계의 재배치와 광범위한 심리학적 조작을 통해 늑대와 유사한 기질과 더불어 집요한 공격성이 부여된 것으로 보인다. 에델스타인 박사는 뇌의 생체 전기 파동을 조작하는 기술 역시 이러한 특성에 기여한…….

"음소거."

귀여운 열 살배기 여자애의 음성이 뚝 멎고 실내가 정적에 잠겼다. 크레스가 오랫동안 의식하지 못했던 미세한 소음들이 들려왔다. 환기팬이 웅웅거리는 소리, 생명유지장치가 탁탁거리는 소리, 정수 탱크가 꿀렁거리는 소리.

크레스는 풍성한 머리타래를 목덜미에 그러모아서 끝자락을 몸 앞쪽으로 넘겼다. 신경 쓰지 않으면 머리카락이 바닥에 끌리다가 의자 바퀴에 끼이기 일쑤였다. 눈앞의 화면에는 지구의 미디어에서 수집된 정보가 점점 더 많이 출력되고 있었다. 루나에서 수신된 뉴스들도 있었다. "용감한 병사들"이 "치열한 격전 끝에 승리"를 거머 쥐었다는 소식. 왕실의 승인을 거쳐 보도되는, 뉴스를 빙자한 저런 허튼소리에는 열두 살 이후로 관심을 끊었다.

크레스는 멍하니 머리카락으로 왼팔을 휘감았다. 팔꿈치에서부터 손목까지 머리타래를 빙빙 돌리며 감다 보니 얽히고설킨 머리카락들이 무릎 위에 흐트러졌지만 미처 알아채지도 못했다.

"아아, 크레스. 이제 우린 어쩌지?"

크레스가 묻자, 컴퓨터에 프로그래밍된 그녀의 열 살짜리 인격 '작은 크레스'가 새된 목소리로 응답했다.

"언니, 지시를 명확히 내려주세요."

크레스는 화면의 환한 빛 앞에서 눈을 질끈 감았다. "카이토 황제가 전쟁을 멈추려고 이런다는 건 이해해. 하지만 그래 봤자 여왕을 막을 수는 없잖아. 여왕은 결혼하고 나면 황제를 죽일 거야. 그러면 지구가 어떻게 되겠어?"

두통이 치밀어 관자놀이가 지끈거렸다. "분명 린 신더가 무도회에서 경고했을 거라고 생각했는데…… 아니었던 걸까? 황제가 자신에게 어떤 위험이 닥쳤는지 전혀 모르고 있으면 어쩌지?"

크레스는 의자를 빙글 돌려, 책상 위의 음소거된 화면에 손가락을 미끄러뜨리고 암호를 입력했다. 그러자 크레스가 하루에도 백 번쯤은 확인하는 비밀 창이 떴다. D-COMM 통신창이었다. 그러나 그 창은 블랙홀처럼 텅 비어 있었다. 린 신더가 아직도 연락하지 않은 것이다. 혹시 직접통신 칩을 압수당했거나 망가뜨린 걸까? 아예 잃어버렸다면 어쩌지?

크레스는 씩씩거리며 창을 끄고, 손가락을 휘리릭 움직여 수십 개의 창을 한꺼번에 정렬시켰다. 린 신더와 연관된 정보가 네트워크에 뜨면 무조건 수집하도록 설정된 알림 서비스였다. 사이보그 루나인 소녀 린 신더는 일주일 전에 신베이징 교도소에 구금되었다가 탈옥했다. 오로지 그 소녀만이 결혼동맹에 숨은 레바나 여왕의 의도를 카이토 황제에게 전해줄 수 있었다.

그런데 린 신더에 대한 정보는 지난 열한 시간 동안 업데이트되지 않았다. 지구 전체가 루나의 침공에 질겁한 나머지 1급 수배 대상에 대해서는 까맣게 잊어버린 모양이었다.

"언니."

시스템의 자동음성이 크레스를 부르는 소리에 맥박이 펄떡 뛰었다. 크레스는 의자 팔걸이를 움켜쥐었다.

"작은 크레스, 왜?"

"마님의 비행선이 감지됐어요. 22초 뒤 도착 예정이에요."

'마님'이라는 단어가 나온 순간 크레스는 의자에서 뛰어내렸다. 오랜 세월 숱하게 들은 단어인데도 그 말만 들으면 더럭 겁이 났다.

그 즉시 크레스는 정해진 안무에 따라 춤을 추듯이 정확히 움직였다. 수년간의 연습을 통해 숙련된 움직임이었다. 그리고 마음속으로는 자신이 제2시대의 발레리나가 되어, 작은 크레스가 카운트다운을 하는 동안 어두운 무대 위를 미끄러져 지나가고 있다고 상상했다.

00:21 매트리스 꺼내기 버튼을 손바닥으로 꾹 누른다.

00:20 넷스크린으로 몸을 돌려, 린 신더와 관련된 창을 모두 숨기고 루나 왕실의 선전물들을 띄운다.

00:19 매트리스가 바닥에 텅 떨어진다. 베개며 이불은 아까 놔둔 그대로 뭉쳐져 있는 상태다.

00:18 넷스크린 화면 위로 손가락을 휙휙 놀려 지구 측 뉴스와 게시판 창들을 숨긴다.

00:15 침대로 몸을 돌려, 이불의 두 귀퉁이를 찾아내 잡는다.

00:14 이불을 들어올려, 바람을 받은 돛처럼 펄럭 펼친 뒤 내려놓는다.

00:13 침대를 단정히 매만져 펴면서 침대의 반대편으로 나아간다. 그리고 방의 맞은편에 있는 넷스크린들로 몸을 휙 돌린다.

00:10 지구의 드라마, 음악, 제2시대 문학 등을 모두 끈다.

00:08 침대로 돌아가서 이불을 우아하게 젖혀놓는다.

00:07 베개 두 개를 머리맡에 대칭으로 기대어놓는다. 이불 밑에 끼인 머리카락을 과장스러운 팔 동작으로 빼낸다.

00:06 몸을 숙이기도 하고 회전하기도 하면서 바닥을 미끄러지듯 나아간다. 그 과정에서 바닥에 뒹구는 양말이며 머리끈 따위를 주워모아 재생용 활송장치에 밀어넣는다.

00:04 책상 위에는 크레스의 유일한 그릇, 유일한 숟가락, 유일한 컵, 디지털펜 한 움큼이 흩어져 있다. 그것들을 휙 쓸어모아서 식기장에 넣는다.

00:02 마지막 피루엣(한 발로 서서 팽이처럼 도는 발레 동작_역주)을 하면서 방을 점검한다.

00:01 후련하게 한숨을 내쉬며 우아하게 인사한다.

"마님이 도착하셨어요. 도킹클램프 확장을 요청하십니다."

크레스의 상상 속에 펼쳐진 무대, 그림자, 음악이 모두 사라지고, 억지로 지어낸 미소만이 입가에 남았다.

"물론 그래야지." 크레스는 명랑하게 대답하고 주승강구 쪽으로 한들한들 걸어갔다. 이 인공위성의 승강구는 두 개였지만 사용되는 건 하나밖에 없었다. 맞은편의 다른 입구는 작동하기나 하는지 의문이었다. 어쨌든 두 개의 널찍한 금속 문은 모두 도킹해치와 그 너머의 우주로 이어져 있었다.

하지만 지금은 마님의 캡슐 비행선이 우주를 가로막고 있을 터였다.

크레스는 명령을 입력했다. 화면에 뜬 도해(圖解)에 도킹클램프가 펼쳐지는 모습이 나타났고, 비행선이 부착되는 쿵 소리가 들리면서 벽이 흔들렸다.

그다음은 하나하나 전부 외우다시피 한 과정들이었다. 익숙한 소리들 틈틈이 자신의 심장박동을 헤아릴 수 있을 정도였다. 작은 비행선의 엔진 출력이 웅 하며 낮아지는 소리, 해치에 비행선이 탕 하고 들어온 뒤 다시 밀폐되는 소리, 산소가 채워지는 소리, 두 모듈 간의 이동이 안전하다는 것을 알리는 삑 하는 신호음, 비행선의 문이 열리는 소리, 복도에 울려퍼지는 발소리, 인공위성의 입구가 쉭 하고 열리는 소리.

한때 크레스는 마님이 다정하고 친절하게 인사해주기를 기대하기도 했다. 시빌이 크레스를 보고 '사랑스러운 내 크레센트(크레스의 본명, 초승달이라는 뜻. 크레센트를 줄여서 부르는 이름인 크레스(cress)는 서양에서 샌드위치나 샐러드로 흔히 먹는 채소의 이름이기도 하다_역주), 너는 여왕 폐하의 신뢰와 인정을 얻었단다. 이제 너는 우리의 일원으로 받아들여졌으니, 나와 함께 루나로 돌아가자꾸나'라고 말해주기를.

그런 헛된 기대를 버린 지는 오래되었지만, 시빌 마님의 냉담한 얼굴 앞에서 크레스는 한결같이 미소를 지어 보였다. "마님, 기쁜 날입니다."

시빌은 코웃음을 치면서 흰 재킷의 수놓인 소매를 펄럭였다. 그 손에는 커다란 여행가방이 들려 있었다. 여느 때처럼 크레스에게 줄 음식과 물이 들어 있을 터였다. 그리고 물론 의료용품도.

"그래서, 찾았니?"

크레스는 얼어붙은 미소를 유지하면서도 움찔했다. "찾다니요, 마님?"

"오늘이 기쁜 날이라면, 내가 맡긴 그 단순한 임무를 드디어 완수했다는 뜻 아니냐? 크레센트, 그 사이보그를 찾았니?"

크레스는 시선을 떨구고 손톱으로 손바닥을 꽉 눌렀다. "아니요, 마님. 찾지 못했습니다."

"그렇군. 그럼 전혀 기쁜 날이 아니네, 안 그래?"

"저는 다만…… 마님께서 오시는 날은 언제나……." 크레스는 말꼬리를 흐리고, 틀어쥐었던 주먹을 억지로 편 뒤, 자신을 노려보는 시빌의 눈을 과감히 마주했다. "마님, 실은 뉴스를 읽던 참이었어요. 여왕 폐하의 약혼 소식에 마님이 기뻐하고 계실 줄 알았습니다."

시빌은 막 정돈해둔 침대 위에 가방을 떨어뜨렸다. "기쁜 날은 루나가 지구를 지배하게 되는 날이지. 그전까지는 해야 할 일들이 많아. 뉴스나 가십 따위를 읽으며 낭비할 시간은 없다."

시빌은 모니터 쪽으로 다가갔다. D-COMM 통신창을 비롯해 크레스가 루나 왕실을 배반했다는 증거들이 숨겨져 있는 바로 그 화면이었다. 크레스는 뻣뻣하게 굳었다. 시빌은 그 모니터를 지나쳐 동방연방 국기 앞에서 카이토 황제가 연설하는 영상이 나오고 있는 넷스크린 앞으로 다가갔다. 시빌이 화면을 손으로 훑어 영상을 끄자 그 뒤에 뒤얽혀 있는 가열관들과 금속 벽이 드러났다.

크레스는 천천히 숨을 내쉬었다.

"뭐라도 알아낸 게 있을 텐데?"

시빌의 말에 크레스는 몸을 꼿꼿하게 세웠다.

"린 신더는 유럽연방 프랑스 남부의 작은 마을에서 현지 시각 18시경에 발견되었……."

"그건 나도 알아. 그런 다음 파리로 가서 마법사 한 명과 쓸모없는 특수첩보원 몇을 죽였지. 크레센트, 다른 정보는?"

크레스는 침을 꿀꺽 삼키고 머리카락을 두 손목에 8자 모양으로 빙빙 감기 시작했다. "프랑스 현지 시각 17시 48분, 리외라는 마을에 있는 비행선 및 차량 부품 판매점의 재고품 중에서 a 214 램피언(유럽 등지에 자생하는 식용 들풀의 이름으로, 동화의 몇몇 판본에서는 라푼젤의 아버지가 훔친 채소가 램피언이라고도 한다_역주) 클래스 11.3 우주선에 호환되는 배터리가 없어졌습니다. 그러나 그 대금이 지불되었다는 기록은 없습니다. 아마도 린 신더가 배터리를 훔쳤거나…… 아니면 마법을 걸어서……."

크레스는 머뭇거렸다. 시빌은 짐짓 그 사이보그를 마법을 못 쓰는 '껍데기'로 취급했지만, 그게 사실이 아니라는 것은 시빌도 크레스도 알고 있었다. 진짜 껍데기인 크레스와는 달리 린 신더는 대부분의 루나인이 타고나는 마법을 쓸 수 있었다. 이전까지는 어떤 식으로든 감춰왔던 모양이지만, 동방연방의 연례무도회에서 자신의 능력을 확실히 드러낸 바 있었다.

"배터리?" 마법에 대한 크레스의 언급을 싹 무시하고 시빌이 되물었다.

"배터리는 압축 수소를 에너지로 변환하여 비행선을 가동하는……."

"배터리가 뭔지는 나도 알아. 그러니까 지금껏 알아낸 정보라는 게 고작 신더가 자기 우주선을 수리했다는 증거뿐이라는 소리야? 그러면 앞으로는 신더를 찾기가 더 어려워지겠구나? 걔가 지구에 있을 때조차도 찾아내지 못했잖니?"

"마님, 죄송합니다. 노력하고 있습니다. 그러나……."

"변명 따위엔 관심 없어. 지금까지 나는 여왕 폐하께 너를 살려두라고 설득해왔다. 네가 네 목숨보다 더 가치 있는 것을 바칠 수 있는 아이라는 이유로. 그런데 이런 식이면 너를 지켜줬던 게 기껏해야 실수밖에 더 되니, 크레센트?"

크레스는 입술을 깨물고, 자신이 여기에 갇혀 있는 동안 레바나 여왕을 위해 해온 모든 일을 늘어놓고 싶은 충동을 꾹 참았다. 크레스는 지구 각국 정상들을 감시하는 무수한 첩보 시스템을 설계했고, 외교관들끼리의 통신 내용을 해킹했으며, 인공위성들의 신호를 방해해서 여왕의 병사들이 지구에 잠입할 수 있도록 도왔다. 그리하여 레바나 여왕은 지구인 1만 6000명을 학살할 수 있었다. 그런데도 전혀 인정해주지 않는 것이다. 시빌은 오로지 크레스의 실패만을 셈했다. 그리고 린 신더를 찾지 못한 것은 지금까지 크레스가 저지른 실패 중 최악이었다.

"죄송합니다, 마님. 더 노력하겠습니다."

시빌이 눈을 가늘게 떴다. "빠른 시일 내에 그 애를 찾아내지 못하면 나는 아주 화가 날 거야."

시빌의 시선 앞에서 크레스는 표본판에 박힌 나방이 된 기분이었다. "네, 마님."

"좋아." 시빌이 가까이 다가와 크레스의 뺨을 어루만졌다. 언뜻 어머니가 딸을 쓰다듬는 손길처럼 부드러운 듯했지만 실은 전혀 그렇지 않았다. 시빌은 몸을 돌려 여행가방의 잠금장치를 열고, 의료용품 상자에서 피하 주사기를 꺼냈다. "그럼 이제 팔 내밀어."

2장

　울프가 화물상자 위에서 뛰어내려 신더에게 돌진했다. 신더는 겁에 질려 바짝 긴장했다. 울프는 신더가 다치지 않도록 살살 다뤄주고 있었지만, 그 사실을 알고 있더라도 또 한 대 맞을지도 모른다는 생각에 본능적으로 근육이 팽팽해지는 건 어쩔 수 없었다.

　신더는 눈을 질끈 감고 정신을 집중했다.

　뇌를 저미는 듯한 통증이 머리를 파고들었다. 신더는 이를 갈면서 밀려오는 욕지기를 참아냈다. 그리고 잠시 기다렸다.

　울프의 공격은 날아오지 않았다. 대신 울프의 목소리가 들렸다.

　"눈, 좀, 떠요."

　신더는 이를 악문 채 두 눈을 하나씩 억지로 떴다. 울프가 바로 앞에 서서 오른손으로 신더의 옆머리를 치려던 자세 그대로 멈춰 있었다. 그의 몸은 돌처럼 딱딱하게 굳은 상태였다. 신더가 그렇게 만들었기 때문이다. 울프의 뜨거운 에너지가 코앞에서 넘실거렸지만, 그 이상 가까이 오지 못하도록 신더가 루나인 특유의 마법으로 막아내고 있었다.

"눈을 감아야 집중하기가 더 쉽단 말이야."

신더가 나직이 뇌까렸다. 그 몇 마디를 하는 데만도 정신에 부하가 걸렸다. 신더의 조종에 힘껏 저항하고 있던 울프의 손가락이 그 틈에 움찔거렸다.

그때 울프의 시선이 신더 뒤편으로 쏠리더니, 누군가가 신더의 등을 퍽 쳤다. 신더는 앞으로 넘어지면서 울프의 가슴에 이마를 부딪쳤고, 그 순간 조종에서 풀려난 울프가 가까스로 신더를 잡아주었다. 신더 뒤에서 카스웰이 키득거렸다.

"그리고 몰래 네 뒤를 찌르기도 쉽지."

신더가 카스웰을 확 떠밀었다. "이게 무슨 게임인 줄 알아?"

"카스웰의 말이 맞습니다." 울프가 지친 기색이 배어나는 목소리로 말했다. 계속 몸싸움을 벌이다 보니 피곤해서 그런 건지, 아니면 아마추어를 훈련시키느라 답답해서 그런 건지는 알 수 없었다. 아무래도 후자 같았다. "눈을 감고 있으면 빈틈이 생기잖아요. 주변 상황을 파악하고 대처하면서 능력을 쓸 줄 알아야 합니다."

"마법을 쓰면서 대처까지 하라고?"

울프는 목을 젖혀 우드득 소리를 내며 관절을 풀었다. "그렇죠. 적 십수 명을 동시에 상대해야 할 수도 있으니까요. 운이 좋으면 그중에서 아홉 명, 열 명까지 조종할 수 있겠죠. 하지만 그건 희망사항일 뿐입니다."

23

신더는 코를 찡그렸다.

"실제로는 몇 배는 더 많은 위험에 둘러싸일 거라는 뜻입니다. 그러니까 저를 조종하면서 동시에 주변의 위협에 완벽하게 대처할 수 있어야 합니다. 육체적으로나 정신적으로나. 카스웰조차 당신 뒤를 몰래 찌를 수 있을 정도면 곤란하단 말입니다."

울프가 한 걸음 물러서서 덥수룩한 머리를 문질렀다. 그러자 카스웰이 울프의 팔을 찰싹 쳤다.

"범죄의 천재인 내 기습 솜씨를 얕보지 말라고."

그 말에 스칼렛이 웃음을 터뜨렸다. 스칼렛은 플라스틱 화물상자 위에 책상다리를 하고 앉아 오트밀을 먹으면서 그들을 지켜보던 참이었다.

"뭐? 범죄의 천재? 우린 지금 일주일째 황실 결혼식에 잠입할 작전을 짜고 있는데, 그동안 네가 내놓은 쓸 만한 의견이 뭐가 있는데? 기껏해야 네 소중한 우주선에 흠집이 나지 않게 널찍한 황궁 지붕에 착륙하자는 것밖에 없잖아!"

천장의 조명 패널 몇 개가 환하게 밝아지더니 선내 스피커에서 이코의 음성이 흘러나왔다. "나는 손 함장님이 나를 우선시하는 데 전적으로 동의한다. 이번 일로 내 사진이 네트워크에 쫙 퍼질 테니 최대한 예쁜 모습으로 착륙해야 하기 때문이다. 불만 있나?"

"동감이야, 예쁜이." 카스웰이 스피커를 향해 윙크를 했다. 어차피 이코의 센서로는 카스웰의 윙크를 인식할 수 없는데도. "그리고 너희들, 이코가 나를 '함장님'이라고 부르는 것 잘 새겨들으라고. 너희 모두 이코에게 좀 배워야 해."

스칼렛이 또 깔깔 웃었고, 울프는 시큰둥한 얼굴로 눈썹을 치켜올렸다. 화물칸의 기온이 약간 상승한 걸 보면 이코는 카스웰의 칭찬에 부끄러워서 몸이 달아오른 모양이었다.

신더는 동료들의 소란을 못 들은 척하고 미지근한 물 한 잔을 쭉 들이켰다. 울프의 꾸지람이 머릿속을 맴돌았다. 그 말이 옳았다. 카스웰이나 스칼렛 같은 지구인들을 조종하는 건 고장 난 안드로이드 센서를 교체하는 작업만큼이나 손쉬운데, 울프 한 명을 조종하는 데에는 온 힘을 쏟아부어야 했다. 지금쯤이면 어느 쪽이든 능숙하게 조종할 수 있을 정도로 실력을 키웠어야 하는데.

"다시 해보자."

신더가 머리를 단단히 묶으며 말하자 울프가 그녀를 돌아보았다.

"좀 쉬고 하죠."

"여왕의 병사들에게 추적당하고 있는데 쉴 틈이 어딨어?"

신더는 뻐근한 어깨를 돌리면서 기운을 북돋웠다. 머리의 통증은 잦아들었지만 티셔츠 등판이 땀으로 축축했다. 두 시간째 울프와 대결하느라 근육이 후들후들 떨렸다. 울프가 관자놀이를 문지르며 말했다.

"여왕의 진짜 병사들과 마주칠 일은 없었으면 좋겠군요. 마법사들이나 그 휘하 특수첩보원들은 우리 힘으로 상대할 수 있겠지만, 개량된 병사들은 차원이 다릅니다. 인간보다는 짐승에 가까워요. 뇌 조종에도 잘 반응하지 않고요."

"왜? 까탈 부리는 거야, 뭐야?"

스칼렛이 숟가락으로 그릇을 긁으면서 물었다. 그러자 울프가 스칼렛을 흘끔 돌아보는데, 눈빛이 어딘지 모르게 부드러워졌다. 울프가 스칼렛에게 저런 표정을 지을 때마다 신더는 둘만의 사적인 시간에 끼어든 듯한 기분이 들어 민망했다. 저 둘이 램피언의 승무원으로 합류한 이래 지금까지 백 번은 본 표정인데도.

"워낙 예측불허라서 그래. 심지어 마법사조차도 그들을 완전히 통제하긴 힘들어……." 울프가 신더에게 눈을 돌리며 말을 이었다. "어떤 루나인이라도 어렵습니다. 그 병사들은 육체만이 아니라 뇌까지 유전자 조작의 영향을 받았거든요. 돌발적이고, 거칠고…… 위험하죠."

카스웰은 스칼렛이 올라앉아 있는 화물상자에 몸을 기대고 귓속말을 하는 시늉을 했다. "자기가 대단한 싸움꾼이라는 거, 알긴 아네."

신더는 볼 안쪽을 깨물며 웃음을 참았다. "어쨌든 그러면 더더욱 준비를 철저히 해둬야겠네. 파리에서와 같은 위험천만한 상황은 두 번 다시 겪고 싶지 않아."

"동감입니다."

울프가 몸을 건들거렸다. 신더는 처음에 저런 몸짓이 또 한 판 싸움 연습을 시작하자는 신호인 줄로 오해했지만, 겪어보니 그건 습관일 뿐이었다. 울프는 잠시도 가만히 있지 못하는 성격이었다.

"아, 나중에 착륙하면 마취총 화살을 더 구해놔야겠어. 적들을 최대한 잠재워놓는 게 더 안전하겠지."

신더가 그렇게 말하자 이코가 대답했다.

"마취총 화살. 메모해두겠다. 그리고 내가 카운트다운 시계도 만들어놨다. 도움이 되길 바란다. 황실 결혼식까지 앞으로 15일하고도 아홉 시간 남았다."

벽의 넷스크린이 깜빡거리며 켜지더니 커다란 디지털시계가 나타났다. 황실 결혼식 시각까지 남은 시간을 10분의 1초 간격으로 카운트다운해주는 시계였다.

그 시계를 3초쯤 쳐다보자 신더는 초조한 나머지 속이 메스꺼워졌다. 그래서 억지로 시선을 돌려 넷스크린의 다른 부분을 훑어보았다. 카이토와 레바나의 결혼을 막기 위해 지금까지 궁리해낸 계획들이 화면 곳곳에 떠 있었다. 화면의 왼편에는 필요한 비품 목록이 적혀 있었다. 갖가지 무기, 연장, 변장 도구, 거기에 방금 막 추가된 마취총 화살까지. 화면 중앙에는 신베이징 황궁의 내부 지도가 자리 잡고 있었다. 오른편에는 준비해야 할 사항들의 목록이 있었지만, 그 터무니없이 긴 목록 중에서 해결한 항목은 단 하나도 없었다. 벌써 며칠째 계획을 짜는 데에만 매달리는 중이었다.

목록의 제1번은, 신더가 레바나 여왕과 그 부하들을 맞닥뜨렸을 때 버틸 수 있을 정도의 전투 실력을 갖추는 것이었다. 하지만 신더의 마법이 발전하는 속도는 너무 더뎠다. 울프가 직접적으로 그렇게 말한 것은 아니지만 신더 스스로 잘 알고 있었다. 필요한 수준에 이르려면 몇 년은 더 연습해야 할 것 같은데, 남은 시간은 2주밖에 없었다.

결혼식 당일의 작전을 대강 짜두긴 했다. 결혼식장에 있는 사람들의 주의를 분산시킨 뒤 황궁에 잠입해 신더가 실종된 셀린 공주라는 사실을 만방에 선포한다. 그리고 전 세계 언론이 지켜보는 앞에서 신더가 레바나에게 왕위를 포기하라고 요구함으로써, 레바나의 결혼과 통치권 모두를 단번에 무산시킨다.

그 후에 벌어질 일들은 도무지 예측할 수 없었다. 실종된 루나의 공주가 사이보그일 뿐만 아니라 루나의 사회, 문화, 전통, 정치에 대

해 완전히 문외한이라는 사실에 루나인들이 어떻게 반응할지 걱정
스러웠다. 신더가 그 같은 중압감에 무너지지 않고 버틸 수 있는 유
일한 명분은, 어쨌든 간에 레바나보다야 자신이 더 나은 통치자일
거라는 믿음뿐이었다.

루나인들도 그렇게 생각해줘야 할 텐데.

아까 마신 물이 배 속에서 출렁거리는 느낌이었다. 그냥 이대로
승무원실 침대 이불 속에 틀어박혀 있고 싶었다. 온 세상이 루나의
공주가 존재했다는 사실 자체를 잊어버릴 때까지 하염없이 숨어 있
고만 싶었다. 지금까지 천 번도 넘게 치솟은 충동이었다. 하지만 신
더는 마음을 다잡고 화면에서 눈을 돌린 뒤 근육을 풀었다.

"좋았어. 이제 다시 연습하자."

신더는 울프에게 배운 대로 전투 자세를 취했다. 울프는 어느새
스칼렛 옆에 앉아서 오트밀을 먹어치우고 있는 중이었다. 울프는
입에 오트밀을 가득 문 채로 바닥으로 눈짓을 하더니, 음식을 꿀꺽
삼키고 말했다.

"팔굽혀펴기 하십시오."

신더는 두 팔을 내려뜨렸다. "뭐?"

울프가 숟가락을 들고서 손짓했다. "싸우는 연습만이 훈련은 아
닙니다. 팔굽혀펴기로 상체 근력을 키우면서 동시에 정신도 수련할
수 있죠. 주변 상황을 인지하려고 노력해보세요. 정신을 집중하고."

신더는 5초 동안 울프를 쏘아보다가 잠자코 무릎을 꿇었다. 팔굽
혀펴기를 열한 번째 했을 때, 카스웰이 상자 위에서 뛰어내리는 소
리가 들렸다.

"내가 어렸을 때 들은 얘기에 따르면 공주들이란 왕관을 쓰고 다

과회나 여는 숙녀들이라고 했는데, 완전히 속았군. 진짜 공주를 만나보니 솔직히 좀 실망이야."

카스웰의 말이 농담인지 진담인지는 알 수 없었지만, 신더는 요즘 '공주'라는 단어만 들어도 신경이 날카로워졌다. 어쨌든 신더는 숨을 짧게 내쉬면서 울프가 지시한 대로 정신을 집중했다. 자신의 옆을 지나 조종실로 향하는 카스웰의 에너지를 생생히 느낄 수 있을 정도로.

열네 번째로 팔을 굽히며 신더는 카스웰을 우뚝 멈추게 만들었다.

"어라?"

신더는 팔을 펴면서 동시에 한쪽 다리를 반원을 그리듯 휘둘러 카스웰의 종아리를 걸어찼다. 그러자 카스웰이 고함을 지르며 뒤로 자빠지고 말았다.

신더는 씩 웃으면서 울프를 올려다보았다. 하지만 울프는 스칼렛과 같이 정신없이 웃느라 칭찬할 여력이 없어 보였다. 그는 평소에 조심스럽게 숨기던 뾰족한 송곳니까지 다 드러내고서 마구 웃어젖혔다.

카스웰은 아픈 엉덩이를 문지르며 얼굴을 찡그렸지만 입가에는 미소를 띠고 있었다. 신더는 일어서서 카스웰에게 손을 내밀었다.

"세상을 구하고 나면 네가 내 왕관을 골라주도록."

C
R
E
S
S

3장

시빌의 캡슐 비행선이 도킹클램프에서 떨어지자 인공위성이 흔들거렸다. 크레스는 또 다시 은하에 혼자 남겨졌다. 사람이 더없이 그립긴 했지만, 시빌이 떠나고 나면 안도감만 들었다. 이번에는 더더욱 그랬다. 보통 시빌은 혈액 샘플을 확보하기 위해 서너 주에 한 번씩 크레스를 찾아오곤 했는데 요즘에는 부쩍 방문이 잦아졌다. 늑대 변종 군대가 지구를 침공한 이후 벌써 세 번째 방문이었다. 시빌이 저렇게까지 초조해하는 모습은 처음 보았다. 레바나 여왕이 그 사이보그 소녀를 찾느라 어지간히 혈안이 된 모양이다.

"마님의 비행선이 분리됐어요. 이제 게임이라도 할까요?"

작은 크레스가 물었다. 시빌이 들이닥친 바람에 넋이 쏙 빠져 있지 않았더라면 크레스는 그 질문에 여느 때처럼 미소를 지었을 것이다. 그 말을 들으면 자신이 완전히 혼자인 건 아니라는 사실을 실 감할 수 있으니까.

몇 년 전 크레스는 인공위성을 가리키는 영어 단어인 satellite 의 어원이 친구, 하인, 아첨꾼을 뜻하는 라틴어 단어라는 것을 알았 다. 그때는 그 세 가지 의미가 자신의 쓸쓸한 처지와는 모순된다고 생각했다. 그런데 작은 크레스를 개발하고 나니 그 의미가 얼마나 잘 들어맞는 것인지 깨달을 수 있었다.

이 인공위성은 언제나 크레스의 곁에 있는 친구였다. 무엇이든 크레스가 시키는 대로 하는 하인이었다. 그리고 크레스의 말에 결 코 토를 달지도 않고, 반박하지도 않고, 성가시게 자기 식대로 생각 하지도 않는 아첨꾼이었다.

"게임은 나중에 하자. 우선 파일을 체크해야겠어."

"알았어요, 언니."

예상된 반응이 나왔다. 그렇게 프로그래밍되었으니까.

진정한 루나인이 되어 다른 사람을 조종할 수 있다면 어떤 기분 이 들까? 크레스는 곧잘 그런 상상에 빠져들었다. 만약 인공위성의 음성을 개발하는 것만큼이나 손쉽게 시빌 마님을 조종할 수 있다면 어떨까. 그래서 상황이 지금과 정반대로 바뀌어 시빌이 크레스의 명령을 따르게 된다면 어떨까.

"넷스크린, 전부 켜."

크레스는 파노라마처럼 펼쳐진 화면들 앞에 섰다. 큰 화면, 작은 화면, 책상 상판에 박힌 화면, 크레스가 이 원형 실내 어디에 있더 라도 확인할 수 있게끔 다양한 각도로 기울어져 있는 화면들까지.

"방송 전부 꺼."

화면 전체가 텅 비고, 투명한 화면들 너머로 아무 장식 없는 맨벽이 드러나 보였다.

"다음 폴더들을 열어줘. 린 신더, 214 램피언 클래스 11.3, 동방연방제국 카이토 황제, 그리고……." 크레스는 밀려오는 기대감에 설레 잠시 말을 멈췄다. "카스웰 손."

화면 네 개에 크레스가 수집해놓은 자료들이 떴다. 크레스는 그 앞에 앉아 이미 외우다시피 한 문서들을 다시금 살펴보았다.

지난 8월 29일 아침, 린 신더와 카스웰 손이 신베이징 교도소를 탈옥했다. 네 시간 뒤 시빌이 크레스에게 그들을 찾으라고 명령했다. (알고 보니 레바나 여왕에게서 내려온 왕명이었다.) 그래서 크레스는 단 3분 만에 린 신더의 신원정보를 찾아냈다. 그런데 그 정보의 대부분이 거짓이었다. 루나인 소녀가 다른 지구인의 신원을 빌려 쓰고 있었던 것이다. 린 신더라는 이름을 쓰는 그 소녀가 언제부터 지구에 살았는지도 알 수 없었다. 그저 5년 전 별안간 나타나 살기 시작한 사람처럼 보였다. 기록상으로는 당시 린 신더가 열한 살이었으며, '호버(자기부상 형식으로 공중을 이동하는 탈것으로, 오늘날의 자동차를 대체하는 이동 수단_역주) 사고'를 당해 '부모님'을 여의고 사이보그 수술을 받았다고 되어 있었다. 하지만 그 이전의 내력, 가족관계, 학교 기록은 모조리 가짜였다. 린 신더의 가계를 조사해봐도 두 세대 전까지밖에 나오지 않았다. 조작된 기록인 것이다.

크레스는 카이토 황제의 폴더를 돌아보았다. 카이토의 폴더는 지금도 새로운 정보가 실시간으로 다운로드되는 중이었고, 다른 사람들과 비교할 수 없을 만큼 양이 방대했다. 정부 공식 기록과 네트워크 팬사이트 자료에 일거수일투족이 남는 인물이니 당연한 일이다. 카이토의 정보는 시시각각 추가되었고, 루나 여왕과의 약혼 선언 이후로는 폭발적으로 증가했다. 그중에 유용한 정보는 전혀 없었다. 크레스는 폴더를 닫았다.

신더나 카이토와 달리, 카스웰 손의 정보를 모으는 데에는 품이 좀 들었다. 총 44분에 걸쳐 크레스는 아메리카공화국의 국방부를 비롯해 카스웰이 거친 다섯 기관의 데이터베이스를 해킹했고, 법정, 군대, 학교에서의 기록과 더불어 면허, 소득 신고, 재판 관련 기사들을 수집했으며, 출생 신고부터 시작해 그가 살아온 이력을 연대표로 구성했다. 카스웰은 성장 과정에서 표창과 상을 숱하게 받다가 열일곱 살에 아메리카공화국 공군에 입대했는데, 우주선을 훔쳐 탈영하느라고 자신의 신체에 삽입된 ID 칩을 제거했기 때문에 열아홉 살 생일 이후의 행적은 남아 있지 않았다. 크레스가 작성한 연대표에도 그 시기는 빈 칸으로 남아 있었다. 그러다가 8개월 뒤 동방연방에서 발각되어 체포되면서부터 카스웰의 행적은 다시 노출되었다.

그 모든 공식 자료만이 아니라, 네트워크에 떠도는 문서도 상당히 많았다. 카스웰 손이 유명인사가 되면서부터 팬들이 우후죽순처럼 생겨나 온갖 가십을 흘리고 사랑 고백을 늘어놓았기 때문이다. 물론 카이토 황제만큼은 아니었지만, 법망을 탈출해 도주 중인 이 잘생긴 한량에게 매력을 느끼는 지구인 여자가 꽤 많은 듯했다. 그래 봤자 크레스는 신경 쓰지 않았다. 그 여자들은 카스웰에 대해 아무것도 몰랐다.

파일의 가장 위에는 사관학교 졸업식 때 찍은 카스웰의 사진이 3차원 홀로그램으로 나타나 있었다. 세간에서는 카메라를 향해 윙크를 날리는 카스웰의 교도소 사진이 가장 유명하고도 악명 높았지만, 크레스는 이 홀로그램 쪽을 더 좋아했다. 반짝이는 은빛 단추가 달린 막 다림질한 제복을 입고서, 한쪽 입꼬리를 끌어올려 당당하게 웃음 짓는 모습.

그 미소를 보기만 해도 크레스는 사르르 녹아버렸다.

언제나, 매번.

"카스웰 씨, 안녕." 크레스는 홀로그램에 대고 속삭였다. 그리고 들뜬 한숨을 내쉬며 마지막 하나 남은 폴더로 눈을 돌렸다.

214 램피언 클래스 11.3. 카스웰이 훔친 군용 화물선. 크레스는 그 우주선의 모든 것을 알고 있었다. 평면도에서부터 유지 보수 스케줄과 그 실행 내역에 이르기까지.

모든 것을.

그 정확한 위치까지도.

크레스는 폴더 상단의 아이콘 하나를 눌러서 은하계 해도(海圖)를 불러왔다. 카스웰 손의 홀로그램이 뒤로 물러나고, 지구의 이미지가 아른거리며 나타났다. 지구 대륙들의 저 삐죽삐죽한 윤곽선은 작은 크레스의 프로그래밍만큼이나 친숙했다. 크레스는 2만 6071킬로미터 거리에서 그 행성을 지켜보며 일생의 절반을 보냈다.

지구 주위에는 수천 개의 조그마한 점들이 깜빡거렸다. 이곳에서 화성까지의 영역에 분포한 모든 비행선과 위성을 나타내는 표시였다. 그 좌표들을 보니 동방연방의 비행선 한 척이 가까이 접근하고 있음을 바로 알 수 있었다. 크레스가 지구 쪽으로 난 창문을 내다보자, 과연 정찰함 한 척이 전혀 수상해 보이지 않는 이 인공위성을 유유히 지나쳐 가는 모습이 보였다.

예전에는 저런 비행선들에 구조 요청을 보낼까 생각해보기도 했다. 하지만 그런 짓을 해봤자 무슨 소용이 있겠는가? 루나인이라면 무조건 불신하는 지구인들이 구조 따위를 해줄 리 없었다.

크레스는 그 정찰함을 무시하고, 콧노래를 흥얼거리며 해도 위의 조그마한 표시들을 전부 지우고 램피언의 좌표만 남겼다. 그 노란색 점을 보면 지구를 기준으로 램피언이 어디에 있는지 파악할 수 있었다. 램피언은 현재 대서양에서 1만 2414킬로미터 상공에 떠 있었다.

크레스는 자신의 좌표를 띄워보았다. 이 인공위성이 지구에 수직으로 닿는 지점은 일본 주(州)의 해안이었다. 램피언과의 거리는 상당히 멀었다. 지금까지 항상 그랬다. 이 광대한 궤도에서 서로가 마주칠 확률은 낮으니까.

램피언의 좌표를 찾는 일은 크레스가 이제껏 해온 해킹 중에서 가장 어려운 축에 속했다. 그래 봤자 세 시간 51분 걸렸을 뿐이었지만. 그동안 크레스는 내내 심장이 두근거리고 신경이 타들어갈 만큼 바짝 긴장할 수밖에 없었다.

누구보다 빨리 찾아야 했으니까.

그 누구보다도 먼저 찾아야 했다. 그리고 그들을 지켜야 했다.

그러기 위해서는 수학과 추론을 동원하기만 하면 됐다. 우선 인공위성 네트워크를 이용해 지구를 공전하는 모든 우주선의 통신 신호를 잡아냈다. 그리고 램피언에는 추적기가 없다고 했으니 그중에서 추적장치가 감지되는 우주선들은 제외했다. 선체의 크기가 램피언보다 너무 크거나 작은 것들도 제외했다.

그러고 나니 남는 것은 대부분 루나의 우주선이었는데, 그건 전부 크레스의 손아귀에 있었다. 오래전부터 크레스는 루나 측 우주선들의 신호를 차단하고 레이더 전파에 혼선을 주는 작업을 해왔으니까. 상당수의 지구인이 루나의 비행선들이 감지되지 않는 까닭이 루나인들의 정신 조종 능력 때문이라고 믿고 있었다. 자기들에게 이렇게 큰 말썽을 일으키는 장본인이 하잘것없는 껍데기 한 명이라는 사실을 안다면 좋을 텐데.

어쨌든 그렇게 해서 최종적으로 남은 우주선은 세 척뿐이었다. 그중 둘은 은하에서 광범위한 수색이 펼쳐지고 있다는 것을 눈치채고는 즉시 지구에 착륙했다. 당연히 불법 해적선일 것이다. 나중에 크레스는 호기심이 생겨서 그 우주선들이 착륙한 지역의 경찰 기록을 조회해보았는데, 둘 다 대기권에 진입하는 도중에 발각되어 체포된 것으로 밝혀졌다. 어리석은 범죄자들이었다.

그래서 결국 한 척만 남았다. 램피언. 바로 거기에 린 신더와 카스웰 손이 타고 있었다.

크레스는 램피언을 발견하자마자 그 배에서 나오는 추적 가능한 신호란 신호는 몽땅 변환했다. 루나의 비행선들을 숨긴 것과 동일한 방법으로. 작업을 시작한 지 12분 만에 214 램피언 클래스 11.3은 마법처럼 홀연히 우주에서 자취를 감추었다.

그때 자신이 얼마나 극도의 긴장에 사로잡혀 있었는지 지금도 생생히 기억났다. 어질러진 침대에 털썩 드러누워 천장을 올려다보며 미친 사람처럼 히죽히죽 웃었던 것도. 정말로 해냈다고, 그들을 숨기는 데 성공했다고 기뻐했던 것도.

램피언의 좌표를 바라보며 지난 기억을 떠올리고 있던 크레스의 귀에 삑 하는 신호음이 들렸다. 퍼뜩 그쪽을 돌아보다가 머리카락

한 뭉치가 의자 바퀴에 끼이고 말았다. 크레스는 한 손으로 머리카락을 뽑아내고, 다른 한 손으로는 신호음이 난 넷스크린의 화면을 대기 모드에서 깨웠다. 그리고 화면에 뜬 알림창을 손가락으로 훑어서 확대시켰다.

제3시대의 음모론들

"또야?" 크레스는 투덜거렸다. 사이보그 소녀가 사라진 이후 음모론이 날뛰고 있었다. 린 신더가 동방연방 정부 밑에서 일한다는 둥, 레바나 여왕의 부하라는 둥, 무슨 국가의 정부에 쿠데타를 일으키려는 무슨 비밀결사와 결탁을 했다는 둥, 실종된 루나 공주라는 둥, 루나 공주의 행방을 알고 있다는 둥, 레투모시스 바이러스를 지구에 퍼뜨린 원인이라는 둥, 카이토 황제를 유혹해서 루나인과 지구인의 혼혈이자 사이보그인 괴물을 임신했다는 둥…….

카스웰 손을 둘러싼 소문도 많았다. 그중에는 카스웰이 투옥된 진짜 이유가 따로 있다는 설도 있었다. 예컨대 동방연방의 선황제를 암살할 음모를 꾸몄다든지, 린 신더가 체포되기 몇 해 전부터 서로 공모한 관계였다든지, 카스웰이 연관된 지하조직이 오래전에 교도소 시스템에 침투해서 때가 오면 카스웰을 도울 준비를 하고 있었다든지. 가장 최근에 떠오른 가설은 사실 루나가 전쟁을 시작할 빌미를 만들기 위해 신더를 일부러 탈옥시켰는데, 카스웰이 그 탈옥을 돕기 위해 은밀히 파견된 루나인 마법사라는 것이었다.

그러니까 진실을 아는 사람은 아무도 없었다. 단 한 명, 크레스만 제외하고.

크레스는 카스웰 손의 죄목과 재판 내용을 정확히 알고 있었다. 탈옥 과정의 진실도 알았다. 적어도 교도소 감시카메라 영상과 당시 근무 중이던 교도관들의 진술은 다 확인했다.

카스웰 손에 대해 크레스보다 더 잘 아는 사람은 세상에 없을 것이다. 새로운 자극도, 신기한 경험도 거의 없이 무미건조한 삶을 사는 크레스에게 카스웰은 무척 매혹적인 존재로 다가왔다. 처음에는 탐욕스럽고 무모한 사람이라고 여겨 싫어했다. 탈영 당시 사관후보생 열두 명과 부대장 두 명을 카리브 해의 어느 섬에 버려두고 혼자 비행선을 빼돌려 달아난 사람이었으니까. 동방연방의 개인수집가가 소장한 제2시대 여신상들과 오스트레일리아 박물관에서 전시 중이던 베네수엘라 주술인형들을 훔쳐 그 귀중한 보물들을 두 번 다시 대중이 볼 수 없게 빼앗으려 했던 사람이니까. 심지어 동방연방의 어느 과부가 소유하고 있던 방대한 양의 골동품 보석들을 카스웰이 훔치려 했다는 제보도 있었다.

그런데 카스웰의 범죄 행각을 계속 파고들다 보니 그가 걸어온 자기파괴적인 행보에 푹 빠져들게 되었다. 소행성들의 충돌을 지켜볼 때처럼 눈을 뗄 수 없었다. 게다가 조사 과정에서 이상한 점들이 속속 발견되었다.

카스웰이 여덟 살 때, 로스엔젤레스의 동물원에서 희귀한 수마트라호랑이가 탈출하는 바람에 도시 전역이 패닉에 빠진 사건이 있었다. 감시카메라 영상을 분석한 결과, 당시 학교에서 소풍을 나왔던 카스웰이 호랑이 우리의 문을 열었던 것으로 밝혀졌다. 이후 카스웰은 그 사건에 대해 당국에 해명했다. 갇혀 있는 호랑이가 슬퍼 보여서 풀어주었을 뿐이며 자신의 행동을 후회하지 않는다고. 다행히도 그 호랑이 때문에 다친 사람은 없었다.

카스웰이 열한 살 때, 그의 부모가 집에 도둑이 들었다고 경찰에 신고했다. 카스웰 어머니의 보석함에 들어 있던 제2시대 다이아몬드 목걸이가 밤사이에 사라졌다는 것이었다. 네트워크 유통망으로 추적해보니 그 목걸이는 4만 유니브에 브라질의 구매자에게 판매되었고, 판매자는 카스웰인 것으로 드러났다. 목걸이를 발송하기 전에 발각되어서 대금을 물러주는 것으로 사건은 일단락되었지만, 다른 청소년들이 카스웰에게 영향을 받아 똑같은 짓을 저지르는 사태를 방지하기 위해 공개적으로 사과하라는 조치가 내려졌다. 그때 카스웰은 노인들을 위한 보조 안드로이드를 지원하는 지역 자선단체의 기금을 마련하기 위해 벌인 일이라고 밝혔다.

열세 살 때 카스웰은 같은 학년 남학생 세 명과 싸워서 일주일 정학 처분을 받았다. 당시 학교 의료 안드로이드의 보고서에 따르면 카스웰은 그 싸움에서 졌다. 그리고 카스웰의 증언을 보면 그 남학생들 중 한 명이 케이트 팰로라는 여학생의 포트스크린(오늘날의 태블릿PC와 유사한 휴대용 네트워크 단말기이자 수상기_역주)을 훔친 것이 분명했다. 카스웰은 그걸 주인에게 돌려주려고 시비를 걸었던 것이다.

크레스는 사건 하나하나를 주의 깊게 살펴보았다. 절도, 폭력, 무단침입, 정학, 경찰의 훈방 조치까지. 그런데 어떤 사건이든 카스웰에게는 항상 명분이 있었다. 그것도 훌륭한 명분이. 심장을 멎게 하고, 맥박이 뛰게 하고, 경탄을 불러일으키는 명분이.

지구의 지평선으로 해가 솟아오르듯 카스웰에 대한 크레스의 생각은 변해갔다. 카스웰은 결코 무자비한 악당이 아니었다. 그는 사실 타인에 대한 연민과 기사도 정신으로 가득했다.

카스웰은 크레스가 평생에 걸쳐 꿈꿔온 바로 그 영웅이었다.

그걸 깨닫고 나서부터 크레스는 하루 온종일 카스웰을 생각하게 되었다. 그와 깊은 영혼의 교감을 나누고, 열정적인 키스를 하고, 과감한 일탈을 벌이는 꿈을 꿨다. 카스웰이 자신을 만난다면 분명 똑같은 감정에 빠질 거라고 확신했다. 두 사람의 사랑은 역사와 문학에 새겨지는 찬란한 로맨스가 될 것이다. 폭발하듯 시작되어 영원히 새하얗게 작열하는 사랑. 시간도, 공간도, 죽음도 갈라놓을 수 없는 사랑.

분명 그럴 것이다. 영웅은 곤경에 빠진 숙녀를 결코 지나치지 못하는 법이니까. 그리고 크레스는 크나큰 곤경에 빠져 있으니까.

4장

스칼렛은 울프의 입꼬리를 탈지면으로 누르면서 고개를 설레설레 저었다. "신더가 널 많이 때리진 못하긴 해도, 일단 때렸다 하면 장난이 아니네."

울프는 턱에 멍이 시퍼렇게 들었는데도 활짝 웃고 있었다. 의무실 조명을 받은 그의 두 눈이 반짝반짝 빛났다. "아까 주먹 휘두르기 전에 내 발 걸어서 넘어뜨리는 거 봤어? 난 보지도 못하고 당했다니까. 확실히 진척이 있는 것 같아."

울프는 너무 들떠서 좀이 쑤시는 듯 두 손을 허벅지에 문지른 뒤 실험대 옆면을 툭툭 찼다.

"음, 공주님이 자랑스럽다니 참 다행이긴 한데, 다음번에 널 때릴 땐 금속 손 말고 평범한 손으로 때려줬으면 좋겠어." 스칼렛은 탈지면을 떼어내고 울프의 윗입술에 생긴 상처를 다시 살펴보았다. 송 곳니가 닿는 부분의 입술이 찢어져 여전히 피가 흐르고 있었지만 그래도 아까보다는 덜했다. 스칼렛은 연고를 꺼냈다. "가뜩이나 몸 에 흉터가 많은데 또 흉 지면 어떡해? 하긴 뭐, 아주 보기 싫지만은 않겠다. 반대편 입꼬리에도 이미 흉터가 있으니 딱 대칭이 되겠네."

"흉터 좀 생기면 뭐 어때? 예전에 입은 흉터들보다야 훨씬 더 좋 은 추억과 의미가 담겨 있잖아."

울프는 짓궂은 눈빛으로 그렇게 말하고는 살짝 상기된 얼굴로 자 신의 두 손을 내려다보았다. 스칼렛은 연고를 손끝에 묻혀서 울프 에게 발라주려다가 멈칫했다. 공기가 후끈 더워지는 기분이 들었 다. 예전 기억이 떠올랐기 때문이다. 자기부상열차에 무임승차했던 그날 밤 울프의 몸 곳곳에 새겨진 흉터들을 어루만졌던 기억이. 팔 뚝의 흉터들을 손가락으로 훑어주고 얼굴의 흉터들에 입술을 맞추 었던 것, 그러다가 울프의 팔에 안겼던 것……

스칼렛은 울프의 어깨를 살짝 밀었다. "너무 그렇게 웃지 마. 상 처 벌어지잖아."

울프는 재빨리 웃음기를 지웠다. 하지만 연고를 발라주는 스칼렛 을 마주보는 눈동자는 여전히 빛나고 있었다.

그날 밤 자기부상열차에서의 첫 키스가 아직까지도 마지막 키스 로 남아 있었다. 그 후에 스칼렛이 울프의 특수첩보원 부대 본부에 붙잡혔을 때 입을 맞추기는 했지만, 그걸 키스라고 인정할 순 없었 다. 그때 울프는 스칼렛이 감방에서 탈출할 열쇠인 ID 칩을 입에서 입으로 몰래 전해주려고 그렇게 했을 뿐, 애정이 담긴 키스는 아니 었다. 게다가 당시에 스칼렛은 울프를 경멸하고 있었다.

그런데도 램피언에 승선한 이후 지금까지 여러 날 동안, 스칼렛은 자기부상열차에서 보낸 그 하룻밤의 기억만으로도 너무 설레서 잠을 못 이루고 뒤척이곤 했다. 그렇게 말똥말똥한 정신으로 승무원실 침대에 누워 있다 보면, 그냥 슬그머니 밖으로 빠져나가 울프의 방으로 가보면 어떨까 하는 생각이 들었다. 울프는 아무 말 없이 문을 열고 스칼렛을 안아주겠지. 그러면 스칼렛은 그의 머리카락을 어루만지며, 오로지 울프의 품 안에서만 느낄 수 있는 안정감 속에 파묻힐 수 있을 것이다.

하지만 실제로 그렇게 하지는 않았다. 울프가 거절할까 봐 무서워서는 아니었다. 울프는 스칼렛에게 오래도록 머무는 눈길을 숨긴 적이 없었다. 스칼렛을 만지거나 가볍게 스치는 손길 하나하나에도 무게를 실었다. "나한텐 너밖에 없어, 스칼렛. 앞으로도 너밖에 없을 거야"라던 그 고백을 취소하지 않았다.

울프는 스칼렛이 먼저 움직이기를 기다리고 있는 것이다.

하지만 아무리 울프의 품에 안기고 싶어도 그의 팔에 새겨진 문신만 보면 주저하게 됐다. 그 문신은 앞으로도 영원히 남아 있을, 울프가 루나의 특수첩보원이었다는 증거였기 때문이다. 스칼렛은 할머니를 여읜 슬픔에 여전히 마음이 아팠다. 그리고 울프가 할머니를 구할 수도 있었다는 사실을 잊을 수 없었다. 울프는 할머니를 지켜줄 수도 있었고, 애초에 그 모든 일이 일어나지 않도록 막을 수도 있었다.

물론 이런 생각은 옳지 않았다. 울프가 할머니를 납치하는 작전에 참여한 것은 그가 스칼렛을 만나기 전, 스칼렛과 사랑에 빠지기 전의 일이다. 그리고 만약 울프가 할머니를 구해주려고 했더라면,

루나 첩보원들이 할머니뿐만 아니라 울프까지 죽였을 것이다. 그랬다면 지금쯤 스칼렛은 정말로 혼자가 되었을 것이다.

스칼렛이 울프와의 관계에 더 적극적으로 나서지 못하는 까닭은 다른 데 있는지도 몰랐다. 실은 아직도 울프를 조금 두려워하는 게 아닐까. 기분이 좋을 때, 스칼렛과 같이 시시덕거릴 때, 가끔 머쓱해 하면서 귀여울 만큼 우물쭈물할 때는 울프의 이면은 전혀 드러나지 않았다. 하지만 스칼렛은 울프가 싸우는 모습을 너무 많이 보았다. 그 무자비한 면모를 절대로 잊을 수 없었다. 신더와 훈련 삼아 살살 싸우는 것과는 차원이 달랐다. 적의 목을 인정사정없이 부러뜨리고, 아무 도구도 없이 이빨로 살을 물어뜯어 뼈에서 발라내던 그 모습. 그 기억만 떠올리면 아직도 몸서리가 쳐졌다.

"스칼렛?"

스칼렛은 화들짝 놀라 고개를 들었다. 울프가 미간을 찡그린 채 마주보고 있었다.

"왜 그래?"

"아무것도 아니야." 스칼렛은 미소를 지었다. 자연스러운 웃음이 나와서 다행이었다.

확실히 그랬다. 울프의 내면에 어두운 부분이 있는 건 사실이었다. 하지만 지금 눈앞에 앉아 있는 남자는 그때 보았던 그 괴물이 아니다. 루나의 과학자들이 울프에게 무슨 짓을 해놓았든 간에, 울프는 거기에 휘둘리지 않고 스스로 판단하고 결정을 내릴 수 있다는 것을 보여주었다. 노력해서 변할 수 있다는 것을.

"그냥 흉터에 대해 생각하고 있었어."

스칼렛은 연고 튜브의 뚜껑을 닫으며 말했다. 울프의 입술에서 나던 피는 멎었지만, 턱에 든 멍은 며칠은 갈 듯했다. 스칼렛은 울프의 턱을 쥐고 얼굴을 약간 돌려서 그의 상처에 입을 맞췄다. 그러자 울프는 숨을 짧게 들이쉬면서 몸을 돌처럼 굳혔다. 울프가 그렇게 가만히 있는 일은 드물었다.

"자, 이제 됐어. 죽진 않을 테니 걱정하지 마세요, 환자분."

스칼렛은 쓰고 남은 반창고를 쓰레기통에 던져 넣으며 농담을 했다. 그때 벽의 스피커에서 이코의 음성이 치직거리며 흘러나왔다.

"스칼렛, 울프. 화물칸으로 와줄 수 있겠냐? 너희들이 봐야 할 뉴스가 나온다."

"바로 갈게."

스칼렛은 의료용품들을 정리해 넣었고 울프는 실험대 위에서 뛰어내렸다. 스칼렛이 돌아보자, 울프는 손가락으로 상처가 난 자리를 문지르며 씩 웃었다.

화물칸에 가보니 카스웰과 신더가 화물상자 위에 올라앉아서 카드놀이를 하고 있었다. 신더는 아까 울프를 상대로 한바탕 싸워 이겼을 때 모습 그대로 머리가 마구 헝클어져 있었다. 카스웰이 그들을 흘끔 올려다보고는 불평을 늘어놓았다.

"아, 스칼렛! 신더가 속임수 써. 뭐라고 한마디 좀 해줘."

"나 속임수 안 썼어."

"연속 두 번이나 더블로 땄잖아. 말도 안 돼."

신더가 팔짱을 꼈다. "카스웰, 나는 게임 규칙 설명서를 머릿속에 다운받아놓고 읽으면서 하고 있어. 내가 뭘 해도 되고 뭘 하면 안 되는지 정도는 알아."

카스웰이 손가락으로 딱 소리를 냈다. "그것 봐! 로열게임을 하는 중간에 뭘 다운받아서 읽는 건 반칙이라고. 그것 자체가 기본적인 규칙을 어긴 거라니까."

신더는 두 손을 들어올리면서 들고 있던 카드들을 던져버렸다. 스칼렛은 날아가던 카드들 중 하나를 낚아챘다. 숫자 3 카드였다.

"나도 연속 두 번으로 더블은 안 된다고 알고 있긴 한데. 우리 할머니만 쓰는 규칙일 수도 있어."

스칼렛의 말에 카스웰이 우겼다. "네가 아는 그 규칙이 맞아. 신더가 반칙하는 거야."

"아니라니까!"

신더가 이를 악물고 으르렁거렸다. 스칼렛은 3 카드를 나머지 카드들 위에 올려놓고 화제를 돌렸다.

"그나저나 이코가 뭐 볼 게 있다고 했는데?"

"위, 마드무아젤."

이코가 프랑스어로 말했다. 카스웰이 스칼렛에게 종종 쓰는 말투를 따라한 것이다. 하지만 프랑스어 억양을 과장스럽게 흉내 내는 카스웰에 비해, 이코의 말투는 정말로 품위 있게 들렸다.

"루나의 특수첩보원들에 대한 속보가 떴다."

벽의 넷스크린이 켜지더니, 화면에 떠 있던 카운트다운 시계와 황궁 내부 지도가 사라지고 여러 개의 영상이 나타났다. 보도하는 기자들의 모습과 함께 화질이 낮은 자료 영상이 나왔는데, 무장한 군인들이 근육질 남자 대여섯 명을 이끌어 보안 호버에 태우는 장면이었다.

"아메리카공화국이 루나 첩보원들을 조사하고 있다고 한다. 침공당한 도시 세 곳, 즉 뉴욕, 멕시코시티, 상파울루에서 함정수사가 진행되고 있다. 벌써 첩보원 59명, 마법사 네 명이 전쟁포로로 억류되었다는 소식이다."

스칼렛은 화면 가까이 다가갔다. 영상에 나오는 지역은 맨해튼 섬이었다. 버려진 지하철역에 은신하고 있던 첩보원들이 군인들에게 붙잡혀 끌려가는 중이었다. 발목과 양손이 묶인 첩보원 한 명 당 군인이 둘씩 달라붙어 삼엄하게 총부리를 겨누고 있었다. 그런데도 첩보원들은 초원에서 들꽃이라도 따는 것처럼 여유로워 보였다. 심지어 한 명은 카메라를 향해 재미있다는 듯 히죽 웃어 보이기까지 했다.

"저 중에 누구 아는 사람 있어?"

스칼렛이 묻자 울프는 끙 앓는 소리를 냈다.

"아니, 다른 무리와는 잘 어울리지 않아. 식당에서나 훈련 중에 얼굴을 보긴 하지만."

"표정들이 별로 속상해하는 것 같지 않은걸. 교도소 식사가 얼마나 맛없는지 모르나 보군."

카스웰이 말하자 신더가 스칼렛 옆으로 다가와 빈정거렸다.

"태평할 만도 하지. 어차피 오래 갇혀 있진 않을 테니까. 2주 뒤 결혼식이 치러지면 루나로 멀쩡히 송환될 텐데 뭐."

"그럼 체포해봤자 뭐해? 시간과 자원만 낭비하는 거잖아."

스칼렛이 반박했다. "그건 아니지. 사람들이 계속 공포에 떨며 지내게 내버려둘 순 없잖아. 정부는 그런 대학살이 또 일어나지 않도록 뭔가 대책을 세우고 있다는 걸 보여주려는 거야. 그래야 사람들이 사태가 통제되고 있다고 생각하고 안심할 테니까."

신더가 고개를 저었다. "하지만 레바나가 보복하면 어쩌려고? 애초에 결혼동맹도 레바나를 막으려고 하는 거잖아."

"보복하지 않을 겁니다. 신경도 안 쓸걸요."

울프가 말했다. 스칼렛이 울프의 팔에 새겨진 문신을 흘끔 돌아보았다.

"너를…… 그 병사들을 만들어내느라 온갖 노력을 쏟아부었는데도?"

"고작 첩보원들 때문에 동맹을 깨뜨릴 수는 없으니까. 우리는 처음부터 한 가지 목적을 위해 만들어진 부대일 뿐이야. 지구에 선제 공격을 하는 것. 루나가 언제든 지구를 습격할 수 있다는 걸 알려줘서 공포를 심어주려는 목적 말이야." 울프가 초조하게 두 발의 체중을 옮겨 실으며 몸을 까딱거렸다. "그러니까 레바나는 이제 첩보원들이 어떻게 되든 상관 안 할 거야."

이코가 말했다. "울프 말이 맞기를 바란다. 첩보원들을 추적할 방법이 알려졌으니 지구연합의 다른 국가들도 아메리카공화국과 동일한 방법으로 체포를 개시할 가능성이 높다."

"추적을 대체 어떻게 한 건데?"

신더가 다시 머리를 묶으며 물었다. 그러자 이코가 한숨을 쉬는 듯, 냉방 시스템에서 공기가 쉭 새어나왔다.

"ID 칩을 통해서다. 루나인 첩보원들이 지구 사회에 섞여들기 위해 지구인들의 ID 칩을 훔쳐서 몸에 이식했던 모양이다. 그 칩들은 전염병 사망자들에게서 얻어낸 거라고 한다. 전 세계의 검역소에 배치된 의료 안드로이드들의 프로그래밍을 조작해서 사망자들의 ID 칩을 수거해 빼돌렸던 거다. 정부에서 그 ID 칩들의 경로를 추적하자 첩보원들의 아지트가 금방 밝혀졌다."

"피어니······." 신더가 넷스크린으로 가까이 다가가며 중얼거렸다. "그래서 그때 안드로이드가 피어니의 칩을 가져가려고 한 거였구나······. 그럼 피어니의 칩이 그놈들 중 하나의 몸에 들어갔을 수도 있다는 뜻이네?"

"야, 듣는 그놈 섭섭하겠다."

카스웰이 한마디 핀잔을 줬다. 신더는 관자놀이를 꾹꾹 누르며 사과했다.

"미안해, 울프. 너 들으라고 한 말은 아니었어." 신더는 머뭇거리다가 말을 이었다. "하지만······ 그렇잖아. 피어니는 내 동생이었다고. 얼마나 많은 사람이 전염병으로 죽었는데, 신원까지 이런 식으로 도둑질당했다니 너무하잖아. 음, 내 말 너무 기분 나빠하지 않았으면 좋겠어."

"괜찮습니다. 당신은 동생을 사랑하셨을 테니까요. 만약 누가 스칼렛의 신원을 삭제하고 레바나의 군대에 넘겼다면 나도 당연히 불쾌했을 겁니다."

스칼렛은 얼굴이 화끈 달아올랐다. 깊은 의미에서 한 말은 아닐 거라고 생각하고 있는데, 이코가 꺅 하고 소리를 질렀다.

"아우우우, 방금 울프가 스칼렛을 사랑한다고 한 거냐? 너무 멋있다!"

"아니, 그런 말은 아니었······." 스칼렛은 움찔하고는 애써 말을 돌렸다. "저기, 우리 루나인 병사들 얘기나 하지?"

"스칼렛 얼굴 빨개졌냐? 빨개졌을 것 같다."

카스웰이 카드를 섞으며 말했다. "응, 빨개졌어. 사실 울프도 좀 빨개졌······."

"애들아, 집중 좀 하자."

보다 못한 신더가 한마디했다. 스칼렛은 신더에게 뽀뽀라도 해주고 싶은 심정이었다.

"그러니까 루나인들이 전염병 피해자들에게서 ID 칩을 훔치고 있었다는 거지. 그래서 지금은?"

이코가 흥분을 가라앉히자 실내조명이 흐릿해졌다. "이제 그런 일은 없다고 한다. 아메리카의 검역소에 배치된 모든 안드로이드가 전면 검사를 받고 다시 프로그래밍되고 있다. 다른 나라들도 당연히 똑같이 할 거다."

넷스크린 화면에서는 맨해튼의 마지막 첩보원이 보안 호버로 끌려가고 있었다. 호버의 문이 탕 닫히고 잠기는 소리가 났다. 스칼렛은 자신이 만났던 첩보원들을 떠올렸다. 스칼렛을 가두고, 할머니를 죽인 그놈들.

"그래도 한 가지 문제는 풀린 셈이네. 유럽도 얼른 추적에 들어갔으면 좋겠다. 놈들을 죽여버려야 해."

"하지만 그걸로 전부 해결될 거라고 생각하면 안 돼. 울프 말마따나 진짜 전쟁은 아직 시작되지도 않았으니까. 지구는 지금 당장 예민하게 촉각을 곤두세우고 모든 사태에 대비해야 해."

신더의 말에 스칼렛이 덧붙였다. "그래, 그리고 우리는 결혼식을 막고 너를 왕위에 올려야겠지. 이 일만 잘 해내면 전쟁도 안 날 테니까."

여왕이 된다는 말이 나왔을 뿐인데도 신더는 눈에 띄게 움찔했다. 한편 이코는 넷스크린 화면에서 첩보원 체포 뉴스를 내리고 곧 다가올 결혼식에 대한 뉴스를 띄워주었다.

"질문이 있다. 기왕 신베이징 황궁에 잠입할 거라면, 그냥 레바나를 암살하면 안 되냐? 꼭 냉혈한 살인자가 되라는 건 아니지만, 어쨌든 그렇게 하면 문제가 단번에 해결되지 않냐?"

"말처럼 그렇게 쉬운 일이 아니야. 레바나가 누군데. 수백 명을 한꺼번에 세뇌할 수도 있는 사람이라고."

"그래도 나는 세뇌당하지 않는다. 너도 세뇌당하지 않는다."

울프가 고개를 저으며 말했다. "그만큼 가까이 접근하려면 일개 대대 정도는 필요할 겁니다. 레바나는 수많은 경호원과 마법사를 거느리고 있을 거예요. 주위에 방패나 무기로 이용할 지구인도 수두룩하겠죠."

"카이토도 포함해서."

신더가 덧붙였다. 그러자 우주선 엔진이 푸드득거리는 소리와 함께 벽이 흔들렸다.

"그 말이 맞다. 그런 위험을 감수할 수는 없다."

신더가 옆구리에 양손을 얹었다. "그렇지. 그러니까 레바나가 사기꾼이고 살인자라는 걸 전 세계에 알려야 해. 레바나가 괴물이라는 건 이미 잘 알려져 있으니까 우리는 그 괴물이 황후가 되면 모두가 위험해진다는 것만 확실히 알려주면 되는 거야."

CRESS

5장

"4번 화면. 하이 잭을…… D5로 옮겨줘."

크레스가 격자 모양으로 늘어선 아이콘들을 바라보며 말했다. 그러자 광대 캐릭터가 지정받은 공간으로 재주넘기를 하며 건너갔다. 크레스는 그걸 굳이 지켜보지 않고 다른 게임으로 시선을 돌렸다.

"5번 화면. 루비랑 단검 가지고 왕관은 버릴게."

화면이 반짝이며 움직이기 시작했다. 이번에도 크레스는 벌써 다른 게임으로 주의를 옮기고 있었다.

"6번 화면……."

크레스는 말을 멈추고, 머리카락 끝을 입에 물고 잘근잘근 씹었다. 화면에는 숫자가 적힌 칸들이 열두 줄로 늘어서 있었다. 그중에는 비어 있는 것도 있고 색깔이나 무늬가 들어간 것도 있었다. 크레스는 퍼즐을 바라보면서 머리를 한껏 쥐어짰다. 그러다 보니 지구 위로 달이 떠오르듯 해답이 눈에 선명히 들어왔다. 다시 해보라면 또 성공할 수 있을지 자신 없을 정도로 어려운 방정식을 기어이 풀어낸 것이다.

"3A는 노랑 4. 7B는 검정 16. 9G는 검정 20."

격자가 스르르 녹듯 사라지더니, 제2시대 가수가 화면에 나타나 환호성을 지르고 박수갈채가 쏟아졌다.

"축하해요, 언니. 이기셨어요!"

작은 크레스가 말했다. 그러나 승리감은 오래 가지 않았다. 크레스는 모로 돌아누워서 첫 번째 게임을 보았다. 자신이 둔 수 다음에 작은 크레스가 둔 수를 확인하니 자존심이 팍 짓밟혔다. 크레스는 구석으로 물러나 앉아서 중얼거렸다.

"1번 화면은……."

크레스는 머리타래를 한쪽 어깨 앞으로 휙 넘겨, 하도 씹어서 축축하게 젖어버린 머리카락 끝을 가지고 초조하게 매듭을 지었다. 매듭을 다섯 번이나 지으면서 온갖 수를 궁리하다 보니 깨달을 수 있었다. 이 게임은 꼼짝없이 질 판이었다. 6번 화면 게임에서 이겼을 때의 기쁨은 까맣게 잊히고 말았다.

한숨을 쉰 크레스는 그래도 최선을 다해 수를 뒀다. 하지만 역시 작은 크레스는 예상대로였다. 미로와 같은 홀로그램 게임판에서 작은 크레스가 가진 왕이 중앙으로 옮겨가더니 황금 성배를 거머쥐었다. 그러자 광대가 나타나 웃음을 터뜨리며 나머지 판을 우걱우걱 먹어치웠다.

크레스는 신음을 흘리며 머리카락을 어깨 뒤로 넘겼다. 이제는 열 살짜리 자기 자신이 내릴 벌칙을 기다리는 수밖에 없었다.

"내가 이겼어요!"

작은 크레스의 목소리와 함께 게임판이 화면 속으로 사라졌다. 다른 게임들은 자동으로 잠금 상태가 되었다.

"언니, 벌칙이에요. 지금부터 나오는 영상에 따라 10분 동안 컨트리웨스턴 라인댄스를 추고, 토끼뜀을 서른 번 하세요. 실시!"

지나치게 의기양양한 그 음성에 크레스는 부아가 치밀어 눈을 굴렸다. 저 자동음성을 제작할 때 이렇게까지 발랄한 어조로 녹음하지 않았더라면 좋았을 텐데. 어쨌든 크레스는 컴퓨터가 시키는 대로 침대에서 일어났다. 화면에는 콧수염을 기른 남자가 바지 벨트에 엄지손가락을 건 자세로 나타나서 춤을 선보이려 하고 있었다.

2년 전, 이런 환경에서는 몸을 움직일 기회가 너무 적다는 걸 깨닫고 크레스는 억지로라도 운동을 할 방법을 고안해냈다. 모든 게임에 다양한 종류의 운동 프로그램을 삽입해서 게임에서 질 때마다 벌칙으로 운동을 하게끔 만든 것이다. 괜한 짓을 했다고 후회한 적이 한두 번 아니었지만 덕분에 의자에만 계속 붙어 앉아 있진 않게 됐으니 다행이었다. 그리고 요가와 춤은 사실 재미있었다. 토끼뜀은 내키지 않았지만.

기타 소리와 함께 춤이 시작되려는데, 삑 하는 요란한 알림음이 울리더니 운동 프로그램이 정지됐다. 크레스는 허리춤에 손을 얹은 채 넷스크린 화면들을 둘러보았다.

"작은 크레스, 무슨 일이……."

"'알려지지 않은 발신자: 정비공'으로부터의 직접통신 요청이 들어왔습니다."

크레스는 공중제비를 넘은 것처럼 속이 뒤집혔다.

정비공?

크레스는 환성을 지르면서, 조그마한 넷스크린 앞으로 허둥지둥 넘어지다시피 뛰어가 운동 프로그램을 무시하라는 명령어를 입력했다. 그리고 방화벽과 보안 설정을 확인했다. 정말이었다. D-COMM 통신 요청이 단순명쾌한 질문으로 떠 있었다.

수신하시겠습니까?

입안이 바싹 말라붙었다. 크레스는 두 손으로 머리카락을 쓸어넘기며 소리쳤다. "응! 수신!"

창이 사라지고 화면이 텅 비더니…… 그리고…….

카스웰 손이 나타났다.

그는 의자에 몸을 깊숙이 기대고 앉아 부츠를 신은 두 발을 화면 앞에 올려놓고 있었다. 그 뒤에 세사람이 둘러서 있었지만, 크레스에게는 카스웰의 푸른 눈동자밖에 보이지 않았다. 그의 두 눈이 크레스를 똑바로 마주보고 있었다. 숨이 막힐 만큼 가슴이 벅찼다. 늘품어온 동경과 황홀감이 이 순간 크레스를 가득 채웠다.

비록 두 사람은 두 대의 넷스크린과 광활한 우주를 사이에 두고 떨어져 있었지만, 서로의 마음이 연결되는 감각이 생생히 느껴졌다. 크레스를 처음으로 마주한 이 순간, 카스웰의 얼굴에 놀란 표정이 고스란히 떠오른 걸 보면 알 수 있었다.

크레스의 뺨이 뜨겁게 달아오르고 손이 후들후들 떨렸다. 카스웰은 두 발을 바닥에 내려놓고 몸을 앞으로 수그리더니 크레스를 자세히 뜯어보았다. 그리고 마침내 입을 열었다.

"세상에. 저게 다 머리카락이야?"

유대감이 툭 끊어졌다. 진실한 사랑과의 첫 만남에 대한 온갖 환상이 와장창 박살났다.

패닉에 휩싸인 크레스는 작게 비명을 지르며 카메라 앞에서 도망쳐 책상 밑으로 기어들어갔다. 그러다가 이가 덜거덕 떨릴 만큼 호되게 벽에 등을 부딪치고 말았다. 크레스는 가만히 웅크려 앉아 피부가 화끈거리고 맥박이 천둥처럼 고동치는 걸 느끼면서 실내를 둘러보았다. 카스웰도 지금 이 방을 보고 있을 터였다. 침대 위에 구겨져 있는 이불도, 저편의 넷스크린 화면에 여전히 떠 있는 콧수염 난 남자도. 화면 속의 춤선생은 파트너를 잡고 돌리는 자세를 보여주고 있었다.

"어라? 어디 갔지?" 카스웰의 목소리가 흘러나왔다.

"카스웰, 제발 생각 좀 하고 말할 순 없어?" 이번엔 여자 목소리였다. 린 신더일까?

"응? 왜? 내가 뭐라고 했는데?"

"'저게 다 머리카락이야?'라고."

"야, 너도 봤지? 까치집이랑 실뭉치를 합쳐놓은 걸 치타가 막 헤집어놓은 것 같더라니까!"

잠깐 침묵이 감돌더니, 여자 목소리가 되물었다. "치타?"

"처음 봤을 땐 커다란 고양이인가 했어."

크레스는 귀 주위에 엉켜 있는 머리카락을 손갈퀴로 풀어내려고 허둥거렸다. 이 인공위성에 갇힌 이래 한 번도 머리카락을 자른 적이 없었다. 시빌이 날붙이를 가져다주지 않았기 때문이다. 지금 크레스의 머리카락은 무릎까지 내려올 만큼 길었고 단정하게 땋는 건 포기한 지 이미 오래였다. 어차피 잘 보일 사람도 없었다.

아, 이럴 줄 알았으면 아까 머리를 손질해둘걸. 옷깃에 구멍이 뚫리지 않은 깨끗한 드레스를 입고 있을걸. 아침 먹고 나서 양치질은 했나? 기억나지 않는 걸 보니 안 한 모양이었다. 동결건조 에그베네딕트에 있던 시금치 조각이 잇새에 끼어 있을 게 분명했다.

"비켜봐. 내가 말할게." 넷스크린에서 아까 그 여자 목소리가 나오더니, 부스럭거리는 소음이 이어진 뒤 다시 말소리가 들렸다. "여보세요? 내 말 들리지? 저기, 내 친구가 멍청하게 굴어서 미안해. 그냥 무시해도 돼."

"맞아. 우리도 맨날 무시해."

또 다른 여자 목소리가 끼어들어 그렇게 말했다. 그동안 크레스는 거울이든 뭐든 얼굴을 비춰볼 만한 물건을 찾아 두리번거렸다.

"너랑 하고 싶은 이야기가 있어. 나는…… 신더라고 해. 그 안드로이드를 고친 정비공."

크레스는 엉겁결에 손등으로 빨래바구니를 후려쳤다. 바구니가 날아가면서 바퀴 달린 의자와 부딪쳤고, 그 반동으로 의자가 쭉 미끄러지다가 방 저편의 책상에 부딪치는 바람에 그 위에 놓여 있던 물잔이 흔들거렸다. 크레스는 딱딱하게 얼어붙은 채 눈을 휘둥그레 떴다. 물이 반쯤 담긴 컵이 까딱거리면서 엎질러지려 했다. 그 밑에는 작은 크레스의 메모리드라이브가 있었다.

"어…… 여보세요? 통화 괜찮아?"

다행히도 컵은 움직임을 멈추고 제자리에 섰다. 물은 한 방울도 떨어지지 않았다.

크레스는 천천히 한숨을 내쉬었다.

첫 만남이 이런 식으로 망가지다니. 지금까지 백 번은 이 순간을 꿈꿔왔는데, 그 모든 상상은 아무 소용도 없었다. 무슨 말을 하려고 했더라? 어떻게 행동하려고 했더라? 어떤 사람으로 보이려고 했더라? 너무 창피해서 아무 생각도 안 났다. 단지 넷스크린에 뜬 컨트리웨스턴 댄서의 모습("이제 파트너와 등을 맞대고 도세요!"), 까치집 같은 자신의 머리카락, 땀으로 축축해진 손바닥, 귀가 먹먹해지도록 요란하게 울리는 심장박동만이 머릿속을 가득 채울 뿐이었다.

크레스는 눈을 질끈 감고 집중하려고 안간힘을 썼다. 자신은 책상 밑에 숨어 있는 조그맣고 어리석은 소녀가 아니라고 다그쳤다. 그리고 마음속으로 되뇌었다.

'나는 배우야.'

근사하고, 침착하고, 재능 있는 배우. 별처럼 반짝반짝 빛나는 스팽글 드레스를 입은, 누구나 한번 보면 반할 수밖에 없는 배우.

'그 누구도 감히 나를 무시할 수 없어. 루나인 마법사가 사람들을 손쉽게 조종하듯이, 나는 손쉽고도 당연하게 사람들을 홀릴 수 있어. 숨이 멎도록 아름다운 배우니까. 그런데……'

크레스는 여전히 책상 밑에 숨어 있었다.

"거기, 내 말 들리니?"

넷스크린에서 소녀가 말했다. 그러자 카스웰이 코웃음을 쳤다.

"통신 연결에는 아무 문제도 없어."

크레스는 또 움츠러들었다. 하지만 배우가 되었다고 상상하니 호흡이 차츰 정돈되어갔다.

"여긴 드라마 세트장이야." 크레스는 카스웰 일행에게 들리지 않을 만큼 조그맣게 중얼거렸다. 그리고 그 상상을 견고하게 쌓아올렸다. 이곳은 침실도 감옥도 아니다. 카메라와 조명과 감독과 제작자와 안드로이드 조수 들이 일사불란하게 돌아다니는 드라마 세트장이다. 그리고 나는 배우다.

"작은 크레스, 운동 프로그램 정지시켜."

크레스의 지시에 통신창을 제외한 넷스크린들이 꺼지고 방 안이 조용해졌다. 책상 밑에서 기어나와 통신창을 다시 마주하니, 이제 화면 앞에는 신더가 앉아 있고 카스웰은 그 뒤에서 화면을 쳐다보고 있었다. 크레스가 그에게 오래 눈길을 주자 카스웰은 미안하다는 듯 미소를 지었다. 그 미소에 심장이 또 날뛰었다.

"안녕. 놀라게 해서 미안해. 나 기억하니? 지지난 주쯤 즉위식 날에 통신으로 얘기했는데……."

"응, 그, 그럼." 크레스는 더듬거렸다. 그리고 신더 일행에게 보이지 않게 슬쩍 의자를 끌어와 후들거리는 무릎을 가누며 자리에 앉았다. "무사해서 다행이야."

크레스는 카스웰이 아니라 신더에게 집중하려고 애썼다. 그래야 평정을 유지할 수 있을 테니까. 카스웰과 눈이 마주치면 또 정신을 못 차릴 게 뻔하다. 하지만 그의 눈을 바라보고 싶다는 충동은 여전히 남아서 크레스를 채근했다.

신더가 대답했다. "아, 고마워. 그런데 나는 잘 몰라서…… 만약 네가…… 음, 그러니까, 혹시 지구 쪽 뉴스 확인하고 있니? 최근에 무슨 일이 일어났……."

"난 모든 걸 알아."

신더가 말을 멈췄다.

크레스는 자신이 너무 어물거리고 있다는 걸 깨달았다. 이렇게 섬세한 배역을 연기하려면 더 또박또박 발음해야 한다. 크레스는 마음을 가다듬고, 더 꼿꼿하게 자세를 고쳐 앉아 모두를 바라보며 말했다. "뉴스는 전부 확인하고 있어요. 여러분이 프랑스에서 발견됐다는 것도 알고요. 그리고 저는 여러분의 우주선을 추적하고 있으니, 그게 아직 멀쩡하다는 것도 알고 있었죠. 하지만 여러분이 혹시 다쳤는지, 신변에 무슨 일이 생겼는지는 알 수 없었어요. 그래서 D-COMM 통신을 계속 걸어봤는데 받지 않더라고요."

크레스는 약간 풀이 죽어서 손가락으로 머리카락을 비비 꼬았다. "하지만 다들 무사한 것 같으니 다행이에요."

"그래, 그래, 우린 무사해. 모두 멀쩡해."

카스웰이 그렇게 말하며 신더의 어깨에 팔꿈치를 얹더니, 미간을 찡그린 채 얼굴을 내밀었다. 그러자 눈을 마주치지 않을 수 없었다. 크레스는 자기도 모르게 나지막이 꺅 하는 소리를 내뱉었다. 자신이 기억하는 한 이런 소리를 낸 적은 생전 처음이었다.

"그런데 우리 우주선을 '추적'하고 있었다고?"

크레스는 입을 벌렸다가 아무 말도 생각나지 않아서 다시 다물었다. 그리고 황급히 고개를 끄덕였다. 그러자 카스웰이 실눈을 뜨고 크레스를 쳐다보았다. 거짓말을 하고 있는 게 아닌지, 아니면 단순히 바보인 건지 확인하려는 듯한 눈빛이었다.

크레스는 다시 책상 밑으로 기어들어가고 싶었다.

"그게 정말이야? 네가 누구 밑에서 일한다고 했지?" 카스웰이 느릿느릿 물었다.

'넌 배우야. 배우라고!' 크레스는 애써 마음을 다잡고 입을 열었다. "시빌 마님요. 전 마님의 명령을 받아서 여러분을 찾았던 거예요. 하지만 그분께는 아무 말도 안 했으니 안심해도 돼요. 앞으로도 말 안 할 테고요. 저는…… 여러분 우주선의 레이더 신호를 방해하고, 감시위성들과 궤도가 겹치면 위성의 각도를 조종해서 시야를 벗어나게 하고, 뭐 그런 일을 했어요. 램피언이 아무에게도 감지되지 않도록요."

화면 속에서 네 명이 일제히 입을 딱 벌리고 크레스를 쳐다보았다. 크레스의 머리카락이 모조리 빠져버리기라도 했다는 듯한 표정이었다. 크레스는 머뭇거리다가 말을 이었다.

"아직도 발각되지 않은 게 이상하다고 생각하지 않았나요?"

신더는 눈썹을 치켜올리며 카스웰을 돌아보았다. 그러자 카스웰이 웃음을 터뜨렸다.

"우리는 신더가 우주선에 마법을 걸어서 감지 안 되는 줄로만 알았어. 그런데 그게 다 네가 한 일이었단 말이야?"

신더가 짜증이 나는 듯 낯을 찌푸렸다. 정확히 누구를 향한 표정인지는 알 수 없었다. "우리가 너한테 정말 큰 신세를 졌구나."

신더의 말에 크레스는 어색하게 어깨를 으쓱였다.

"별로 어려운 일도 아닌데 뭐. 램피언의 위치를 찾는 게 가장 어려웠지만, 나 아니라 누구라도 금방 찾아냈을걸. 그리고 은하를 몰래 지나다니는 배들을 은폐하는 건 루나인들이 오래전부터 해온 일이고……."

"내게는 일본 주를 통째로 살 수도 있을 정도로 어마어마한 현상금이 걸려 있어. 누가 나를 찾아냈다면 진작 팔아넘겼을 거야. 그러니까, 정말 고마워. 진심으로."

크레스는 얼굴이 화끈 달아올랐다. 카스웰이 신더를 팔로 쿡 찌르며 말했다.

"칭찬으로 상대의 마음을 녹인다. 좋은 작전인걸?"

신더는 어처구니없다는 듯 눈을 굴리고 카스웰을 싹 무시했다. "저기, 사실 네게 부탁하고 싶은 게 있어서 연락했어. 이미 많이 도와줬다는 건 알지만…… 괜찮을까?"

크레스는 손목을 감싼 머리카락을 풀면서 단호히 말했다. "그래, 뭐든 말만 해."

카스웰이 활짝 웃었다. "야, 보고 좀 배워라. 너희도 얘처럼 사근사근하면 얼마나 좋아?"

신더의 뒤에 있던 다른 여자애가 카스웰의 어깨를 철썩 쳤다. "아직 정확히 뭘 부탁할지 말하지도 않았거든?"

크레스는 처음으로 그 소녀를 자세히 보았다. 소녀는 붉은 곱슬머리였고, 콧잔등에 주근깨가 있었으며, 바로 옆에 있는 신더의 각지고 밋밋한 몸이 너무 비교되어 보일 정도로 곡선미가 도드라진 몸매였다. 그 옆에는 두 소녀보다 훨씬 덩치가 커다란 남자가 서 있었다. 남자는 사방으로 뻗친 갈색 머리를 하고 있었다. 얼굴에 난 흐릿한 흉터들을 보니 싸움에 많이 휘말리며 살아온 것 같았다. 턱에는 생긴 지 얼마 안 된 듯한 멍 자국도 보였다.

크레스는 최대한 자신감 있는 표정으로 말했다. "어떤 부탁인데?"

신더가 설명했다. "무도회 날에 네가 말했지? 네가 지구 각국의 지도자들을 도청해서 레바나 여왕에게 정보를 전달하고 있다고 말이야. 그리고 레바나가 황후가 되면 카이토 황제를 암살해서 동방연방을 완전히 거머쥐고, 지구의 다른 나라들을 전면 침공할 생각이라는 얘기도 해줬잖아."

크레스는 지나치다 싶을 만큼 힘차게 고개를 끄덕였다.

"음, 지구인들이 그 사실을 알았으면 좋겠어. 레바나가 동방연방만이 아니라 지구 전체를 정복할 계획이라는 것. 지금껏 내내 다른 나라들을 염탐하면서 기회만 생기면 침공하려고 벼르고 있었다는 게 알려지기만 하면, 이 결혼은 절대로 성사되지 않을 거야. 아무도 레바나를 일국의 정상으로 받아들려 하지 않을 테니 말이야. 그러면 결혼은 취소되고, 그리고…… 일이 잘 풀린다면, 우리가, 음…… 우리의 궁극적인 목적은 레바나를 퇴위시키는 거야."

크레스가 입술을 핥았다. "그래서…… 내가 뭘 하면 될까?"

"증거가 필요해. 레바나가 이제껏 저지른 짓들과 앞으로의 계략에 대한 증거."

크레스는 의자에 몸을 기대어 앉으며 생각에 잠겼다. "그동안 녹화한 감시 영상 사본을 모두 갖고 있어. 그중에서 가장 치명적인 것들을 골라서 이 직접통신 링크로 전송하는 건 간단한 일이야."

"그럼 딱 좋지!"

"하지만 그것만으로는 부족할걸. 그건 레바나가 다른 나라들의 정세에 관심이 있다는 증거일 뿐, 침공할 계획을 증명하지는 못하니까. 그리고 레바나의 황제 시해 음모에 대한 문건 같은 것은 따로 없어. 내가 시빌 마님의 이야기를 토대로 추측했을 뿐이야."

"그래도 괜찮아. 네가 줄 수 있는 건 뭐든 도움이 될 거야. 레바나는 이미 우리를 공격했잖아. 그리 까다롭게 설득하지 않아도 지구인들은 레바나가 또 그런 짓을 저지를 수 있다는 걸 믿어줄 거야."

크레스는 고개를 끄덕였지만 이제는 열성적으로 맞장구칠 수가 없었다. 크레스는 헛기침을 하고 또 다른 문제점을 지적했다. "그런데 시빌 마님이 그 영상들의 출처가 어딘지 알아볼 텐데. 그 정보를 유출한 사람이 나라는 걸 말이야."

신더의 얼굴에서 웃음기가 사라졌다. 굳이 명확하게 말하지 않았어도 알아차린 것이다. 크레스가 밀고죄로 처형당하리라는 것을.

"미안해. 너를 레바나의 손아귀에서 빼낼 방법이 있다면 그렇게 하겠지만, 우리가 루나까지 가는 건 너무 위험해. 우주항의 보안을 뚫으려면……."

"여긴 루나가 아니야!" 희망에 찬 크레스가 우르르 말을 쏟아냈다. "루나까지 갈 필요 없어. 내가 있는 곳은 루나가 아니야."

신더는 크레스 뒤에 펼쳐진 실내 풍경을 둘러보았다. "지난번에 지구로 연락할 방법이 없다고 말하지 않았어? 그래서 달에 있는 줄 알았는데……."

"나는 인공위성에 있어. 내 좌표를 알려줄게. 그리고 몇 주 전에 확인해보니, 너희 램피언에 내 인공위성이랑 호환되는 도킹기어가 있는 것 같더라. 아니면 적어도 거기에 탑재된 캡슐 비행선들은 분명 호환될 거야. 그 캡슐 비행선들, 아, 아직 갖고 있지……?"

"인공위성에 있다고?" 카스웰이 물었다.

"네, 열여섯 시간 공전주기의 극궤도 위성이에요."

"얼마나 오래 인공위성에서 살았던 거야?"

크레스는 머리카락을 손가락으로 꼬았다. "7년 정도……?"

"뭐? 7년? 너 혼자서?"

"어, 네. 마님이 음식이랑 물을 가져다주세요. 그리고 네트워크에도 접속할 수 있으니까 그렇게 심심하진 않아요. 하지만, 음⋯⋯."

카스웰이 크레스 대신 말을 맺었다. "하지만 죄수 신세잖아."

"곤경에 빠진 숙녀라고 불러주는 쪽이 더 좋아요."

크레스가 웅얼웅얼 말했다. 그러자 카스웰의 한쪽 입꼬리가 씩 올라갔다. 졸업식 사진에 찍힌 모습과 똑같았다. 약간 엉큼하면서도 매력으로 넘쳐나는 그 미소에 크레스는 심장이 멎을 것 같았다.

크레스는 온몸이 흐물흐물 녹아내리는 느낌이었지만 화면 너머의 사람들은 아무도 눈치채지 못한 듯했다. 붉은 머리 소녀가 몸을 뒤로 빼서 화면에서 사라졌다. 하지만 목소리는 들렸다.

"레바나가 우릴 찾으려고 혈안이 돼 있는데, 그 여자 눈 밖에 날 짓을 더 한다고 해서 뭐가 달라질 것 같진 않아."

신더가 동료들과 시선을 교환하며 말했다. "게다가 우리 우주선을 추적하는 방법을 알고 있는 사람을 레바나의 손에 남겨둘 순 없어. 안 그래?"

크레스는 손가락을 휘감은 머리카락을 피가 통하지 않을 정도로 힘껏 잡아당겼다. 살갗이 얼얼했지만 그러거나 말거나 신경도 쓰이지 않았다. 카스웰이 화면 너머에서 크레스를 바라보고 있었다.

"좋아, 곤경에 빠진 아가씨. 그리로 갈 테니 좌표를 보내줘."

CRESS

6장

"저녁 만찬 계획으로 넘어가겠습니다. 루나의 여왕 폐하께서는 예식 이후 전통적인 여덟 코스 정찬이 이어지는 것이 좋겠다고 하셨습니다. 첫 요리로는 사시미 네 조각, 그다음에는 가벼운 수프가 어떨까요. 저는 모조 샥스핀 수프를 생각하고 있었습니다. 오랜 전통과 현대적인 감각 모두를 절충하는 훌륭한 선택이 될 것이라 사료됩니다만……."

웨딩플래너가 말을 멈췄다. 집무실 소파에 앉아 한쪽 팔로 눈을 덮고 있는 카이토도, 그의 수석 고문관인 콘 토린도 아무런 이견을 꺼내지 않았다. 그녀는 헛기침을 하고 말을 이었다.

"세 번째로는 그린망고 절임을 곁들인 돼지 옆구리살 조림을 추천드립니다. 그다음에는 우리식 채소 앙트레로, 바나나 잎사귀를 밑에 깔고 양귀비 씨를 뿌린 포톨(오이나 호박과 유사한 채소_역주)이 좋을 듯합니다. 다섯 번째는 조개류를 넣은 커리에 강렬한 코코넛라임소스를 곁들이면 어떨까 합니다. 바닷가재, 새우, 가리비 중에서 폐하께서 특별히 즐기시는 재료가 있는지요?"

카이토는 얼굴에서 팔을 약간 떼고 손가락 사이로 웨딩플래너를 바라보았다. 웨딩플래너 타시미 프리야는 40대인데도 피부는 스물 아홉 살 이후로 나이를 먹지 않은 듯 팽팽했다. 반면 머리카락은 회색으로 바래가고 있었다. 아마도 지난 한 주 동안 머리가 급격히 세어버린 건 아닌가 싶었다. 프리야는 결혼식과 관련한 신부 측의 요구 사항을 다른 예식 담당자들에게 전달하는 일을 맡고 있었다. 레바나 여왕과 같이 일하려면 스트레스가 이만저만이 아닐 것이다.

다행스럽게도 카이토가 보기에 프리야는 맡은 일을 아주 잘 해내고 있었다. 프리야는 조금도 망설이지 않고 황실 결혼식 총책임자 자리를 떠맡았고, 레바나의 요구에 한 번도 멈칫거리지 않았다. 그녀가 내리는 결정 하나하나에서 프로다운 완벽주의가 묻어났다. 교묘하고 섬세한 화장과 머리카락 한 올도 빠져나오지 않는 말끔한 헤어스타일에서도 그랬다. 단정한 얼굴과 대조적으로 옷차림은 화려했다. 그녀는 늘 보석처럼 고운 빛이 도는 호화로운 비단에 섬세한 자수가 들어간 인도 전통 사리를 걸치고 있었다. 프리야에게서는 전반적으로 위엄 어린 분위기가 풍겼다. 반면 지금 카이토의 모습에선 위엄이라고는 눈을 씻고 봐도 찾을 수 없었다.

"가리비, 바닷가재……." 카이토는 중얼거리며 집중하려고 애썼지만 잘되지 않았다. 그는 체념하고 다시 팔로 눈을 덮었다. "무엇이든 상관없소. 여왕께서 원하는 대로 하시오."

잠깐 침묵이 흘렀다. 프리야가 포트스크린에 손톱을 탁 부딪치는 소리가 들렸다. "만찬 메뉴는 나중에 다시 이야기할까요. 예식의 주례로 여왕께서는 아프리카의 카민 수상을 지목하셨는데, 폐하의 생각은 어떠신지요?"

"그보다 더 나은 적임자는 생각나지 않소."

"알겠습니다. 그러면 혼인서약에 대한 의견은 있으신지요?"

카이토는 코웃음을 쳤다. "사랑, 존경, 기쁨 같은 단어는 다 삭제하시오. 나는 서명란에 서명만 하겠소."

"폐하."

토린은 '폐하'라는 존칭을 꾸중처럼 들리게 발음하는 재주가 있었다. 카이토는 한숨을 쉬며 일어나 앉았다. 토린은 프리야의 맞은편에 앉아서 작은 술잔을 두 손으로 쥐고 있었는데, 술은 벌써 다 비우고 술잔에는 얼음만 가득 남아 있었다. 웬만하면 술을 마시지 않는 토린이 저러는 모습을 보니 모두가 힘든 시기를 보내고 있다는 게 실감이 났다.

카이토는 프리야를 돌아보았다. 프리야는 여전히 프로답게 무표정한 얼굴로 재차 질문했다.

"서약에 관해 의견이 있으십니까?"

프리야의 눈꼬리에 주름이 잡혔다. 미안해하는 듯한 눈빛이었다. 카이토는 무언가 끔찍한 말이 튀어나오리라는 걸 직감했다.

"루나의 여왕께서는 황제 폐하께서 직접 서약을 작성하셨으면 좋겠다고 하셨습니다."

카이토는 소파에 몸을 늘어뜨렸다. "아, 제발! 그것만은 좀!"

프리야가 망설이다가 말했다. "폐하, 제가 대신 작성해드리기를 원하십니까?"

"그런 것도 그대의 직무에 포함되오?"

"이 결혼식이 순조롭게 진행되게 하는 것이 저의 직무입니다."

카이토는 천장에 매달린 샹들리에들을 올려다보았다. 보안점검 팀이 일주일에 걸쳐 이 집무실을 수색한 결과, 저 중 하나에서 카이토의 손톱보다 작은 도청장치가 발견됐다. 루나에서 심은 도청장치임이 분명했다. 레바나는 내내 그를 염탐해온 것이다.

개인 처소도 전부 이 잡듯 뒤지도록 했지만 거기서는 아무것도 발견되지 않았다. 그래서 카이토는 보안이 철저하게 검증된 이 집무실과 개인 처소에서만 자신의 약혼녀에 대해 자유롭게 이야기했다. 그래도 여전히 불안감은 남아 있었다. 보안점검팀이 혹시라도 놓친 게 없기만을 바랄 뿐이었다.

"고맙소, 프리야. 생각해보겠소."

프리야가 고개를 끄덕이며 일어섰다. "오후에 연회 담당자와 만나기로 했습니다. 나머지 만찬 코스에 추가할 사항이 있는지 이야기해보겠습니다."

카이토도 억지로 자리에서 일어났다. 일어서는 게 놀라울 만큼 힘들었다. 지난 몇 주 동안 스트레스로 살이 몇 킬로그램이나 빠졌는데도 그 어느 때보다도 몸이 천근만근 무거웠다. 동방연방 백성 한 사람 한 사람의 무게에 짓눌리는 것만 같았다.

"애써주어서 고맙소."

프리야가 예복에 쓸 색상 견본이며 옷감 샘플들을 정리하는 동안 카이토는 정중히 인사했다. 프리야도 마주 절했다.

"내일 아침, 파크 마법사가 도착하기 전에 다시 찾아뵙겠습니다."

카이토는 신음을 흘렸다. "그게 벌써 내일이던가?"

토린이 헛기침을 했다.

"그러니까 내 말은…… 아주 기쁘단 말이오! 그 친구를 처음 만났을 때부터 아주 즐거웠다오."

문밖으로 물러나는 프리야의 얼굴에서 미소가 사라졌다.

카이토는 큰 소리로 한숨을 내쉬고 싶은 걸 꾹 참고 소파에 다시 주저앉았다. 자기가 철없이 굴고 있다는 건 알았지만, 가끔 이렇게 투정을 부릴 권리쯤은 있다고 생각했다. 특히 이런 개인 공간에서는. 밖에서는 항상 미소를 지으며 결혼식을 몹시 기대하는 척 연기해야 했다. 이 동맹이 동방연방에 큰 이득이 될 것이며, 레바나 여왕과의 결혼으로 말미암아 지구인들과 루나인들 사이에 지난 몇 세기 동안 실현되지 못했던 화합이 이루어질 것이고, 서로의 문화를 이해하고 받아들일 계기이자 묵은 증오와 무지를 떨쳐낼 첫걸음이 될 거라고 웅변하듯이. 하지만 그딴 말에 누가 속겠는가?

레바나가 싫었다. 레바나에게 굴복해야 하는 자기 자신도 싫었다. 아버지는 그토록 오랜 세월 레바나의 위협을 막았는데, 자신은 황위에 오른 지 고작 몇 주 만에 아버지의 그 모든 노고를 무너뜨렸다는 사실에 넌더리가 났다.

그의 아버지 라이칸 선황제가 병환이 들었다는 소식이 알려지면서부터 레바나는 이 모든 것을 계획했을 것이다. 카이토는 그녀의 손아귀에서 놀아났고, 결국은 레바나가 이기게 될 것이다. 그 모든 게 싫었다. 징글징글했다.

토린이 술잔에 든 얼음을 달그락 부딪치며 몸을 앞으로 내밀었다. "폐하, 안색이 창백하십니다. 제가 도와드릴 게 있을까요? 상의

하시고 싶은 문제는 없습니까?"

카이토는 앞머리를 쓸어올렸다. "토린, 솔직히 말해보시오. 내가 실수하고 있다고 생각하오?"

토린은 술잔을 내려놓더니 오랫동안 생각에 잠겼다.

"1만 6000명의 지구인이 죽었습니다. 그것도 공격이 개시된 지 단 몇 시간 만에. 그게 11일 전의 일입니다. 폐하께서 레바나 여왕에게 한 약속 덕분에 그동안 얼마나 많은 목숨이 살았는지 헤아릴 수도 없습니다." 토린은 두 손을 무릎 위에 포개서 얹고 말을 이었다. "그리고 레투모시스 치료제를 얻고 나면 또 얼마나 많은 목숨을 구할 수 있을지도 잊어선 안 되겠지요."

카이토는 볼 안쪽을 깨물었다. 카이토 역시 그와 똑같은 말로 자신을 위로하곤 했다. 이건 올바른 선택이다. 사람들의 목숨을 구하고 백성을 지키는 일이다.

"폐하께서 얼마나 큰 희생을 하고 계신지 잘 알고 있습니다."

"아, 그렇소?" 카이토는 어깨를 뻣뻣하게 굳혔다. "그렇다면 황후가 되어서 원하는 걸 얻고 나면 레바나가 나를 죽일 작정이라는 것도 잘 아시겠군요."

토린은 숨을 짧게 들이쉬었지만, 전혀 예상하지 못했던 건 아닌 눈치였다. "그렇게 놔두지 않을 겁니다."

"막을 수 있겠소?"

"결혼식은 사형 선고가 아닙니다. 아직 대책을 마련할 시간이 있지 않습니까. 레바나는…… 어쨌든 후계자를 원하고 있으니까요."

카이토는 얼굴을 찌푸렸다. "별로 위로가 안 되는군."

"압니다. 하지만 그것 때문에라도 레바나에겐 폐하가 필요할 겁

71

니다. 적어도 당분간은요."

"그런가? 그대도 루나인들의 문화에 대해 알고 있지 않소? 셀린 공주만 해도 아버지가 누군지 전혀 밝혀지지 않았다고 하던데? 레바나가 자기 아이의 아버지가 누가 될지에 과연 신경이나 쓸지 의문이오. 레바나가 내게 원하는 건 단지 혼인서약에 '네'라고 대답하고 왕관을 씌워주는 것뿐이오."

인정하기 싫었지만, 레바나의 자식을 낳지 않아도 된다는 생각에 안심되는 건 어쩔 수 없었다. 토린은 반박하지 않고 고개를 설레설레 저었다.

"하지만 동방연방 백성들에게는 폐하의 존재가 절실히 필요합니다. 레바나가 황후가 되면 더더욱 그럴 테고요. 폐하, 저는 절대로 그런 망극한 일을 용납하지 않을 겁니다."

평소에는 답답한 마음을 꾹 눌러 참는 기색밖에 느껴지지 않았는데. 지금 토린의 목소리에서는 아버지가 아들을 대하는 듯한 자애로움이 묻어났다. 카이토는 선황제가 승하한 이후 진짜 황제의 역할을 하고 있는 사람은 토린인 것 같다고 생각해왔다. 믿음직하고, 결단력 있고, 나라에 무엇이 최선인지 제대로 판단하는 쪽은 늘 토린이었다. 그런데 지금 카이토를 마주보고 있는 그는 이제껏 한 번도 보인 적 없는 감정을 내비치고 있었다. 존경, 또는 경탄, 심지어는 신뢰마저 느껴지는 표정이었다.

카이토는 자세를 바로잡았다. "그대 말이 맞소. 결정은 이미 내려졌으니 이제는 최선을 다해야겠지요. 레바나에게 짓밟히기를 기다리고 있을 수만은 없소. 그에 맞서 나 자신을 지킬 방법을 찾겠소."

토린이 아주 엷게 미소를 지으며 고개를 끄덕였다. "저와 함께 분명히 찾아내실 겁니다."

카이토는 이상할 만큼 용기가 났다. 천성적으로 낙천주의자와는 거리가 먼 토린마저도 그렇게 믿는다고 하니, 카이토도 믿어야 했다. 살아남을 수 있을 거라고. 이 나라를 지킬 수 있을 거라고. 폭군을 황후로 앉혀놓음으로써 나라 전체를 욕보인 셈이지만, 눈꺼풀만 깜빡여도 카이토의 생각을 조종할 수 있는 그 여자에게서 자기 자신을 지킬 방법만은 반드시 찾아내고야 말 거라고.

설령 레바나의 남편이 되더라도 카이토는 가능한 한 끝까지 레바나를 거역할 작정이었다.

그때 카이토의 비서 안드로이드인 나인시가 집무실 문간에 나타났다. 나인시는 재스민 차와 뜨거운 물수건을 담은 쟁반을 든 채 센서등에 불을 밝히고 있었다.

"폐하, 일일보고를 드려도 되는지요."

"그래, 고맙네. 들어오게."

나인시가 안으로 들어왔다. 카이토는 쟁반에서 수건 하나를 무심코 집어들다가 뜨거운 김이 오르는 천에 손을 살짝 데이고 말았다. 나인시는 책상 위에 쟁반을 올려놓고 그와 토린을 마주보았다. 그리고 혼인서약이나 여덟 코스짜리 만찬과는 아무 상관도 없어서 다행스럽기 그지없는 스케줄을 보고하기 시작했다.

"루나의 에이머리 파크 마법사가 내일 15시에 루나의 신하 열네 명을 대동하고 도착할 예정이옵니다. 귀빈들의 명단은 폐하의 포트 스크린으로 전송되어 있사옵니다. 환영 만찬은 19시에 열리며, 칵테일파티가 이어질 예정입니다. 타시미 프리야가 두 행사에 모두 참석해 파크 마법사와 예식 계획을 상의할 것이라 합니다. 루나의

73

여왕 폐하께는 넷스크린을 통해서라도 참석하십사 초청을 드렸으나, 사양하셨사옵니다."

"참 실망스럽군." 카이토가 느릿느릿 말했다.

"루나의 가신들이 도착하면 황궁 밖에서 시위가 열릴 것으로 예상되옵니다. 결혼식 당일까지 계속될 가능성이 높습니다. 귀빈들의 안전을 위해 내일 아침부터 병력을 증원하여 배치할 예정이옵니다. 시위가 과격해질 시에는 즉시 폐하께 고하겠사옵니다."

카이토는 물수건으로 손을 닦다 말고 멈칫했다. "시위가 과격해질 가능성이 높은가?"

"폐하, 그렇진 않사옵니다. 황궁 보안 책임자는 단지 예방 차원에서 취하는 조치일 뿐이라고 했사옵니다."

"알았네. 계속하게."

"다음으로 레투모시스 현황에 대한 주간 보고를 올리겠사옵니다. 9월 3일부터 한 주 동안 레투모시스와 관련된 사망자 수가 3만 명에 이르는 것으로 추산됩니다. 황궁 연구팀이 현재 진행 중인 치료제 개발은 아무 진전이 없는 상태라 합니다."

카이토는 토린과 엄숙한 시선을 주고받았다. 3만 명이라니. 그 수치를 들으니, 레바나가 만든 치료제를 얻어내기 위해서 내일 당장이라도 결혼식을 치러버리고 싶어질 지경이었다.

아니, 아무리 그래도 내키지는 않았지만.

"그리고 아메리카공화국, 오스트레일리아, 유럽연방이 이번 침공에 연루된 루나 병사들을 수색하여 다수의 용의자를 전쟁포로로 구속했다고 하옵니다. 루나 측에서는 지금까지 아무런 보복 위협도 가하지 않았고, 포로 송환을 두고 협상을 시도한 바도 없습니다. 25

일 책봉식을 치르고 나면 지구에 주둔하는 루나 군대를 전면 철수하겠다는 방침에도 변함이 없사옵니다."

"앞으로도 변함이 없기만을 바랄 뿐이네. 이 판국에 더 이상 정치적 문제가 얽혀서는 안 돼."

"추가적인 사항이 생기면 또 고해 올리겠사옵니다, 폐하. 마지막 보고는 영국의 이스트캐나다 주에서 보내온 소식이옵니다. 토론토 지역의회 대표인 삼하인 브리스톨이 결혼식에 불참하겠다고 통보했사옵니다. 루나의 레바나 여왕이 지구연합의 일국 지도자로는 부적절하다는 이유입니다."

토린이 신음을 흘렸고, 카이토는 눈을 부라렸다.

"맙소사. 다른 사람들은 뭐 레바나가 마음에 들어서 오는 줄 아나?"

토린이 핀잔을 줬다. "폐하, 그의 선택을 비판할 수는 없습니다. 그도 자기 시민들을 대변해야 하는 입장 아닙니까."

"그건 알고 있소. 하지만 이러다가 다른 지역 대표들도 줄줄이 불참하겠다고 나서면 어떻게 하오? 레바나가 길길이 날뛸 텐데. 만약 결혼식에 하객이 한 명도 없다면 레바나가 어떤 반응을 보일지 상상이 되시오?" 카이토는 식어버린 물수건으로 얼굴을 닦으며 말을 이었다. "자기를 모욕했다고 생각할 게 뻔해요. 또 습격당하지 않으려면 레바나의 성미를 돋우지 않는 게 상책이오."

토린이 자리에서 일어나 정장 재킷 매무새를 다듬으며 말했다. "동의합니다. 제가 토론토 대표에게 연락해서 타협할 여지는 없는지 알아보겠습니다. 그리고 당분간 이 정보는 대외비로 해두는 게 좋겠습니다. 다른 손님들이 영향을 받아 생각이 바뀌기라도 하면 곤란하니까요."

"고맙소, 토린."

카이토는 일어서서 토린과 마주 인사했다.

토린이 집무실을 나간 뒤, 카이토는 소파에 털썩 주저앉고 싶은 충동을 가까스로 억눌렀다. 30분 뒤에 또 다른 일정이 있었다. 그 외에도 검토해야 할 계획이며 서류가 쌓여 있고, 여기저기서 온 연락에도 답해야 하고……

"폐하."

카이토는 흠칫 놀랐다. "왜 그러나, 나인시?"

"보고가 한 가지 더 남아 있사옵니다. 폐하께만 긴히 고해야 할 것 같아서 기다렸사옵니다."

카이토는 눈을 깜빡였다. 토린과 상의하지 않는 문제는 거의 없는데. "그게 무엇인가?"

"최근 제 지능 시냅스를 통해 종합한 정보이옵니다. 린 신더와 관련된 것입니다."

가슴이 철렁했다. 그렇다. 카이토가 가장 신뢰하는 고문관에게조차도 털어놓을 수 없는 화제라면 당연히 그것밖에 없었다. 린 신더라는 이름을 들을 때마다 카이토는 혹시 그 소녀가 발견됐다는 소식인가 싶어서 기겁하곤 했다. 신더가 체포됐을까 봐, 죽었을까 봐 겁이 났다. 자국의 1급 수배 대상이 붙잡혔다면 기뻐해야 마땅하지만 카이토는 그런 생각만 해도 속이 뒤집힐 것 같았다.

"무슨 정보인가?" 카이토는 물수건을 쟁반에 던지고 소파 팔걸이에 걸터앉았다.

"린 신더가 프랑스 리외에 갔던 이유를 추정해봤사옵니다."

더럭 밀려왔던 불안감이 금세 가라앉고 지끈거리는 두통만 남았다. 카이토는 미간을 문지르면서 안도했다. 신더는 여전히 잡히지 않았다. 신더는 아직 안전했다.

"프랑스, 리외, 그랬지." 카이토는 정신을 추스르며 되뇌었다. 신더가 언젠가는 지구로 돌아올 수밖에 없다는 건 누구나 알고 있었다. 우주선의 연료도 충전하고 정비도 해야 할 테니까. 그러기 위해서 아무 조그마한 마을에나 착륙한 거겠거니 생각했을 뿐, 그 장소가 딱히 수상쩍다고 여기지는 않았었다.

"말해보게."

"린 신더가 저를 수리했을 때, 제 안에 있던 미셸 브누아에 대한 정보가 그녀에게 전달된 바 있사옵니다."

"그 조종사 말인가?"

미셸 브누아는 실종된 셀린 공주를 숨겨준 것으로 추정되는 여성이었다. 카이토는 일전에 나인시를 시켜서 수집한 셀린 공주와 관련된 인물들에 대한 정보를 달달 외우다시피 했다.

"그렇사옵니다, 폐하. 그래서 린 신더는 미셸 브누아의 이름과 그녀가 예전에 유럽연방 군대 소속이었다는 정보를 알고 있었을 것이옵니다."

"그래서?"

"미셸 브누아는 퇴역 후 농장을 매입했사온데, 그 농장이 바로 프랑스 리외 근처에 소재하옵니다. 그리고 그 도난된 우주선이 처음 착륙한 곳도 바로 그 농장이었사옵니다."

"그렇다면 신더가…… 셀린 공주를 찾으려고 거기에 갔다는 말인가?"

"제가 추정한 바로는 그렇사옵니다, 폐하."

카이토는 벌떡 일어서서 방 안을 서성거렸다. "우리 쪽에서 미셸 브누아를 찾았는가? 심문을 했나? 그녀가 신더를 만났다던가?"

"폐하, 송구하옵니다만 미셸 브누아는 4주 전부터 행방불명이옵니다."

카이토는 우뚝 멈춰섰다. "행방불명이라고?"

"손녀인 스칼렛 브누아 역시 실종 상태이옵니다. 파리행 자기부상열차를 탔다는 것을 마지막으로 행방이 묘연합니다."

"추적할 순 없나?"

"미셸 브누아의 ID 칩은 실종 당일 자택에서 발견되었사옵니다. 스칼렛 브누아의 ID 칩은 파괴된 것 같습니다."

카이토는 털썩 주저앉았다. 또 막다른 골목에 이른 것이다.

"하지만 신더가 어째서 거기에? 신더가 공주를 찾는 일에 왜……." 카이토는 머뭇거리다가 말을 이었다. "나를 도와주려고?"

"폐하, 폐하의 추론을 이해할 수 없사옵니다."

카이토는 나인시를 마주보았다. "아마도 신더가 나를 도와주려고 한 것 같네. 공주를 찾아낸다면 레바나를 왕위에서 끌어내릴 수 있을 테니까. 그러면 레바나는 반역죄로 처형될 테니, 나는 결혼하지 않아도 되지. 그래서 신더는 자기 목숨을 걸고 그리로 갔던 걸세……. 나를 위해서."

나인시는 팬이 윙 도는 소리를 내더니 말했다. "다른 해석도 가능하다고 사료되옵니다. 셀린 공주를 찾아내 레바나 여왕에게 바침으로써 자신의 죄를 사면받으려 했다고 볼 수도 있지 않을는지요."

카이토는 얼굴이 화끈 달아올라 발치의 양탄자를 내려다보았다.

"그래, 그럴 수도 있지."

하지만 카이토의 생각은 변하지 않았다. 어쨌든 신더는 카이토에게 레바나와 결혼하지 말라고 경고하기 위해 죽음의 위험까지 무릅쓰고 무도회에 찾아온 사람이 아닌가.

"신더가 무언가 알아냈을 거라고 보는가? 공주에 대해?"

"제게는 그 문제를 판별할 방법이 없습니다."

카이토는 책상 주위를 서성거리며 창문 너머에 펼쳐진 드넓은 도시를 바라보았다. 오후 햇살에 건물들의 금속 표면이 반짝였다.

"미셸 브누아에 대한 정보를 최대한 알아보게. 신더가 무언가를 추진하고 있을지도 몰라. 셀린 공주가 아직 살아 있을 수도 있고."

희망이 꿈틀거리며 차올랐다. 앞날이 환하게 밝아지는 기분이었다. 사실 카이토는 몇 주 전부터 공주를 찾는 일은 아예 포기하고 있었다. 삶이 너무 정신없이 돌아가서 거기에 신경 쓸 여력이 없었기 때문이다. 전쟁을 막고, 레바나를 회유하고, 레바나의 남편이 될 준비를 하고, 그리고 결혼 1주년이 채 되기도 전에 살해당하지 않을 방법을 궁리하느라 정신없이 바빴다. 그래서 애초에 셀린 공주를 찾아나섰던 이유가 무엇이었는지조차 잊고 있었다.

만약 공주가 살아 있다면, 루나 왕위의 정당한 계승자가 존재한다면, 그러면 레바나의 통치를 끝장낼 수 있으리라.

셀린 공주라면 모두를 구할 수 있을 것이다.

7장

드미트리 얼랜드 박사는 호텔 침대에 걸터앉아 있었다. 낡은 누비이불이 바닥에 구겨져 있었고, 벽에 걸린 찌그러진 넷스크린은 소리가 자꾸 끊기거나 중요한 순간에 영상이 깜빡거리기 일쑤였다. 그래도 얼랜드는 끈질기게 넷스크린을 주시했다. 지난번 루나 측 대표단이 지구를 방문했을 때와는 달리, 이번 방문은 국제적으로 중계되고 있었고 그 목적도 다 밝혀져 있었다.

여왕은 원하는 것을 얻었다. 레바나는 이제 황후가 될 것이다.

신부는 예식 당일에야 도착할 예정이었다. 그전에 여왕의 하수인 (공식적으로는 '고문관')들 중 하나인 에이머리 파크 마법사가 동방 연방과 지구의 백성들에게 '호의'를 보이기 위해 일찍 당도한다고 했다. 모든 절차가 여왕의 요구대로 진행되고 있을 게 분명했다.

아른아른 빛나는 흰색 선체에 마법 문자가 아로새겨진 루나의 우주선이 신베이징 황궁 착륙장에 도착한 지 15분이 지났고, 아직까지 우주선 문은 열리지 않고 있었다. 그동안 아프리카연합 방송국 기자는 결혼식과 책봉식의 세세한 요소에 대해 하염없이 말을 늘어놓고 있었다. 황후의 왕관에 박힐 다이아몬드의 개수, 예식장 복도의 길이, 예상되는 하객의 숫자, 그리고 물론 아프리카의 카민 수상이 주례를 맡게 되었다는 사실도 빼먹지 않고 언급했다.

적어도 이 결혼에서 기뻐할 만한 점이 한 가지 있긴 했다. 미디어의 관심이 온통 저 야단법석에 쏠린 덕분에 신더는 뒷전이 되었다는 것. 얼랜드는 신더가 이 절호의 기회를 틈타서 하루빨리 자신에게 찾아와주기만을 바랐다. 최대한 빨리. 그러나 신더에게서는 아직도 아무 소식이 없었다. 얼랜드는 갈수록 초조해졌고 혹시라도 무슨 일이 생긴 건 아닌지 걱정스러웠지만, 그저 끈기 있게 기다리는 것밖엔 달리 할 수 있는 일이 없었다. 이 적막한 사막에서 연구를 하고 계획을 짜며 자신의 모든 노고가 결실을 맺을 날에 대비하는 수밖에.

똑같은 말이 되풀이되는 방송에 지겨워진 얼랜드는 안경을 벗어서 렌즈를 셔츠 자락으로 문질러 닦으며 생각에 잠겼다.

지구인들은 황실 결혼식에 흥분한 나머지 루나인들에 대한 오랜 혐오를 까맣게 잊어버린 걸까? 아니다. 그들은 루나의 잔악함을 아주 잘 알고 있다. 다만 그 사실을 입 밖으로 꺼내기를 두려워하고 있을 뿐. 늑대 변종 군대에게 습격당한 게 바로 얼마 전의 일이고, 그 끔찍한 기억이 사람들의 뇌리에 생생히 각인되어 있을 테니 충분히 두려워할 만했다. 게다가 결혼동맹을 중대한 실수라고 비판했던 언론인 두 명은 자살했다. 얼랜드가 보기에, 그건 루나인들이 '우리가 죽였다. 하지만 증거는 없잖아?' 하고 경고하는 것이나 마찬가지였다.

모두가 똑같은 생각을 하고 있었다. 말을 하든 하지 않든 간에, 레바나가 살인자고 폭군이며 이 결혼식이 지구를 망치리라는 걸 알고 있었다. 하지만 얼랜드는 마음껏 분노할 수도 없었다. 자신은 위선자였으니까.

레바나가 살인자라면, 얼랜드는 그 살인에 일조한 사람이었다.

오래전의 일이다. 태어나기도 전의 일처럼 까마득하게 느껴졌다. 레바나가 왕위를 찬탈하기 전, 채너리 여왕이 통치하던 시절이었다. 얼랜드의 딸인 크레센트 문이 살해당하기 전이었고, 셀린 공주가 지구로 빼돌려지기 전이었다. 그때 얼랜드는 루나의 왕립 유전공학 연구팀에 소속된 수석 과학자 중 한 명으로서 연구에 획기적인 진척을 일구어냈다. 북극늑대의 유전자를 10세 소년에게 결합시키는 실험에 성공한 것이다. 피험자에게 늑대의 육체적 능력만이 아니라 잔혹한 본성까지 부여하는 데 성공한 것은 얼랜드가 처음이었다.

지금까지도 종종 얼랜드는 그 소년이 울부짖는 소리가 어둠 속에서 들려오는 꿈을 꾸곤 했다.

부르르 몸서리가 쳐졌다. 얼랜드는 이불을 다리 위로 끌어올리고 넷스크린 방송으로 주의를 돌렸다. 한참 뜸을 들인 끝에 드디어 우주선 문이 열리고 있었다. 승강구의 계단이 바닥으로 내려오는 광경을 전 세계가 지켜보고 있었다.

먼저 루나의 귀족들이 우주선에서 내렸다. 저마다 알록달록한 색깔의 비단, 물결치는 시폰, 베일 달린 머리쓰개 등으로 얼굴이며 몸을 휘감고 있었다. 특히 베일은 누구나 쓰고 있었다. 레바나와 마찬가지로 언니인 채너리 역시 공공장소에서 자신의 얼굴을 드러내지 않았고, 그때부터 너도나도 그 스타일을 따라 하기 시작하면서 루나 궁중에서는 베일이 유행이 되었다.

얼랜드는 화면 가까이 몸을 기울이며 아는 사람의 얼굴이 보이진 않는지 살펴보았다. 하지만 찾을 수 없었다. 너무 오랜 세월이 흘러서 기억이 불확실한 데다, 애초에 얼랜드가 기억하는 그들의 인상착의도 마법으로 만들어진 거짓 얼굴인지 모를 일이었다. 얼랜드 자신만 해도, 자기도취에 빠진 저 루나 귀족들에게 둘러싸일 때면 실제보다 키가 훨씬 커 보이도록 마법을 쓰곤 했다.

귀족들 다음으로는 경호원들이 승강구 밖으로 나왔고, 뒤이어 자수가 놓인 검은 관복을 입은 3계급 마법사 다섯 명이 계단을 내려왔다. 그들은 굳이 마법으로 꾸미지 않아도 모두 외모가 멀끔했다. 여왕이 잘생긴 사람을 좋아해서 그렇게 골라 뽑기 때문이었지만, 사실 그중에서 정말로 타고난 미인은 몇 명 없을 것이다. 왕실 경호원이나 마법사를 지망하는 루나인들은 성형수술, 멜라토닌 조절, 신체 복원 등의 기술을 통해 외모를 다듬는 경우가 아주 많았다. 루나에서 얼랜드와 같이 일하던 의사들만 해도, 그런 고객들을 상대로 성형외과를 운영해서 짭짤한 수익을 벌어들였다.

시빌 미라의 광대뼈가 재활용 배관 파이프로 만들어졌다는 소문도 있었다. 얼랜드는 그 생각만 하면 내심 기분이 좋아졌다.

마지막으로 에이머리 마법사가 나왔다. 짙은 피부색을 돋보이게 하는 진홍색 관복을 입은 그는 변함없이 태평하고 의기양양한 모습이었다. 에이머리는 고문관과 각료 들을 대동한 카이토 황제에게 다가가 정중하게 인사를 나누었다.

얼랜드는 머리를 흔들었다. 가엾은 카이토 황제. 그는 사자 우리에 던져진 채 짧은 치세를 마감해야 할 처지였다.

그때 누군가가 조심스럽게 방문을 노크하는 소리가 들렸다. 얼랜드는 화들짝 놀라 정신을 차렸다.

이게 뭐하는 짓인가. 루나인들의 행렬 따위를 구경하면서 넋을 빼놓고 있다니. 그의 계획대로 일이 잘 풀린다면 어차피 저 결혼동맹은 실현되지 못할 것이다. 린 신더가 우주를 쏘다니기를 그만두고 그의 지시를 따라주기만 한다면.

얼랜드는 일어서서 넷스크린 전원을 껐다. 이렇게 계속 안달복달하다간 위궤양이 생길 것 같았다.

문을 열어보니 열두어 살쯤 되어 보이는 남자아이가 복도에 서 있었다. 잠시도 가만히 있지 못하는 개구쟁이 같은 인상이었다. 까만 머리카락은 들쭉날쭉하게 깎여 있었고, 무릎 밑까지 내려오는 바지는 끝단이 해져서 너덜너덜했으며, 샌들을 신은 발에는 모래를 비롯해 마을 길바닥에 뒹구는 온갖 것들이 묻어 있었다. 소년은 몸을 지나치게 꼿꼿하게 세우고 서 있었다. 조금도 불안하지 않다고 과시하려는 듯이.

"낙타를 팔려고 하는데요. 관심이 있으시다고 들었어요."

하지만 목소리의 떨림을 감출 수는 없었다. 얼랜드는 안경을 코끝으로 내리고 소년을 쳐다보았다. 깡마르기는 했지만 영양실조 같진 않았다. 짙은색 피부 역시 건강해 보였고, 눈빛도 반짝거리며 생기가 돌았다. 한두 해만 지나면 얼랜드보다 키가 커질 것 같았다.

"혹이 한 개인가, 두 개인가?"

"두 개요. 침도 절대 안 뱉어요."

소년이 심호흡을 하고 꺼낸 대답에 얼랜드는 고개를 갸웃했다.

이건 암호였다. 얼랜드는 처음 이곳에 도착했을 때 이 암호를 알려줄 사람을 신중하게 골랐다. 그런데 어느새 소문이 쫙 퍼져 인근의 오아시스 마을들까지 닿아버린 것이다. 얼랜드라는 늙은 미치광이 의사가 자기 실험에 협조할 루나인들을 찾고 있으며 사례비도 지급한다는 것은 이 지역에서는 이제 상식이 되어 있었다.

그 소문에 더해 그가 동방연방의 수배 대상이라는 사실까지 알려지면서 얼랜드는 유명인사가 되었지만, 별 탈은 없었다. 대부분의 사람은 단지 호기심 때문에 그를 찾아왔다. 일국의 황실에 침투해 저 유명한 린 신더의 탈옥을 도와줬다는 루나인을 직접 보고 싶다는 호기심으로.

정체가 탄로 나지 않았더라면 더 좋았겠지만, 이렇게 되니 자원자들을 쉽게 찾을 수 있다는 이득도 있었다. 루나 과학자들이 개발한 레투모시스 치료제를 복제하려면 실험 대상이 많이 필요했다.

"들어오렴."

얼랜드는 그렇게 말하고 방 안으로 들어갔다. 그리고 소년이 따라 들어왔는지 굳이 확인하지 않고 벽장 문을 열었다. 작은 실험실로 꾸려놓은 벽장 안에는 유리병, 시험관, 샬레, 주사기, 스캐너, 라벨을 꼼꼼히 붙여놓은 다양한 화학약품이 들어차 있었다. 얼랜드는 라텍스 장갑을 끼며 말했다.

"사례금은 유니브로 치러줄 수 없어. 물물교환만 가능해. 뭐가 필요하니? 음식, 물, 옷도 괜찮고. 샘플 여섯 개를 연속으로 채취하게 해준다면 유럽까지 가는 편도 교통편을 마련해줄 수도 있어. 그걸 타면 증명서류 없이 여행할 수 있지."

"약도 되나요?"

얼랜드는 소독약에 담가두었던 주삿바늘을 꺼내다가 소년을 돌아보았다. 소년은 문간에서 겨우 두 발짝 걸어들어와 있었다.

"문 닫으렴. 파리 들어오겠다."

소년은 문을 닫더니 얼랜드가 든 주삿바늘을 흘끔거렸다.

"약이 왜 필요하니? 어디 아파?"

"제 형 때문이에요."

"그 애도 루나인이야?"

소년이 눈을 휘둥그레 떴다. 그가 루나인이라는 단어를 태연하게 꺼내면 자원자들은 누구나 저렇게 놀라곤 했다. 이상한 일이었다. 애초에 그의 조건은 실험 대상이 루나인이어야 한다는 것이었고, 그렇다면 이 방문을 두드리는 사람은 모두 루나인일 것 아닌가.

"그렇게 겁낼 필요 없어. 나도 루나인이라는 거 알잖니."

얼랜드는 재빨리 간단한 마법을 선보였다. 소년의 생체전기를 조작해서 얼랜드의 외모를 더 젊게 보이도록 조종한 것이다. 하지만 오래 유지하지 않고 금방 풀어버렸다.

아프리카로 온 후로는 생체전기 조작 능력을 예전보다 자유롭게 쓰고 있는데, 쓸 때마다 진이 쭉쭉 빠졌다. 정신력이 약해지기도 했고, 능력을 꾸준히 써본 지 너무 오래 되었기 때문이기도 했다.

그래도 소년의 긴장을 푸는 데에는 이 정도면 충분했다. 소년은 얼랜드가 자신과 자신의 가족을 달로 돌려보내서 처형시키지 않으리라는 걸 확신하고 비로소 안심한 눈치였다. 그래도 안으로 더 들어오지 않고 그 자리에 가만히 서 있었다.

"네, 형도 루나인이에요. 하지만 껍데기예요."

이번에는 얼랜드의 눈이 휘둥그레졌다.

껍데기.

생체전기 조작 능력을 타고나지 못한 껍데기야말로 진짜 귀중한 실험 대상이었다. 루나인들이 껍데기인 자식을 보호하려고 지구로 도피시키는 경우는 많았지만, 그렇게 지구에 정착한 껍데기들을 추적하는 일은 생각보다 까다로웠다. 그들이 지구 사회에 너무나 잘 흡수되었기 때문이다. 껍데기들은 자신의 정체를 밝히고 싶어 하지 않았고, 그중 절반은 자기가 루나인이라는 사실조차 모르고 있을 가능성이 높았다.

"너희 형은 나이가 몇이니? 그 애가 실험에 참여하면 사례를 두 배로 해주마."

얼랜드가 갑자기 의욕적인 태도로 돌변하자 소년은 주춤 뒷걸음을 쳤다.

"일곱 살이에요. 하지만 아파요."

"어디가 아픈데? 선생님한테는 진통제도 있고, 혈액 희석제도 있고, 항생제도……."

"전염병이에요. 전염병 약도 있으세요?"

얼랜드는 얼굴을 찌푸렸다. "레투모시스에 걸렸다고? 그럴 리 없는데. 증상이 어떠니? 정확히 어떤 병인지 확인해봐야겠구나."

소년은 자기 말이 무시당하자 성가신 표정을 지을 뿐, 조금도 희망을 품는 기색이 없었다. "어제 오후에 발진이 심하게 났고, 팔 전체에 멍이 들었어요. 막 싸운 것처럼요. 하지만 형은 싸운 적 없댔어요. 그리고 오늘 아침에 일어나보니까 살이 엄청 뜨거운데 자긴 자꾸 춥다는 거예요. 엄마가 확인해보니 손톱 밑 피부가 파랬어요. 그 전염병처럼요."

얼랜드가 한 손을 들어올렸다. "반점은 어제 났는데, 오늘 아침에 벌써 손가락이 푸르게 변했단 말이지?"

소년이 고개를 끄덕였다. "그리고 제가 아까 집에서 나오기 전에는, 그 반점들이 전부 부풀어 있었어요. 안에 피가 잔뜩 고인 것처럼요."

소년이 몸을 움츠렸다. 머릿속으로 증상들을 분석하던 얼랜드는 가슴이 철렁 내려앉았다. 소년이 말한 첫 증상은 확실히 레투모시스 같았지만, 그렇게 빨리 4기로 발전한 경우는 처음 들었다. 더군다나 발진이 물집으로 변했다는 건…… 듣도 보도 못한 일이었다.

오래전부터 예상했던 일이 벌어진 것 같았다. 우려했던, 아니, 두려워했던 바로 그 사태가.

만약 저 소년의 말이 사실이라면, 그 형이라는 아이가 정말로 레투모시스에 걸린 게 맞다면, 그건 그 바이러스의 돌연변이가 발생했다는 뜻이었다. 그리고 심지어 루나인마저도 증상을 보인다면…….

얼랜드는 책상에 놓여 있던 모자를 낚아채서 자신의 대머리 위에 눌러썼다. "너희 집으로 가자."

C
R
E
S
S

8장

크레스는 머리로 쏟아지는 뜨거운 물줄기가 거의 느껴지지 않았다. 샤워실 밖에서는 넷스크린 화면마다 온통 제2시대 오페라 영상이 나오는 중이었다. 끊임없이 흐르는 물소리 사이로 새어드는 소프라노의 강렬한 노래를 들으며, 크레스는 자신이 정말로 스타가 되었다고 생각했다. 로맨스에 나오는 아름다운 아가씨가 되었다고. 이곳이 바로 온 우주의 중심이라고. 한껏 목청 높여 노래를 따라 부르던 크레스는 음악이 최고조에 이르기 직전 잠깐 멈추고 숨을 골랐다.

노래 가사가 무슨 뜻인지 전부 알지는 못했지만, 그 이면의 감정만은 분명히 알고 있었다.

비련, 비극, 사랑.

결론은 언제나 사랑이었다. 자유보다도, 숙명보다도 중요한 것은 사랑이다. 제2시대 노래에 흔히 나오는 '진정한 사랑'. 영혼을 충만히 채우고, 극적인 몸짓을 자아내고, 희생을 요구하고, 저항할 수 없고, 모든 것을 아우르는 사랑.

바이올린, 첼로, 프리마돈나의 노래가 한꺼번에 클라이맥스로 치솟다 샤워기의 물이 쏟아지는 소리와 함께 폭발했다. 크레스는 마지막 음을 최대한 길게 끌면서, 노래가 몸속을 흐르며 자신을 가득 채우는 감각을 만끽했다.

아찔한 현기증이 일었다. 크레스는 숨을 헐떡이며 샤워실 벽에 기대 섰다.

음악이 잦아들면서 단순하고도 애틋한 피날레 선율이 흐르고, 동시에 물이 푸득거리며 끊겼다. 이 인공위성의 샤워 시설은 일정 시간이 지나면 자동으로 꺼지도록 되어 있었다. 시빌이 와서 생필품을 채워주기 전에 물이 다 떨어지지 않도록 아껴야 했기 때문이다.

크레스는 주저앉아서 두 팔로 무릎을 안았다. 그러고 보니 뺨에 눈물이 흐르고 있었다. 크레스는 손으로 얼굴을 덮고 피식 웃음을 터뜨렸다. 이렇게 감상적으로 굴다니, 스스로 생각해도 어처구니없었다. 하지만 충분히 이럴 만하지 않은가.

오늘이 바로 그날이었다. 열네 시간 전, 신더 일행이 크레스를 구출해주기로 한 뒤 크레스는 줄곧 램피언의 움직임을 주시했다. 지구 기준으로 한 시간 15분 뒤면 램피언이 이 인공위성의 궤도를 통과할 것이다.

이제 곧 크레스는 자유, 우정, 삶의 목표를 얻게 될 것이다. 그리고 카스웰을 만날 것이다.

또 다른 아리아가 시작되었다. 샤워실 밖에서 조용하면서도 애타는 노랫소리가 느리게 들려왔다. 크레스는 "고맙습니다" 하며 상상 속의 관객들에게 인사했다. 관객들이 열광적으로 박수를 보내고 꽃을 던지는 광경이 떠올랐다. 붉은 장미 꽃다발 하나를 집어들어 향기를 맡는 자기 자신의 모습도.

그런데 크레스는 장미 향기가 어떤 건지 몰랐다. 생각이 거기에 미치자 환상은 산산이 부서져버렸다.

크레스는 한숨을 쉬며 샤워실 바닥에서 몸을 일으켰다. 계속 이렇게 미적거리다가는 머리카락 끝이 배수구에 끼일 터였다. 두피를 잡아당기는 모발이 유난히 묵직하게 느껴졌다. 이렇게 강렬한 노래에 흠뻑 빠져들었을 때는 머리카락의 무게쯤은 잊어버리곤 했는데, 지금은 그 무게에 못 이겨 넘어질 것만 같았다. 뒷머리에서 무지근한 통증이 치밀었다.

오늘 같은 날 두통이라니, 딱 질색이었다.

머리채를 들어올려 무게를 덜자 조금 가뿐해졌다. 크레스는 몇 분 동안 머리를 한 줌씩 잡고 비틀어서 물을 짜냈다. 그리고 샤워실 밖으로 나와서 하도 오래 써서 귀퉁이에 구멍이 뚫릴 정도로 너덜너덜해진 수건을 집어들었다.

"볼륨 내려!" 크레스가 소리치자 오페라 음악의 볼륨이 줄어들어 잔잔한 배경음악이 되었다. 욕실 바닥에 물방울이 톡톡 떨어지는 소리가 들렸다.

그리고 삑 하는 신호음이 들렸다.

크레스는 머리카락을 한 번 더 꽉 짜내서 한 움큼 흘러나온 물을 샤워실에 털어냈다. 여전히 머리가 무겁기는 했지만 아까보다는 견딜 만했다. 수건으로 몸을 감싸고 밖으로 나와보니 넷스크린 화면들에는 오페라 가수의 얼굴이 큼지막하게 나오고 있었다. 불꽃처럼 빨간 사자 갈기 머리에 황금 왕관을 쓰고 짙은 화장을 한 여자의 얼굴이 여기저기서 아른거렸다. 그중 딱 한 화면에 오페라 영상이 아니라 D-COMM 통신창이 떠 있었다. 신규 도착 메시지였다.

발신자: 정비공
메시지: 68분 후 도착 예정

가슴이 부풀었다. 이게 정말로 현실이라니. 신더 일행이 정말로 자신을 구하러 오고 있다니.

크레스는 수건을 바닥에 던지고 주름진 드레스를 꺼냈다. 열세 살 때 시빌이 가져다준 옷이라 지금 크레스에게는 조금 작았지만, 적당히 닳아서 보들보들해진 감촉이 딱 좋았다. 그리 많지 않은 옷 중에서 크레스가 가장 좋아하는 옷이었다.

크레스는 드레스를 머리 위로 당겨 입고, 욕실로 달려가서 젖은 머리카락을 한참 공들여 빗었다. 남들 앞에 나서도 부끄럽지 않을 만큼 매무새를 가다듬고 싶었다.

아니, 실은 아름답게 보이고 싶었다. 누구나 반할 수밖에 없을 만큼 매혹적으로 보이고 싶었다. 하지만 화장품도, 장신구도, 향수도, 어울리는 옷도 없어서 어쩔 도리가 없었다. 기본적인 위생용품만 써서 다듬은 크레스의 얼굴은 달처럼 창백했고 머리카락은 아무리 매만져도 부스스했다. 거울을 뚫어져라 노려본 끝에 단정한 스타일을 유지하려면 역시 머리를 땋는 게 가장 낫겠다는 판단이 섰다.

목덜미 부근에서 머리채를 세 갈래로 나누었을 때, 작은 크레스의 음성이 섰다.

"언니."

크레스는 멈칫하고 거울에 비친 자기 자신의 휘둥그레진 눈을 쳐다보았다. "응?"

"마님의 비행선이 감지됐어요. 22초 뒤 도착 예정이에요."

"아아아, 왜 하필 지금이야!"

크레스는 젖은 머리카락을 팽개치고 거실로 달려나갔다. 여느 때와 달리 지금 크레스의 몇 없는 소지품들은 바닥이며 테이블 위에 난잡하게 널려 있지 않았다. 그건 모두 서랍 안에 들어 있었다. 옷, 양말, 속옷, 빗, 머리핀, 지난번에 시빌에게 받아서 먹고 남은 음식까지도 그 안에 단정히 정돈해놓았고, 그 서랍은 서랍장에서 빼내서 침대 위에 올려놓은 참이었다. 가장 좋아하는 베개와 이불까지 그 위에 쌓아두었다.

크레스가 도망치려고 짐을 꾸렸다는 명백한 증거였다.

"미치겠네." 크레스는 부리나케 침대로 달려가서 이불과 베개를 매트리스 위에 던져놓았다. 그리고 묵직한 서랍을 방바닥에 내려놓은 뒤 책상 쪽으로 질질 끌고 갔다.

00:14, 00:13, 00:12……. 작은 크레스가 노래하듯이 카운트다운하는 동안, 크레스는 책상 서랍장 안에 서랍을 도로 쑤셔넣었다. 그런데 서랍이 들어가지 않았다.

크레스는 쪼그려 앉아 서랍장 내벽에 달린 레일을 살펴보았다. 7초 정도 낑낑거리며 아귀를 맞추고서야 겨우 서랍을 끝까지 밀어넣을 수 있었다. 서랍을 탕 닫고 나니, 젖은 머리카락 때문에 축축해진 목덜미에 식은땀이 흘러내렸다. 크레스는 서랍에 끼인 머리카락을 빼내고, 허둥지둥 침대로 돌아가서 시트와 베개를 최대한 단정하게 정리했다.

"마님이 도착하셨어요. 도킹클램프 확장을 요청하십니다."

"알았어. 잠깐만." 크레스는 후닥닥 도킹 조작 화면으로 달려가 암호를 입력했다. 그러자 도킹클램프가 인공위성 밖으로 확장되면서 시빌의 비행선이 결합되었다. 해치에 산소가 채워지는 동안 크레스는 거실을 점검했다. 넷스크린 화면에서 여전히 오페라 영상이 나오고 있었다. 저걸 보면 시빌은 크레스가 시간 낭비를 한다고 화를 내겠지만, 그래도 배신 행각이 들통나지는 않⋯⋯.

크레스는 숨을 헉 들이켰다. 방 저편에 있는 넷스크린 하나에 검은색 바탕화면을 배경으로 떠 있는 초록색 메시지가 또렷이 보였기 때문이다.

발신자: 정비공
메시지: 68분 후 도착 예정

문밖에서 시빌의 발소리가 들려왔다. 크레스가 날다시피 넷스크린으로 뛰어가서 화면을 끈 순간, 인공위성의 문이 쉭 하고 열렸다.

크레스는 몸을 돌려 미소를 지었다.

문간에 선 시빌이 크레스를 쏘아보고 있었다. 활짝 웃고 있는 크레스의 얼굴을 본 시빌의 눈초리가 더욱 사나워졌다.

"마님! 깜짝 놀랐잖아요. 방금 샤워하고 나온 참이에요. 그리고 어⋯⋯ 오⋯⋯ 오페라를 좀 듣고 있었어요."

크레스는 침을 꿀꺽 삼켰다. 입안이 바싹 말라붙는 것 같았다. 넷스크린들에서 오페라 가수가 열창하는 노랫소리가 조용히 흘러나오고 있었다. 시빌이 어두운 눈빛으로 실내를 둘러보더니 코웃음을 쳤다.

"지구의 음악이군."

크레스는 아랫입술을 깨물었다. 루나에도 궁중에서 즐기는 갖가지 음악이나 공연 들이 있지만, 그런 것들이 녹화되거나 녹음되는 경우는 드물었고 크레스가 접할 수 있는 방법도 없었다. 대부분의 루나인은 자신의 진짜 모습이 데이터로 기록되어 은하에 전파되는 걸 싫어해서 라이브 공연만 이뤄지곤 했다. 공연장에서는 연주자들이 관객에게 마법을 걸어 자신의 연주 솜씨를 더 낫게 들리도록 조종할 수 있기 때문이다.

"넷스크린, 전부 음소거."

크레스는 떨지 않으려고 애쓰면서 그렇게 지시를 내렸다. 소리가 일제히 꺼지고 실내에 정적이 깔리자, 그제야 시빌이 안으로 들어왔다. 승강구 문이 닫혔다. 크레스는 시빌이 들고 있는 금속상자를 가리키며 물었다.

"마님, 음식이나 물은 아직 충분한데요. 또 혈액 채취를 할 때가 된 건가요?"

물론 그럴 리가 없다는 건 잘 알고 있었다. 시빌은 상자를 침대 위에 내려놓고는 구겨진 이불에 혐오스러운 눈빛을 던졌다.

"네게 맡길 새로운 임무가 있어. 너도 잘 알겠지만, 신베이징 황궁에 심어둔 주요 도청장치들 중 하나가 지난주에 제거됐다."

크레스는 태연하고 차분한 태도로 말하려고 안간힘을 썼다. "네,

황제의 집무실에 설치된 도청기 말씀이시죠?"

"그래, 여왕 폐하께서는 우리가 지구에 심어둔 첩보장치들 중에서 그게 가장 가치 있다고 생각하셔. 그래서 새로운 장치를 다시 설치하라고 하셨다." 시빌이 상자를 열자 각종 칩들과 도청장치가 보였다. "예전과 마찬가지로, 신호가 추적되어선 안 돼. 아무에게도 들키지 않아야 해."

크레스는 지나치다 싶을 만큼 열심히 고개를 끄덕였다. "그럼요, 마님. 오래 걸리지 않을 거예요. 내일까지 준비할 수 있을 겁니다. 지난번처럼 샹들리에에 숨겨두실 건가요?"

"아니, 그때 황궁 시설 정비원들을 세뇌하는 건 너무 위험했어. 이번에는 더 숨기기 쉽게 만들렴. 벽걸이 족자 같은 것에 끼워넣는다든지. 그러면 우리 마법사들 중 하나가 집무실을 방문할 때 직접 숨겨놓을 수 있을 거야."

크레스는 연신 고개를 주억거렸다. "네, 네, 그럼요. 분부대로 할게요."

시빌이 눈살을 찌푸렸다. 크레스가 지나치게 열성적인 태도를 보여서 꺼림칙한 걸까? 크레스는 퍼뜩 고갯짓을 멈췄다. 하지만 머릿속에서 시계가 째깍거리는 것 같아서 시빌과의 대화에 좀처럼 집중하기가 힘들었다. 만약 신더 일행이 이 인공위성에 결합된 루나의 캡슐 비행선을 보고 크레스가 그들을 함정으로 끌어들였다고 오해하기라도 하면 어쩌나 불안했기 때문이다.

하지만 시빌이 이곳에서 오래 머무른 적은 한 번도 없었다. 시빌은 신더 일행이 도착하기 한참 전에 떠날 것이다. 반드시.

"또 하실 말씀이 있나요, 마님?"

"지구 쪽 감시 상황에 대해 따로 보고할 건 없니?"

크레스는 지난 며칠간 자신이 어떤 정보들을 접했는지 돌이켜보았다. 이것 역시 크레스가 해야 하는 일이었다. 지구 측 데이터베이스와 네트워크를 해킹하고, 정부 관료들의 가택 및 집무실에 설치할 첩보장치를 개발할 뿐만 아니라, 그렇게 얻은 자료들을 검토해서 흥미로운 정보를 찾아내 시빌과 레바나 여왕에게 보고하는 것까지도 크레스의 책무에 포함되었다.

남들을 훔쳐보고 고자질하다니, 자신이 하는 일들 중에서 가장 꺼림칙한 부분이었다. 그래도 한 가지 다행스러운 점은 있었다. 지금 시빌이 이런 질문을 한다는 건, 최근에는 시빌도 레바나 여왕도 그 자료들을 직접 확인할 여유가 없었다는 뜻이다. 크레스가 중간에서 정보를 걸러낼 수 있는 것이다.

"모두가 결혼식에 집중하고 있습니다. 각 지역 대표들의 여행 준비, 신베이징에서 진행할 외교회담 일정 등에 대한 이야기가 많았어요." 크레스는 머뭇거리다가 말을 이었다. "그리고 많은 지구인이 이번 동맹에 의문을 품고 있어요. 이걸로 정말 습격이 끝날 거라고는 믿지 않는 분위기입니다. 유럽연방만 해도 최근 무기를 대량으로 주문한 걸 보면 전쟁을 준비하는 것 같았어요. 피…… 필요하시면 주문 내역을 구체적으로 알아볼 수 있습니다."

"시간낭비하지 마. 유럽이 뭘 얼마나 준비할 수 있는지는 우리도 알아. 다른 건?"

크레스는 기억을 뒤졌다. 영국의 한 지역 대표인 브리스톨 어쩌고 하는 의원이 결혼식 불참 통보를 했다는 소식이 생각났지만, 그걸 시빌에게 알리면 안 될 것 같았다. 어쩌면 그 의원이 결정을 바꿀지도 모르니까. 게다가 레바나 여왕이 이 사실을 알면 그 의원에게 해코지를 해서 본보기로 삼으려 할 것이다. 크레스는 그와 그의 가족에게 무슨 일이 벌어질지 상상도 하고 싶지 않았다.

"아뇨, 마님. 없습니다." 크레스가 말했다.

"그 사이보그는? 뭐 알아낸 거 없어?"

이 문제에 대해서는 이미 거짓말을 하도 많이 해서 천연덕스럽게 대답할 수 있었다. "죄송합니다, 마님. 아무것도 없습니다."

"크레센트. 린 신더가 이렇게 감시망을 피해다닐 수 있는 원인이 뭐라고 생각하니? 우리가 비행선을 은폐하는 기술과 비슷한 방법을 쓰고 있는 걸까?"

크레스는 목에 들러붙는 축축한 머리카락을 걷어냈다. "어쩌면요. 린 신더는 뛰어난 정비공이라고 들었어요. 소프트웨어를 방해하는 법을 알고 있을지도 모르죠."

"그럼 네가 그걸 역으로 감지해낼 수는 없어?"

크레스는 입을 열려다가 망설였다. 충분히 할 수 있는 일이었지만, 시빌에게 그렇게 대답할 수는 없었다. 그러면 왜 진작 그 방법으로 신더를 추적하지 못했느냐며 의심스러워할 테니까. "그…… 글쎄요, 좀 어렵지만…… 해볼게요. 방법을 찾아보겠습니다."

"반드시 찾아내도록 해. 너 감싸주느라 변명하는 것도 이제 지긋지긋해."

크레스는 미안해하는 표정을 지으려고 애썼지만 내심 안도감으로 손가락이 꿈틀거렸다. 시빌이 이런 말을 한다는 건 곧 떠나겠다는 뜻이었기 때문이다.

"알겠습니다, 마님. 새로운 임무를 맡겨주셔서 감사합니다."

그때 삑 하는 신호음이 실내에 울려퍼졌다.

크레스는 흠칫했다가 즉시 담담한 표정을 지어 보였다. 이건 단순한 신호음일 뿐이다. 크레스가 평소에 컴퓨터로 즐기는, 전혀 별스럽지 않은 취미 활동들 중 하나일 뿐이다. 시빌이 따져 물을 이유가 없다.

하지만 시빌의 시선은 이미 신호음이 난 넷스크린으로 옮겨가 있었다.

발신자: 정비공
메시지: 41분 후 도착 예정. 최종 좌표 필요.

인공위성이 기우뚱거리는 듯했다. 아니, 아니다. 크레스의 몸이 휘청거린 거였다.

"저게 뭐지?" 시빌이 화면으로 가까이 다가가며 물었다.

"아, 그거요, 게임이에요. 컴퓨터랑 하는 게임요." 크레스의 목소리가 새된 소리를 내며 갈라졌다. 얼굴이 화끈 달아오르면서 뺨에 닿은 머리카락의 서늘한 물기가 느껴졌다.

긴 침묵이 흘렀다.

크레스는 아무렇지 않은 척하려 안간힘을 썼다. "그냥 바보 같은 게임이에요. 컴퓨터가 진짜 사람이라고 상상하면서……. 아시잖아요, 제가 상상력이 좀 지나쳐서요. 가끔 좀 외로울 때면 말상대가 있으면 좋겠다 싶으……."

시빌이 크레스의 턱을 움켜쥐고 뒤로 확 밀어붙였다. 크레스는 단숨에 떠밀려서 창문에 몸을 쿵 부딪쳤다.

"걔지? 너 지금껏 나를 속였던 거지?"

시빌이 나지막이 윽박질렀다. 크레스는 공포로 말문이 막혔다. 마법에 걸린 것처럼 혀끝조차 꼼짝할 수 없었다. 하지만 시빌은 마법이 아니라 완력으로 크레스를 제압하고 있었다. 분노로 가득 찬 시빌이 크레스의 팔을 뽑아버리고 머리통을 깨부술 것만 같았다.

"크레센트, 거짓말할 생각은 하지 마. 언제부터 걔랑 내통했지?"

크레스는 입술을 파르르 떨며 흐느끼는 목소리를 내뱉었다. "어, 어제부터요. 전 그쪽의 신뢰를 사려고 했어요. 충분히 가까워지면 마님께 말씀드리려고……."

시빌이 뺨을 후려쳤다. 세상이 빙글 돌더니 크레스는 어느새 바닥에 쓰러져 있었다. 뺨이 불타는 듯 화끈거렸고 머릿속에서 뇌가 덜그럭거리는 것 같았다.

"구출해달라고 한 거겠지."

"아니에요, 마님. 아니에요."

"내가 그동안 너한테 어떻게 해줬는데. 부모에게 버려져 도륙당할 뻔한 네 목숨을 구해준 게 바로 나야."

"알아요, 마님. 전 마님께 린 신더를 바치려고 했어요. 마님을 도와드리려고 그런 거예요."

"나는 심지어 네트워크를 개방해서 네가 그 역겨운 지구 방송들을 볼 수 있게 허락해주기까지 했어. 그런데 그 은혜를 이딴 식으로 되갚아?" 시빌은 신더가 보낸 메시지가 떠 있는 화면을 돌아보았다. "그래도 결국 네가 쓸모는 있었군."

몸서리가 났다. 이성이 둔해지고 도망쳐야 한다는 본능이 크레스를 사로잡았다. 크레스는 벌떡 일어나다가 자기 머리카락을 밟고 미끄러졌다. 그 바람에 닫힌 문짝에 몸을 호되게 부딪쳤지만, 그러거나 말거나 정신없이 손가락을 놀려 키패드에 명령을 입력했다. 문이 윙 열리자마자 크레스는 시빌을 돌아보지도 않고 뛰어나가며 소리쳤다. "문 닫아!"

크레스는 복도를 내달렸다. 폐가 불타는 듯했고 숨이 잘 쉬어지지 않았다. 과호흡 증상이 일어나고 있었다. 어서 여길 빠져나가야 했다.

눈앞에 또 다른 문이 나타났다. 크레스는 "열어!"라고 소리쳐 문을 열고는 무턱대고 뛰어나가다가 앞을 가로막은 난간에 배를 부딪혔다. 크레스는 신음을 흘리면서 난간 너머로 고꾸라졌다.

몸을 일으켜보니 그곳은 작은 캡슐 비행선의 조종석이었다. 크레스는 숨을 헐떡이며 주위를 두리번거렸다. 제어판과 각종 화면에서 나오는 빛이 사방에서 번뜩거렸고 창문 너머에선 별들의 바다가 넘실거렸다.

그리고 조종석에 한 남자가 있었다.

밀짚 같은 색깔의 금발을 하고, 건장한 몸에 왕실 제복을 걸친 남자였다. 금방이라도 상대를 위협할 수 있을 듯한 인상이었지만 지금은 그저 어리둥절한 표정이었다. 남자는 좌석에서 몸을 일으켜 멍하니 크레스를 쳐다보았다. 크레스는 뒤죽박죽인 머리를 쥐어짜며 무슨 말을 해야 할지 고민했다.

시빌은 여기에 혼자 오지 않았다. 시빌을 데려온 파일럿이 있다. 크레스가 이 세상에 존재한다는 것을 알고 있는 사람이 또 한 명 있다는 뜻이었다.

하지만 저 사람 역시 루나인이었다.

"도와줘요." 크레스는 침을 꿀꺽 삼키며 가까스로 속삭였다. "제발, 제발 도와주세요."

남자가 입을 다물었다. 크레스는 난간을 붙잡은 손을 꿈틀거리며 갈라지는 목소리로 애원했다. "제발요."

남자의 손가락이 구부러지고, 눈빛이 부드러워졌다. 착각인진 몰라도 크레스를 동정하는 듯한 눈길이었다. 아니면 계산하는 눈빛인 걸까?

남자가 제어판으로 손을 가져가서 무언가를 조작했다. 비행선의 문을 닫는 버튼을 누른 걸까? 인공위성에서 비행선을 분리하려는 걸까? 크레스를 이 감옥에서 멀리 데려가주려는 걸까?

"그분을 죽인 건 아니겠지?" 남자가 물었다.

그 질문에는 아무 감정도 실려 있지 않았다. 단순한 대답을 요구하는 단순한 질문이었다. 하지만 크레스에게는 너무 엉뚱하다 못해 외국어처럼 들렸다.

죽였냐니? 시빌을 죽였냐니?

크레스가 대답을 못 하고 어물거리는데, 남자의 시선이 크레스의 뒤로 휙 돌아갔다. 그 순간 나타난 시빌이 크레스의 머리채를 휘어잡고 끌어당겨 복도에 내동댕이쳤다. 크레스는 비명을 지르며 바닥에 자빠졌다. 시빌은 크레스의 울음소리를 들은 척도 않고 남자에게 말했다.

"제이신, 곧 손님이 올 거야. 너는 인공위성에서 이 비행선을 분리하고, 의심을 사지 않을 만큼 적당히 거리를 두고 근처를 맴돌면서 이쪽을 주시하도록 해. 그러다 보면 지구 우주선 하나가 접근할 거야. 아마 거기서 캡슐 비행선이 나올 텐데, 그게 이 인공위성에 들어오고 나면 너도 반대편 해치를 이용해서 다시 들어와. 도킹클 램프는 내가 미리 확장해놓겠어."

크레스는 덜덜 떨면서 아무 뜻도 없는 말을 웅얼거리며 애걸복걸했다. 이제 남자의 표정에서는 동정이나 놀라움이라고는 전혀 찾아볼 수 없었다. 처음부터 그런 감정 따위는 느끼지 않았던 것처럼. 아니, 실제로도 느낀 적이 없는지도 모른다. 제이신이라고 불린 그 남자는 시빌을 향해 고개를 끄덕였다. 질문 한마디, 이의 한마디 꺼내지 않았다.

시빌은 비명을 지르며 발버둥치는 크레스를 질질 끌고서 인공위성 안으로 들어갔다. 그리고 고장 난 안드로이드 부품을 다루듯 바닥에 내팽개쳤다. 뒤에서 문이 탕 닫히는 익숙한 소리가 들렸다. 그 소리와 함께 탈출과 자유에 대한 모든 희망도 닫혀버렸다.

크레스는 결코 자유로워질 수 없을 것이다. 이제 시빌의 손에 죽을 테니까. 린 신더도, 카스웰 손도 죽을 것이다.

온몸이 흔들리도록 격하게 흐느껴 울고 있는데, 시빌이 크레스의 머리채를 잡고 머리를 홱 젖혔다. 눈앞에 보이는 시빌의 얼굴에는 미소가 어려 있었다.

"네게 고마워해야겠구나. 이제 린 신더가 제 발로 찾아올 테니 우리 여왕 폐하께서 몹시 기뻐하실 거야." 시빌이 몸을 구부려 짐승의 발톱 같은 손으로 크레스의 턱을 거머쥐었다. "그런데 애석하지만, 너는 상을 받을 때까지 살아 있지 못할 것 같구나."

C
R
E
S
S

9장

신더는 바닥에 드러누우면서 신음을 흘렸다. 너무 세차게 부닥쳐서 등뼈가 웅웅 울릴 정도였다. 저 위에 보이는 화물칸의 천장이 빙빙 돌면서 흔들거렸다. "꼭 그렇게까지 했어야 돼?"

울프와 스칼렛이 신더를 내려다보았다.

"미안합니다. 집중하고 계신 줄 알았습니다. 괜찮습니까?"

"괜찮아. 열 받고 아프긴 하지만."

울프가 손을 내밀었다. 신더가 그의 손을 힘겹게 붙잡자, 울프와 스칼렛이 함께 신더를 부축해서 일으켜 세워주었다.

"네 말이 맞아. 집중이 흐트러졌어. 네 에너지가 갑자기 내 손에서 벗어나는 느낌이 들더라고. 고무줄이 툭 끊어지는 것처럼."

내리 6초 동안 울프를 붙잡아두었던 신더의 마법이 끊어지자 울프의 멈췄던 동작이 그대로 이어져 신더의 팔을 붙잡고 어깨 너머로 내동댕이쳤던 것이다.

신더는 엉덩이를 문지르며 한숨을 쉬었다. "잠깐 쉬었다 하자."

스칼렛이 말했다. "오늘은 여기까지만 하지그래? 인공위성에 거의 다 왔어."

이코가 끼어들었다. "도착 예정 시각까지 9분 34초 남았다. 내 계산에 따르면, 그 정도 시간이면 연습을 일곱 판은 더 할 수 있다. 일곱 번 전부 신더가 져서 창피해지겠지만 말이다."

신더는 천장을 노려보았다. "그래, 그 정도면 네 음성출력 연결을 끊어버릴 시간도 충분하겠네."

스칼렛이 화제를 돌렸다. "애들아, 이제 몇 분밖에 안 남았는데 그 여자애를 만나면 어떻게 대할지나 좀 생각해보자. 7년 동안이나 인공위성에 갇혀서 루나인 마법사 빼고는 아무도 못 만났다잖아. 그러면…… 사람 대하는 데 좀 서툴 거야. 그러니까 우리 모두가 그 애를 아주 따뜻하고 친근하게 대해줘야 해. 겁먹지 않게."

조종석 쪽에서 웃음소리가 들리더니, 카스웰이 허리에 권총집을 채우며 문 밖으로 나왔다. "사이보그 도망자와 들짐승한테 따뜻하고 친근한 환영단이 되어달라고 부탁하는 거야? 귀엽네."

스칼렛은 허리께 양손을 얹었다. "내 말은, 그 애의 처지를 고려하고 배려해주잔 얘기야. 환경이 너무 갑작스럽게 변하면 힘들 거 아냐."

카스웰이 어깨를 으쓱했다. "그 인공위성에 비하면 램피언은 별 다섯 개짜리 호텔처럼 느껴질걸. 잘 적응할 거야."

이코가 끼어들었다. "내가 잘 대해줄 거다! 네트워크 쇼핑도 같이 하고 내가 나중에 살 디자이너 브랜드 옷들도 골라달라고 할 거다. 아, 아주 괜찮은 시종 안드로이드 판매점을 찾아냈다. 최고의 액세서리들을 갖추고 있고, 어떤 모델들은 할인도 해주더라. 내가 오렌지색 머리를 하면 어떨 것 같냐?"

벽에 걸린 넷스크린 화면에 시종 안드로이드 카탈로그가 떴다. 모델들 중 하나의 3D 이미지가 천천히 회전하면서 완벽한 신체비율, 복숭앗빛 피부, 특허를 받았다는 섬세한 자세를 뽐내고 있었다. 그 모델은 자주색 눈동자에 짧게 깎은 오렌지색 머리였고, 발목에는 고풍스러운 회전목마 모양의 문신이 새겨져 있었다.

신더는 눈을 질끈 감았다. "이코, 그게 인공위성 여자애랑 무슨 상관인데?"

"안 그래도 그 얘기 하려고 했다." 화면에서 메뉴가 쭉 흘러가더니 헤어 액세서리 메뉴가 선택됐다. 그러자 레게머리 가발, 고양이 귀 머리띠, 인조 다이아몬드로 뒤덮인 머리핀 등등 다양한 상품이 나타났다. 이코가 신이 나서 말했다. "그 애의 머리카락으로 할 수 있는 스타일이 얼마나 많겠냐! 상상을 해봐라!"

카스웰이 스칼렛의 어깨를 쿡 찔렀다. "봤지? 사람 대하는 데 서툰 그 인공위성 소녀에겐 이코가 영원한 베스트프렌드가 되어줄 거야. 자, 그건 그렇고, 지금 내가 걱정하는 문제가 있는데. 이 일이 다 끝났을 때 보상금은 서로 어떻게 분배할까? 내 우주선에 타는 사람들이 점점 많아지니 내가 받을 액수가 줄어드는 것 같아서 솔직히 달갑지만은 않아."

"보상금이라니? 무슨 보상금?"

"신더가 여왕이 되면 루나의 재정을 우리한테 떼어줄 거 아냐."

신더가 눈을 굴렸다. "내 저럴 줄 알았어."

"그건 시작일 뿐이야. 이 모험이 끝나고 나면 전 세계가 우리를 영웅 대접할 텐데, 그러면 얼마나 엄청난 돈과 명예가 따라올지 상상을 해보라고. 스폰서가 달라붙고 광고가 들어오고 드라마 출연 제의가 쏟아질걸. 그러니 가능한 한 빨리 이익 분배 기준을 정하는 게 좋을 것 같아. 내 생각엔 60, 10, 10, 10, 10으로 나누는 게 어떨까 싶은데."

이코가 말했다. "그 마지막 10퍼센트는 나냐, 아니면 그 인공위성 소녀냐? 만약 그 여자애 몫이라면 난 파업할 거다."

"저기, 상상 속의 돈 문제는 나중에 얘기하면 안 될까?"

신더의 말에 스칼렛이 맞장구를 쳤다. "그래, 돈이 생기고 나면 생각하자. 그리고 카스웰, 넌 비행 준비를 해야 하는 거 아냐?"

"위, 마드무아젤."

카스웰이 경례를 하고는 화물상자 위에 놓여 있던 권총을 집어서 총집에 넣었다. 스칼렛은 카스웰을 바라보며 머리를 갸웃했다.

"정말 내가 같이 안 가도 되겠어? 도킹 지점을 맞추는 데에는 굉장히 정밀한 조작이 필요한데, 신더 얘길 들으니 네 조종 솜씨는 썩……."

"무슨 소리야? 신더가 내 조종 솜씨가 어떻다고 했는데?"

스칼렛은 신더와 시선을 교환하곤 "물론 세계 최고의 천재 파일럿이랬지"라고 눙쳤다. 그러곤 화물상자 위에서 빨간색 후드가 달린 점퍼를 집어들었다. 파리에서 난투에 휘말린 탓에 심하게 찢어진 것을 최대한 꿰매둔 상태였다. 스칼렛이 점퍼 소매에 팔을 꿰어 넣는 동안 이코가 한마디했다.

"신더가 반어법을 연습한 것 같다."

카스웰이 눈을 부라렸지만 신더는 어깨만 으쓱할 뿐이었다. 스칼렛은 옷매무새를 가다듬으면서 카스웰에게 말했다.

"어쨌든 도킹은 쉽지 않을 거야. 천천히 조종해야 해. 그리고 비행선에서 내리기 전에 인공위성 시스템이 호환됐는지, 안전하게 결합됐는지 확실히 확인하고."

"내가 알아서 잘할게."

카스웰은 윙크를 하고 스칼렛의 코를 살짝 꼬집었다. 뒤에 있던 울프가 발끈하는 표정을 지었지만, 카스웰은 신경도 쓰지 않고 말했다.

"나를 그렇게 걱정해주다니 고마워."

*

카스웰은 두 번째 시도 만에 도킹클램프에 캡슐 비행선을 맞물릴 수 있었다. 인공위성에 도킹을 해보는 건 난생 처음인데, 이 정도면 썩 훌륭하게 해냈다 싶었다. 그의 조종 솜씨를 대놓고 의심했던 스칼렛이 이 장면을 지켜보고 있기를 바랐다. 카스웰은 결합이 확실히 됐는지 확인한 다음 비행선을 대기 모드로 바꿔놓고 안전벨트를 풀었다. 창밖으로 인공위성의 둥그스름한 표면이 보였다. 그 위에는 인공위성을 나아가게 해주는 자이로스코프(우주선의 자세를 제어하는 장치_역주) 고리들 중 하나가 천천히 돌아가고 있었다. 도킹해치 내부는 일부분밖에 보이지 않았지만 안전한 것 같았다. 제어판의 기압과 산소 수치를 보니 이제 비행선에서 내려도 될 듯했다.

카스웰은 목을 조이는 칼라를 잡아당겨 헐겁게 가다듬었다. 아무리 천성적으로 느긋한 성격인 카스웰이라도 루나인을 만난다니 아무래도 긴장하지 않을 수 없었다. 설사 상대가 어리고 귀여운 소녀라 해도.

'어리고 귀여우면 뭐해. 너무 오래 혼자 살아서 정신이 살짝 이상해진 거 아냐?'

카스웰은 속으로 구시렁거리며 비행선 문을 열어서 위로 젖혔다. 짧은 계단 위에 난간이 달린 경사로가 있고, 그 너머에는 좁은 복도가 나 있었다. 기압이 변하자 귀가 먹먹해졌다. 인공위성 내부 출입문은 닫혀 있었지만, 가까이 다가가자 쉭 소리와 함께 문이 열리면서 벽 속으로 매끄럽게 빨려들어갔다.

D-COMM 통신화면으로 보았던 실내 광경이 보였다. 반듯하고 투명한 넷스크린 화면들, 벽 위쪽에 달린 수납함들, 침대 위에 너저분하게 구겨진 채 놓여 있는 낡은 이불. 왼편에는 욕실로 이어지는 듯한 문이 있고, 맞은편 벽에는 또 다른 도킹해치의 문이 보였다.

소녀는 침대에 걸터앉아 있었다. 두 손을 무릎 위에 올리고, 어깨 위에 풍성하게 풀어헤쳐진 머리는 정강이까지 내려와 곱슬곱슬하게 매듭이 지어져 있었다. 소녀는 얌전히 입을 다물고 정중한 미소를 짓고 있었다. D-COMM 통신에서 본 안절부절못하던 모습과는 전혀 딴판이었다. 그런데 카스웰을 본 순간 그 미소가 흔들렸다.

"아, 너였구나. 나는 그 사이보그가 올 줄 알았는데."

소녀가 고개를 갸웃하며 말했다. 카스웰은 두 손을 주머니에 꽂아넣었다.

"너무 실망하지 마. 신더는 비행선을 고칠 수만 있지 조종은 못하거든. 오늘은 내가 널 에스코트해줄게. 나는 카스웰 손 함장이라고 해."

카스웰은 고개를 까딱해 인사를 했다. 그러면 소녀가 황홀해하거나 눈꺼풀을 파르르 떨거나 할 줄 알았는데, 소녀는 단지 시선을 돌리고 넷스크린 화면들 중 하나를 노려볼 뿐이었다.

무안해진 카스웰은 헛기침을 하며 자세를 바로잡았다. 소녀는 사람을 실제로 만나보는 게 오랜만이라고 했으니 쉽사리 감동을 받을 거라고 기대했는데, 그렇지만도 않은 모양이었다. "짐은 다 쌌어? 우리 우주선이 한곳에 너무 오래 머무르는 건 곤란해서."

소녀가 살짝 성가신 눈빛으로 카스웰을 돌아보더니 혼잣말을 중얼거렸다. "상관없어. 제이신이랑 내가 직접 만나러 가면 되니까."

카스웰은 얼굴을 찌푸렸다. 아까 마음속으로나마 소녀의 정신 상태에 대해 경박하게 놀렸던 게 후회스러워졌다. 만약 소녀가 정말로 고독 때문에 정신질환에 걸렸다면 어쩌나?

"제이신이라니?"

소녀가 일어서자 머리카락이 발목까지 치렁치렁 늘어졌다. 일어선 모습을 보니 키가 150센티미터 남짓인 듯했다. 카스웰은 마음이 놓였다. 미쳤든 아니든 간에 저렇게 조그마한 몸으로 카스웰을 해치지는 못할 테니까.

아마도.

"제이신은 내 경호원이야."

"그렇군. 그럼 그 친구도 불러서 같이 나가자."

"아, 너는 멀리 가지 못할 거야."

성큼 다가온 소녀의 모습이 변했다. 새 둥지 같던 머리카락은 까

마귀 날개처럼 윤이 흐르는 흑발로 바뀌었고, 하늘색 눈동자는 쥐색으로, 창백한 피부는 금빛으로 변했다. 몸이 위로 쑥 솟구치더니 우아하고 훤칠한 몸매가 되었으며, 낡고 평범한 원피스는 긴 소매의 비둘기색 코트로 바뀌었다.

카스웰은 놀란 표정을 재빨리 감췄다. 저 여자는 마법사였다.

카스웰은 상황 파악이 빠른 편이었다. 어깨가 뻣뻣해지긴 했지만 그는 금세 이 상황을 받아들이고 이해했다. 모든 게 함정이었다. 그 소녀는 미끼였거나, 아니면 모든 일을 꾸민 장본인일 것이다. 전혀 예상도 못 하고 속아넘어가다니 어이가 없었다. 원래 이런 문제에 관해서는 뛰어난 직감을 발휘하곤 했는데.

실내를 휙 훑어보았다. 소녀의 흔적은 어디에도 보이지 않았다.

그때 맞은편의 또 다른 해치 입구가 덜컹거리면서 인공위성 전체가 흔들렸다. 불현듯 희망이 차올랐다. 동료들이 뭔가 잘못됐다는 걸 눈치채고 구하러 온 것이리라. 남은 한 척의 캡슐 비행선을 타고 날아와 저 해치에 들어왔을 것이다.

카스웰은 숱하게 연습했던 특유의 매력적인 미소를 지어 보이면서 총으로 슬그머니 손을 뻗었다. 총집에서 총을 빼내는 데 성공해 자신감으로 부푼 순간, 아니나 다를까 팔이 딱딱하게 굳어버렸다. 카스웰은 움직일 수 있는 한쪽 어깨를 으쓱하며 말했다. "시도는 해 볼 수 있는 거잖아? 너무 나무라진 말라고."

마법사가 씩 웃었다. 그러자 카스웰의 손가락이 저절로 펴지면서 권총이 바닥에 달카당 떨어졌다.

"카스웰 손 '함장'이라고 했나?"

"맞아."

111

"그 직함을 오래 쓰진 못할 것 같군. 나는 네 우주선을 여왕 폐하께 바칠 생각이거든."

"유감이네."

"그리고 린 신더 같은 수배범을 도와주는 건 루나에서 사형감이라는 걸 알고 있겠지? 처형은 지금 즉시 집행될 거다."

"효율적이군. 훌륭한 제도야."

맞은편 해치의 문이 열렸다. 카스웰은 그 너머에 있을 동료들에게 텔레파시로 경고를 보내려고 애를 썼다. 이건 덫이라고, 단단히 대비하라고.

그런데 문 너머에 서 있는 사람을 보자 삽시간에 희망이 사그라졌다. 그 사람은 신더도, 스칼렛도, 울프도 아니었다. 루나인 경호원이었다.

"제이신, 캡슐 비행선을 타고 램피언으로 가자."

"아아, 댁이 제이신이었어? 난 또, 여자애가 망상 속에서 만들어 낸 친구인 줄 알았지."

두 사람은 들은 척도 하지 않았다. 어차피 카스웰은 자기 말이 무시당하는 상황에 익숙했다. 마법사는 자기 경호원에게 계속 지시를 내렸다.

"먼저 가서 출발 준비를 하도록. 나는 여기 일을 마치고 금방 갈 테니."

경호원은 정중히 고개를 숙이고 카스웰의 캡슐 비행선 쪽으로 걸어갔다. 카스웰이 그를 돌아보며 말했다.

"조심해. 도킹할 때부터 쉽지 않더라고. 한 치도 틀림없이 정확하게 조종해야 해. 어, 내가 가서 좀 도와줄까? 제대로 분리하는지 옆에서 지켜만 볼게."

시종 텅 빈 눈동자를 하고 있던 경호원이 거만한 눈빛으로 카스웰을 돌아보았다. 그리고 끝내 아무 말도 없이 복도로 나가버렸다.

마법사가 침대 위의 이불을 집어들더니 카스웰에게 던졌다. 카스웰은 반사적으로 잡으려고 했지만 그럴 필요가 없었다. 그의 손이 저절로 움직여서 이불을 가져다가 자신의 두 손목을 묶었던 것이다. 곧이어 복잡한 매듭을 짓고, 이불 끄트머리를 이로 물고 잡아당겨 탄탄히 고정하기까지 했다.

"네 우주선을 타고 루나로 돌아갈 게 기대되는군. 린 신더가 더 이상 왕실에 위협이 되지 않는다는 기쁜 소식을 전할 수 있겠지."

카스웰은 눈썹을 꿈틀거렸다. "여왕 폐하의 자애로운 목적에 봉사할 수 있다면야 뭐든 좋지."

마법사가 해치 옆의 넷스크린으로 걸어가더니 보안 암호를 입력했다. 그리고 뭔지 모를 복잡한 명령들을 입력하기 시작했다. "처음에는 생명유지 시스템을 정지시켜서 너랑 크레센트를 산소 부족으로 질식시킬까 생각했어. 하지만 그러면 죽는 시간이 너무 오래 걸리겠지. 그 과정에서 네가 혹시라도 결박을 풀고 구조 요청을 하면 곤란하니 자비를 베풀기로 결정했다."

마법사가 넷스크린에서 손을 떼고 코트 소매를 매만졌다. "빨리 죽을 수 있다는 걸 행운으로 여겨라."

"나는 늘 내가 운이 좋다고 생각해."

마법사의 눈빛이 딱딱해지더니 카스웰의 몸이 저절로 움직여 욕실 문 쪽으로 걸어갔다. 가까이 다가가자 열린 문 너머로 안이 들여다보였다. 그 안에 소녀가 있었다. 소녀는 손, 무릎, 발목이 침대 시트로 묶여 있고, 입은 헝겊으로 싸매어져 있었다. 얼굴은 눈물로 얼룩덜룩했고, 머리카락은 사방에 흐트러진 채 그 끝자락들이 몸을 결박한 시트 사이사이에 끼어 있었다.

카스웰은 속이 뒤틀렸다. 소녀에게 배신당한 거라고만 생각했는데, 저 떨리는 몸과 공포에 질린 표정만 봐도 그게 오해였음을 알 수 있었다. 무릎에 힘이 풀린 카스웰은 신음을 흘리며 바닥에 털썩 꿇어앉았다. 그러자 소녀가 움찔했다. 카스웰은 코로 숨을 짧게 내쉬곤 마법사를 노려보았다.

"대체 왜 이렇게까지 하는 거야? 애가 겁먹잖아."

"자업자득이야. 크레센트가 배신을 해서 이 꼴을 자처한 거니까."

"아, 그래. 모든 게 꽁꽁 묶이고 재갈이 물린 채 욕실에 갇혀 있는 이 꼬맹이 잘못이겠지."

마법사는 카스웰의 말을 듣지 못한 것처럼 자기 말만 계속했다. "하지만 나는 크레센트의 소원을 이뤄줄 작정이야. 지구로 보내줄 거거든."

마법사가 빛이 아른거리는 조그마한 칩을 들어올렸다. 신더가 갖고 다니던 D-COMM 칩과 똑같은 생김새였다. "이건 내가 가져가겠어. 크레센트도 별로 서운해하진 않을 거야. 어차피 이것도 다 여왕 폐하의 소유이니까."

마법사가 소맷자락을 휘날리며 밖으로 나갔다. 문이 닫히고, 도킹해치로 이어지는 복도를 또각또각 울리는 발소리가 멀어져갔다. 카스웰의 캡슐 비행선 엔진 소리는 들리지 않았지만, 도킹 연결이 해제되면서 덜컹거리는 진동이 느껴졌다.

그제야 처음으로 절망이 엄습했다.

마법사가 비행선을 가져가버린 것이다.

하지만 램피언에는 캡슐 비행선이 한 척 더 있다. 아직은 동료들이 구하러 올 거라는 희망이 있다. 아니, 반드시 구하러 올 것이다.

그런데 인공위성이 아주 살짝 기우는 느낌이 나더니, 소녀가 흑하고 흐느끼는 소리를 내뱉었다.

인공위성의 궤도가 바뀌었다. 중력에 이끌려서 원래의 공전궤도에서 이탈하고 있었다. 인공위성은 지구로 추락하고 있었다.

CRESS

10장

"비행선이 결합됐어. 눈 뜨고 못 봐줄 정도의 솜씨는 아니네."

조종석에 앉은 스칼렛이 관측창 너머로 보이는 카스웰의 캡슐 비행선을 가리켰다. 신더가 문틀에 몸을 기댄 채 말했다.

"빨리 돌아와야 할 텐데. 그 여자애가 감시당하고 있을지도 모르잖아."

울프가 물었다. "그 애를 못 믿는 겁니까?"

"그 애의 상관을 못 믿는 거야."

"잠깐만. 저쪽에 또 다른 비행선이 있는데?"

스칼렛이 몸을 앞으로 내밀고서 제어판을 조작해 레이더를 돌렸다. "저 비행선, 감지되지 않아."

울프와 신더도 스칼렛의 뒤에 붙어 창밖을 내다보았다. 카스웰이 탄 것보다 조금 더 큰 캡슐 비행선이 인공위성 근처에 떠 있었다. 신더는 가슴이 철렁 내려앉았다.

"루나의 비행선이야."

"그렇겠지. 신호가 안 잡힌다는 건⋯⋯."

"아니, 저걸 봐. 선체에 새겨진 저 문장을 보라고."

울프가 욕을 뇌까렸다. "루나 왕실의 비행선입니다. 마법사일 겁니다."

신더는 머리를 설레설레 저었다. "우릴 배신한 거야. 맙소사."

"도망쳐야 하나?" 스칼렛이 물었다.

"카스웰을 버리고?"

루나의 캡슐 비행선은 인공위성의 또 다른 도킹해치로 진입하고 있었다. 신더는 머리를 쥐어뜯으며 절박하게 고민에 빠졌다.

"일단 D-COMM 통신 걸어봐. 뭐가 어떻게 된 건지 알아야⋯⋯."

울프가 고개를 저었다. "안 됩니다. 배신당한 게 아닐 수도 있잖아요. 그럼 저쪽에서 우리가 여기 있다는 걸 아직 모를 수도 있습니다. 우리 우주선도 레이더엔 잡히지 않으니, 육안으로 못 봤다면 모르는 거죠."

"카스웰의 캡슐 비행선만 봐도 딱 알 거 아니야! 그게 램피언에서 나온 거란 걸!"

"손 함장님이 탈출할 수도 있다." 이코가 평소와 달리 풀이 죽은 음성으로 말했다.

"마법사의 손아귀에서 탈출한다고? 파리에서 어땠는지 봤잖아."

"그래서 어떡하지? 통신을 걸 수도 없고, 도킹을 할 수도⋯⋯."

스칼렛의 말에 울프가 대꾸했다.

"도망쳐야 해. 놈들이 우릴 쫓아오기 전에."

스칼렛과 울프는 신더를 돌아보았다. 최종 결정을 내려달라는 뜻이었다. 그 시선 앞에 신더는 흠칫 굳었다. 결코 쉬운 결정이 아니었다. 카스웰이 저기에 있는데, 더군다나 신더가 이 일을 맡겼기 때문에 함정에 빠졌는데, 버리고 떠날 순 없었다.

의자를 붙잡은 손이 부들부들 떨렸다. 갈팡질팡하는 동안 소중한 1초 1초가 흘러가고 있었다.

"신더."

스칼렛이 신더의 팔에 손을 얹었다. 신더는 더더욱 긴장해서 손이 아프도록 의자를 꽉 거머쥐었다.

"신더, 우리는……."

신더가 마침내 결정을 내렸다. "도망쳐. 도망쳐야 해."

스칼렛이 고개를 끄덕이고 제어판으로 몸을 휙 돌렸다. "이코, 추력기를 가동……."

울프가 스칼렛의 말을 끊었다. "잠깐만. 저기 봐."

창밖을 보니 인공위성에서 캡슐 비행선 한 척이 나오고 있었다. 카스웰의 비행선이었다.

"뭐가 어떻게 된 거냐?"

이코가 물었다. 신더는 낮은 목소리로 다급히 말했다.

"카스웰의 비행선이 돌아오고 있어. 통신 걸어봐."

스칼렛이 통신창을 열고 음성을 보냈다. "카스웰, 응답해. 무슨 일이야?"

통신기에서는 잡음만 흘러나올 뿐이었다. 신더는 볼 안쪽을 깨물며 초조감을 삭였다. 잠시 뒤 잡음마저 끊기더니, 간단한 문자 메시지가 도착했다.

카메라 고장. 부상당함. 격납고 개방 요청.

신더는 눈앞이 흐릿해질 만큼 그 메시지를 읽고 또 읽었다. 옆에서 울프가 딱 잘라 말했다.

"함정입니다."

"아닐 수도 있잖아."

"함정이라고요." 울프가 재차 단언했다.

"확실히 모르잖아! 카스웰은 위기대처력이 뛰어난 사람이란 말이야."

"신더……."

"탈출한 것일 수도 있어."

"하지만 함정일 수도 있지." 스칼렛이 중얼거렸다.

이코가 새된 음성으로 말했다. "신더, 어떻게 해야 하나?"

신더는 침을 꿀꺽 삼키고 의자에서 일어섰다. "격납고 열어. 내가 가볼 테니 너희 둘은 여기 있어."

"절대 안 됩니다."

조종석 밖으로 나가려는 신더의 옆에 울프가 따라붙었다. 성큼성큼 걸으며 어깨를 구부리고 손을 말아쥐는 모습을 보니, 몸싸움을 벌여서라도 신더를 막을 태세였다. 신더는 티타늄으로 된 사이보그 손으로 울프의 배를 막아 세웠다.

"울프, 여기 있어. 만약 그 비행선에 마법사가 탔다면, 조종당하지 않을 사람은 나랑 이코뿐이잖아."

스칼렛이 울프의 팔꿈치를 붙잡았다. "신더 말이 맞아. 네가 같이 가봤자 더 불리해질 뿐이야."

신더는 스칼렛이 울프를 설득하는 것을 기다리지 않고 그 자리를 빠져나왔다. 사다리를 타고 아래층으로 내려가자 캡슐 비행선 격납고와 엔진실 사이의 복도가 나타났다. 신더는 그곳에 멈춰서서 귀를 기울였다. 격납고의 해치가 닫히고, 생명유지장치가 산소를 배출하는 소리에 이어 이코의 음성이 들려왔다.

"격납고 준비 완료. 생명유지 시스템 안정화. 캡슐 비행선 탑승자들, 하선 가능하다."

신더의 망막 디스플레이 가장자리에 빨간 문자들이 마구 나타났다. 신더가 극심한 초조감이나 공포에 휩싸이면 으레 그렇듯, 사이보그 시스템이 각종 진단 루틴이며 경고문들을 쏟아내고 있었다.

혈압 상승. 심박수 상승. 시스템 과열. 자동냉각반응 초기화.

"이코, 뭐 보이는 거 없어?"

"그런 질문은 나한테 카메라를 달아주고 나서 해라. 지금 내 센서로 감지되는 것만 말해주겠다. 비행선이 격납고에 들어왔고, 그 안에 생명체가 두 명 있다. 둘 다 아직 비행선에서 내리지 않았다."

카스웰이 너무 심하게 다쳐서 비행선에서 내리지 못하고 있는 걸까? 아니면 저기 탄 자들이 정말로 루나인 마법사들이고, 비행선에서 내렸다가 신더 일행이 격납고 해치를 다시 열어버리기라도 하면 맨몸으로 우주로 튕겨나갈 수도 있으니 가만히 있는 걸까?

신더는 왼손 집게손가락 끝에 달린 뚜껑을 열어 탄창을 꺼냈다. 마취총 화살은 파리에서 싸우다가 다 써버렸지만, 자신만의 새로운 무기를 만들어 손가락에 장전해둔 참이었다. 못들을 용접해서 일종의 탄환을 만든 것이다.

"비행선에서 메시지가 왔다. '도와줘'라고 한다."

이코가 보고했다. 그 즉시 신더의 머릿속에서 '함정이야. 함정이야. 함정이야!'라는 말이 비명처럼 메아리쳤다. 하지만 만약 정말로 카스웰이라면…… 카스웰이 부상을 당한 채 저 비행선 안에서 죽어가고 있다면…….

신더는 마음을 다잡고, 키패드에 격납고 출입 코드를 입력한 다음 레버를 당겨 내렸다. 잠금장치가 덜컹 풀리자마자 신더는 왼손을 총처럼 들어올려 공격 태세를 갖췄다.

열린 문 너머로 격납고의 두꺼운 내벽에 박힌 케이블과 각종 기계가 보였다. 화물을 싣거나 내리는 데 쓰는 도구, 연료주입장치, 잭, 공기압축기, 압축공기코일 등이 복잡하게 얽혀 있었다. 그 벽과 여분의 캡슐 비행선 사이에 카스웰의 비행선이 정박되어 있었다. 신더는 그쪽으로 가까이 다가가보았다.

"카스웰?" 고개를 내밀자 조종석에 몸을 웅크린 사람이 보였다. 신더는 덜덜 떨면서 비행선 문을 열고 냉큼 뒷걸음질 쳤다. 무기를 겨누고서 그 사람을 자세히 보니 셔츠가 피로 빨갛게 젖어 있었다. 카스웰이었다. 신더는 부리나케 손을 내리고 뛰어갔다. "카스웰! 어떻게 된……."

시야 구석에서 오렌지색 경고등이 반짝 불빛을 밝혔다. 보이는 것을 믿으면 안 된다고 시각생체 시스템이 경고를 보낸 것이다. 신더는 숨을 헉 들이켜고 사이보그 손을 다시 들어올렸다. 그런데 그 순간 카스웰이 펄쩍 뛰어나오더니, 순식간에 신더의 손목과 목줄기를 붙잡아 바닥에 쓰러뜨렸다. 신더 위에 올라탄 카스웰의 푸른 눈은 놀라울 만큼 침착했다.

그러더니 카스웰의 모습이 변했다. 눈은 수정처럼 맑고 차가워졌고, 모발은 더 가늘고 길어졌으며, 옷은 붉은색과 회색이 섞인 제복으로 바뀌었다. 루나 왕실 경호원의 옷이었다.

사내의 모습을 눈으로 제대로 인지하기도 전에 신더는 본능적으로 그가 누구인지 알아차렸다. 격한 증오심이 끓어올랐다. 그는 여느 경호원이 아니었다. 무도회에서 레바나가 신더를 비웃고 카이토를 비롯한 모든 사람을 협박할 때, 신더를 붙들고 있었던 바로 그 경호원이었다.

하지만 이자가 어째서…….

그때 간드러지는 웃음소리가 허공을 갈랐다. 신더는 밝은 불빛 속에서 눈을 가늘게 뜨고 웃음소리가 난 곳을 바라보았다. 캡슐 비행선에서 한 여자가 나오고 있었다.

그랬다. 그는 수석 마법사 시빌 미라의 직속 경호원이었다.

"은하 전체의 1급 수배범이라면 좀 특출할 줄 알았는데."

시빌이 웃음기 어린 목소리로 말했다. 신더는 자유로운 한쪽 손으로 경호원의 턱을 잡고 밀어젖히려 애쓰면서 시빌을 바라보았다. 마법사는 새로운 장난감을 본 굶주린 고양이 같은 표정으로 미소 짓고 있었다. 패닉에 빠진 신더의 망막 디스플레이가 지직거리며 흐려졌다.

"여기서 죽여줄까, 아니면 사슬로 묶어서 여왕 폐하께 대령……."

시빌이 말을 끊더니 격납고 출입문 쪽으로 눈을 돌렸다. 동시에 으르렁거리는 고함 소리와 함께 뭔가가 휙 날아와 캡슐 비행선 선체에 시빌을 밀어뜨렸다. 울프였다.

신더를 붙든 경호원의 손이 느슨해졌다. 그는 망설이는 표정으로 시빌을 돌아보았다. 신더는 그 틈을 놓치지 않고 경호원의 턱에 주먹을 날렸다. 우드득 소리가 나면서 그는 뒤로 휘청거렸다. 신더는 무릎을 당겨올렸다가 몸을 힘껏 내뻗어서 경호원을 밀쳐냈다. 재빨리 일어서서 울프 쪽을 돌아보니, 울프는 시빌의 등허리를 으스러뜨릴 기세로 틀어쥐고서 늑대 엄니를 드러내는 중이었다.

경호원이 총집에 손을 뻗었다. 신더는 그가 총을 꺼내는 걸 보고 즉시 손을 들어올렸다. 두 사람의 무기가 동시에 발사되었다.

경호원의 총알이 울프의 어깻등에 파고들면서 비명이 터져나왔다. 한편 경호원은 신더의 탄환에 옆구리를 맞고 신음을 흘렸다.

신더는 몸을 빙글 돌려 시빌의 심장을 쏘려 했지만, 울프의 몸에 시빌이 가려져 있었다. 울프의 셔츠에 검붉은 피가 스며나왔다. 시빌이 분노로 얼굴을 일그러뜨린 채 울프의 가슴에 손바닥을 얹었다.

"네가 어떤 놈인지 똑똑히 알려주마."

그러자 울프가 입을 다물더니, 목구멍에서 나직한 으르렁 소리를 흘렸다. 그러고는 살의가 가득한 눈으로 신더를 돌아보았다.

"미치겠다."

신더는 뒷걸음질 치다가 다른 캡슐 비행선에 등을 부딪고 멈춰섰다. 사이보그 손은 계속 조준하고 있었지만, 울프가 앞을 가로막고 있어서 시빌을 쏘아 맞힐 방도가 없었다. 울프가 시빌의 조종을 받고 있으니 더더욱. 신더는 침을 꿀꺽 삼키며 정신을 집중하고, 울프의 익숙한 생체전기 파동을 감지하려고 했다. 그러나 울프에게서 느껴지는 것이라고는 잔인하고 포악한 에너지뿐이었다.

울프가 신더에게 돌진했다.

신더는 대상을 바꿔서 경호원의 생체전기에 접근했다. 그쪽은 자연스러운 느낌이었다. 신더는 순식간에 경호원의 의지를 빼앗았고, 경호원은 신더에게 조종당해 울프 앞을 막아서서 총을 들어올렸다. 하지만 움직임이 너무 느렸다. 울프가 손등으로 한 대 후려치자 경호원은 휙 날아가 비행선의 착륙장치 사이에 나가떨어졌다. 손에서 놓친 총이 캐비닛들을 스치며 덜그럭덜그럭 미끄러졌다.

신더는 캡슐 비행선 앞쪽을 빙 둘러 달음질친 뒤, 비행선을 사이에 두고서 울프와 시선을 마주쳤다. 울프가 송곳니를 드러낸 채 머뭇거렸다. 신더의 체내 시스템이 끊임없이 보내는 경고 메시지는 이제 너무 급속도로 쏟아져나와서 망막 디스플레이 위에서 온통 뒤섞이고 있었다. 심박수와 아드레날린이 급격히 상승하고 있다는 메시지들이 보였지만 신더는 무시했다. 오로지 울프가 비행선을 넘어오지 못하도록 막는 데에만 온 신경을 집중했다.

그런데 앞뒤로 서성거리던 울프가 갑자기 움찔하더니 몸을 돌려 시빌에게 달려들었다. 그때 또 한 발의 총성이 울려퍼졌다. 시빌에게 몸을 날리던 울프의 가슴에 총알이 맞았다.

문간에 선 스칼렛이 총을 든 손을 후들후들 떨며 비명을 질렀다.

신더는 숨을 헐떡거리며 주위를 둘러보았다. 무기를 찾든지 작전을 짜내야 했다. 시빌은 구석에 몰린 채 울프를 방패로 쓰고 있었다. 루나인 경호원은 아직 캡슐 비행선 밑에 웅크리고 있었다. 기절했기만을 바랄 뿐이었다. 스칼렛은 이제 총을 내려놨지만, 스칼렛을 조종하는 것쯤이야 시빌에게는 일도 아닐 것이다.

그런데 시빌은 찡그린 얼굴에 자신감 없는 표정을 짓고 있었다. 울프 뒤에서 몸을 웅크린 시빌은 이마에 정맥이 불거질 만큼 안간힘을 쓰고 있었다. 그걸 보고서야 신더는 충격적인 사실을 깨달았다. 울프를 조종하는 것은 신더만큼이나 시빌에게도 힘에 부치는 일이었던 것이다. 시빌이 울프를 계속 조종하려면 그 외에 다른 사람은 조종할 수 없을 것이다. 그렇다고 울프를 놔버린다면 울프가 시빌을 공격할 테고, 전투는 끝날 것이다.

하지만 또 다른 선택지도 있었다. 시빌이 울프를 죽여버림으로써 골칫거리를 아예 제거하는 것.

신더는 두 군데의 총상에서 피를 쏟고 있는 울프를 바라보았다. 얼마나 버틸 수 있을까?

"울프!"

스칼렛이 떨리는 목소리로 고함을 질렀다. 총구는 시빌을 겨누고 있었지만 울프가 막고 있으니 쏠 수 없었다.

그때 또 탕 하는 총성이 메아리쳐 울렸다. 신더는 화들짝 놀라 뒤를 돌아보았다.

그런데 이번에 비명을 지른 쪽은 시빌이었다.

기절한 줄로만 알았던 경호원이 멀쩡히 일어나서 자기 총을 집어들고 시빌을 쏜 것이었다. 다른 누구도 아닌, 자기 주인인 시빌을.

시빌은 한쪽 무릎을 꿇고 주저앉으며 사납게 신음을 토했다. 허벅지를 손으로 누르고 있었지만 벌써 다리가 피투성이가 된 채였다. 경호원은 무릎을 꿇고 앉아 총을 부여잡고 있었다. 신더의 위치에서는 그의 얼굴이 보이지 않았지만, 그가 말하는 걸 들으니 긴장한 기색을 느낄 수 있었다.

"조종당하고 있습니다. 저 사이보그에게……."

신더의 거짓말 탐지등이 깜빡거리며 켜졌다. 당연히 거짓말이었다. 신더는 그런 일을 하지 않았으니까. 하지만 진작 그런 시도를 했더라면…….

시빌이 울프를 경호원 쪽으로 떠밀었다. 그러자 그들을 둘러싼 생체전기의 파동이 아른거리며 요동쳤다. 시빌이 울프를 사로잡았던 힘을 푼 것이다. 총상을 입고 약해진 상태에서는 더 이상 울프를 조종할 수 없을 테니까.

울프가 경호원에게 날아와 부딪쳤다. 경호원은 울프와 한데 뒤엉켜 바닥에 뒹굴다가 울프를 붙잡아 힘껏 밀쳐냈다. 울프는 새하얗게 질린 채 덜덜 떨기만 할 뿐 맞서 싸우지도 못했다. 피가 철철 흘러나와 바닥에 번지고 있었다.

"울프!"

스칼렛이 다시 시빌을 향해 총을 들어올렸지만, 시빌은 이미 절뚝거리며 캡슐 비행선 뒤편으로 숨은 뒤였다.

신더는 울프에게 달려가 그의 겨드랑이를 잡고 경호원 옆에서 끌어냈다. 울프는 두 다리를 버둥거리며 발을 질질 끌기만 할 뿐 몸을 가누지 못했다. 그러는 동안 경호원은 일어나서 웅크려 앉았다. 그 역시 옆구리에 신더의 탄환을 맞아 피를 흘리며 헐떡거리고 있었다. 총은 여전히 손에 꽉 쥔 채였다.

신더는 경호원을 보면서 두 가지 선택지를 떠올렸다.

첫째, 경호원이 신더를 쏘아 죽이기 전에 그의 생체전기를 사로

잡는다.

둘째, 울프의 생체전기를 조종해 울프가 과다출혈로 죽기 전에 격납고에서 빠져나가도록 이끌어준다.

경호원과 시선이 마주친 순간 심장이 거세게 고동쳤다. 그런데 경호원이 일어서더니 시빌을 향해 돌진했다.

경호원이 자기 주인을 죽이려는 건지 보호하려는 건지 알 수 없었다. 확인할 여유도 없었다. 신더는 주위의 모든 것을 젖혀놓고 오로지 울프의 생체전기를 조종하는 데에만 집중했다. 울프의 힘은 약해져 있었다. 싸움 연습을 할 때와는 느낌이 전혀 달랐다. 신더는 쉽게 울프의 에너지로 미끄러져 들어갈 수 있었고, 그의 몸이 반사적으로 저항해도 억누르고 다리를 단단하게 곧추세울 수 있었다. 그러자 신더에게 완전히 실려 있던 울프의 체중이 조금 가벼워졌다. 신더는 절뚝거리는 울프를 부축해서 복도로 끌고 나갔다.

피가 끈적거리는 두 손으로 울프를 벽에 기대어 앉혔을 때, 스피커에서 이코의 절박한 음성이 흘러나왔다.

"어떻게 된 거냐?"

"이코. 복도에 센서를 집중해. 그러다가 우리 셋 모두 격납고에서 안전히 나오고 나면, 안쪽 문을 닫고 바깥 해치를 열어줘."

땀이 눈으로 흘러내렸다. 신더는 격납고로 허둥지둥 달려 들어갔다. 이제 스칼렛을 데려오고, 이코가 해치를 열기만 하면 끝이다. 적들은 우주로 빨려나가 스스로 죽을 것이다.

가장 먼저 시빌이 보였다. 시빌은 신더에게서 열 걸음도 안 되는 곳에 서 있었다.

정확히 쏘아 맞힐 수 있는 위치였다.

아드레날린이 치솟으면서 신경이 온통 곤두섰다. 신더는 손을 들어올려 시빌을 조준했다. 그때 스칼렛이 두 팔을 활짝 펼치고 신더 앞으로 뛰어들었다. 멍한 얼굴을 보니 시빌의 조종을 받고 있는 게 분명했다.

아찔한 안도감이 밀려왔다. 신더는 망설임 없이 스칼렛의 허리를 한 팔로 끌어안고 사이보그 손을 들어서 시빌을 향해 탄환을 연속으로 발사했다. 정말로 맞히기 위해서라기보다는 시빌이 가까이 못 오도록 막으려는 의도였다. 마지막 하나 남은 탄환이 금속 벽에 부딪힌 순간, 신더는 휘청거리며 문 밖의 복도로 빠져나갔다.

"이코, 지금이야!" 그렇게 외치고 나서야, 신더는 시야에서 빛나는 오렌지색 불빛을 알아차렸다.

윙 닫히는 문 너머에서 시빌이 캡슐 비행선으로 뛰어들어가고 있었다. 그 맞은편 좌석에 누군가의 발이 삐져나와 있었다. 경호원의 발일 터였다.

그런데…….

그런데, 그 발에 테니스화가 신겨 있었다. 바지는 청바지였다.

신더는 부둥켜안고 있던 스칼렛을 확 밀쳐내며 비명을 질렀다. 그러자 시야의 오렌지색 불빛이 꺼지면서, 빨간색 후드 점퍼가 루나 왕실 제복으로 변하고 스칼렛은 루나인 경호원이 되었다. 경호원이 신음을 흘리며 저편으로 굴러가자 옆구리에서 나온 피가 복도 바닥에 묻었다.

신더가 데려온 건 경호원이었다. 시빌에게 속은 것이다.

"안 돼! 스칼렛! 이코!" 신더는 제어판으로 달려가서 허둥지둥 출입 코드를 입력했지만 에러 메시지가 떴다. 격납고 바깥 해치는 이미 열리고 있었다. 복도에 섬뜩한 비명이 메아리쳤다. 신더는 그게 자신이 내지른 비명이라는 걸 뒤늦게 깨달았다.

"신더! 무슨 일이냐? 무슨⋯⋯."

"스칼렛이 저기 있어⋯⋯. 스칼렛!" 신더는 밀폐된 격납고 문을 손톱으로 긁어대며 울부짖었다. 스칼렛이 우주로 빨려나가는 광경이 상상되어서 주체할 수 없었다.

"신더, 비행선! 시빌이 캡슐 비행선을 탔다. 그 안에 생명체 둘이 타고 있다!"

"뭐?"

신더는 벽의 제어판을 돌아보았다. 이코의 말은 사실이었다. 격납고 내부 현황을 보니 남은 캡슐 비행선이 한 척밖에 없다고 되어 있었다.

시빌이 살아남아 스칼렛을 데려간 것이다.

11장

"마법사가 스칼렛을 데려갔어! 이코, 빨리 해치 닫아! 내가 다른 비행선을 타고 쫓아갈 테⋯⋯." 신더는 말꼬리를 흐렸다. 중요한 사실이 뒤늦게 떠올라서였다.

신더는 비행선을 조종할 줄 몰랐다.

하지만 배우면 되지 않을까. 설명서를 다운받아서⋯⋯ 그걸 보면서 조종하면, 어떻게든⋯⋯.

"친구분이 죽어가고 있습니다."

까맣게 잊고 있었던 루나인 경호원의 목소리가 들렸다. 신더는 뒤를 획 돌아보았다. 경호원은 옆구리의 상처를 손으로 누른 채 울프를 응시하고 있었다. 울프는 피가 낭자한 바닥에 의식을 잃고 쓰러져 있었다.

"아, 안 돼. 안 돼……." 신더는 왼손 손가락에서 나이프를 꺼내 울프의 상처 부위 셔츠 자락을 찢어냈다.

"카스웰. 카스웰을 찾아야 해. 그리고 스칼렛을 쫓아가서…… 아…… 일단 울프의 상처를 붕대로 묶어야……." 더듬거리던 신더는 경호원을 돌아보고 단호하게 명령을 내렸다. "셔츠."

그 명령은 신더 자신의 마음을 다잡기 위한 혼잣말이기도 했다. 어쨌든 경호원은 즉시 신더의 명령을 따라 손을 움직여, 자신의 빈 권총집을 풀어내고 피에 젖은 셔츠를 머리 위로 올려 벗었다. 그 안에는 속셔츠도 입고 있었다. 그것도 벗어달라고 해서 붕대로 쓸 수 있으리라. 울프를 의무실로 데려가서 제대로 치료하려면 우선 임시 붕대로 최대한 지혈해둬야 했다. 지금 상태의 울프를 끌고 사다리를 타고 위층으로 올라가 의무실까지 가는 건 불가능했다.

하지만 의무실에 있는 붕대와 약품을 동원해봤자 소용없을지도 모른다. 이미 늦었을지도 모른다.

신더는 그 생각을 애써 무시하고 경호원의 셔츠를 둘둘 뭉쳐서 울프의 가슴에 대고 눌렀다. 총알이 심장에 맞지는 않아서 다행이었다. 어깨의 총상도 중요한 장기를 건드리지 않았어야 할 텐데.

머릿속이 어지러웠다. 똑같은 생각들이 자꾸만 빙빙 돌았다. 카스웰을 구해야 한다. 스칼렛을 구해야 한다. 울프를 구해야 한다. 카스웰을, 스칼렛을, 울프를…….

아니, 그럴 수 없었다. 자신의 힘으로는 할 수 없는 일이었다.

"카스웰은…… 카스웰은 어디 있지?" 신더는 울프의 상처를 누르면서 다른 손으로 경호원의 멱살을 잡아 끌어당겼다. "카스웰에게 무슨 짓을 한 거야?"

"인공위성에 탄 당신의 친구라면……." 경호원이 질문을 하듯 운을 떼더니, 죄책감 어린 표정으로 말을 맺었다. "죽었을 겁니다."

신더는 비명을 지르며 경호원을 벽에다 밀쳤다. "거짓말!"

그의 생체전기를 조종하던 신더의 힘이 풀려버렸다. 이렇게 혼란과 절망으로 뒤범벅된 정신 상태로는 집중력을 오래 유지할 수가 없었다. 그런데도 경호원은 움찔했을 뿐, 방어하지도 않고 신더가 자신을 떠미는 대로 내버려두었다.

"시빌 미라 마법사가 인공위성을 궤도에서 이탈시켜 지구로 떨어뜨렸습니다. 대기권으로 들어가면서 불타버릴 겁니다. 이미 불탔을 수도 있고요. 당신이 할 수 있는 일은 아무것도 없습니다."

신더는 고개를 흔들었다. 온몸이 떨렸다. "아냐. 그럴 리 없어. 자기 프로그래머까지 희생시켰을 리 없잖아."

하지만 지금 망막 디스플레이에는 오렌지색 경고등이 켜져 있지 않았다. 경호원은 진실을 말하고 있었다. 경호원이 머리를 기울이고서 신더를 머리끝부터 발끝까지 훑어보았다. 무슨 특별한 표본이라도 검사하는 듯한 시선이었다.

"당신을 잡기 위해서라면 누구라도 얼마든지 희생시켰을걸요. 여왕이 당신을 위험인물로 여기니까요."

신더는 턱뼈가 떨어져나갈 만큼 이를 뿌득 갈았다. 그랬다. 사태는 그토록 단순했다. 이건 신더의 잘못이었다. 이 모든 게 신더의 잘못이었다. 놈들이 원하는 건 신더였으니까.

"속옷 벗어줘."

신더는 생체전기 조종을 시도하지도 않고 그렇게 중얼거렸다. 경호원은 군말 없이 속셔츠를 벗어주었다. 그의 갈비뼈 바로 밑에 박혀 있는 탄환이 보였다. 신더는 고개를 돌리고 속셔츠를 받아서 울프의 등에 난 총상에 대고 눌렀다.

"그를 모로 돌려 눕히십시오."

"뭐라고?"

"옆으로 돌려 눕히세요. 그래야 숨통이 트일 겁니다."

신더는 경호원을 노려보며 네트워크를 통해 응급처치법을 검색해보았다. 그 조언은 사실이었다. 신더는 사이보그 두뇌에 떠오른 매뉴얼대로, 울프의 몸을 최대한 부드럽게 모로 돌리고 다리 위치를 조정해주었다. 경호원은 돕지는 않았지만 옆에서 지켜보며 고개를 끄덕였다.

"신더?" 이코가 긴장한 음성으로 불렀다. 비상등과 기본 시스템만 켜져 있는 선내는 어두침침했다. 이코 역시 신더처럼 너무 불안해서 제 기능을 못 하고 있는 것이다. "이제 어떻게 하나?"

신더는 숨을 쉬려고 애썼다. 두통이 밀려왔다. 중압감 때문에 이대로 울프 위에 몸을 웅크리고 모든 걸 포기하고 싶어졌다. 동료들을 구할 수 없다. 세상을 구할 수도 없다. 그 누구도 구할 수 없다.

"몰라. 모르겠어."

"우선은 숨을 곳부터 찾지요." 경호원이 그렇게 말하면서 바지 밑단을 찢었다. 그리고 얼굴을 찡그리며 옆구리에 박힌 탄환을 빼내더니 찢어낸 천 조각을 상처에 대고 눌렀다. 이제 보니 그는 커다란 사냥용 칼 같은 무기를 벨트에 차고 있으면서도 꺼내지 않고 있었다. 신더가 아무 대꾸도 하지 않자 그가 송곳처럼 날카로운 눈빛으로 신더를 올려다보았다. "친구분이 도움을 받을 수 있는 곳이면 더 좋고요."

신더는 고개를 저었다. "안 돼. 조종사 둘이 모두 없어졌어. 나는 조종을 못 해……. 할 줄 몰라……."

"제가 할 줄 압니다."

"하지만 스칼렛은……."

"이봐요. 미라 마법사가 루나에 병력 지원 요청을 할 겁니다. 여왕의 군대는 당신 생각보다 가까이에 있어요. 곧 적들이 따라붙을 거라고요."

"하지만……."

"하지만이고 뭐고 필요 없습니다. 그 스칼렛이라는 친구는 못 구합니다. 죽었다 생각하세요. 하지만 이 남자분은 구할 수 있어요."

신더는 고개를 떨구고 움츠러들었다. 여러 생각이 머릿속에서 격렬하게 맞붙어 싸우면서 신더를 찢어발길 것만 같았다. 경호원의 판단은 논리적이었다. 그건 신더도 알았다. 하지만 인정하기가 너무 힘들었다. 패배했다는 걸, 스칼렛을 포기해야 한다는 걸, 그 희생을 받아들여야 한다는 걸.

이렇게 시간을 흘려보내는 동안에도 울프는 죽어가고 있었다. 땀이 송골송골 맺힌 울프의 얼굴이 잔뜩 일그러졌다.

경호원이 입을 열었다. "우주선, 우리 위치와 지구로의 착륙궤도를 계산해줘. 가장 가까운 착륙 장소가 어디쯤이지? 사람이 너무 많지 않은 곳이어야 해."

잠깐의 침묵 뒤에 이코가 물었다. "나 말이냐?"

경호원이 천장을 올려다보았다. "그래, 너."

"아, 미안하다. 알겠다. 지금 계산해보겠다."

복도의 조명등이 밝아졌다.

"자연적인 궤도에 따르면, 17분 뒤 아프리카 북부에 착륙할 수 있다. 거기서 반경 1500킬로미터 정도로 범위를 확대하면 유럽의 지중해 연안 지역과 동방연방 서부가 포함된다."

"병원에 가야 해." 신더가 중얼거렸다. 지구상의 그 어떤 병원도 루나의 돌연변이 늑대인간을 받아주진 않으리라는 것을 뻔히 알면서도. 설령 그런 데가 있다고 쳐도 울프를 거기까지 데려가는 것도 문제였다. 램피언은 대번에 남들 눈에 띌 것이다. 신더에게 은신처를 제공할 곳이 대체 어디에 있겠는가?

울프가 신음을 내뱉었다. 가슴이 오르락내리락 흔들렸다. 병원을 찾아야 했다. 아니면 의사라도……

그제야 해결책이 떠올랐다. 아프리카. 거기 얼랜드 박사가 있다.

신더는 경호원을 돌아보았다. 그리고 뒤죽박죽인 머릿속을 가다듬으며, 저 사람이 도대체 왜 여기서 이러고 있는지 처음으로 생각했다. 어째서 신더와 울프를 죽이지 않고 오히려 돕고 있는 걸까?

"여왕을 섬기는 너를 내가 어떻게 믿지?"

경호원은 신더가 기가 막힌 농담이라도 했다는 듯 입술을 실그러뜨리더니, 단호한 눈빛으로 말했다.

"저는 우리의 공주 전하만을 섬깁니다."

그 말에 신더는 바닥이 푹 꺼지는 것 같았다. 공주. '우리의 공주'. 그는 신더의 정체를 알고 있었다. 심호흡을 하면서 기다려봐도 오렌지색 거짓말 경고등은 켜지지 않았다. 경호원은 진심이었다.

신더는 결정을 내렸다. "이코, 아프리카로 가자. 레투모시스가 처음 발생한 곳으로."

C
R
E
S
S

12장

아직은 추락 속도가 더뎠다. 인공위성은 점차 공전하던 관성을 잃으면서 지구의 중력에 이끌리고 있었다.

카스웰은 오른쪽 발끝으로 왼쪽 바짓단을 끌어올렸다. 부츠에 숨겨뒀던 칼이 바닥에 딸그랑 떨어졌다. 카스웰은 그걸 집어들고 어설프게 칼날의 각도를 조정해 자신의 손목을 묶은 이불을 베어내려 했지만, 손에 힘이 들어가지 않았다.

소녀가 막힌 입으로 웅얼거리면서 가까이 다가왔다. 소녀는 카스웰보다 훨씬 단단히 결박되어 있었다. 카스웰은 두 손만 앞으로 묶이고 끝났는데, 소녀는 다리 전체가 꽁꽁 묶였고 양손은 등 뒤에서 동여져 있었으며 입에도 재갈이 물린 상태였다.

어차피 카스웰 자신의 결박을 스스로 끊을 수는 없으니 소녀부터 먼저 풀어줘야 할 듯했다. 카스웰은 고개를 끄덕이고 말했다. "뒤로 돌아볼래?"

소녀가 몸을 옆으로 굴린 뒤, 벽을 발로 밀면서 두 손을 카스웰 쪽으로 향했다. 카스웰은 쭈그려 앉아서 소녀의 두 팔을 친친 동여 맨 침대 시트를 톱질하듯 베어들어갔다. 완전히 끊어내고 나니 소녀의 살갗에 깊게 팬 붉은 자국이 드러났다.

소녀는 두 손이 자유로워지자마자 재갈부터 확 뜯어냈다. 머리카락이 끼인 헝겊을 목 언저리에 대롱대롱 매단 채, 소녀가 냅다 소리쳤다. "내 발!"

"내 손도 풀어줘."

카스웰이 그렇게 말했지만, 소녀는 다짜고짜 카스웰에게서 칼을 낚아채더니 자기 무릎의 결박부터 풀려고 했다. 시트에 칼날을 들이대는 손이 부들부들 떨렸다. 그걸 보니 소녀가 자기 몸을 가지고 먼저 연습해보는 게 낫겠다 싶었다.

시트를 끊어내는 소녀의 모습은 꼭 미친 사람 같았다. 잔뜩 집중해서 이마에는 주름이 졌고, 머리는 산발한 데다 얼굴은 축축하고 얼룩덜룩했으며, 뺨에는 재갈이 묶였던 시뻘건 자국까지 찍혀 있었다. 극도의 긴장 덕분인지 소녀는 금세 결박을 끊는 데에 성공하고, 다리에 휘감긴 침대 시트를 걷어찼다.

"내 손도 좀."

카스웰이 다시 말했지만 소녀는 세면대를 붙잡고 떨리는 다리로 일어섰다.

"미안해요! 착륙 준비부터!"

소녀가 욕실 밖으로 뛰쳐나갔다. 카스웰도 칼을 주워들고 일어섰지만, 인공위성이 확 기울어지는 바람에 도로 넘어져 샤워실 문에 부딪히고 말았다. 인공위성은 지구의 중력에 완전히 사로잡혀 빠르게 추락하고 있었다.

카스웰은 벽을 짚고 다시 일어서서 문밖으로 달려나갔다. 소녀 역시 넘어졌다가 일어나 침대 위를 기어 넘어가는 중이었다.

"날 풀어달라고! 그래야 캡슐 비행선을 타고 탈출하지!"

카스웰의 말에 소녀는 고개를 흔들고 조그마한 넷스크린이 박힌 벽에 몸을 붙였다. 아까 그 마법사가 암호를 입력했던 바로 그 화면이었다. 소녀는 얼굴에 온통 머리카락이 들러붙은 채 말했다.

"마님의 비행선에는 보안이 걸려 있을 거예요. 그걸 뚫는 건 어려워요. 나는 이 인공위성을 잘 아니까……. 아악, 어떡해! 어떡해!" 소녀가 비명을 지르며 화면 위에서 손가락을 마구 놀렸다. "마님이 암호를 바꿔놨어!"

"뭐하는 거야?"

"비상 착륙 준비! 낙하산을 펼쳐야 한다고요! 대기권을 통과하는 동안엔 코팅 덕분에 인공위성이 타버리진 않을 거예요. 하지만 이대로 지상에 충돌하면 몽땅 폭발할 거란 말이야!"

인공위성이 또 기울어지면서 둘은 휘청거렸다. 카스웰은 매트리스에 나동그라지면서 칼을 손에서 놓쳐버렸고, 소녀는 무릎을 꿇고 주저앉았다. 지구 대기권의 마찰 때문에 사방의 벽이 흔들렸다. 창밖에 보이던 새까만 우주는 어느새 눈부시게 흰 빛으로 바뀌었다. 인공위성의 표면에 씌운 보호 코팅이 타들어가면서 그들을 대기권의 열기에서 지켜주고 있었다.

램피언과는 달리, 이 인공위성은 딱 한 번만 착륙할 수 있게 설계되어 있었다.

"알았어, 그럼. 낙하산 부탁할게."

카스웰은 손이 묶여 있든 말든 신경 쓰지 않기로 하고, 침대 맞은편으로 건너가 소녀를 일으켜 세우고 화면 쪽으로 몸을 돌려주었다. 그리고 두 팔로 소녀의 주위를 감싸서 소녀가 다시 쓰러지지 않도록 막아주었다. 이제 보니 생각보다 훨씬 키가 작았다. 정수리가 카스웰의 가슴에 겨우 닿는 정도였다.

소녀는 여전히 비틀거리면서 손가락으로 화면을 눌러댔다. 그동안 카스웰은 다리를 넓게 벌리고, 소녀 위에 몸을 구부린 채, 마구 요동치는 바닥을 단단히 딛고 서서 버텼다. 소녀는 카스웰의 팔 안에서 균형을 유지하면서 화면에 온갖 코드와 명령을 입력하고 스크롤을 내리고 있었다. 카스웰이 바로 옆 창문을 흘끔 내다보니 여전히 눈부시게 희었다. 인공위성이 대기권 내에 충분히 진입하면 인공 중력 시스템이 멈출 테고, 그러면 그들은 도박꾼의 손아귀에 든 주사위처럼 마구잡이로 굴러다니게 될 터였다.

"거의 됐어요!"

소녀가 소리쳤다. 카스웰은 신발을 신지 않은 쪽의 발가락을 구부려 카펫을 꼭 움켰다. 등 뒤에서 와장창 소리가 들렸다. 돌아보니 넷스크린 한 대가 책상 위에 떨어져 박살나 있었다. 카스웰은 침을 꿀꺽 삼켰다. 벽이나 바닥에 고정되어 있지 않은 물체는 뭐든지 굴러떨어져 두 사람을 깔아뭉갤 수 있을 것이다.

"얼마나 더 걸리……."

"됐다!"

그 즉시 카스웰은 소녀를 낚아채서 침대 쪽으로 내달렸다. "침대 밑에 숨어!"

인공위성이 마구 흔들거렸다. 카스웰이 넘어지면서 소녀를 끌어당긴 순간, 천장에 달린 수납장들이 일제히 열리면서 통조림이며 그릇 들이 우르르 쏟아져내렸다. 카스웰은 소녀 위에 몸을 웅크렸다. 카스웰의 등에 부딪힌 물건들이 튕겨나갔다.

"지금이야!"

소녀는 카스웰의 밑에서 재빨리 기어나가 침대 밑으로 들어간 뒤, 침대 틀을 부여잡고 벽에 몸을 꽉 붙였다. 카스웰은 바닥을 박차고 뛰어올라 가장 가까운 기둥을 붙잡았다.

흔들림이 멎었다. 인공위성은 이제 빠르면서도 매끄럽게 하강하고 있었다. 창밖에서 새하얗게 타오르던 불길이 꺼지고 새파란 하늘이 내다보였다. 그 순간 카스웰은 배 속이 뒤집히는 듯하더니 진공 속으로 쑥 빨려나가는 듯한 느낌이 들었다.

소녀의 비명이 들렸다. 카스웰은 머리가 폭발하는 듯한 통증을 느끼며 까무러쳤다. 사위가 암흑에 잠겼다.

2부

마녀는 소녀의 황금빛 머리카락을 잘라버리고
드넓은 사막으로 내쫓았습니다.

C
R
E
S
S

13장

크레스는 기절한 카스웰을 침대 밑으로 끌어당기고 단단히 붙들었다. 자신에게서 그런 힘이 나오다니 믿기지 않았지만, 카스웰은 분명 크레스의 품 안에 있었다. 주위에는 온갖 케이블, 넷스크린, 플러그, 그릇, 음식 등이 마구 굴러다니고 있었다. 벽에서 나는 끼긱거리는 소리를 들으며 크레스는 눈을 질끈 감았다. 이 인공위성이 과연 얼마나 안전할까. 크레스는 앞으로 벌어질 일들을 상상하지 않으려고 안간힘을 썼다. 열기와 마찰 때문에 인공위성의 볼트며 이음매가 녹아버리는 모습을, 그러다가 지구의 산에, 바다에, 빙하에, 숲에 충돌해 수천수만 개의 파편으로 산산조각 나는 광경을. 하지만 아무리 해도 그 생각을 떨칠 수 없었다. 추락은 영원히 이어질 것 같았고 크레스의 작은 세상은 시시각각 부서져가고 있었다.

크레스는 실패했다. 훨씬 일찍 낙하산을 전개했어야 했다. 낙하산이 펼쳐지면서 추락이 뚝 멈추고, 인공위성이 천천히 부드럽게 공중을 낙하하는 느낌이 들어야 정상이다. 하지만 추락은 오히려 점점 더 빨라지고만 있었고, 실내의 공기는 후끈 달아올랐다. 크레스가 뭔가 잘못 조작했거나 낙하산 해치가 고장 난 것이리라. 아니면 애초에 낙하산 따위는 탑재되어 있지도 않은데 프로그램만 거짓으로 깔려 있었는지도 모른다. 이 인공위성을 제작한 건 시빌이다. 크레스가 지구에 안전하게 착륙할 수 있도록 배려했을 리 없다.

시빌이 성공했다. 크레스와 카스웰은 죽을 것이다.

크레스는 자기 몸을 감싸안고서 카스웰의 머리카락에 얼굴을 파묻었다. 적어도 카스웰이 의식을 잃어서 다행이었다. 죽음을 기다리면서 두려워하지 않아도 되니까.

그런데 문득 바닥이 미세하게 떨리더니, 나일론 로프가 경쾌하게 펴지는 소리가 들렸다. 그리고 석 하는 소리와 함께 인공위성이 공중으로 덜컥 당겨 올라가는 느낌이 들었다. 크레스는 함성을 지르며 카스웰을 꽉 붙잡다가 어깨를 침대 틀에 부딪혔다.

추락이 낙하로 변하고 있었다. 안도감에 휩싸인 크레스는 카스웰의 몸을 부여잡고 울다가 끅끅거리다가 또 울음을 토했다.

몇 년처럼 길게 느껴지는 시간이 흐른 끝에 인공위성이 지면에 닿았다. 덜컹거리는 충격이 전해지면서 크레스는 또 침대에 부딪혔다. 인공위성이 우당탕 미끄러지며 계속 구르는 걸 보니 언덕이나 산비탈 같은 데 떨어진 모양이었다. 크레스는 터져나오려는 비명을 삼키며 이를 악물고, 카스웰을 한 팔로 붙들면서 벽에 몸을 밀착하고 버텼다. 지구 표면의 상당 부분은 물로 이루어져 있으니 물에 떨어질 줄 알았는데. 이렇게 단단한 땅에 착륙하리라고는 예상치 못했다. 데굴데굴 굴러가던 인공위성이 마침내 쾅 하고 어딘가에 부딪혀 멎자 사방의 벽이 흔들렸다.

숨을 너무 크게 들이쉬어서 폐가 타들어가는 듯했다. 여기저기 부딪힌 데다가 온몸에 힘을 주고 극도로 긴장한 탓에 근육이 욱신거렸다.

하지만 아픔 따윈 아무렇지도 않았다. 살아남았으니까. 그들은 살아 있었고, 여기는 지구였다.

왈칵 울음이 터져나왔다. 크레스는 카스웰을 부둥켜안고 그의 목에 얼굴을 파묻고 엉엉 울었지만 그가 마주 안아주지 않자 기쁨이 금세 사그라졌다. 카스웰이 의식을 잃었다는 걸 잊고 있었다. 아까 카스웰은 침대 틀에 머리를 부딪히곤 푹 쓰러져 부자연스러운 자세로 구석에 나동그라졌다. 크레스가 그를 질질 끌고 침대 밑으로 들어갈 때도 소리 한번 내지 않고 손끝조차 꿈틀거리지 않았다.

크레스는 카스웰에게서 몸을 떼어냈다. 땀범벅이 된 크레스의 몸은 머리카락으로 온통 뒤덮여 있었다. 카스웰에게까지 머리가 엉켜들어서 시빌의 결박처럼 단단하게 두 사람을 얽어매고 있었다.

"카스웰?" 크레스가 속삭였다. 그 이름을 소리 내어 말하니 새삼 낯선 느낌이 들었다. 크레스는 입술을 핥은 뒤 갈라지는 목소리로 카스웰을 다시 불렀다. "카스웰 손 씨?"

손가락으로 카스웰의 목을 눌러보았다. 다행히도 맥박이 세차게 뛰고 있었다. 추락하는 동안에는 카스웰이 숨을 쉬고 있는지 확인하기 어려웠는데, 이제 세상이 고요해지고 나니 그의 입에서 숨이 나오는 것을 알 수 있었다.

뇌진탕인 것 같았다. 머리를 다쳐 뇌진탕이 일어난 사람들의 이야기를 읽은 적이 있었다. 그 증상이 정확히 어떤 건지까지는 기억나지 않았지만, 어쨌든 심각한 부상인 건 분명했다.

"일어나요, 네? 우리 살았어요. 해냈다고요."

크레스는 카스웰의 뺨을 어루만져보았다. 보드라운 자신의 얼굴과 달리 감촉이 까칠해서 흠칫 놀랐다. 수염 때문이었다. 남자 얼굴에 수염이 있는 건 당연한 일이지만, 어쩐지 지금껏 카스웰의 이모저모를 숱하게 상상하면서도 까끌한 수염은 전혀 생각지도 못했다.

이 감촉을 기억 속에 잘 새겨둬야겠다고 생각하는데, 문득 창피해졌다. 크레스는 머리를 휘휘 내저었다. 카스웰 손이 바로 눈앞에서 다친 채 쓰러져 있는데, 도와주지는 못할망정 이런 한심한 생각이나 하고 있다니…….

그때 카스웰이 움찔거렸다. 크레스는 숨을 헉 들이켜고 카스웰의 머리를 부랴부랴 손으로 받쳐주었다. 혹시 너무 격렬하게 경련하다가 또 부딪힐 수도 있으니까.

"손 씨! 일어나세요. 이제 다 괜찮아요. 정신 좀 차려봐요, 네?"

카스웰의 입에서 길고 고통스러운 신음이 흘러나오더니 호흡이 가지런해졌다. 크레스는 자신의 얼굴에 흘러내린 머리카락을 걷어냈다. 머리카락은 자꾸만 쏟아져 땀에 젖은 피부에 들러붙었고, 바닥까지 치렁치렁 늘어져서 두 사람의 몸 밑에 깔려 있었다.

카스웰이 또 신음했다.

"소, 손 씨?"

카스웰이 팔꿈치를 꿈틀거렸다. 손을 들어올리려는 듯했지만 아직도 두 손목이 묶여 있어서 그럴 수가 없었다. 그의 눈꺼풀이 파르르 떨렸다. "음…… 어?"

"괜찮아요. 나 여기 있어요. 우린 안전해요."

카스웰이 입술을 핥더니 눈을 다시 감았다. "카스웰이라고 불러. 아니면 손 함장이나. 보통은 그렇게 불러."

크레스는 가슴이 북받쳤다. "아, 네. 손…… 함장님. 괜찮아요? 아프지 않으세요?"

"뇌가 귓구멍으로 흘러나올 것 같은 느낌이지만…… 그것 빼곤 괜찮아."

크레스는 카스웰의 뒷머리를 만져보았다. 축축하지 않은 걸 보니 적어도 출혈이 생긴 건 아니었다.

"아까 머리를 세게 부딪혔어요."

카스웰이 끙 앓는 소리를 내고는 몸을 불편하게 움직거리면서 양손의 결박을 풀려고 했다.

"잠깐만요, 칼이 어디 있더라……." 크레스는 사방에 흩어진 잡동사니들을 뒤졌다.

"아까 침대에서 떨어뜨렸어."

"네, 봤어요……. 아, 저기 있다!"

근처에 떨어진 넷스크린 밑에 칼자루가 비어져 나와 있었다. 크레스는 그쪽으로 몸을 뻗으려 했지만, 카스웰의 몸에 칭칭 휘감긴 자신의 머리카락이 두피를 확 잡아당겼다. 크레스는 악 소리를 지르며 머리를 문질렀다.

"우리가 같이 묶였던 기억은 없는데……." 카스웰이 얼굴을 찡그리며 중얼거렸다.

"미안해요. 머리카락이 자꾸 엉켜서……. 저기, 잠깐만…… 이쪽

147

으로 몸을 굴려볼래요?"

크레스가 카스웰의 팔꿈치를 잡고 옆으로 밀자, 카스웰은 몸을 약간 굴려주었다. 그런다고 머리카락이 다 풀리지는 않았지만 적어도 크레스가 칼에 손을 뻗을 수는 있게 되었다.

"그게 어디 있는지 확실히 알······."

카스웰이 그렇게 입을 열었을 때, 크레스는 이미 칼을 집어 와서 그의 손목을 묶은 이불을 자르고 있었다.

"오, 기억력이 좋은데?"

무슨 뜻인지 모를 카스웰의 말에 크레스는 "네?" 하고 되물었다가 다시 날카로운 칼날에 온 신경을 집중했다. 천은 쉽게 끊어졌다. 마침내 결박이 풀리자 카스웰은 안도의 한숨을 내쉬며 손목을 문질렀다. 그리고 머리의 상처를 만져보려는 듯 뒤통수로 손을 뻗었다. 그러자 그의 팔에 뒤엉킨 크레스의 머리카락이 팽팽하게 당겨졌다. 카스웰은 그것도 모른 채 더욱 세게 팔을 잡아당겼다.

크레스는 비명을 지르면서 카스웰의 가슴에 엎어졌다. 자기 뒤통수를 만지던 카스웰이 "윽" 하고 신음을 흘렸다.

"늘 이런 식이라고요."

크레스가 한숨을 쉬며 그렇게 말했지만, 카스웰이 신음한 까닭은 다른 데 있었다.

"혹이 꽤 오래 갈 것 같은데. 이것 봐."

"네?"

카스웰이 크레스의 손을 더듬어 잡더니 자기 뒤통수로 가져갔다. "여기 만져보라고. 엄청 큰 혹이 생겼잖아. 어쩐지 두통이 너무 심하더라니."

과연 정말로 큰 혹이 만져지긴 했다. 하지만 크레스는 자신이 카스웰의 부드러운 머리카락을 만지고 있다는 데, 자신이 카스웰의 몸 위에 엎드려 있다는 데 신경이 쓰여서 아무 생각도 나지 않았다. 얼굴이 확 달아올랐다.

"아, 그러네요. 치료를 해야, 어⋯⋯." 그러고 보니 치료를 어떻게 해야 하는지도 몰랐다.

'키스하면 되나?' 갑자기 그런 생각이 떠올랐다. 어느 이야기에서 건 긴박한 죽음의 위기를 함께 넘긴 두 사람은 늘 키스를 하지 않던가? 물론 그런 걸 제안이랍시고 할 수는 없겠지만, 이렇게 가까이 붙어 있으니 솔직히 그 생각밖에 들지 않았다. 그에게 몸을 기대고, 그의 셔츠에 코를 파묻고 깊이 숨을 들이쉬고만 싶었다. 하지만 그런 짓을 했다가는 이상한 여자애로 취급받겠지. 아니면 크레스가 지금 너무나 행복하다는 걸 들켜버릴지도 모른다. 카스웰은 친구들과 떨어지고 부상까지 당한 채 조난당해 부서진 인공위성 안에 있는데, 그런 상황이 크레스에게는 평생 최고로 행복한 순간이라니.

카스웰이 미간을 찡그리더니 그의 팔에 휘감긴 크레스의 머리채를 만졌다. "네 머리카락부터 어떻게 좀 해야겠다."

"아, 그렇죠! 맞아요!" 크레스는 무심코 몸을 뒤로 빼다가 머리카락이 두피를 당겨서 또 신음을 흘렸다. 크레스는 엉킨 머리카락들을 한 가닥 한 가닥 풀어나갔다.

"불을 켜면 낫지 않을까?"

크레스는 멈칫했다. "불이라뇨?"

"이 인공위성 이제 음성인식 안 돼? 추락하다가 컴퓨터 시스템이 고장 난 거라면⋯⋯. 아아, 아무튼 한밤중이라 너무 어둡다고. 포트스크린이든 뭐든 불빛을 낼 만한 거 없어?"

크레스는 머리를 갸웃했다. "무…… 무슨 말인지 모르겠어요."

카스웰은 아주 잠깐 성가신 표정을 지었다. "앞이 보여야 뭘 할 거 아냐."

카스웰은 눈을 뜨고 있었지만, 그의 시선은 크레스의 어깨 너머를 멍하니 바라보고 있었다. 카스웰은 손목에 엉킨 크레스의 머리카락 몇 가닥을 떼어내고는 손을 눈앞에서 휘휘 흔들었다. "이렇게 깜깜한 밤은 생전 처음이네. 시골인가 보지? 달도 안 떴나?"

카스웰은 오늘이 음력으로 며칠인지 생각하려는 듯 얼굴을 찡그렸다.

"함장님…… 여긴 어둡지 않은데요. 저는 잘 보여요."

크레스의 말에 카스웰은 어리둥절해하더니 이내 불안한 표정이 되었다.

"지금 반어법 연습하는 거지?"

"반어법요? 제가 왜요?"

카스웰이 머리를 흔들며 눈을 질끈 감았다가 떴다. 그리고 연신 눈을 깜빡거리더니, 욕을 뇌까렸다.

크레스는 입을 꾹 다물고 카스웰의 눈앞에 손을 가져가 흔들어보았다. 아무 반응도 없었다.

"뭐가 어떻게 된 거야? 침대 밑으로 들어가려고 했던 것까진 기억나는데……."

"침대 틀에 머리를 부딪히고 쓰러졌어요. 그래서 제가 함장님을 여기까지 끌고 왔고요. 그런 다음 착륙했어요. 좀 덜컹거리긴 했지만…… 그게 다예요. 그냥 머리를 부딪힌 거예요."

"그것 때문에 눈이 멀었다고?"

"뇌 손상 같은 건가 봐요. 아마 일시적인 거 아닐까요? 그…… 쇼크 때문에?"

카스웰은 바닥에 드러누워 아무 대꾸도 하지 않았다. 무거운 침묵이 흘렀다. 크레스는 입술을 깨물었다.

마침내 카스웰이 사뭇 결연한 어조로 입을 열었다. "일단 머리카락부터 자르자. 그 칼 어디 있어?"

크레스는 앞을 못 보는 사람이 칼을 가지고 뭘 어쩔 거냐고 물을 생각도 못 하고 무심결에 칼을 넘겨줘버렸다. 카스웰은 한 손에 칼을 들고, 다른 손을 크레스의 등 뒤에 뻗어서 머리카락을 한 움큼 쥐어들었다. 등줄기에 기분 좋은 간지러움이 느껴졌다.

"미안해. 하지만 곧 다시 자랄 거야."

카스웰은 전혀 미안하지 않은 말투로 그렇게 말하고는 머리카락을 자르기 시작했다. 한 움큼씩 쥐어들고 자르고, 또 쥐어들고 자르기를 반복했다. 그동안 크레스는 내내 꼼짝도 하지 못했다. 무서워서가 아니었다. 카스웰은 눈이 안 보이면서도 손을 떨지 않았고, 칼날이 크레스의 목에 닿지 않게끔 세심하게 다루고 있었다. 크레스가 꼼짝도 하지 못한 까닭은, 그 사람이 카스웰이기 때문이었다. 다름 아닌 카스웰 손 함장이 크레스의 머리카락을 손으로 훑어내리고 있었다. 까칠한 그의 턱은 크레스의 입에 닿을 듯했고, 집중하느라 찡그린 이마가 바로 눈앞에 보였다.

카스웰이 깃털처럼 부드러운 손가락으로 크레스의 목 언저리를 더듬었다. 아찔한 현기증이 일었다. 카스웰은 크레스의 왼쪽 귀 옆에 남아 있는, 미처 자르지 못한 머리채를 찾아서 마저 잘라냈다.

"다 된 것 같아." 카스웰이 칼을 자기 다리 밑에 끼워놓고는 크레스의 머리를 두 손으로 감쌌다. 그러고는 만족스러운 웃음을 지었다. "끝이 좀 들쭉날쭉하겠지만 그래도 훨씬 나을 거야."

머리가 믿을 수 없을 만큼 가벼워졌다. 크레스는 목덜미에 손을 대보았다. 시원하게 드러난, 땀에 젖은 맨살의 감촉이 놀랍기만 했다. 짧아진 머리카락은 살짝 구부러져 있었다. 밑에서 잡아당기는 무게가 전부 사라지니 원래의 자연적인 굴곡이 살아난 것이다. 크레스는 자꾸만 머리를 긁어보면서 손끝에 닿는 묘하고도 가뿐한 감각에 사로잡혔다. 머리에서 10킬로그램쯤은 잘려나간 것만 같았다. 전에는 의식하지도 못했던 근육의 긴장이 풀리고 있었다.

"고마워요."

"별 말씀을." 카스웰이 자기 몸에 들러붙은 머리카락들을 털어내며 말했다.

"그리고 정말 미안해요……. 눈이 안 보이게 돼서."

"네 탓이 아니야."

"내 탓이에요. 내가 구하러 와달라고 부탁하지만 않았어도. 그리고 내가……."

카스웰이 크레스의 말을 단호하게 잘랐다. "네 잘못 아니라고. 너 꼭 신더처럼 말한다. 신더도 맨날 그래. 별별 한심한 것들 가지고 자책하지. 전쟁도 자기 탓, 스칼렛 할머니가 죽은 것도 자기 탓. 할 수만 있으면 전염병도 자기 때문에 터졌다고 할걸."

카스웰은 칼을 집어들고, 주위에 널려 있는 잡동사니들을 두 팔로 헤치면서 침대 밖으로 기어나갔다. 그리고 매트리스 가장자리를 더듬어 잡고서 위로 올라가 앉았다. 동작이 아주 느렸다. 자기 몸을 믿지 못해서 한 번에 몇 센티미터밖에 움직이지 못하는 것 같았다. 크레스도 뒤따라가 그의 옆에 서서, 바닥에 굴러다니는 쓰레기며 물건 들을 발로 치우면서 한 손으로는 계속 머리를 만지작거렸다.

카스웰이 말을 이었다. "중요한 건, 그 마녀가 우리를 죽이려고 했는데 우리가 살았다는 거야. 우린 램피언에 연락할 방법을 찾아낼 거고, 그럼 친구들이 구하러 올 거고, 모든 게 괜찮아질 거야."

카스웰은 혼잣말처럼 말했다. 스스로 그렇게 믿고 싶어 하는 것 같았다. 하지만 크레스는 이미 믿고 있었다. 그들은 살아남았고, 함께 있고, 괜찮아지리라는 것을.

"잠시만 생각 좀 해야겠어. 이제부터 어떻게 해야 할지."

크레스는 고개를 끄덕이고 잠자코 기다렸다.

카스웰은 한참 동안 깊은 생각에 빠져 있었다. 무릎 위에 얹은 두 손이 떨리는 게 보였다. 그러다가 마침내 크레스를 향해 고개를 돌렸지만, 그의 초점 없는 시선은 벽을 향하고 있었다. 카스웰은 깊이 숨을 들이쉬었다가 내쉬고 미소를 지었다. "서로 소개나 제대로 하고 시작하자. 아까 들으니, 이름이 크레센트라고 했던가?"

"그냥 크레스라고 불러주세요."

카스웰이 손을 내밀었다. 크레스가 그 손을 잡자, 카스웰은 그녀를 가까이 끌어당기더니 손등에 입을 맞췄다. 온몸이 뻣뻣하게 굳으면서 무릎이 탁 풀리는 느낌이 들었다.

"나는 카스웰 손 함장이야. 잘 부탁해."

CRESS

14장

신더는 망막 디스플레이에 비치는 램피언의 움직임을 지켜보며 숨을 죽였다. 그들은 지구의 대기권에 진입하고 있었다. 램피언이 향하는 곳은 아프리카 북부의 파라프라라는 작은 오아시스였다. 한때는 중앙아프리카와 지중해 연안을 오고 가는 캐러밴들이 교역소로 삼았지만, 10년 전 전염병이 닥친 뒤 교역로가 동쪽으로 밀려나면서 가난해진 지역이었다.

신더는 내내 격납고 앞 복도에 머물면서 울프 곁을 지켰다. 루나인 경호원이 위층 의무실에서 가져다준 붕대와 약으로 울프의 상처를 최대한 치료해두었지만, 그러고 나서도 피가 너무 많이 스며나와서 붕대를 한 번 갈아야 했다. 울프의 얼굴은 창백하고 축축했고 심장박동은 약해져만 갔다.

'제발…… 얼랜드 박사님, 제발 거기 있어주세요.'

경호원은 신뢰할 만한 것 같았다. 적어도 지금까지의 행동을 보면 그랬다. 경호원은 우주선을 똑바로, 그리고 빠르게 몰았다. 속력이 아주 빨라서 그나마 마음이 좀 놓였다. 지구로 들어가는 건 위험천만한 짓이지만 어쩔 수 없었다. 얼랜드 박사의 말대로 그 오아시스 지역이 안전한 은신처이기만을 바랄 뿐이었다.

"신더, 그 루나인이 어디에 착륙해야 하냐고 묻는다."

이코의 말에 신더는 어깨를 으쓱했다. 안전한 장소를 따지자면야 인적 없는 외딴 사막 한가운데 착륙하는 게 가장 나을 것이다. 하지만 그러면 거기서부터 울프를 데리고 또 한참을 가야 한다. 신중을 기할 여유 따위는 없었다.

"주도로에 착륙하라고 해줘. 지도를 보니 도로는 딱 하나밖에 없는 것 같아. 거기에 조그마한 광장 같은 게 있을 거야. 그리고 남들 눈에 띄는 것에는 연연하지 말라고 해줘."

숨지 않고 사람들 앞에 나선다면 신더는 대번에 주목을 끌 것이다. 그래서 난리법석이 벌어지면 얼랜드 박사가 그 소식을 듣고 나타나리라는 게 신더의 계산이었다. 그때까지 사람들이 신더 일행의 뻔뻔스러운 행동에 정신이 팔려서 경찰에 신고하지 못하기를 바라는 수밖에 없었다.

좋은 계획은 아니었다. 하지만 그보다 더 나은 계획을 궁리할 시간이 없었다.

우주선이 지상으로 급강하했다. 보통은 이 단계에서 엔진 동력이 자기부상 시스템으로 전환되면서 조용히 착륙하곤 하는데, 경호원은 착륙 과정을 모두 수동으로 조작할 작정인 듯했다. 하긴 워낙 시골이라 도로에 전자석이 안 깔려 있을 수도 있으니 그렇게 하는 편이 안전할 것이다.

우주선이 땅에 닿았다. 매끄러운 착륙이었지만 아무래도 수동이다 보니 덜컹거리는 충격이 전해졌다. 울프의 입에서 신음이 흘러나왔다. 신더는 울프의 얼굴을 두 손으로 감싸쥐고 조곤조곤 이야기했다.

"울프, 이제 누가 도와줄 거야. 조금만 더 참아, 알았지?"

신더는 일어서서 캡슐 비행선 격납고의 출입 코드를 눌렀다.

격납고 안은 난장판이었다. 부서진 잔해와 피가 사방에 튀어 있었다. 신더는 그 광경에 신경 쓰지 않으려고 애쓰면서 캡슐 비행선 옆을 지나 걸어갔다.

"이코, 해치 열어줘."

문이 열리자마자 신더는 밖으로 뛰어내렸다.

딱딱하고 건조한 땅에 발이 닿자 먼지가 풀풀 흩날렸다. 주위의 건물들은 대부분 돌이나 진흙이나 커다란 벽돌로 지어진 단층집이었다. 덧창들에 칠해진 파란색이나 핑크색 페인트, 현관문의 스텐실 장식 등이 햇빛에 탈색되고 모래바람에 벗겨져 있었다. 오른편으로 몇 블록 너머에는 오아시스가 보였고, 그리로 향하는 내리막길 양편에 야자수가 무성히 자라나 있었다. 이렇게 황량한 마을에 어울리지 않을 만큼 싱싱해 보이는 나무들이었다. 왼편으로 몇 블록쯤 이어지는 돌담 앞에도 나무들이 늘어서 있었고, 그 너머로는 불그스름한 고원이 펼쳐지다가 흙먼지 속에 아스라이 사라졌다.

건물이며 골목 모퉁이에서 사람들이 튀어나왔다. 남녀노소가 뒤섞여 있었고, 대부분 사막의 후끈한 열기를 견디기 위해 반바지에 가벼운 상의를 걸친 차림새였다. 몇몇은 뜨거운 햇빛으로부터 피부를 보호하려고 긴 로브를 덮어쓰고 있기도 했다. 그리고 대다수가 입과 코를 손으로 덮고 있었다. 전염병에 감염되지 않으려고 그러는 줄 알았는데, 이제 보니 우주선이 착륙하면서 먼지를 너무 심하게 일으켰기 때문이었다. 자욱한 먼지 구름이 주변의 골목길에까지 날려 들어가고 있었다.

신더는 주름진 얼굴에 회색 모자를 쓴 노인을 찾아 사람들을 둘러보았다. 이곳 사람들의 피부색은 갈색이나 황토색 등 대체로 짙은 편이었다. 얼랜드 박사는 그보다 피부색이 밝으니 눈에 잘 띌 터였다. 새파란 눈의 그 노인은 지난 몇 주 동안 마을 사람들의 주목을 꽤 받았을 것이다.

신더는 무기가 없다는 것을 보여주려고 두 손을 활짝 펼치면서 군중 앞으로 한 발짝 다가갔다. 사이보그 손이 완전히 드러나자 주민들이 노골적으로 쳐다보았지만, 신더가 가까이 다가와도 피하려고 하지는 않았다.

"먼지 일으켜서 미안해요." 신더가 먼지구름을 가리키며 입을 열었다. "응급 상황이라 어쩔 수 없었어요. 전 사람을 찾고 있어요. 키가 크고, 안경과 모자를 쓰고 다니는 노인이에요. 혹시 그런 사람 못 보셨……."

"내가 먼저 봤어!"

어떤 여자애가 사람들 틈에서 불쑥 뛰어나오더니, 슬리퍼 바람으로 달려와서 신더의 팔을 움켜쥐었다. 신더는 화들짝 놀라 뿌리치려고 했지만 여자애는 놔주지 않았다. 그러는 동안 아홉 살에서 열 살쯤 되어 보이는 남자애 둘이 또 달려들었다. 그리고 저마다 자기가 처음으로 우주선이 떨어지는 걸 봤다느니, 착륙하는 걸 봤다느니, 문이 열리는 걸 봤다느니, 사이보그라는 걸 알아봤다느니 하며 말다툼을 벌였다.

"신더 씨에게서 떨어져, 요 욕심꾸러기들아."

신더는 뒤를 휙 돌아보았다.

얼랜드가 성큼성큼 걸어오고 있었다. 그런데 하마터면 못 알아볼 뻔했다. 그는 맨발에 카키색 반바지 차림이었고 모자도 쓰지 않았다. 줄무늬 셔츠는 단춧구멍을 모조리 잘못 끼워서 한쪽 끝자락이 길게 내려와 있었고, 벗어진 정수리 아래의 회색 머리카락은 막 감전 사고라도 당한 것처럼 마구 뻗쳐 있었다.

아무래도 상관없었다. 어쨌거나 얼랜드 박사를 찾아낸 것이다.

"신더 씨를 내게 데려와달라고 했지, 나를 이 땡볕까지 나오게 해달라고 부탁하진 않았잖니? 어쨌든 상은 줄 테니 다 같이 나눠 가지려무나."

얼랜드는 주머니에서 껌 한 봉지를 꺼내서 아이들의 머리 위로 들어올리고는, 다 같이 나눠 먹겠다는 약속을 받아내고서야 건네주었다. 아이들은 껌을 낚아채곤 와악 소리를 지르며 뛰어갔다.

다른 주민들은 그 자리에 남아 있었다.

얼랜드가 옆구리에 양손을 얹고서 신더를 노려보았다. "대체 어떻게 된 겁니까? 내가 얼마나 오랫동안 기다렸는 줄 알아요? 넷스크린만 보……."

"도와줘요!" 신더가 얼랜드에게 비틀거리며 다가갔다. "제 친구가…… 친구가 죽어가고 있어요. 치료가 필요해요……. 나는 어떻게 해야 할지 모르……."

얼랜드는 눈살을 찌푸리더니 신더 뒤편의 무언가를 향해 시선을 홱 돌렸다. 루나인 경호원이 울프를 힘겹게 들쳐메고 우주선 해치 밖으로 나오고 있었다. 웃통을 벗은 몸은 온통 피투성이였다.

"잠깐, 저 사람은……"

신더가 부리나케 설명했다. "루나 왕실 경호원이에요. 울프는 루나의 병사고요. 자세한 얘긴 나중에 할 테니까 일단 좀 도와줄래요? 총을 두 발 맞았어요. 피를 너무 많이 흘렸고……"

얼랜드가 눈썹을 치켜올렸다. 신더가 데려온 동료들을 마뜩지 않아하는 티가 훤했다.

"제발 부탁해요."

얼랜드는 마지못해 헛기침을 하더니, 구경꾼들에게 손짓을 하며 몇몇 이름을 불렀다. 그러자 남자 셋이 앞으로 걸어나왔다.

"이 남자를 호텔로 데려가주십시오. 부드럽게 옮기시고요." 얼랜드는 한숨을 쉬며 셔츠 단추를 다시 끼웠다. "신더 씨, 따라와서 수술 준비나 도와요."

C
R
E
S
S

15장

"우리가 사람 사는 곳 근처에 착륙한 거면 참 좋겠지만……. 너무 큰 희망사항이겠지?"

카스웰이 고개를 갸웃하며 말했다. 크레스는 잡동사니들을 치우면서 가장 가까운 창문으로 다가갔다.

"도시나 마을이 가까이 있으면 오히려 곤란하지 않아요? 함장님은 지구의 세 국가에서 수배 중인 범죄자잖아요. 누구나 쉽게 알아볼걸요."

"내가 요새 꽤 유명하긴 하지!" 카스웰이 씩 웃으며 손을 흔들었다. "희망사항을 생각할 게 아니라 상황 파악부터 먼저 해야겠다. 밖에 뭐가 보여?"

크레스는 까치발을 딛고 서서 밝은 창밖을 내다보았다. 시야가 빛에 적응되면서 밖에 펼쳐진 풍경이 보이자, 크레스는 눈을 휘둥그레 떴다.

그제야 실감이 되었다. 지구에 왔구나. 여긴 정말로 지구구나.

지구의 사진은 물론 많이 보았다. 도시, 호수, 숲, 산을 비롯해서 온갖 풍경을 담은 사진이며 영상을 헤아릴 수도 없이 보았다. 하지만 직접 보는 건 완전히 차원이 달랐다. 하늘이 말도 안 될 만큼 파랬고, 땅은 무수한 종류의 황금빛으로 일렁이고 있었다. 땅이 다이아몬드의 바다처럼 반짝거리는가 하면 살아 숨 쉬는 짐승처럼 부풀어 오르고 넘실거렸다. 그 광경이 크레스의 몸속으로 한꺼번에 쏟아져 들어와 곧 넘칠 것만 같았다.

"크레스?"

"밖이 굉장히 아름다워요."

카스웰이 멈칫하더니 되물었다. "좀 더 구체적으로 말해줄래?"

"하늘이 정말 새파래요. 너무 선명하고 멋져요." 크레스는 유리창에 손가락을 대고 지평선의 능선을 따라 그리며 말했다.

"그렇군. 그 말을 들으니 여기가 어딘지 딱 알겠네."

"아, 미안해요. 여긴…… 사막인 것 같아요." 크레스는 북받치는 감정을 애써 추슬렀다.

"선인장이랑 잡초가 있는?"

"아뇨, 모래만 있어요. 오렌지빛 도는 진한 금색에 핑크색도 살짝 배어 있고, 땅 위에 조그마한 구름들 같은 게 떠 다녀요……. 연기 같은 거요."

"주위에 산이 무지 많고?"

"네, 맞아요! 그리고 아름다워요. 정말로!"

카스웰이 코웃음을 쳤다. "사막이 그렇게 멋져 보인다면, 나무를 보면 어떤 반응이 나올지 기대되는데. 감동 받아서 가슴이 폭발할지도 몰라."

크레스는 창밖의 세상을 바라보며 활짝 웃었다. '나무'라니!

"아무튼 그럼 밖이 꽤 덥다는 뜻이네."

카스웰이 말했다. 크레스는 얇은 면 원피스를 입고 있어서 미처 알아차리지 못했는데, 이제 보니 기온이 오른 것 같았다. 인공위성 내부 기온을 유지하는 시스템이 리셋된 것이리라. 아니면 아예 고장 났거나.

"사막은 별로 편안한 곳이 아닌데……. 뭐 쓸 만한 거 보여? 야자수? 샘물? 산책 나온 낙타 두 마리?"

크레스에게 보이는 거라곤 땅에 새겨진 물결무늬가 끝없이 반복되는 풍경뿐이었다. "아뇨. 아무것도 없어요."

"그래, 그러면 네게 부탁할 게 두 가지 있어. 첫째, 램피언으로 연락할 방법을 찾아봐. 내 우주선으로 가능한 한 빨리 돌아가는 게 좋을 테니까. 둘째, 저 문을 열어보자. 계속 이렇게 더워지면 우린 여기서 산 채로 삶길지도 몰라."

크레스는 바닥에 널린 넷스크린과 케이블 들을 훑어보았다. "이 인공위성엔 외부 통신 장비가 전혀 설치되어 있지 않아요. 함장님 동료들이랑 연락할 유일한 수단은 그 D-COMM 칩인데, 시빌 마님이 가져가버렸죠. 만약 어떻게 연락할 방법을 찾는다 해도 인공위성 위치 확인 시스템이 기능하지 않으면 정확한 좌표를 알려줄 수 없고요. 게다가……."

카스웰이 손을 들어올렸다. "한 번에 하나씩만 하자. 우리가 살아 있다는 걸 알려주긴 해야 하잖아. 우리 쪽에서도 그 친구들이 무사한지 확인해야 하고. 그깟 루나인 둘쯤은 거뜬히 처치했겠지만, 그래도 확실히 알고 나면 나도 한결 안심될 거야."

카스웰이 어깨를 으쓱하곤 말을 이었다. "구조 요청을 하면 신더가 커다란 금속탐지기를 만들어내든지 해서 우릴 찾을 수도 있을 거야."

크레스는 물건들을 이것저것 살펴보았다. "글쎄요, 쓸 만한 게 있을지……. 넷스크린들은 다 부서졌고, 온도 조절이 안 되는 걸 보면 아마 발전기도……. 아, 어떡해! 작은 크레스!"

크레스는 발에 걸리적거리는 물건들을 걷어차면서 메인 데이터보드로 나아갔다. 어린 자기 자신이 들어 있는 그 부품은 한쪽 면이 부서져서 전선이며 플라스틱 조각 들이 튀어나와 있었다.

"아아, 작은 크레스……."

"음…… 작은 크레스가 누구야?"

"저요. 컴퓨터 속에 저의 열 살짜리 인격이 들어 있거든요. 늘 곁에 있는 친구였는데…… 죽어버렸어요." 크레스는 훌쩍거리며 데이터보드를 꼭 끌어안았다. "불쌍한 작은 크레스……."

긴 침묵이 흘렀다. 카스웰은 헛기침을 했다. "스칼렛이 걱정한 게 이런 거였군. 음, 다른 일 시작하기 전에 우선 작은 크레스를 묻어 줘야 하나? 나도 작별인사를 해줬으면 좋겠어?"

크레스는 고개를 들었다. 카스웰은 동정 어린 표정을 짓고 있었지만, 크레스는 그가 자신을 놀리는 것인지도 모른다고 생각했다.

"난 미친 게 아니에요. 그냥 컴퓨터일 뿐이라는 건 알고 있어요. 하지만…… 내가 직접 개발했고, 유일한 친구나 마찬가지였다고요.

그뿐이에요."

"어이, 비꼰 거 아니야. 나도 IT와의 관계엔 친숙하다고. 내 우주선만 해도 무지 재밌는 녀석인걸. 기대해도 좋아." 카스웰은 잠시 생각에 잠겼다가 말을 이었다. "우주선 하니 생각나는데, 그 마법사가 타고 왔던 캡슐 비행선은?"

"아, 그게 있었죠, 참!"

크레스는 책상 밑에 데이터보드를 집어넣고 승강구 쪽으로 비틀비틀 걸어갔다. 바닥이 비스듬히 기울어져 있었고, 그 경사면의 아랫부분에 도킹해치로 이어지는 승강구가 있었다. 크레스는 수많은 플라스틱 파편이며 부서진 기계부품 들을 헤치면서 시스템 제어 스크린에 이르렀지만 스크린이 고장 나서 전원이 들어오지 않았다. 그래서 수동조작기가 들어 있는 제어판을 열었다. 문 위의 벽에 여러 종류의 핸들과 기어가 장치되어 있었다. 그게 있다는 건 오래전부터 알고 있었지만, 실제로 쓸 일이 있으리라곤 생각해본 적도 없었다.

오랜 세월 방치된 그 조작기들은 너무 뻑뻑했다. 벽을 발로 밀면서 온 힘을 다해 잡아당기니 핸들이 겨우 덜컥 내려갔고, 문의 잠금 장치가 풀리면서 틈이 생겼다. 이제 저 문을 손으로 당겨서 마저 열어야 했다.

크레스가 끙끙거리는 소리를 내자 카스웰이 일어섰다. 그리고 두 팔을 내밀고서 앞을 가로막는 장애물들을 조심스럽게 발로 차면서 다가왔다. 손으로 더듬어 크레스를 찾은 카스웰은 옆에 다가서서 같이 문을 당겨 열었다.

도킹해치는 인공위성 내부보다 상태가 더 심각했다. 벽 전체에

금이 가서 그 틈으로 모래바람이 불어 들어왔다. 벽의 부서진 제어판에서 전선이며 나사 따위가 아무렇게나 튀어나와 있었고, 플라스틱이 눌어붙은 매캐한 냄새가 진동했다. 캡슐 비행선은 복도까지 밀려나간 채 한쪽 끝이 벽에 처박혀서 아코디언처럼 쭈글쭈글 우그러져 있었다. 도킹 클램프에 꿰뚫린 조종석 제어판 유리에도 가느다란 균열이 일어나 있었다.

"냄새는 고약해도 그렇게 심하게 망가지진 않았다고 말해줘." 카스웰이 문틀을 꽉 붙잡으며 말했다.

"그러면 좋겠지만…… 캡슐 비행선도, 다른 기계들도 다 망가진 것 같아요." 크레스는 벽을 잡고 균형을 유지하면서 비행선 쪽으로 기어갔다. 버튼 몇 개를 눌러보았지만 가동될 기미는 전혀 없었다.

카스웰은 눈을 문지르며 말했다. "알았어. 램피언으로 연락할 방법이 없고, 동료들이 우리가 살아 있다는 걸 알 길도 없다는 거네. 그러면 여기서 누가 지나가길 기다리고만 있을 순 없지. 밖으로 나가서 어떻게든 마을을 찾아봐야겠어."

크레스는 두 팔로 몸을 감쌌다. 드디어 이 인공위성에서 나가게 된다니, 초조하면서도 설렜다. "해가 지고 있는 것 같아요. 적어도 땡볕에서 걷진 않아도 되겠네요."

카스웰은 입술을 깨물면서 생각에 잠겼다. "여기가 지구의 어디쯤인진 몰라도 지금 계절이면 어디든 밤에 그리 춥진 않을 거야. 가져갈 수 있는 생필품은 최대한 가져가자. 이불이나 담요 있어? 겉옷도 필요할 거야."

크레스는 얇은 원피스를 만지작거렸다. "겉옷은 없어요. 필요했던 적이 없어서……."

카스웰은 한숨을 쉬었다. "그렇군."

"다른 원피스가 있긴 해요. 이것처럼 낡긴 했지만."

"바지가 더 나을 텐데."

크레스는 자신의 맨다리를 내려다보았다. 바지를 입어본 적은 한 번도 없었다. "옷은 전부 마님이 가져다줘서 원피스밖엔……. 시, 신발도 없고요."

"신발도 없다고?" 카스웰은 이마를 문질렀다. "음, 괜찮아. 나는 군대에서 서바이벌 훈련을 받았어. 임시방편을 찾아낼 수 있을 거야."

"물을 담아갈 병은 몇 개 있어요. 인스턴트 식품도 많고요."

"잘됐네. 물이 가장 중요해. 굶는 것보다도 탈수증이 더 치명적이거든. 수건은 있어?"

"두 개요."

"좋아. 그거랑 밧줄 대용으로 쓸 만한 것도 챙겨봐." 카스웰이 왼발을 들어올렸다. "그리고 내 왼쪽 부츠 어딨는지 못 봤어?"

＊

"정말 제가 안 해도 되겠어요?"

카스웰은 얼굴을 찡그리며, 초점 없는 시선으로 크레스의 무릎께를 쏘아보았다. "내가 잠시 눈이 멀었다고 해서 매듭도 못 묶는 건 아니야."

크레스는 귀 뒤를 긁적거리며 말을 삼켰다. 크레스는 침대 가장자리에 걸터앉아 잘라낸 머리카락들을 땋아서 노끈을 만들고 있었

166

다. 그리고 카스웰은 그 앞에 무릎을 꿇고 앉아서 잔뜩 집중한 얼굴로 크레스의 발에 수건을 감싸고, 머리카락 노끈을 발목과 발뒤꿈치에 묶어 정교한 매듭을 지었다.

"탄탄하게 딱 붙어야 해. 너무 헐거우면 걸어가다가 천이 쓸려서 발에 물집 생길 거야. 느낌이 어때?"

크레스는 발가락을 움직여보았다. "좋아요."

카스웰은 나머지 한쪽 발에도 수건을 감싸서 묶어준 다음, 최대한 편안하게끔 주름을 매만져주었다. 크레스는 일어서보았다. 뭉친 베개 위를 걷는 것처럼 이상한 느낌이었다. 하지만 카스웰은 일단 사막에 나가고 나면 크레스가 이 임시 신발에 감지덕지하리라고 생각하는 듯했다.

다음으로 둘은 이불을 보자기 삼아 짐을 꾸렸다. 물, 음식, 침대 시트, 거의 써본 적 없는 구급상자도 챙겼다. 칼은 카스웰의 부츠 안에 안전히 넣어두었고, 부서진 침대 틀을 해체해서 카스웰이 지팡이로 쓸 금속 막대기도 만들었다. 둘은 출발하기 전에 물을 최대한 많이 마셔두었다. 크레스는 마지막으로 인공위성을 점검해보고 건질 만한 게 아무것도 없다는 걸 확인한 뒤, 도킹해치의 수동 개폐 레버를 당겼다. 덜컹, 쾅 하는 소리와 함께 잠금장치가 풀리고 유압 장치들이 쉭 소리를 냈다. 금속 문에 틈이 생기자 카스웰이 손가락을 비집어넣어서 문짝을 양편으로 벌렸다.

건조한 바람이 불어왔다. 그리고 기묘한 냄새가 물씬 풍겼다. 인공위성 내부나 기계에서 나던 냄새와도, 시빌에게서 풍기던 향수 냄새와도 전혀 달랐다. 이게 바로 흙의 향기이리라. 아니면 사막의 향기이거나. 크레스는 그 냄새를 기억 속에 잘 새겨두었다.

카스웰이 보따리를 어깨에 걸메고는 바닥에 뒹구는 잔해들을 걷어찼다. 그리고 크레스를 향해 손을 내밀었다. "앞장서줘."

카스웰이 크레스의 손을 감싸쥐었다. 크레스는 그 순간을, 그의 감촉을, 온기를, 자유의 향기를 음미하고 싶었다. 하지만 그럴 새도 없이 카스웰이 크레스를 앞으로 밀면서 재촉했다.

도킹해치 끝의 난간과 짧은 계단 너머, 원래는 캡슐 비행선이 결합되곤 했던 곳에 모래밭이 펼쳐져 있었다. 땅거미가 내리면서 사막은 라벤더빛으로 물들어갔다. 바람에 모래가 많이 날려와서 벌써 계단 아랫부분이 파묻혀 있었다. 인공위성이 이대로 서서히 모래에 잠기다가 사막 속에 영원히 사라지는 광경이 상상되었다.

크레스는 난간 너머의 모래 언덕을, 완만한 지평선을 바라보았다. 지평선과 맞닿는 하늘은 뽀얀 보랏빛이었고, 위로 올라갈수록 검푸른 색깔로 물들다가 별이 총총 뜬 밤하늘로 변했다. 평생토록 보았던 그 별들이 지금은 이불 무늬처럼 펼쳐져 있었다. 온 하늘과 온 땅이 크레스를 집어삼키려 했다.

머리가 빙글 돌며 현기증이 일었다. 크레스는 뒤로 휘청거리다가 카스웰의 가슴에 부딪혔다.

"뭐야? 왜 그래?"

패닉이 닥쳐왔다. 자신의 존재가 지금 두 다리를 스쳐가는 모래 알만큼이나 작고 하찮다는 느낌이 들었다. 여기에 온 세상이, 지구 전체가 있었다. 그리고 크레스는 그 광활한 세상 어딘가에 외따로 떨어져 있었다. 벽도, 경계선도, 숨을 곳도 없었다. 몸서리가 쳐지고 맨팔에 오소소 소름이 돋았다.

"크레스, 대체 왜 그래? 뭐가 보이는데?"

카스웰이 크레스의 팔을 꽉 거머쥐었다. 그제야 크레스는 자신이 떨고 있다는 걸 깨달았다. 크레스는 입만 벙긋거리다가 힘겹게 말을 쥐어짜냈다.

"너…… 너무 커요."

"뭐가?"

"모든 게…… 땅도, 하늘도. 우주에서는 이렇게 커 보이지 않았는데……."

맥박이 북처럼 둥둥 울리며 핏줄을 타고 진동했다. 숨이 잘 쉬어지지 않았다. 얼굴을 가리고 고개를 돌리니 숨통이 좀 트였지만 고통은 여전했다.

크레스는 울고 있었다. 언제부터 눈물이 쏟아졌는지 알 수 없었다. 카스웰의 손이 팔꿈치를 부드럽게 어루만지는 느낌이 났다. 이대로 그의 팔 안에 안겨 따뜻하고 안전한 품 속에 몸을 파묻고 싶었다. 당장 그렇게 하고 싶어서 애가 탔다.

그런데 카스웰은 안아주지 않았다. 오히려 크레스의 몸을 거칠게 흔들었다. "그만!"

크레스는 딸꾹질을 했다.

"사막에서 사람이 죽는 첫 번째 원인이 뭐지?"

크레스는 눈을 깜빡였다. 뜨거운 눈물이 한 방울 뺨을 타고 흘러내렸다. "어…… 네?"

"사막에서 가장 많이 발생하는 사망 원인이 뭐냐고."

크레스는 아까 물병에 물을 채울 때 카스웰에게 들었던 '생존의 101가지 법칙' 강의를 되새겼다.

"타…… 탈수?"

"그리고 눈물을 흘리면 어떻게 되지?"

크레스는 잠시 망설이다 대답했다. "탈수?"

"맞아."

크레스를 꽉 잡았던 카스웰의 손아귀가 느슨해졌다. "무서워하는 건 괜찮아. 그럴 만도 해. 200평방미터밖에 안 되는 공간에서 거의 평생을 갇혀 살았으니까. 사실 지금까지 넌 내가 예상했던 것보다 훨씬 이성적인 모습을 보여줬어."

크레스는 훌쩍거렸다. 카스웰의 말이 칭찬인지, 모욕인지 분간이 되지 않았다.

"하지만 정신 바짝 차려야 해. 지금 내 상태가 썩 좋지는 않다는 건 알겠지. 내가 의지할 수 있는 건 너뿐이야. 네가 상황을 잘 관찰하고, 파악해줘야 해. 그래야 우리가 이 사막에서 탈출할 수 있어. 안 그러면…… 넌 어떨지 몰라도, 나는 여기서 헤매다가 독수리들에게 산 채로 뜯어 먹히는 건 싫거든. 그러니까 우리 둘을 위해 마음 단단히 먹어야 돼. 할 수 있겠어? 내가 널 믿어도 될까?"

"네."

크레스는 조그맣게 말했다. 하지만 내심으로는 가슴이 온갖 의혹으로 가득 차 터질 것만 같았다. 카스웰이 눈을 가늘게 뜨는 표정을 보니, 그 역시 크레스의 대답을 믿지 않는 것 같았다.

"크레스. 지금 상황을 제대로 이해하지 못하는 것 같은데. 우린 뜯어 먹힐 거라고. 독수리들에게, 산 채로. 그걸 잠깐만 상상해볼래?"

"……네, 독수리요. 이해했어요."

"그래. 지금 내겐 네가 필요해. 정말로. 그리고 나는 이런 말을 아

170

무 때나 막 하고 다니는 사람 아니야. 자, 정신 차릴 수 있겠어?"

"네. 잠시만요. 잠깐만 기다려줘요." 크레스는 크게 심호흡을 하고 눈을 감았다. 그리고 공상에…… 공상에 빠지려고 안간힘을 썼다.

"나는 탐험가야. 미지의 야생으로 용감하게 뛰어드는 탐험가." 크레스는 중얼거렸다. 탐험가가 되는 공상을 해보는 건 처음이었지만, 상상력이 자신을 둘러싸는 안온하고 익숙한 감각이 들었다. 그래, 고고학자가 되는 거다. 과학자가, 보물 사냥꾼이, 땅과 바다를 가로지르는 주인공이 되는 것이다. "내 삶은 모험이야."

크레스는 점차 자신감을 되찾으며 눈을 떴다. "나는 이제 더 이상 이 인공위성에 얽매여 있지 않을 거야."

카스웰이 머리를 기울이며 잠시 기다리더니, 크레스의 두 손 안에 자신의 손을 밀어넣었다. "뭔 소릴 하는 건지 잘 모르겠지만, 아무튼 그렇다고 치자."

CRESS

16장

    카스웰은 한 손에는 지팡이를, 다른 손에는 크레스의 팔꿈치를 잡고 모래 위에 발을 내디뎠다. 크레스는 계속 고개를 숙이고 걸었다. 걸음을 잘 살피기 위해서이기도 했지만, 하늘을 올려다봤다가는 다리가 얼어붙어서 한 발짝도 떼지 못하게 될까 봐 겁이 났기 때문이기도 했다.

    인공위성에서 충분히 멀어지자 크레스는 눈을 살짝 들어보았다. 머리 위에 펼쳐진 아득한 하늘이 어두워져가고 있었다. 크레스는 인공위성 쪽을 돌아보고는 흠칫 놀라 숨을 들이켰다. 카스웰이 크레스의 팔꿈치를 꽉 움켜쥐었다.

    "산이 있어요." 크레스는 지평선에 나타난 봉우리들을 멍하니 바라보며 말했다.

"정말 산이야? 아니면 언덕이 네 눈에 그렇게 커 보이는 거야?"

크레스는 넷스크린으로 보았던 산의 사진들을 떠올리며 눈앞의 풍경과 비교해보았다. 다양한 높이의 봉우리들이 솟아올라 검은 밤하늘의 장막 속에 파묻혀 있었다. "제가 보기엔…… 진짜 산인 것 같아요. 하지만 어두워서 꼭대기가 하얀지 어떤지는 보이지 않아요. 산꼭대기는 모두 눈으로 덮여 있나요?"

"꼭 그렇진 않아. 거리가 얼마나 멀어?"

"음……." 가까워 보이긴 했지만, 그 앞에 펼쳐진 구릉과 모래 언덕들 때문에 감각이 모호했다. 평생 한번도 거리를 눈으로 가늠해본 적이 없는 크레스에게는 더더욱 그랬다.

"됐어. 상관없어."

카스웰이 지팡이로 땅을 짚었다. 그가 팔꿈치를 잡은 손을 내내 놓지 않으려 해서 크레스는 가슴이 뭉클해졌다. 어쩌면 카스웰도 크레스와 묶여 있는 감각에 안도하고 있을지도 몰랐다.

"산이 어느 방향에 있어?"

크레스는 카스웰의 손을 들어서 산 쪽을 가리켰다. 황홀감과 두려움이 동시에 차올라 심장이 걷잡을 수 없이 두근거렸다. 이렇게 멀리서도 산이 어마어마하게 크다는 걸 알 수 있었다. 수천 년 묵은 짐승 같은 산봉우리들이 황무지를 견고한 벽처럼 가로지르고 있었다. 크레스는 자신이 더더욱 하찮게 느껴졌지만, 한편으로는 마음이 놓이기도 했다. 어쨌든 모래와 하늘이 아닌 무언가가 나타난 셈이었으니까. 그 산은 단조롭고 막막한 사막의 풍경을 깨뜨리는, 눈에 보이는 물리적인 표식이었다.

"그러면…… 남쪽이겠네. 해가 저기로 졌지?" 카스웰이 다른 방향을 가리켰다. 그쪽의 모래 언덕 위에는 저물어가는 희미한 초록색 빛이 남아 있었다.

"맞아요."

크레스는 떨리는 미소를 지었다. 난생 처음으로 본 진짜 석양. 석양이 초록빛일 수도 있다고는, 이렇게 빠른 속도로 어둠이 깔릴 거라고는 상상도 못 했다. 크레스는 사소한 것들 하나하나를 악착같이 긁어모아 기억의 창고 깊숙이 박아넣고, 절대로 잊지 않으리라고 다짐했다. 빛이 사막 위에서 흐릿하게 사위어가는 과정을, 검은 하늘에서 별들이 돋아나는 광경을, 패닉에 빠지지 않기 위해 너무 높은 하늘을 올려다보지 않으려 하는 자신의 본능을.

"식물 같은 건 없어? 모래와 산 말고 다른 건?"

"없어요. 하지만 어차피 너무 어두워서……."

이렇게 말하고 있는 동안에도 어둠이 몰려오며 발밑의 모래가 황금빛에서 검은색으로 변해가고 있었다.

"아, 저기에 우리 낙하산이 있네요."

저편의 모래 언덕 위에 축 늘어진 하얀 천이 보였다. 낙하산의 일부는 벌써 모래에 파묻혀 있었다. 인공위성이 착륙했다가 굴러내려가면서 언덕에 팬 도랑도 보였다.

"그걸 좀 찢어가야겠다. 방수천이니 꽤 쓸모가 있을 거야."

둘은 거의 말을 나누지 않고 낙하산을 향해 걸었다. 카스웰은 크레스에게 의지하면서 지팡이를 어설프게 놀렸다. 지팡이 끝이 모래 언덕 비탈에 박혀 들어가거나 자기 자신을 찌르지 않도록 조심하면서 발 앞의 땅을 살살 더듬어나가고 있었다. 마침내 낙하산에 이르러 둘은 방수포를 커다랗게 잘라냈다.

"산 쪽으로 가자. 그러면 아침이 돼도 땡볕을 피해 걸을 수 있어. 운이 좋으면 쉴 곳이나 물이 있을지도 모르고."

크레스는 아주 좋은 계획이라고 생각했지만, 카스웰의 어조에서 살짝 불안한 기색이 묻어나왔다. 카스웰도 그냥 넘겨짚은 것이다. 여기가 어디인지, 어디로 가야 마을에 닿을 수 있는지 전혀 알 도리가 없었다. 내딛는 한 걸음 한 걸음마다 안전한 곳에서 오히려 더 멀어질 수도 있는 상황이었다.

하지만 어떤 식으로든 결정을 내려야 했다.

둘은 다음 모래 언덕으로 나아갔다. 낮의 열기가 식어가고, 산들바람에 날려오는 모래가 크레스의 종아리를 스쳤다. 언덕 꼭대기에 이르자 암흑의 바다가 펼쳐졌다. 완연한 밤이 되어서 산의 윤곽도 보이지 않을 정도였다. 하지만 하늘의 별이 점점 높이 떠오르고 눈이 어둠에 적응하고 나니, 주위의 세상이 새까맣지 않고 희미한 은빛이 돈다는 걸 알 수 있었다.

그때 카스웰이 발을 헛디디더니 악 소리를 지르며 네 발로 엎드렸다. 지팡이가 모래에 푹 꽂혀 들어가 있었다. 하마터면 지팡이에 몸을 꿰찔릴 뻔한 순간이었다. 크레스는 화들짝 놀라 카스웰의 옆에 꿇어앉아 등을 문질러주었다.

"괜찮아요?"

카스웰은 크레스를 거칠게 뿌리치며 몸을 일으켜 앉았다. 어슴푸레한 빛 속에서 카스웰이 입을 앙다물고 주먹을 틀어쥐는 게 보였다.

"함장님?"

"나는 괜찮아."

카스웰이 날선 목소리로 대꾸했다. 크레스는 그의 어깨 근처에 손을 올린 채 머뭇거리며 지켜보기만 했다. 카스웰이 천천히 숨을 들이쉬자 가슴이 부풀더니 흔들리는 들숨이 빠져나오는 소리가 들렸다.

"나는……." 카스웰이 느릿느릿 말했다. "이 상황이 마음에 들지 않아."

크레스는 안타까운 마음에 입술을 깨물었다. "제가 뭘 도와드리면 좋을까요?"

카스웰은 텅 빈 눈으로 산 쪽을 노려보다가 고개를 저었다. 그리고 손을 뻗어 자신을 넘어뜨린 지팡이를 더듬어 찾았다.

"괜찮아. 내가 알아서 할 수 있어. 적응만 하면 돼." 카스웰이 일어나서 지팡이를 모래에서 뽑아내더니 크레스에게 다시 말했다. "한 가지만. 오르막길이나 내리막길이 나오기 전에는 미리 말해주면 좋겠어."

"예, 그럴게요. 이제 꼭대기에 거의 다……." 크레스는 말꼬리를 흐렸다. 모래 언덕 꼭대기로 눈을 돌리는데 하늘에 뜬 달이 보였다. 새하얀 초승달이 지평선 위에서 빛나고 있었다. 크레스는 달에 들키지 않으려고 책상이나 침대 밑으로 숨던 버릇이 되살아나 반사적으로 움츠러들었다. 하지만 여기에는 책상도 침대도 없었다. 다시 보니 달도 예전처럼 그리 무섭지 않았다. 지구에서 올려다봐서 그런지 아주 멀리 있는 것처럼 느껴졌다. 크레스는 침을 꿀꺽 삼키고 말을 맺었다. "언덕 꼭대기에 거의 다 왔어요."

카스웰이 고개를 갸웃했다. "왜 그래?"

"아무것도 아녜요. 그냥…… 루나가 보여서요." 크레스는 달에서 시선을 돌려 밤하늘 전체를 둘러보았다. 광막한 풍경에 또 압도될까 봐 겁이 났지만, 인공위성에서 늘 보았던 은하수가 보이자 안심됐다. 평생토록 보았던 별들을 다른 시각으로 보는 것뿐이었다.

몸의 긴장이 조금씩 풀렸다. 친숙한 것들을 보고 있으니 안전하다는 느낌이 들었다. 우주에 소용돌이치는 희미한 자줏빛과 푸른빛 가스, 모래알처럼 무수히 많은 별의 반짝임. 인공위성 창밖으로 보는 지구의 일출만큼이나 숨 막히게 아름다운 풍경.

그때 가슴이 덜컥 뛰었다. "잠깐…… 별자리!"

크레스는 몸을 한 바퀴 빙 돌렸다. 무릎에 묻은 모래를 털어내고 있던 카스웰이 고개를 들었다.

"뭐?"

"저기, 저기 페가수스가 있어요. 물고기자리도, 그리고…… 아! 안드로메다예요!"

"지금 뭐하는…… 아아. 방향을 찾는 거군." 카스웰은 지팡이를 짚고 기대어 서서 턱을 문질렀다. "그건 북반구 별자리야. 적어도 여기가 오스트레일리아는 아니라는 뜻이네."

"잠시만요. 제가 위치를 파악해볼게요." 크레스는 얼굴을 양손으로 감싸고서 인공위성 창문으로 숱하게 보았던 별자리들을 마음속에 그렸다. 그리고 지금 지평선에서 멀지 않은 하늘에 알파성을 신호등처럼 밝힌 안드로메다자리에 초점을 맞추었다. 저 별이 이 각도에서 보일 때, 인공위성이 지구를 기준으로 어디에 위치했더라?

별자리들의 지도가 머릿속에 홀로그램처럼 쫙 펼쳐졌다. 천천히 회전하는 지구의 형상과 그 주위를 둘러싼 우주선, 인공위성, 별, 별, 별들…….

"아프리카 북부인 것 같아요." 크레스는 별들의 바다에 흩어져 있는 다른 별자리들을 찾아내면서 덧붙였다. "아니면 동방연방의 서부일 수도 있고요."

"그럼 사하라일 수도 있겠군."

카스웰이 미간을 모으고 그렇게 말하더니, 어깨를 축 늘어뜨렸다. 크레스는 카스웰이 무슨 생각을 하는지 알아차렸다. 여기가 남반구인지 북반구인지, 어느 나라인지 알아봤자 달라지는 건 없었다. 어쨌든 이곳은 사막이고, 그들은 사막을 헤매고 있었다.

"밤새도록 별 구경만 하고 있을 순 없어. 산 쪽으로 계속 가자."

카스웰이 보따리를 집어들어 어깨에 멨다. 크레스가 팔꿈치를 내주었지만, 카스웰은 살짝 잡았다가 놓아버렸다.

"잡고 가니까 균형을 잃는 것 같더라고. 혼자 걸을 수 있을 거야."

카스웰은 지팡이가 또 모래에 푹 꽂히지 않도록 지팡이의 길이를 가늠했다. 크레스는 실망을 억누르고 발걸음을 옮겼다. 그리고 언덕 꼭대기에 이르러 카스웰에게 경고를 한 다음, 또 내리막길을 걸어갔다.

C
R
E
S
S

17장

스칼렛은 캡슐 비행선을 조종하고 있었다. 얼마나 오래 조종했는지 알 수 없었다. 자신이 어디에서 왔는지, 어쩌다 여기에 타게 되었는지도 몰랐다. 하지만 왜 이 비행선을 몰고 있는지는 알았다.

스스로 원하기 때문이었다. 그래야 하기 때문이었다.

이 일을 잘 해내면 상을 받을 것이다. 그 생각만으로도 신이 났다. 의욕이 치솟았다.

그래서 스칼렛은 아주 빠르게, 매끄럽게 조종했다. 비행선을 자신의 몸의 일부처럼 다루었다. 손이 조종간을 꽉 움켜쥐고 제어판 위를 거침없이 날아다녔다. 할머니에게 처음으로 비행술을 배운 이후로 이렇게 잘 조종해보는 건 처음이었다. 그때 스칼렛은 배달 비행선을 몰고 농장 주변을 서툴게 날아다니는 연습을 했다. 비행선이 흔들거리고, 자꾸만 내려앉고, 막 갈아놓은 밭에 착륙장치가 닿기 일쑤였지만, 할머니가 끈기 있게 일러주는 대로 손을 놀리자 비행선은 마법처럼 다시 하늘로 솟아올랐는데…….

기억이 순식간에 사라지면서 의식이 현실로 돌아왔다. 방금 전까지 무슨 생각을 했는지 기억나지도 않았다. 오로지 조종해야 한다는 생각뿐이었다. 지금 이 순간, 이 임무만이 머리를 꽉 채웠다.

사방에서 흐릿하게 스쳐 지나가는 별들에는 신경 쓰지 않았다. 점점 더 멀어져만 가는 지구에도 아무 관심이 없었다.

뒷좌석에서는 그 여자가 욕설을 뇌까리며 상처를 치료하고 있었다. 여자는 화가 나 있었다. 그 사실만이 스칼렛의 심기를 불편하게 했다. 스칼렛은 그 여자를 기쁘게 해주고 싶었다.

투덜거림이 잦아들더니 여자가 뭐라고 말을 하는 소리가 들렸다. 스칼렛은 순간 가슴이 설렜지만, 여자가 말을 거는 상대는 스칼렛이 아니었다. 누군가에게 통신을 보내고 있었다. 여자의 입에서 나온 한마디에 스칼렛은 더럭 겁에 질렸다.

"폐하." 여자는 레바나 여왕과 대화하고 있었다.

스칼렛은 이유도 모른 채 공포에 질렸다. 그리고 그 대화를 듣고 있다는 게 부끄러워졌다. 그녀에겐 감히 그런 걸 궁금해할 자격이 없었다. 그래서 오랫동안 잊고 있었던, 어린 시절에 부르던 동요를 머릿속으로 흥얼거리면서 대화 내용을 한 귀로 흘리려고 애썼다.

효과가 있긴 했다. 그런데 시빌의 입에서 누군가의 이름이 나오자 호기심이 주체할 수 없이 솟아올랐다.

린 신더.

"아뇨, 못 잡았습니다. 제가 싸움에서 밀리는 바람에……. 황궁합니다, 폐하. 실패하고 말았습니다. 네, 그 우주선의 마지막 좌표는 왕실 경호대 측에 보내두었습니다. 그래도 린 신더의 동료 하나를 인질로 잡았으니 데려다가 심문하면 그 사이보그의 향후 거취나 계획을 알아낼 수 있을 겁니다. 이걸로는 충분하지 않다는 건 알고 있습니다, 폐하. 반드시 만회하도록 하겠습니다. 꼭 찾아낼 겁니다."

통신이 끝났다. 스칼렛은 엿들었다는 게 창피해서 귀가 화끈 달아올랐다. 벌을 받아도 싼 일이었다.

스칼렛은 잘못을 만회하기 위해 임무에 집중했다. 그 어떤 조종사보다도 매끄럽고 빠르게 조종해야 한다는 생각에만 골몰했다. 주인님이 자랑스러워할 만큼 잘해내야 한다.

이윽고 크레이터로 뒤덮인 루나의 표면이 보였다. 하얗게 빛나는 표면과 반짝이는 돔들을 보고도 스칼렛은 경탄스러워하지 않았다. 저곳은 자신과는 아무 연고도 없는 사람들의 고향일 뿐이었다.

'하지만 그의 고향이기도 해.' 뇌리를 꿰뚫고 들어온 생각에 스칼렛은 움찔했다. 그게 무슨 뜻인지, '그'가 누구인지 알 수 없었다.

'저긴 그가 살던 곳이야.' 스칼렛은 안절부절못하며 마음속에서 들려오는 그 목소리를 억눌렀다. 자신이 혼란스러워한다는 걸 주인님에게 들킬까 봐 무서웠다. 그러면 안 된다. 혼란 같은 건 없다. 스칼렛은 자신이 무엇을 하고 싶은지, 누구를 모시고 싶은지 정확히 알고 있었다.

달이 점점 커지면서 시야에 꽉 들어찼지만 두려움은 느껴지지 않았다. 뜨거운 눈물이 뺨을 타고 흘러내려 소리 없이 무릎 위에 떨어졌어도 스칼렛은 신경 쓰지 않았다.

18장

크레스와 카스웰은 오래지 않아 호흡을 맞춰 규칙적으로 움직일 수 있게 되었다. 카스웰은 모래 위를 걷는 일과 지팡이를 다루는 것에 점점 익숙해지면서 자신감이 붙었고, 그러자 둘의 발걸음도 빨라졌다. 그렇게 모래 언덕을 세 개째, 다섯 개째, 열 개째 넘어가다 보니, 크레스는 모래 언덕을 넘어가는 것보다 그 사이에 난 골짜기를 따라 걷는 편이 낫다는 것을 깨달았다. 멀리 돌아가는 길이긴 하지만 그렇게 해야 에너지 소모를 줄일 수 있었다. 그렇게 두 사람은 사막을 지그재그로 가로질러 나아갔다.

걷다 보니 발을 감싼 수건이 느슨해지면서 모래알이 새어들어와 발가락 사이에 끼었다. 카스웰이 머리카락 노끈으로 아무리 단단히 묶어줬어도 한계가 있었던 것이다. 푹푹 꺼지는 모래 바닥을 발가락으로 움키면서 걷느라 왼발에서 쥐가 나려고 했다. 발바닥이 화끈거렸고 다리도 욱신거렸다. 또 모래 언덕을 올라가야 할 때가 되자 몸이 말을 듣지 않았다. 억지로 몸을 끌고 오르막길을 오르다 보니 허벅지가 불타는 듯 아팠고, 내리막길을 갈 때는 종아리가 비명을 질러댔다. 인공위성에서 한심한 체조나 하던 몸은 이런 강행군에 역부족이었다.

하지만 불평하지 않았다. 숨을 가쁘게 몰아쉬고, 관자놀이에 흘러내리는 땀을 닦아내고, 이를 악물며 아픔을 참아낼 뿐, 절대로 불평은 하지 않았다.

적어도 자신은 앞을 볼 수 있고, 짐을 들 필요도 없었다. 크레스는 그 사실을 되새기며 견뎠다. 카스웰은 보따리를 다른 쪽 어깨로 연신 옮겨 메면서도 불평 한마디 하지 않고 있었다.

가끔 평지를 걸을 때면 크레스는 눈을 감고 얼마나 걸을 수 있는지 시험해보았다. 얼마 가지도 못해 현기증이 일었고 공포가 등줄기를 타고 솟아올랐다. 한 발짝만 더 디뎌도 바위나 둔덕에 부딪혀 모래밭에 얼굴을 처박고 고꾸라질 것만 같았다.

그런 시도를 네 번째 했을 때, 카스웰이 크레스에게 왜 자꾸 뒤처지느냐고 물었다. 그때부터 크레스는 내내 눈을 뜨고 걸었다.

"좀 쉬어야 하지 않겠어?"

몇 시간 뒤 카스웰이 물었다. 크레스는 허벅지가 녹아버릴 것만 같으면서도 고개를 저었다.

"아, 아뇨. 괜찮아요. 오르막이 곧 끝나요."

"정말 괜찮겠어? 탈진해서 쓰러질 정도로 무리할 필요는 없어."

언덕 꼭대기에 이르러 크레스는 안도의 한숨을 내쉬었다. 그런데 눈앞에 펼쳐진 풍경을 본 순간 공포가 더럭 밀려왔다. 크레스는 어쩐지 이 모래 언덕은 지금까지 거쳐온 다른 언덕들과는 다를 거라고 생각했다. 이 언덕만 넘으면 사막이 끝나리라고 믿었다. 그 이상은 한 걸음도 더 갈 수 없을 것 같았기 때문이다.

하지만 여긴 끝이 아니었다. 더 많은 언덕, 더 많은 모래가 한없이 이어지고 있었다.

"진짜 좀 쉬자."

카스웰이 짐을 내려놓고 지팡이를 바닥에 꽂았다. 그리고 어깨를 돌리며 뭉친 근육을 풀더니, 보따리에서 물병 하나를 꺼내 크레스에게 건네주고 나머지 하나는 자기가 마셨다.

"아껴 마셔야 하는 거 아니에요?"

크레스가 묻자 카스웰은 고개를 저었다.

"목마를 때 충분히 마셔두고, 대신 땀을 적게 흘리는 게 나아. 그래야 몸이 수분을 더 잘 보존하거든. 음식물을 소화시키는 데도 물이 많이 사용되니까 오아시스라도 발견하기 전까지는 음식은 가능한 먹지 않아야 해."

"그건 괜찮아요. 전 배 안 고파요." 정말로 그랬다. 너무 더워서 그런지 입맛이 전혀 없었다.

크레스는 물을 실컷 마신 다음 카스웰에게 병을 건네주었다. 이대로 널브러져 잠들어버리고 싶었지만, 그랬다가 다시 깨어나지 못할까 봐 무서웠다. 카스웰이 보따리를 집어들자 크레스는 군말 없이 따라 일어서서 발걸음을 옮겼다.

"동료분들은 어떻게 됐을까요?" 언덕을 내려가는 길에 크레스가 입을 열었다. 갈증이 풀리고 나니 몇 시간째 마음속에 맴돌던 질문을 비로소 꺼낼 수 있었다. "혹시 시빌 마님이······."

카스웰이 딱 잘라 대답했다. "걔들은 괜찮을 거야. 감히 울프와 싸우려고 한 사람 쪽이 불쌍하지. 그리고 신더는 몸이 강철같이 튼튼하다고."

카스웰이 말을 멈추더니 피식 웃었다. 그의 따뜻한 웃음소리가 고요한 사막에 울려퍼졌다. "강철 같은 게 아니라 강철 그 자체지."

"울프라는 사람은, 일행 중에서 그 남자분이겠죠?"

"맞아. 그리고 스칼렛은 울프의······ 음, 자기들끼리는 서로 뭐라고 부르는지 모르겠지만, 아무튼 울프는 스칼렛에게 홀딱 빠져 있어. 스칼렛도 총 쏘는 솜씨가 만만치 않아. 그 마법사, 보나마나 큰코다쳤을걸."

크레스는 부디 카스웰의 말이 맞기를 바랐다. 시빌이 신더 일행을 찾아낸 건 결국 크레스 때문이다. 뼛속까지 저리는 듯한 근육통만큼이나 죄책감도 고통스러웠다.

"그나저나 너는? 루나에서 태어난 여자애가 어쩌다가 인공위성에 갇혀서 지구 편을 들게 된 거지?"

크레스는 코를 찡그렸다. "음······ 제가 태어났을 때, 부모님은 제가 껍데기라는 걸 알고 법대로 처형시키려고 했어요. 그런데 시빌 마님이 저랑 몇몇 다른 껍데기를 살려서 길러줬죠. 실험 대상이 필요했기 때문이에요. 루나 정부에서는 항상 무슨 의학 실험을 하거든요. 마님이 자세한 설명을 해주지 않아서 잘은 모르겠지만······. 어쨌든 우리는 용암 동굴 안에 지어진 기숙사에서 살았고, 루나의 통신 시스템으로 이어지는 감시카메라로 모든 생활이 촬영됐어요. 좀 비좁긴 해도 나쁘진 않았죠. 포트스크린이랑 넷스크린이 있으니 바깥세상이랑 완전히 차단된 것도 아니었고요. 그렇게 지내다 보니 저는 통신 시스템을 능숙하게 해킹할 수 있게 됐는데, 그래 봤자 해킹으로 무슨 큰일을 벌인 건 아니었어요. 그냥 사소한 장난을 했죠. 예컨대 우리는 모두 루나의 학교가 어떻게 돌아가는지 궁금했거든요. 그래서 제가 학교 시스템을 해킹해서 교재를 다운받았어요. 뭐 그런 식이었어요."

크레스는 이제 너무나 멀게 보이는 달을 흘끔 올려다보았다. 자신이 저곳에서 왔다는 게 실감 나지 않았다. "그러던 어느 날, 저보다 나이가 많은 줄리언이라는 남자애가 자기 부모님이 누군지 알고 싶다며 제게 찾아달라고 부탁했어요. 그래서 이틀 만에 찾아냈죠. 줄리언의 부모님은 두 분 다 살아 계셨고, 어느 벌목 돔(작중에서 루나인들은 돔으로 덮인 인공 도시에서 살아가며, 각각의 돔은 특정한 산업 활동에 알맞게 설계되어 있다_역주)에서 자식 둘을 키우고 있더라고요. 우리는 그분들에게 줄리언이 살아 있다는 메시지를 보냈어요. 줄리언은 그렇게 하면 그분들이 구하러 올 거라고 믿었거든요. 우리는 모두가 부모님께 연락해서 구출될 수 있을 거라는 생각에 무척 흥분했어요."

크레스는 침을 꿀꺽 삼켰다. "물론 순진한 생각이었죠. 다음 날 시빌 마님이 와서 줄리언을 데려갔고, 기술자들을 시켜 우리가 네트워크에 접속하지 못하도록 해버렸어요. 그날 이후로 다시는 줄리언을 볼 수 없었어요. 아마도…… 그 애 부모님이 당국에 신고한 거겠죠. 그리고 정부는 껍데기 처형법이 확실히 시행되고 있다는 걸 증명하기 위해 그 애를 죽인 것 같아요."

크레스는 무심코 머리를 만졌다가 손가락에서 머리카락이 순식간에 빠져나가자 흠칫 놀랐다. "그 뒤로 시빌 마님은 제게 관심을 보였어요. 가끔은 저를 동굴 밖으로 데리고 나가서 이런저런 돔에서 일을 시키기도 했어요. 방송 시스템의 코딩을 바꾸는 일, 네트워크로 들어가 정보를 빼내는 일, 특정한 음성신호를 이해하고 정보를 다른 통신계정들로 보내주는 인공지능 소프트웨어를 만드는 일…… 처음에 저는 그런 일들이 정말 좋았어요. 그때는 마님이 친절하게 대해줬고, 용암 동굴을 떠나 도시를 구경할 수도 있었으니까요. 특별히 사랑받는 기분이었어요. 이대로 말을 잘 듣기만 하면 껍데기 신분을 벗어나 평범한 루나인 아이들처럼 학교에 다닐 수 있을지도 모른다고 생각했어요.

그런데 어느 날 마님이 유럽 외교관 두 명 사이의 통신을 해킹해 달라고 하시더라고요. 저는 신호가 너무 약해서 어렵다고 했어요. 그런 일을 하려면 지구와 더 가까이 있어야 한다고 말씀드렸죠. 그리고 네트워크 연결 환경도 더 좋아야 하고, 고급 소프트웨어도 필요하고……" 크레스는 고개를 설레설레 저었다. 시빌은 크레스가 말한 요구 사항들을 정확히 반영해 해킹 신동을 위한 인공위성을 제작했다. 크레스는 자기 감옥을 스스로 설계한 셈이었다.

"몇 달 뒤, 마님이 같이 여행을 가자면서 저를 캡슐 비행선에 태웠어요. 저는 엄청나게 신이 났죠. 아르테미시아(루나의 수도이며 왕족 및 귀족 들의 근거지_역주)로 가는 줄로만 알았거든요. 여왕 폐하를 직접 알현하고, 껍데기로 태어난 죄를 용서받을 거라고…… 이제 와 생각하면 엄청 바보 같았죠. 그런데 비행선이 루나를 벗어나 지구로 향하더라고요. 그래서 저는 우리가 지구로 가는 거구나 생각했어요. 루나인들은 껍데기인 나를 받아줄 수 없지만 지구에서는 가능한가 보다고, 그래서 마님이 나를 지구로 보내주는 거라고. 몇 시간 동안 비행선을 타고 여행하는 내내 그런 상상에 빠져 있다 보니 막판에는 너무 설레서 몸이 떨릴 정도였어요. 마님이 어느 착한 지구인 부부에게 나를 맡길 거다, 그분들이 내 부모가 되어줄 거다, 그리고 나무 위에 지어진 커다란 오두막집에서 살 거다…… 그런 구체적인 공상까지 지어냈다니까요. 왜 하필 나무 위의 집이었는지는 잘 모르겠어요. 그냥 그랬으면 좋겠다고 생각했나 봐요. 진짜 나무를 본 적이 한 번도 없었으니까요." 크레스는 얼굴을 찌푸렸다. "하긴 아직도 본 적은 없네요."

카스웰이 잠시 침묵하더니 말했다. "그런데 시빌이 너를 인공위성으로 데려간 거군. 그때부터 너는 여왕의 프로그래머가 되었고."

"프로그래머, 해커, 스파이…… 그런 위치였죠. 맞아요. 하지만 저는 시키는 대로만 잘하면 언젠가는 풀려날 거라고 믿었어요. 아무 근거도 없지만……"

"그러면 지구의 왕실을 염탐하는 게 아니라 보호해야겠다고 마음먹은 건 언제부터야?"

"글쎄요. 잘 모르겠어요. 저는 항상 지구를 동경했거든요. 지구의 뉴스와 드라마를 워낙 많이 보기도 했고. 저는 루나인들보다 거기 사람들에게…… 아니, 여기 사람들에게 더 깊은 유대감을 느꼈어요." 크레스는 자기 손을 꽉 맞잡았다. "그러다 보니 나 자신을 지구의 비밀 수호자라고 생각하게 됐어요. 나는 레바나에게서 지구인들을 지켜주는 일을 하는 거라고."

다행히도 카스웰은 그 말에 웃지 않았다. 그는 오랫동안 아무 말도 하지 않았다. 무언의 위로를 건네는 건지, 아니면 어색해서 그러는 건지 알 수 없었다. 내심 크레스의 몽상이 유치하다고 생각하는 건지도 모른다.

한참 뒤에야 카스웰이 입을 열었다. "만약 내가 네 입장이었다면, 그리고 지구와 연락할 D-COMM 칩을 딱 하나 갖고 있었다면, 나는 그걸로 황제를 구해주려고 하지는 않았을 거야. 차라리 지구의 잘나가는 우주선 조종사를 협박했겠지. 나를 인공위성에서 탈출시켜주지 않으면 비리를 까발리겠다고."

카스웰의 말투는 진지했지만 크레스는 웃을 수밖에 없었다. "아니에요. 함장님이라도 저랑 똑같이 했을 거예요. 지구인들은 레바나가 지구에 가하는 위협을 그 무엇보다도 두려워하니까요. 함장님이나 제 협박 정도는 먹히지 않을 게 뻔하잖아요."

카스웰은 고개를 저었다. "크레스, 그렇게 말해줘서 정말 고맙지만, 아니야. 나는 분명 누군가를 협박했을 거야."

C
R
E
S
S

19장

카이토는 머리를 쓸어올리며 회의실 테이블 위에 떠 있는 홀로 그램을 쳐다보았다. 공포와 경악에 휩싸이다 못해 웃음을 터뜨리고 싶은 심정이었다. 정말로 우스워서가 아니라, 그밖에 무슨 반응을 보여야 할지 알 수 없었기 때문이다.

홀로그램 속에 떠 있는 지구 주위를 조그마한 노란 빛 수백 개가 둘러싸고 있었다. 인구가 많은 도시들 위에는 더더욱 많았다.

지구는 우주선 수백 척에 포위되어 있었다.

"저게 다 루나의 우주선이라고? 정말입니까?"

"틀림없는 사실입니다."

카이토의 질문에 유럽의 브롬스테드 수상이 단호히 대답했다. 그를 비롯한 지구연합 각국 정상들의 얼굴이 회의실의 거대한 넷스크린 위에 떠 있었다.

"가장 당혹스러운 점은 저들이 접근하는 과정이 전혀 포착되지 않았다는 겁니다. 마치…… 순간이동이라도 한 것 같습니다. 1만 킬로미터 상공에 별안간 떡하니 나타났다고요."

영국의 카밀라 여왕이 입을 열었다. "아니면 내내 거기에 있었는데 우리가 감지하지 못했던 것일 수도 있지요. 루나의 우주선들이 우리의 보안을 뚫고 지구 대기권으로 숨어 들어온다는 이야기는 오래전부터 있었잖습니까."

아메리카공화국의 바르가스 대통령이 말했다. "언제부터 어떻게 시작됐는지가 뭐 그리 중요합니까? 어쨌든 간에 우리는 포위당한 겁니다. 이건 명백한 협박입니다."

카이토는 눈을 질끈 감았다. "하지만 대체 왜? 레바나는 원하는 걸 정확히 얻지 않았습니까. 그런데 뭐하러 위협을 하는 겁니까? 어째서 자기 패를 보여주는 거죠?"

"동방연방이 결혼동맹을 끝까지 취소하지 못하게 압박하려는 거 아닐까요?" 브롬스태드 수상이 말했다.

"하지만 도무지 그럴 이유가……." 카이토는 씩씩거리면서 의자 등받이에 손을 떨어뜨렸다. 너무 초조한 나머지 의자에 앉지도 못하고 서성거리는 중이었다. 한때는 아버지가 앉았던 의자 뒤에 선 채, 카이토는 자신만큼이나 당황한 표정의 각료들, 고문관들, 각계 전문가들을 둘러보았다. "어떻게 생각하시오?"

전문가들이 서로 시선을 교환하는 가운데, 데샬 후이 국가안보위원장이 테이블을 손가락으로 두드리며 입을 열었다. "우리에게 무언가 메시지를 보내는 것 같기는 합니다."

"루나에서는 이런 식으로 청첩장을 보내는지도 모르죠."

오스트레일리아의 윌리엄스 총독이 중얼거렸다. 그러자 콘 토린이 이마를 만지작거리며 말했다.

"그냥 직접 물어보는 게 어떨까요. 루나가 지구연합의 동맹국이 되겠다고 했으니, 우리 쪽에서 먼저 소통의 창구를 열고 대화를 시도하는 게 나을 수도 있습니다."

"아, 그렇죠. 루나는 예전에도 우리에게 아주 허물없이 마음을 터놓았으니까요." 아프리카의 카민 수상이 노골적으로 어처구니 없다는 투로 대꾸했다.

"더 좋은 아이디어가 있습니까?"

토린의 반문에 윌리엄스 총독이 나섰다.

"네, 있습니다. 이 일은 우리가 당한 습격을 되갚아줄 절호의 기회입니다. 총공격을 감행해 루나의 우주선들을 섬멸해야 합니다. 레바나가 성질을 부릴 때마다 우리가 벌벌 떨지는 않는다는 걸 분명히 알려줘야죠. 루나가 싸움을 원한다면, 우리도 싸워야 합니다."

"싸움이 아니라 전쟁이죠. 지금 총독님은 전쟁을 시작하자고 말씀하신 겁니다." 카민 수상이 말했다.

"시작은 루나가 했습니다. 우리가 그걸 끝내자는 겁니다."

카민 수상이 코웃음을 쳤다. "우리 군대가 루나의 우주함대 전체를 공격할 준비가 되어 있다고 보십니까? 적이 무슨 종류의 무기를 쓰는지도 전혀 모르는데? 최근의 습격으로 미루어 보면 루나는 우리에게 전혀 알려지지 않은 전략을 쓸 가능성이 매우 높습니다. 적은 예측불허고, 인정하기는 매우 싫습니다만 우리의 군사적 역량은 오랜 세월의 평화에 녹슨 게 사실입니다. 게다가 수적으로도 열세고, 우주 전투에 대비된 병력도 부족한 데다가……."

카밀라 여왕이 끼어들었다. "저는 오스트레일리아 측의 의견에 동의합니다. 우리 쪽에서 루나의 뒤통수를 칠 기회는 지금뿐일지도 모릅니다."

바르가스 대통령이 대꾸했다. "뒤통수를 치다뇨? 루나는 우리를 포위했습니다! 그들이 오히려 공격당하기를 바라고 있다면 어쩔 겁니까? 결혼동맹 운운한 것은 우리의 관심을 분산시키기 위한 계략일 뿐이라면?"

의자 등받이를 너무 세게 움켜쥐어서 손마디가 하얗게 변한 카이토가 말했다. "동맹은 계략이 아닙니다. 그리고 전쟁은 시작되지 않았습니다!"

카밀라가 실실 웃었다. "아, 그렇죠, 참. 젊은 황제 폐하께서 이런 문제에 정통하시다는 걸 제가 그만 깜빡했네요."

카이토는 피가 부글부글 끓는 것 같았다. "여러분. 이 홀로그램은 루나의 우주선들이 지구를 둘러쌌다는 걸 알려줄 뿐입니다. 아직 지구연합의 영공을 침범하지는 않았습니다. 맞습니까?"

"지금까지는 그렇지요." 윌리엄스 총독이 대꾸했다.

"네, 그러니까 지금까지 이 우주선들은 지구와 루나 간의 조약을 전혀 위반하지 않은 겁니다. 레바나가 우리를 비웃고 위협하는 건 맞습니다. 하지만 최소한의 전략도 없이 거기에 무작정 반응하는 건 어리석은 짓입니다."

윌리엄스가 머리를 흔들었다. "우리가 전략을 다 세웠을 때는 지구가 이미 멸망한 뒤일지도 모릅니다."

카이토는 어깨를 똑바로 펴고 각국의 정상들을 둘러보았다. "좋습니다. 브레멘 조약에 의하면, 어느 국가에 대해서든 전쟁을 개시하려면 다수의 찬성이 있어야 합니다. 루나의 우주선들을 공격하는 데 찬성하는 국가는 손을 들어주십시오."

윌리엄스와 카밀라가 동시에 손을 들었다. 나머지 세 정상은 가만히 있었지만, 어느 누구도 만족스러운 표정이 아니었다.

"부결되었습니다."

"그러면 동방연방에는 무슨 대책이 있습니까?" 카밀라 여왕이 물었다.

"현재 이 황궁에 루나 측 사절단이 머물고 있습니다. 제가 그들과 대화하고 상황을 파악하겠습니다. 동맹 협상은 루나와 동방연방 간의 일이니, 우선은 제가 알아서 하게 놔두십시오."

카이토는 자기 할 말만 하고 통신 링크를 끊어버렸다. 다른 정상들이 반박하는 걸 듣고 싶지 않았고, 자신이 얼마나 화가 났는지 들키고 싶지도 않았기 때문이다. 정말로 화가 치밀었다. 레바나는 도대체 무슨 꿍꿍이인가? 카이토가 레바나의 변덕을 일일이 받아주고 있는데, 뭐가 또 불만이어서 지구연합 전체의 화를 돋우는 것 외에는 아무런 목적도 없어 보이는 이런 도발을 저지른 걸까. 사실 카이토도 마음 같아서는 당장 전쟁을 선포하고 싶었다. 루나의 우주함대를 공격하는 게 최선의 방침이라고 주장하고 싶었다. 그리고 그런 생각을 하는 자기 자신에게 또 화가 났다.

하지만 전쟁이 터지면 동맹은 무산될 테고, 레투모시스 치료제를 얻을 가망도 사라질 터였다.

카이토는 테이블 주위에 둘러앉은 사람들을 둘러보며 차분한 어조로 말했다. "고맙소. 회의는 여기까지요."

학자들이 회의실을 빠져나가자, 열린 문으로 나인시가 들어왔다.

"폐하, 6분 뒤 타시미 프리야 씨와 면담이 예정되어 있사옵니다."

카이토는 신음이 나오려는 걸 억눌렀다. "어디 보자. 오늘 상의할 게 식탁보 세팅 문제던가?"

"연회업체 섭외 문제로 사료되옵니다, 폐하."

"아, 그래. 그거 참 시급하고도 중요한 문제로군. 지금 가겠다고 말해주게." 카이토는 벨트에 포트스크린을 찼다.

*

타시미 프리야가 절을 하고 말했다. "이곳에서 만나뵙게 허락해 주셔서 감사합니다. 맑은 공기를 쐬시면 폐하께서 예식 계획에 집 중하시기가 한결 수월할 것 같았습니다. 몇몇 사안을 최종적으로 결정하시는 데도 도움이 되기를 바랍니다."

카이토는 쓴웃음을 지었다. "언변이 썩 좋으시군요. 내가 그동안 예식 준비에 진지하게 임하지 않았다는 말을 그런 식으로 표현하다 니. 그래요, 아마 내가 통 집중을 못했을 거요."

카이토는 두 손을 주머니에 꽂아넣었다. 얼굴에 와 닿는 서늘한 바람이 놀라울 만큼 상쾌했다. 지구연합 정상들과의 회의에서 너무 열을 낸 탓에 아직도 얼굴이 뜨겁게 달아올라 있었다. "그래도 이렇 게 나와 있으니 좋긴 하군요. 집무실에 틀어박힌 지 한 달은 된 듯 한 기분이오."

"보안카메라 영상을 확인해보시면 정확히 아실 수 있겠지요."

두 사람은 비단잉어들이 헤엄치는 연못을 지나 걸었다. 길게 늘어진 수양버들이 수면에 그림자를 드리웠고, 연못을 둘러싼 정원은 가을을 맞아 식물들을 옮겨 심으려고 갈아엎은 상태였다. 파헤쳐진 땅에서 올라오는 싱그러운 흙 냄새에 카이토는 순간 아연해졌다. 그동안 황궁의 일상은 멀쩡히 돌아가고 있었구나 하는 실감이 들었다. 신베이징도, 동방연방도, 지구 전체도 변함없이 일상을 이어가고 있었다고 생각하니 이상한 기분이 들었다. 그동안 카이토는 집무실에 갇힌 채 그 모든 곳을 지키려고 머리를 쥐어짜고 있었는데.

"폐하?"

"아, 미안하오." 카이토는 연못가에 있는 단순한 모양의 석조 벤치를 가리켰다. "앉으시겠소?"

프리야가 몸에 걸친 사리의 매무새를 가다듬고 벤치에 앉았다. 돌벽으로 둘러쳐진 연못 가장자리에 황금빛 물고기들이 몰려들어 먹이를 졸라댔다.

"예식을 보조할 스태프와 관련하여 드리고 싶은 의견이 있습니다. 루나 여왕께서는 허락하지 않으실 것 같습니다만, 폐하께서 결정하실 문제라고 생각했습니다."

"스태프?"

"출장요리사, 급사, 안내원, 플로리스트 같은 사람들이지요."

카이토는 셔츠의 소맷부리를 매만졌다. "아, 그래요. 무슨 의견인지 말해보시오."

"그 스태프에 인간만이 아니라 안드로이드도 포함시키는 것이 신중한 처사일 듯합니다."

카이토는 머리를 흔들었다. "레바나가 동의할 리 없소."

"그렇지요. 그래서 저는 여왕께서 눈치채지 못하도록 시종 안드로이드들을 쓰면 어떨까 생각했습니다."

"시종 안드로이드?"

"네, 인간과 고도로 유사하게 제작된 모델들을 사용하는 겁니다. 기존 모델보다 더욱 섬세한 인간형 특징을 갖추도록 특별 주문을 할 수도 있습니다. 피부에 적당히 결점도 있고, 머리카락과 눈 색깔도 자연스럽고, 체형과 골격도 다양한 안드로이드들을 쓴다면 전혀 눈에 띄지 않을 것입니다."

카이토는 안 된다고 말하려다가 입을 다물었다. 시종 안드로이드는 인간과 친구가 될 수 있도록 설계되는 것이 보통이었다. 결혼식에 그런 안드로이드를 썼다는 걸 레바나가 안다면 심각한 모욕으로 여길 것이다. 하지만……

"안드로이드는 세뇌되지 않습니다." 프리야가 잠시 침묵하다가 말을 이었다. "또한 안드로이드들을 통해 예식 과정을 녹화할 수도 있습니다. 혹시라도 여왕이나 루나 측 하객들이 무언가…… 뜻밖의 시도를 할 경우에 대비해서 말입니다."

"레바나가 또 촬영 금지를 요구했소?"

레바나는 자신의 모습이 영상이나 사진으로 남는 것을 극도로 싫어했다. 연례무도회에 귀빈으로 참석했을 때도 카메라를 일절 반입하지 못하도록 요구한 바 있었다.

"여왕께서는 이번 행사가 전 세계에 중계되는 것이 얼마나 중요한지 알고 계십니다. 그 부분에 반대하지는 않으셨습니다."

카이토는 한숨을 내쉬었다.

"그래도 안드로이드들을 장내에 배치하면 더 빈틈없이 관찰할 수 있겠지요. 부디 이것이 불필요한 조치이기를 바랄 뿐입니다만."

카이토는 소맷부리를 만지작거리며 생각에 잠겼다. 영리한 아이디어였다. 각국의 최고권력자들이 모이는 자리인 만큼, 레바나가 마법을 남용하면 국제정세에 끔찍한 결과를 초래할 수 있다. 그런 재앙에 대비해 세뇌당하지 않은 스태프들을 투입하자는 것이다.

하지만 안드로이드라면 질색하는 레바나가 이 사실을 안다면 격노할 것이다. 카이토는 레바나가 또 발끈해서 패악을 부리는 상황만은 가급적 피하고 싶었다.

"고맙소. 언제까지 결정해야 하오?"

"안드로이드 제작 주문을 하려면 이번 주말까지는 결정하셔야 합니다."

"그때까지 알려주겠소."

"감사합니다, 폐하. 그리고 오늘 아침에 문득 깨달았는데, 결혼식이 생중계되는 덕분에 생기는 이점이 한 가지 있습니다."

"그게 무엇이오?"

"여왕께서는 녹화 장비 앞에서는 절대로 베일을 벗지 않겠다고 하셨습니다. 결혼식과 책봉식 내내 베일을 내리고 있겠다고요." 프리야가 카이토의 손목을 살짝 토닥이며 말을 이었다. "폐하께서 신부에게 키스하실 필요가 없다는 뜻입니다."

카이토는 짧게 웃음을 터뜨릴 수밖에 없었다. 그 말을 들으니 조금 위안이 되기는 했지만, 언젠가는 레바나에게 키스를 하긴 해야 한다는 사실이 떠올라서 속이 메슥거리기도 했다.

"프리야, 고맙소. 공포가 아주 약간 누그러드는 것 같군요."

프리야의 얼굴이 부드러워졌다. "폐하, 솔직히 말씀드려도 되겠습니까?"

198

"물론이오."

프리야는 무릎 위에 양손을 올려 깍지를 꼈다. "감히 월권을 저지를 생각으로 이런 말씀을 드리는 건 아닙니다. 하지만 폐하, 제게도 아들이 있답니다. 폐하보다 나이가 한 살 많지요."

카이토는 불현듯 죄책감을 느꼈다. 이 여자가 황궁 밖에서는 어떤 모습일지, 어떤 삶을 살지 전혀 생각해보지 않았던 것이다. 프리야가 가족과 함께 있는 건 생각해본 적도 없었다.

"그래서 만약 제 아들에게 이런 일이 닥친다면 어떨지 생각해보곤 합니다. 어린 청년이 이런 책임을 진다는 게, 이런 결정들을 내려야 한다는 게 얼마나 큰 희생을 치르는 일일지."

프리야는 수양버들을 올려다보았다. 금빛으로 물든 잎사귀들이 이따금씩 산들바람에 흔들려 연못으로 핑글핑글 떨어져내리고 있었다. 프리야는 이제부터 꺼낼 말을 벌써부터 후회하는 듯한 표정으로 깊이 숨을 들이쉬었다.

"아들을 둔 어머니로서, 저는 폐하가 걱정됩니다."

프리야와 시선을 마주친 카이토는 가슴이 덜컹 뛰었다.

"고맙소. 하지만 걱정하지 마시오. 최선을 다하고 있으니."

프리야가 살며시 웃었다. "아무렴요. 그건 알고 있습니다. 하지만 폐하, 제가 이 결혼식 준비를 12일째 진행하고 있는데 그동안 폐하께서는 나이가 몇 살이나 더 드신 듯 보입니다. 하물며 결혼식이 끝나고 나면 상황이 얼마나 더 어려워질지, 생각만 해도 저는 마음이 아픕니다."

"내 곁에는 토린이 있지 않소. 내각도 있고, 주지사들도……. 나는 혼자가 아니오." 카이토는 자신이 거짓말을 하고 있는 듯한 느낌이 들었다.

'나는 혼자가 아니잖아. 그렇잖아?' 초조감이 스멀스멀 밀려왔다. 당연히 혼자가 아니다. 동방연방 전체가 함께하고 있지 않은가. 황궁에 있는 모든 사람도, 그리고······.

아니다. 아무도 없었다.

카이토가 무슨 위험을 무릅쓰고 있는지, 어떤 희생을 치를 각오를 하는지 진정으로 이해하는 사람은 아무도 없었다. 물론 토린은 알고 있지만, 토린도 결국은 하루 일이 끝나면 돌아갈 자기만의 가족과 집이 있는 사람이었다.

그리고 카이토에게는 토린에게도 털어놓지 못하는 비밀들이 있었다. 그가 나인시를 통해 다시 셀린 공주를 찾고 있다는 것, 마음 한편으로는 신더가 무사하기를 바란다는 것.

그리고 자신이 매일 매 순간 얼마나 큰 공포를 느끼며 살고 있는지, 어마어마한 실수를 저지를까 봐 얼마나 두려워하고 있는지는 세상 그 누구에게도 말하지 않을 것이다.

"황공합니다, 폐하. 제가 너무 큰 무례를 저지른 게 아닐까 저어됩니다. 하지만 폐하께서 허락하신다면 제가 어머니의 입장으로 조언을 드리고 싶습니다."

카이토는 석조 벤치의 서늘한 표면을 손끝으로 꾹 눌렀다. "들어 보도록 하지요. 도움이 될 수도 있으니."

프리야가 어깨에 걸친 사리를 매만지자 금색 자수가 햇빛에 반짝였다. "폐하를 행복하게 해주는 것을 찾으시기를 바랍니다. 레바나 여왕을 아내로 맞고 나면 폐하의 삶은 결코 쉽지 않을 겁니다. 아주 사소한 것이라도 행복이나 미래에 대한 희망을 가져다주는 것이 있다면, 그 존재만으로도 폐하를 지탱하는 힘이 될 겁니다. 그런 힘이 없으면 여왕이 이기기가 너무 쉬워질까 봐 두렵습니다."

"그런 게 무엇이 있겠소?"

프리야는 어깨를 으쓱했다. "글쎄요, 이 정원에서부터 시작해보시는 건 어떨는지요?"

카이토는 프리야의 손짓을 따라 정원을 둘러보았다. 석벽 위에 구부러진 대나무들, 여름 내도록 자태를 뽐내다가 이제는 시들어가기 시작하는 무수한 백합들, 연못 밖 세상의 소란은 전혀 모른 채 한가롭게 모여들었다가 서로 부딪쳐 흩어지는 밝은 빛깔의 물고기들. 아름다운 풍경이었다. 그러나…….

"납득하지 못하신 것 같습니다."

카이토는 애써 미소를 지었다. "좋은 충고였소. 하지만 지금 내게 행복을 찾을 여력이 있는지 잘 모르겠군요."

프리야는 서글픈 표정을 지을 뿐 놀란 기색은 없었다. "모쪼록 제 충언을 헤아려주시기 바랍니다. 가끔은 숨을 돌릴 필요가 있습니다. 우리 모두가 그렇지만, 폐하께는 그 누구보다도 휴식이 필요합니다."

카이토는 건성으로 어깨를 으쓱했다. "명심하겠소."

"제 당부는 여기까지입니다."

프리야가 일어서자, 카이토도 몸을 일으켰다.

"시간을 내주셔서 감사드립니다. 시종 안드로이드 문제에 관해 결정을 내리시거든 알려주십시오."

카이토는 프리야가 궁으로 들어가는 모습을 지켜본 뒤 벤치에 다시 앉았다. 가느다란 금색 잎사귀가 무릎 위에 떨어졌다. 카이토는 그걸 집어들고 손가락으로 빙글빙글 돌려보았다.

프리야의 조언은 귀 기울일 가치가 있었다. 행복이나 희망을 주는 것이 하나라도 있다면 정신을 온전하게 유지하기가 훨씬 쉬워질 테니까. 하지만 그런 걸 찾으라는 조언을 하기는 쉬워도, 실제로 찾아내기는 어려운 일이었다.

카이토가 나름대로 기대하는 행복한 미래가 있기는 있었다. 브레멘 조약에 적힌 레바나의 서명을 보는 것, 그리고 레바나가 만든 치료제를 지구 전체에 배급해 이 끔찍한 전염병을 박멸하는 것.

하지만 그런 미래를 위해서는 평생 레바나와 함께 수많은 무도회에 참석하며 살아야 한다. 그리고 이제는 그 어떤 무도회에도 신더가 나타날 일은 없다. 어차피 카이토의 '평생'이라고 해봤자 그리 길지도 않겠지만. 일찍 생을 마감하면 적어도 레바나와 춤을 추는 고통에서는 빨리 벗어날 수 있겠다는 음울한 생각이 들었다.

카이토는 한숨을 쉬었다. 모든 생각이 또 다시 신더에게로 향했다. 요즘에는 신더를 생각하지 않는 날이 없었다. 온갖 보고서며 뉴스마다 신더의 이름이 맨 먼저 박혀 나오기 때문일 것이다. 카이토가 무도회에 초대했던 소녀. 카이토가 정말로 함께 춤추고 싶었던 소녀.

무도회장에 나타난 신더를 처음 보았던 그 순간이 떠올랐다. 머리와 드레스가 빗물에 흠뻑 젖은 채 계단 꼭대기에 서 있던 모습, 카이토에게 받은 장갑을 끼고 있던 두 손, 카이토를 사로잡던 미소. 신더에 대한 이런 집착은 프리야의 당부와는 정반대일 것이다. 덧없이 끝나버린 신더와의 달콤쌉싸름한 관계는 그 무엇보다 절망적이었다. 그걸 관계라고 부를 수나 있다면 말이지만.

만약 상황이 지금과 다르다면 어떨까. 카이토가 레바나와 결혼하지 않는다면, 그리고 그를 괴롭히는 질문을 신더에게 할 기회가 있다면 어떨까. 모두 속임수였던 거냐고, 자신에게 진실을 말할 생각이 있기는 했냐고 물을 수만 있다면. 그렇다면 신더와 다시 시작할 미래를 상상할 수도 있으리라.

하지만 레바나와의 약혼은 돌이킬 수 없는 현실이다. 그리고 신더는…….

신더는…….

카이토는 벌떡 일어서면서 손아귀 안의 잎사귀를 으스러뜨릴 듯 움켜쥐었다.

신더는 셀린 공주를 찾고 있었다. 벌써 찾았을지도 모른다.

그 생각은 또 다른 의문들을 몰고 왔다. 신더의 목적은 무엇일까? 신더는 지금 뭘 하고 있을까? 셀린 공주가 돌아온다면 루나의 백성들은 어떻게 반응할까? 공주는 어떤 사람일까? 루나의 왕위를 되찾고 싶어 하기는 할까?

여러 의혹이 맴돌았지만 카이토는 셀린 공주가 살아 있다고 믿었다. 셀린 공주가 루나 왕위의 진정한 계승자로서 레바나의 통치를 끝낼 수 있다고. 그리고 신더는 지금까지의 행보로 미루어 볼 때 카이토가 아는 그 누구보다도 회복력과 위기대처 능력이 뛰어난 사람이다. 그런 신더라면 셀린 공주를 찾아내서 지켜주고 그 정체를 만방에 밝힐 수 있을 것이다.

덧없는 희망일지도 모르지만, 지금 카이토에게는 가장 강력한 희망이었다.

C
R
E
S
S

20장

크레스는 오만 가지 아찔한 감각을 느끼며 잠에서 깼다. 다리와 발바닥이 욱신거리는 통증, 체온을 유지하기 위해 이불 삼아 덮은 모래가 온몸을 내리누르는 무게, 머리카락이 뭉텅 잘려나간 두피에 맴도는 가뿐하고도 간질간질한 느낌, 피부가 따끔거리고 입술이 말라붙을 정도의 건조함.

카스웰이 옆에서 뒤척거렸다. 그는 모래바람을 막기 위해 둘이 얼굴까지 올려 덮은 방수포를 건드리지 않으려고 천천히 움직이고 있었다. 하지만 방수포 정도로는 역부족이었는지 크레스의 귀와 코에 모래알이 서걱거렸다. 온몸 구석구석이 모래투성이였다. 손톱 밑에도, 입술 사이에도, 머리카락과 귓바퀴에도. 속눈썹에 말라붙은 눈곱을 억지로 떼어내려니 눈이 아팠다.

그런데 카스웰이 크레스의 팔을 잡으며 말했다. "가만 있어봐. 방수포에 이슬이 맺혔을 거야. 모아서 마셔야 해."

"이슬?"

"아침이 되면 땅에서 올라오는 습기가 물방울로 맺히거든."

이슬이 뭔지는 크레스도 알고 있었다. 다만 사막에서 이슬이 맺힐 리 없다고 생각했을 뿐이다. 그런데 그 말을 듣고 보니 공기 중에 스민 약간의 물기가 느껴졌다. 크레스는 카스웰과 함께 방수포의 귀퉁이를 잡고 들어올려서 표면에 묻은 물을 가운데로 모았다.

그렇게 해서 모은 물은 한 모금도 못 되는 양이었고, 그나마도 모래가 뒤섞인 흙탕물이었다. 크레스가 그 사실을 이야기해주자 카스웰은 실망스러운 표정으로 이마를 찡그렸지만, 이내 가볍게 어깨를 으쓱했다.

"괜찮아. 인공위성에서 가져온 물이 아직 많이 남았으니까."

많아봤자 두 병이 전부였다.

크레스는 동이 터오는 지평선을 바라보았다. 한밤중까지 걷다가 잠들었으니 겨우 두 시간 남짓 잔 것 같았다. 한 걸음만 더 걸어도 발이 다리에서 떨어져나갈 것만 같았다. 게다가 산은 어제저녁에 봤을 때보다 전혀 가까워진 것 같지 않았다.

"눈은 좀 어때요?"

"내 눈 말이야? 꿈꾸는 듯한 눈동자라고들 하던데. 네가 보기엔 어때?"

크레스는 얼굴을 붉히며 카스웰을 돌아보았다. 카스웰은 팔짱을 끼고 태평스럽게 웃고 있었지만, 그 웃음은 살짝 굳어 있었고 경쾌한 어조 역시 억지스러운 느낌이었다. 속에서 부글부글 끓는 좌절

감을 짐짓 무신경한 태도로 가리고 있는 것이다.

"맞는 말 같아요."

크레스는 조그맣게 중얼거렸다. 너무 부끄러워서 방수포 밑으로 기어들어가 숨고 싶었지만, 꾹 참기를 잘했다는 생각이 들었다. 카스웰의 미소에 진심이 살짝 깃드는 걸 볼 수 있었으니까.

둘은 짐을 꾸리고 물을 좀 마신 뒤 다시 수건을 크레스의 발에 묶었다. 그러는 동안 금세 기온이 올라가면서 그들을 놀리기라도 하듯 사방에 맺혀 있던 아침 이슬을 데려가버렸다. 출발하기 전에 카스웰은 침대 시트 두 장을 탈탈 털어서 한 장을 크레스에게 덧옷처럼 둘러 입게 하고, 나머지 한 장을 자기 머리에 덮어 써서 후드 달린 망토처럼 여몄다.

"머리도 덮었어?"

카스웰이 물었다. 그가 발로 바닥을 더듬어 지팡이를 찾는 동안, 크레스는 자신이 걸친 시트를 카스웰과 똑같은 모양새로 매만졌다.

"잘했어. 얼마 뒤면 피부가 베이컨처럼 바삭바삭해질 거야. 얼굴을 가리면 그래도 조금 낫겠지."

크레스는 카스웰을 이끌고 걸음을 옮겼다. 야영했던 자리를 떠나 비탈을 올라가면서 크레스는 크고 거추장스러운 시트를 연신 만지작거렸다. 몸이 천근만근이었다. 너무 걸어서 감각이 둔했고 온몸이 쑤셨다.

언덕 네 개째를 건넜을 무렵 크레스는 휘청거리며 주저앉았다. 카스웰이 모래를 발로 단단히 디디고는 몸을 돌렸다.

"크레스?"

크레스는 일어서서 종아리에 묻은 모래를 털어냈다. "괜찮아요.

조금 힘들어서 그래요. 이렇게 운동을 해본 적이 없어서."

카스웰은 크레스를 일으켜주려는 듯 손을 허공으로 들었다가, 크레스가 이미 일어난 걸 알고는 손을 천천히 옆구리로 내렸다. "계속 갈 수 있겠어?"

"네, 걷는 리듬에 다시 익숙해지기만 하면 돼요." 크레스는 자신의 말이 사실이기를 바랐다. 다리가 온종일 이렇게 국수 면발처럼 흐느적거리지는 않기를 바랐다.

"날이 너무 뜨거워지면 그때 쉬자. 지나치게 무리하면 안 돼. 특히 뙤약볕 아래서는."

크레스는 다시 내리막길로 발을 내디뎠다. 그리고 고통을 참기 위해 자신의 발걸음을 헤아렸다.

열 걸음.

스물다섯 걸음.

쉰 걸음.

모래가 점점 뜨거워지면서 발바닥이 타들어가는 듯했다. 해가 중천을 향해 올라가고 있었다.

크레스는 가장 좋아하는 공상들을 떠올렸다. 자신이 제2시대의 난파된 해적선 선장이라고, 크로스컨트리 육상 선수라고, 피로 따위는 느끼지 않고 끝없이 걸을 수 있는 안드로이드라고 상상했다. 하지만 상상은 자꾸만 흩어졌고, 현실이 끼어들어 고통과 불편과 갈증을 일깨우기 일쑤였다.

카스웰이 이만 멈추고 쉬자고 해줬으면 좋겠는데, 그럴 기미는 전혀 없었다. 그들은 계속 걸었다. 카스웰 말대로 침대 시트를 두른 덕분에 무자비한 햇볕에 화상을 입지는 않았다. 체온을 식혀주는 땀의 소중함을 절실히 깨달았다. 크레스는 무릎 안쪽을 타고 흐르는 땀방울을 느끼며 다시 발걸음을 헤아렸다. 못된 생각이지만, 자신의 이런 꼴을 카스웰이 볼 수 없어서 다행이라는 생각이 들었다.

물론 카스웰도 사막의 시련에 무감각한 건 아니었다. 그의 얼굴은 벌겋게 익었고, 뒤집어쓴 시트에 머리카락이 쓸려 마구 헝클어졌으며, 수염이 거뭇하게 돋아난 뺨에는 땟국물이 흘러내렸다.

볕이 더 뜨거워지자, 카스웰은 크레스에게 오늘 아침에 열었던 물병에 남은 물을 다 마시라고 권했다. 크레스는 다디단 물을 기꺼이 들이켰지만 갈증은 여전히 풀리지 않았다. 그래도 차마 더 마시고 싶다고 말할 수는 없었다. 갈 길이 얼마나 남았는지 알 수 없는데 남은 물은 이제 딱 한 병뿐이고, 더군다나 정작 카스웰은 한 모금도 마시지 않았기 때문이다.

크레스는 시간을 때우려고 콧노래를 불렀다. 인공위성에서 즐겨 듣던 음악 중에서 가장 예쁜 곡들을 흥얼거리면서 그 익숙한 멜로디에 정신을 맡기니 걷기가 좀 수월해졌다.

"참 예쁘네."

카스웰의 말에 크레스는 멈칫했다. 그게 자신의 노래를 두고 한 말이라는 걸 뒤늦게 깨달았지만, 자신이 방금 전까지 정확히 무슨 노래를 부르고 있었는지도 생각나지 않았다. 크레스는 잠시 뜸을 들이고 나서야 대답할 수 있었다.

"고마워요." 말은 그렇게 했지만 어리둥절한 기분이었다. 다른 사람 앞에서 노래를 불러본 것은 난생 처음이었다. 더욱이 노래로 칭찬을 받아본 적은 한 번도 없었다. "루나에서 유명한 자장가예요. '크레센트'라는……. 어렸을 땐 제 이름이 이 노래에서 따온 거라고 생각했는데, 알고 보니 그냥 흔한 이름이더라고요."

크레스는 1절을 다시 불러보았다. "어여쁜 크레센트 문, 하늘에 떴네. 해가 저물고 나면 너는 달콤한 노래를 부르네……."

부르다 말고 돌아보니, 카스웰은 입가에 엷은 미소를 띠고 있었다. "어머니께서 자장가를 많이 불러주셨어?"

"아뇨, 전혀. 부모님은 저를 낳고 며칠 만에 정부에 넘겼어요. 자식이 껍데기인지 아닌지는 태어나자마자 알 수 있거든요. 부모님에 대한 기억은 아예 없어요."

카스웰은 미소를 지우더니 침묵 뒤에 다시 입을 열었다. "그러고 보니 노래 부르면 안 되겠다. 입에서 습기가 빠져나가잖아."

"앗." 크레스는 입을 꼭 다물고 카스웰의 팔에 손끝을 댔다. 내리막길이 나온다는 신호였다. 그리고 조용히 발길을 옮겼다. 온몸을 두른 시트마저 꿰뚫고 들어오는 열기에 살갗이 까질 것 같았지만, 이제 곧 한낮이 될 거라는 생각에 기운이 났다. 더위가 절정에 이르면 쉬게 해준다고 카스웰이 약속했기 때문이다.

얼마 뒤 카스웰이 드디어 입을 열었다. "자, 이만하면 됐어. 이제부터 더위가 잦아들 때까지 쉬자."

목구멍에서 힘겹게 끌어올린 듯한 목소리였다. 크레스는 안도의 신음을 내뱉었다. 카스웰이 계속 걸으라고 한다면 하루 종일이라도 걸을 테지만, 그러지 않아도 되어서 정말이지 살 것 같았다.

"주변에 그늘 없어? 이따가 해가 기울면 그늘이 질 만한 곳이나?"

크레스는 언덕들을 둘러보았다. 드문드문 그림자가 진 곳들이 있긴 했지만 해가 중천이라서 거의 없는 것이나 마찬가지였다. 그래도 잠시 뒤면 그늘이 드리울 만한 커다란 언덕이 보였다.

"이쪽요." 크레스는 쉴 수 있다는 생각에 의욕이 솟아 걸어나갔다. 그런데 둔덕을 하나 넘었을 때, 멀찍이 무언가 새로운 것이 눈에 들어왔다. 크레스는 숨을 헉 들이켜며 카스웰의 팔을 붙잡았다.

"왜 그래?"

크레스는 그 찬란한 광경을 어떻게 표현해야 할지 몰라 어물거렸다. 사막의 황량한 오렌지색과 또렷이 대조되는 저 푸르른 빛깔을.

"물이에요! 그리고…… 그리고, 나무가 있어요!"

"오아시스?"

"네! 분명해요!"

안도감이 밀물처럼 들이닥쳤다. 그늘을, 물을, 그리고 휴식을 얻을 수 있다는 기대감에 몸이 덜덜 떨렸다.

"이쪽이에요. 안 멀어요." 크레스는 힘차게 모래를 내디디며 나아갔다.

"크레스, 크레스! 잠깐만! 에너지를 아껴야지."

"금방이라니까요."

"크레스!"

카스웰의 말은 들리지도 않았다. 차가운 물이 목구멍을 적시는 감각이 벌써부터 상상되었다. 야자수 가지 밑으로 불어오는 바람도. 한 번도 맛본 적 없는 지구의 기묘한 열대 과일도 있으리라. 상큼하고 아삭거리고 과즙이 잔뜩 배어나오는…….

무엇보다도 시원한 그늘에 드러누워 잠들 수 있다는 게 감격스러웠다. 실컷 늘어지게 자다가 눈을 뜨면 날이 서늘하게 식고 무수한 별들이 빛나는 밤이 되어 있겠지.

카스웰은 크레스를 멈춰세우기를 포기하고 뒤에서 따라오고 있었다. 카스웰을 이렇게 빠른 속도로 걷게 하는 건 잔인한 일이라는 걸 깨닫고 크레스는 걸음을 조금 늦추었다. 그러는 내내 눈은 언덕 저 아래에서 반짝이는 호수만을 주시하고 있었다.

"크레스, 정말 확실해?" 카스웰이 가쁜 숨을 고르고서 물었다.

"당연하죠. 바로 저기예요."

"하지만…… 크레스."

크레스가 걸음을 늦췄다. "왜 그래요? 아파요?"

카스웰은 고개를 저었다. "아니, 그건 아닌데…… 음, 알았어. 괜찮아. 따라갈 수 있어. 오아시스로 가자."

크레스는 활짝 웃으며 카스웰의 손을 잡고서 사막의 물결과 파도를 가로질렀다. 너무나 신이 나서 피곤한 것도 잊어버렸다. 발바닥이 수건에 쓸려 까지고, 시트에 가려지지 않은 종아리는 화상으로 화끈거리고, 머리는 갈증 때문에 빙빙 돌았지만, 참을 수 있었다. 바로 저기에, 저렇게 가까이에 오아시스가 있으니까.

그런데 아무리 걷고 또 걸어도 오아시스는 전혀 가까워지지 않았다. 그 아른거리는 나무들은 지평선에만 머물러 있었다. 한 발짝 다가갈 때마다 그만큼 뒤로 물러나는 것만 같았다. 크레스는 필사적으로 걸어나갔다. 거리가 가늠이 잘 안 되기는 해도 금방 닿을 수 있을 것이다. 이대로 계속 가기만 하면, 한 발 한 발 내딛다 보면.

"크레스?"

"함장님……." 크레스는 헐떡거리며 말을 이었다. "머…… 멀지 않아요."

"크레스, 오아시스가 가까워지긴 했어?"

크레스는 비틀거리면서 걸음을 멈추었다. "네?"

"조금이라도 가까워졌냐고. 나무들이 아까보다 크게 보여?"

크레스는 눈을 가늘게 뜨고 오아시스를 바라보았다. 호수와 나무가 어우러진 아름다운 풍경을. 얼굴이 타들어가는 것 같았다. 소매로 닦아보았지만 땀은 전혀 묻어나오지 않았다. 너무 괴로운 나머지 대답할 기운조차 나지 않았다.

"아…… 아뇨, 하지만…… 대체 어떻게……."

카스웰은 한숨을 쉬었다. 실망한 기색은 아니었다. 체념의 한숨일 뿐이었다. "그건 신기루야. 빛이 눈에 착각을 일으킨 거야."

"하지만…… 보인단 말이에요. 저 호수에 떠 있는 섬까지도, 나무도……."

"그럴 거야. 신기루는 원래 무척 생생하거든. 하지만 보고 싶은 게 보이는 것뿐이야. 크레스, 그건 환각이야. 실제로는 없는 거야."

크레스는 호수에 이는 잔물결을, 바람에 살랑살랑 흔들리는 나뭇잎을 넋을 잃고 바라보았다. 너무나 생생했다. 손만 뻗으면 만질 수 있을 것 같았다. 냄새까지 맡을 수 있을 것 같았다. 서늘한 바람도 느껴질 것 같았다.

제대로 서기도 힘들었다. 이대로 쓰러지면 뜨거운 모래에 델 거라는 두려움 때문에 간신히 서 있을 뿐이었다.

"괜찮아. 사막에서 신기루가 보이는 건 흔한 일이야."

"하지만…… 몰랐어요. 알았어야 했는데……. 신기루가 있다는 얘긴 들었지만, 그래도…… 아무리 그래도 이렇게 진짜처럼 보일 줄은 몰랐어요……."

카스웰이 손을 뻗어 시트를 더듬더니 크레스의 손을 찾아 쥐었다. "울려는 건 아니지? 그렇지?"

그의 어조는 상냥하면서도 엄했다. 사막에서는 울면 안 된다. 수분은 너무나도 소중하니까.

"아니에요." 크레스는 진심으로 말했다. 울고 싶지 않아서가 아니라, 몸에 눈물을 짜낼 만한 어떤 물기도 남지 않은 것 같아서였다.

"좋아. 자, 이제 쉴 만한 언덕을 찾아줄래?"

크레스는 잔혹한 환상에서 애써 시선을 돌려 근처의 언덕들을 둘러보았다. 그리고 남쪽을 면한 비탈로 카스웰을 이끌었다. 언덕마루에 이르자마자 그동안 몸을 지탱해주던 가느다란 끈이 뚝 끊어진 것처럼 힘이 풀렸다. 크레스는 신음을 내뱉으며 주저앉았다.

카스웰이 보따리에서 담요와 방수포를 꺼내 뜨거운 모래 위에 깔아주었다. 그리고 크레스를 그 위에 앉힌 뒤, 천의 끝자락을 집어들고 두 사람의 머리 위에 지붕처럼 드리워 햇볕을 가렸다.

카스웰은 크레스의 어깨를 한 팔로 끌어안아주었다. 크레스는 너무 먹먹해서 우두커니 앉아만 있었다. 배신감이 들었다. 이 사막에, 저 태양에, 자신의 눈에.

이제야 비로소 진실이 보였다. 호수 같은 건 없었다. 나무 따위도 없었다. 끝없는 모래만이, 끝없는 햇빛만이 펼쳐져 있을 뿐이었다.

여기서 나갈 수 없을지도 모른다. 영원히 걸을 수는 없다. 당장 다음 날도 이런 식으로 걸을 자신이 없는데, 이 사막의 끝에 이르려면 몇 날이 걸릴지 알 도리가 없었다. 모래 언덕은 갈수록 늘어나기만 하고, 아무리 걸어도 산은 더욱 멀어지는 것 같고, 설령 그 산까지 가더라도 피난처가 있으리라는 보장도 없었다.

"우린 여기서 죽지 않아." 카스웰이 크레스의 생각을 읽기라도 한 듯 부드럽게 달랬다. "나는 이보다 더 나쁜 일도 겪었는데 멀쩡히 살아남았는걸."

"정말요?"

카스웰이 입을 열었다가 멈칫했다. "음…… 나는 오랫동안 감옥 살이를 했거든. 그것도 뭐 나들이 같은 경험은 아니었지."

크레스는 발을 감싼 수건을 매만졌다. 머리카락으로 만든 노끈이 살갗을 파고들고 있었다.

"돌이켜보면 군대도 딱히 재미있진 않았고."

"다섯 달 복무했을 뿐이잖아요. 그중 대부분의 시간은 전투 훈련 을 받으면서 지냈고요."

카스웰이 머리를 갸웃했다. "어떻게 알았어?"

"조사를 했거든요."

그의 과거를 얼마나 자세히 조사했는지까지는 말하지 않았다. 카 스웰도 굳이 묻지 않았다.

"음…… 그럼 지금이 내 인생 최악의 상황인 셈이네. 하지만 그렇 다고 해도 우리가 살아남을 거라는 사실은 변하진 않아. 우리는 마 을을 찾아낼 거고, 램피언에 통신을 보낼 거고, 그러면 동료들이 구 하러 올 거야. 그다음에 레바나를 왕위에서 끌어내리면 나는 어마 어마한 보상금을 받을 테고, 동방연방에선 내 죄를 다 용서해주겠 지. 그리고 우린 오래오래 행복하게 살 거야."

크레스는 그 말을 믿으려고 애쓰며 카스웰에게 몸을 기댔다.

"그러려면 우선 이 사막에서 나가야 해."

카스웰이 크레스의 어깨를 어루만졌다. 머리가 아찔해지도록 설 레는 일이었지만, 지금은 너무 피곤해서 아무것도 느낄 수 없었다.

"크레스, 나를 믿어. 반드시 너와 함께 이곳을 빠져나갈 거야."

21장

"끝입니다. 할 수 있는 처치는 다 했습니다."

얼랜드가 수술용 실을 잘라내며 말했다. 신더는 너무 말라서 갈라지려는 입술을 혀로 핥았다.

"그래서요? 울프는…… 어떻게 되는 건가요……?"

"지켜봐야 합니다. 총알이 폐를 관통하지 않았으니 다행이죠. 만약 그랬으면 지금까지 버티지도 못했을 겁니다. 하지만 피를 너무 많이 흘렸어요. 마취제를 투여하면서 하루 이틀 정도 경과를 면밀히 관찰해봐야 할 것 같습니다. 그동안 절대안정을 취해야 합니다. 레바나는 자기 병사들의 유전자를 조작해서 한 번 쓰고 버리는 일회용 무기처럼 만들어놨어요. 건강 상태가 양호할 때는 몸이 아주 효과적으로 작동하지만, 부상을 당해서 회복 단계에 들어가야 할

215

때도 신체가 휴식을 취하지 못하는 경향이 있죠."

신더는 울프의 수술 부위를 내려다보았다. 남색 실로 꿰맨 자리가 들쭉날쭉 흉하게 튀어나오고 어그러져 있었다. 그 외에도 오래전에 생긴 흉터들이 가슴 여기저기에 아로새겨져 있었다. 숱하게 많은 싸움을 거쳐왔다는 증거였다. 이렇게 힘겹게 살다가 겨우 자유를 얻었는데 설마 여기서 허무하게 죽지는 않을 거라고, 신더는 자신을 애써 타일렀다.

근처의 테이블 위에 놓인 쟁반에는 울프의 몸에서 빼낸 총알 두 개가 놓여 있었다. 이토록 치명적인 부상을 입힌 흉기라기에는 너무나 조그마했다.

"더 이상 누구도 죽게 놔두지 않을 거야."

신더가 중얼거렸다. 수술 도구를 닦고 있던 얼랜드가 고개를 들더니, 메스와 핀셋을 푸른 액체에 담그며 설명했다.

"여왕의 일회용 도구 같은 존재라고는 해도 회복력 자체는 뛰어납니다. 적절한 휴식을 취하면 완전히 회복될 가능성도 있어요."

"가능성이 있다고요?"

신더는 멍하니 얼랜드의 말을 되뇌었다. 그 말만으로는 충분하지 않았다. 신더는 침대 옆 나무 의자에 털썩 걸터앉아서 울프의 손을 잡았다. 비록 스칼렛의 손은 아니지만 그 감촉이 울프에게 위안이 되기를 바라면서.

'스칼렛……'

밀려오는 죄책감 속에서 신더는 눈을 질끈 감았다. 정신을 차리면 울프는 엄청난 분노와 충격에 빠질 것이다.

"그러면 슬슬 말씀해보시죠? 이 은하의 하고많은 사람들 중에 하필이면 루나 병사와 왕실 경호원을 동료로 만든 이유가 뭡니까?"

신더는 한숨을 쉬었다. 이야기를 어디서부터 어떻게 시작해야 할지 갈피가 잡히지 않았다. 잠시 생각을 정리한 끝에, 신더는 미셸 브누아를 추적하기로 했던 것부터 털어놓았다. 자신의 비밀을 죽을 때까지 지켜주었던 그 여자가 어떤 사람인지 더 자세히 알고 싶었다고. 그리고 신더 자신의 과거도 궁금했다고. 여왕에게 살해당할 뻔하고 목숨이 위태로웠던 자신을 지구로 데려온 사람들이 누구인지, 겨우 세 살배기 아기였던 자신에게 어째서 그렇게까지 헌신을 바쳤는지 알아야만 했다고.

그래서 실마리를 따라 파리까지 갔더니 미셸 브누아는 이미 죽은 뒤였고, 손녀인 스칼렛을 만나게 되었다고 신더는 이야기했다. 울프도 그때 만났으며, 두 사람은 신더의 동료가 되었다고. 울프는 신더에게 정신 조종 기술과 전투법을 훈련시켜주고 있었는데 시빌 미라가 램피언에 쳐들어와서 싸움이 벌어졌고, 스칼렛을 데려가버리는 바람에 이제 자신에게는 울프와 그 루나인 경호원만이 남았다고 말했다. 그 경호원의 이름이 뭔지도 아직 모르지만 동료라고 믿고 싶다고. 믿을 수밖에 없었다고.

"그는 공주에게 충성한다고 말했어요. 어떻게 된 일인지 나에 대해 알고 있더라고요."

신더가 힘없는 목소리로 말을 맺자, 얼랜드가 자신의 곱슬머리를 문질렀다.

"시빌 미라나 여왕이 당신에 대해 하는 이야기를 엿들었을 수도 있지요. 어쨌든 그가 진정한 군주에게 충성하는 사람이라 천만다행입니다. 레바나의 여느 수하들 같았으면 당신을 여왕으로 여기기는 커녕 죽여버리고 보상금을 챙겼을걸요."

"그렇겠죠."

얼랜드는 조소를 흘렸다. 그 경호원을 동료로 받아들인다는 게 못내 아니꼽다는 투였다. "그러니까 당신을 진정한 여왕으로 인정한다는 얘긴데 말입니다……."

신더는 몸을 움츠리며 울프의 손을 꽉 움켜쥐었다.

"신더 씨, 나는 오랜 세월 동안 당신을 찾을 날에 대비해왔습니다. 탈옥한 즉시 내게 왔었어야죠."

신더는 코를 찡그렸다. "바로 그 이유 때문에 내가 여기로 오지 않았던 거예요."

"그게 무슨 뜻입니까?"

"박사님이 감옥에 찾아와서 내가 공주라느니 하는 얘기를 쏟아냈을 때…… 내가 어떻게 반응하길 바라셨어요? 아무것도 아니었던 내가, 하루아침에 공주인 것을 인정하고 그 '운명'을 덥석 받아들일 거라고 생각했어요? 그건 박사님 혼자만의 계획일 뿐이었잖아요. 그게 제가 원하는 운명이 아닐지도 모른다는 생각, 단 한 번이라도 해본 적 있으세요? 나는 공주나 군주로 키워지지 않았어요. 내 정체성에 대해 알아갈 시간이 필요했다고요. 내가 어디서 왔는지, 내가 누구였는지…… 그리고 누구인지. 그 해답이 프랑스에 있을 거라고 생각했어요."

"그래서 해답을 찾았습니까?"

신더는 어깨를 으쓱했다. 미셸 브누아의 농장에서 신더는 지하연구실을 찾아냈고, 거기에는 자신이 8년 동안 가사 상태로 잠들어 있었던 식물인간 탱크가 있었다. 그곳에서 누군가가 신더에게 사이보그 신체기관을 이식하고 새로운 이름과 과거를 부여했다.

"어느 정도는요."

"그래서 지금은 어떻죠? 운명을 받아들일 준비가 됐나요, 아니면 아직도 해답을 찾는 중입니까?"

신더는 얼굴을 찌푸렸다. "제가 박사님이 말하는 그런 존재라는 건 알아요. 누군가는 레바나를 막아야 한다는 것도. 그리고 레바나를 막을 사람이 나밖에 없다면…… 네, 받아들이기로 했어요. 준비 됐어요." 신더는 울프를 흘끔 내려다보고는 입을 다물었다. '준비됐다고 생각했는데 모든 걸 망쳐버리고 말았어요'라는 말이 목구멍까지 치밀어올랐다.

"잘됐군요. 이제는 작전을 세워야 합니다. 레바나 여왕은 더 이상 루나를 다스려서는 안 됩니다. 하물며 지구를 다스리는 건 더더욱 안 되고요."

"알아요. 동의해요. 사실 저도 동료들이랑 나름대로 작전을 세우고 있었어요."

얼랜드가 눈썹을 치켜올렸다.

"결혼식을 이용하는 작전이에요. 황궁 보안을 뚫고 침입해서…… 결혼을 막는 거죠."

"결혼을 막는다고요?" 얼랜드가 심드렁하게 대꾸했다.

"네, 전 세계의 언론이 주목하고 있을 테니, 그 앞에서 제가 누구인지 밝히려고 했어요. 카이토가 레바나와 결혼하면 안 된다고, 레바나가 지구 전체를 침공할 계획이라고. 그러면 다른 나라들도 레바나를 지구연합 일국의 지도자로 받아들이지 않겠죠. 그리고 나는 레바나에게 왕위를…… 내게 넘기라고 요구하려고 했어요."

신더는 후끈 달아오른 손을 울프의 손에서 떼어내 자신의 다리에 초조하게 문질렀다. 얼랜드는 표정이 어두워지더니 손을 뻗어 신더의 팔을 세게 꼬집었다.

"아얏! 뭐예요!"

"흐음. 혹시 지금 내가 노망이 나서 헛것을 보고 있는 건가 싶어서요. 그렇지 않고서야 이렇게 멍청한 소리를 할 리 없으니."

"멍청하다뇨? 뉴스가 생방송으로 중계될 거라고요. 레바나는 그걸 막을 도리가 없어요!"

"물론 생방송이 나갈 겁니다. 자기가 공주라는 망상에 빠진 미친 사이보그가 열변을 토하는 걸 전 세계가 지켜보겠죠."

"사람들이 의심하면 내 피를 검사하면 되잖아요. 증명할 수 있다고요."

"그때까지 여왕 폐하께서 퍽이나 끈기 있게 기다려주겠군요."

얼랜드는 어린아이를 타이르듯 푹푹 한숨을 쉬며 말했다. "레바나 여왕의 마수는 동방연방 구석구석에 뻗쳐 있습니다. 당신이 그런 짓을 했다가는 '공주'라는 단어를 꺼내기도 전에 죽을걸요. 그리고 당신이 그토록 아끼는 카이토 황제는 지금도 여왕을 달래려고 갖은 수를 다 쓰고 있을 겁니다. 그래야 또 전쟁이 일어나지 않을 테고, 레투모시스 치료제도 얻을 수 있으니까요. 그런데 지명수배된 열여섯 살짜리 범죄자가 늘어놓는 주장을 입증해주려고 레바나의 분노를 사려고 할 리 없잖습니까."

신더는 팔짱을 끼고 우겼다. "왜요? 그러려고 할 수도 있죠."

얼랜드는 잠자코 눈썹을 치켜올린 채 신더를 노려보았다. 신더는 의자에 등을 기대며 샐쭉거렸다.

"좋아요. 그래서 박사님 계획은 뭔데요? 정치혁명에 매우 정통하신 분이니 저를 깨우쳐주시지요, 척척박사 할아버지."

얼랜드는 책상 위에 놓여 있던 모자를 집어들어 머리에 눌러썼다. "우선은 예절부터 배우셔야겠군요. 안 그러면 설마하니 당신 같은 사람이 왕족일 거라고는 아무도 믿지 않을 테니까."

"그러네요. 혁명이 실패하는 가장 큰 원인은 예절 부족이니까요. 그렇죠?"

"말 다 끝났습니까?"

"안 끝났는데요."

얼랜드가 눈을 부라렸다. 신더도 그에 맞서 얼랜드를 노려보다가 눈을 굴리고는 툭 쏘아붙였다.

"네, 끝났어요."

"그럼 이제 진짜 작전이나 논의하죠. 먼저 당신을 루나로 데려갈 방법을 이야기해봅시다."

"루나?"

"네, 루나. 저 하늘에 뜬 바윗덩어리, 당신이 다스리게 될 별. 어디서 많이 들어본 것 같죠?"

"저더러 루나로 가라고요?"

"오늘 당장은 아니지만 언젠간 가야죠. 당신이 짠 결혼식이니 언론이니 하는 작전은 죄다 시간낭비예요. 루나의 백성들은 지구인들의 생각 따위에는 신경 쓰지 않습니다. 여기에서 당신의 정체를 드러내봤자 루나인들이 반역을 일으켜 당신을 왕위에 앉히도록 설득할 순 없단 말입니다."

"왜 설득을 못 해요? 저는 정당한 왕위 계승자예요!" 신더는 자기

221

말에 스스로 놀라서 움츠러들었다. 자신의 지위를 이렇게 당연하게 받아들이고 단호히 주장한 것은 처음이었다. 묘하게 뿌듯한 기분이 들었다.

"물론 정당한 계승자죠. 하지만 그 사실을 알릴 쪽은 지구인들이 아니라, 루나의 백성들이란 말입니다. 그들에게 당신이 살아 있다는 사실을 알려야 합니다. 그 백성들을 당신 편으로 만들어놓아야 당신의 권리를 되찾든 말든 하지요. 심지어 그렇게 해도 레바나가 호락호락 물러나리라는 보장은 없어요."

신더는 목을 문지르며 망막 디스플레이에 뜬 아드레날린 과다 분비 경고문이 사라지기를 기다렸다.

"좋아요. 박사님 말이 옳고 그 방법밖에 없다고 쳐요. 그러면 루나로 어떻게 가죠? 거기 우주선 입국항은 전부 지하에 있잖아요? 아주 철저히 감시되고 있고요."

"제 말이 그겁니다. 잠입할 방법을 찾아야 합니다. 물론 당신이 지금 쓰는 우주선으로는 안 되고요." 얼랜드가 뺨을 문지르며 말을 이었다. "주도면밀한 작전을 짜야 할 것 같습니다."

"아, 또 작전 말이죠. 그럼요, 저 그거 완전 좋아해요."

"그동안 마을 중심부에서 너무 멀리 나가지 마십시오. 가능하면 우주선 안에만 머무르시고요. 이곳도 아주 안전하지는 않아요."

"저기…… 모르시나 본데, 모두가 이미 저를 봤어요. 숨어봤자 아무 소용 없다고요."

"그 얘기가 아닙니다. 이 지역은 지구의 그 어떤 곳보다도 레투모시스에 심하게 시달렸습니다. 이제 연간 발병자 수는 많지 않지만 그래도 방심해선 안 됩니다. 특히 당신은."

"음…… 전 면역인데요. 기억 안 나세요? 그걸 알고 나서부터 이 모든 게 시작됐잖아요?"

얼랜드는 길고 무거운 한숨을 내쉬었다. 패색이 드리운 그 표정을 보고 신더는 덜컥 불안해졌다.

"박사님?"

"그 바이러스의 돌연변이가 발생했다는 증거를 발견했습니다. 그건 루나인에게도 전염될 수 있습니다. 적어도 모든 루나인이 면역은 아니라는 거지요."

온몸에 소름이 끼쳤다. 잊고 있었던 공포가 순식간에 되살아났다. 지구에서 가장 무자비한 살인 바이러스에서 자신은 완전히 자유롭다고 여기며 몇 주 동안 활개 치고 다녔는데, 그 면역력도 이제는 무적이 아니라니.

그리고 이곳은 레투모시스의 진원지, 아프리카였다.

그때 문에서 노크 소리가 났다. 두 사람이 화들짝 놀라 돌아보니 문 밖의 복도에 루나인 경호원이 서 있었다. 막 샤워를 했는지 머리가 축축했고, 램피언에 있던 지구의 군복을 꺼내 입고 있었다. 옆구리의 상처는 보이지 않았지만 주로 멀쩡한 쪽 몸만 뻣뻣하게 움직였다. 그리고 손에는 마늘 냄새를 풍기는 둥그런 빵이 담긴 쟁반을 들고 있었다.

"말소리가 들리기에 수술이 끝난 줄 알았습니다. 친구분은 어떠십니까?"

신더는 울프를 돌아보았다. 울프 역시 레투모시스의 위험에서 예외는 아니다.

그러고 보니 이 방에 있는 네 명 전부 루나인이었다. 얼랜드 박사

223

의 말이 사실이라면, 그 모두가 감염될 가능성이 있다는 뜻이다. 신더는 마른침을 삼키며 대답했다. "아직 살아 있어."

신더는 의자에서 일어나 경호원에게 손을 내밀었다. "그나저나, 나는 신더라고 해."

경호원이 눈을 가늘게 떴다. "알고 있습니다."

"그래, 하지만 정식으로 자기소개를 하면 좋잖아. 이제 우린 같은 편이니까."

"그렇게 결정하신 겁니까?"

신더는 얼굴을 찡그렸다. 그러나 신더가 뭐라고 대꾸하기도 전에, 경호원이 쟁반을 왼손으로 옮겨들고는 신더의 손을 잡아 악수했다.

"제이신 클레이입니다. 영광입니다."

비꼬는 건지 아닌지 가늠하기 어려운 어조였다. 신더는 손을 떼어내고 얼랜드를 돌아보았지만, 얼랜드는 울프의 손목을 손가락으로 누르며 진맥을 하고 있었다. 제이신과 인사를 나눌 의사가 전혀 없는 듯했다. 신더는 바지에 손바닥을 문지르면서 제이신이 들고 있는 쟁반에 눈길을 던졌다.

"그건 뭐야? 총도 쏠 줄 알고, 우주선도 조종할 줄 알고, 이젠 제빵까지 하는 거야?"

"이건 동네 아이들이 당신에게 전해달라고 부탁한 겁니다. 아마 먹을 생각이 없을 거라고 말해두긴 했습니다만."

신더는 제이신이 내민 쟁반을 어색하게 건네받았다. "나한테?"

"정확히는 '사이보그'라고 했죠. 이 동네에 사이보그가 둘이나 있을 것 같진 않습니다."

"흠, 희한하네."

신더가 그렇게 중얼거리자, 얼랜드가 끼어들었다.

"파라프라 주민들이 당신에게 주는 선물이 이게 처음은 아닐걸요."

"대체 왜요? 그 사람들은 제가 누군지 모르잖아요."

"모르긴요, 당연히 알죠. 여기 사람들도 세상사에 그렇게 어둡진 않아요. 심지어 제가 처음 도착했을 때도 누군지 알아보던데요."

신더는 쟁반을 책상에 내려놓았다. "그런데 박사님을 신고하지 않았단 말이에요? 현상금은요? 박사님이 루나인이라는 건? 신경 쓰지 않는 거예요?"

얼랜드는 대답 없이 제이신을 돌아보았다. 제이신은 동상처럼 가만히 문에 기대 서 있었다. 너무 조용해서 그가 이 방에 있다는 것도 깜빡 잊을 뻔했다. 경호원으로서 존재감을 죽이도록 훈련받았을 테니 그럴 만도 하겠다 싶었다.

그러나 신더와 달리 얼랜드는 그를 신뢰할 마음이 전혀 없는 듯했다. 얼랜드가 노골적으로 눈치를 주자 제이신이 벽에서 몸을 떼어내며 말했다. "저는 슬슬 우주선에 가봐야겠습니다. 누가 선체에서 나사라도 빼내 기념품 삼아 가져가진 않는지 지켜봐야죠."

제이신은 뒤도 돌아보지 않고 방을 나갔다. 절뚝거리는 걸음걸이가 다소 으스대는 것처럼 보였다. 제이신이 떠나고 나서야 신더는 입을 열었다.

"알아요. 저 사람 태도가 약간…… 거슬리긴 하죠. 하지만 내 정체를 알고 있고, 나와 울프의 목숨을 구해준 사람이에요. 동료로 받아들여야 해요."

"신더 씨, 당신은 자기 비밀을 모두 밝힐 수 있지만, 그렇다고 나나 이 마을 주민들까지 다 그래야 하는 건 아닙니다."

"무슨 뜻이에요?"

"이곳 사람들은 우리가 루나인이라는 데 개의치 않습니다. 루나인은 우리 말고도 많으니까요. 파라프라와 인근 오아시스 지역 인구의 15퍼센트쯤은 루나인이거나 그 후손일 겁니다. 루나에서 탈출한 사람들이 주로 정착하는 곳이 여기거든요. 채너리 여왕 치세부터, 아니 어쩌면 그 이전부터 이곳에 지속적으로 이주해왔을 겁니다."

"15퍼센트나요? 지구인들은 알고 있는 거예요?"

"모두가 아는 건 아니겠지만, 거의 상식으로 통합니다. 이곳에 옮겨온 루나인들은 현지인들과 어우러져 살았지요. 전염병이 처음 발견됐을 때에도 루나인들은 환자들을 보살피고 장례를 도왔습니다. 그들은 감염되지 않으니까요. 물론 그들이 바이러스의 숙주라는 사실은 아무도 몰랐죠. 그 가설이 제기됐을 때는 이미 두 민족이 밀접하게 뒤섞인 뒤였고요. 이제는 다들 서로 돕고 의지하며 지내고 있습니다."

"하지만 루나인 도망자를 보호하는 건 불법인데……. 레바나가 노발대발할 텐데요."

"그렇죠. 하지만 이런 걸 레바나에게 누가 말하겠어요? 사하라의 가난하고 병든 마을에 관심을 갖는 사람은 아무도 없습니다."

온갖 생각으로 머리가 복잡해진 신더는 빵을 집어들었다. 금색 기름이 번들거리는 표면에 허브 조각들이 뿌려져 있었다. 손으로 빵을 찢어보니 부드러운 속살이 드러나면서 따끈한 김이 올라왔다.

루나인들의 선물이었다. 신더의 백성들이 보낸 선물…….

신더는 눈을 휘둥그레 뜨고 얼랜드를 돌아보았다. "그들도 아는 거예요? 저에 대해……?"

얼랜드가 콧방귀를 뀌었다. "당신이 여왕에게 저항했고 앞으로도 계속 그럴 거라는 사실은 알고 있죠."

신더가 이곳에 도착한 이래 처음으로, 얼랜드의 짜증스러운 표정에 엷은 미소가 번졌다. "그리고 최근 그들은 제가 퍼뜨린 이야기를 믿게 된 것 같습니다. 당신이 레바나를 암살할 거라는."

"뭐라고요? 암살?"

얼랜드가 미안하다는 듯 어깨를 으쓱였다. "효과는 있더군요. 그 사람들, 당신을 어디든 따라다닐걸요."

CRESS

22장

"루나의 마법사 에이머리 파크입니다, 폐하."

카이토와 토린은 자리에서 일어났다. 나인시의 안내를 받아 집무실로 들어온 에이머리는 카이토의 책상 맞은편에 서서 정중하게 인사를 했다. 에이머리는 적갈색 관복 소매가 바닥에 닿을 만큼 몸을 낮게 구부려 공손하게 절을 했지만, 그에게는 언제나 카이토의 신경을 거스르는 특유의 오만불손한 구석이 있었다. 그게 정확히 무엇인지는 콕 집어 말하기가 어려웠다. 늘 입가에 띠고 있는 희미한 미소 때문인지도 모른다. 그 미소가 입만이 아니라 눈까지 번질 때는 오로지 타인을 마법으로 조종할 때뿐이었다.

"와주어서 고맙소. 편안히 앉으시길."

카이토가 의자를 가리키자 에이머리는 우아하게 자리에 앉았다.

"곧 루나 여왕의 부군이 되실 분을 뵐 수 있어 기쁠 따름입니다."

그 말에 카이토는 움찔했다. 자꾸 잊어버리곤 했지만, 이 결혼으로 새로운 칭호를 얻게 되는 건 레바나만이 아니었다. 카이토도 마찬가지였다. 하지만 레바나와 그의 입장에는 분명한 차이가 있었다. 루나의 국법은 통치권자의 기준을 매우 엄격하게 한정했고, 카이토 같은 지구인은 그 기준을 충족하지 못했다. 카이토는 실질적인 권한은 전혀 갖지 못한 채 여왕 부군이라는 번지르르한 명함만 가진 얼굴마담이 될 터였다.

유감스럽게도 동방연방의 법에는 그런 안전장치가 없었다. 이 제국의 초대 황제인 카이토의 현조부(玄祖父)는 자손들이 배우자를 현명하게 결정하리라 믿고 국법을 제정한 것 같았다.

"최근 지구연합이 발견한 사항에 대해 논의하고 싶소."

카이토가 토린에게 고갯짓을 했다. 그러자 토린이 다가와서 포트 스크린을 책상에 올려놓았다. 화면에 손가락을 한 번 대자, 루나의 우주선 327척에 둘러싸인 지구의 모습을 보여주는 홀로그램이 나타났다. 카이토는 에이머리의 반응을 유심히 관찰했다. 그의 검은 눈동자에는 반딧불처럼 반짝이는 수백 개의 노란 점이 반사될 뿐 아무런 표정도 드러나지 않았다.

"이건 지구와 그 주변 우주공간을 실시간으로 나타내는 이미지요. 이 노란 표시들은 모두 루나 측 우주선으로 확인되었소."

에이머리는 웃음을 터뜨리려는 듯 얼굴을 꿈틀거렸지만, 그 입에서 나온 목소리는 시종일관 캐러멜처럼 부드럽기만 했다. "실로 인상 깊은 이미지입니다, 폐하. 보여주셔서 감사합니다."

카이토는 이를 악물면서 의자에 앉았다. 자신의 우월한 지위를 과시하기 위해 계속 서 있고 싶은 충동이 들었지만, 루나인들에게는 그런 심리 게임이 별로 먹히지 않는다는 걸 충분히 겪어서 알고 있었다. 그러니 자리에 앉아서 편안한 척이라도 하는 편이 차라리 나을 것 같았다. 그러면 적어도 이 대화를 나눌 순간을 하루 종일 두려워하며 기다렸다는 것을 들키지 않을 수 있을 것이다.

카이토는 무표정한 얼굴로 받아쳤다. "별 말씀을. 저 우주선들이 지구 상공에서 뭘 하고 있는 건지 설명을 듣고 싶소만."

에이머리는 등받이에 몸을 기대고서 여유롭게 다리를 꼬았다. "휴양 나온 겁니다. 루나에는 이따금씩 은하 곳곳으로 크루즈 여행을 떠나는 부유한 가문들이 많습니다. 그러고 나면 심신이 아주 편안해진다고들 하더군요."

카이토는 눈을 가늘게 떴다. "그 크루즈 여객선들이 항상 지구의 1만 킬로미터 상공까지 온단 말이오? 그리고 거기에 며칠씩이나 정박해 있고?"

에이머리의 입술 한쪽 끝이 비쭉 올라갔다. "그 위치에서 보이는 경관이 퍽 아름답다더군요. 특히 일출 광경은 숨이 막히게 근사하다고 들었습니다."

"흥미롭군. 저 327척의 우주선들에는 모두 루나 왕실의 문장이 찍혀 있던데. 내가 보기에는 지구연합을 감시하는 첩보함이나, 전쟁이 발발하면 출격할 대기를 하고 있는 군함인 것 같소만."

에이머리의 표정에는 여전히 변화가 없었다. "제가 말씀을 잘못 드렸군요. 루나에는 이따금씩 크루즈 여행을 떠나는, 부유한, 그리고 '왕실의 인가를 받은' 가문들이 많답니다."

두 사람은 한참 동안 서로를 마주보았다. 그러는 동안에도 홀로그램 속 지구의 바다는 햇살에 반짝거렸고 대기권에는 흰 구름들이 소용돌이치고 있었다. 마침내 카이토가 침묵을 깼다. "여왕께서 왜 이런 시기에 이런 방식으로 우리를 위협하는지는 잘 모르겠소. 허나 이렇게 힘을 과시하는 것은 불필요할 뿐더러, 우리가 평화적인 협상으로 이룩하려는 모든 것을 우습게 만드는 처사요. 앞으로 24시간 안에 저 우주선들을 루나로 귀환시키길 요청하는 바요."

"여왕께서 거절하신다면?"

카이토는 손가락이 꿈틀거리려는 걸 억지로 참았다. "그러면 지구연합의 다른 국가들이 무슨 조치를 취하더라도 나는 책임질 수 없소. 일전에 귀국은 지구의 6개국 전체를 습격한 바 있소. 그러니 이런 노골적인 전쟁 위협에 어떤 국가라도 무력으로 대응할 수 있고, 그건 마땅히 해당 국가의 소관이오."

"폐하, 용서하십시오. 루나의 우주선들이 지구연합의 영공을 침범했다고는 말씀하지 않으셔서 미처 헤아리지 못했습니다. 연합국들의 법으로 규정된 우주상 영토를 저희가 침범했다는 사실을 여왕께서 아신다면, 당연히 그 우주선들을 즉각 돌려보낼 것입니다." 에이머리가 몸을 앞으로 내밀고는 흰 이를 드러내며 씩 웃었다. "지금 루나가 지구연합의 영토를 침범했다고 암시하신 것 아닙니까?"

카이토는 책상 밑의 두 손을 구부려 주먹을 틀어쥐었다. "현재 그 우주선들은 영토 바깥에 있소. 하지만 그렇다고 해서……."

"루나가 지구연합의 법에 위배되는 범죄를 저지른 바는 없다는 말씀이십니까? 그렇다면 그 우주선들이 정확히 어떤 이유로 무력 대응을 받을 만하다는 것인지요?"

"우리는 더 이상 귀국의 협박에 응할 의사가 없소. 여왕께서는 이미 매우 무리한 요구를 하고 있다는 걸 아셔야 하오. 내 인내심은 한계에 다다르고 있소. 지구연합은 귀국의 변덕을 번번이 받아주는데도 레바나가 불필요한 위력 과시를 하는 걸 도저히 용인할 수 없는 단계에 이르렀단 말이오."

"레바나 '여왕'께서는 더 이상 요구할 것이 없으십니다. 귀국은 저희의 요구에 대단히 성의껏 협조하고 있고요. 저 평화로운 우주선들을 위협적이라고 판단하셨다니 유감스러울 따름입니다."

"그 우주선들이 우리에게 메시지를 보내려는 의도가 아니라면 대체 왜 거기에 있는 거요?"

에이머리가 어깨를 으쓱했다. "어쩌면 루나와 동방연방 간의 동맹이 무사히 맺어지기를 기다리고 있는지도 모르지요. 여왕께서 브레멘 조약에 서명하면 양국 간의 여행도 자유로워질 테고…… 심지어는 권장될 테니까요. 그리고 이 계절의 동방연방은 정말로 무척 아름답지 않습니까."

에이머리가 히죽 웃으며 하는 말을 듣자니 카이토는 속이 뒤집어질 것 같았다. 에이머리는 일어서서 넓은 붉은색 소매 속에 두 손을 숨겼다.

"더 하실 말씀은 없으시겠지요, 폐하? 아니면 피로연 때 연주될 교향곡 선곡에 대해 상의라도 할까요?"

카이토는 얼굴을 붉히며 일어나서 홀로그램을 껐다. "이 문제에 대한 논의는 아직 끝나지 않았소."

에이머리가 정중하게 고개를 숙였다. "폐하, 원하신다면 폐하께서 적절한 때에 이 문제를 상의하고 싶어 하신다고 여왕께 전해드리겠습니다. 하지만 결혼식 후까지 기다리시는 것이 신중한 처사가 아닐는지요? 여왕께서는 현재 워낙 경황이 없으신지라."

에이머리가 허리를 굽혀 인사하더니, 조롱기 어린 미소를 지으며 몸을 다시 꼿꼿하게 세웠다. "다음번에 여왕 폐하와 대화를 나누게 되면 폐하의 안부를 꼭 전해드리겠습니다."

집무실을 성큼성큼 나가는 에이머리를 지켜보며 카이토는 몸서리를 쳤다. 어째서 루나인들이란 마법을 쓰지 않을 때조차도 매번 이렇게 사람의 꼭지를 돌게 하는 걸까. 아무 물건이든 손에 잡히는 대로 내던지고 싶은 충동이 들었지만, 지금 카이토가 들고 있는 포트스크린은 토린의 것이었다. 그는 포트스크린을 토린에게 건네주며 중얼거렸다. "도와주어서 고맙소."

그동안 한마디도 꺼내지 않던 토린이 비로소 입을 열었다. "폐하, 제 도움은 필요하지도 않았습니다. 저라고 해도 폐하보다 더 잘 추궁하지는 못했을 겁니다."

토린이 한숨을 쉬며 포트스크린을 벨트에 차고는 말을 이었다. "유감스럽게도 파크 마법사의 논박 역시 타당했습니다. 은하법상 루나는 아직 범죄를 저지르지 않았으니까요. 적어도 그 우주선들은 말입니다."

"은하법을 고쳐야 할 것 같군."

"그럴지도요."

카이토는 의자에 털썩 앉았다. "그가 단지 나를 약 올리려고 한 것 같소? 아니면 그 우주선들이 정말로 동맹이 맺어진 즉시 동방연방에 들어올 작정일까요? 나는 레바나가 황후라는 호칭을 얻는 것으로 만족할 거라고 막연히 생각했는데…… 군대를 모조리 우리나라에 끌고 들어와 주둔시킬 수도 있다고는 생각도 못했소."

막상 입 밖으로 꺼내고 보니 터무니없이 순진무구하게 들리는 말이었다. 카이토는 조용히 욕설을 뇌까렸다. "이 결혼을 너무 성급하게 결정했다는 생각이 드는군요."

"당시 정황으로는 최선의 선택을 하신 겁니다."

카이토는 두 손을 맞비비며 마음을 추슬렀다. 에이머리를 만나고 나니 스스로가 무척 불안정해진 기분이었다. "토린 경, 만약 결혼을 하지 않고도 전쟁을 막고 치료제도 얻을 수 있는 방법이 있다면…… 그게 최선의 방책이라는 데 경도 동의하시겠지요?"

토린은 에이머리가 앉았던 의자로 건너가서 천천히 앉았다. "폐하, 그 방책이 무엇일지 묻기가 겁이 날 정도입니다."

카이토는 헛기침을 하고 나인시를 불렀다. 그 즉시 나인시의 땅딸막하고 반질반질한 흰색 몸체가 문간에 나타났다.

"나인시, 새로운 정보가 있는가?"

나인시가 책상 앞으로 다가오더니 카이토와 토린에게 번갈아 센서를 밝혔다. "콘 토린 고문관에게 정보를 공개해도 괜찮을는지요?"

토린이 눈썹을 치켜올렸지만 카이토는 못 본 척하고 말했다.

"괜찮네. 말해보게."

나인시가 책상 옆으로 다가와 섰다. "미셸 브누아에 대한 상세한 자료를 획득했사옵니다. 구체적인 이력, 직업, 업적, 군대 기록, 주목할 만한 친인척 및 가까운 인물들의 신상정보까지. 제3시대력(歷) 85년부터 미셸 브누아가 알고 지냈을 이웃이나 지인 들까지 그 범위에 포함되옵니다."

"미셸 브누아가 누구입니까?"

토린이 대답을 별로 듣고 싶지 않다는 말투로 물었다. 나인시는 보고를 계속했다.

"미셸 브누아는 56년에 출생했고, 가장 두드러지는 이력은 유럽 연방 군대에서 28년간 복무한 것입니다. 20년 동안 공군 중령이었고, 85년 루나로 떠난 외교 사절단의 비행선을 조종한 것으로 공로 훈장을 받았습니다. 그 외교 임무는⋯⋯."

카이토가 나인시의 말을 가로막고 토린에게 설명했다. "미셸 브누아는 셀린 공주와 관련 있을 것으로 추정되는 인물이오."

카이토는 책상의 붙박이 넷스크린에 명령을 입력했다. 그러자 남부 프랑스의 한 농장 사진이 화면에 나타났다. 카이토는 시커멓게 그을린 밭 부분을 가리켰다. "미셸 브누아 소유의 이 밭이 바로 신더의 우주선이 착륙했던 곳이오. 루나의 습격 직전에 신더가 처음으로 지구에 돌아왔을 때 말이오. 이 사실로 미루어보면 신더 역시 미셸 브누아와 공주의 연관성을 알고 있었다고 볼 수 있소."

토린은 얼굴이 어두워졌지만, 카이토의 설명이 끝날 때까지는 말을 아끼기로 한 듯 짤막하게 대답했다. "그렇군요."

"나인시, 그중에서 쓸모 있는 정보는 있었는가?"

"'쓸모 있음'이란 주관적인 개념으로서, 정보를 취합하고 결론을 내리기 이전에 이루어진 결정에 입각한⋯⋯."

"우리의 목적과 관련 있는 정보가 있냔 말이네."

토린이 반문했다. "목적이라니요? 무슨 목적 말씀이십니까?"

"셀린 공주를 찾는 것 말이오."

토린이 한숨을 쉬었다. "또 그겁니까?"

"그렇소. 또 그거요." 카이토는 하늘을 가리키며 말을 이었다. "우리가 레바나에게 맞서야 한다고 말한 사람은 그대였잖소?"

"그 말이 존재하지도 않는 허깨비를 쫓자는 뜻은 아니었습니다."

"하지만 일단 생각이라도 해보시오. 셀린 공주는 루나 왕위의 진정한 계승자요. 공주를 찾는다면 우리에게 이득이 되지 않겠소?"

토린은 카이토의 질문을 진지하게 생각해보는 듯 입을 꾹 다물었다가 다시 뗐다. "폐하께서 이런 일 때문에 정말로 중요한 문제들에 신경을 쓰지 못하시면 곤란합니다."

카이토는 코웃음을 쳤다. "중요한 문제들? 피로연 식탁에 놓을 비취 장식품이나 내 예복 장식띠에 수놓일 문양이 학 두 마리여야 하는지 박쥐여야 하는지 같은 것 말이오?"

"저는 농담을 하는 게 아닙니다."

"나도 마찬가지요."

토린은 이마를 문지르며 나인시를 오랫동안 쳐다보더니 천장으로 시선을 돌렸다. "폐하, 린 신더 본인의 경고에 따르면 레바나 여왕은 폐하께서 공주를 찾으려 했다는 이유로 폐하를 시해하려 했다지 않습니까. 그런데 폐하께서 아직도 포기하지 않았다는 걸 여왕이 안다면 무슨 보복을 하겠습니까?"

"상관없소. 이미 나를 죽일 작정인데 그 이상 무엇을 더 할 수 있겠소? 셀린 공주는 루나의 진정한 후계자요. 공주가 나타나면 레바나의 왕위를 무효화할 수 있소."

토린은 어깨를 늘어뜨렸다. "공주라고 해봤자…… 나이가 올해 열다섯이던가요?"

"열여섯 살."

"그 열여섯 살짜리 소녀를 찾는 게 지금 당장 동방연방에 무엇보다도 중요한 문제라고 보시는 겁니까?"

카이토는 침을 삼키고 단호하게 대답했다. "그렇소."

토린은 체념한 듯 의자에 몸을 기댔다. "좋아요. 알겠습니다. 만류하지 않겠습니다. 나인시, 계속 보고하게."

토린은 이 모든 게 그 안드로이드의 잘못이라는 듯 불신이 가득한 눈초리를 나인시에게 돌렸다. 나인시가 보고를 재개했다.

"미셸 브누아는 8월 11일 자신의 농장에서 실종되었습니다. 미셸 브누아의 손목에서 적출된 ID 칩이 가택에 방치되어 있었고, 싸움이 일어난 흔적은 없었다고 하옵니다. 그로부터 2주 뒤, 미셸 브누아와 함께 11년간 살아온 손녀 스칼렛 브누아가 파리로 여행을 떠났사옵니다. 추적 기록에 따르면 스칼렛 브누아는 이틀 동안 파리에 머물렀고, 그 이후에는 행적이 감지되지 않는 것으로 보아 ID 칩을 제거하여 파괴한 것 같습니다. 스칼렛 브누아의 ID 칩이 마지막으로 감지된 장소는 파리의 버려진 오페라 극장 근처인데, 같은 시각 인근에서 214 램피언이 착륙했다가 이륙하는 장면이 은행 자동화기기 감시카메라에 녹화된 바 있사옵니다. 그러나 인공위성 자료에 따르면 해당 장소에 그런 우주선이 이착륙한 기록은 없다고 합니다. 연역적 추론에 의하면, 린 신더가 타고 있던 214 램피언에 스칼렛 브누아가 합류한 것으로 보입니다."

카이토는 얼굴을 찌푸렸다. 심지어 토린마저도 그 정보에 강한 흥미를 느끼는 눈치였다.

"신더가 그 스칼렛이라는 소녀를 찾으려고 일부러 파리까지 갔단 말인가?"

"제 논리적 추론으로는 가능성이 있다고 판단되옵니다."

"스칼렛에 대한 다른 정보도 있나?"

"ID 칩으로 조회된 기록에 따르면, 스칼렛 브누아는 115년부터 미셸 브누아와 함께 살기 시작했사옵니다. 셀린 공주가 공식적으로 사망했다고 알려진 해로부터 2년 뒤의 일입니다. 알려진 생년월일에 의하면 지금 스칼렛 브누아는 열여덟 살입니다. 그러나 그녀의 출생기록을 보유한 병원은 존재하지 않으며, 4세가 되어서야 출생 신고가 접수되었으므로, 스칼렛 브누아의 신원정보는 신뢰성이 입증되지 않습니다."

"무슨 의미인지 이해가 안 되는군."

"스칼렛 브누아는 병원에서 출생하지 않았사옵니다. 그 아버지인 뤽 라울 브누아 역시 마찬가지입니다. 따라서 그 부녀의 신원은 사실이 아닐 수도 있다고 보아야 하옵니다. 스칼렛 브누아에 대해 알려진 모든 정보가 허위일 수도 있다는 뜻이옵니다."

카이토는 책상을 손으로 꽉 잡았다. "그렇다면 스칼렛 브누아가…… 셀린 공주일 수도 있다는 것인가?"

"그것은 현 시점에서는 입증할 수 없는 가설입니다만, 그러한 가설을 부정할 증거는 발견되지 않았사옵니다."

카이토는 숨을 크게 들이쉬었다. 몇 주만에 처음으로 숨통이 트이는 것 같았다. "신더가 그걸 안 거야. 신더가 그걸 알아내서 스칼렛을…… 공주를 데려간 거야."

토린이 핀잔을 줬다. "폐하, 그 결론은 심각한 비약입니다."

"하지만 말이 되지 않소?"

"저는 확실한 증거가 확보된 다음에 판단을 내리겠습니다."

"안드로이드의 추론은 인간보다 나은 법이오."

카이토는 의자에서 일어나 거대한 전망창으로 걸음을 옮겼다. 셀린 공주가 살아 있다. 그리고 신더는 공주를 찾았다. 자기도 모르게 웃음이 터져나오려고 했다.

"폐하께서 이 모든 정보를 그토록 기쁘게 받아들이시다니 놀랍습니다. 오히려 대경실색하셔야 하는 게 아닙니까?"

"대체 왜? 공주가 살아 있다잖소!"

"스칼렛 브누아가 정녕 실종된 공주가 맞다면, 지금 공주는 위험한 흉악범에게 인질로 사로잡혀 있는 겁니다, 폐하."

"무슨…… 신더는 위험하지 않소!"

뜻밖에도 토린은 카이토만큼이나 분노한 표정으로 자리를 벌떡 박차고 일어났다. "린 신더가 루나인이라는 사실을 잊으셨습니까? 바로 이 황궁 내부인과 접촉했던 루나인이란 말입니다. 그리고 이 나라에서 가장 철저하게 보호받고 있는 인물인 폐하에게 접근해 연례무도회 초청을 받아내고, 황제의 개인 초대 손님 자격으로 무도회에 침투해 레바나 여왕을 도발했습니다. 그런 다음에는 교도소의 삼엄한 경비를 뚫고 탈옥했고, 동방연방 군대 전체가 추적하는데도 빠져나갔고, 그리하여 지구인 수천 명이 학살당한 침공을 일으켰습니다. 그런데 어떻게 린 신더가 위험하지 않단 말입니까?"

카이토는 몸을 꼿꼿하게 세웠다. "우리를 공격한 건 레바나지 신더가 아니오."

토린은 신음하며 관자놀이를 문질렀다. 그 얼굴에는 카이토가 바보 천치라는 듯한 표정이 떠올라 있었다. 오랜만에 보는 그 표정에 카이토는 울컥 부아가 치밀었다.

"똑똑히 밝혀두건대, 신더는 본래 무도회 초대를 거절했소. 내게 경고를 하기 위해 부득이하게 찾아왔을 뿐이오. 그리고 얼랜드 박사는……." 카이토는 머뭇거렸다. 신더와 얼랜드의 관계를 어떻게 생각해야 할지 아직도 알 수 없었기 때문이다. "어쨌든 레바나는 신더를 죽이고 싶어 하오. 그런 상황에서 도망칠 수 있다면 도망치는 게 당연하지 않소?"

"폐하, 폐하께서는 지금 그 소녀에 대한…… 특별한 감정 때문에 선입견에 사로잡혀 이성적인 판단을 못 하고 계십니다."

카이토는 얼굴이 화끈 달아올랐다. 자신의 속내가 그렇게 빤히 드러난단 말인가? "나는 아직 신더를 쫓고 있소. 군대의 절반을 신더를 추적하는 데에 운용하고 있잖소!"

"신더를 찾으시는 겁니까, 공주를 찾으시는 겁니까?"

카이토는 나인시를 가리켰다. "어차피 그 둘이 같이 있다는데 뭐 어떻소? 둘 다 찾는 거요!"

"그들을 찾고 나면 루나의 새로운 여왕을 옹립하고 린 신더는 사면해주시려는 겁니까?"

"모르겠소. 그래야겠지. 그게 그렇게 끔찍한 발상이란 말이오?"

"린 신더는 어쨌거나 루나인입니다. 그가 폐하께 한 모든 말이 거짓이었다고 스스로 말씀하시지 않으셨습니까. 린 신더에 대해 대체 무엇을 아십니까? 죽은 소녀의 시체에서 ID 칩을 훔치고, 교도소에서 다른 절도범이 탈옥하도록 도운 범죄자입니다. 어디 더 해볼까요?"

카이토는 얼굴을 창문 쪽으로 홱 돌리고 팔짱을 꼈다. 토린의 말을 한마디도 반박할 수 없다는 데, 나인시가 준 희망은 모조리 모호한 관찰과 어림짐작에서 비롯되었을 뿐이라는 데 화가 치밀었다. 등 뒤에서 토린이 누그러진 어조로 말하는 소리가 들려왔다.

"그 소녀가 사형선고를 받았다는 데 책임감을 느끼시는 것은 이해합니다. 하지만 그녀를 숭배하는 것은 그만두셔야 합니다."

"숭배라니? 숭배한 적 없소!"

카이토는 토린을 휙 돌아보며 윽박질렀다. 그러자 토린은 카이토가 불편해질 만큼 빤히 쳐다보았다.

"가끔 경탄스럽긴 하오. 하지만 신더가 지금까지 한 일들을 보면 당연히 감탄할 만하지 않소? 신더는 무도회에서 레바나에게 대놓고 맞섰소. 경은 그걸 보고도 조금도 감명받지 않았단 말이오?"

토린은 정장 재킷의 단추를 채우며 말했다. "폐하, 제 말은 폐하께서 린 신더에 대해 거의 아무것도 모르시면서 지나치게 신용하고 계신다는 겁니다. 게다가 린 신더는 엄청난 말썽을 초래한 장본인입니다."

카이토는 인상을 찌푸렸다. 토린의 말이 옳았다. 카이토는 신더를 잘 알고 있다는 느낌이 들었지만, 사실은 아무것도 모르는 것이나 마찬가지였다.

하지만 카이토는 황제였다. 신더가 셀린 공주에 대해 알아냈듯, 카이토 역시 황제로서의 지략과 자원으로 신더에 대해 알아내면 된다. 그리고 어디서부터 무엇을 알아내야 하는지는 명백했다.

C
R
E
S
S

23장

크레스는 잠에서 깼다. 전날 깨어났을 때와는 달리, 지금 크레스를 에워싼 것은 모래가 아니라 카스웰의 두 팔이었다. 자신을 끌어안은 그의 가슴이 오르락내리락하는 게 느껴졌다. 그의 숨결이 목덜미에 와 닿았다. 크레스는 무거운 눈꺼풀을 억지로 들어올렸다.

밤이 와 있었다. 어젯밤보다 더 큰 달이 떴고, 그 주위에 바다처럼 펼쳐진 별들이 반짝이며 윙크를 보냈다.

죽도록 목이 말랐다. 입안은 침이라고는 없이 바싹 말라 있었다. 그리고 몸이 덜덜 떨릴 만큼 추웠다. 침대 시트에 이불에 낙하산 방수포까지 겹겹이 덮은 데다가 화상을 입은 피부에서는 열이 나는데도, 게다가 카스웰의 따스한 품에 안겨 있는데도 그랬다. 크레스는 이를 딱딱 부딪치면서 카스웰의 가슴에 한껏 파고들었다. 그러자 그의 두 팔이 크레스를 더 꼭 끌어안았다.

하늘을 올려다보니 별들이 지구를 통째로 빨아들이려는 소용돌이처럼 빙빙 휘돌고 있었다. 그 별들이 깔깔대며 크레스를 비웃는 소리가 들리는 것 같았다.

크레스는 눈을 질끈 감았다. 그러자 시빌의 잔혹한 미소가 눈앞에 어른거렸다. 콧소리가 섞인 어린아이의 음성으로 흘러나오는 뉴스 헤드라인이 머릿속에서 메아리쳤다.

열네 개 도시가 습격당하다…… 1만 6000명이 살해돼…… 제3시대 사상 최고 규모의 학살……

"크레스. 크레스, 일어나."

크레스는 화들짝 놀라 눈을 떴다. 카스웰이 위에서 몸을 구부리고 있었다. 달빛에 반짝이는 그의 눈동자가 보였다. 카스웰은 손을 내밀어 크레스의 얼굴을 더듬어 찾더니, 이마를 만져보고는 욕을 뇌까렸다.

"너 열난다."

"추워요."

카스웰이 크레스의 팔을 쓰다듬었다. "미안해. 힘들겠지만 일어나야 해. 계속 걸어야지."

평생 들어본 중 가장 잔인한 말이었다. 몸에 힘이 전혀 없었다. 온몸이 모래가 되어서 실바람만 불어와도 무너져내릴 것 같았다.

"크레스, 정신 차려."

카스웰이 서늘하고도 다정한 손길로 크레스의 두 뺨을 감싸쥐었다. 크레스는 입천장에 들러붙는 혀를 억지로 떼어내며 말했다.

"못 일어나요."

"일어날 수 있어. 지금 이렇게 시원할 때 걸어야 해. 낮에 걷는 것보다 낫잖아. 알지?"

"발이 아파요……. 그리고 어지러워……."

카스웰이 얼굴을 찌푸렸다. 크레스는 그의 머리카락을 만져보고 싶었다. 크레스가 본 사진들에서 그는 늘 단정하고 세련된 모습이었다. 심지어 교도소 사진에서도. 그랬던 사람이 지금은 턱수염이 지저분하게 자라고 머리는 먼지투성이가 되어 꼴이 엉망진창이었다. 그런데 그 모습마저도 여전히 근사해 보였다.

"걷고 싶지 않다는 거 알아. 쉬어야 하는 상태라는 것도. 하지만 여기서 계속 누워 있다가는 두 번 다시 일어나지 못할지도 몰라."

그 말은 그다지 무시무시하게 들리지 않았다. 몸 밑에서 모래가 흔들리는 느낌이 들었다. 카스웰의 가슴에 손을 대보니 규칙적인 심장박동이 느껴졌다. 크레스는 행복한 한숨을 내쉬었다. 몸이 한 톨씩 부스러지면서 모래알이 되어 흩어지고 있었다…….

"함장님, 저 함장님을 사랑하는 것 같아요."

카스웰이 한쪽 눈썹을 치켜올렸다. 심장박동이 여섯 번 울렸을 때, 그의 입에서 피식 웃음이 흘러나왔다. "나한테 반하는 데 이틀이나 걸렸단 말이야? 내 매력도 이젠 예전 같지 않나 보네."

크레스는 그의 가슴 위에 얹은 손을 힘없이 모아쥐었다. "알고 있었어요?"

"네가 외로운 처지고, 내가 몹시 유혹적인 남자라는 거? 그래, 알고 있었지. 자, 크레스. 이제 일어나자."

크레스는 모래밭에 머리를 떨어뜨렸다. 잠기운이 마구 몰려왔다. 카스웰이 그냥 곁에 누워서 안아준다면 다시는 일어나지 않아도 될 텐데.

"크레스…… 야, 자면 안 돼. 난 네가 필요하다고. 크레스, 독수리를 생각해. 독수리!"

"나는 함장님에게 필요 없어요. 내가 없었으면 애초에 여기까지 오지도 않았을 거잖아요."

"그렇지 않아. 음…… 아닌가, 맞나? 아무튼 이미 여기까지 왔는데 그게 뭐 중요해?"

크레스는 부르르 떨었다. "절 미워하세요?"

"당연히 아니지. 자꾸 쓸데없는 말로 에너지 낭비하지 마."

카스웰이 크레스의 어깨를 안아 일으켜 앉혔다. 크레스는 그의 손목을 붙잡았다.

"함장님도 저를 사랑해주실 수 있나요?"

"크레스, 정말 듣기 좋은 말이긴 한데, 나 말고 다른 남자는 만나본 적도 없잖아. 자, 얼른 일어나서 가자."

크레스는 공포에 휩싸여 고개를 돌렸다. 카스웰은 크레스의 말을 믿지 않았다. 자신이 얼마나 절실히 그를 사랑하는지 이해하지 못하는 것이다.

"아아, 미치고 팔짝 뛰겠다. 지금 울려는 거 아니지? 그렇지?"

"아니에요……."

크레스는 입술을 깨물었다. 거짓말이 아니었다. 진심으로 울고 싶었지만 눈이 완전히 말라버려서 울 수조차 없었다. 카스웰은 머리에서 흙먼지를 풀풀 털어내더니 단호하게 말했다.

"그래. 우리는 분명 운명의 짝이야. 자, 이제 일어나."

"많은 여자들에게 사랑한다고 말했겠죠?"

"음, 그렇지. 하지만 네가 싫어할 줄 알았더라면 다시 생각해봤을 거야."

엄청난 고통이 밀어닥치면서 머리가 핑글 돌았다. 크레스는 모로 쓰러졌다. 그 순간 선명한 확신이 들었다. 이렇게 죽는구나. "난 죽을 거예요. 키스도 한 번 못 해보고 죽을 거야."

"크레스. 크레스! 넌 안 죽어."

"우리가 드라마에서처럼 열정적인 로맨스에 빠질 줄 알았는데…… 아니었어요. 나는 이렇게 혼자 죽네요. 단 한 번의 키스도 하지 못하고."

카스웰은 신음을 흘렸다. 마음이 아파서가 아니라 답답해서 내뱉는 신음이었다. "크레스, 이런 말 하긴 참 싫지만, 지금 나는 땀에 절었고 온몸이 근질근질하고 이틀째 이도 못 닦았어. 로맨스에 어울리는 상태가 아니란 말이야."

크레스는 흑 하는 소리를 내면서 머리를 무릎에 푹 파묻었다. 세상이 걷잡을 수 없이 빙글빙글 돌았다. 절망감에 숨이 막힐 것만 같았다. 사막은 영영 끝나지 않을 것이다. 둘은 영영 여기서 나갈 수 없을 것이다. 카스웰은 영영 자신을 사랑해주지 않을 것이다.

"크레스, 나를 봐. 나 보고 있어?"

"네에……."

카스웰이 망설이다 말했다. "안 보고 있잖아."

크레스는 한숨을 쉬며 힘겹게 고개를 들었다. 눈앞에 커튼처럼 드리워진 짧은 머리카락 너머로 카스웰의 얼굴이 보였다.

"보고 있어요."

카스웰이 가까이 쭈그려 앉아 크레스의 얼굴을 어루만졌다. "약속할게. 네가 키스도 못 하고 죽게 하진 않을 거야."

"나는 지금 죽어가고 있어요."

"아니야."

"하지만······."

"네가 죽을 땐 내가 판단할 거야. 그리고 그때는 여한 없을 만큼 멋진 키스를 해줄게. 하지만 지금은 일어나야 해."

크레스는 카스웰을 오래도록 바라보았다. 카스웰의 눈동자는 놀라울 만큼 맑았다. 마치 정말로 크레스를 마주보고 있기라도 한 것처럼. 의심에 찬 침묵이 한참 이어지는데도 그는 꿈쩍도 하지 않았다. 태평한 미소를 짓지도 않았고, 농담을 덧붙이지도 않았다. 그저 기다릴 뿐이었다.

크레스의 시선이 주체할 수 없이 카스웰의 입으로 미끄러졌다. 그때 마음속에서 무언가가 솟아올랐다. 결의였다. "약속해요?"

카스웰이 고개를 끄덕였다. "약속해."

일어서면 틀림없이 아플 거라는 생각에 몸서리가 쳐졌다. 그래도 크레스는 마음을 단단히 다잡고 카스웰의 부축을 받아 몸을 일으켰다. 일어서자마자 땅이 기울어지는 것 같았지만, 카스웰이 크레스를 꽉 붙들고 제대로 설 수 있도록 지탱해주었다. 빈속에서 쓰라린 허기가 몰려왔고, 발의 상처에서 통증이 솟아 다리와 등줄기를 타고 솟구쳤다. 얼굴이 절로 일그러졌지만 크레스는 최대한 참아냈다. 그리고 카스웰의 도움을 받아 시트를 머리에 뒤집어쓰고 묶어서 고정했다.

"발에서 피 나?"

카스웰이 물었다. 하지만 발이 수건에 싸여 있는 데다 날이 너무 어두워서 잘 보이지 않았다.

"모르겠어요. 아프긴 해요. 엄청."

"상처 부위가 감염돼서 열병이 났는지도 모르겠다. 아니면 탈수 증상 때문일 수도 있고. 이거 다 마셔."

카스웰이 물이 절반 정도 차 있는 병을 내밀었다. 남은 물은 그게 다였다. 크레스는 입에 병을 댔다가 멈칫하고 한 방울도 흘리지 않으려 전전긍긍하면서 고민에 빠졌다. 무척이나 마시고 싶긴 했다. 이걸 다 마셔도 갈증은 풀리지 않을 것이다. 하지만…….

"전부 다 마셔."

카스웰이 재차 말하자 크레스는 일단 들이켜기 시작했다. 목이 물을 더 달라고 아우성쳤다. 적당히 목을 달랬을 때 크레스는 병을 입에서 뗐다.

"하지만 함장님은요?"

"나는 마셨어."

거짓말이라는 건 알고 있었다. 하지만 아무리 카스웰을 위해 갈증을 참고 싶어도 물을 한 모금 마실 때마다 인내력도 그만큼 줄어들었다. 결국은 남은 물을 전부 마시고야 말았다.

병을 거꾸로 들어올려 마지막 한 방울까지 입에 탈탈 털어 넣자 황홀한 현기증이 들었다. 크레스는 빈 병을 카스웰이 멘 보따리에 밀어넣으며 애타게 입을 다셨다. 지평선을 내다보니 산의 그림자가 보였다. 아직도 아득히 멀었다.

카스웰이 지팡이를 집어들었다. 크레스는 심호흡을 세 번 하고서 용기를 북돋웠다. 그리고 다음 모래 언덕까지 몇 걸음 가야 할지 가늠한 다음, 자신의 걸음을 헤아리면서 발을 옮겼다. 한 발, 또 한 발. 들숨, 날숨. 용감한 탐험가가 되는 공상은 잊은 지 오래였다. 이제 크레스는 카스웰이 자신에게 의지하고 있다는 사실에만 매달리고 있었다.

언덕을 오르다 보니 또 추워져서 이가 딱딱 부딪쳤다. 휘청거리다가 두 번이나 넘어질 뻔했다. 크레스는 행복한 공상에 빠져들려 안간힘을 썼다. 푹신한 침대와 보들보들한 이불을 상상했다. 창밖으로 꽃들이 내다보이는 아늑한 방에서 대낮이 되도록 곤히 자는 것을 상상했다. 그렇게 자다가 깨어났을 때 카스웰의 품 안에 안겨 있다면 어떨까. 이마 위의 머리카락을 쓸어올려주는 그의 손가락, 뺨에 굿모닝 키스를 해주는 그의 입술……

하지만 그 상상에는 몰입할 수 없었다. 그런 방에 가본 적이 없었으니까. 기껏 구체적인 상상을 떠올렸다가도 몸에서 치밀어오르는 고통 때문에 금세 잊어버리기 일쑤였다.

언덕 하나를 지나자 벌써 숨이 찼다.

언덕 두 개째. 저 멀리서 산이 비웃는 듯 어른거렸다.

언덕 하나를 넘을 때마다 크레스는 다음 언덕에 온 신경을 집중했다. 저 언덕만 넘고 나면 앉아서 쉴 거라고, 그러니 딱 하나만 더 넘자고 자신을 달랬다. 하지만 일단 그렇게 넘어가고 나면 쉬지 않고 또 다음 언덕을 향해 나아갔다.

크레스가 발을 헛디뎌 주저앉으면 카스웰이 말없이 일으켜주었다. 크레스의 발걸음이 더뎌지다 못해 기어가다시피 할 때도 카스웰은 아무 말도 하지 않았다. 어쨌든 멈추지 않고 나아가고는 있으니까. 결코 재촉하지 않고 조바심을 내지도 않는 그의 한결같은 침묵이 사뭇 위안이 되었다.

얼마나 오랜 시간을 그렇게 하염없이 걸었을까. 정신이 혼미해지고 사지가 떨어져나가려 할 즈음, 밝아오는 먼동의 빛 속에서 크레스는 주변 풍경이 바뀌었다는 것을 깨달았다. 모래 언덕들이 이전보다 낮아졌고, 앞에는 바위투성이 붉은 흙바닥에 가시덤불이 드문드문 자라나 있었다. 그 너머에 펼쳐진 산기슭의 구릉도 보였다.

크레스는 카스웰을 돌아보았다가 지친 기색이 역력한 그의 얼굴을 보고 흠칫 놀랐다. 하지만 카스웰은 금세 표정을 단호히 굳히고 크레스를 따라 걸음을 멈췄다. 크레스는 눈앞에 보이는 광경을 그에게 최대한 설명해주었다.

"그 덤불까지 걸어가려면 얼마나 걸릴 것 같아?"

크레스는 거리를 가늠해보려 했지만 자신이 또 신기루를 보는 게 아닐까 두려웠다. 저 가시덤불도 한 걸음 나아갈 때마다 달아나버릴 것만 같았다.

"모르겠어요."

카스웰이 고개를 끄덕였다. "괜찮아. 날이 너무 더워지기 전에 최대한 거기까지 가보자. 가지에 묻은 이슬을 마실 수 있을지도 몰라."

이슬. 물. 단 한 방울이라도 혀에 댈 수만 있다면…… 이번에는 흙탕물이라고 해도 절대로 무시하지 않을 것이다.

크레스는 또 걸음을 옮겼다. 몇 발짝 만에 다리가 비명을 질렀지만 이내 감각이 다시 둔해졌다.

그 순간 무언가 하얗고 커다란 것이 시야에 들어왔다. 크레스는 우뚝 멈춰섰다. 그 바람에 카스웰이 걸어오다가 몸을 부딪쳤다. 카스웰은 넘어지려고 하는 크레스의 어깨를 붙잡아 지탱해주었다.

"왜 그래?"

"도…… 동물이 있어요."

크레스는 언덕 꼭대기에 있는 그 동물이 놀랄까 봐 나지막이 속삭였다. 동물은 이미 이쪽을 보고 있었다. 녀석의 고요한 시선이 크레스를 똑바로 마주보았다. 크레스는 자신이 아는 지구의 야생동물에 대한 지식을 뒤지며 그게 무슨 짐승일지 추측해보았다. 염소의 일종일까? 아니면 영양? 가느다란 흰 다리, 커다란 발굽, 불거진 갈비뼈와 둥그런 배가 눈에 띄었다. 차분한 얼굴은 황갈색이고 눈 주위의 털은 검은색과 흰색이어서 마스크를 쓴 것처럼 보였다. 머리에는 나선형 뿔이 우뚝 솟아 있어 몸집이 더욱 커 보였다.

지구의 동물을 보는 건 난생 처음이었다. 검은 눈을 한 번 깜빡이지도 않고 크레스를 바라보는 그 동물은 아름답고, 장엄하고, 신비로웠다.

그 동물과 마음으로 대화를 나눌 수 있을 것만 같은 생각이 들었다. 안전한 곳으로 안내해달라고 부탁을 해보면 어떨까. 그러면 동물은 크레스의 고운 마음씨를 알아보고 딱하게 여겨줄지도 모른다. 동물의 형상을 취한 고대의 여신처럼 크레스를 운명으로 인도해줄지도 모른다.

"동물?"

카스웰이 물었다. 그제야 크레스는 더 구체적으로 설명해야 한다는 것을 깨달았다.

"다리가 길고, 뿔이 있고…… 그리고…… 아름다워요."

"아, 잘됐네. 또 아름답다 이거지."

카스웰의 목소리에 웃음기가 배어났다. 크레스는 그를 돌아보지 않았다. 저 짐승에게서 시선을 떼면 유령처럼 공기 중에 흩어져 사라질까 봐 겁이 났다.

"아마 근처에 물이 있을 거야. 계속 가야겠다."

크레스는 조심스럽게 발을 옮겼다. 모래가 발밑에서 부스러지는 감각이 이전보다 더욱 예민하게 느껴졌다. 지극히 우아하고 차분하게 서 있는 저 짐승을 보니, 이제껏 자신과 카스웰이 얼마나 휘청거리고 비틀거리며 서투르게 움직였는지 새삼 실감이 되었다.

두 사람이 가까이 다가오자 동물은 고개를 갸웃했다. 크레스는 자기도 모르게 숨을 참았다.

동물이 별안간 눈을 깜빡이더니 다른 편 모래 언덕으로 머리를 돌렸다.

사막에 탕 하는 총성이 울려퍼졌다.

24장

동물이 일순간 경직되더니, 옆구리에서 피를 쏟으며 언덕 밑으로 굴러떨어졌다. 크레스는 비명을 지르며 뒤로 자빠졌다. 그러자 카스웰이 크레스의 몸을 붙잡고 모래 바닥으로 끌어내렸다.

"크레스! 괜찮아?"

크레스는 대답 없이 몸서리쳤다. 동물은 가죽에 모래를 묻혀가며 비탈을 데굴데굴 굴러내려가고 있었다. 크레스는 비명을 내지르고 싶었지만 목소리가 나오지 않았다. 저 동물이 자신에게 무언가를 말해주려고 했는데 끝장나버렸다는 생각밖에 들지 않았다. 세상이 흔들거리며 희미해져갔고, 속이 메스꺼워졌고, 모래에 튄 피가 눈앞에 어른거리고, 뭐가 어떻게 된 건지 알 수 없었다…….

"크레스! 크레스!"

자신을 더듬는 카스웰의 손이 느껴졌다. 크레스가 총에 맞은 줄 알고 그러는 것 같았다. 크레스는 그의 손목을 부여잡고 힘을 꼭 주며 진실을 전하려고 애를 썼다.

"저는…… 저는 괜……." 나오지 않는 목소리를 힘겹게 쥐어짜내던 크레스는 말을 뚝 끊었다.

어디선가 또 다른 소리가 들려왔다. 헐떡이는 숨소리, 발을 질질 끄는 소리…….

크레스는 공포에 사로잡혀 카스웰의 품 속으로 움츠러들었다. 그 순간 언덕 꼭대기에 엽총을 든 사내가 나타났다. 그는 죽어가는 동물에게 우선 눈길을 줬다가, 곁눈으로 크레스와 카스웰을 보고는 화들짝 놀라 외마디 비명을 질렀다.

사내는 머리에 얇고 반투명한 천을 두르고 있었고, 얼굴 아랫부분부터 발목까지는 덧옷으로 꽁꽁 휘감고 있었다. 사막의 혹독한 환경에 대비해 완전무장한 차림새였다. 얼굴에서 드러난 부분이라고는 갈색 눈동자와 콧마루뿐이었다. 덧옷 끝자락 아래로 청바지 밑단이 살짝 드러나 보였다. 햇빛에 탈색된 부츠에는 모래가 덕지덕지 들러붙어 있었다.

사내는 크레스와 카스웰을 살펴보더니 총을 내리고 무어라 말을 했다. 그런데 무슨 말인지 한마디도 알아들을 수 없었다. 크레스는 자신이 너무 지치고 힘든 나머지 급기야 미쳐버린 건가 싶었다.

카스웰이 크레스의 팔을 꼭 붙잡았다. 사내는 두 사람을 바라보며 잠시 침묵하더니 치켜올렸던 눈썹을 떨궜다. 머리쓰개 밑으로 내려온 눈썹이 희끗하게 세어 있었다.

"공용어 할 줄 아나?" 사내가 다시 물었다. 그 말도 지역 억양이 너무 심해서 간신히 무슨 뜻인지 알아들을 수 있었다. 사내는 두 사람이 뒤집어쓴 시트와 너덜너덜한 옷을 훑어보았다. "여기 사람 아니군."

카스웰이 목쉰 소리로 말했다. "네, 도움이 필요합니다. 제…… 아내와 함께 여행하다가 이틀 전에 강도를 당했습니다. 물이 바닥났어요. 제발 도와주십시오."

사내가 눈을 게슴츠레 뜨고 카스웰을 쳐다보았다. "당신 눈은?"

카스웰이 입술을 오므렸다. 아무렇지 않은 척하고 있었지만 초점이 없는 두 눈을 감출 수는 없었다. "강도에게 머리를 얻어맞았더니 눈이 안 보입니다. 아내는 열이 심하게 나고요."

사내가 고개를 끄덕이더니 서투른 공용어로 더듬더듬 말했다. "물론이지. 내 치…… 친구들 가까워. 근처에 오아시스 있어. 우리는 야용…… 야영지 있어."

크레스는 아찔해졌다. 오아시스! 야영지!

사내가 쓰러진 동물의 몸뚱이를 고갯짓했다. "나는 저 동물 가져가야 해. 걸을 수 있어? 아마…… 10분쯤?"

카스웰이 크레스의 팔을 어루만졌다. "걸을 수 있습니다."

둘은 사내를 따라 사막을 걸었다. 10분이 한 시간처럼 길게 느껴졌다. 크레스는 모래에 자국을 남기며 사내에게 질질 끌려가는 가엾은 동물의 사체를 보지 않으려고 애쓰면서, 곧 안전한 곳에 도착한다는 생각에만 집중했다.

마침내 눈앞에 오아시스가 보였다. 낙원 같은 그 풍경 앞에서 크레스는 왈칵 목이 메었다.

"묘사해줘." 카스웰이 크레스의 팔을 거머쥐며 속삭였다.

"호수가 있어요."

이번에는 진짜였다. 저렇게 선명하고 생생한 호수를 보고 있자니, 자신이 보았던 그 어렴풋한 신기루를 진짜라고 착각했다는 게 어이없을 정도였다.

"하늘처럼 새파란 호수가 풀밭에 둘러싸여 있어요. 나무도 열 그루 넘게 있는 것 같아요……. 야자수일 거예요, 아마. 나무는 가느다랗고 길쭉하고……."

"크레스, 사람들 말이야. 사람들을 묘사해줘."

"아, 일곱 명이 보여요……. 성별은 잘 구분이 안 돼요. 모두 밝은 색깔의 덧옷을 머리끝까지 뒤집어쓰고 있어요. 그리고…… 낙타? 낙타도 있네요. 물가에 매여 있어요. 그리고 모닥불도 있고, 사람들이 돗자리를 깔고 텐트를 치고 있어요. 그늘도 많아요!"

사냥감을 끌고 가던 남자가 언덕 비탈 밑에 멈춰섰다.

"그 남자분이 우리를 기다리고 있어요."

카스웰이 몸을 구부려 크레스의 뺨에 입을 맞췄다. 크레스는 뻣뻣하게 굳었다.

"'스미스 부인', 우린 이제 살았어."

야영지에 가까이 다가가자 사람들이 일어섰다. 그중 두 명이 마중을 나왔다. 둘 다 입가리개를 턱 밑으로 끌어내리고 있었기에, 한 명은 여자라는 것을 알아볼 수 있었다. 사냥꾼이 자기들 언어로 그들에게 설명을 하자, 사람들의 얼굴에 연민과 호기심이 뒤섞인 표정이 떠올랐다. 조금이라도 수상쩍어하는 기색은 없었다.

마중을 나온 여자는 야영지 사람들 중에서 가장 눈매가 날카로웠지만, 누구보다도 먼저 미소를 지었다. 그리고 사냥꾼보다 훨씬 매끄러운 공용어로 말했다. "세상에, 고생이 얼마나 심했을까요. 저는 지나라고 해요. 이쪽은 제 남편 니엘스고요. 우리 캐러밴에 오신 걸 환영합니다. 자, 음식과 물을 드릴 테니 이쪽으로 오세요. 니엘스, 남자분 짐 좀 들어드려."

남편이 카스웰의 어깨에서 보따리를 가져갔다. 물을 다 마셨기에 짐은 처음보다 가벼웠지만, 그래도 무게가 만만치 않았는지 카스웰이 한시름 놓은 표정을 지었다.

"우리 짐에도 음식이 좀 있습니다. 대부분 영양 보존 식품이죠. 얼마 안 되긴 하지만 답례로 드리겠습니다."

카스웰의 말에 지나가 고개를 저었다. "말씀은 고마워요. 하지만 우리는 거래를 하려는 게 아니라 도와드리려는 거예요."

사람들이 크레스와 카스웰을 모닥불 쪽으로 이끌었다. 아무것도 묻지 않아서 고마울 따름이었다. 두꺼운 돗자리에 앉아 있던 사람들이 둘에게 앉을 자리를 내어주면서 호기심 어린 시선을 던졌다. 사냥꾼은 동물의 사체를 끌고 다른 곳으로 걸어갔다.

"저게 무슨 동물이에요?"

크레스는 질질 끌려가는 동물의 뒷모습에서 눈을 떼지 못하고 물었다. 니엘스가 물이 가득 찬 통을 두 사람에게 건네주며 대답했다.

"나사뿔영양입니다."

"무척 아름다웠어요."

"맛도 아주 좋지요. 얼른 물부터 마셔요."

나사뿔영양을 위해 애도하고 싶었지만 갈증 해소가 더 급했다. 크레스는 물통을 들고 실컷 들이마셨다. 물이 배 속에 가득 쏟아져 들어가자 위장이 아렸다.

조용한 가운데 사람들이 쳐다보는 시선이 느껴졌다. 크레스는 그들과 눈을 마주치지 않으려고 하면서 무의식적으로 카스웰의 옆에 바싹 붙어 앉았다. 그러자 카스웰은 크레스에게 한 팔을 둘러줄 수밖에 없었다.

"여러분께 정말 큰 은혜를 입었습니다."

카스웰이 편안한 미소를 지으며 감사의 인사를 했다. 그러자 지나가 입을 열었다.

"무척 운이 좋으신 거예요. 크웬데가 여러분을 찾았으니 천만다행이죠. 사막은 사람에게 결코 친절한 장소가 아닌데…… 행운을 타고나신 게 틀림없어요."

크레스는 입꼬리를 당겨 미소를 지었다.

"아내분이 꽤 어리시네요. 언제 결혼하신 건가요?"

크레스에게는 그 질문이 캐묻는 것처럼 들렸지만, 지나의 표정은 어디까지나 상냥할 뿐이었다. 카스웰이 크레스를 잡은 손에 힘을 꽉 주며 말했다.

"신혼입니다. 신혼여행 오는 길에 이렇게 되어버렸으니, 운이 좋다고 할 수 있을지."

"그리고 저는 보기만큼 그렇게 어리지 않아요." 크레스는 카스웰의 부부 연기에 어떻게든 동참해야 할 것 같아서 그렇게 덧붙였는데, 목소리가 새되게 갈라져버렸다. 차라리 아무 말도 하지 말걸 하는 후회가 들었다.

"언젠간 앳된 얼굴이라 잘됐다는 생각이 들 때가 있을 거예요."

지나가 윙크를 했다. 크레스는 시선을 떨구었다. 어느새 앞에 김이 모락모락 올라오는 음식과 커다란 숟가락이 놓여 있었다. 진하고 매콤하고 이국적인 향이 물씬 풍기자 눈물이 날 것만 같았다.

크레스는 음식을 앞에 두고 망설였다. 음식을 옆 사람에게 차례대로 돌려주고 천천히 예의 바르게 먹어야 하는 게 아닐까? 그런데 주위를 흘끔 둘러보니, 모여 앉은 사람들 모두가 이미 자기 몫의 음식을 받아서 먹고 있었다. 크레스는 부리나케 그릇을 무릎 위에 올려놓고 살짝 맛을 보았다. 지구의 음식은 처음이어서 무슨 재료가 들어갔는지 알기 어려웠다. 밥에 걸쭉하고 향긋한 소스가 덮여 있었고, 그 속에 여러 종류의 채소가 섞여 있었다. 그중에서 완두콩은 루나에도 있는 것이라 쉽게 알 수 있었지만, 나머지는 정체불명이었다.

소스를 한 숟가락 펐더니 무언가 노르스름하고 단단한 덩어리가 딸려왔다. 이로 깨물자 부드럽고 뜨거운 속살이 씹혔다.

"감자를 처음 드세요?"

크레스는 고개를 퍼뜩 들었다. 지나가 호기심 어린 눈으로 쳐다보고 있었다. 그제야 크레스는 그게 감자였다는 걸 깨달았다. 루나의 감자는 색이 더 짙고 질감도 퍼석퍼석해서 미처 알아차리지 못했던 것이다.

"이거…… 무슨 소스예요?" 크레스는 자신이 대답을 회피한다는 걸 지나가 눈치채지 못하기를 바라며 말을 돌렸다.

"그냥 카레예요. 마음에 드세요?"

크레스는 열심히 고개를 주억거렸다. "진짜 맛있어요. 고맙습니다."

사람들의 시선이 또 다시 자신에게 쏠리는 것이 느껴졌다. 크레스는 나머지 감자 덩어리를 입안에 허겁지겁 쑤셔넣었다. 소스가 매워서 얼굴이 화끈 달아올랐다. 먹다 보니 말린 고기 한 접시가 나왔다. 무슨 동물의 고기냐고는 차마 물을 수 없었다. 그런 다음에는 즙이 많은 주황색 과일과 달콤한 녹색 견과가 잔뜩 나왔다. 시빌이 가끔 가져다주었던 단백질 보충용 견과보다 훨씬 고소했다.

"교역하는 분들이신가요?" 카스웰이 크레스가 건네준 견과 한 줌을 받아쥐면서 물었다.

"그렇지요. 저희는 1년에 네 번 정도 이렇게 여행을 해요. 사막에 강도가 나타났다니 정말 놀라셨겠네요. 강도는 오래전에 사라진 줄 알았는데."

카스웰은 어깨를 으쓱했다. "요즘은 워낙 힘든 시기니까요. 그나저나 이런 거 여쭤봐도 될지 모르겠는데, 왜 낙타를 타고 다니십니까? 뭐랄까……, 예스러운 방식 같아서요. 제2시대로 돌아온 것 같은 느낌이에요."

"요즘에도 흔한 일인걸요. 우리는 사하라 곳곳에 있는 작은 마을들을 상대로 장사를 하는데, 길에 전자석이 안 깔린 동네가 대부분이거든요. 사막을 가로지르는 교역로는 말할 것도 없고요."

그릇을 쥔 카스웰의 손에 힘이 들어갔다. 사하라. 별을 보고 짐작했던 위치가 맞았다. 카스웰은 짐짓 아무렇지도 않은 표정을 지었고, 크레스도 그렇게 하려고 노력했다.

"그러면 바퀴 달린 차량이라도 쓰시면 낫지 않습니까?"

한 남자가 나서서 대답했다. "가끔은 그러기도 하지만 특별한 경우에만 씁니다. 사막에서는 기계가 곧잘 고장 나요. 낙타가 훨씬 믿음직하죠."

지나가 달콤하고 끈적한 과일을 몇 조각 잘라서 카레 위에 얹었다. "호화로운 생활은 아니긴 하지만 우린 제법 바쁘게 산답니다. 그 마을들은 저희를 통해 삶을 유지하니까요."

크레스는 대화에 귀를 기울이면서 말없이 음식만 먹었다. 목도 축이고 배도 채우고 정말 안전해졌다는 실감이 들자 이제껏 생각지 못했던 새로운 두려움이 몰려왔다. 저 사람들이 금방이라도 크레스가 어딘지 이상하다는 것을 알아차릴까 봐 겁이 났다. 무언가 지구인답지 않은 면이 엿보이면 어쩌나? 아니면 카스웰이 1급 수배범이라는 걸 들킬지도 모른다.

고개를 들기만 하면 자신과 카스웰을 쳐다보는 사람들의 눈이 보였다. 크레스는 한사코 음식에 고개를 처박고 아무도 자신에게 말을 걸지 않기만을 바랐다. 무슨 말을 해도 별나게 들릴 것 같고, 눈만 마주쳐도 비밀을 들켜버릴 것 같았다.

지나의 남편 니엘스가 말했다. "관광객이 여길 지나는 일은 거의 없어요. 외국인이 온다고 해봤자 광부나 고고학자밖에 없죠. 전염병이 터진 후로 사하라의 이쪽 지역은 사람들에게 완전히 잊히다시피 됐거든요."

"소문이 지나치게 과장되었다고 하던데요. 실제로는 전염병이 그렇게 심각하지는 않았다고 들었습니다."

카스웰의 입에서 너무나 천연덕스럽게 거짓말이 튀어나와서 크레스는 내심 놀랐다.

"아뇨, 실제로도 심각해요. 소문보다 훨씬 더하죠."

"어느 마을로 가시던 길인가요?"

지나의 질문에 카스웰은 조금도 지체하지 않고 대답했다. "아, 어디로 데려다주시든 상관없습니다. 이미 신세를 많이 졌는데요. 어느 마을에든 도착하면 거기서 넷스크린으로 차편을 수배하면 됩니다. 음…… 혹시 포트스크린 가진 것 있으세요?"

50대쯤 되어 보이는 여자가 말했다. "있긴 한데, 네트워크 신호가 잘 안 잡힐 거예요. 쿠프라에 도착한 뒤에야 써먹을 수 있을 걸요."

"쿠프라?"

니엘스가 대신 대답했다. "우리가 가려던 교역도시입니다. 하루 정도 걸릴 텐데, 거기 가면 필요한 건 뭐든 얻으실 수 있을 거예요."

지나가 말했다. "오늘은 쉬고 내일 출발하려고 해요. 그때까지 푹 쉬세요. 땡볕은 피하시고요."

"어떻게 감사를 드려야 좋을지 모르겠군요."

카스웰이 환하게 웃으며 그렇게 말하는데, 크레스는 머리가 핑 도는 느낌이 들었다. 현기증이 너무 심해서 그릇을 내려놓을 수밖에 없었다. "안색이 나빠 보이는데요"라는 말이 들렸지만 누구 목소리인지 알 수 없었다.

"아내가 아까부터 아팠습니다."

"어머, 진작 말씀하시지. 열병에 걸렸을지도 모르는데." 지나가 음식을 내려놓고 일어섰다. "부인, 불 옆에 있으면 안 돼요. 오늘 밤은 크웬데의 텐트에서 주무세요. 물을 충분히 마셔두고요. 자말, 이불에 물 좀 적셔서 가져다줄래?"

크레스는 지나의 손을 잡고 일어섰다. 그리고 용기를 내어 카스웰의 뺨에 입을 맞추려고 하는데, 그에게 몸을 굽힌 순간 머리에 피가 확 쏠리면서 눈앞이 하얗게 물들었다. 크레스는 그대로 모래밭에 쓰러졌다.

25장

신더는 커튼을 젖히고 가게 안으로 들어갔다. 그리고 제이신이 뒤따라 들어오는 동안 커튼을 잡아주면서 실내에 늘어선 선반들을 둘러보았다. 다양한 허브와 액체가 든 병들이 눈에 띄었다. 병에 붙은 이름표는 신더가 모르는 언어로 씌어 있어서 뭐가 뭔지 알 수 없었다. 어차피 오래 쳐다보고 있으면 사이보그 시스템이 자동으로 네트워크를 검색해 번역해주겠지만. 식재료들 옆에는 동방연방의 약국에서 흔히 보았던 약품상자며 알약 병 따위가 있었고, 반창고, 붕대, 연고, 마사지오일, 양초, 해부 모형, 신체 반응 검사에 쓰이는 포트스크린 부속품들도 있었다. 지저분한 창문에서 새어드는 햇빛 줄기 사이로 먼지들이 떠돌았다. 한쪽 구석에서는 선풍기가 천천히 돌아가고 있었지만 더위를 쫓는 데는 별 도움이 되지 않는 것 같았다. 다른 편에는 깜빡거리는 홀로그램이 떠올라 있었다. 옆구리 부상으로 내출혈이 발생하는 과정을 보여주는 홀로그램이었다.

제이신이 약간 절뚝거리는 걸음걸이로 약국 안쪽으로 걸어갔다. 신더는 그를 따라가면서 카운터 쪽을 향해 소리쳤다.

"누구 계세요?"

카운터 뒤편에는 무성한 화초로 뒤덮인 세면대와 낡은 거울이 있고, 그 옆에 커튼 달린 문이 하나 있었다. 거기서 한 여자가 커튼을 젖히고 고개를 내밀었다. 여자는 단순한 청바지에 밝은 색깔 무늬가 들어간 상의를 입고, 그 위에 앞치마를 걸치고 있던 참이었다.

"네, 갑니……." 여자가 신더를 보고는 눈을 휘둥그레 떴다. 그러더니 앞치마의 끈을 당겨 묶으면서 활짝 웃고는, 신더가 이 지역에서 자주 들은 독특한 억양으로 말했다. "어서 오세요!"

신더는 카운터 위에 포트스크린을 올려놓고 얼랜드 박사가 적어준 목록을 화면에 띄웠다. "안녕하세요? 저, 이런 물건들을 구하고 싶은데요. 여기서 취급하신다고 들었어요."

"린 신더."

신더는 고개를 들었다. 여자는 여전히 함박웃음을 짓고 있었다.

"네?"

"당신은 용감하고 아름다워요."

신더는 뻣뻣하게 굳었다. 칭찬이 아니라 협박을 들은 기분이었다. 설마 농담이겠지 생각했는데, 기다려봐도 시야에 거짓말 경고등은 켜지지 않았다.

용감하다는 말까지는 납득할 수 있었다. 무도회에서 신더가 벌인 짓에 대해 사람들이 그렇게 말할 수도 있다는 건 이해했다. 하지만 아름답다니?

여자는 싱글싱글 웃고 있었다. 신더는 "음, 고맙습니다"라고 말하고 포트스크린을 내밀었다.

"제 친구가 이 목록을 적어줬는데요……."

여자는 듣는 척도 하지 않고 신더의 손을 덥썩 부여잡았다. 신더는 여자가 다짜고짜 자신을 만진 데에도 놀랐지만, 자신의 금속 손을 만지고도 전혀 거리끼는 기색이 없어서 더더욱 놀랐다.

보다 못한 제이신이 옆에서 포트스크린을 여자 쪽으로 확 밀었다. 여자는 그걸 받느라 신더의 손을 놓을 수밖에 없었다. 제이신이 화면을 가리키며 말했다.

"이 물건들이 필요합니다."

제이신을 훑어보는 여자의 얼굴에서 웃음기가 사라졌다. 제이신은 경호원 제복 셔츠를 입고 있었다. 깨끗하게 빨고 기워놓은 그 고동색 천에 혈흔은 거의 남아 있지 않았다.

"내 아들도 레바나의 경호원 후보생으로 징병되었지. 하지만 그 애는 댁처럼 무례하지 않았어."

제이신이 어깨를 으쓱했다. "우리가 좀 바빠서요."

"잠깐, 루나인이세요?"

여자가 신더를 돌아보더니 표정이 대번에 누그러졌다. "그렇죠. 당신처럼요."

신더는 자신을 그렇게 거리낌 없이 루나인이라고 부르는 게 불편했지만 내색하지 않았다.

"그리고 아드님이 왕실 경호원이고요?"

"아, 아뇨. 그 애는 자살했어요. 레바나의 꼭두각시가 되느니 죽는 게 낫다면서." 여자는 제이신을 노려보며 자세를 꼿꼿이 세웠다.

"아…… 여쭤봐서 죄송해요."

"자기 어머니의 인생에는 별로 신경 쓰지 않았나 보군요." 제이신이 힐난을 던졌다.

"제이신!"

신더가 버럭 소리치자, 제이신은 머리를 절레절레 흔들며 포트스크린을 도로 낚아챘다.

"물건은 제가 찾아보겠습니다. 당신은 약국 주인장의 사연이나 들어주시든지요."

신더는 진열대 사이로 걸어들어가는 제이신의 뒷모습을 보이지 않을 때까지 노려보았다.

"죄송해요. 아시겠지만…… 저 사람도 루나인이에요."

"레바나의 부하죠." 여자는 불쾌한 기색이 역력했다.

"이제는 아니에요."

여자는 뭐라 투덜거리면서 선풍기를 돌려 신더에게 바람이 가게끔 해놓았다. "용기는 여러 방식으로 발휘되지요. 아시겠지만요."

"그런 것 같아요."

"친구분이 경호대에 들어간 것도 용감한 선택이었을 거예요. 제 아들은 그걸 거부할 만큼 용감했던 거고요."

여자가 그렇게 말하면서 뿌듯한 표정을 지었다. 신더는 손목을 만지작거렸다. 이제는 더 이상 장갑을 끼지 않는데도 초조할 때마다 장갑을 문지르는 습관을 버리기 힘들었다.

"그 뒤에 무슨 일이 있었나요?"

여자의 자부심 어린 표정에 분노와 슬픔이 뒤섞였다. "아들이 죽은 지 사흘 뒤 정부에서 사람들이 찾아왔어요. 그들은 제 남편을 길바닥에 끌어내 아들을 불충하게 키운 죄를 여왕에게 사죄하고 용서를 빌라고 하더군요. 어차피 죽일 거면서 말이에요. 여왕을 거역하려는 징집병들에게 본보기를 보여주려는 거였죠."

여자는 눈물을 글썽거리면서도 쓴웃음을 지으며 울음을 참아냈다. "남편이 처형당한 뒤, 저는 지구로 밀입국할 방법을 찾아다녔어요. 지구까지 태워줄 우주선을 구하는 데 4년이나 걸렸죠. 그 4년 동안 저는 레바나를 좋아하는 척, 충성스러운 시민인 척 가장하며 살아야 했어요."

신더는 침을 꿀꺽 삼켰다. "정말 안타까워요."

여자가 신더의 볼을 어루만지며 강철처럼 단단한 목소리로 말했다. "나는 레바나를 당당히 거역하지 못했어요. 당신이 그렇게 해주어서 고마워요."

"펜탈린텐은 어디 있습니까?"

제이신이 돌아와 작은 상자 세 개를 카운터에 내려놓으며 물었다. 그러자 여자가 입을 꾹 다물더니, 제이신의 손에서 포트스크린을 빼앗았다.

"내가 할 테니 놔둬요."

여자가 카운터 밖으로 나와서 진열대 쪽으로 걸어가버렸다. 제이신이 여자를 보며 투덜거렸다.

"진작 좀 그러지."

신더는 금속 손으로 턱을 괴고 제이신을 쳐다보았다. "왕실 경호원이 의무적으로 하는 일인 줄은 몰랐어."

"다 그런 건 아닙니다. 선택되고 싶어 하는 사람들이 훨씬 많아요. 루나에서는 큰 영광으로 통하죠."

"그쪽은?"

제이신이 신더를 흘끔 돌아보았다. "싫었죠. 나는 의사가 되고 싶었어요."

빈정거리는 어조였지만, 신더의 시각생체 판단에 의하면 그건 거짓말이 아니었다. 신더는 팔짱을 끼고서 물었다. "그래서, 누구를 지키려고 한 거야?"

"무슨 뜻입니까?"

바닥에 무언가가 긁히는 소리가 났다. 약국 주인이 물건이 들어 있는 통들을 밀치고 있는 모양이었다.

"징집을 거부하면 네 주변 사람이 레바나에게 죽게 될 테니, 그걸 막으려고 입대했을 거 아니야?"

제이신의 연회색 눈이 흐릿해졌다. 그는 카운터 뒤로 돌아가서 선풍기 바람을 쐬며 말했다. "이제 와서는 아무런 의미도 없죠. 어차피 죽을 텐데."

신더는 시선을 돌렸다. 제이신은 신더의 편에 서기로 선택한 대가로 소중한 사람을 잃을 수도 있었다.

"아니야. 네가 배신했다는 걸 레바나가 아직 모를 수도 있잖아. 나한테 마법으로 조종당해서 강제로 돕고 있는 줄 알 거야."

"그렇다고 뭐가 달라질 것 같습니까?"

"달라질 수도 있지."

신더는 약국 주인이 통 속을 뒤지는 모습을 지켜보았다. 파리 한 마리가 얼굴에 날아들었다. 신더는 손을 휘저어 파리를 쫓아내며 화제를 돌렸다. "그러면 왕실 경호원을 뽑는 기준은 뭐야?"

"몇 가지 특정한 자질이 있어야 합니다."

"그 자질에 충성심은 포함이 안 되나 봐?"

"그럴 필요가 없죠. 충성심 따위야 레바나가 얼마든지 불러일으킬 수 있으니까. 당신의 특수첩보원 친구랑 마찬가지예요. 그는 빠른 반사작용, 뛰어난 본능, 적정 수준의 상식을 갖추었겠죠. 그러면 마법사가 그를 조종해서 짐승처럼 바꾸어놓는 겁니다. 그가 무슨 생각을 하는지, 뭘 원하는지는 중요하지 않아요. 어차피 시키는 대로 하게 되니까."

"울프는 그 명령에 맞서 싸웠어." 신더는 곧바로 항변했다. 스칼렛이 없으니 자신이라도 울프를 변호해야 할 것 같았다. 신더가 처음 울프를 보았을 때, 그는 피를 흠뻑 뒤집어쓰고서 스칼렛을 해칠 기세로 덮치고 있었다. 하지만 스칼렛은 그때 신더 일행이 막지 않았더라도 울프가 자기를 해치지 않았을 거라고 극구 주장했다. 울프는 다른 첩보원들과 다르다고, 의지력이 훨씬 강하다고.

물론 그건 울프가 총을 맞아 쓰러지고 스칼렛이 납치당하기 전의 일이었다.

"물론 쉽지는 않겠지만 정신 조종에 저항하는 게 불가능한 일은 아니라고."

"그렇게 저항해서 퍽이나 이득을 많이 봤겠군요."

신더는 이를 악물었다가, 금속 손으로 목덜미를 문질러 열을 식혔다. "울프는 설령 패배할 게 분명하더라도 끝까지 싸울 거야. 레바나의 노리개가 되느니 그편이 나으니까. 우리 모두가 그렇잖아."

"당신이 운이 좋은 거죠. 모두가 그럴 수 있는 건 아닙니다."

신더는 제이신을 노려보았다. 이제 보니 그는 허벅지에 찬 단검에 자연스럽게 손을 올려놓고 있었다.

"네 수다스러운 면이 레바나의 마음에 든 건 아닐 것 같은데. 그
래서 네가 대체 무슨 자질을 갖췄기에 경호원으로 뽑힌 건데?"

제이신은 특유의 오만한 표정으로 빙글거리더니, 사적인 농담이
라도 건네듯 말했다. "내 곱상한 얼굴 때문이죠. 아직도 몰랐어요?"

"와, 너 되게 카스웰처럼 말한다." 신더는 코웃음을 치다가 흠칫
했다. 카스웰. 자기가 잘생겼다며 우쭐거리던 그의 농담을 다시는
들을 수 없겠지.

"안타깝지만 사실입니다."

제이신은 신더의 슬픔을 알아차리지 못한 듯했다. 신더는 감정을
억누르며 대꾸했다.

"레바나의 개인 경호원들이 고작 예쁜 액세서리 같은 용도였단
말이야? 야, 갑자기 우리 앞날이 밝아 보인다. 그 정도면 충분히 이
길 수 있을 것 같아."

"수려한 외모, 그리고 나약한 정신이 필요하죠."

"농담이지?"

"아뇨, 내가 정신력이 강해서 마법을 잘 쓸 줄 알았다면 경호원이
아니라 마법사가 됐겠죠. 여왕은 자기 경호원들이 쉽게 조종당하길
원합니다. 위기 상황에서 경호원이 조금이라도 저항한다면 여왕은
목숨이 위태로워질 테니까요. 우리는 그저 여왕 주위를 돌아다니는
꼭두각시 같은 존재예요."

신더는 무도회 때의 기억을 떠올렸다. 신더가 총을 꺼내 레바나
를 쏘려 하자 붉은 머리카락의 경호원이 지체 없이 레바나 앞에 뛰
어들어 총알을 막아냈다. 신더는 그가 여왕을 보호하는 임무를 자

진해서 수행한 줄로만 알았는데, 이제 와 생각해보면 움직임이 너무 부자연스러웠다. 여왕이 눈 한번 깜짝하지 않았던 것도 이상했다. 제이신의 말이 옳았다. 그 경호원은 여왕에게 꼭두각시처럼 조종당하고 있었던 것이다.

"하지만 너는 지난번에 램피언에서 저항했잖아."

"그때는 미라 마법사가 당신의 특수첩보원 친구를 조종하느라 나를 내버려두고 있었으니까요. 그렇지 않았더라면 나는 언제나처럼 뇌도 없는 마네킹처럼 움직였겠죠."

제이신은 자못 여유로운 투로 자조적인 농담을 던졌지만 그 어조에선 쓸쓸한 고통이 느껴졌다. 당연한 일이었다. 조종당하기를 좋아하는 사람은 아무도 없다. 아무리 많이 조종을 당해도 거기에 익숙해질 수는 없을 것이다.

"그러면 지금 레바나 쪽은 네가 설마 배신했다고 생각하진 않겠네? 그러니까 그들 생각에는 네가……."

"반역자라고는 여기지 않을 거라고요?"

"음, 너 반역자 맞지?"

제이신이 칼자루를 엄지로 만지작거렸다. "제 마법은 거의 쓸모없는 것이나 마찬가집니다. 나는 루나인은 고사하고 지구인 한 명도 조종하지 못해요. 당신이 하는 그런 일들, 나는 절대로 못 합니다. 대신 여왕이나 마법사 옆에 있을 때 머리를 텅 비우는 건 잘하죠. 그들에게 나는 통나무처럼 아무 생각도 의지도 없는 물건처럼 보일 겁니다. 전혀 위협적이지 않죠."

가게 저편에서는 주인 여자가 신더가 주문한 물건들을 챙기며 콧노래를 부르고 있었다. 신더는 팔짱을 끼고 제이신을 쳐다보았다.

"지금도 그러고 있지? 머리를 텅 비우는 거?"

"버릇이니까요."

신더는 눈을 감고 제이신의 정신에 접근해보았다. 제이신의 존재
가 아주 어렴풋이 느껴졌다. 전혀 노력하지 않고도 조종할 수 있을
것 같았다. 그의 몸에서 흘러나오는 에너지에서는 아무런 감정도,
판단도 느껴지지 않았다. 제이신은 마치 주위 배경에 녹아들어 있
는 것 같았다.

"흠, 그랬구나. 나는 네가 경호원으로 훈련받아서 그러는 줄 알았
어."

"건강한 생존 본능 같은 거죠."

신더는 미간을 찡그리며 눈을 떴다. 루나인으로서 타고난 마법으
로 판단하기에 눈앞의 남자는 그야말로 아무 감정이 없는 사람 같
았다. 제이신은 저런 식으로 레바나를 천연덕스럽게 속여왔던 것이
다. 그렇다면…….

신더는 눈을 가늘게 떴다. "나한테 거짓말을 해봐."

"네?"

"거짓말 하나만 해봐. 간단한 거라도 좋아."

제이신은 오랫동안 침묵했다. 그가 머릿속으로 진실과 거짓을 뒤
적거리며 무게를 가늠하는 소리가 들리는 것만 같았다. 마침내 제
이신이 입을 열었다.

"레바나도 알고 보면 그렇게 나쁜 사람은 아니에요."

신더의 시야 구석에 오렌지색 불빛이 깜빡였다.

제이신이 비쭉 미소를 지었다. 신더는 어깨에서 긴장이 스르르
풀리면서 웃음이 터져나왔다. 적어도 신더의 사이보그 프로그래밍

앞에서는 제이신의 시치미도 통하지 않는 것이다. 제이신이 오로지 공주에게만 충성한다고 했던 말은 정말로 사실이라는 뜻이었다.

약국 주인이 돌아와서 다양한 약품들을 카운터 위에 올려놓았다. 그리고 포트스크린의 목록을 훑어보더니 휘파람을 한 번 불고는 다시 진열장으로 걸어갔다.

"이제 저에 대해서 알 건 다 아셨군요." 제이신이 정말로 자신의 모든 것을 밝히기라도 했다는 듯 담담하게 말했다. "저도 당신에게 묻고 싶은 게 있습니다만."

"물어봐. 요즘 나한텐 비밀이랄 게 없어. 전 세계에 다 알려지다시피 했는데 뭐."

"나는 여왕에게 내 감정을 숨길 수는 있지만, 내가 루나인이고 여왕에게 조종당할 수 있다는 사실을 숨기지는 못합니다. 그런데 지난번에 당신을 무도회에서 봤을 때, 처음에는 마법 능력이 전혀 느껴지지 않았어요. 솔직히 지구인인 줄 알았어요. 그래서 여왕과 미라 마법사도 당신을 껍데기라고 비웃었던 거고요. 아무 힘이 없었으니까요." 제이신은 신더의 머릿속에 들어 있는 전선과 칩 들을 들여다보기라도 하듯 뚫어져라 쳐다보았다. "그런데 별안간 힘을 뿜어내더군요. 당신의 마법 능력은 그야말로 어마어마했어요. 눈이 부실 정도였죠. 레바나보다 더 고약한 게 아닐까 싶을 정도던데."

"우와, 고맙네." 신더가 중얼거렸다.

"대체 어떻게 된 겁니까? 어떻게 그런 힘을 숨길 수 있었죠? 그 정도의 힘이라면 레바나가 재깍……. 아니, 여왕만이 아니라 우리 모두가 보자마자 알아차렸어야 정상입니다. 지금도 제게는 당신에게서 흘러넘치는 마법밖에 보이지 않는데요."

273

신더는 입술을 깨물며 조그마한 개수대 위에 붙어 있는 거울을 돌아보았다. 거울에 비친 자신의 턱에 얼룩이 묻어 있었다. 언제 어쩌다가 묻은 건지는 몰라도 딱히 놀랍지는 않았다. 포니테일에서 너저분하게 빠져나온 잔머리도 마찬가지였다. 거울은 신더의 모습을 있는 그대로 보여줄 뿐이었다. 평범하고 지저분한 사이보그로.

자신이 레바나처럼 무시무시하게 아름답고 강력한 여자로 보인다면 어떨까. 하지만 거울 속의 자신을 이렇게 마주보고 있으니, 그런 상상은 할 수도 없었다. 바로 그래서 레바나가 거울을 질색하며 싫어하는 것이리라. 하지만 신더는 거울에 비친 자신의 모습이 오히려 위안이 되었다. 약국 주인은 신더를 용감하고 아름답다고 했고, 제이신은 눈이 부시다고 했지만, 이렇게 거울을 보고 있으면 그 둘의 말이 틀렸다는 것을 알 수 있어서 안심이 되었다.

신더는 여전히 신더 자신인 것이다.

신더는 머리카락을 귀 뒤로 넘기고, 제이신의 질문에 최대한 일목요연하게 대답하려고 노력했다. 양아버지가 개발해 신더의 척수에 삽입한 '생체전기 보안장치'에 대해서. 그 장치 때문에 오랜 세월 신더는 마법을 전혀 쓰지 못했고, 그래서 자신이 루나인이라는 것도 최근에야 알게 되었다. 그 장치는 신더를 두 가지 측면에서 보호해주었다. 우선은 마법을 쓰지 못하게 만들어 지구인들에게 정체를 들키지 않도록 해주었으며, 한편으로는 루나인이 오랫동안 마법을 쓰지 않으면 겪게 되는 환각, 우울증, 광기 같은 부작용들을 예방해주었다.

"그래서 얼랜드 박사가 가끔 혼잣말을 중얼거리는 거야. 박사님은 지구에 오고 나서 오랫동안 마법을 쓰지 않았대. 그래서 지금 정신 상태가 불안정……."

"잠깐만요."

신더는 흠칫 놀랐다. 제이신의 분위기가 달라져 있었다. 그에게서 갑작스러운 감정이 솟아나오는 게 느껴졌다.

"그 장치가 당신이 정신건강을 유지할 수 있도록 해줬다고요? 심지어…… 10년이 넘도록 마법을 쓰지 않았는데도?"

"음, 우선은 내가 마법을 쓰지 않을 수 있게 해주었고, 그 부작용도 막아줬다는 거지."

제이신은 고개를 돌리고 흥분한 표정을 가라앉혔다. 하지만 그의 눈동자에서 빛나는 열의를 숨길 수는 없었다. 루나인의 능력을 잠재울 수 있는 장치가 있다면, 모든 사람이 평등해질 수도 있다는 뜻이었다.

신더는 자신의 목덜미에 장치가 삽입되어 있는 부분을 손으로 만지작거렸다. 지금 그 장치는 부서져 있는 상태였다.

"어쨌거나 얼랜드 박사가 그 장치를 부숴놨어. 그러고 나서 처음 2주 정도는 능력이 생겼다가 없어졌다가 하더니, 무도회 날 스트레스가 폭발하면서 내 사이보그 시스템과 보안장치가 죄다 먹통이 됐던 것 같아. 그러면서 마법도 완전히 깨어난 거지. 아슬아슬한 순간이었어."

관자놀이에 닿던 총부리의 감촉이 생생하게 되살아나 신더는 움츠러들었다. 제이신이 여전히 눈을 빛내면서 물었다.

"그 장치가 더 있습니까?"

"글쎄, 아마 없을걸. 양아버지는 그 발명품을 제대로 테스트해보지도 못하고 돌아가셨거든. 시제품 외에는 더 제작해놓지 않았을 것 같아. 설계도 같은 건 남겨두셨을지도 모르지만."

"설마요. 그런 발명품이 허무하게 사라질 리……. 그건 모든 걸 바꿀 수 있을 텐데요."

제이신은 머리를 흔들며 허공을 바라보았다. 그때 약국 주인이 카운터로 돌아와 물품이 가득 들어찬 바구니를 내려놓았다. 그리고 먼젓번에 가져다놓았던 약병들과 신더의 포트스크린을 바구니에 모두 집어넣었다.

"감사합니다. 박사님이 자기 이름으로 외상을 달아두라고 하시던데, 괜찮으세요?"

신더가 바구니를 끌어당기며 묻자 주인은 손사래를 쳤다.

"돈은 됐어요. 린 신더 돈은 안 받아요." 그러고는 앞치마 주머니에서 자기 포트스크린을 꺼내며 덧붙였다. "대신 사진 한 장만 찍어도 될까요? 제 네트워크 프로필에 올리려고요. 유명인을 만나는 건 처음이에요!"

신더는 움찔 물러났다. "어…… 죄송해요. 요즘엔 사진을 잘 안 찍어서요."

여자는 실망한 표정으로 포트스크린을 주머니에 집어넣었다. 신더는 실랑이를 벌이기 싫어서 재빨리 바구니를 집어들었다.

"정말 죄송해요. 물건값은 박사님에게 치르라고 얘기해둘게요."

가게 밖으로 나가면서 제이신이 툭 내뱉었다. "요즘엔 사진을 잘 안 찍는다고요? 참 루나인다운 말이군요."

신더는 눈부신 햇살 속에서 실눈을 뜨고 대꾸했다. "현상수배범다운 말이기도 하지."

26장

　스칼렛의 머릿속은 진흙탕처럼 흐리멍덩했지만, 손가락은 민첩하게 움직여 비행선의 출력을 낮추고 착륙 준비를 했다. 하루의 배달을 모두 끝내고 농장으로 돌아가는 기분이었다. 할머니 댁의 격납고에서 풍기는 퀴퀴한 냄새가 금방이라도 느껴질 것 같았다. 들판을 스치는 산들바람에 실려오는 흙내음도. 스칼렛은 착륙장치를 내리고 속력을 줄였다. 비행선이 지상에 착지한 뒤 시동을 끄자 웅웅거리던 엔진의 소음이 멎고 사방이 조용해졌다.

　뒤에서 쿵 하는 소리가 나더니, 뒷좌석에 앉은 여자가 찢어지는 소리로 고함을 질렀다. 스칼렛은 여자가 뿜어내는 분노를 이해하지 못하고 어리둥절한 채 앉아 있었다. 그런데 별안간 이마 부근에서 두통이 치밀더니 머리 전체가 지끈거렸다. 스칼렛은 조종석에 등을 기대고 손바닥으로 두 눈을 누르며 통증을 가라앉히려 했다. 늪처럼 끈적거리는 혼란, 시야를 찌르는 듯한 눈부신 빛…….

스칼렛은 신음을 토하며 몸을 앞으로 기울였다. 그런데 상체를 받아줄 줄 알았던 안전벨트는 그 자리에 없었다. 스칼렛은 무릎에 고개를 묻고 물에 빠졌다가 막 건져진 사람처럼 숨을 헐떡거렸다.

입안이 바싹 말라 있었다. 몇 시간 동안 이를 갈기라도 한 것처럼 턱이 욱신거렸다. 가만히 숨을 고르다 보니 두통이 조금씩 잦아들고 머리가 제대로 돌아가기 시작했다. 아득히 멀리서 날카롭게 치솟는 누군가의 고함 소리가 들려왔다.

스칼렛은 눈을 떠보았다. 곧바로 욕지기가 밀려왔지만 꾹 눌러 참았다. 주위를 둘러보기도 전에 이곳이 배달 비행선도, 할머니 댁의 격납고도 아니라는 걸 알 수 있었다. 공기에 배어 있는 냄새가 매우 낯설었기 때문이다. 바닥도 너무 깨끗했다.

"……헨슬라 중위와 그 휘하 정찰대 전원을 파견해 우주선의 위치를 추적해야……."

여자의 목소리가 스칼렛의 신경을 전류처럼 타고 흘렀다. 그제야 모든 게 기억이 났다. 우주선, 습격, 자신이 총을 쏘았던 것, 그 총알이 울프의 가슴에 맞았던 것, 마법사가 스칼렛의 뇌를 비집고 들어와 의식을 지배하고 자아와 의지를 송두리째 빼앗았던 것까지도.

"……인공위성의 기록을 통해 마지막 위치를 파악하고, 그게 램피언과 어떤 식으로든 연결되어 있는지 확인하도록. 그들은 아마 지구로 갔을 것일세. 찾아내게. 반드시."

스칼렛은 고개를 살짝 들고 창밖을 내다보았다. 루나였다. 스칼렛이 탄 캡슐 비행선은 루나의 우주항만에 정박되어 있었다.

이곳은 지금껏 스칼렛이 본 그 어떤 격납고와도 달랐다. 비행선이 열 척도 넘게 들어갈 만큼 널찍한 공간이었다. 스칼렛의 캡슐 비행선 옆에는 루나의 왕실문장이 장식된 매끈한 비행선 몇 척이 늘어서 있었다. 사방을 둘러싼 벽면은 울퉁불퉁했고, 검은색 바탕에 조그마한 불빛들을 점점이 박아 밤하늘처럼 보이도록 디자인되어 있었다. 바닥에도 희미한 빛이 밝혀져 있어서 비행선들의 그림자가 동굴 같은 벽에 길게 드리워졌다. 그 그림자들이 마치 거대한 독수리나 올빼미처럼 보였다.

일렬로 늘어선 비행선들 너머에는 으리으리한 아치형 문이 있었다. 문짝 표면에 반짝이는 돌들이 지구와 그 위에 뜬 초승달 모양으로 박혀 있었다.

"……우리를 배신한 프로그래머에게서 이 D-COMM 칩을 가져왔다. 소프트웨어 기술자들에게 이걸 가지고 램피언을 추적하라고……."

스칼렛이 탄 캡슐 비행선의 뒷좌석 문은 열려 있었고, 마법사는 열린 문 옆에 서서 주위 사람들에게 소리를 질러대는 중이었다. 각각 붉은색과 회색 제복을 입은 경호원 두 명이 보였다. 그리고 단순한 로브를 걸치고 벨트를 맨 중년 남자가 포트스크린에 무언가를 서둘러 입력하고 있었다. 한편 마법사는 약간 구부정한 자세로 서서 손으로 허벅지의 총상을 누르고 있었다. 마법사의 긴 흰색 코트는 피투성이였는데, 특히 허벅지 부분이 피로 흠뻑 젖어 새빨갰다.

저편의 아치형 문이 열리면서 문짝에 박힌 지구 모양의 돌이 반으로 갈라지더니 다시 문이 닫혔다. 스칼렛은 고개를 홱 숙였다. 전자석이 웅웅 진동하는 소리, 기계가 짤깍거리는 소리, 사람들의 발소리가 들렸다.

"관복이 망가졌으니 천을 잘라내고 신속히 처치하게. 관통상은 아니야. 총알이 아직 안에 박혀 있고⋯⋯."

마법사가 말을 끊고 신음을 내뱉었다. 스칼렛은 과감히 위를 올려다보았다. 하얀 가운을 입은 의사 세 명이 마법사를 둘러싸고 있었다. 그들의 옆에는 공중에 뜬 들것이 있었고, 그 위에는 갖가지 의료용품들이 수북이 쌓여 있었다. 연구실에 있는 비품들을 통째로 꺼내오기라도 한 모양이었다. 한 명이 마법사의 코트 단추를 끌렀고, 다른 한 명은 바지의 천을 잘라냈는데 피에 젖은 천이 살갗에 들러붙어서 잘 떨어지지 않았다.

마법사는 일그러졌던 얼굴을 가다듬고 고통을 삭였다. 올리브색 피부가 노르스름한 빛깔로 핼쑥하게 질려 있었다. 의사가 상처에 들러붙은 천을 겨우 떼어냈다.

"시에라에게 새 관복을 보내달라고 하게. 그리고 파크 마법사에게 연락해서 지구 각국 정상들의 정보를 수집하는 일과 관련해 새로운 지시가 있을 예정이라고 말해두도록."

중년 남자가 대답했다. "네, 미라 마법사님. 그리고 알아두셔야 할 것이 있는데, 파크 마법사님이 카이토 황제와 면담을 했다고 합니다. 우리의 첩보함들이 발각된 문제로요."

마법사가 욕을 뇌까렸다. "깜빡 잊고 있었군. 공식 입장을 발표하기 전까지 파크가 아무 말도 하지 않아야 할 텐데⋯⋯."

마법사가 흔들리는 숨을 몰아쉬고 덧붙였다. "일단 폐하께 내가 돌아왔다고 말씀드리게."

스칼렛은 조종석에 기대 앉은 몸을 스르르 미끄러뜨렸다. 옆의 조수석 문 쪽으로 눈이 돌아갔다. 시동을 걸고 탈출할까 싶었지만, 램피언의 캡슐 비행선을 타고 탈출에 성공할 가망은 전혀 없었다. 이곳은 지하일 테고, 정해진 출입구를 통해 특별한 인증절차를 거쳐야만 빠져나갈 수 있을 것이다.

하지만 저 루나 왕실의 비행선들 중 하나에 숨어들어갈 수만 있다면……

스칼렛은 호흡을 가다듬으며 조수석 쪽으로 살짝 움직였다.

심장이 세차게 펄떡거렸다. 스칼렛은 머릿속으로 숫자 셋을 헤아린 다음 조수석 문의 걸쇠를 풀었다. 그리고 등 뒤의 루나인들이 눈치채지 못하도록 재빨리 문을 열어젖히고, 운동화를 신은 발을 살며시 바닥에 내려놓았다.

실내 전체에 흐르는 특이한 빛이 어디에서 나오는지 이제야 알 수 있었다. 빛이 나는 흰색 타일이 바닥 전체에 깔려 있었던 것이다. 그 위에 발을 디디니 마치 달 표면을 걷는 기분이었다. 실제로도 이곳은 달 표면이었지만.

스칼렛은 움직임을 멈추고 귀를 기울였다. 의사들이 부상에 대해 논의하고 있었고, 마법사의 조수인 듯한 중년 남자는 여왕을 알현할 일정을 맞추고 있었다. 마법사는 이제 아무 말도 없었다.

'숨을 쉬자, 숨을 쉬자……'

스칼렛은 걸음을 옮겼다. 땀에 젖은 목에 머리카락이 들러붙었다. 신경이 극도로 곤두서고, 공포에 온몸이 후들후들 떨리고, 탈출에 실패할 상황 하나하나가 상상되었다. 루나 비행선에 타지 못할지도 모른다. 지금 당장이라도 루나인들이 스칼렛의 등을 쏴버릴지도 모른다. 아니면 비행선에 타기는 탔는데 어떻게 조종해야 할지 모를 수도 있고, 격납고 출입구가 열리지 않을지도 모른다.

아직까지 등 뒤에서는 사람들이 각자의 일을 하는 소리밖에 들리지 않았다. 이제 조금만 더 가면 금방이다. 할 수 있을 것이다. 해낼 것이다…….

스칼렛은 은은한 빛이 도는 비행선의 흰색 선체에 기대어 쭈그려 앉았다. 그리고 바싹 타들어가는 입술을 재빨리 핥아서 적신 다음, 문에 손을 가져갔다. 그런데…….

손이 딱딱하게 굳었다.

가슴이 철렁 내려앉았다. 주변 공기가 고요해지면서 새로운 에너지가 흘러넘쳤다. 팔뚝의 털이 온통 곤두서는 느낌이었다. 이번에 스칼렛의 정신은 온전히 남아 있었다. 이제 저 문을 열고 조종석에 타기만 하면 탈출할 수도 있다는 걸 분명히 알고 있었다. 그러나 한편으로는 절대로 성공하지 못하리라는 것도 알고 있었다.

얼어붙었던 손이 풀리면서 옆구리로 툭 떨어졌다.

스칼렛은 억지로 고개를 들고, 비행선의 선체를 짚고 일어서서 마법사를 돌아보았다. 시빌 미라는 가벼운 속셔츠 차림으로 공중에 뜬 들것 위에 앉아서 의사들이 총상을 치료할 수 있도록 몸을 한쪽으로 기울이고 있었다. 뺨과 이마에 피가 튀었고, 역시 피가 묻은 머리카락은 엉망으로 헝클어진 채였지만, 스칼렛을 사로잡은 그 회색 눈동자만은 여전히 위협적으로 보였다.

의사들은 시빌의 허벅지에 고개를 처박고서 조용히 치료에만 집중하고 있었다. 자기들이 상처를 소독하고 검사하고 꿰매고 있다는 걸 시빌에게 들킬까 봐 겁이 나는 것처럼. 경호원 둘은 총을 들고 여유로운 자세로 대기하고 있었다.

한편 시빌의 조수는 모습이 변했다. 아까까지만 해도 수수한 중년 사내였는데, 어느새 섬뜩할 만큼 근사한 청년으로 바뀌어 있었다. 옷차림은 그대로였지만 얼굴은 20대 초반이 되었고 강인해 보이는 턱선이 도드라졌다. 새까만 머리카락은 단정히 빗어넘겨서 M자 모양의 이마 선이 드러나 있었다.

스칼렛은 이를 악물고 그 조수의 원래 외모가 어땠는지 기억해내려 애썼다. 마법에 조금이라도 휩쓸리지 않기 위해. 그 사소한 반항을 하는 데만도 정신력을 온통 쏟아부어야 했다.

"저 애는 그 사이보그의 우주선에서 데려온 인질이겠군요. 어떻게 처리할까요?"

스칼렛을 쳐다보는 시빌의 눈빛에 노골적인 혐오감이 드러났다. 시선만으로 살갗을 녹여버릴 듯한 기세였다. 스칼렛도 마찬가지로 증오를 담아 시빌을 힘껏 쏘아보았다.

"폐하께 보고를 올릴 때까지 시간이 필요하네. 그 사이보그를 심문할 때 저 애도 옆에 있고 싶어 하겠지." 시빌이 고통으로 얼굴을 구기더니 어깨를 늘어뜨리고 들것에 힘겹게 몸을 뉘었다. 이제 스칼렛에게는 흥미가 없어진 것 같았다. "지금 당장은 어떻게 해도 상관없네. 아무 가문에나 맡겨놓든가."

조수가 고개를 끄덕이고 경호원들에게 손짓했다. 그 즉시 경호원들이 다가와서 스칼렛을 비행선에서 끌어내더니 밧줄 같은 도구로 두 팔을 묶었다. 경호원들이 스칼렛을 데리고 거대한 아치문으로 향할 때쯤엔 의사들과 시빌은 이미 떠난 뒤였다.

CRESS

27장

비몽사몽간에 시간이 흘러갔다. 크레스는 자다가 깨기를 반복했지만 무엇이 꿈이고 무엇이 현실인지 분간되지 않았다. 누군가가 크레스를 깨워서 일으켜 앉히고 물을 마시게 한 적도 있었고, 두런두런 대화를 나누는 소리가 들린 적도 있었다. 몸이 덜덜 떨리고 계속 땀이 났다. 너무 더워서 얇은 이불도 걷어차곤 했다. 언젠가는 카스웰이 눈가리개를 한 채 곁에 앉아서 크레스의 입에 물병을 가져다 대기도 했다. "마셔." "마셔." "마시래도." "수프도 좀 먹고." "좀더 마셔." 낯선 웃음소리가 들려와 크레스는 몸을 동그랗게 웅크리고 이불 속에 파고들었다. 달빛 속에서 카스웰이 눈을 문지르며 욕을 뇌까리는 모습이 어렴풋이 보였다. 크레스는 후끈한 공기에 숨을 헐떡였다. 이불 속에서 질식할 것만 같았다. 컴컴한 밤하늘로 산

284

소가 모조리 빠져나간 것 같았다. 목이 말랐다. 옷 안과 머리카락 사이에 모래가 돌아다녀서 살갗이 근질거렸다.

빛, 어둠, 다시 빛.

마침내 크레스는 정신을 차렸다. 기진맥진하기는 했지만 의식은 또렷했다. 입안의 침이 끈적하게 느껴졌다. 주위를 둘러보니 자신은 작은 텐트 안의 돗자리에 누워 있었다. 밖은 어두웠고, 발치에 쌓인 옷 더미 위로 달빛이 쏟아지고 있었다. 크레스는 버릇대로 머리카락을 손목에 빙빙 감으려고 하다가 머리가 귀밑에서 뭉텅 잘려 있다는 걸 깨달았다.

서서히 기억이 돌아왔다. 카스웰이 인공위성에 들어왔던 것, 시빌과 경호원, 추락, 칼, 지구 끝까지 이어질 것만 같던 사막.

밖에서 사람들의 말소리가 들렸다. 지금은 이른 밤일까, 동트기 직전일까. 얼마나 오랫동안 자고 있었던 걸까. 누군가가 자신을 품에 안고 얼굴에 묻은 모래를 손등으로 털어주던 기억이 났다. 꿈이었을까?

텐트가 열리더니 한 여자가 쟁반을 들고 들어왔다. 모닥불 앞에서 식사를 할 때 보았던 나이 든 여자였다. 여자가 크레스를 보고 활짝 웃더니 수프와 물통이 놓여 있는 쟁반을 내려놓았다.

"드디어 정신이 들었구먼! 몸은 좀 어때요?" 여자가 바닥에 구겨져 있는 이불을 넘어오면서 예의 그 독특한 억양으로 말하고는 크레스의 이마에 손을 얹었다. "아이고, 열이 많이 내렸네."

"제가 얼마나 이렇게……."

"이틀요. 일정이 좀 늦어지긴 했지만 괜찮아요. 깨어나서 다행이에요."

여자가 옆에 앉았다. 두 사람이 있으니 텐트가 비좁게 느껴졌지만 불편할 정도는 아니었다. "이동할 때는 낙타를 태워줄게요. 상처는 깨끗하게 관리해요. 감염되기 전에 치료했으니 망정이지."

"상처?"

여자가 크레스의 발을 가리켰다. 어두워서 잘 보이지 않았지만 발에 붕대가 매여 있는 게 느껴졌다. 이틀이나 내리 쉬었는데도 아직도 발을 만지면 화끈거렸고 다리 근육이 얼얼했다.

"저기……." 크레스는 카스웰에 대해 물으려다가 머뭇거렸다. 카스웰이 사람들에게 가짜 이름을 알려줬던가 잘 기억나지 않았다. "제 남편은 어디 있나요?"

"모닥불 쪽에 있어요. 한창 두 분의 격정적인 사랑 이야기를 들려주고 있었죠. 어휴, 부럽네, 부러워."

여자가 찡긋 윙크를 했다. 크레스는 움츠러들었지만 여자는 서슴없이 크레스의 무릎을 토닥이고, 수프 그릇을 건네주었다.

"일단 먹어요. 기운이 좀 나면 밖으로 나와도 좋아요." 여자가 일어서서 텐트 출입구로 나가려고 했다.

"잠깐만요. 저……. 음……."

크레스가 얼굴을 붉히며 말꼬리를 흐리자 여자는 알겠다는 표정을 지었다.

"아, 그렇지. 따라와요. 화장실은 밖에 있어요."

텐트 출입구 앞에 부츠가 놓여 있었다. 크레스의 발에는 너무 큰 그 신발에 여자가 헝겊을 채워넣어서 신을 만하게 만들어주었지만 그걸 신고 걸어도 여전히 발바닥이 아팠다. 여자는 크레스를 데리고 오아시스 가장자리에 변소 삼아 파놓은 구덩이로 데려갔다. 구덩이 주위에는 천 두 장이 커튼처럼 쳐져 있었고, 작은 야자수 한 그루가 있어서 그걸 짚고 용변을 볼 수 있었다.

크레스가 화장실에서 나오자, 여자가 다시 텐트로 데려다주고 자리를 떴다. 크레스는 혼자 수프를 실컷 먹어치웠다. 이 오아시스에서 첫 끼를 먹었을 때보다 식욕이 열 배쯤 솟구치는 듯했다. 텅 빈 속에 국물이 들어가자 한결 기운이 났다. 밖에서 낯선 사람들이 떠드는 소리가 들려왔다. 카스웰의 목소리가 들리지 않을까 귀를 기울였지만 알아들을 수 없었다.

수프를 다 먹고 모닥불 쪽으로 나가보니 여덟 명이 불 앞에 둘러 앉아 있었다. 지나는 모래에 반쯤 파묻힌 냄비를 국자로 휘젓고 있었고, 카스웰은 눈에 스카프를 감은 채 돗자리 위에 책상다리를 하고 느긋하게 앉아 있었다.

"일어났다!"

크웬데라고 불렸던 사냥꾼이 크레스를 보고 소리쳤다. 카스웰이 고개를 휙 돌리더니 이를 내보이며 활짝 웃고는 지나치게 큰 목소리로 되물었다.

"내 아내가요?"

너무 많은 이목이 자신에게 집중되자 크레스는 초조해졌다. 현기증이 난다고 둘러대고 텐트로 돌아가버릴까 싶었다. 그런데 카스웰이 자리에서 일어서려다가 모닥불에 넘어질 듯 휘청거렸다.

"어, 어?"

크레스는 부리나케 카스웰 옆으로 뛰어가서 부축해주었다. 카스웰이 크레스의 떨리는 손을 잡아 쥐었다.

"크레스?"

"네, 함장…… 음……."

"드디어 깨어났구나! 기분은 좀 어때?" 카스웰이 크레스의 코와 이마를 더듬어 만졌다. "열이 내렸네. 아아, 다행이야. 진짜 걱정했잖아."

카스웰이 크레스를 껴안았다. 그의 커다란 품 안에 폭 파묻힌 크레스는 꺅 하고 소리를 질렀지만, 그 소리는 카스웰의 옷자락에 파묻혀 밖으로 새어나가지 않았다. 카스웰은 재빨리 팔을 풀고 크레스의 얼굴을 두 손으로 감쌌다.

"사랑하는 스미스 부인, 당신이 깨어나지 못할까 봐 나는 미치도록 무서웠어. 다시는 이렇게 걱정시키지 마. 알았지?"

카스웰의 말과 행동은 과장스러웠다. 하지만 그의 입에서 그런 말이 나왔다는 것 자체에, 그리고 뺨에 와 닿는 부드러운 손길에 크레스는 가슴이 뭉클해졌다.

"미안해요. 이제는 많이 나았어요."

"그래 보여. 음, 보이지는 않아도, 아무튼 그런 것 같아." 카스웰은 모래에 꽂혀 있던 길다란 막대기를 발로 차올려서 움켜쥐었다. "자, 산책이라도 좀 하자. 신혼여행답게 둘만의 시간을 가져야지."

카스웰이 윙크를 했다. 눈가리개를 했어도 그의 얼굴이 실룩이는 걸 보면 윙크인 줄 훤히 알 수 있었다. 카스웰이 크레스의 손을 잡고 걸어가자 사람들이 뒤에서 지켜보면서 우우 환호성을 질렀다. 크레스는 새빨갛게 달아오른 자신의 얼굴이 밤의 어둠에 묻혀 보이지 않을 테니 다행이라고 생각하면서 그를 이끌어주었다.

모닥불에서 적당히 멀어졌는데도 카스웰은 손을 놓지 않았다. 크레스는 내심 기뻐하면서 입을 열었다.

"전보다 훨씬 잘 걷는 것 같아요."

"새 지팡이로 걷는 연습을 하고 있거든. 어떤 남자분이 만들어줬는데 그 금속 막대기보다 훨씬 나아. 그런데 야영지 어디에 뭐가 있는지 아직도 감이 안 잡혀. 사람들이 일부러 나를 헤매게 하려고 물건들을 자꾸 옮기는 것 같다니까."

"제가 도와드렸어야 했는데. 너무 오래 자서 미안해요."

두 사람은 작은 호수 앞에 이르렀다. 카스웰이 어깨를 으쓱했다.

"네가 다 나아서 다행일 뿐이야. 진짜로 걱정했다고."

크레스는 카스웰과 맞잡은 두 손을 신호등이라도 쳐다보듯이 계속 주시했다. 미세한 움직임, 심장박동, 발걸음 하나하나까지 온몸에 전달되는 것 같았다. 어느새 크레스는 그와 함께 따스한 모래에 누워 있는 상상에 빠져들었다. 카스웰이 자신의 머리를 어루만지고, 입술로 자신의 턱을 훑어내리는 상상을.

"그러니까 내 말 잘 들어."

카스웰의 말에 크레스는 퍼뜩 꿈에서 깨어났다.

"사람들에게 적당히 둘러댔어. 마을에 도착하고 나면 내가 미국에 있는 삼촌에게 연락해서 교통수단을 마련해달라고 할 거라고. 그러니 거기서 헤어져도 괜찮다고."

크레스는 머리카락을 귀 뒤로 넘기면서 달콤한 공상의 여운을 떨쳐냈다. 목을 스치는 시원한 밤공기가 무척 상쾌했다.

"동료분들과 연락할 수 있을 것 같아요?"

"그러길 바라야겠지. 램피언에는 추적장치가 달려 있지 않지만, 예전에도 너는 우리 위치를 찾아낸 적이 있으니 어떻게든 방법을 알아낼 수 있지 않을까? 적어도 메시지를 보낼 방법이라도."

두 사람은 떼 지어 있는 낙타들 주위를 맴돌았다. 낙타들은 전혀 관심 없다는 눈빛으로 그들을 쳐다보았다. 그동안 크레스는 추적 불가능한 우주선에 연락할 방법으로 무엇이 있는지, 그 방법을 쓰려면 뭐가 필요할지 곰곰이 따져보았다. 인공위성에서는 불가능했지만, 적절한 네트워크 접근 경로만 있다면…….

두 사람이 묵는 조그마한 텐트 앞에 도착했을 때 크레스는 안도했다. 잠시 걸었을 뿐인데도 벌써 발이 화끈거렸기 때문이다. 돗자리에 앉아 신발 한 짝을 벗고 발에 감긴 붕대를 살펴보자, 카스웰이 옆에 다가와서 나란히 앉았다.

"괜찮아?"

크레스는 한숨을 쉬었다. "마을에 도착하면 신발을 구해야겠어요. 난생 처음으로 신는 진짜 내 신발."

"이야, 이제 말투가 제법 지구 아가씨 같은걸."

크레스는 모닥불 쪽을 흘끔 돌아보며 누가 대화를 엿듣고 있지 않은지 확인했다.

"그런데 눈가리개는 왜 하고 있는 거예요?"

카스웰이 스카프를 만지작거렸다. "사람들이 불편해하는 것 같아서. 내가 허공만 쳐다보거나 상대방을 너무 빤히 쳐다보는 것처럼 보일 테니까."

"저는 안 불편했는데. 제가 보기에는…… 음, 꿈꾸는 눈동자 같던데요."

크레스가 부츠 한 짝을 마저 벗으며 그렇게 말하자, 카스웰이 비쭉 웃었다.

"그래, 그렇다니까."

카스웰은 스카프를 풀어서 주머니에 쑤셔넣고 두 다리를 쭉 폈다. 크레스는 짧은 머리카락 끝을 만지작거리며 카스웰의 옆얼굴을 바라보았다. 애타는 갈망에 온몸이 저려왔다. 결국 크레스는 용기를 끌어내 그에게 바짝 다가가 앉아 어깨에 머리를 기댔다.

"좋은 생각이야. 이러면 누가 봐도 우린 커플로 보이겠지."

"당연하죠."

카스웰이 크레스의 허리에 팔을 둘렀다. 크레스는 눈을 감고 그 감촉을 기억에 새겼다.

"크레스."

"네?"

"우린 좋은 사이야. 그렇지?"

크레스는 눈을 떴다. 앞에 서 있는 야자수들이 모닥불 빛을 받아 오렌지색으로 빛나고 있었다. 불똥이 탁탁 튀는 소리가 아주 멀게 느껴졌다.

"무슨 뜻이에요?"

"음, 그동안 너에 대해 생각해봤어. 사막에서 네가 한 얘기 말이야. 아마 열에 들떠서 한 얘기겠지만, 그래도…… 나는 별 생각 없이 말을 툭툭 내뱉는 버릇이 있어. 그런데 너는 사람을 만나고 인간관계를 맺는 데 익숙하지 않고. 그러니까……." 카스웰이 말꼬리를 흐리더니 크레스의 허리를 감은 팔에 단단히 힘을 줬다. "크레스, 너는 너무 좋은 애야. 네게 상처 주고 싶지 않아."

크레스는 침을 삼켰다. 입안이 갑자기 꺼끌꺼끌해졌다. 저렇게 친절한 말이 마음을 아프게 할 줄은 몰랐다. 카스웰은 칭찬을 하고 있었지만, 그건 크레스가 원하는 칭찬이 아니었다.

"제가 순진하다고 생각하는 거죠?"

"그럼, 조금은 그렇지."

카스웰은 스스럼없이 시인했다. 단순히 사실 그대로를 말한다는 듯한 그 대답이 '좋은 애'라는 표현보다 오히려 덜 속상했다.

"하지만 그보다는, 내가 인간성이 그리 훌륭한 사람은 못 돼서 그래. 네가 나를 알고 나면 너무 실망할 것 같아서."

크레스는 무릎 위에 두 손을 얹고 깍지를 꼈다. "손 함장님, 저는 함장님에 대해 생각보다 많이 알고 있어요. 당신이 똑똑하다는 걸 알아요. 용감하고, 사려 깊다는 것도. 그리고 친절하고……."

"매력적이고."

"……매력적이고……."

"카리스마 있고."

"……카리스마 있고, 그리고……."

"잘생겼지."

크레스는 입을 다물고 카스웰을 노려보았다. 빙글빙글 웃고 있는 그의 얼굴에서는 속내가 전혀 읽히지 않았다.

"미안. 계속 말해."

"제가 생각했던 것보다 허세가 심한 것 같긴 하네요."

카스웰이 머리를 뒤로 젖히곤 웃음을 터뜨리더니, 한 팔로 여전히 크레스의 허리를 안은 채 다른 쪽 손으로 크레스의 손을 잡아 쥐었다. 뜻밖의 그 행동에 크레스는 움찔 놀랐다.

"사회 경험이 부족한 것 치고는 사람을 판단하는 안목이 아주 대단한걸."

"경험은 필요 없어요. 함장님은 단순한 범죄자인 척 말썽을 부리면서 사람들의 손가락질을 받지만, 그 진정한 내면이 어떤지 나는 다 알고 있다고요."

카스웰은 계속 웃으면서 크레스를 어깨로 쿡 찔렀다. "내가 실은 감상적인 순정파 로맨티스트라고?"

"아뇨…… 영웅이라고요." 크레스는 발가락으로 모래를 움키면서 중얼거렸다.

"영웅? 뭐야, 나를 엄청 좋게 봐주고 있었잖아?"

"사실이잖아요."

카스웰은 크레스의 손을 잡은 손으로 자기 얼굴을 가리고 웃음을 참았다. 이 대화 전체가 농담으로 들리는 모양이었다. 어떻게 전혀 자각하지 못할 수 있는지 의아할 뿐이었다.

"크레스, 그만 좀 웃겨! 도대체 나의 어디가 어떻게 영웅적인데? 인공위성에서 너를 구한 건 신더가 시킨 일이었어. 그리고 인공위성이 추락하지 않게 해준 건 너였고, 사막에서 나를 이끌어준 것도 너였잖아!"

크레스는 카스웰의 손을 확 뿌리쳤다. "그 얘기가 아니에요. 노인들을 위한 자선단체에 기부할 돈을 모으려고 한 적 있었잖아요? 겨우 열한 살 때! 그게 영웅다운 행동이 아니면 대체 뭔데요?"

카스웰의 얼굴에서 웃음기가 사라졌다. "그걸 어떻게 알았어?"

"조사를 했다니까요."

크레스는 팔짱을 끼고 대꾸했다. 카스웰은 자신만만하던 표정을 거두고 턱을 긁적거리더니 천천히 입을 열었다.

"그래, 어머니의 목걸이를 훔쳐서 내다 팔려고 했었지. 그러다가 붙잡혔을 때, 좋은 일에 쓰려는 의도였다고 둘러대면 벌을 안 받을 거라고 생각했어. 어차피 돈은 돌려줬으니까 핑계만 잘 꾸미면 별 탈 없이 빠져나갈 수 있을 것 같았거든. 그래서 기부할 생각이었다고 거짓말한 거야."

크레스는 얼굴을 찌푸렸다. "하지만…… 그러면 원래는 그 돈을 어디에 쓰려고 했는데요?"

카스웰이 한숨을 쉬며 말했다. "경주 호버를 사려고 했지. 네온 스파크 8000. 아아, 정말 갖고 싶었는데."

크레스는 눈을 깜빡였다. 경주용 호버? 장난감? 크레스는 실망감을 억눌렀다. "그럼 동물원에서 호랑이를 탈출시킨 일은요?"

"뭐? 그게 영웅답다고 생각해?"

"동물이 평생 우리에 갇혀 사는 게 너무 불쌍하잖아요! 그래서 구해주려고 한 거 아니었어요?"

"아니야. 나는 어렸을 때 로봇 고양이만 기르면서 자라서 진짜 동물이 꼭 갖고 싶었거든. 그래서 호랑이를 애완동물 삼으려고 한 거야. 우리에서 꺼내주면 그 녀석이 내 말을 고분고분 들을 줄 알았어. 그래서 학교에 데려가면 애들의 부러움을 사고 엄청나게 유명해질 줄 알았지." 카스웰이 호랑이를 그려 보이듯이 허공에 손짓했다. "물론 그게 얼마나 미련한 생각이었는지는 호랑이를 빼내자마자 깨달았지. 사람들이 전부 목숨을 걸고 도망치더라고."

카스웰은 무릎 위에 팔꿈치를 얹고서 턱을 괴었다. "흠, 이 게임 재미있네. 또 뭐 있어?"

크레스는 자신이 세상을 바라보던 관점이 모조리 산산조각 나는 것 같았다. 카스웰의 기록을 뒤지고, 그의 실수를 정당화하고, 자기 혼자만 '진정한' 카스웰 손을 알고 있다고 생각했던 그 시간들이 전부……. 크레스는 대답을 듣기가 겁이 나면서도 다음 질문을 꺼냈다. "케이트 펠로는요?"

카스웰은 고개를 갸웃했다. "케이트 펠로…… 그게 누구더라……."

"열세 살 때, 같은 반 학생들이 케이트 펠로의 포트스크린을 훔쳤다면서요. 그래서 함장님이 빼앗아주려고 싸웠고요."

"아아, 그 케이트 펠로! 우와, 너 조사 한번 제대로 했구나."

크레스는 입술을 깨물며 카스웰의 반응을 지켜보았다. 적어도 이 것 하나만은 자신의 판단이 옳았기를. 카스웰이 그 가엾은 소녀를 구해준 게 사실이기를, 그 소녀의 영웅이었기를.

"사실 그때 내가 케이트 펠로를 좀 좋아했거든. 요즘엔 뭐하고 살려나 궁금하네."

가느다란 희망의 실 한 가닥 같은 그 대답에 크레스는 가슴이 두근거렸다. "지금은 건축을 전공하고 있대요."

"아아, 그럴 만해. 수학을 되게 잘했거든."

"그래서, 그 행동은 영웅다운 거 맞지 않아요? 얼마나 이타적이고 용맹한 행동이에요!"

카스웰은 웃음을 터뜨리려는 듯 입꼬리를 씰룩거렸지만, 실은 진심이 아닌 것 같았다. 그는 표정을 굳히고 고개를 돌린 채 망설이더니, 다시 크레스의 손을 잡으면서 입을 열었다.

"그래, 네 말이 맞을 것 같아. 내 안에 영웅적인 면이 조금은 있는지도 몰라. 하지만…… 크레스, 그래 봤자 아주 조금일 뿐이야."

C
R
E
S
S

28장

　그들은 야영지에서 하루 더 머물면서 크레스가 완전히 회복될 때까지 기다렸다. 다음 날 이른 새벽에 일어나 어두침침한 하늘 아래에서 짐을 꾸리고 출발 준비를 했다. 지나는 늦은 오후까지는 쿠프라에 도착할 거라며 이렇게 일찍 출발하니 뙤약볕이 본격적으로 쏟아지기 전에 멀리까지 갈 수 있을 거라고 말해주었다. 그들은 육포로 아침을 간단히 때우고, 나무에서 대추야자를 따서 챙긴 뒤 오아시스를 떠났다.

　판매할 상품이며 장비 들이 손상되지 않게 꼼꼼히 포장하는 데에 품이 많이 들었지만, 크레스는 낙타를 탈 수 있어서 기뻤다. 또 걷는다는 생각만 해도 울음이 터질 것 같았기 때문이다. 하지만 낙타를 타는 것도 썩 편안하지는 않다는 사실을 얼마 못 가 깨달았다.

고삐를 거머쥔 두 손은 욱신거렸고, 장딴지가 자꾸 부딪혀서 따끔거렸다. 상인들이 빌려준 망토로 햇볕을 가리기는 했지만, 해가 점점 높이 떠오르자 뜨거운 열기가 고스란히 느껴졌다.

그들은 멀리 보이는 산과 평행을 이루며 동쪽으로 나아갔다. 카스웰은 크레스 옆에서 낙타의 안장에 멘 가방을 한 손으로 짚고, 다른 한 손으로는 가벼운 새 지팡이로 모래를 더듬으며 걸었다. 눈가리개가 없다면 앞을 못 보는 사람으로 보이지 않을 만큼 능숙한 걸음걸이였다. 몇 번이나 낙타를 타라고 권했지만 카스웰은 한사코 사양했다. 남에게 의존하지 않고 혼자 걸을 수 있다는 데 자부심을 느끼는 듯했다. 얼굴에는 여유만만한 미소마저 띠고 있었다.

말없이 걷는 동안 아침이 지나갔다. 크레스는 자신의 손목 안쪽을 어루만지는 카스웰의 손끝을 상상하며 백일몽에 빠져들었다.

한낮이 되자 햇볕이 가차 없이 내리쬐고 모래바람이 불어닥쳐 옷자락 틈으로 새어들었다. 하지만 얼굴이 태양을 똑바로 마주하지 않아서 견딜 만했다. 모래 언덕은 점차 줄어들고 딱딱한 바위투성이 고원에 접어들었다.

오후가 되어 볕이 절정에 이르자 그들은 말라붙은 강바닥을 건너 나지막한 절벽에서 돌출된 바위가 그늘을 드리운 곳에서 잠시 쉬기로 했다. 남자 두 명이 물통을 들고 어디론가 사라지더니 물을 가득 채워 돌아왔다. 지나가 설명하기를, 쿠프라에서 나는 지하수가 이 근처까지 흘러와 바위들 밑에서 솟아난다고 했다.

휴식이 끝나고 다시 낙타에 타려니 고문을 당하는 것 같았지만, 크레스는 걷는 것보다는 어쨌든 낫다고 자신을 타일렀다.

가다 보니 저지대가 나왔고, 다시 몇 시간째 모래 언덕이 이어졌다. 중간에 뱀 한 마리가 나타났다. 크웬데가 독이 있는 뱀이라고 말했는데도 일행 중에서 겁을 먹는 사람은 크레스밖에 없었다. 뱀은 똬리를 틀고서 께느른한 눈빛으로 일행을 쳐다보았다. 네트워크 드라마에 나오는 뱀들과는 달리, 쉿 소리를 내거나 송곳니를 드러내지도 않았다. 크레스는 카스웰이 혹시 뱀을 밟지는 않는지 주의 깊게 내려다보았다. 두근거리던 심장박동은 뱀이 보이지 않을 만큼 멀어지고 나서야 겨우 진정되었다.

허벅지가 안장에 너무 쓸려서 살갗이 까진 게 분명하다는 생각을 하는데, 카스웰이 손을 들어올려 크레스의 무릎을 더듬었다.

"저 소리 들려?"

크레스는 귀를 기울였지만 낙타들의 발굽 소리밖에 들리지 않았다. "무슨 소리요?"

"문명의 소리."

크레스는 고삐를 움켜쥐었다. 다음 언덕 꼭대기에 올라선 다음에야, 고요한 사막에 도시의 소음이 들려오는 것을 알아차릴 수 있었다. 게다가 눈으로도 보였다.

눈앞에 도시가 우뚝 솟아 있었다. 도시를 보호하듯이 둘러싼 절벽 사이로 건물들이 다닥다닥 붙어선 광경이 보였다. 이렇게 멀리서도 건물 틈에 있는 초록빛 나무들을 알아볼 수 있었다. 이토록 혹독하고 무자비한 사막 한가운데 저런 도시가 있다니 믿어지지 않았지만, 도시는 정말로 아무런 전조도 없이 거기에 떡하니 나타났다. 선 하나만 넘으면 사막과 낙원을 오락가락하는 셈이었다.

"정말이네요. 거의 다 왔어요." 크레스가 눈을 휘둥그레 뜨고 숨을 몰아쉬었다.

"어떻게 생겼어?"

"어디서부터 시작해야 할지…… 일단 사람이 아주 많아요. 사람이랑 건물, 길거리, 나무…….."

카스웰이 웃음을 흘렸다. "지구의 도시는 다 그래."

크레스 역시 갑자기 차오른 감격에 웃음을 터뜨렸다.

"그렇죠, 참. 어디 보자……. 건물 대부분이 돌이나 진흙으로 된 것 같아요. 짙은 복숭앗빛이고요. 도시 전체가 높다란 돌벽에 둘러싸여 있고, 거리에는 야자수가 많아요. 호수가 거의 도시 전체에 걸쳐 뻗어 있는 것 같고, 조그마한 보트들이 떠 있네요. 그리고 나무랑 식물이 아주 많고…… 북쪽에는 뭔가 밭 같은 게 있어요. 앗!"

"왜? 뭔데?"

"동물이에요! 염소인가? 적어도 열 마리는 넘는 것 같아요…….
그리고, 아, 저쪽에 양도 있네! 넷스크린으로 보던 거랑 똑같네요!"

"사람들은 어때?"

크레스는 그늘 밑에서 빈둥거리는 동물들에게서 시선을 돌려 거리에 있는 사람들을 훑어보았다. 저녁이 되어가는데도 주도로에는 노점이 잔뜩 열려 있었다. 알록달록한 무늬가 들어간 천막들이 바람에 나부꼈다.

"아주 많아요. 대부분 우리 같은 덧옷을 입고 있지만 색깔이 훨씬 다양해요."

"도시 크기는 어느 정도야?"

"건물이 수백 채는 있어요!"

카스웰이 빙긋 웃었다. "진정해, 도시 처녀. 사람들은 우리가 로스앤젤레스에서 만난 걸로 알고 있어."

"아, 참. 미안해요. 난 그냥…… 우리가 해냈다고요, 함장님."

카스웰이 크레스의 발목을 느슨하게 감싸쥐었다. "모래에서 드디어 벗어났다니 기쁘긴 하지만, 도시에서는 내가 무언가에 걸려 넘어질 일이 더 많겠지. 그러니 너무 멀리 떨어지진 마. 알았지?"

크레스는 카스웰의 옆얼굴을 내려다보았다. 입가와 눈썹에 긴장한 표정이 떠올라 있었다. 오아시스에 도착한 이후로는 본 적 없는 표정이었다. 눈이 먼 상태에 점점 적응하고 있는 줄 알았는데, 어쩌면 약점을 드러내지 않으려고 노력하는 것뿐인지도 몰랐다.

"혼자 놔두고 어디 가지 않을 거예요." 크레스가 말했다.

마을로 들어가자, 사람들이 이 교역 캐러밴을 잘 알고 있을 뿐더러 예상보다 늦어져서 기다리고 있었다는 것을 알 수 있었다. 상인들은 시장 한가운데 지체 없이 짐을 부렸다. 그동안 크레스는 주위의 건물이며 온갖 아름다운 것들을 둘러보았다. 멀리서 볼 때는 볕에 희끗하게 바래고 모래 먼지가 날리는 도시 같았는데, 안에 들어와 있으니 건물 벽을 장식한 오렌지색과 핑크색 직물이나 문과 계단에 붙은 코발트빛 타일이 선명하게 보였다. 금색 테두리, 섬세하게 조각된 아치형 길, 중앙광장 가운데 있는 커다란 분수까지 물건이든 건물이든 표면에 장식이 들어가지 않은 것이 없었다. 크레스는 분수를 들여다보고 그 밑바닥에 새겨진 별 모양에 넋을 잃었다.

"어때요?"

옆에서 지켜보던 지나가 묻자 크레스는 활짝 웃었다.

"숨이 막힐 정도예요."

지나는 시장 노점들과 건물들을 생경한 눈길로 둘러보았다. "저도 우리가 다니는 마을들 중에서 이곳을 가장 좋아해요. 하지만 20

년 전에 비하면 많이 변한 거예요. 제가 처음 교역 일을 배우던 때 쿠프라는 사하라에서 가장 아름다운 도시였는데…… 전염병이 터지고 몇 년 만에 인구의 3분의 2가 몰살당하고, 산 사람들도 대부분 다른 마을로 도망치거나 아프리카를 아예 떠나버렸죠. 가정도 사업도 모두 버려졌고 작물들은 햇볕에 불타 죽었어요. 쿠프라는 아직도 그 충격에서 벗어나지 못했어요."

크레스는 눈을 깜빡이고 다시 주위를 돌아보았다. 어디를 봐도 아름다운 장식과 강렬한 빛깔로 페인트칠된 벽만 눈에 들어왔다. 지나의 말은 전혀 실감 나지 않았다. "버려졌던 도시로는 보이지 않는걸요."

"이곳 중앙광장은 그렇죠. 하지만 여기서 북쪽이나 동쪽으로 가면 유령마을이나 다름없어요. 정말 슬픈 일이지요."

카스웰이 고개를 내밀고 말했다. "그럼 전염병이 돌기 전에는 무척 부유한 곳이었겠군요?"

"아, 그럼요. 쿠프라는 중앙아프리카와 지중해의 우라늄 광산들을 오고 가는 교역로의 중심지였으니까요. 그건 지구에서 가장 귀중한 자원이고, 우리는 그 교역을 거의 독점하다시피 했지요. 오스트레일리아만 빼고요. 거기만 해도 수요가 아주 많답니다."

"우라늄이라, 원자력 말이군요."

"오늘날에는 우주선 엔진의 동력으로도 쓰이죠."

카스웰은 신기하다는 듯 휘파람을 불었지만, 실은 이미 알고 있는 이야기였다.

"절 따라오세요. 근처에 호텔이 있어요."

지나가 그들을 이끌고 미로처럼 뒤얽힌 노점들을 누비며 나아갔다. 거무스름한 대추야자 열매가 잔뜩 쌓인 상자, 신선한 염소 치즈가 진열된 가판대, 혈액검사를 무료로 해주는 의료 안드로이드 보건소 등을 지나다 보니 시장은 어느새 끝나고 호텔의 낡은 정문과 그 너머의 정원이 보였다. 정원에는 야자수들뿐만 아니라 커다란 노란색 열매가 맺힌 나무 한 그루도 있었다. 크레스는 그 열매가 레몬이라는 걸 알아보고 카스웰에게 말해주고 싶어서 좀이 쑤셨지만 애써 참았다.

호텔의 아치문을 지나 작은 로비로 들어서자 식당이 나왔다. 사람들이 한 테이블에 몰려서 카드게임을 하고 있었다. 실내에서 풍기는 달콤하고 자극적인 향기에 취할 것 같은 기분이 들었다.

지나가 데스크에 앉은 여자에게 다가가더니, 이 지역 언어로 몇 마디를 나누고는 크레스를 돌아보았다. "직원들이 방을 내줄 거예요. 숙박료는 우리 앞으로 달아두게 했으니 걱정 마시고, 작은 식당이 있으니 음식은 무엇이든 주문만 하세요. 저는 이제 일하러 갈게요. 시간이 나면 스미스 부인이 신을 신발도 한번 알아볼게요."

크레스는 거듭 고맙다고 인사하며 지나를 배웅했다. 크레스가 돌아오자 직원이 카드키를 건네주었다.

"위층 8번 방입니다. 그리고 왼편 식당에서 밤마다 로열게임 대회가 열리고 있으니 관심이 있으시면 참여해주세요. 처음 세 판은 무료랍니다."

"정말요?"

카스웰이 식당 쪽으로 고개를 기웃거렸다. 크레스는 테이블에 몰려앉은 사람들을 훑어보았다.

"가서 한번 볼래요?"

"아니, 일단은 체크인부터 하자."

2층으로 올라가니 검은색 페인트로 '8'이라고 적힌 문이 보였다. 센서에 카드키를 찍자 문이 열렸다. 가장 먼저 눈에 들어온 것은 벽에 붙어 있는 침대였다. 높다란 기둥 네 개에 크림색 망사 커튼이 드리워져 있었다. 금색 자수와 장식 술이 달린 베개와 이불은 인공위성에서 쓰던 리넨 침구보다 훨씬 우아하고 아늑해 보였다.

"묘사해줘."

카스웰이 방문을 닫으며 말했다. 크레스는 침을 꿀꺽 삼켰다.

"음, 그…… 침대가 하나 있어요."

카스웰이 숨을 헉 들이켰다. "뭐? 호텔 방에 '침대'가 딸려 있단 말이야?"

크레스는 얼굴을 찡그렸다. "침대가 하나밖에 없다고요."

"우린 결혼했잖아, 여보."

방을 걸어다니던 카스웰의 지팡이가 책상에 부딪혔다.

"그건 책상이에요. 그 위에 넷스크린이 있고, 이쪽에는 창문이 있어요." 크레스가 커튼을 젖히자 햇빛이 비스듬히 새어들어와 바닥에 떨어졌다. "창문으로 주도로가 다 내다보이네요."

쿵 하는 소리가 들렸다. 뒤를 돌아보니 카스웰이 신발을 벗어 던지고 침대에 대자로 드러누워 있었다. 크레스는 미소를 지었다. 그 옆에 기어올라가서 그의 어깨에 머리를 기대고 오래도록 잠들고 싶었지만, 지금은 그것보다 더 하고 싶은 일이 있었다.

방 저편에 열려 있는 욕실 문이 보였다. 그 너머로 도자기로 된 작은 세면대, 갈고리 모양의 발이 달린 고풍스러운 욕조가 보였다.

"목욕부터 해야겠어요."

"좋은 생각이야. 나도 바로 들어갈게."

크레스는 눈을 휘둥그레 떴다. 그런데 뭐라고 반응하기도 전에 카스웰이 웃음을 터뜨렸다. 그는 팔꿈치로 매트리스를 짚고 엎드리고는 손가락을 허공에 들어올리며 말했다.

"너 목욕 끝나면 나도 하겠단 뜻이야."

"아, 네." 크레스는 웅얼거리며 욕실로 들어갔다.

지구의 욕실을 직접 본 것은 처음이지만, 최신식 시설이 아니라는 것 정도는 알 수 있었다. 천장의 작은 조명등은 스위치로 직접 켜야 했고, 온수용과 냉수용 수도꼭지가 따로 달려 있었다. 욕조도 붙박이가 아니었고, 그 위에 달린 샤워기는 커다란 금속 원반 같은 모양이었다. 욕조에 씌운 하얀 도자기는 여기저기가 부서져서 그 밑의 검은 무쇠가 드러나 보였다. 하지만 벽에 붙은 막대에 걸린 하얀 수건은 인공위성에서 쓰던 것보다 훨씬 상태가 좋았다.

크레스는 옷을 벗으면서 연거푸 행복한 한숨을 내쉬었다. 옷은 땀과 때에 절어 살갗에 들러붙었고, 발에 감긴 붕대 안에는 모래와 피딱지가 가득 차 있었다. 발바닥의 물집은 많이 가라앉아서 불그스름하게 부어 있는 정도였다. 크레스는 옷가지를 바닥에 던지고 물을 틀었다. 차가운 물줄기가 세차게 쏟아졌다. 잠시 온도에 적응하고 나서 샤워기 밑에 서자, 햇볕에 그을린 얼굴과 다리에 시원한 물이 흘러내리는 감각에 아찔할 만큼 기분 좋아졌다.

물이 금세 더워지면서 뜨거운 김이 피어올랐다. 크레스는 비누의 종이포장을 벗겨내고 욕조에 앉아서 머리에 비누칠을 했다. 황홀한 신음이 흘러나왔다. 머리가 짧아지니 감는 게 너무나 간단해져서 감탄스러울 정도였다.

인공위성에서 샤워를 할 때 듣곤 하던 오페라 음악이 떠올랐다. 크레스는 그 느린 선율을 따라 콧노래를 흥얼거리며, 좋아하는 음악이 자신을 휩싸고 붕 띄워올리는 상상에 빠져들었다. 그러다 보니 어느덧 콧노래가 아니라 진짜 노래를 부르게 되었다. 생소하고 기묘한 언어로 된 아리아를. 가사가 기억 나지 않는 부분에서는 멜로디를 흥얼거리는 식으로 곡을 이어갔다. 마침내 노래를 끝내면서 크레스는 쏟아지는 물줄기에 몸을 흠뻑 적시며 함박웃음을 지었다.

문득 눈을 떠보니 욕실 문간에 카스웰이 기대 서 있었다.

크레스는 욕조 벽에 딱 달라붙어서 부리나케 팔로 가슴을 가렸다. 물이 바닥에 떨어지며 후드득 튀었다. "함장님!"

카스웰이 싱긋 웃었다. "그런 노래는 어디서 배웠어?"

크레스는 얼굴이 불타는 것 같았다. "나…… 나, 아무것도 안 입었단 말이에요!"

카스웰이 한쪽 눈썹을 치켜올리더니, 자기 눈을 가리키며 말했다. "나도 알아. 내 약점을 자꾸 들먹일 필요는 없잖아."

"아무리 그래도 그렇지……."

발가락이 저절로 오그라들었다. 카스웰은 알았다는 듯 두 손을 들어올렸다.

"그래, 알았어. 미안해. 그런데 크레스, 그 노래 대단했어. 정말 아름다웠다고. 그게 무슨 언어야?"

후끈한 김이 올라오는데도 크레스는 몸이 덜덜 떨렸다. "옛날 이탈리아어예요. 가사 뜻을 다 알지는 못해요."

"흠, 그렇군……. 아무튼 무척 좋았어."

카스웰이 세면대로 몸을 돌리더니 손을 뻗어 수도꼭지를 더듬었다. 그 모습을 지켜보면서 크레스는 창피한 감정을 좀 가라앉힐 수 있었다.

"수건 어딨어?"

크레스가 수건이 있는 곳을 알려주자 카스웰은 손을 더듬다가 새 비누 하나를 떨어뜨리고서야 수건을 찾아냈다. 그는 수건을 물에 적셔서 얼굴을 닦았다. 때가 닦여나간 자리가 밝은색으로 변했다.

"잠시 로비에 내려갔다 올게."

"왜요?"

"이 지역에 대한 정보를 얻어보려고. 주위에 버려진 집들이 있다고 하니, 그런 집을 물색해놓으면 좋을 것 같아. 신더가 우리를 찾아오면 만날 장소를 마련해둬야지."

"잠시만 기다리면 제가 내려갈 수……."

크레스는 말을 멈췄다. 카스웰이 웃통을 벗고 있었던 것이다. 그가 티셔츠를 벗어 던지고 팔, 목, 가슴, 겨드랑이를 수건으로 닦는 모습을 크레스는 입을 떡 벌리고 지켜보았다. 카스웰은 몸을 닦은 수건을 바닥에 팽개쳐놓고, 두 손에 수돗물을 받아 머리카락에 묻혀서 단정하게 다듬었다.

크레스는 손가락이 꿈틀거렸다. 그를 만지고 싶은 충동이 불쑥 솟아올라 주체할 수 없었다.

"괜찮아." 카스웰의 그 말은 마치 크레스가 말을 제대로 끝맺지 못해도 괜찮다는 것처럼 들렸다.

"나가서 먹을 것도 챙겨 올게."

크레스는 물장구를 치면서 정신을 가다듬었다. "그런데 아까 함장님이 도시에서는 넘어지기 쉬울 거라고 말했잖아요. 그래서 내가 늘 곁에 있어야 한다고……. 그런데 혼자 가려고요?"

카스웰이 벽을 더듬더니 수건걸이를 찾아냈다. 그는 커다란 목욕 수건을 당겨 빼내서 얼굴의 물기를 닦고, 머리를 문질러서 삐죽삐죽하게 세웠다. "혼자 가도 돼. 금방 올 거야."

"하지만 어떻게……."

"정말이야, 크레스. 괜찮을 거야. 너는 그동안 넷스크린이라도 보면서 동료들에게 연락할 방법을 찾아봐줘."

카스웰은 티셔츠를 집어들어 먼지와 모래를 탈탈 털어내고 다시 입은 다음, 눈 위에 스카프를 감아서 묶었다. "솔직히 말해봐. 지금 나 유명한 현상수배범처럼 보여?"

카스웰이 눈부신 미소를 지으며 포즈를 취했다. 머리는 지저분하고 옷도 더럽고 눈가리개까지 하고 있으니 교도소 사진 속의 모습과는 너무 딴판이어서 동일 인물이라고 알아보기도 어려울 정도였다. 그런데도 어쩐지 가슴이 두근거릴 만큼 근사하다는 점은 그대로였다. 크레스는 한숨을 쉬며 말했다.

"아뇨, 못 알아보겠어요."

"좋았어. 그럼 내려가서 깨끗한 옷도 구해볼게."

"정말 제가 같이 안 가도 되겠어요?"

"지난번엔 내가 괜히 오버한 거야. 도시에 왔는데 뭐가 걱정이야. 알아서 잘할게." 카스웰은 카리스마 넘치는 모습으로 키스를 날리는 시늉을 하고는 방을 나갔다.

CRESS

29장

신더는 램피언의 거대한 표면에서 물러나 눈부신 햇빛을 한 팔로
가리면서 위를 올려다보았다. 제이신이 낡은 금속 사다리에 올라서
서 선체에 검은색 페인트를 칠하는 중이었다. 벌거벗은 여자 그림
을 지우기 위해서였다. 카스웰이 우주선의 마스코트랍시고 직접 그
려놓은 그 그림은 신더가 이 우주선을 처음 봤을 때부터 내내 눈엣
가시였다. 그런데 막상 지워지는 걸 보니 섭섭한 기분을 떨칠 수 없
었다. 카스웰의 일부를 지우는 것만 같았기 때문이다.

하지만 현상수배범들의 우주선에 이 마스코트가 그려져 있다는
정보가 언론에 다 퍼져나갔으니, 부득불 지우는 수밖에 없었다.

신더는 얼굴에 흐르는 땀방울을 팔로 훔치면서 상황을 점검했다.
우주선 전체를 칠하기에는 페인트가 부족했기에 주승강구 계단의

거대한 표면만 칠하기로 했다. 그러면 적어도 그 부분 전체를 다른 색상의 판으로 교체한 것처럼 보일 것이다. 무언가를 가리려고 페인트칠했다는 티가 나면 오히려 역효과일 테니, 그렇게라도 자연스럽게 꾸며놓아야 했다.

그런데 선체에 칠해지는 페인트보다는 작업 과정에서 버려지는 페인트가 더 많은 것 같았다. 바닥에 흘러 떨어지기도 했고, 도와주겠다고 몰려나온 마을 사람들의 몸에도 페인트가 덕지덕지 묻었다. 신더만 해도 쇄골, 관자놀이, 머리카락, 금속 손의 관절 부분까지 페인트가 튀어 말라붙어 있었다. 신더보다 훨씬 심하게 페인트 범벅이 된 사람도 많았다. 특히 아이들이 그랬다. 처음에는 열심히 돕는 듯하던 아이들은, 이내 자기 몸에 페인트를 바르면서 누가 제일 사이보그처럼 보이나 경쟁하며 놀기 시작했다.

신더는 이곳 사람들에게 희한한 존경을 받고 있었다. 신더를 모방하는 사람이 점점 더 늘어갔다. 등판에 인조 척추 그림이 그려진 티셔츠, 금속 조각으로 장식한 신발, 똬리쇠나 구식 암나사를 주렁주렁 매달아 만든 목걸이 따위가 흔히 눈에 띄곤 했다.

어떤 소녀는 심지어 사이보그를 표현한 문신을 하기까지 했다. 왼발에 로봇 관절과 전선이 뻗어 있는 모양을 문신으로 새겨서 신더에게 자랑한 것이다. 신더는 그 문신에 표현된 인공두뇌학적 구조가 틀렸다는 것을 지적하고 싶은 충동을 참으며 어색하게 웃을 수밖에 없었다.

신더는 자신에게 쏟아지는 대대적인 주목이 불편했다. 기분이 나빠서가 아니라, 익숙지 않아서였다. 낯선 사람들에게 받아들여질 뿐만 아니라 호감을 사기까지 하다니, 이런 일은 난생 처음이었다.

"너희들! 낙서하는 건 괜찮지만 테두리 밖으로 삐져나가면 안 돼!"

신더는 위를 올려다보았다. 제이신이 밑에 있던 아이들 세 명에 게 붓을 휘둘러서 페인트를 튀기고 있었다. 아이들은 왁자하게 웃 더니 우주선 밑으로 후다닥 숨었다.

신더는 카고팬츠에 손을 문질러 닦으며 아이들이 있던 곳으로 가 보았다. 승강구 계단의 반대쪽 면에 아이들이 손가락으로 그려놓은 낙서가 있었다. 한 가족이 다 같이 손을 잡고 있는 그림이었다. 사 람이 작대기처럼 표현되었지만, 그중 둘은 어른이고 셋은 키가 제 각각 다른 아이들이라는 걸 알아볼 수 있었다. 그리고 맨 끝에는 신 더도 있었다. 포니테일은 옆머리에서 튀어나왔고, 한쪽 다리가 다 른 쪽보다 두 배는 더 크게 그려져 있었다.

신더가 당혹스러워하며 고개를 흔드는데, 제이신이 사다리를 타 고 내려오더니 벨트에 꽂아두었던 젖은 걸레를 빼들었다.

"그것도 지워야죠."

"왜, 그냥 놔두면 뭐 어때서."

제이신은 헛웃음을 치면서 걸레를 어깨 위에 걸쳤다. "지금 우리 가 왜 이 일을 하는데요? 뻔히 알아볼 수 있는 표시를 지우자고 하 는 거 아닙니까."

"하지만 이 낙서는 조그맣잖아……."

"언제부터 그렇게 감상적으로 변했죠?"

신더는 얼굴에 들러붙는 머리카락 한 가닥을 훅 불어 날렸다. "알 았어."

신더는 어깨에 걸치고 있던 걸레를 집어들고서 페인트가 마르기 전에 문질러 닦았다. "그런데 명령은 내가 내리는 거 아니었어?"

"나는 단순히 남의 명령이나 따르려고 여기까지 온 게 아닌데요. 명령은 지금까지 받은 것으로도 족합니다."

제이신이 페인트 붓을 바닥의 양동이에 던져넣으며 말했다. 신더는 걸레를 접어서 페인트가 스며들지 않은 깨끗한 부분을 골랐다.

"충성심을 되게 희한한 방식으로 표현하네."

제이신이 뭐가 재미있는지 키득키득 웃더니, 뒤로 물러나서 새까맣게 칠해진 승강구 계단을 바라보았다. "이 정도면 된 것 같군요."

신더는 아이들이 엉성하게 그려놓은 자기 자신의 모습을 말끔히 지워냈다. 그리고 제이신 옆으로 다가가서 선체를 올려다보았다. 새로 페인트칠한 램피언은 몰라보게 변해 있었다. 카스웰 손 함장이 훔친, 그리고 이제는 신더의 집이나 마찬가지가 된 그 우주선으로는 보이지 않을 정도였다.

목이 메어와서 신더는 힘겹게 침을 삼켰다.

주위에서는 사람들이 도구들을 치우거나, 서로의 얼굴에 묻은 페인트를 닦아주거나, 물을 벌컥벌컥 마시면서 웃고 있었다. 힘을 합쳐 무언가를 해낸 사람들의 얼굴에 하나같이 뿌듯한 표정이 떠올라 있었다.

신더는 자신이 이 모든 일의 주인공이라는 것을 알고 있으면서도 어쩐지 미묘한 소외감을 느꼈다. 오랜 세월 함께 어울려 살아온 저 사람들의 유대관계에서 자신은 동떨어져 있다는 사실을 실감하지 않을 수 없었다. 그리고 신더는 언젠간 이곳을 떠날 사람이었다. 심지어 루나로 떠나게 될지도 모른다.

"그러면 비행 수업은 언제 시작할까요?"

신더는 흠칫 놀라 제이신을 돌아보았다. "뭐라고?"

제이신은 햇빛을 받아 눈이 부시도록 반짝이는 램피언의 조종석 창문을 고갯짓했다. "비행선에는 조종사가 필요하잖아요. 당신도 조종하는 법을 익혀야죠."

"하지만…… 네가 조종하는 거 아니었어?"

제이신이 히죽 웃었다. "아직 모르겠어요? 당신 주위의 사람들은 툭하면 죽어나가요. 나도 죽지 않는다는 보장은 없죠."

그때 신더보다 몇 살 어린 남자아이가 달려와서 물병을 건넸다. 신더가 손을 내밀기도 전에 제이신이 물병을 가로채서 들이마셔버렸다. 하지만 신더는 신경질을 낼 여유가 없었다. 제이신의 말이 뼈아프게 정곡을 찔러서 머리가 먹먹했기 때문이다.

"식사를 한 뒤에 기초부터 가르쳐드리겠습니다."

제이신이 신더에게 물병을 건넸다. 신더는 멍하니 그걸 받아들고 남은 물을 마셨다.

"걱정 마요. 그렇게 어렵지 않으니."

"알았어. 루나와 지구의 전면전을 막느라 바쁘긴 하지만, 잠깐 짬을 내볼게."

"아, 그런 일을 하고 있었어요? 우주선에 페인트칠이나 하고 있는 줄 알았는데?"

그때 망막 디스플레이에 통신 도착 알림이 떴다. 얼랜드 박사가 보낸 메시지였다. 딱 두 마디의 짤막한 메시지였지만, 그걸 본 신더는 멈춰버렸던 세상이 다시 굴러가는 것 같은 흥분에 휩싸였다.

"깨어났대. 울프가 깨어났대!" 신더는 혼잣말을 하다시피 소리치고는 빈 물병을 제이신에게 던지고 호텔 쪽으로 내달렸다.

호텔 방문을 벌컥 열고 들어가보니 울프가 일어나 앉아 있었다. 발은 맨발이고 상체에는 여전히 붕대가 친친 감겨 있었다. 그는 신더를 보고도 전혀 놀란 눈치가 아니었다. 신더가 낡은 나무 계단을 뛰어 올라오는 소리나 특유의 체취를 그 예리한 감각으로 감지했을 것이다.

"울프! 아아, 다행이다! 정말 걱정했어……. 기분이 좀 어때?"

울프는 흐릿한 눈빛으로 신더 뒤편의 복도를 흘끔 내다보더니 혼란스러운 듯 얼굴을 찌푸렸다. 그때 복도에서 발소리가 나더니 구급상자를 든 얼랜드 박사가 방으로 들어왔다.

"진통제를 많이 투여해서 정신이 멍할 겁니다. 혼란스러운 질문은 되도록 삼가세요."

신더는 침을 꿀꺽 삼키며 얼랜드를 따라 울프 옆으로 다가갔다.

"어떻게 된 겁니까?" 울프가 물었다. 기진맥진한 음성이지만 발음은 또렷했다.

"마법사에게 습격을 당했어." 신더는 울프의 손을 잡아줘야겠다는 생각이 들었지만, 그러면 오히려 어색해할 것 같았다. 이제껏 울프하고는 주먹질을 주고받은 것 이상으로 친밀한 접촉을 해본 적이 없었다. 신더는 약간 거리를 두고 서서 두 손을 주머니에 꽂아넣었다. "너는 총에 맞았고 위험한 상태였지만…… 이제는 괜찮아. 괜찮은 거 맞죠, 박사님?"

얼랜드가 울프의 눈에 조명등을 비췄다. 울프가 반사적으로 움찔 물러났다.

"예상했던 것보다 훨씬 경과가 좋군요. 이대로 간다면 완전히 회복될 것 같습니다. 하지만 상처 부위가 벌어지지 않도록 조심해야 합니다."

"여기는 지구고, 아프리카야. 당분간 안전하게 지낼 수 있어."

울프는 신더의 말에 관심이 없는 듯, 불안한 표정으로 고개를 젖히고 코를 킁킁거렸다. "스칼렛은 어디 있죠?"

신더는 얼굴을 일그러뜨렸다. 그 질문이 나올 줄은 알고 있었다. 하지만 거기에 뭐라고 대답할 말이 없었다. 신더가 차마 입을 열지 못하자, 울프의 표정이 대번에 어두워졌다.

"스칼렛의 냄새가 안 나는데. 이곳에 아예 없는 것처럼……."

얼랜드가 울프의 이마에 체온계를 대자 울프는 그걸 홱 낚아채고는 따졌다.

"스칼렛 어딨어?"

얼랜드는 두 손을 옆구리에 얹고 벌컥 짜증을 냈다. "그런 식으로 거칠게 움직이면 안 된다고 말했잖소!"

울프가 날카로운 이를 드러내며 으르렁거렸다.

"스칼렛은 여기에 없어."

신더의 말에 울프가 고개를 홱 돌렸다. 신더는 그 사나운 눈빛 앞에서 움츠러들지 않고 어떻게든 해명하려고 노력했다.

"램피언에서 싸울 때 마법사가 스칼렛을 캡슐 비행선에 태워서 데려갔어. 스칼렛은 살아 있었고, 부상도 당하지 않았던 것 같아. 단지…… 제이신이 생각하기엔, 마법사가 스칼렛에게 비행선 조종을 시키려고 데려간 것 같대."

울프가 공포에 휩싸여 입을 떡 벌리더니, 설마 하는 표정으로 머리를 설레설레 저었다.

"울프……."

"언제? 언제부터······."

신더는 어깨를 한껏 곧추세우고 말했다. "닷새 전에."

울프는 낯을 확 구기고 고개를 돌렸다. 울프의 얼굴에 가득한 고통이 부상에서 비롯된 게 아니라는 사실은 군이 묻지 않아도 알 수 있었다. 신더는 울프에게 한 걸음 다가가다가 멈칫했다. 지금 무슨 말을 해봤자 아무 의미도 없을 것이다. 그 어떤 변명도, 사과도.

그래서 신더는 울프의 분노를 있는 그대로 받아내기로 각오했다. 울프가 마구 난동을 부리며 격분을 쏟아내면 힘껏 막아내기로. 파라프라에 도착한 이래 제이신과 얼랜드를 상대로 정신 조종을 틈틈이 연습했다. 이성을 잃은 울프를 제어할 수 있다면 자신의 능력을 제대로 시험할 기회가 될 터였다.

신더는 울프를 가만히 지켜보았다. 울프의 동공이 조그마하게 축소되더니, 주먹을 꽉 쥐었던 손아귀가 풀어졌다. 그의 안에서 분노가 너울너울 타오르고, 패닉이 꿈틀대며 솟구치는 것이 느껴졌다. 울프 안에 잠들어 있던 짐승이 뛰쳐나오려 하고 있었다.

그런데 울프가 갑자기 숨을 멈추고 부르르 떨더니, 분노가 일시에 쫙 빠져나갔다. 그리고 심장에 총을 맞기라도 한 것처럼 풀썩 주저앉아 한쪽 팔로 머리를 감쌌다. 바깥 세상을 차단하고 싶어 하는 듯 보였다.

신더는 신경을 모조리 울프에게 쏟고, 그의 주위에서 넘실거리는 에너지와 감정을 낱낱이 헤아렸다. 그의 에너지가 금방이라도 꺼질 것 같은 촛불처럼 가물거렸다. 마치 죽어가는 모습을 보고 있는 것만 같았다.

신더는 침을 꿀꺽 삼키고 울프 앞에 쪼그려 앉았다. 팔을 잡아주려고 손을 뻗었지만 차마 그럴 수 없었다. 울프의 슬픔에 멋대로 침입하는 것처럼 느껴졌기 때문이다. 이렇게 마법으로 울프의 감정을 꿰뚫어보고 그가 걷잡을 수 없이 무너져가는 것을 훤히 들여다보는 것만도 이미 부당한 간섭이었다. 마음 같아서는 울프를 위로하고 싶었다. 그에게 어울리지 않는 저 약한 모습을 떨쳐낼 수 있도록 일으켜주고 싶었다. 하지만 지금 울프는 슬퍼할 권리가 있었다. 스칼렛을 잃었다는 사실에 두려워할 권리가 있었다. 신더 자신도 그랬듯이.

"미안해. 찾을 수 있을 거야. 어떻게든 루나로 가서 스칼렛을 찾아내자. 그리고 구출하면 돼……."

울프가 별안간 고개를 확 치켜드는 바람에 신더는 너무 놀라서 넘어질 뻔했다. 울프는 눈을 번뜩이며 손마디가 새하애지도록 주먹을 틀어쥐었다.

"구출? 놈들이 스칼렛에게 무슨 짓을 할지…… 이미 무슨 짓을 했을지도 모르잖아!"

그 말을 내뱉자마자 울프의 이성의 끈이 끊어졌다. 그는 순식간에 벌떡 일어서서 침대를 통째로 뒤집어 벽에 밀어뜨렸다. 구급상자가 바닥에 와장창 떨어지고 방 전체가 흔들거렸다. 신더는 비명을 지르며 뒷걸음질 쳤다.

갑자기 방이 조용해지더니 울프가 몸을 기우뚱하며 바닥에 쿵 쓰러졌다. 그 충격에 건물이 요동치는 것 같았다.

얼랜드가 한 손에 주사기를 들고 울프에게 다가가면서 가느다란 안경테 너머로 신더를 노려보았다. "환자가 저렇게 난동을 부릴 때 정신을 제어할 수 있으면 편하지 않겠습니까?"

신더는 손을 덜덜 떨면서 얼굴 위에 흩어진 머리카락을 쓸어넘겼다. "나름 연습하고 있었는데……."

"그래요? 다음번에는 더 빨리 대처하도록 하세요."

얼랜드는 한숨을 쉬면서 책상 위에 주사기를 팽개치고, 의식을 잃은 울프를 내려다보았다. 등에 감긴 붕대에서 피가 스며나오고 있었다.

"당분간은 진정제를 지속적으로 투여하는 게 좋을 것 같군요."

"그럴지도요."

얼랜드가 입술을 오므리고 신더를 돌아보았다. "지난번에 준 마취총 화살은 가지고 있습니까?"

신더는 후들거리는 다리로 힘겹게 일어섰다. "아아, 박사님. 제가 그동안 죽을 고비를 얼마나 많이 넘겼는지 몰라요? 진작 바닥났죠!"

얼랜드가 헛기침을 했다. "새로 만들어줘야겠군요. 앞으로 필요해질 것 같으니."

30장

크레스는 머리를 수건으로 문지르면서 콧노래를 흥얼거렸다. 두피를 잡아당기던 긴 머리카락의 무게가 사라지니 얼마나 가뿐한지 몰랐다. 열심히 문질러 닦은 피부는 분홍색이 되었고, 손톱 밑에 끼었던 때도 최대한 빼냈다. 발바닥과 다리 안쪽은 여전히 따가웠지만 이렇게 뜻밖의 사치를 누리고 있으니 그 정도 불편은 아무것도 아닌 것 같았다. 목욕을 얼마나 오래 했는지, 1년 내내 마시고도 남을 정도로 어마어마한 양의 물을 펑펑 쓴 것처럼 느껴졌다. 부드러운 수건이 짧고 청결한 머리에 닿는 기분이 개운하기 그지없었다.

욕실 밖으로 나가니 자신이 팽개쳐둔 옷가지들이 보였다. 하지만 카스웰도 없는데 굳이 옷을 주워 입기가 귀찮았다. 그래서 이불 한 장을 몸에 두르고, 바닥에 질질 끌리는 이불 끝자락을 발로 걷어차면서 벽에 걸린 넷스크린으로 걸어갔다.

"넷스크린, 켜줘."

화면에 만화영화가 나왔다. 오렌지색 문어들과 피부가 푸른 아이들이 댄스 음악에 맞춰 춤을 추고 있었다. 크레스는 지역방송으로 채널을 바꾸고, 화면 귀퉁이에 새 창을 열어서 현재 위치의 GPS 좌표를 확인했다.

쿠프라, 사하라 동쪽 끝에 자리한 교역도시. 크레스는 지도를 확대해서 인공위성이 떨어진 위치가 어디쯤일지 찾아보았지만, 여기까지 걸어온 거리가 어느 정도나 되는지 가늠하기가 힘들었다. 체감상으로는 아주 먼 길을 걸은 것 같았지만, 실제로는 그 절반도 안 되는 거리일 수도 있었다. 북쪽과 서쪽으로 한없이 뻗어 있는 드넓은 사막 부분에는 아무것도 보이지 않았다. 아무것도. 자칫했다간 정말로 독수리 먹잇감이 될 뻔했다는 게 실감되었다.

크레스는 진저리를 치며 지도를 끄고, 램피언에 연락할 방법을 궁리했다. D-COMM 칩은 이제 없지만 그렇다고 램피언과의 연결고리가 아예 없는 건 아니었다. 추적장치는 없더라도 통신장비와 네트워크 프로토콜 주소는 있을 테니까. 아메리카 군대의 데이터베이스를 해킹해서 우주선의 고유한 NPA(네트워크 접근점 주소)를 추적해볼까 싶었지만 어차피 시간낭비일 것 같았다. 그게 가능했다면 동방연방에서 진작 램피언을 찾아냈을 것이다.

그렇다면 그 주소가 바뀌었다는 뜻이었다. 카스웰이 램피언을 훔쳐 탈영한 뒤에.

NPA가 바뀌었다면 자동제어 시스템도 교체되었을 것이다. 새로운 시스템을 언제 어디서 구입했는지, 어떤 프로그래밍인지 카스웰

319

이 알고 있다면 도움이 될 것이다. 만약 카스웰이 아무것도 모른다면…… 크레스가 상상력을 발휘하는 수밖에 없었다.

미리 걱정할 필요는 없다. 하나씩 하나씩 차근차근 해나가면 된다. 우선은 램피언에 통신을 받을 사람이 타고 있는지부터 확인해 봐야 했다.

크레스는 뉴스를 검색해보았다. 지구의 언론은 지난 닷새 동안 린 신더의 행방에 대해 새로 밝혀낸 정보가 없는 듯했다.

"……루나의 인공위성이……."

크레스는 뉴스 앵커의 말에 퍼뜩 주의를 돌렸다. 앵커는 크레스가 알아들을 수 없는 언어로 말하고 있었다. 크웬데라는 사냥꾼이 쓰던 그 외국어인 것 같았다. 혹시 잘못 들었나 싶었지만, 앵커의 입술을 쳐다보고 있으니 '사하라'와 '루나'라는 단어가 또 들렸다.

"공용어로 번역해서 더빙해줘."

언어가 공용어로 바뀌고, 화면에는 광막한 사막의 영상이 나왔다. 소름 끼치도록 낯익은 사막 한가운데 크레스와 카스웰이 버리고 온 인공위성이 있었다. 망가진 캡슐 비행선이 들어 있고 낙하산이 매달려 있는 상태 그대로. 낙하산 방수포가 커다랗게 잘려나간 구멍이 보였다.

크레스는 침을 꿀꺽 삼켰다.

뉴스가 흘러나왔다. 하늘에서 불길에 휩싸인 무언가가 떨어지는 것이 지중해 북쪽 지역에서까지 보였고, 그로부터 이틀 뒤에 인공위성이 발견되었다는 이야기였다. 의심의 여지 없이 루나의 인공위성이었으며, 탑승자가 생존해서 물품을 챙겨 빠져나간 흔적이 남아 있다고 했다. 당국에서는 사막을 수색하는 중이라며, 생존자가 몇 명일지는 모르지만 루나인일 것은 분명하다고 했다. 앵커는 루나와 지구의 긴장 상황을 고려할 때 그 도망자들을 반드시 찾아내 루나 측에 송환해야 할 것이라는 경고를 덧붙였다.

크레스는 축축한 머리를 두 손으로 감싸쥐었다. 이 상황의 의미가 삽시간에 이해되었다.

캐러밴 상인들이 이 소식을 들으면, 크레스와 카스웰이 그 인공위성의 탑승자라는 사실을 당연히 알아차릴 것이다. 그들은 두 사람을 신고할 것이다. 그러면 당국에서 카스웰을 체포할 테고, 그의 정체를 즉시 알아차릴 것이다.

상인들뿐만이 아니었다. 지금은 모든 사람이 이방인을 수상쩍게 여길 것이다.

하지만…….

공포에 질린 와중에 한 줄기 희망의 빛이 보였다. 린 신더가 이 소식을 듣는다면 무슨 일이 벌어진 건지 알아차릴 것이다. 카스웰과 크레스가 살아남았다는 사실을 알고 두 사람을 구하러 와줄 것이다.

결국 누가 먼저 크레스와 카스웰을 찾아내느냐의 문제였다.

크레스는 의자에서 벌떡 일어나 더러운 옷들을 주워 입었다. 천이 피부에 쓸려 따가웠지만 개의치 않았다. 당장 카스웰에게 이 사실을 알려야 했다.

크레스는 조심스럽게 복도를 걸어갔다. 자연스럽게 행동하고 싶었지만 어떤 행동이 자연스러운 건지 알 수 없었다. 안 그래도 크레스는 창백한 피부색과 밝은 금발 때문에 이 지역 사람들 사이에서 무척 눈에 띄었다. 그 이상으로 이목을 끌고 싶지 않았다.

계단을 내려가는데 아래층 라운지에서 시끌벅적한 소음이 들려왔다. 사람들이 웃고 고함을 치고 유리잔을 부딪치는 소리. 난간 너머를 흘끔 내려다보니, 아까 보았을 때보다 사람이 네 배는 더 불어나 있었다. 카드게임이 가장 성황을 이루는 시간인 모양이었다. 바와 테이블마다 사람들이 돌아다니면서 말린 과일을 먹고 있었다.

구석에 있는 한 테이블에서 환호성이 울려퍼졌다. 크레스는 그 한가운데 끼어 있는 카스웰을 발견하고 가슴을 쓸어내렸다. 카스웰은 눈가리개를 한 채 카드 패를 들고 있었다. 크레스는 사람들을 비집고 그쪽으로 다가갔다. 실내에 풍기는 기묘하고 맵싸한 향기에 침이 고였다.

사람들이 길을 터주자 카스웰의 모습이 한눈에 보였다. 그때 크레스는 우뚝 멈춰섰다.

카스웰의 무릎 위에 어떤 여자가 앉아 있었다. 네트워크 드라마에 나오는 배우처럼 예쁜 여자였다. 피부는 따스한 연갈색이고, 입술은 도톰했다. 다양한 색조의 푸른 빛깔로 염색한 긴 머리카락은 여러 가닥으로 땋아내려져 있었으며, 단순한 카키색 반바지와 블라우스를 입었는데도 어쩐지 우아해 보였다. 그리고 크레스가 평생 본 그 누구보다도 다리가 길었다.

여자가 테이블에 둘러앉은 사람들 중 한 명에게 플라스틱 칩들을 밀어주었다. 카스웰이 머리를 젖히고 웃음을 터뜨리더니, 자기 앞에 몇 개 남아 있던 칩들 중 하나를 집어들어 손가락으로 몇 번 퉁기고는 여자의 손바닥에 얹어주었다. 그러자 여자가 손끝으로 그의 목을 훑었다.

공기가 후끈 달아올랐다. 뜨거운 공기가 피부에 들러붙고 목을 조여와 숨이 막혔다. 크레스는 몸을 돌려 라운지를 뛰쳐나갔다.

후들거리는 무릎으로 계단을 올라가 8번 방 앞에 이르렀다. 크레스는 문손잡이를 잡고 무작정 흔들었다. 여자의 손톱이 카스웰의 목을 간질이며 애태우던 장면이 눈앞에 자꾸만 어른거렸다. 그런데 손잡이를 아무리 돌려도 문이 열리지 않았다. 잠긴 것이다. 카드키는 욕실 세면대 뒤에 두고 나와버렸다.

크레스는 흐느껴 울면서 벽에 털썩 몸을 기댔다. 그리고 머리를 문틀에 쿵쿵 찧으면서 "멍청이, 멍청이, 멍청이" 하고 중얼거렸다.

"크레스?"

크레스는 눈물을 훔치며 뒤를 돌아보았다. 지나가 복도 저편에 있는 방에서 나와 크레스에게 다가오고 있었다.

"왜 그래요?"

크레스는 고개를 홱 돌렸다. "여…… 열쇠를 방에 뒀는데 문이 잠겨버렸어요. 그리고 카스웰은…… 카스웰은……."

걷잡을 수 없이 울음이 터져나왔다. 크레스가 손에 얼굴을 파묻고 엉엉 울자, 지나가 뛰어와서 안아주었다.

"저런, 저런. 울지 마요. 그렇게 속상해할 것 없어요. 네?"

그 말에 크레스는 더 심하게 울음이 북받쳤다. 그랬다. 두 사람의 관계는 원래 이런 식이었다. 신혼부부인 척하며 사랑 이야기를 지어내고, 몇 날 밤을 그의 품에 안겨 보내기까지 했지만, 카스웰은 엄연히 남남이었다. 그가 어떤 여자를 꼬시더라도 크레스가 참견할 권리는 없었다. 그래도…….

그래도…….

그동안 자신은 얼마나 엄청난 착각에 빠져 있었던가. 어쩌면 이렇게 멍청할 수가 있나.

"당신은 이제 안전해요. 모든 게 괜찮아질 거예요. 자, 여기 신발도 가져왔어요."

크레스는 코를 훌쩍이며 지나의 손에 들린 캔버스화를 내려다보았다. 크레스는 떨리는 손으로 신발을 받고 고맙다고 인사했지만, 딸꾹질이 나서 말소리가 잘 들리지 않았다.

"크레스, 니엘스랑 늦은 저녁을 먹으려던 참인데 같이 갈래요?"

크레스는 고개를 저었다. "아래층에 내려가기 싫어요."

지나가 크레스의 머리를 쓰다듬었다. "열쇠도 없이 여기서 이러고 있을 순 없잖아요. 저녁은 밖에서 먹으면 돼요. 로비를 곧바로 빠져나가서, 근처에 있는 식당으로 가는 거예요. 어때요?"

크레스는 마음을 가다듬었다. 이대로 방에 들어가서 침대에 틀어박히고 싶을 뿐이었지만, 그러려면 데스크에 내려가서 새 카드키를 받아야 했다. 그러면 사람들의 이목이 크레스에게 쏠릴 테고, 충혈된 눈과 새빨개진 얼굴을 보고 왜 그러냐고 말을 걸기까지 할 것이다. 생각만 해도 끔찍했다. 그렇다고 계속 이렇게 복도에 서서 비참하게 훌쩍거리고 있다가 카스웰에게 들키는 것도 싫었다. 잠시 밖에서 바람을 쐬며 진정하고 나면 카스웰과 이성적으로 대화할 수 있을 것이다. 상처받았다는 것을 전혀 내색하지 않고 이야기할 수 있을 것이다.

"네, 그렇게 할게요. 고마워요."

지나가 크레스를 숨기듯이 한 팔로 안고서 계단을 서둘러 내려갔다. 그리고 로비 밖으로 빠져나가서 주도로에 난 인도를 따라 걸었다. 밤이 되어서 가게들은 대부분 천막으로 가려져 있었다.

"이렇게 예쁜 아가씨가 우니까 내가 다 속상하잖아요. 얼마나 힘들게 고생해서 여기까지 왔는데."

크레스는 또 서러워져서 울음이 나왔다.

"카스웰이랑 싸운 건 아니겠죠? 사하라에서 기껏 구사일생으로 빠져나왔는데?"

"카스웰은……"

크레스는 고개를 수그리고, 점토로 된 보도블록 틈새로 모래가 흘러들어가는 것을 물끄러미 바라보았다. 지나가 크레스를 팔꿈치로 쿡 찔렀다.

"카스웰이 뭐요?"

"아뇨, 아무것도 아녜요."

크레스는 옷소매로 입을 막고 훌쩍거렸다. 잠시 침묵이 흐르더니 지나가 천천히 물었다.

"두 분, 실은 부부 아니죠?"

크레스가 이를 악물고 고개를 끄덕이자, 지나는 크레스의 팔을 어루만졌다.

"누구나 비밀이 있는 법이죠. 나는 당신의 비밀이 뭔지 알 것 같은데……. 내 생각이 맞다면, 우리를 속였다고 탓하지 않을게요."

지나가 크레스의 곱슬머리에 이마가 닿을 만큼 바싹 얼굴을 기울였다. "크레스, 루나인이죠?"

크레스는 휘청거렸다. 도망쳐야 한다는 본능으로 부리나케 지나의 손을 뿌리쳤다. 하지만 연민으로 가득한 지나의 표정을 보니 공포가 금세 사그라졌다.

"인공위성이 추락했다는 얘기를 들었거든요. 분명 당신일 거라고 생각했어요. 하지만 괜찮아요. 이 지역에서 루나인은 드물지 않아요. 심지어 루나인을 좋아하는 사람들도 있다고요."

지나가 크레스를 다시 끌어당겼다. 크레스는 비틀거리면서 지나를 따라 걸음을 옮겼다.

"정말요?"

"우리가 아는 루나인들은 보통 자기들끼리 어울리며 조용히 지내고 싶어 하던데요. 기껏 고생 끝에 루나를 탈출했는데, 말썽을 일으켰다가 붙잡혀서 다시 돌아갈 일을 왜 하겠어요?"

크레스는 지나의 이야기가 지극히 합리적이라는 것을 깨닫고 깜짝 놀랐다. 지구의 언론을 보면 지구인들은 루나인을 극도로 혐오하며 결코 사회 구성원으로 받아들이지 않는 것 같았는데, 실제로는 그렇지 않은 것일까?

"이런 질문해서 기분 나쁘지 않았으면 좋겠는데……. 혹시, 마법을 못 쓰세요?"

크레스는 멍하니 고개를 끄덕였다. 그러자 지나가 그럴 줄 알았다는 듯 득의양양한 미소를 지었다.

"아, 니엘스가 저기 있네."

머릿속이 빙글빙글 돌았다. 처음부터 솔직히 털어놓았어야 했던 걸까. 아, 아니다. 카스웰이 현상수배범이라는 건 또 다른 문제였다. 루나인인 자신과 카스웰이 왜 같이 있는지에 대해서 또 거짓말을 지어내야 하는 것이다. 이들은 카스웰도 루나인인 줄 아는 걸까?

니엘스와 크웬데가 먼지로 뒤덮인 커다란 차 앞에 서 있었다. 어마어마한 크기의 바퀴가 달린 그 차는 덮개가 열려 있었고, 옆 건물에 붙어 있는 발전기에 코드가 꽂혀 있었다. 두 사람은 자루에 담긴 화물들을 뒤쪽의 짐칸에 잔뜩 싣는 중이었다. 이 도시로 오는 길에 그 화물들이 낙타에 실려 있던 걸 본 기억이 났다.

"새 화물 실을 자리는 마련하고 있어?"

지나가 남자들에게 다가가며 물었다. 니엘스는 크레스가 남편과 같이 있지 않은 걸 보고도 놀라지 않는 듯했다. 아니면 짐짓 아무렇지 않은 척하는 것이거나. 니엘스가 손을 툭툭 털면서 말했다.

"다 되어가. 엔진도 거의 다 충전됐고. 이 정도면 중간에 석유를 보충하지 않고도 파라프라까지 갔다가 다시 돌아올 수 있을 거야."

크레스가 지나를 돌아보았다. "파라……? 여기에 머무는 거 아니었어요?"

지나가 혀를 찼다. "아, 자말이랑 몇몇 동료는 여기 남을 거예요. 하지만 다른 주문이 들어와서 우리는 따로 거기 다녀오려고요. 항상 일거리가 넘치죠."

"하지만 이제 막 도착했는데요? 낙타는 어쩌시고요?"

니엘스가 소리내어 웃었다. "녀석들은 마구간에서 푹 쉬게 놔둬야죠. 낙타가 우리 일에 맞을 때도 있지만, 가끔은 속도가 더 빠른 교통수단이 필요하기도 하거든요."

니엘스가 트럭 옆면을 손으로 툭 치고는 물었다. "울었어요?"

크레스는 고개를 숙였다. "아무것도 아니에요."

"지나." 니엘스가 지나를 돌아보았다.

지나가 크레스의 팔을 잡은 손에 힘을 꽉 주면서, 니엘스에게 자기들 언어로 몇 마디 말을 했다. 크레스는 지나가 무슨 말을 한 건지 궁금해하면서 얼굴을 붉히고만 있었다. 니엘스가 묘한 미소를 지으면서 고개를 끄덕였다.

그때 뒤에서 누군가가 크레스를 붙잡고 입을 틀어막았다. 크레스는 화들짝 놀라 비명을 질렀지만 소리는 조금도 새어나가지 않았다. 누군지 모를 그 사람은 크레스를 거칠게 떠밀어 머리를 강제로 숙이게 하고 차의 짐칸에 밀어넣었다. 크레스가 정강이를 범퍼에 부딪치며 트럭 안에 들어가는 걸 지나와 니엘스는 지켜보기만 했다. 짐칸 문이 탕 닫히고, 새까만 암흑이 크레스를 에워쌌다.

니엘스가 뭐라고 소리치더니 엔진에 우르릉 시동이 걸렸다. 트럭 앞좌석의 문이 닫히는 소리가 들렸다.

"안 돼!" 크레스는 문을 주먹으로 마구 두들기며 비명을 질렀다. 그러거나 말거나 차는 덜컹거리며 나아갔고, 점점 더 심하게 흔들려서 크레스는 직물 더미 위에 나동그라지고 말았다.

목이 쉬도록 비명을 지르다 보니 어느덧 바닥에서 전해지는 진동의 느낌이 변했다. 차가 쿠프라의 포장된 도로를 벗어난 것이다.

3부

네 예쁜 새는 고양이가 잡아가버렸지.
그리고 이제 네 눈도 할퀴어 뽑아낼 거야.
너의 라푼젤을 두 번 다시 보지 못하게.

CRESS

31장

카스웰의 손목에 무언가 차갑고 매끄러운 것이 닿았다. 여자가 바에서 음료를 가지고 돌아와서 그의 손목에 컵을 갖다댄 것이다. 카스웰은 고개를 기울이고 여자에게 카드 패를 보여주었다.

"어떻게 생각해?"

여자의 땋은 머리카락이 카스웰의 어깨를 스치더니, 그의 손에서 카드 두 장이 위로 당겨지는 느낌이 났다.

"이 두 장."

카스웰은 그 카드들을 뽑아들었다.

"그래, 내 생각도 딱 그래. 우리 운이…… 트이고 있다, 이거지."

"눈 먼 형씨에게 두 장."

딜러의 말과 함께 테이블에 카드들이 탁 놓이는 소리가 들렸다.

카스웰이 카드 두 장을 집어들자, 지켜보고 있던 여자가 쯧쯧 혀를 찼다.

"이러면 곤란한데."

발음을 들으니 여자가 입술을 뿌루퉁 내민 것 같았다.

"뭐 괜찮아. 항상 이길 수는 없는 거니까. 음, 아직 한 번도 못 이 겼지만."

카스웰은 사람들이 베팅하는 소리에 귀를 기울이다가, 자기 차례 가 되었을 때 빠지겠다고 선언했다. 여자가 뒤에서 바싹 몸을 붙이 고서 그의 목덜미에 입술을 비볐다.

"다음 판은 당신이 휩쓸 거예요."

카스웰이 씩 웃었다. "예감이 좋군."

베팅이 두 바퀴 돌아가더니 광대와 7을 낸 사람이 판돈을 싹 쓸 어갔다. 그 남자의 걸걸한 목소리를 들으니, 수염이 듬성듬성 자라 고 배가 불룩 튀어나온 사내가 아닐까 싶었다. 카스웰은 테이블에 둘러앉은 사람들의 외모를 구체적으로 상상하고 있었다. 딜러는 콧 수염을 말끔하게 다듬은 호리호리한 남자일 것 같고, 자신의 옆에 앉은 나이 지긋한 여자는 카드를 만질 때마다 딸랑거리는 소리가 나는 걸 보니 요란한 장신구를 잔뜩 걸쳤을 듯했다. 그리고 오른편 에 앉은 남자는 비쩍 마르고 피부가 안 좋을 것 같았다. 그 남자가 자꾸만 이겨서 부아가 치민 나머지 그렇게 상상하는 것인지도 모르 지만.

그리고 지금 카스웰에게 몸을 기대고 있는 여자는 미치도록 섹시 했다. 하지만 운이 좋은 편은 아닌 모양이었다.

새 판이 시작되었다. 카스웰이 딜러에게 받은 카드 패를 들어올리자, 뒤에서 여자가 서글프게 휘파람을 불고 속닥거렸다.

"안 됐다, 자기야."

카스웰이 입술을 비쭉거렸다. "또야? 실망이네."

사람들이 베팅을 시작했다. 돈을 거는 사람, 걸지 않는 사람, 판돈을 두 배로 키우는 사람. 카스웰은 카드를 손가락으로 톡톡 두드리다가 한숨을 쉬었다. 여자의 슬픈 어조를 들으니 이 패는 쓸모가 없을 것 같았다.

카스웰은 자기 칩들을 손으로 눌러서 테이블 중앙으로 몽땅 밀었다. 칩이 그리 많지는 않았지만, 서로 맞부딪쳐 달각거리는 소리가 듣기 좋게 울려퍼졌다. "올인."

카스웰의 말에 여자는 아무 말도 하지 않았다. 그의 어깨에 얹은 손을 움찔거리지도 않았다. 그야말로 포커페이스였다.

"바보로군." 앙상한 남자가 그렇게 말하면서 자기는 기권하겠다고 했다.

수염 난 남자가 코웃음을 쳤다. 그 소리에 카스웰은 등줄기가 간질간질한 느낌이 들었다. 예감이 좋았다. 저 남자가 걸려들어올 것 같았다.

"마음 같아서는 판돈을 더 올리고 싶은데 댁이 빈털터리라 참는 거야." 남자의 말소리에 이어 칩이 달그락달그락 부딪치는 소리가 들렸다.

나머지 두 사람은 기권을 선언했다. 딜러가 카드를 더 나누어주었다. 상대방에게 두 장, 카스웰에게 두 장. 카스웰의 패를 본 여자의 손은 조각품처럼 미동도 하지 않았다. 마음에 들어하는지 못마땅해하는지 전혀 알 수 없었다.

카스웰에게 칩이 하나도 없었으므로 베팅은 한 번으로 끝났다. 카스웰은 패를 테이블 위에 펼쳤다. 딜러가 수염 난 남자의 손을 두드리며 그쪽의 패를 먼저 불러주었다.

"더블."

그리고 카스웰의 패를 불렀다. "로열 트리플렛!"

카스웰은 눈썹을 구부렸다. 옆에서 노부인이 장신구를 잘그랑거리며 낄낄 웃었다.

"눈 먼 형씨의 승리!"

"로열 트리플렛이라고요? 제가?"

"그렇습니다. 축하합니다."

딜러가 칩들을 카스웰 쪽으로 밀어주었다. 그러자 의자가 바닥에 쾅 넘어지는 소리가 들렸다.

"이 고물덩어리야! 기권하라고 했어야지!"

카스웰 뒤에 있던 여자는 욕을 듣고도 기분 나빠해야 하는 줄도 모르고 담담한 말투로 말했다. "저는 기권하라고 했습니다. 그런데 그가 제 권고를 무시했습니다."

카스웰이 의자에 앉은 몸을 뒤로 젖혔다. "이 아가씨에게 룰을 너무 잘 가르쳐놓은 당신이 잘못이지. 내가 계속 한 판도 못 이기니까 의심이 들 수밖에 없잖아. 내 운이 그렇게 나쁠 리 없는데. 그래서 아가씨가 전혀 건질 만한 카드가 없다고 말할 때까지 기다렸지. 그건 거꾸로 내 패가 대박이라는 뜻일 테니까."

카스웰은 손가락을 허공에 빙빙 저으며 의기양양하게 설명하고는, 테이블 위의 칩들을 모조리 끌어당겼다. 칩들이 팔 안에 수북이 쌓이는 감촉이 즐겁기 그지없었다. 두어 개가 바닥에 떨어지는 소리가 들렸지만 굳이 줍지 않고 내버려두었다. 바닥을 손으로 더듬거리는 추태를 부리기는 싫었으니까. 카스웰은 칩들의 색깔을 알아볼 수 없었으므로, 각각의 가치를 구분하지 못하고 그냥 아무렇게나 쌓아올렸다.

"그쪽이 원한다면 거래를 할 수도 있어. 너무 자존심 상해서 그것도 싫다면야 별수 없고."

"무슨 거래? 나는 이제 가진 게 거의 없어."

"그래, 자업자득이지. 댁이 속임수를 썼으니까."

남자가 아무 뜻도 없는 소리를 뇌까렸다.

"하지만 난 뼛속까지 사업가 체질이거든. 그러니 당신의 시종 안드로이드를 사고 싶은데, 어때? 이 정도면 적당한 가격 아닌가?"

카스웰이 자기 앞에 쌓인 칩을 가리켰다. 그러자 남자가 씩씩거리며 소리쳤다.

"걔를 보지도 못했으면서 무슨 소리야!"

카스웰은 히죽 웃으면서 자신의 어깨에 놓인 안드로이드의 손을 토닥였다. "진짜 사람처럼 아주 그럴싸하긴 해. 하지만 내 예리한 관찰력으로 느껴보자니…… 뭐랄까, 맥박이 안 뛰는 것 같던데."

카스웰이 칩을 가리켰다. "공평한 거래지?"

그런데 남자는 아무 대답이 없었다. 그 대신 의자 다리가 끼익 끌리는 소리가 나더니, 남자가 테이블을 돌아 카스웰 쪽으로 쿵쿵 다가오는 발소리가 들렸다.

"어어, 이봐."

카스웰이 테이블에 기대어놓았던 지팡이를 집어드는데, 남자가 그의 멱살을 움켜잡아 일으켜 세웠다.

"이봐 형씨, 점잖게 말로 하······."

두개골이 으스러질 듯한 통증과 함께 머리가 뒤로 확 젖혀졌다. 카스웰은 바닥에 자빠졌다. 광대뼈가 얼얼하고 혀에서 피 맛이 났다. 턱이 움직이는 걸 보면 뼈가 부러지진 않은 듯했지만, 엄청난 흉터가 남을 것 같았다. 카스웰은 얼굴을 손으로 누르면서 띵한 머리를 가누었다. "장애인에게 이러는 건 부당한 차별 아닌가?"

남자가 고함을 내질렀다. 의자가 끼익 끌리고 테이블이 넘어지고 그릇 같은 게 와장창 부서지는 소리가 났고, 여기저기서 사람들이 고함을 치며 뒤엉켜 싸우기 시작했다. 바 전체에 몸싸움이 벌어진 것이다.

카스웰은 몸을 한껏 움츠리고서 지팡이를 초라한 방패삼아 머리를 가렸다. 치고받는 사람들의 주먹과 발길질을 최대한 피하려고 했지만, 누군가의 무릎이 그의 엉덩이에 부딪히는가 하면 넘어지는 의자에 팔이 찧이기도 했다.

그때 누군가가 카스웰의 겨드랑이를 잡고 뒤로 끌어냈다. 카스웰은 발로 바닥을 밀면서 싸움판에서 버둥버둥 빠져나갔다.

"괜찮아?"

누군지 모를 남자가 물었다. 카스웰은 지팡이를 짚고 일어서서 등을 벽에 기댔다. 안전한 곳에 나오니 좀 살 것 같았다.

"응, 고마워. 하여간 저런 타입은 딱 질색이라니까. 자기가 반칙을 해놓고서는 정작 들키면 적반하장 광분하는 놈들 말이야. 정 속임수를 쓰려면, 실패해도 남자답게 받아들일 각오를 해야 하는 거 아닌가?"

"좋은 신조이긴 한데, 그 사람은 당신이 아가씨를 모욕해서 화가

336

난 것 같던데."

카스웰은 입에 묻은 피를 닦아냈다. 이가 모두 온전히 남아 있어서 다행이었다. "그 여자, 시종 안드로이드 맞잖아. 아니면 내 손에 장을 지질……."

"아, 안드로이드는 맞아. 예쁘장한 안드로이드였지. 다만 남자들은 자기가 데리고 다니는 액세서리가 돈으로 사고파는 기계라는 걸 인정하기 싫어하는 경우가 많거든."

카스웰은 눈가리개를 매만지며 머리를 흔들었다. "그것도 마찬가지야. 안드로이드를 가지려면 남자답게 굴어야지. 그건 그렇고, 누구지? 내가 아는 사람이던가?"

"자말. 캐러밴에서 만났잖아."

"자말, 그렇군. 구해줘서 고마워."

"천만에. 자, 누가 또 시비를 걸기 전에 얼른 빠져나가자. 눈에 얼음찜질이라도 해야겠군."

32장

카스웰은 얼음팩으로 광대뼈를 문지르며 신음했다. "으으으으…… 이렇게까지 세게 칠 건 없었잖아?"

"코뼈나 이가 부러지지 않은 것만도 운 좋은 줄 알아." 자말이 그렇게 말하면서 주위를 돌아다니는 소리가 들렸다. 이윽고 유리잔이 짤그랑 부딪치는 소리가 났다.

"그래, 코가 얼굴에 붙어 있기는 하네."

"네 뒤에 의자가 있어."

지팡이로 바닥을 더듬어보니 지팡이 끝에 무언가 단단한 물체가 부딪혔다. 카스웰은 그쪽으로 가서 의자에 걸터앉고, 지팡이를 옆에 기대어놓은 다음 다시 얼음찜질을 시작했다.

"여기."

손을 내밀자 차가운 유리잔이 만져졌다. 카스웰은 표면에 물방울이 달라붙은 서늘한 유리잔을 쥐고서 냄새를 맡아보았다. 희미한 레몬 냄새가 났다. 한 모금 마셔보니 거품이 느껴졌고 새콤한 맛이 아주 좋았다. 목구멍을 뜨겁게 훑고 내려가는 감각이 없는 걸 보니 술은 아닌 모양이었다.

"타마린드 열매로 만든 주스야. '타므르힌디'라고 부르지. 나는 교역도시에 오면 이거 마시는 게 낙이야."

"고마워." 카스웰은 주스를 벌컥 들이켜고, 찌르르 울리는 새콤한 맛에 입술을 오므렸다.

"원래부터 그렇게 도박을 잘했어?"

"모험을 좋아하는 편이긴 하지. 예컨대, 생존 기술이 없다? 사막에서 신혼여행을 즐겨야겠군. 눈이 안 보인다? 카드게임이나 해야겠군. 뭐 그런 식이야. 그 남자가 그렇게 난리를 치지만 않았어도 게임에서 이겼을 텐데."

자말이 키득키득 웃더니 주스를 마셨다.

"그런데 내내 지켜보고 있었던 거야? 안드로이드가 내 돈을 탈탈 털어가는 걸 다 보면서도 아무 말도 안 했단 말이야?"

"눈 먼 사람이 자살이나 다름없는 카드게임에 뛰어들어 실컷 스릴을 즐기겠다는데, 내가 나서서 초 칠 필요는 없잖아."

카스웰은 의자 등받이에 몸을 편안하게 기댔다. "말되네."

"아내는 왜 데려오지 않은 거야? 옆에 뒀으면 든든했을 텐데."

"좀 쉬어야 할 것 같아서. 그리고 로열게임을 해본 적이 없을 것 같았거든. 까다로운 규칙을 아내에게 일일이 설명하기가……."

"그리고 네가 시종 안드로이드를 갖고 싶어 하는 걸 아내가 보면 싫어할 테니까?"

카스웰은 폭소를 터뜨렸다. "그런 거 아니야! 그 안드로이드는 내가 쓰려는 게 아니야. 선물로 가져갈 생각이라고."

침묵이 흘렀다. 자말이 전혀 못 믿겠다는 표정을 짓는 게 눈앞에 훤히 보이는 것만 같았다.

"아, 그게, 내 친구한테 또 다른 안드로이드가…… 아니, 우주선이 있는데…… 음, 설명하자면 복잡해."

자말이 주스 잔을 카스웰의 잔에 부딪쳤다. "그렇겠지. 아무튼 이해는 해. 시종 안드로이드도 얻고, 동시에 진짜 귀중한 전리품은 위층의 자기 방에 숨겨놓고 말이지. 아내를 무척 애지중지 아끼는 것 같군그래."

카스웰은 자말의 말투가 어쩐지 꺼림칙했다. "뭐, 내가 워낙 운이 좋거든."

"왜 아니겠어. 그런 여자애가 하늘에서 뚝 떨어지는 게 어디 흔한 일인가."

카스웰은 애써 미소 띤 얼굴을 유지하다가, 남은 주스를 다 들이마시고 코를 찡그렸다. "아내 얘기를 하니 말인데, 이제 슬슬 방으로 돌아가야겠어. 음식을 가지고 가겠다고 약속했는데 어쩌다 보니 이렇게 돼버렸군……."

"서두를 필요 없어. 두어 시간 전에 지나가 네 아내랑 같이 나가는 걸 봤거든. 여자들끼리 야식이라도 먹으러 가는 것 같던데."

카스웰의 얼굴이 굳었다. 이제는 정말로 뭔가 잘못됐다는 확신이 들었다. 크레스가 그에게 아무 말도 없이 호텔을 나갔다니? 그럴 리 없었다. 하지만 자말이 그런 거짓말을 할 이유가 없지 않은가?

"아, 그래?" 카스웰은 미심쩍은 표정을 숨겼다. 그리고 빈 잔을 바닥에 내려놓고, 이따가 밟고 넘어지지 않도록 의자 밑으로 잔을 밀어넣었다. "잘됐네. 크레스가…… 여자들끼리 수다 떨면서 기분전환이라도 하면 좋지. 어디 간다는 말은 없었어?"

"응, 근처에 식당이 많으니 그중 어딘가에 있겠지 뭐. 왜? 아내가 도망이라도 칠까 봐 걱정돼?"

카스웰은 코웃음을 쳤지만, 자기가 듣기에도 가식적으로 들렸다. "아니야. 나쁠 거 없지. 친구도 사귀고 맛있는 것도 먹고."

"지구의 음식을 실컷 맛보고 다니고 말이지?"

카스웰의 표정이 대단히 우스꽝스러웠는지, 자말은 크게 폭소를 터뜨렸다. "그럼 그렇지, 그 여자가 루나인이라는 걸 네가 몰랐을 리 없지! 크웬데는 네가 아무것도 모를 거라고 하던데, 내가 보기에 넌 물건을 보는 안목이 꽤 예리한 사람 같더라고. 특히 아까 안드로이드 가지고 거래하는 걸 보니 딱 알겠더라. 눈이 멀었으면서도 여자 고르는 취향 하나는 완벽하던걸."

"사실이야." 카스웰은 웅얼거리면서 이 대화의 맥락을 파악하려 했다. 물건을 보는 안목? 여자 고르는 취향? 대체 무슨 소리를 지껄이는 거지?

"대체 어떻게 그 애를 주운 거야? 걔가 인공위성에서 나왔다는 것까지는 나도 알아. 그런데 어쩌다가 마주치게 됐어? 우주에서 만난 거야, 아니면 사막에서 만난 거야? 우주였을 것 같은데. 인공위성 잔해에 캡슐 비행선이 있었다고 하니까."

"음…… 이야기가 좀 길어."

"그래, 됐어. 내가 당장 우주에 갈 것도 아닌데 뭘. 아무튼 지구에 추락한 건 또 어떻게 된 거야? 원래부터 그럴 계획은 아니었겠지?"

유리잔의 얼음이 딸각거리는 소리가 들렸다.

"궁금한걸. 그 애를 처음부터 아프리카에 데려올 셈이었어? 아니면 수익이 더 좋은 다른 지역의 시장에 내다 팔려고 한 거야?"

"음…… 나는 아프리카가……." 카스웰은 턱을 긁적거리며 말을 돌렸다. "크레스가 두 시간 전에 나갔다고 했던가?"

"대충 그 정도." 의자 다리가 바닥에 끼익 끌렸다. "걔를 처음 찾았을 때 껍데기라는 것도 알았겠네? 껍데기가 아니었다면 나는 루나인을 가지고 거래할 생각 따윈 안 했을 거야. 값이 얼마든 간에."

카스웰은 손으로 무릎을 그러쥐면서 공포를 억눌렀다. 그들은 인공위성 추락 사건도, 크레스가 껍데기라는 사실도 알고 있었다. 그리고 카스웰이 크레스를 장물처럼 팔고 싶어 한다고 여기는 모양이었다. 껍데기를 사고파는 괴상한 암시장이라도 있는 걸까?

카스웰은 일단 자기도 다 알고 있었다는 듯이 능쳐보기로 했다. "솔직히 나도 루나인은 무섭긴 해. 하지만 크레스는 아니야. 걔는 전혀 위험하지 않아."

"그렇지. 그만하면 외모도 썩 나쁘진 않고. 키가 너무 작긴 하지만." 자말이 방 저편으로 걸어가더니 유리잔에 주스를 따르는 소리가 들렸다. "한 잔 더 마실래?"

카스웰은 다리 위에 얹은 손에서 힘을 풀었다. "나는 됐어."

나무 테이블 위에 유리잔이 놓이는 소리가 났다. "그러면 판매할 곳은 정했어? 아니면 아직 흥정하고 다니는 중이야? 아마 파라프라의 그 의사한테 팔 생각인 것 같은데……. 우리를 거치는 것도 한번 생각해봐. 그러면 훨씬 일이 간단해질 거야. 지나가 관심이 있다고 했는데, 어때?"

카스웰은 이 대화가 몹시 불편했지만 참았다. 이건 크레스에 대한 이야기가 아니라고, 그저 거래 상대와 상품에 대해 논의하는 중이라고 상상했다. 자말을 떠보면서 그가 무엇을 알고 있는지 파악할 필요가 있었다. 카스웰은 눈가리개를 손가락으로 당겨 느슨하게 늦췄다. 천이 너무 갑갑하게 눈가를 조여왔다. 얻어맞은 뺨이 유난히 심하게 욱신거렸다. "흥미로운 제안이군. 하지만 내가 구매자를 곧바로 만나도 되는데 굳이 중개인을 거칠 필요가 있나?"

"편리하니까. 우리가 대신 배달해주면 시간이 절약되잖아. 그럼 너는 새로운 사냥감을 찾아 떠날 수 있고. 게다가 이 시장에 대해서는 우리가 누구보다 잘 안다고. 혹시 개 신변이 걱정된다면, 좋은 곳으로 가게끔 잘 주선해줄 수 있어." 자말이 멈칫하더니 물었다. "값은 얼마 정도를 생각했는데?"

이건 거래다. 사업적인 흥정일 뿐이다. 카스웰은 그렇게 마음속으로 되뇌면서 태연한 척하려고 노력했다. 하지만 피부가 자꾸 스멀거리는 느낌이 들었고, 크레스의 손을 잡았던 감촉을 기억에서 떨쳐내기가 힘들었다.

"먼저 제시해봐."

자말이 한참을 망설이다 말했다. "이건 지나가 결정해야 하는데."

"그럼 지금 이 이야기를 왜 하고 있는데? 시간낭비잖아."

카스웰이 지팡이로 손을 뻗으려 하자, 자말이 냉큼 말했다. "지나가 제시한 가격이 있긴 있어."

그리고 긴 침묵 뒤에 덧붙였다. "하지만 결정은 내가 할 몫이 아니라서."

"적어도 서로 비슷한 범위를 생각하고 있는지는 확인해야 할 거 아니야."

자말은 주스를 마시더니 한숨을 쉬었다. "2만 유니브."

카스웰은 충격을 감출 수가 없었다. 가슴팍을 호되게 걷어차인 듯한 느낌이었다. "뭐? 2만 유니브?"

날카로운 웃음소리가 방 안에 울려퍼졌다. "왜, 너무 싸서? 이따가 지나랑 얘기해봐. 그런데 대체 얼마 정도를 생각했길래?"

카스웰은 입을 꾹 다물었다. 시작 가격이 2만 유니브라면, 실제로는 대체 어느 정도의 값을 매기고 있단 말인가? 바보가 된 기분이었다. 이게 대체 다 뭐하는 짓인가? 루나인 밀매? 루나인을 좋아하는 변태들이라도 있는 건가?

크레스는 사람이다. 살아 있는 소녀. 영리하고, 사랑스럽고, 어설프고, 특이한 여자아이. 저 사람들이 상상도 못 할 만큼 귀중하고 가치 있는 사람.

"이봐, 스미스 씨. 너무 그렇게 빼지 말라고. 생각해둔 값이 있을 거 아냐."

머리가 확 깨는 것 같았다. 그러고 보면 카스웰은 저 사람들과 여러모로 동족이었다. 빠르고 손쉬운 이득을 노리는 장사치라는 점에서. 그런 장사꾼이 재수가 억세게 좋아서 순진무구하고 사람을 잘 믿는 루나인 껍데기를 주운 셈인 것이다.

하지만 카스웰은 저 사람들과 달리 나쁜 버릇이 있었다. 원하는 물건이 있으면 그냥 가져버리는 버릇이.

그러고 보니, 크레스가 그만큼 돈이 된다면 저들은 어째서 그냥 납치해버리지 않은 걸까?

덜컥 패닉이 밀려왔다. 벼락을 맞은 것처럼 온몸이 찌릿거렸다. 이건 흥정이 아니다. 속임수였다. 아까 자신이 자말에게 시간낭비를 하고 있다고 했던 말이 사실이었다. 자말은 의도적으로 카스웰을 붙잡아두고 시간을 끌고 있었던 것이다.

카스웰은 얼음팩을 팽개치고 지팡이를 집어들면서 벌떡 일어섰다. 그리고 두 걸음 만에 문으로 성큼 다가가서 손잡이를 잡고 열어젖혔다.

"크레스!" 자말의 방에서 자신의 방까지 문을 몇 개나 지나야 하더라? 왼쪽으로 가야 하던가, 오른쪽으로 가야 하던가? 카스웰은 하릴없이 몸을 돌리고, 복도를 쿵쿵 걸어가면서 아무 문이나 벽을 무작정 두드렸다. "크레스!"

"주인님, 도와드릴까요?"

카스웰은 몸을 획 돌렸다. 여자 목소리만 듣고서 크레스인 줄 알고 반색했는데, 그럴 리 없다는 걸 금세 깨달았다. 목소리가 너무 공허하고 가식적이었다. 그리고 크레스는 카스웰을 함장님이라고 불렀다. 그런데 그를 '주인님'이라고 부를 사람이 대체 누가 있나?

"누구야?"

"예전 주인님은 저를 '달링'이라고 불렀습니다만. 저는 당신의 새로운 시종 안드로이드입니다. 규칙에 따라, 예전 주인님은 당신이 딴 돈을 모두 주거나 아니면 당신이 제안한 거래를 받아들여야 했습니다. 그분은 후자를 선택했고, 따라서 저는 당신의 소유물이 되었습니다. 스트레스를 받으신 것 같습니다. 어깨 안마를 하면서 노래를 불러드릴까요?"

카스웰은 자신이 지팡이를 무기처럼 붙잡고 있었다는 걸 깨달았다. 그는 고개를 젓고 말했다. "8번 방 어딨어?"

그때 복도 저편에서 방문 두어 개가 열리는 소리가 들렸다. 카스웰은 "크레스?" 하고 불러봤지만, 그 방들에서 들려온 건 다른 투숙객들의 목소리였다. 어떤 남자가 이게 무슨 소동이냐고 따졌고, 또 다른 사람은 외국어로 뜻 모를 말을 했다.

"8번 방은 여기입니다. 노크할까요?"

안드로이드의 말에 카스웰은 냉큼 대답했다. "그래!"

노크 소리가 나고, 이어서 손잡이를 돌리는 소리가 들렸다. 잠겨 있었다. 카스웰은 욕을 뇌까렸다.

"크레스!"

"거 조용히 좀 합시다!"

"주인님, 저는 사유지의 기물을 파손하지 못하도록 프로그래밍되어 있기에 이 문을 부술 수는 없습니다. 데스크로 내려가서 열쇠를 찾아올까요?"

카스웰은 문을 다시 두드렸다. 그러자 뒤에서 자말의 목소리가 들렸다.

"걔는 그 방에 없어."

다른 방에서 누군가가 짜증스러운 어조의 외국어를 쏟아냈다.

"번역해드릴까요, 주인님?"

카스웰은 으르렁거리면서 자말에게 저벅저벅 다가갔다. 카스웰이 복도의 벽을 지팡이로 후려치듯 더듬으며 나아가자, 사람들이 그 지팡이에 맞지 않으려고 소리를 지르며 방 안으로 도망치는 소리가 들렸다.

"크레스 어딨어? 근처에서 저녁 먹고 있다는 소리는 집어치워."

"내가 말 안 하면 어쩔 건데? 눈싸움이라도 하게?"

카스웰은 자신의 공포가 얼굴에 그대로 드러나는 게 싫었지만 주체할 수 없었다. 자말의 말 한마디 한마디에 온몸이 뜨거워지면서 피가 끓어올랐다. 크레스와 헤어진 지 몇 시간은 지난 것 같았다. 크레스가 목욕을 하고 있을 때, 크레스가 부르는 노랫소리가 귓가에 메아리칠 때, 카스웰은 경박하게 인사를 툭 던지고는 방을 나와버렸다. 크레스를 혼자 내버려두고 나와버린 것이다. 어째서? 도박 실력을 자랑하려고? 자신이 혼자서도 잘해낼 수 있다는 걸 증명하려고? 이제는 그 누구의 도움도, 크레스도 필요 없다는 걸 보여주려고?

1분 1초가 고통스러웠다. 지금 그들이 크레스를 어디로 데려갔을지, 무슨 짓을 하고 있을지 모르는 일이다. 크레스는 혼자 공포에 질려 있을 것이다. 어째서 카스웰이 와주지 않는지 생각하면서. 자신을 버린 카스웰을 원망하면서.

카스웰은 자말에게 달려들어 주먹으로 귀를 후려갈겼다. 자말은 화들짝 놀라 피하려 했지만 카스웰이 그의 멱살을 붙잡아 확 끌어당겼다.

"어디 있어?"

"그냥 포기해. 네가 그렇게 그 애를 아낀다면 똑바로 지켰어야지. 지나가는 안드로이드 아무나 붙잡고 희희낙락 데리고 놀기나 했던 주제에." 자말이 카스웰의 손을 잡으면서 말을 이었다. "걔가 그 꼴 다 봤어. 네가 라운지에서 안드로이드랑 껴안고 비비고 있는 걸 봤다고. 꽤 충격받은 눈치던데. 지나가 밖에 나가자고 하니까 냉큼 그러겠다고 하더라."

피가 얼굴로 확 쏠리는 느낌에 카스웰은 이를 갈았다. 자말의 말이 사실인지는 알 수 없었다. 하지만 만약 정말로 크레스가 그 광경을 보았다면……. 그의 진짜 목적이 무엇인지도 모른 채, 시종 안드로이드와 같이 도박을 하고 있는 카스웰의 모습만을 보았다면…….

"이봐, 이건 그냥 비즈니스일 뿐이야. 너는 걔를 잃었고, 우리는 걔를 가진 거지. 그래도 너는 그 거래를 통해 예쁜 새 장난감을 얻었잖아. 그러니까 너무 속상해하지 마."

카스웰은 지팡이를 움켜쥐고, 자말의 다리 사이에 밀어넣어 힘껏 당겨 올렸다.

자말이 비명을 질렀다. 카스웰은 뒤로 물러서서 지팡이를 자말의 머리를 향해 휘둘렀다. 지팡이가 무언가에 세차게 부딪히는 느낌이 들더니 손에서 휙 날아가버렸고, 동시에 자말이 욕설을 한바탕 쏟아냈다.

카스웰은 허리에 찬 권총을 뽑아들었다. 인공위성을 떠난 뒤부터 거의 잊어버리고 있었던 권총이었다. 복도에 사람들의 비명이 메아리치더니, 여기저기서 문이 탕 닫히는 소리와 계단을 뛰어내려가는 발소리가 들렸다.

"이렇게 가까운 거리에서 쏘면 분명히 맞힐 수 있을 거야. 몇 번 쏴야 머리나 심장에 명중할진 모르겠지만." 카스웰은 고개를 기울이고 말을 이었다. "그런 다음 네 포트스크린을 빼내야겠어. 거기에 너희 거래처들의 연락처가 다 저장되어 있을 테니. 뭐라더라…… 파라와타? 아무튼 거기에 의사가 있댔지? 그것부터 찾아봐야겠군."

카스웰이 총의 안전장치를 풀었다.

"잠깐, 잠깐만! 네 말이 맞아. 그 애를 파라프라로 데려갔어. 여기서 북쪽으로 300킬로미터쯤 가면 있는 조그마한 오아시스야. 거기에 루나인 껍데기를 좋아하는 의사가 있어."

카스웰은 총을 겨눈 채 한 발짝 물러났다. "안드로이드, 아직 여기 있나?"

"네, 주인님. 도와드릴까요?"

"파라프라라는 마을의 좌표와 거기까지 가는 가장 빠른 길을 알아봐줘."

자말이 말했다. "멍청한 짓이야. 그 애는 이미 팔렸을 거야. 그 노친네가 너한테도 값을 치러줄 리 없잖아. 그냥 손 털고 잊어버려. 그냥 껍데기일 뿐이라고. 그렇게까지 할 가치가 없어."

카스웰이 총을 집어넣으며 말했다. "정말로 그렇게 생각한다면, 너는 진짜 귀중한 걸 알아보는 안목이 없는 거야."

CRESS

33장

크레스는 트럭 구석에서 무릎을 안고 웅크려 앉아 있었다. 공기가 후텁지근한데도 몸이 덜덜 떨렸다. 목이 마르고 배가 고팠다. 아까 떠밀리다가 정강이를 부딪히는 바람에 멍이 든 것 같았다. 둘둘 말린 직물들을 방석 삼아 앉긴 했지만, 울퉁불퉁한 길을 달리는 차가 자꾸만 거칠게 흔들려서 엉덩이가 아팠다.

너무 캄캄해서 눈앞에 손을 들어올려도 보이지 않을 정도였다. 그래도 잠은 오지 않았다. 상인들이 자신을 어떻게 하려는 건지 궁금해서 도저히 잘 수 없었다. 크레스는 납치당하기 전에 지나와 나눴던 대화를 돌이키며 골똘히 생각했다. 크레스가 루나인 껍데기가 맞다고 시인하자 지나의 표정이 대번에 밝아지던 그 순간을.

크레스는 껍데기였다. 하잘것없는 껍데기. 그런데 지나는 대체

350

크레스의 무엇을 가치 있다고 생각한 것일까? 아무리 머리를 쥐어 짜도 이해가 되지 않았다.

마음을 가라앉히고 낙관적으로 생각하고 싶었다. 카스웰이 구하러 올 거라고 자신을 타이르기도 했다. 하지만 아무리 희망을 품으려 해도 의심이 앞섰다.

카스웰은 앞을 보지 못한다. 크레스가 어디로 갔는지도 모를 것이다. 크레스가 사라졌다는 사실조차 모를 수도 있다. 만약 안다고 해도, 도리어 크레스가 자기를 버리고 떠났다고 오해하면 어쩌나?

혹은 크레스가 없어지든 말든 개의치 않는다면?

카스웰이 그 이상한 여자를 무릎 위에 앉히고 카드를 치던 장면을 뇌리에서 지울 수 없었다. 그때 카스웰은 크레스에 대한 생각은 전혀 하지 않았을 것이다.

구하러 오지 않을지도 모른다. 지금껏 내내 크레스는 카스웰을 오해하고 있었는지도 모른다. 그는 영웅이 아니었는지도, 그저 이기적이고 거만한 바람둥이일 뿐일지도……

울음이 터져나왔다. 공포, 분노, 질투, 혼란이 머릿속에서 마구 들끓고 날뛰어서 더 이상은 비명을 참을 수 없었다. 크레스는 두피가 화끈거릴 만큼 머리카락을 쥐어뜯으며 목놓아 울부짖었다. 그러다가 금방 이를 악물고서 울음을 삼켰다. 손목에 휘감은 머리카락을 매만지듯 손목을 손가락으로 문지르며, 호흡을 가다듬으면서, 치밀어오르는 공포를 꾹꾹 억눌렀다.

카스웰은 구하러 올 것이다. 그는 영웅이니까. 크레스는 곤경에 빠진 숙녀니까. 이야기는 그렇게 흘러가는 법이니까. 언제나.

크레스는 자세를 고쳐 앉아 또 흐느껴 울었다. 눈물이 더 나오지 않을 때까지 한참을 울고 또 울었다.

그러다가 퍼뜩 잠에서 깼다. 뺨에 눈물이 말라붙어 있었다. 웅크린 자세로 잔 탓에 등이 쑤셨다. 엉덩이와 옆구리는 하도 부딪혀서 멍투성이였다. 트럭은 멈춰 있었다.

무서워서 잠기운이 싹 가셨다. 문틈으로 빛이 새어드는 걸 보니 아침이 된 모양이었다. 차 앞좌석의 문이 탕 닫히는 소리와 함께 지나의 말소리가 들렸다. 한때 다정하고 친근하게 들리던 그 목소리는 더 이상 위로가 되지 않았다. 운전석에 타고 있던 사람이 내리면서 트럭이 흔들거렸다.

"이대로 간다면 금방 도착하겠네. 어이, 누가 나 좀 도와줘."

한 남자가 그렇게 말하자, 다른 남자가 킬킬 웃었다.

"쬐끄만 꼬맹이 하나도 혼자 못 다뤄?"

지나가 끼어들어 쏘아붙였다. "멍들지 않게 살살 다뤄. 이번에는 돈을 최대한 받아내야 해. 그 영감이 흥정을 어떻게 하는지 알잖아. 온갖 사소한 것으로 트집을 잡아 값을 후려치려 든다고."

누군가 다가오는 발소리가 들렸다. 크레스는 침을 꿀꺽 삼키고 마음을 단단히 먹었다. 뛰쳐나가자. 맹렬히 맞서 싸우자. 필요하다면 물어뜯고 할퀴고 걷어차자. 그러면 그자는 당황할 테고, 그 틈을 타 도망치면 된다. 치타처럼 빠르게, 가젤처럼 우아하게. 이른 아침이라 모래가 서늘할 테니 달릴 만할 것이다. 발바닥의 물집도 거의 나았다. 다리는 여전히 지독하게 아프지만 참을 수 있다. 그들이 자신을 굳이 뒤쫓을 가치가 없다고 여기기를 바랄 뿐이었다.

하지만 총을 쏜다면 어쩌지?

크레스는 그 생각을 떨쳐버렸다. 위험을 감수하는 수밖에 없다.

잠금장치가 덜컹 풀렸다. 크레스는 심호흡을 하고 기다렸다. 그리고 문이 열린 순간 힘껏 몸을 날렸다. 억눌렸던 분노와 공포가 일제히 폭발했다. 크레스는 고함을 내지르며 남자의 눈을 할퀴려고 손을 휘둘렀다.

그런데 남자가 크레스의 두 손목을 붙잡았다. 크레스는 트럭에서 뛰어나가던 반동 때문에 뒤로 나동그라질 뻔하다가, 남자에게 붙들린 채 대롱대롱 매달린 꼴이 되었다. 사납게 토해내던 고함도 뚝 멎었다. 남자가 껄껄 웃었다. 그를 제압하려던 크레스의 처량맞은 몸부림을 비웃은 것이다.

"이것 보라고. 호랑이 새끼라니까." 남자가 아까 자기를 놀렸던 다른 남자에게 그렇게 말하고는, 크레스의 양쪽 손목을 자신의 한 손으로 단단히 틀어쥐었다. 그리고 크레스의 몸을 질질 끌고서 모래 언덕 쪽으로 걸어갔다.

"이거 놔!"

크레스가 발길질을 했지만 남자는 조금도 끄떡하지 않았다.

"나를 어디로 끌고 가는 거야? 이거 놓으라고!"

"진정해, 아가씨. 해치려는 게 아니야. 그럴 가치가 없으니까."

남자가 콧방귀를 끼고는 크레스를 언덕 건너편에 떨어뜨렸다. 크레스는 모래 비탈을 두어 번 구르다가 멈췄다. 얼굴에 흩어진 머리카락과 모래를 털어내고 나니, 위에서 자신을 내려다보는 남자의 얼굴이 보였다. 그는 총을 겨누고 있었다.

가슴이 철렁 내려앉았다.

"도망치려 하면 쏠 거야. 죽일 생각은 없어. 하지만 넌 그렇게 멍청한 애는 아니잖아? 도망칠 곳은 아무 데도 없다고. 안 그래?"

353

크레스는 침을 삼키고, 언덕 뒤편에 있는 사람들의 목소리에 귀를 기울였다. 이 일행이 몇 명쯤인지 가늠할 수 없었다.

"나…… 나를 어떻게 하려는 거야?"

"오줌 마렵지 않아?"

발밑의 모래가 부서져내렸다. 크레스는 비틀거리면서 언덕 밑으로 몇 발짝 뒷걸음을 쳤다. 남자는 눈도 깜짝하지 않고, 크레스의 발치를 향해 총을 흔들어댔다.

"볼일 봐. 도착하려면 몇 시간 더 걸릴 테니 지금 처리하는 게 나을 거야. 괜히 참다가 깨끗한 트럭 더럽히지 말고. 그러면 차량 렌트 보증금을 못 받거든. 지나가 질색할 거야."

입술이 파르르 떨렸다. 주위를 두리번거려도 보이는 것이라곤 황량하고 광활한 사막뿐이었다. 크레스는 고개를 저었다. "시, 싫어. 어떻게……."

"안 볼 테니까 빨리 누기나 해."

남자가 등을 돌리고 총으로 귀 뒤를 긁적거렸다. 언덕 위를 보니 또 다른 남자가 크레스 쪽을 등지고 서 있었다. 그 사람도 소변을 보는 모양이었다. 크레스는 고개를 홱 돌렸다. 창피하고 수치스러워서 울고만 싶었다. 제발 놓아달라고, 여기에 자신을 놔두고 떠나달라고 빌고 싶었다. 하지만 그래 봤자 아무 소용도 없을 것이다. 그리고 저 남자에게 애걸복걸하긴 싫었다.

크레스는 휘청거리면서 최대한 남들에게 안 보일 만한 곳을 찾아 발걸음을 옮겼다. 그러면서 한 가지 생각에만 매달렸다. 카스웰이 구하러 올 거라고. 구하러 와야만 한다고.

34장

"패틴."

여자가 땋아내린 검은 머리채를 휙 휘날리며 뒤를 돌아보았다.

"폐하!"

카이토는 엷게 미소를 지었다. "잠시 시간을 내서 우리를 도와줄 수 있겠소?"

"그럼요, 여부가 있겠습니까."

패틴이 들고 있던 포트스크린을 실험실 가운 주머니에 꽂아넣으며 말했다. 카이토는 새하얀 복도의 벽에 붙어 서서, 저편에서 걸어오는 연구원과 기술자 들이 지나가도록 길을 터주었다.

"환자 기록을 열람하고 싶어서 왔소. 아마 기밀이겠지만……."

카이토는 말꼬리를 흐렸다. 그 뒤에 붙일 만한 명분은 딱히 없었다. 황제라는 직권을 통하면 규정에 어긋나더라도 기록을 볼 수 있지 않을까 하는 막연한 희망만 있을 뿐이었다. 패턴은 어두운 눈빛으로 카이토와 토린을 번갈아 보았다.

"환자 기록 말씀이십니까?"

"나는 몇 주 전에 얼랜드 박사의 연구가 얼마나 진척됐는지 궁금해서 이곳에 들른 적이 있소. 그때 린 신더가 여기에 있었소. 그는 루나인 사이보그로……."

딱딱하게 굳었던 패턴의 얼굴이 금세 풀어졌다. "린 신더가 누군지 압니다."

"그렇겠지요. 음, 당시에 박사는 린 신더가 의료 안드로이드를 수리하러 온 거라고 했소. 하지만 실은 다른 이유가……."

"실험 대상으로 징집된 거라고 추정하시는 것이지요?"

"그렇소."

패턴이 어깨를 으쓱했다. "사실 징집이 아니라 자원자였습니다만. 어쨌든 저를 따라오십시오. 빈 연구실로 안내해드리지요. 기꺼이 린 신더의 기록을 보여드리겠습니다."

카이토는 토린과 함께 패턴을 따라가면서, 만약 신더가 아닌 다른 환자의 기록을 요청했다면 패턴이 저렇게 선뜻 협조해주었을지 궁금해졌다. 린 신더는 현재 사회 전체의 문젯거리였다. 지극히 개인적인 신상 자료도 더 이상은 보호받지 못하는 처지인 것이다.

"자원자였다고? 그게 정말이오?"

"사실입니다. 린 신더가 이송되었을 때 저도 여기에 있었습니다. 안드로이드들이 시스템을 정지시켜서 강제로 끌고 왔더군요. 저항을 했던 모양입니다."

카이토는 미간을 찡그렸다. "자원자인데 저항을 하다니?"

"법적인 개념상으로는 자원자라는 뜻입니다. 린 신더의 후견인이 자원을 시켰겠지요."

패틴이 6D번 연구실의 ID 스캐너에 손목을 찍고 두 사람을 안으로 들여보냈다. 연구실에서는 표백제와 과산화수소수 냄새가 났고, 표면이란 표면은 모두 반짝반짝 윤이 났다. 그리고 한쪽 벽에 붙은 작업대 위에는 내부의 격리실이 들여다보이는 창문이 있었다. 카이토는 저것과 흡사한 격리실에서 아버지가 임종을 맞이했던 기억을 떠올리며 얼굴을 찌푸렸다. 하지만 아버지의 병실에는 이불과 베개가 갖추어져 있었고, 아버지가 좋아하는 음악이 흘러나왔고, 마음에 안정을 주는 분수도 설치되어 있었다. 이곳에 오는 환자들은 그런 사치를 누리지 못할 것이다.

"넷스크린, 켜줘." 패틴이 그 창문 옆의 벽으로 다가가면서 그렇게 말하고, 자기 포트스크린을 손가락으로 두드렸다. "폐하, 이 기록은 린 신더의 탈옥 이후 수사기관에 넘어갔습니다만. 경찰 측에서 놓친 정보가 있다고 생각하시는지요?"

카이토는 머리카락을 쓸어넘기며 말했다. "아니오. 개인적인 의문을 풀고 싶은 것뿐이오."

넷스크린 화면에서 로그인 창이 사라지더니 신더의 프로필이 떴다.

린 신더: 허가받은 정비공

ID #0097917305

제3시대력 109년 11월 29일 출생

동방연방제국 신베이징 거주

린 아드리의 피후견인

사이보그 개조 비율: 36.28%

"구체적으로 찾으시는 정보가 있습니까?"

패틴이 넷스크린 화면을 손으로 훑어서 스크롤을 내렸다. 혈액형은 A, 알레르기 없음, 투여 약물 알 수 없음. 그다음으로는 전염병 검사 항목이 나왔다. 카이토는 화면으로 가까이 다가갔다.

"이게 뭐요?"

"환자에게 레투모시스 병원균 용액을 주사한 뒤 관찰한 결과를 기록한 것입니다. 투여한 시약의 양, 신체가 병원균을 제거하는 데 걸린 시간 같은 것이지요."

결론: 레투모시스 면역 확증

토린이 카이토의 옆에 성큼 다가섰다. "면역이라고? 금시초문인데요."

"그렇습니까? 경찰이 수사와 관련 없는 정보라고 판단해서 밝히지 않았나 보군요. 이 연구소에서는 이미 상식으로 통하는 정보랍니다. 우리는 린 신더가 루나인이라서 면역 체계를 갖춘 것이리라고 추정하고 있습니다. 레투모시스가 애초에 루나인 이주자들로부터 발생했다는 이론이 있으니까요. 루나인들은 스스로 질병의 영향을 받지 않고 병원균을 옮겨온 최초의 숙주라는 것이 오래전부터 정설이었습니다."

카이토는 셔츠 깃을 만지작거렸다. 얼마나 많은 루나인이 지구로 와서 이런 대대적인 전염병을 퍼뜨린 걸까? 저 이론이 맞다면, 지구에 밀입국한 루나인들은 카이토의 생각보다 훨씬 많을 수도 있다. 그 생각에 신음이 나왔다. 루나인을 더 많이 상대해야 한다는 생각만으로도 머리를 벽에 찧고 싶어졌다.

"이건 무슨 뜻입니까?" 토린이 프로필 맨 아래 항목을 가리켰다.

비고: 드디어 찾았다.

그걸 보자 카이토는 왠지 모르게 소름이 끼쳤다.

패틴은 고개를 저으며 말했다. "아무도 모릅니다. 얼랜드 박사가 입력한 것인데, 무슨 의미인지는 우리에게도 알려주지 않았습니다. 린 신더의 면역성에 대한 말일 수도 있겠지요. 치료제 개발에 도움이 되는 실험 대상이 드디어 나타났다는."

패틴이 씁쓸한 어조로 말을 이었다. "그 실험 대상과 박사가 함께 도망치는 바람에 아무 소용도 없게 됐지만요."

패틴의 포트스크린에서 삑 소리가 났다. 패틴은 화면을 내려다보고 말했다. "송구합니다, 폐하. 오늘의 징집 대상자가 도착한 것 같습니다."

카이토는 그 소름 끼치는 글귀에서 시선을 돌렸다. "징집이 아직도 진행되고 있소?"

"물론이지요."

패틴은 미소를 지었다. 그제야 카이토는 자신이 얼마나 한심한 질문을 했는지 깨달았다. 황제라는 사람이 자기 나라에서 뭐가 어떻게 굴러가는지도 모르고, 자기 황궁 부속 연구소에 찾아와 이런 질문이나 하고 있다니.

"얼랜드 박사가 없어졌으니 징집도 끝난 줄 알았소."

"비록 얼랜드 박사는 반역자로 판명 났지만, 우리가 하는 연구에 희망을 거는 사람들이 아직 많습니다. 치료제를 개발할 때까지 멈추지 않을 겁니다."

토린이 입을 열었다. "큰일을 하고 계십니다. 황실에서는 여러분의 노고에 깊이 감사하고 있습니다."

패틴이 포트스크린을 주머니에 집어넣었다. "우리 모두가 이 병으로 소중한 사람을 잃었으니까요."

카이토는 혀가 묵직해지는 느낌이 들었다. "패틴, 레바나 여왕이 치료제를 개발했다는 이야기를 얼랜드 박사에게 들은 적이 있소?"

패틴은 어리둥절한 표정으로 눈을 깜빡였다. "레바나 여왕이요?"

카이토는 넷스크린을 흘끔 돌아보았다. 신더의 면역 사실, 루나인의 생물학적 구조가 화면에 모두 드러나 있었다.

"결혼동맹의 조건으로 우리는 그 치료제의 제조와 배포의 권리를 받기로 했소."

토린이 건조한 어조로 말했다. "그러나 공식적인 발표가 있기 전까지 이 정보는 기밀입니다."

"그렇군요." 패틴이 천천히 말하고 카이토를 돌아보았다. "그렇게 된다면 모든 게 바뀔 겁니다."

"실로 그렇소."

패틴의 포트스크린에서 또 알림음이 울렸다. 패틴은 놀란 기색을 떨쳐내고 카이토에게 절했다. "송구합니다, 폐하. 잠시 실례해도 될는지요?"

토린이 연구실 밖으로 손짓을 하며 말했다. "물론입니다. 협조에 감사드립니다."

"영광입니다. 원하시는 만큼 둘러보십시오."

패틴이 다시 절을 하고 땋은 머리를 휘날리며 연구실을 나갔다. 문이 닫히자마자 토린이 카이토를 노려보았다.

"도대체 어째서 연구원에게 그 정보를 밝히신 겁니까? 벌써부터 소문을 퍼뜨리는 건 무모한 짓입니다. 치료제가 효과가 있고, 해롭지 않고, 복제 가능하다는 것이 판명 나지도 않았는데!"

"알고 있소. 하지만 패틴에게 알려줘야 할 것 같았소. 실험 대상 징집 얘기를 들으니 아직 너무나 많은 사람이 죽어가고 있다는 게 실감이 되더군요. 단순히 전염병 때문만이 아니라, 치료제가 뻔히 있는데도 우리가 얻지 못하고 있기 때문에……. 그래서……."

카이토는 눈을 휘둥그레 떴다. '면역 확증'이라는 글귀가 눈에 들어와 박혔다. "맙소사! 그래, 그런 거였어!"

"폐하?"

"레바나의 치료제 말이오. 내가 그 치료제를 얼랜드 박사에게 줬을 때, 신더도 옆에 있었소. 이제 보니 그 치료제가 신더의 손으로 넘어간 모양이오. 신더는 자신이 면역이라는 걸 알고 있었고, 그래서 치료제를 가지고 곧장 검역소로 달려가서 자기 여동생을 살리려 했던 거요. 하지만 너무 늦어서 동생은 구하지 못했고, 대신 창 순토라는 소년에게 줬던 거겠지." 카이토는 머리를 흔들었다. 그 사실을 깨닫고 나니 놀라울 만큼 마음이 가벼워졌다. 웃음마저 나왔다. "신더의 후견인이 한 말은 틀렸소. 신더가 동생의 ID 칩을 빼낸 건

질투심 때문도, 동생의 신원을 훔치고 싶었기 때문도 아니었소. 동생을 사랑했기 때문이오."

"사랑하는 가족의 ID 칩을 적출하는 게 정상적인 행동이라고 보십니까?"

"검역소 안드로이드들이 사망자의 ID 칩을 루나인들에게 빼돌리고 있다는 걸 신더가 알았을 수도 있지. 아니면 충격 때문에 너무 경황이 없었을 수도 있고. 어쨌거나 악의에서 비롯된 행동은 아니라고 보오."

카이토는 벽에 몸을 털썩 기댔다. 린 신더라는 수수께끼의 중요한 실마리를 발견한 기분이었다. "패턴을 비롯한 연구원들에게 알려야 하오. 창 순토가 회복된 건 기적이 아니라는 사실을. 그렇다면 여왕의 치료제는 정말로 효과가 있다는 뜻이오. 그 정보가 연구에 도움이 될 수도 있고……."

카이토의 팔꿈치가 얼떨결에 넷스크린에 부딪히자, 화면에 새로운 이미지가 나타났다. 화면에서 불쑥 튀어나온 홀로그램 이미지에 카이토는 화들짝 놀라 물러났다.

그건 신더의 신체 구조를 실물 크기로 표현한 홀로그램이었다. 피부의 표피에서부터 체내 장기에 이르기까지, 여러 층의 조직들이 한데 뒤얽힌 채 허공에서 깜빡거리고 있었다. 피부 및 반흔(瘢痕)조직과 뒤섞인 강철 손과 다리, 신경계와 결합된 전선들, 일부분이 실리콘으로 된 심장으로 쿵쿵 흘러들어가는 푸른 혈액. 조직 중에서 무기물로 된 것들은 모두 희미하게 빛이 났다. 의학에 문외한인 카이토조차도, 신더의 신체에서 비정상적인 부분이 무엇인지 훤히 알아볼 수 있었다.

사이보그.

카이토는 뒷걸음질을 치면서 홀로그램을 멍하니 쳐다보았다. 심지어는 신더의 두 눈마저도 어렴풋이 빛나고 있었다. 안구에서 뻗어나온 시신경이 뇌 뒤편으로 이어졌고, 거기에는 각종 포트, 케이블, 전선 들이 꽂힌 금속판이 박혀 있었다. 뒤통수에는 뚜껑이 달려 있어서 뇌에 삽입된 그 제어판을 외부에서 조작할 수 있게 되어 있었다.

신더의 후견인이 했던 말이 기억났다. 신더는 눈물을 흘리지도 못한다던. 하지만…… 아무리 그래도 이 정도일 거라고는 상상하지 못했다. 신더의 눈과 뇌까지도…….

카이토는 시선을 돌리고 얼굴을 문질렀다. 이건 사적인 영역을 심각하게 침해하는 짓이었다. 신더의 비밀을 멋대로 들여다보고 말았다. 불현듯 죄책감이 들었다. 저 장면을 기억에서 영원히 지워버리고 싶어졌다.

"넷스크린, 전원 꺼."

정적이 흘렀다. 카이토는 토린도 자신과 같은 감정을 느꼈는지 궁금했다. 죄책감과 더불어 병적인 호기심까지도.

"폐하, 괜찮으십니까?"

"괜찮소. 신더가 사이보그라는 사실에 새삼 놀랄 건 없으니. 다만…… 이 정도일 줄은 상상도 못 했소."

"송구합니다. 린 신더와 관련된 문제에 저는 늘 비판적이었지요. 알고 있습니다. 무도회에서 그녀와 대화를 나누시는 걸 봤을 때부터, 저는 린 신더가 폐하의 주의를 산란하게 할까 봐 염려했습니다. 그러지 않아도 폐하께는 이미 수많은 문제가 산적해 있으니까요.

허나 폐하께서 그 소녀에게 애정을 느끼신 것은 잘못이 아닙니다. 일이 이렇게 되어서 실로 유감일 따름입니다."

카이토는 어색하게 어깨를 으쓱했다. "하지만 내가 정말로 신더를 좋아한 건지, 아니면 마법에 속아넘어간 것뿐인지 나 스스로도 잘 모르겠소."

"폐하, 루나인의 마법에는 한계가 있습니다. 만약 린 신더가 폐하를 속였던 거라면, 지금쯤이면 폐하께서는 그 감정에서 벗어났어야 하는 겁니다."

카이토는 흠칫 놀라 토린의 눈을 마주보았다. "아니, 나는 이제……."

카이토는 침을 꿀꺽 삼켰다. 목이 후끈 달아올랐다. "그렇게 티가 난단 말이오?"

"음, 레바나 여왕도 툭하면 지적하곤 하지요. 폐하께서는 아직 젊어서 우리와 달리 감정을 숨기는 데 서투르다고." 토린은 눈꼬리에 주름을 잡으며 놀리는 듯한 미소를 지었다. "솔직히 저는 폐하의 그런 면이 장점이라고 생각합니다만."

카이토는 눈을 굴렸다. "재미있군요. 내가 애초에 신더를 좋아한 이유도 그런 면 때문이었는데."

"린 신더도 자기 감정을 숨기지 못했습니까?"

"숨기려고 하지도 않았소. 적어도 내 눈엔 그렇게 보였소." 카이토는 실험대에 몸을 기댔다. 살균된 종이가 손가락 밑에서 구겨졌다. "가끔은 내 주변의 모든 사람이 연기를 하는 것만 같소. 루나인들이 가장 심하지요. 레바나와 그 수행원들은…… 그들은 그야말로 모든 것이 가짜요. 생각해보시오. 레바나는 내 약혼녀인데, 나는 아직 레바나가 실제로 어떻게 생겼는지도 모르오. 하지만 비단 루나인만이 아니오. 지구연합의 정상들도, 심지어 우리 내각의 각료들도 마찬가집니다. 모두가 실제보다 더 똑똑하거나 자신 있어 보이려고 자신을 위장하고 있소."

카이토는 손으로 머리를 쓸어올리며 말을 이었다. "그런데 신더가 나타난 거요. 너무나 평범한 소녀. 평범하기 그지없는 일을 하며 살아가는, 항상 얼굴에 기름이나 때를 묻히고 다니는 소녀. 신더가 기계를 고치는 모습이 얼마나 멋지고 대단해 보이던지······. 그리고 내게 스스럼없이 농담을 던지곤 했지요. 내가 일국의 황태자가 아니라 그냥 보통 남자라는 듯이. 신더는 언제나 그렇게 소탈하고 진솔하게만 보였소. 그런데 신더도 다른 사람들과 다를 바 없었다는 게 드러난 거요."

토린은 격리실이 들여다보이는 창으로 다가갔다. "그래서 폐하께서는 신더를 믿어야 할 이유를 찾고 계시는군요."

사실이었다. 지금 이렇게 연구소까지 찾아와서 신더의 자료를 뒤진 이유도, 카이토가 신더에 대해 아무것도 모르면서 무턱대고 믿고 있다는 토린의 지적 때문이었다. 그리고 신더가 사이보그이며 루나인이라는 사실을 알고 있는 지금까지도, 카이토는 자신이 보고 느낀 신더의 면면이 그저 교묘한 속임수에서 비롯된 게 아니라고 믿고 싶었다.

그래서 여기에 왔고, 몇 가지 진실을 알아냈다.

첫째, 신더는 레투모시스에 면역이다. 아마 모든 루나인이 면역일 것이다.

둘째, 카이토의 꿈에 자꾸만 아른거리는 신더의 갈색 눈동자는 인조 안구다. 아니면 적어도 자연 안구에 인공적인 조작을 가한 것이다.

셋째, 신더는 자기 의사와 상관없이 후견인의 의지에 따라 실험 대상으로 팔렸다. 그리고 여동생을 미워하지 않았다.

또한 사이보그 징집이 지금도 시행되고 있다. 매일같이 사이보그들이 연구소로 이송되며, 레바나 여왕이 이미 갖고 있는 치료제를 개발하기 위한 실험에 목숨을 희생하고 있다.

"왜 사이보그지? 어째서 오로지 사이보그만 징집하는 거요?"

카이토가 중얼거리자, 토린이 한숨을 쉬었다.

"폐하, 송구한 말씀이지만, 지금 그 문제가 중요하다고 보십니까? 결혼식, 동맹, 전쟁이 목전에……."

"그렇소. 타당한 의문이라고 생각하오. 어째서 우리 사회는 사이보그의 목숨을 이렇게 경시하는 거요? 정부는 이 나라에서 일어나는 모든 일에 책임이 있소. 모든 일에! 그리고 이런 제도가 시민들에게 영향을 미친다면……."

그때 충격적인 생각이 카이토의 머리를 총알처럼 꿰뚫었다.

현행법에 따르면 사이보그는 시민이 아니다. 적어도 일반적인 시민은 아니었다. 수십 년 전에 카이토의 조부가 제정한 사이보그 보호법 때문이다. 당시 사이보그들의 흉악한 범죄가 잇따르면서 사회의 혐오가 증폭되었고, 동방연방의 주요 도시들에서 사이보그를 규탄하는 과격한 폭동이 일어났다. 그 시위 자체는 일부 사이보그들의 범죄에서 촉발되었다 해도, 결국은 사이보그 전체에 대한 사회적 경멸이 여러 세대에 걸쳐 쌓이고 쌓인 결과였다.

사람들은 오래전부터 불만을 내보여왔다. 사이보그 인구가 갈수록 증가하고, 그중 대부분이 시민들이 낸 세금으로 수술비용을 댔다고.

사이보그는 너무 똑똑해서 일반인보다 더 높은 임금을 받는다고, 그건 불공평하다고.

사이보그는 너무 뛰어난 기술을 갖추어서 열심히 일하는 일반 시민들의 일자리를 빼앗는다고.

사이보그는 육체적으로도 너무 강하다고, 그러니 스포츠 경기에서 일반인들과 경쟁하면 안 된다고.

그런 상황에서 소수의 사이보그가 폭행과 절도와 기물파손을 일으키자 사람들은 그들이 극도로 위험한 존재라는 것이 밝혀졌다고 주장했다. 사이보그 수술을 금지하지 않는다면 적어도 그들을 규제하는 제도가 마련되어야 한다고, 사이보그는 통제받아야 한다고 목소리를 높였다.

카이토는 열네 살 때 그 법을 모두 검토했다. 그리고 조부와 마찬가지로 카이토 역시 시민들의 주장이 지극히 옳다고 생각했다. 사회의 안전을 위해서는 사이보그에게 특수한 법과 제도가 적용되어야 마땅하다고.

그렇지 않은가?

지금 이 순간까지 카이토는 그 믿음에 한 치의 의문도 품어본 적이 없었다.

카이토는 텅 빈 실험대를 쳐다보며 손마디로 이마를 꾹 누르고 있다가 몸을 꼿꼿이 세웠다. 토린은 카이토를 쳐다보며 그가 생각을 정리하기를 끈기 있게 기다리고 있었다. 곧잘 카이토의 부아를 치밀게 하는, 특유의 그 현자 같은 표정을 띠고서.

"사이보그에 대한 법이 잘못되었다고 생각하지 않소?" 그 말을 꺼내자 매우 초조한 기분이 들었다. 자신의 가문과 나라 전체의 오랜 전통을 모독하는 발언인 것 같았다.

"사이보그 보호법은 좋은 의도로 제정되었습니다. 증가하는 사이보그 인구를 통제할 필요가 있었으니까요. 그리고 그 법이 발효된 이후, 당시와 같은 수준의 강력 범죄는 두 번 다시 발생하지 않았습니다."

카이토는 어깨를 늘어뜨렸다. 토린의 말이 맞는지도 모른다. 조부의 결정이 옳았는지도 모른다. 하지만…….

토린이 다시 입을 열었다. "허나 이전 정권에서 수립된 정책을 재고하는 것도 훌륭한 지도자의 자질이라고 봅니다. 더 시급한 현안들을 해결하고 나면 그 문제도 검토할 수 있을 겁니다."

'더 시급한 현안'이라는 말이 귀에 거슬렸다. "토린, 그대의 견해에 동의하지 않는 건 아니오. 하지만 지금 이 순간, 바로 이 연구소에 징집된 사이보그가 있소. 그 사람에게는 이 문제가 무엇보다도 시급하지 않겠소?"

"폐하, 일주일 안에 모든 문제를 해결할 수는 없습니다. 시간을 들여서 천천히……."

"그게 문제라는 점에는 동의하긴 하는 거요?"

토린이 얼굴을 찌푸렸다. "수천 명의 시민이 이 전염병으로 죽어가고 있습니다. 그런데도 징집을 중단하고 연구 기회를 박탈하시려는 겁니까? 루나 측에서 우리의 문제를 대신 해결해주기만을 기대하면서요?"

"아니, 물론 아니오. 하지만 사이보그만…… 오로지 사이보그만 이용한다는 건 부당한 처사요. 그렇지 않소?"

"린 신더 때문입니까?"

"아니오! 이건 모두의 문제요. 사이보그들도 한때는 우리와 똑같은 인간이었잖소! 그리고 그들이 과학의 힘으로 어떤 존재가 되었든 간에, 전부 다 괴물일 거라고는 생각할 수 없어요. 아니, 그렇게 생각해선 안 되는 거요. 그런데 이 징집 제도는 애초에 누가 발의한 거요? 누가 처음 제안했소?"

토린은 이상할 만큼 갈등에 빠진 표정으로 넷스크린을 돌아보았다. "제가 기억하기로는, 드미트리 얼랜드의 제안이었습니다. 그 문제로 여러 번 회의를 했습니다. 선황제께서는 망설이셨습니다만, 얼랜드 박사가 그 방법이 동방연방을 위해 최선이라고 극구 설득했죠. 사이보그들은 법적 규제가 있으니만큼 등록하고 추적하기가 쉽고⋯⋯."

"이용하기 쉽다는 거겠지."

"아니요, 폐하. 국민을 설득하기가 가장 쉽다는 겁니다. 사이보그가 가장 적합한 실험 대상이라는 데 일반인들도 사이보그 당사자들도 수월히 동의할 수 있다는 말입니다."

"그들이 인간이 아니니까?"

토린은 슬슬 역증이 나는 눈치였다. "사이보그는 이미 의학의 혜택을 받았기 때문입니다. 그러니 그 혜택을 사회에 환원해야 한다는 거죠. 공익을 위해서."

"직접 선택할 권리는 있어야 할 거 아니오."

"애초에 사이보그 수술을 받기로 결정할 때부터 스스로 선택을 한 겁니다. 사이보그의 권리에 관련한 법규는 이미 모두가 알고 있지 않습니까."

카이토는 꺼져 있는 넷스크린 화면을 손으로 꽉 눌렀다. "신더는 열한 살 때 호버 사고를 당하고 사이보그가 됐소. 열한 살짜리 아이에게 무슨 선택권이 있다고 생각하시오?"

"그건 그 부모가……." 토린이 말을 뚝 끊었다. 신더의 신상 자료에 의하면, 신더의 부모는 그 호버 사고로 사망했다고 되어 있었다. 누가 신더에게 사이보그 수술을 시키기로 결정했는지는 아무도 몰랐다.

토린이 못마땅한 얼굴로 입을 꾹 다물었다. "린 신더는 특별한 사례입니다."

"그럴지도 모르지. 어쨌든 온당한 일은 아니오."

카이토는 격리실 창으로 다가가면서 뻣뻣해진 목을 문질렀다. "징집을 중지하겠소. 오늘 당장."

"국민들에게 정녕 이런 메시지를 보내도 된다고 생각하십니까? 치료제 개발을 정부가 포기했다고?"

"포기하는 게 아니오. 나는 절대로 포기하지 않을 거요. 하지만 그 일에 사람들을 억지로 동원해서는 안 되오. 자원자들에게 지급하는 사례금의 액수를 늘리고, 인식 개선 프로그램을 확대해서 자원을 적극적으로 권장하도록 합시다. 징집은 이제 끝이오."

C
R
E
S
S

35장

　신더는 우주선 승강구 계단을 비틀비틀 올라가면서 엉덩이에 들러붙는 셔츠 자락을 들어올렸다. 조금이라도 시원한 바람을 쐬고 싶었다. 신베이징의 더위는 후텁지근해서 숨이 턱턱 막혔는데, 이 사막은 더우면서도 지독하게 건조했다. 그리고 어디에나 모래가 있었다. 모래 때문에 진저리가 날 정도로 성가셨다. 인조 기관의 관절마다 끼어들어간 모래를 빼내느라 몇 시간을 고생해야 했다. 자기 손에 틈새나 구멍이 이렇게 많은 줄은 미처 몰랐다.

　"이코, 문 닫아." 신더는 화물칸으로 들어가서 널브러졌다. 너무나 피곤했다. 울프를 걱정하느라 쩔쩔매고, 자신에게 온갖 선물을 주는 사람들에게 고맙다고 인사하다 보니 녹초가 되어버렸다. 대추야자며 달콤한 빵이며 매콤한 카레를 계속 가져다주는 마을 사람들은 고마운 마음을 표현하는 건지 아니면 신더를 살찌우려고 작정한 건지 알 수 없을 정도였다.

무엇보다도 얼랜드 박사와 끝없이 언쟁하는 데 지쳤다. 얼랜드는 발각되지 않고 루나에 침투하는 방법을 찾는 데 집중하고 싶어 했다. 그러나 신더는 그 일도 언젠가는 해야겠지만 우선은 결혼식부터 막아야 한다고 주장했다. 레바나가 동방연방의 황후가 되는 데 성공한다면 루나의 왕위에서 끌어내려봤자 아무 소용도 없지 않은가? 결혼도 막고 퇴위도 시킬 방법이 분명 있을 것이다.

그런데 결혼식까지 남은 시간은 고작 일주일이었다. 이코가 만들어놓은 시계는 점점 더 속도가 빨라지는 것만 같았다.

"울프는 어떠냐?" 이코가 물었다. 가엾게도 이코는 신더가 호텔에 있을 때는 몇 시간이고 우주선의 시스템에 혼자 갇혀 있어야 하는 처지였다.

"오늘 아침부터 진정제 투여를 중지했어. 박사님이 걱정하긴 하더라. 지켜보는 사람이 없을 때 울프가 깨어났다가 신경쇠약을 일으켜 스스로 몸을 해치면 어떡하냐고. 하지만 어쩌겠어, 언제까지고 그렇게 재워놓을 수도 없잖아."

생명유지 시스템에서 산소가 푹 새어나왔다. 이코가 한숨을 쉰 것이다. 신더는 부츠를 벗어서 바닥에 모래를 탁탁 털어냈다.

"새로운 소식은 없어?"

"있다. 두 가지의 흥미로운 뉴스를 발견했다."

벽에 붙은 넷스크린이 켜졌다. 화면 한쪽에 주문서 같은 게 떠 있었다. 그 주문서의 상단에 박힌 '기밀'이라는 문구에 호기심이 동했지만, 신더의 시선은 그 옆에 있는 다른 문서로 돌아갔다. 카이토의 사진이 실린 신문 기사였다.

황제가 사이보그 징집 즉각 중지를 요구하다

가슴이 철렁했다. 신더는 화물상자에서 뛰어내려 화면 앞으로 가까이 다가갔다. 징집이라는 단어 하나만으로도 과거의 기억이 되살아났다. 안드로이드들에게 붙잡혀 끌려갔던 것, 깨어나보니 멸균처리된 격리실에서 실험대에 묶여 있었던 것, 머리에 비율 탐지기가 삽입되고 정맥에 바늘이 꽂혔던 것.

기사에는 카이토가 단상에 서서 기자회견을 하는 영상이 첨부되어 있었다.

"영상 재생해줘."

카이토의 기자회견 영상이 재생되었다.

"이 정책 변화는 우리가 전염병을 극복할 가망이 없다는 의미가 아닙니다. 정부에서는 레투모시스 치료제 개발을 절대로 포기하지 않을 것입니다. 지난 몇 개월 동안 황실 연구팀은 획기적인 진전을 이룬 바 있습니다. 머지않아 돌파구를 찾아내리라 확신합니다. 지금 레투모시스를 앓고 계시거나, 소중한 사람의 투병을 지켜보고 계신 분들께 말씀드립니다. 이 발표를 결코 패배의 징조로 받아들이지 마십시오. 레투모시스가 사회 전체에서 박멸될 그날까지 정부는 최선을 다할 것입니다."

카이토는 말을 끊었다. 동방연방 국기를 등지고 선 카이토를 향해 번쩍거리는 카메라 플래시 세례가 쏟아졌다.

"다만 저는 치료제 연구를 위해 사이보그를 징집하는 정책이 불

필요하다는 사실을 깨달았습니다. 그건 구시대적이고 부당한 정책입니다. 동방연방은 인간의 생명을 존중하는 나라입니다. 모든 인간의 생명을 말입니다. 우리 연구의 목적은 그 생명을 지킬 방법을 최대한 빨리, 그리고 인도적인 방식으로 찾아내는 것입니다. 그런데 징집은 그러한 가치에 위배되며, 동방연방제국이 건국된 이래 지금까지 126년 동안 이룩한 모든 것을 무색하게 만드는 일이나 다름없습니다. 우리나라는 편견과 혐오가 아니라 평등과 화합의 이념을 토대로 세워졌기 때문입니다."

카이토의 연설을 지켜보던 신더는 사지에서 힘이 쭉 빠지는 느낌이 들었다. 저 화면 속으로 들어가 카이토를 부둥켜 안고 싶었다. 고맙다고, 정말로 고맙다고 말하고 싶었다. 하지만 카이토에게서 너무나 멀리 떨어져 있는 신더는 하릴없이 자신의 몸을 껴안을 뿐이었다.

"이 결정으로 말미암아 반발과 비판이 일어날 줄 익히 알고 있습니다. 레투모시스는 우리 모두를 위협하는 문제라는 것도, 내각이나 국민 여러분의 대표들과 협의하지 않고 제가 독단으로 이런 결정을 내리는 것이 얼마나 이례적인 조치인지도 잘 압니다. 하지만 저는 어떤 국민의 생명이 다른 국민보다 덜 귀중하다는 오해 때문에 목숨이 희생되는 것을 더 이상 방치할 수 없습니다. 레투모시스 연구팀은 실험을 계속할 새로운 방안을 마련할 것입니다. 징집 중단 때문에 현재 진행 중인 연구에 차질이 생기지는 않을 것이라고 확신합니다. 자원을 통한 실험 참여는 계속 접수 중이니, 관심이 있으신 분은 화면 하단에 표시된 통신 링크를 통해 문의하여 주십시오. 감사합니다. 오늘은 질문을 받지 않겠습니다."

카이토가 무대에서 나가고, 공보관이 나와서 떠들썩한 청중을 진정시키려 했다.

신더는 바닥에 털썩 주저앉았다. 자신의 귀를 믿을 수 없었다. 카이토의 연설은 레투모시스나 치료제 개발이나 연구 현황에 관한 것만이 아니었다. 카이토는 평등에 대해 말하고 있었다. 증오를 넘어서서 모두의 인권을 존중하자고 말하고 있었다.

불과 3분도 안 되는 그 연설로 카이토는 수십 년간 쌓인 사이보그에 대한 편견을 깨뜨리기 시작한 것이다.

신더를 위해 한 일일까?

얼굴이 찌푸려졌다. 감히 그런 생각을 품는다는 것 자체가 터무니없이 자기중심적인 발상으로 느껴졌다. 이 결정은 수많은 사이보그들의 목숨을 구하는 일이다. 사이보그의 권리와 대우에 대한 새로운 기준을 마련하는 초석이 될 것이다.

물론 이 방침 하나만으로 모든 문제가 해결되지는 않는다. 사이보그 보호법에 의해 사이보그들은 여전히 후견인의 사유재산으로 규정되며 자유가 제한되어 있다. 하지만 이번 징집 중단 조치는 하나의 출발점이었다.

그리고 신더는 똑같은 의문으로 되돌아갔다. '나를 위해 한 일일까?'

이코가 꿈꾸는 듯한 어조로 말했다. "네 마음 다 안다. 카이토는 멋지다. 환상적이다."

신더는 기사의 내용을 훑어보았다. 카이토의 예상은 적중했다. 벌써부터 반발이 일어나고 있었다. 어떤 기자는 사이보그 징집을 옹호하고 카이토의 조치가 사이보그에 대한 부당한 특혜라고 주장

하는 신랄한 비판의 글을 적기도 했다. 그 글에 신더의 이름이 직접
적으로 언급되진 않았지만, 누군가가 신더를 들먹이는 건 시간문제
였다. 반대자들은 카이토가 사이보그를 연례무도회에 초청했다는
사실을 무기 삼아 공격할 것이다. 혹독하게. 그런데도 카이토는 이
런 결정을 내린 것이다.

"신더? 시종 안드로이드 문서는 읽어봤냐?"

이코의 질문에 신더는 눈을 깜빡였다. "어? 미안, 뭐라고?"

화면이 바뀌면서, 징집 중단에 대한 기사 옆에 있던 다른 문서가
전면으로 나왔다. 신더는 이코가 준비한 두 번째 소식을 까맣게 잊
고 있었다. '기밀'이라는 문구가 박힌 주문서를.

"아, 그렇지."

신더는 자리에서 일어섰다. 카이토의 조치에 대해서는 나중에 생
각하자. 카이토와 레바나의 결혼을 막을 방법부터 찾은 다음에.

"이건 뭔데?"

"이틀 전에 황궁에서 발주한 시종 안드로이드 주문서다. 내가 화
훼장식업체의 주문 내역을 알아보려다가 우연히 발견했다. 그나저
나 여왕의 부케는 백합과 비비추(백합과의 식물_역주) 잎사귀로 만들려
는 것 같더라. 무진장 진부하다. 나라면 난초를 고를 텐데."

"뭐? 황궁의 기밀 서류를 네가 직접 발견했단 말이야?"

"그렇다. 알아봐줘서 고맙다. 나는 제법 뛰어난 해커가 되어가는
것 같다. 그것 말고는 딱히 할 일도 없다."

신더는 주문서를 훑어보았다. 그건 안드로이드 임대 계약서였다.
신베이징 외곽에 본사를 둔 세계 최대 규모의 시종 안드로이드 제
조사에서 결혼식 당일에 황궁으로 시종 안드로이드 60대를 임대해

준다는 내용이었다. 그 60대는 전부 '자연미'라는 계열의 모델들이었다. 눈 색깔이 평범하고 체형이 다양한 그 모델들은, (회사의 설명에 따르면) 외모에 의도적인 결함을 부여함으로써 안드로이드와 더욱 현실적인 교류를 체험하게 해준다고 소개되어 있었다.

신더는 그 주문의 목적이 무엇인지 금세 이해했다. "이 안드로이드들을 결혼식 스태프로 쓰려는 거군. 안드로이드는 루나인들이 조종하지 못하니까. 영리한 작전인걸."

"내 생각도 그렇다. 계약서에 따르면, 이 안드로이드들은 행사 당일 아침에 화훼장식업체와 출장요리업체로 배송될 예정이라고 한다. 그런 다음 그 업체 직원들 틈에 안드로이드들을 끼워서 황궁으로 밀반입하는 것이다. 아, 물론 계약서상에 '밀반입'이라는 표현이 나온 건 아니다."

신더는 마음이 좀 놓였다. 결혼은 여전히 생각만 해도 끔찍하지만, 적어도 황실에서 루나인 손님들을 경계하고 있다는 건 다행이었다. 신더는 주문서의 내용과 배달 요청 사항을 마저 읽었다.

"앗!"

"왜 그러냐?"

"아이디어가 생각났어." 신더는 넷스크린에서 한 걸음 물러서면서 고민에 잠겼다. 너무 거칠고 막연한 아이디어라서 아직 확신할 수는 없지만, 그래도 원리 자체는 그럴듯해 보였다. "이코, 바로 이거야. 우리도 이 방법으로 루나에 가면 되겠어."

화물칸의 조명등이 반짝였다. "산출이 안 된다."

"이미 루나로 갈 예정인 비행선에 몰래 끼어 타자는 거지. 안드로이드를 밀반입하는 것처럼 우리도 잠입하면 되잖아."

"루나로 가는 비행선은 루나 측 비행선밖에 없다. 거기에 어떻게 탄단 말이냐?"

"지금은 그렇지. 하지만 지구의 우주선이 루나에 갈 일을 만든다면?"

넷스크린 화면이 바뀌면서 카운트다운 시계가 중앙에 나타났다.

"그러면서 결혼식도 막을 방법이 있단 말이냐?"

"그래, 정확히는 결혼식을 연기시키는 거야. 레바나 여왕이 결혼식을 지구가 아니라 우주에서 올리도록 설득해내면 돼. 그러면 지구 쪽 손님들이 모두 거기로 가야 할 거 아니야? 루나의 귀족들이 지구로 오듯이."

"그리고 네가 그 비행선에 탄다는 거냐?"

"그렇게 할 방법만 찾는다면……." 신더는 화물칸 안을 서성거리면서 열심히 머리를 굴렸다. "하지만 그러려면 우선 카이토를 설득해야 해. 그런 다음 카이토가 레바나에게 결혼식을 치를 장소를 바꾸자고 해야……."

신더는 볼 안쪽을 깨물면서 기자회견 영상을 흘끔 돌아보았다. 사이보그 징집이 정말로 중지되었다는 헤드라인이 떠 있었다.

"이러나저러나 우리가 황궁으로 들어가긴 해야겠네. 하지만 사람들의 주의를 끌거나 언론을 이용하는 건 아니야. 아무도 모르게 숨어 들어가야 해."

"아! 신더, 손님인 척 위장해라! 그 핑계로 예쁜 드레스도 사라!"

신더는 안 된다고 말하려다가 멈칫했다. 이코의 제안도 고려할 만했다. 누구도 자신을 알아보지 못하도록 마법을 유지할 수만 있다면 충분히 가능한 일이었다.

"그러려면 그 시종 안드로이드들을 피해야겠지. 그리고 초대장이 필요하고."

"찾아보겠다."

화면에서 주문서가 사라지더니, 사람들의 이름이 주욱 떴다.

"며칠 전 가십 신문에 뜬 결혼식 초대객들의 명단이다. 아, 황실에서 진짜 종이로 된 초대장을 보낸다더라! 알고 있었냐? 몹시 고풍스럽고 낭만적이다."

"돈 낭비 같은데." 신더가 우물거렸다.

"그럴 수도 있다. 하지만 덕분에 우리가 훔치기는 쉬울 거다. 몇 장이 필요하냐? 두 장? 세 장?"

신더는 일행의 수를 헤아려보았다. 일단 한 장은 자신, 한 장은 울프…… 아니, 울프는 가지 못할 수도 있다. 그러면 신더 혼자 가는 게 나을까, 아니면 얼랜드를 데려가야 할까? 혹은 제이신을? 그런데 얼랜드나 제이신은 레바나와 그 수행원들에게 얼굴이 너무 잘 알려져 있었다. 설령 두 사람이 마법으로 외모를 조작한다고 해도 그 마법을 스스로 견고하게 유지하긴 힘들 테니 위험할 것이다.

어쩔 수 없었다. 그때쯤이면 울프가 회복되어 있기를 바라는 수밖에.

"두 장. 일단은."

화면의 스크롤이 내려가면서 명단에 적힌 여러 이름과 직함이 흘러갔다. 외교관, 의원, 연예인, 언론가, 기업가, 재벌 일색이었다. 몹시 따분한 파티가 될 것 같았다.

그런데 이코가 별안간 비명을 질렀다. 금속이 끼이익 긁히고, 프로세서가 과열되고, 전선에 불이 붙어 파직거리는 소리가 귀가 째지도록 울려퍼졌다.

신더는 귀를 틀어막았다. "뭐야! 왜 그래?"

이코가 명단 중에서 한 이름에 형광펜 표시를 했다.

린 아드리와 그 딸 린 펄: 신베이징, 동방연방, 지구

신더는 입을 딱 벌리고 귀를 막았던 손을 내렸다.

린 아드리? 그리고 펄?

승무원 구역에서 발소리가 쿵쿵 울리더니, 제이신이 눈을 휘둥그레 뜨고서 화물칸으로 들어왔다. "무슨 일입니까? 우주선이 왜 비명을 지르는 거죠?"

"아, 아무것도 아니야." 신더가 더듬거렸다.

"아무것도 아니긴 뭐가 아니냐. 어떻게 저 사람들이 초대를 받을 수가 있냐? 내가 이제껏 살면서 부당한 일들을 수없이 봤지만, 이렇게까지 부당한 경우는 프로그래밍되고 난생 처음 본다."

제이신이 신더를 향해 한쪽 눈썹을 치켜올렸다.

"그게, 내 예전 후견인이 결혼식에 초청을 받았다는 걸 방금 알았거든."

신더는 설마 뭔가 착오가 있었겠거니 생각하며, 양어머니의 이름 옆에 있는 탭을 눌러보았다. 그러나 착오가 아니었다.

린 아드리는 현재 관계가 단절된 양녀인 린 신더의 수색을 지원한 공로로, 8만 유니브의 사례금과 더불어 황실 결혼식 공식 초청장을 받았다고 되어 있었다.

"나를 팔아먹은 대가로 초대를 받았다는 거군." 신더는 입가에 조소를 머금었다.

"이것 봐라. 부당하단 말이다. 우리는 카이토와 지구 전체를 구하려고 목숨을 걸고 있는데 아드리와 펄이 황실 결혼식에 간다니! 나 토할 것 같다. 그 둘이 드레스에 간장이나 엎질러버렸으면 좋겠다."

걱정스러워하던 제이신은 금세 짜증을 띤 표정이 되었다. "당신 우주선은 우선순위가 뭔지 자주 혼동하는 것 같습니다."

"'이코'다. 내 이름은 이코다. 나를 계속 '우주선'이라고 부르면, 너 샤워할 때마다 온수를 끊어버리겠다. 알겠냐?"

"그래, 잠시만 기다려. 스피커 끄고 올 테니까."

"뭐라고? 신더! 쟤가 내 입 막으려고 한다! 신더!"

신더가 두 손을 들어올렸다. "그만 좀 해, 둘 다!"

신더가 노려보았지만, 제이신은 한쪽 어깨를 으쓱할 뿐이었다.

"너희 둘 때문에 머리가 지끈거려. 나 생각할 거 많단 말이야."

제이신이 벽에 몸을 기대고는 팔짱을 꼈다. "지난번 동방연방 무도회 때, 저도 거기에 있었던 거 아십니까?"

"당연하지. 너를 어떻게 잊어?"

제이신이 동료가 된 이후로는 그때의 기억을 돌이키지 않으려 했지만, 제이신의 얼굴을 보면 가끔 생각나지 않을 수 없었다. 무도회에서 레바나가 신더의 목숨을 가지고 거래를 제안하면서 카이토를 조롱했을 때, 내내 신더를 붙잡고 있었던 경호원이 다름 아닌 제이신이었다는 것이.

"기분 좋군요. 당신도 그날 상당히 인상적이었습니다. 사람들 앞에서 모욕을 당하고, 머리에 총을 맞을 뻔하고, 결국은 체포되기까지 했으니. 그런데도 거기로 돌아갈 방법을 기를 쓰고 찾고 있다니,

참 알 수 없는 노릇이군요."

신더는 두 손을 허공에 치켜들었다. "내가 그 결혼식에 가야 하는 이유가 뭔지 전혀 모른단 말이야?"

"뭐, 그 황제 말입니까? 당신의 그 장난감이 레바나의 소유물이 되기 전에 한 번만 더 가지고 놀아보겠다는 건가요? 무도회 때도 황제 앞에서 정신을 못 차리더니……."

신더는 제이신을 주먹으로 후려쳤다.

제이신은 휘청거리면서 벽에 기대 서더니 손으로 뺨을 가리고서 픽 웃었다. "내가 신경을 건드렸나 보군요. 아, 신경이 아니라 전선인가? 몸 안에 둘 다 많이 들어 있죠?"

"카이토는 장난감이 아니야. 레바나의 소유물도 아니고. 그 사람과 나를 또 모욕하면 그때는 금속 주먹으로 처맞을 줄 알아."

"잘한다, 신더!" 이코가 환호성을 질렀다.

제이신이 손을 내리자 얼굴에 시뻘건 자국이 드러났다. "대체 왜 신경 쓰는 겁니까? 그 결혼식은 당신 문제가 아니잖습니까."

"당연히 내 문제지! 아직 모르나 본데, 너희 여왕은 폭군이야. 동방연방에서는 나를 더 이상 원하지 않을지 몰라도, 그렇다고 해서 레바나가 지구로 기어들어와 내 나라를 너희 나라처럼 망쳐놓는 걸 가만 놔둘 순 없잖아!"

"'너희' 나라라뇨. 우리나라죠."

"그래, 우리나라."

제이신은 얼굴 위에 흩어진 머리카락을 걷어냈다. "그런 겁니까? 지금 이 순간에도 당신을 체포하려 벼르고 있는 나라에 대한 열광적인 애국심 때문에 스스로 희생할 작정이라고요? 전선이 과열됐나 보군요. 이봐요, 당신이 동방연방 땅에 발을 디디는 순간 당신 목숨은 끝나는 겁니다."

"나를 그렇게나 믿어준다니 정말 고맙네."

"그리고 당신은 진정한 사랑 따위에 목숨을 거는 여자처럼 보이진 않는데요. 대체 왜 그러는 겁니까? 내게 말 안 한 게 있죠?"

신더는 고개를 돌렸다.

"하, 이보세요. 정말로 그를 사랑한다는 이유로 결혼식에 집착하는 건 아니겠죠?"

"나는 사랑한다. 미치도록." 이코가 말했다.

신더는 관자놀이를 꾹꾹 문질렀다.

어색한 침묵이 흐른 뒤, 이코가 다시 말했다. "지금 카이토 얘기하는 거 맞지? 그렇지?"

"이런 우주선은 대체 어디서 구한 겁니까?" 제이신이 천장의 스피커를 가리켰다.

신더는 손을 옆구리에 떨어뜨렸다. "카이토를 위한 것만은 아니야. 이 일을. 할 사람이 나밖에 없기 때문이야. 나는 레바나를 퇴위시켜야 해. 그리고 레바나가 누구도 해치지 못하게 막아야 해."

제이신은 신더의 머리에서 안드로이드 팔 한 짝이 튀어나오기라도 했다는 듯 어처구니없는 표정으로 입을 딱 벌렸다. "당신 따위가 레바나를 퇴위시킬 수 있다고 생각하는 거예요?"

신더는 빽 고함을 질렀다. "그러려고 이 짓을 하는 거잖아! 넌 아니야? 너도 그것 때문에 우리를 돕는 거 아니었어?"

"참 나, 내가 미쳤어요? 그딴 짓을 하게? 나는 시빌 미라에게서 무사히 달아날 기회가 생겨서 달아났을 뿐입니다. 그리고……." 제이신이 말을 끊었다.

"그리고 뭐?"

제이신의 턱이 실룩거렸다.

"그리고 뭐!"

"공주 전하께서 제가 도망치기를 원했기 때문입니다. 지금쯤이면 그분은 이 일 때문에 죽게 됐을지도 모르지만."

신더는 미간을 찡그렸다. "뭐라고?"

"그렇게 기껏 도망쳐왔더니, 나는 당신 옆에 붙들려 있다가 레바나 손아귀로 꼼짝없이 돌아가게 생겼군요."

"무슨…… 아니, 공주 전하? 대체 무슨 소릴 하는 거야?"

"윈터 공주님 말입니다. 그분이 아니면 누구겠어요?"

"윈……."

신더는 뒷걸음질을 쳤다. "그러니까, 레바나 여왕의 수양딸?"

"아아아아아." 이코가 말했다.

"네, 루나에 공주는 그분 한 명밖에 없는데요. 누구 얘긴 줄 안 겁니까?"

신더는 침을 꿀꺽 삼키고, 넷스크린 화면을 재빨리 돌아보았다. 동료들과 처음에 짰던 작전은 뉴스 방송창들과 저 빌어먹을 카운트다운 시계 뒤로 사라진 지 오래였다. 결혼식장에 쳐들어가 신더가 셀린 공주라고 선언한다는 원래의 계획을 제이신은 전혀 모르는 것이다.

"음, 뭐 그냥." 신더는 말을 더듬으면서 손목을 긁적거렸다. "그러면, 음…… 네가 '공주 전하'께 충성한다고 했던 건…… 윈터 공주에 대한 얘기였구나. 그렇지?"

제이신은 자신이 왜 이런 머저리와 시간 낭비를 하고 있는지 모르겠다는 표정으로 신더를 쳐다보았다.

신더는 헛기침을 했다. "그래, 그렇겠지."

제이신은 머리를 설레설레 저었다. "시빌이 당신을 데려가게 그냥 놔둘걸 그랬어요. 내가 시빌에게 등을 돌렸다는 소식을 공주님이 들으면 자랑스러워하실 거라고 생각했습니다. 내가 결단을 내렸다는 걸 알아주실 거라고. 그런데 이게 대체 뭐하는 짓인지……. 공주님은 내가 도망쳤다는 걸 알지도 못하실 겁니다."

"너…… 윈터 공주를 사랑하는 거야?"

제이신은 넌더리를 내며 신더를 노려보았다. "나 데리고 멜로드라마 찍는 짓은 집어치워요. 나는 공주님을 지키겠다고 맹세했습니다. 그런데 여기 내려와 있으니 지키고 싶어도 못 지키잖아요. 안 그래요?"

"무엇으로부터 지킨다는 거야? 레바나?"

"그렇죠. 그 무엇보다도."

신더는 화물상자 위에 털썩 걸터앉았다. 사막을 절반쯤 질주한 느낌이었다. 몸에서 힘이 쭉 빠지고 머리가 띵했다. 제이신은 신더에게 전혀 관심이 없었다. 그는 여왕의 수양딸에게 충성하고 있었던 것이다. 여왕의 수양딸에게 충성하는 사람들이 있다는 것 자체도 신더로서는 전혀 몰랐던 사실이었다.

신더는 제이신을 다시 마주보고, 애원하는 어조를 숨기지 않고 말했다. "나를 도와줘. 맹세컨대 나는 레바나를 막을 수 있어. 그리고 네가 공주를 지킬 수 있도록 루나로 돌려보내줄게. 하지만 일단 지금은 나를 도와줬으면 해."

"도움이 필요하다는 건 알겠는데, 그 기적 같은 계획에 나를 끼워 줄 생각은 있는 겁니까?"

"……그래, 언젠가는."

제이신은 우습다는 투로 머리를 흔들면서 파라프라의 길거리를 향해 손짓했다. "당신은 지금 가장 강력한 동료가 약에 절어 혼수상 태가 되는 바람에 절박해진 것뿐이잖아요."

"울프는 괜찮아질 거야." 자신의 입에서 뜻하지 않게 확신에 찬 말이 흘러나왔다. 하지만 곧이어 한숨도 나왔다. "그래도 나는 동료 를 최대한 많이 모아야 해. 그래서 절박한 거야."

36장

밤이 되자 트럭이 멈추었다. 상인들이 크레스에게 빵과 말린 과일과 물을 가져다주었다. 크레스는 트럭 밖에 꾸려진 야영지에서 들려오는 소음에 귀를 기울이다가 잠을 청했다. 그리고 밤새도록 잠을 설쳤다.

상인들은 다음 날 아침 일찍 출발했다.

카스웰이 구하러 올 거라는 확신은 점점 약해져갔다. 지금쯤 카스웰은 그 여자와 껴안고 있을 것 같았다. 약하고 순진한 루나인 껍데기가 떨어져나가서 속 시원하다며 좋아하고 있을 것만 같았다.

인공위성에서 오랜 세월 위안과 힘이 되었던 공상조차도 이제는 먹히지 않았다. 크레스는 정의를 위해 싸우는 강인하고 용감한 전사가 아니었다. 냉혹한 악당에게서도 공감과 존경을 이끌어내는 왕국 최고의 미녀도 아니었다. 영웅에게 구출될 것을 믿고 있는 숙녀조차 못 되었다.

자신이 이제 어떻게 될까 하는 고통스러운 상상만이 머릿속을 맴돌았다. 노예로 팔리는 걸까? 하인이 되려나? 식인종들의 먹잇감으로 던져지거나 인신공양의 제물로 바쳐지는 건 아닐까? 아니면 루나로 돌려보내져서 반역죄로 고문당하게 될까?

납치된 지 이틀째 날 오후, 트럭이 마침내 멈추고 문이 열렸다. 크레스가 눈부신 빛을 피해 움츠러들자, 누군가가 그녀를 붙잡고 밖으로 끌어내 팽개쳤다. 무릎이 땅에 부딪치면서 등줄기까지 격통이 치밀었다. 크레스는 흑 하고 흐느꼈지만, 그 사람은 신경도 안 쓰고 크레스를 강제로 일으켜 세워서 손목을 묶었다.

고통은 금방 잦아들고, 긴장과 호기심으로 신경이 바짝 곤두섰다. 이곳은 새로운 마을이었다. 언뜻 보기만 해도 이 마을은 쿠프라처럼 번영한 적도, 인구가 많았던 적도 없다는 것을 알 수 있었다. 사막의 색깔에 물든 수수한 건물들, 모래투성이 도로, 붉은 점토로 된 벽, 햇빛에 심하게 바랜 남색과 핑크색 페인트, 지붕에 깔려 있는 부서진 타일들. 근처에 울타리를 쳐놓은 곳에는 낙타 십수 마리가 있었고, 바퀴가 달린 지저분한 차량 몇 대가 길가에 주차되어 있었으며, 그리고⋯⋯.

크레스는 눈을 찌르고 들어오는 햇빛과 모래를 털어내려고 눈을 깜빡였다.

마을 한가운데 우주선이 있었다. 램피언이었다.

심장이 덜컹 멎는 듯했다. 하지만 한순간 차올랐던 희망은 순식간에 사그라졌다. 이렇게 멀리서도 저 우주선의 주승강구가 새까맣

388

게 칠해져 있는 것을 알아볼 수 있었다. 프랑스에 착륙했던 카스웰의 우주선에는 벌거벗고 드러누운 여자가 그려져 있다고 했는데.

크레스는 훌쩍거리면서 시선을 돌렸다. 상인들이 크레스를 근처의 어떤 건물로 들여보냈다. 현관에 들어서니 어둑한 복도가 나타났다. 건물 전면에 있는, 모래가 말라붙은 작은 창문에서 새어드는 빛을 제외하면 모든 곳이 어두침침했다. 구석에는 조그마한 책상이 하나 있었고, 그 뒤편의 판자에 구식 열쇠들이 걸려 있었다. 상인들은 그곳을 지나쳐 복도 끝으로 걸어갔다.

실내에서 무언가 톡 쏘는 냄새가 풍겨서 코가 간질거렸다. 역한 냄새는 아니었지만 너무 자극적이어서 기분이 좋지는 않았다.

상인들이 계단으로 크레스를 밀쳤다. 계단이 너무 좁아서 한 줄로 올라가야 했다. 크레스는 지나와 니엘스 사이에 낀 채 계단을 오르며 모래 빛깔의 실내에 고여 있는 괴괴한 침묵에 숨을 죽였다. 아까부터 풍기던 그 독특한 냄새가 더욱 짙어졌다. 등골이 오싹해지면서 팔에 오소소 소름이 돋았다. 공포가 등줄기를 타고 척추 밑으로 몰려 단단히 뭉쳐진 것 같았다.

복도 맨 끝의 문에 이르러 지나가 노크를 하려고 주먹을 들었을 때쯤 크레스는 제대로 서 있기도 힘들 만큼 심하게 떨고 있었다. 차라리 상인들의 트럭으로 돌아가고 싶다는 간절한 열망이 들기까지 했다.

지나가 노크를 두 번 하자, 안에서 발소리가 나더니 문이 삐걱 열렸다. 니엘스와 지나 사이에 파묻힌 크레스에게는 그 방에서 나온 사람의 얼굴이 보이지 않았다. 남성용 갈색 바지 끝단과 끈이 해어진 낡은 흰색 구두만이 보일 뿐이었다.

"지나로군. 당신 캐러밴이 오고 있다는 소문은 들었지." 남자가 방금 잠에서 깬 듯한 목소리로 말했다.

"새로운 피험자를 데려왔어요. 사막에서 헤매고 있던 걸 잡았거든요."

잠시 침묵이 흐르더니 남자가 말했다. "껍데기군."

그 확신에 찬 한마디에 크레스는 움찔거렸다. 묻지도 않고 알아차리다니, 크레스의 존재를 감지한 모양이었다. 아니, 엄밀히는 감지하지 못했기 때문에 알아차린 것이리라. 시빌도 크레스의 에너지를 감지할 수 없다고 불평하곤 했다. 크레스 같은 껍데기를 일일이 훈련시키고 지휘하는 게 얼마나 귀찮고 힘든 일인지 아느냐며, 마치 그 모든 게 크레스의 잘못이라는 듯이 짜증을 내곤 했다.

이 남자는 루나인이었다.

크레스는 꿈틀거렸다. 모래 알갱이처럼 작게 쪼그라들어 사막으로 휙 날려가 사라져버리고 싶었다. 하지만 지나가 옆으로 물러나자 크레스는 결국 남자와 얼굴을 똑바로 마주하게 되었다. 그가 크레스보다 키가 조금 클까 말까 한 정도의 단신이었기 때문이다.

가느다란 안경테 너머의 푸른 눈은 커다랗게 뜨여 있었고, 눈가에 자글자글한 주름에도 불구하고 무척 생기 넘쳐 보였다. 머리는 정수리부터 벗어졌고, 아래쪽에 남은 회색 머리카락이 양쪽 귀 뒤에서 너저분하게 삐져나와 있었다. 크레스는 이상한 기시감이 들었다. 마치 저 노인을 만난 적이 있는 것 같았다. 그럴 리 없는데도.

노인은 안경을 휙 벗고 눈을 문질렀다. 그리고 다시 안경을 끼더니 입술을 오므리고서 크레스를 해부 대상 보듯이 뜯어보았다. 크레스가 뒷걸음질을 쳐 벽에 몸을 딱 붙이자, 니엘스가 크레스의 팔꿈치를 붙잡고 앞으로 끌어냈다.

"정말로 껍데기군." 노인이 중얼거리더니 뜻모를 말을 덧붙였다. "게다가 유령 같기도 하고."

크레스의 심장이 마구잡이로 뛰면서 갈비뼈에 쿵쿵 고동쳤다.

"값은 3만 2000유니브예요."

노인은 눈을 깜빡이며 지나를 돌아보았다. 지나가 거기에 있다는 것도 잊고 있었다는 듯한 표정이었다. 노인은 몸을 꼿꼿이 세우더니, 더듬더듬 안경을 다시 벗고서 안경알을 문질러 닦았다.

크레스는 손톱으로 손바닥을 꽉 찌르면서 공포를 억누르고, 남자 뒤편의 방 안으로 시선을 돌렸다. 창문에 친 블라인드 틈으로 새어 드는 햇빛에 먼지가 빙글빙글 휘도는 게 보였다. 다음으로 벽장, 책상, 침대, 그리고 구석에 구겨진 이불이 보였다. 이불에는 피가 엉겨 붙어 있었다.

온몸이 오싹해졌다.

그러다 넷스크린을 발견했다. 넷스크린. 저게 있으면 통신으로 구조 요청을 할 수 있을 것이다. 쿠프라의 호텔에 연락해서 카스웰에게…….

"2만 5000."

노인이 안경을 닦으면서 단호한 어조로 잘라 말했다. 이제 그는 완전히 사업적인 태도로 돌변해 있었다. 지나가 코웃음을 쳤다.

"그러느니 차라리 이 애를 지구에서 추방시키고 말죠. 경찰에 신고하고 포상금을 타는 게 낫겠어."

"포상금이래 봤자 끽해야 1500유니브잖소. 지나, 그렇게 손해를 보면서까지 자존심을 세워야겠소?"

"자존심 문제도 있지만, 나는 우리 행성을 싸돌아다니는 루나인이 한 명이라도 더 추방되어야 속이 시원하거든요."

지나의 조롱기 어린 말투를 들으니, 크레스는 어쩌면 지나가 진심으로 자신을 싫어하는 것인지도 모른다는 생각이 처음으로 들었다. 다른 이유가 아닌, 오로지 크레스의 혈통 때문에.

"의사 선생님, 3만 유니브에 넘기겠어요. 요즘 당신이 껍데기 값을 그만큼 쳐준다는 거 다 알고 왔다고요."

의사라고? 저 노인은 네트워크 드라마에 나오는 의사들과는 닮은 구석이 전혀 없었다. 의사들은 새하얗고 빳빳한 가운 자락을 휘날리고 다니는, 최첨단 기술에 둘러싸여 지내는 세련된 사람들 아니던가? 어쩐지 그 호칭을 들으니 더욱 경계심이 들었다. 메스와 주사기가 소름 끼치게 번뜩이는 장면이 뇌리를 스쳤다.

노인이 한숨을 쉬었다. "아, 2만 7000."

지나가 고개를 뒤로 젖히더니 눈을 깔고 내려다보았다. "좋아요."

의사는 지나와 악수를 했다. 그런데 어쩐지 정신이 다른 데 팔려 있는 눈치였다. 의사는 크레스와 눈을 똑바로 마주치지 못했다. 이 거래 현장을 크레스에게 보여주는 게 부끄러운 듯이.

울컥 반항심이 들었다.

당연히 부끄러워해야 한다. 저 의사도, 상인들도 모두 부끄러워해야 마땅하다.

그리고 크레스는 짐짝처럼 순순히 팔려가지 않을 것이다. 시빌 마님에게 당한 세월만도 너무 길다. 다시는 그런 식으로 살지 않을 것이다.

그러나 이런 다짐을 실행할 겨를도 없이, 지나가 크레스를 방 안으로 떠밀고 문을 닫아버렸다. 공기는 후끈하고 텁텁했고 화학약품 냄새가 진동했다. 지나가 팔짱을 끼고 말했다.

"얼른 이체하세요. 쿠프라에 다른 일이 있어서 빨리 가봐야 해요."

의사가 투덜거리면서 벽장을 열었다. 그 안에는 옷이 아니라 실험용품이 즐비했다. 무언지 알 수 없는 기계, 스캐너, 금속 캐비닛 따위였다. 의사는 캐비닛 서랍을 철컹 열어서 주사기와 바늘을 꺼내더니 재빨리 포장을 풀었다. 크레스는 묶인 손을 꿈틀거리며 뒷걸음질을 쳤지만 니엘스에게 가로막혔다.

"우선 혈액 샘플부터 채취합시다. 그런 다음 이체하겠소."

지나가 크레스의 앞을 막아섰다. "왜요? 얘 몸의 어딘가가 잘못됐다고 흠을 잡아서 값을 깎으려고?"

의사가 헛기침을 했다. "지나, 깎을 생각은 전혀 없소. 다만 내가 안전하게 채혈할 수 있도록 도와달라는 거요. 당신이 여기 있어야 저 아이가 온순해질 것 같으니."

크레스는 방 안을 휙 둘러보았다. 무기나 탈출구를 찾아서, 납치범들의 눈동자에 일말의 동정심이라도 엿보이기를 기대하면서. 하지만 아무것도 없었다. 아무것도.

"그러죠. 니엘스, 얘 좀 붙잡고 있어."

"싫어!" 크레스는 버럭 소리를 지르면서 몸부림 쳤다. 크레스가 비틀비틀 뒤로 넘어지려 하자, 니엘스가 그녀의 팔꿈치를 붙잡고 끌어당겼다. 두 다리가 아무 쓸모도 없이 버둥거리다 축 늘어졌다.

"안 돼, 제발! 날 놔줘요!" 크레스는 의사를 향해 애원하다가, 그의 주름진 얼굴에 떠오른 표정을 보고 문득 입을 다물었다.

의사는 미간을 모으고 입을 꾹 오므리고 있었다. 그리고 눈 속에 들어간 먼지라도 떼어내려는 듯 눈꺼풀을 연신 깜빡거리면서 크레스의 시선을 노골적으로 피했다. 그 얼굴에선 동정심이 배어났다. 분명했다. 크레스는 의사가 숨기려고 애쓰는 동정심을 알아볼 수 있었다.

크레스는 흐느끼면서 말했다. "제발, 제발 절 보내주세요. 네? 저는 그냥 껍데기일 뿐이에요. 어쩌다가 지구에서 발이 묶였을 뿐…… 아무 잘못도 하지 않았어요. 전 아무것도 아니에요. 정말이에요. 보내주세요, 제발요……."

그러나 의사는 크레스와 눈을 마주치지 않고 성큼 다가왔다. 크레스는 물러나려고 했지만 니엘스에게 붙들려서 옴짝달싹할 수 없었다. 의사가 크레스의 손목을 잡았다. 그의 손은 종잇장 같은 느낌이었지만 손아귀 힘은 억셌다.

"몸에 힘 풀거라." 의사가 중얼거렸다.

주삿바늘이 살에 꽂혀 들어왔다. 크레스는 움찔했다. 시빌도 딱 그 자리에 숱하게 주삿바늘을 꽂고 피를 뽑곤 했다. 크레스는 작은 흐느낌도 새어나오지 않도록 볼 안쪽을 힘껏 깨물며 참았다.

"자, 끝났단다. 별로 아프지 않지?" 의사가 으스스할 만큼 부드러운 어조로 달래듯이 말했다.

크레스는 날개가 잘린 채 새장에 갇힌 새가 된 기분이었다. 또 다시 이런 더럽고 썩어문드러진 새장에 처박히다니. 평생토록 새장에 갇혀 살았는데, 그렇게 끔찍한 새장이 지구에도 있을 거라고는 미처 생각도 못 했다.

지구.

의사가 마룻바닥을 삐걱삐걱 디디며 걸어가는 동안, 크레스는 생각에 잠겼다. 이곳은 지구였다. 우주에 둥둥 떠 있는 인공위성이 아닌 바에야 빠져나갈 길이 분명 있을 것이다. 바로 저 창밖에, 바로 저 계단 밑에 자유가 있다. 어떻게든 탈출하자. 다시는 죄수가 되지 않을 것이다.

의사가 크레스의 혈액이 든 주사기를 기계에 주입하더니 포트스크린을 켰다.

"이제 대금을 이체해줄 테니, 확인하고 갈 길 가시오."

"보안은 안전한 거겠죠?"

지나가 한 걸음 다가가며 물었다. 의사는 포트스크린에 무언가 암호 같은 걸 입력하고 있었다. 크레스는 혹시라도 나중에 필요할 일이 있을까 싶어서 의사의 손가락이 움직이는 모양을 잘 살펴보았다. 암호를 알아두면 해킹하는 수고를 덜 수 있을 것이다.

"지나, 나야말로 그 누구보다 철저하게 비밀 거래를 해야 하는 입장이라오." 의사는 화면을 살펴보더니 엄숙하게 말했다. "저 아이를 데려와줘서 고맙소."

지나가 의사의 대머리를 쏘아보았다. "실험에 쓴 루나인들은 죄다 죽여주셨으면 좋겠네요. 껍데기는 우리한테도 필요 없잖아요. 전염병 문제만으로도 힘들어 죽겠는데."

의사가 푸른 눈을 번뜩였다. 지나를 경멸하는 듯한 눈초리였지만, 금세 상냥한 표정으로 그 눈빛을 감췄다. "대금이 이체되었소. 아이의 결박을 풀어주고 가시오."

니엘스가 결박을 풀어주는 동안 크레스는 가만히 있었다. 그러다가 손목이 자유로워지자마자 두 손을 확 떼어내고 가장 가까운 벽으로 달음질쳤다.

"이번에도 좋은 거래 감사합니다."

지나의 말에 의사는 그저 끙 앓는 소리로 답했다. 그러면서 내내 곁눈으로 크레스를 안 보는 척 주시하고 있었다.

지나와 니엘스가 밖으로 나가고 문이 닫혔다. 두 사람의 발소리가 복도 저편으로 멀어지더니, 이내 건물 전체가 정적에 잠겼다.

의사는 지나와 악수한 손에 때라도 묻었다는 듯이 셔츠 앞섶에 북북 문질렀다. 크레스는 저 의사가 설마 자신만큼 불쾌한 기분일까 싶어 아니꼬웠지만, 아무 말도 하지 않고 벽에 기대 선 채 노려보기만 했다.

"음, 그래. 껍데기를 상대로는 아무래도 조금 어색하단다. 설명하기가 어려워서 말이야."

"세뇌하기가 어렵다는 거겠죠."

의사가 고개를 갸웃하더니 특유의 기묘한 표정을 지었다. 현미경으로 실험 대상을 관찰하는 듯한 저 시선. "너는 내가 루나인이라는 걸 알고 있구나."

크레스는 대답하지 않았다.

"겁에 질릴 만도 하지. 지나의 패거리가 너를 얼마나 험하게 다루었을지 상상도 안 된다. 하지만 나는 너를 해치려는 게 아니야. 오히려 훌륭한 일을 하고 있단다. 이 세상을 바꿀 일을. 그리고 네가 그 일을 도와줬으면 하는 거야." 의사가 멈칫하더니 물었다. "얘야, 네 이름이 뭐니?"

크레스는 아무 대꾸도 하지 않았다.

의사가 해치지 않겠다는 걸 보여주려는 듯 두 손을 펼치고서 가까이 다가왔다. 그때 크레스는 공포를 꾹 억누르고, 벽을 박차고 의사를 향해 몸을 날렸다.

크레스는 고함을 토해내며 팔꿈치로 의사의 턱을 힘껏 후려쳤다. 뼈를 직격으로 강타한 느낌이 전해지면서 치아에서 우드득 소리가 들리더니, 의사는 그대로 뒤로 넘어졌다. 그가 마룻바닥에 쿵 자빠지는 충격에 건물 전체가 흔들리는 것 같았다.

크레스는 의사가 의식을 잃었는지, 심장마비를 일으켰는지, 일어나서 자신을 뒤쫓아올 수 있는 상태인지 아닌지 굳이 확인하지 않았다.

뒤도 돌아보지 않고 문을 열어젖힌 크레스는 밖으로 달려나갔다.

C
R
E
S
S

37장

얼랜드는 정신을 차렸다. 그는 덥고 먼지가 날리는 호텔 방에 있었다. 여기가 정확히 어디인지 기억이 나지 않았다.

이곳은 신베이징 황실 부속 연구소가 아니었다. 바로 눈앞에서 수많은 사이보그가 검붉은 발진을 일으키다가 눈에서 생기가 빠져나가는 것을 지켜보았던 곳. 애꿎은 사이보그들의 목숨을 희생시키면서 단 한 명의 사이보그를 찾기 위한 계획을 짜던 곳.

이곳은 루나의 연구소도 아니었다. 오로지 인정받고 싶다는 욕망으로 연구에 매진했던 곳. 자신의 수술도구 끝에서 괴물들이 태어나는 순간을, 젊은이들의 뇌파가 야생 짐승처럼 흉폭하고 혼란스럽게 변하는 광경을 똑똑히 지켜보았던 그곳.

그는 신베이징에 살던 시절의 드미트리 얼랜드 박사가 아니었다.

그는 루나에 살던 시절의 세이지 다넬 박사가 아니었다.

아니, 어쩌면 맞는지도 모른다. 알 수 없었다. 기억나지 않았다……. 개의치도 않았다. 그 혐오스러운 두 가지 자아에 대한 생각은 곧 흩어졌고, 아내의 하트 모양 얼굴과 벌꿀빛 머리카락이 눈앞에 어른거렸다. 생태환경부에서 루나의 인공 대기에 습기를 주입할 때마다 곱슬곱슬하게 부풀어오르곤 하던 아내의 머리카락이.

울부짖던 아기의 모습도 떠올랐다. 태어난 지 나흘 만에 껍데기로 판명된 딸아이. 아내는 역겨운 쥐새끼를 보듯 넌더리를 내며 그 아기를 미라 마법사의 손에 야멸차게 떨어뜨렸다.

그것이 얼랜드가 본 딸 크레센트 문의 마지막 모습이었다.

얼랜드는 사막의 더위를 전혀 쫓아주지 못하고 천장에서 빙글빙글 돌아가는 선풍기를 올려다보았다. 그리고 생각했다. 어째서 그 오랜 세월 후에 하필이면 지금, 이런 고통스러운 환각을 본 것일까.

그 껍데기 소녀가 아내의 주근깨나 금발을 닮았을 리 없었다. 그 껍데기 소녀가 얼랜드 자신의 작은 키나 푸른 눈을 닮았을 리 없었다. 그 소녀는 얼랜드의 딸이 아니었다. 저승에서 돌아온 유령이 아니었다. 모두 얼랜드의 마음이 만들어낸 환각일 뿐.

하긴, 환각에 시달려도 싸다. 이제껏 수없이 끔찍한 짓을 저지르지 않았던가. 지구가 침공당한 것도 따지고 보면 얼랜드의 탓이다. 오랜 세월 채너리 여왕 밑에서 늑대 변종 군대를 길러낸 얼랜드의 실험 덕분에 레바나가 이런 살육을 저지를 수 있었으니까.

더군다나 셀린 공주를 통해 레바나의 통치를 끝내야 한다는 명분으로 얼마나 많은 사람을 해쳤던가. 린 신더를 찾아내려고 얼마나 많은 사람을 죽였던가.

그 죗값은 이제부터 갚으면 된다고 생각했다. 카이토 황제에게 받은 레바나의 치료제를 복제해서 더 많은 사람의 목숨을 살리면 된다고, 그러니 최선을 다하자고. 하지만 그건 대책 없이 낙관적인 생각이었다. 그러려면 또 실험을 해야 했고, 혈액 샘플이 필요했고, 결과적으로 또 다시 사람들을 희생시켜야 했다. 물론 이제 징집을 할 수는 없으니 자원자만을 대상으로 실험하고 있지만, 오늘처럼 밀매업자들을 통해 실험 대상을 사들이는 것도 마다하지는 않았다.

신베이징에서 레바나 여왕의 치료제를 검사했을 당시, 얼랜드는 그 치료제의 핵심이 루나인 껍데기라는 것을 발견했다. 생체전기 조종에 면역이 된 그들의 돌연변이 유전자를 이용하면 전염병을 정복할 치료제를 만들 수 있다는 것을.

그래서 껍데기들의 피와 DNA를 수집하기 시작했다. 그들을 이용한 것이다. 여왕의 무자비한 군대를 양성하기 위해 젊은이들을 이용했듯이. 레투모시스 실험을 위해 사이보그들을 이용했듯이.

그러니 얼랜드가 지금 이런 고통을 당하는 것도 무리가 아니었다. 광기가 끝내 심각한 수준으로 치달은 것이다. 그래서 자신이 사랑하는 단 한 사람이 하필이면 자신의 실험 대상이 되어 나타나는 끔찍하고도 공교로운 환상에 사로잡힌 것이다.

돈에 팔려와 이용당하고 버려지는 피험자들. 실험실 쥐처럼 피를 뽑히는 희생자들. 얼랜드를 증오하는 수많은 피해자들.

자신의 딸, 크레센트 문이 그중 한 명이 되다니.

고뇌에 잠긴 채 멍하니 바닥에 널브러져 있는데, 벽장 선반에 놓여 있는 포트스크린에서 삑 하는 소리가 났다. 얼랜드는 몸을 일으키려고 했지만 생각보다 굉장히 힘들었다. 반질반질하게 닳은 침대의 기둥을 붙잡고서야 겨우 신음을 흘리며 일어설 수 있었다.

그리고 잠시 뜸을 들였다. 진실을 회피하고 싶었다. 실은 어떤 진실을 회피하고 싶은 건지 알 수 없었다. 그게 환각이라면야 어떻게든 대처할 수 있다. 그냥 없었던 셈치고 하던 일이나 하면 되니까. 하지만 만약 그 아이가 정말로 딸이라면…….

두 번 다시는 잃어버리지 않을 것이다.

얼랜드는 창문으로 다가가서 블라인드를 젖히고 바깥을 내다보았다. 저물어가는 햇살에 반짝거리는 신더의 우주선이 보였다. 신더가 울프의 병세를 확인하러 오기 전에 이 일을 처리해야 한다. 신더는 얼랜드가 인신매매를 통해 실험 대상을 구하기도 한다는 것을 모르고 있었다. 신더가 도착한 이후 얼랜드는 그런 경로로 피험자를 입수하는 일은 일부러 피했다. 신더는 세상을 구하기 위해 감수해야만 할 희생을 받아들이기 무척 힘들어하곤 했다. 누구보다도 잘 이해해야 할 사람이면서.

얼랜드는 한숨을 쉬면서 벽장에 차려놓은 조그마한 실험실로 다가갔다. 그리고 포트스크린에서 혈액 샘플의 검사 결과를 클릭했다. 소녀의 DNA 정보들을 훑어보자니 아찔한 현기증이 일었다.

루나인.

껍데기.

신장: 153.48센티미터(완전히 성장한 상태)

마틴 슐츠 등급(홍채에 포함된 멜라닌 색소량에 따라 눈의 색깔을 구분하는 측정 등급_역주): 3(청회색)

멜라닌 색소 생산: 28/100(상당량은 얼굴의 주근깨에 밀집됨)

소녀의 신체적 특성들에 이어 잠재적 질병과 유전적 결점의 목록, 그에 따른 예방 및 치료 방법이 나열되었지만 얼랜드가 알고 싶어 하는 정보는 나오지 않았다.

얼랜드는 마음을 단단히 먹고, 자기 자신의 검진 차트를 열었다. 자신의 혈액도 실험에 수없이 이용했기에 그 차트의 내용은 거의 외우다시피 했다. 얼랜드는 자신의 차트와 소녀의 차트를 연결했다. 그러자 컴퓨터가 두 차트를 검토하면서 4만 개 이상의 유전자들을 비교 분석하는 작업에 착수했다.

침대에 걸터앉아 검사가 끝나기를 기다리다 보니 그게 환각이었으면 좋겠다는 생각이 들었다. 그 소녀가 딸이 아니기를, 오랫동안 믿어왔던 대로 자신의 딸은 죽은 것이기를 바랐다.

만약 그 소녀가 자신의 딸이라면, 아버지를 경멸하게 될 테니까.

그리고 얼랜드는 딸의 생각에 동의할 수밖에 없을 테니까.

게다가 소녀는 이미 떠난 게 분명했다. 자신이 얼마나 오랫동안 의식을 잃고 있었는지는 모르겠지만, 소녀가 가까운 곳에 있을 성싶지 않았다. 그 유령은 그의 곁을 떠난 것이다. 또 다시.

포트스크린이 검사를 끝냈다.

DNA 일치

부녀 관계 확증

얼랜드는 안경을 벗어서 책상 위에 놓고 떨리는 숨을 내쉬었다.

크레센트 문이 살아 있었다.

C
R
E
S
S

38장

크레스는 숨을 참고 귀를 곤두세웠다. 두통이 일어날 정도로 열심히 귀를 기울여봐도 들리는 것은 정적뿐이었다. 불편한 자세로 오랫동안 웅크리고 있었더니 왼쪽 다리에서 쥐가 나려고 했다. 하지만 섣불리 움직이고 싶지 않았다. 그랬다가 자칫 뭔가에 부딪쳐 소리라도 나면 그 의사에게 들킬까 봐 무서웠다.

크레스는 건물에서 나가지 않았다. 마음 같아서는 그러고 싶었지만 지나 일행이 아직 밖에 있을 게 분명했고, 그들에게 붙잡히면 의사에게 다시 끌려갈 터였다. 그래서 크레스는 의사의 방에서 도망쳐 나온 뒤 좁은 복도를 따라 걸어가다가, 세 번째 방이 비어 있고 뜻밖에도 잠겨 있지도 않은 걸 발견하고 거기로 숨어들어갔다. 그 방의 기본적인 구조는 의사의 방과 똑같았다. 침대, 벽장, 책상. 하지만 유감스럽게도 넷스크린은 없었다. 서러워서 울고 싶은 기분이었지만 무엇보다도 급한 것은 숨을 곳을 찾는 일이었다.

그래서 벽장에 숨기로 했다. 옷을 거는 가로장 위에 선반이 하나 있었다. 크레스는 양쪽 벽면을 두 발로 딛고 온 힘을 다해 몸을 끌어올려, 조그마한 선반 안으로 기어들어간 다음 발가락으로 벽장문을 닫았다. 자신의 체구가 작다는 게 기쁘기는 난생 처음이었다. 혹시 의사가 이 벽장을 열어보더라도 크레스가 위에서 그를 내려다볼 수 있으니 유리할 것이다.

무기 삼을 만한 물건이라도 하나 가지고 올라올걸 그랬다는 후회가 들었지만, 무기를 쓸 일이 없기만을 바랐다. 의사가 깨어나면 크레스가 건물 밖으로 도망친 줄 알고 찾아나서리라는 게 크레스의 계산이었다. 그러면 의사가 나가고 없는 동안 그 방으로 들어가서 넷스크린으로 카스웰에게 연락을 시도할 수 있을 것이다.

그래서 크레스는 벽장 선반 안에 틀어박힌 채 귀를 기울이고 신경을 곤두세우며 의사의 기척이 들리기를 기다렸다. 불편하긴 했지만, 인공위성에서 창밖에 루나가 보일 때마다 침대 밑에 숨어 있던 기억이 났다. 그럴 때면 늘 안전한 기분이 들었고, 그 기억을 돌이키는 지금도 마찬가지였다.

그렇게 몇 시간이 흘러갔다. 크레스는 혹시 그 의사가 죽은 게 아닐까 하는 의심이 들었다. 그러자 죄책감에 가슴이 따끔거렸고, 그런 자기 자신에게 화가 났다. 죄책감을 느낄 만한 잘못을 저지른 적이 없지 않은가. 그 의사는 루나인을 밀수하는 나쁜 놈이고, 크레스는 자기 방어를 했을 뿐이었다.

얼마 뒤 무언가 부스럭거리는 소리가 들렸다. 벽 속에 쥐가 돌아다니는 모양이었다. 곧이어 들려온 쿵쿵 소리와 찍찍 소리에 크레스는 온몸이 뻣뻣하게 굳었다.

아무래도 실수한 것 같았다. 기회가 있을 때 그냥 달아났어야 하는 건데. 아니면 의사가 기절한 틈을 타서 넷스크린을 썼어야 했는데. 이제 와 돌이켜보니 그때도 충분히 넷스크린을 쓸 시간은 있었다. 하지만 지금은 너무 늦었다. 지금 그 방으로 들어갔다가 의사가 정신을 차리고 크레스를 본다면…….

크레스는 눈을 꼭 감았다. 어둠속에서 흰 입자들이 깜빡거렸다. 아직 실패한 게 아니다. 지금 당장 의사가 밖으로 나갈 수도 있다.

크레스는 기다렸다.

기다렸다.

숨을 들이쉬고, 내쉬었다. 뜨겁고 텁텁한 공기를 한껏 들이마시고, 또 내쉬었다. 멀리서 무언가가 살짝 쓸리는 소리나 나무가 삐걱거리는 소리만 울려도 심장이 철렁했다. 복도 저편의 방에서 무슨 일이 벌어지고 있을까 마음속에서 온갖 상상이 펼쳐졌다.

그런데 의사는 방에서 나오지 않았다. 크레스를 찾아 나서지 않았다. 크레스는 어둠 속을 노려보았다. 땀방울이 콧등을 타고 흘러내렸다.

벽장 안이 완전히 캄캄해지자, 근육이 뻐근하고 자세가 불편한데도 졸음이 몰려왔다. 크레스는 정신을 바짝 차리고 이제는 나가야겠다고 결심했다. 의사는 크레스를 찾을 생각이 없는 모양이었다. 희한한 일이다. 몸값으로 그만한 돈을 지불했는데, 찾고 싶어 해야 정상 아닌가?

아니면 의사가 원한 것은 크레스의 혈액뿐이었는지도 모른다. 공교로운 우연의 일치였다. 시빌 마님이 껍데기 아이들을 살려준 것도, 알 수 없는 이유로 그들의 혈액을 필요로 했기 때문이었다.

어쨌든 온갖 의혹과 망상은 젖혀두어야 한다. 그 의사가 무엇을 원했든 간에, 이 벽장에 영원히 틀어박혀 있을 수는 없었다.

한쪽 발을 내밀어 문을 열어보았다. 경첩이 끼익 움직이는 소리가 북소리처럼 커다랗게 들렸다. 크레스는 다리를 뻗은 채 딱딱하게 굳었다. 그리고 가만히 기다렸다.

아무 일도 일어나지 않자, 크레스는 문을 조금 더 열고 선반 가장자리로 몸을 옮겼다. 그리고 아주 조심스럽게 바닥으로 내려섰다.

마룻바닥이 삐걱거렸다. 크레스는 우뚝 멈춰섰다. 심장 소리가 천둥처럼 쿵쿵 울려퍼졌다.

또 가만히 기다렸다.

입안이 바싹 말라붙고 머리가 빙빙 돌았다. 크레스는 복도로 나가보았다. 아무도 없었다. 옆방 손잡이를 돌려보니 문이 열렸다. 하지만 먼젓번 방과 똑같이 텅 비어 있었다. 살갗이 스멀거렸다. 크레스는 신경을 한껏 곤두세운 채 문을 닫고 다음 방으로 향했다.

세 번째 방은 블라인드가 쳐져 있어서 어두침침했지만, 복도에서 새어드는 빛이 벽에 걸린 넷스크린을 비추고 있었다. 크레스는 숨을 헉 들이켜려는 걸 가까스로 참았다. 너무 설레서 몸이 떨릴 정도였다. 크레스는 방 안으로 들어가 문을 닫았다.

그리고 침대 쪽으로 눈을 돌리다가, 손으로 입을 틀어막았다.

침대에 한 남자가 누워 있었다. 그런데 다행히도 잠들어 있었다. 그걸 깨닫고 나니 폭발할 듯이 쿵쾅거리던 심장이 조금 진정되었다. 크레스는 미동도 않고 가만히 서서 그 남자를 지켜보았다. 가슴이 오르락내리락하는 걸 보니 깊이 잠든 게 분명했다.

크레스는 넷스크린을 돌아보며 어떻게 해야 할지 고민했다.

그냥 밖으로 나가서 다른 방을 찾아볼 수도 있다. 아직 열어보지 않은 방이 두 개 더 있다. 하지만 그 방들을 확인하려면 의사의 방이 있는 방향으로 가야 했다. 아니면 아래층으로 내려가볼까?

하지만 이곳저곳 기웃거릴 여유가 없었다. 이 삐걱거리는 마룻바닥을 한 걸음이라도 더 디딜수록 건물에 있는 누군가에게 들킬 위험도 더 커지는 것이다. 게다가 문이 열려 있고 넷스크린도 설치된 방을 또 찾을 수 있다는 보장도 없었다.

크레스는 한 손으로 문손잡이를 잡고 한 손으로는 입을 틀어막은 채 갈팡질팡했다. 그렇게 몇 분이 흘러가는 동안, 침대에 누운 남자는 뒤척이지도 움찔하지도 않았다.

마침내 크레스는 넷스크린 쪽으로 걸음을 옮겼다. 그러면서 잠든 남자 쪽을 거듭 돌아보며 호흡에 변화가 없다는 걸 확인했다.

"넷스크린, 켜줘." 조그맣게 속삭이자 화면이 켜졌다. 크레스는 부리나케 "넷스크린, 음소거. 넷스크린, 음소거……"라고 되뇌었지만 그럴 필요가 없었다. 화면에 뜬 것은 드라마나 뉴스 방송이 아니라 지구의 지도였기 때문이다. 네 개 지역에 표시가 되어 있었다. 신베이징, 파리, 프랑스 리외, 그리고 아프리카연합 나일 주 북서쪽의 조그마한 오아시스.

불현듯 기시감이 들었지만, 그 이유를 따져볼 겨를이 없었다. 크레스는 지도를 즉시 치우고 통신창을 열었다. 그리고 망설였다. 이런 식으로 통신기능을 써보는 건 처음이었다. 예전에 신더 일행과 대화할 때는 추적도 감시도 불가능한 수단을 이용했으니 문제가 없었다. 지구의 네트워크에 레바나 여왕의 마수가 속속들이 뻗쳐 있다는 걸 크레스는 누구보다도 잘 알고 있었다. 지구인들은 자기들의 통신이 안전한 줄로만 알고 거리낌 없이 정보를 주고받지만.

하지만 그것 때문에 포기할 순 없는 일이다. 레바나 여왕이 아프리카의 조그마한 두 마을 간의 통신 하나에까지 주의를 기울일 리가 없지 않은가. 여왕은 은하를 제패하느라 너무 바쁠 테니까.

"넷스크린, 쿠프라의 호텔들을 보여줘." 서투른 발음으로 쿠프라라는 지명을 말하자, 같은 이름을 가진 지역 일곱 개가 나타났다. 크레스는 그중에서 현재 위치와 가장 가까운 도시를 선택했다. 그러자 숙박업체 열두 곳의 광고와 정보가 떴는데, 유심히 읽어보아도 아는 이름은 하나도 없었다.

"지도로 보여줘." 쿠프라의 위성 지도가 화면에 펼쳐졌다. 그 갈색 도로들을 들여다보면서 기억을 더듬으니 어디가 어딘지 알 것 같았다. 크레스는 정원이 딸려 있는 호텔 하나를 찍어서 사진을 확대해보았다. 아니나 다를까, 벽 앞에 서 있는 레몬 나무 한 그루가 익숙했다. 크레스는 미소를 지으며 호텔의 연락처를 눌렀다.

"통신 걸어줘." 곧바로 화면에 데스크 직원의 얼굴이 떴다. 카스웰과 함께 체크인할 때 보았던 바로 그 직원이었다. 안도감이 물밀듯이 밀려와 쓰러질 것 같았다.

"감사합니다, 무엇을 도와……."

"쉿!" 크레스는 팔을 휘둘러 여자의 말을 끊었다. 그리고 남자를 돌아보았다. 그는 살짝 꿈틀거렸을 뿐, 깨어날 기미는 없었다.

"죄송해요."

크레스가 조그맣게 중얼거리자, 화면 너머의 여자가 크레스의 말을 들으려고 몸을 가까이 기울였다.

"친구가 자고 있어서요. 저, 그 호텔의 투숙객과 이야기하고 싶은
데요. 이름은 카스웰…… 스미스예요. 8번 방일 거예요."

다행히도 여자가 아까보다 한층 작아진 목소리로 대답했다. "잠
시만 기다려주십시오."

여자가 화면에 안 보이는 곳으로 손을 뻗어 무언가를 눌렀다. 그
때 넷스크린에서 삑 하는 알림음이 나왔다. 크레스는 화들짝 놀랐
다가, 침대 쪽을 돌아보고 남자가 자고 있다는 걸 확인한 뒤 다시
화면을 보았다. 귀퉁이에 알림창이 떠 있었다.

'린 신더' 실시간 검색 결과 [97]건

크레스는 눈을 깜빡였다. 린 신더?

"죄송합니다."

직원의 말에 크레스는 퍼뜩 주의를 돌렸다.

"스미스 씨는 어제저녁 다른 투숙객들과의 소동 이후 호텔을 떠
나셨습니다."

여자는 미심쩍은 눈길로 크레스 뒤편의 어둑한 방을 훑어보았다.
"사실, 현재 저희는 당국의 조사를 받는 중입니다. 목격자의 증언에
따르면 스미스 씨가 현상수배……."

크레스는 통신을 껐다. 폐가 쪼그라들기라도 한 듯 숨이 쉬어지
지 않았다. 카스웰은 호텔에 없었다. 도망친 것이다. 그를 어떻게 찾
아야 할지, 그가 추적당하고 있는지, 붙잡혔는지 아닌지 알 방법이
없었다. 두 번 다시 만나지 못할 수도 있었다.

또 삑 하는 알림음이 울렸다. 린 신더와 관련된 검색 결과 건수가 두 배로 늘어나 있었다.

린 신더. 신베이징, 파리, 리외.

이게 다 무슨 의미인지 비로소 파악되었다. 크레스는 어안이 벙벙해진 채 알림창을 열어보았다. 그건 자신이 지난 몇 주 동안 인공위성에서 훑어본 뉴스들이었다. 증거는 거의 없는 각종 비판과 추측과 음모론. 범인들을 목격했다거나 체포했다는 얘기는 없었다. 호텔 직원의 말과 달리, 카스웰에 대한 언급도 아직은 없었다.

그러다 한 기사의 헤드라인이 눈에 들어오자 다리에서 힘이 쭉 풀렸다. 크레스는 책상을 손으로 꽉 짚고 서서 화면을 쳐다보았다.

루나인 공범 드미트리 얼랜드, 여전히 도주중

드미트리 얼랜드. 레투모시스 연구팀에 있었던, 신더의 탈옥을 도운 루나인 의사. 린 신더에 버금갈 만큼 중요한 현상수배범. 심지어 카스웰 손보다도 더 위험하게 간주되는 인물.

드미트리 얼랜드의 사진을 열어보자, 사실은 명백해졌다. 아까 그 의사였다. 얼굴이 낯익어 보일 만도 했다. 크레스는 그의 사진을 본 적이 있었던 것이다.

하지만…… 얼랜드 박사는 신더 일행의 편이 아니었던가?

풀리지 않는 의문에 너무나 깊이 골몰한 나머지, 크레스는 등 뒤에서 침대가 삐걱이는 소리도 듣지 못하고 있다가 누군가에게 손목을 붙잡혔다.

39장

크레스는 비명을 지르며 뒤를 휙 돌아보았다. 넷스크린 화면의 빛을 받아 번뜩이는 두 눈동자가 크레스를 마주보고 있었다. 잘생긴 얼굴이었지만 그 눈빛에서 강렬한 살기가 뿜어나왔다.

"넌 누구냐?"

크레스는 본능적으로 튀어나오려는 비명을 가까스로 삼켰다. 그러자 목에서 끅 하는 신음이 새어나왔다.

"죄, 죄송해요. 넷스크린이 필요해서요. 제, 제 친구가 위험해서, 통신을 보내야 해서……. 죄송해요, 아무것도 안 훔쳤어요. 그…… 의사선생님께 연락하지 마세요. 부탁드려요."

남자는 크레스의 말을 듣지 않는 눈치였다. 그는 강철 같은 눈빛으로 방을 둘러보더니 크레스의 팔을 놓아주었다. 그래도 방어적이고 긴장된 자세는 그대로 유지하고 있었다. 웃통을 벗은 상태였지만 상체가 온통 붕대로 뒤덮여 있어서 윗옷을 입은 것이나 다름없었다.

"여기가 어디지? 뭐가 어떻게 된 거야?"

남자가 어물거리는 발음으로 묻더니, 얼굴을 찡그리고는 눈을 질끈 감았다. 그가 다시 눈을 떴을 때는 눈동자에 초점이 흐려져 있었다. 남자의 몸에 가득한 희미한 흉터들과 우락부락한 근육을 보고 크레스는 겁에 질렸다. 그런데 그 무엇보다도 무시무시한 것은 따로 있었다.

남자의 팔뚝에 문자와 숫자 같은 게 문신으로 새겨져 있었다. 어두워서 정확히 무슨 문자인지는 읽을 수는 없었지만, 그게 무엇인지는 즉시 알아보았다. 크레스는 그와 같은 문신을 수많은 영상, 사진, 조잡하게 제작된 다큐멘터리 등에서 본 적이 있었다. 그건 루나 특수첩보원의 문신이었다. 저 남자는 여왕의 돌연변이 병사들 중 한 명이었다.

사람의 가슴을 발톱으로 파헤치고, 목줄기를 물어뜯고, 달을 올려다보며 울부짖던 첩보원들의 모습.

이번에는 본능을 억누를 수 없었다. 크레스는 비명을 질렀다.

그러자 남자가 그 커다란 손으로 크레스의 입을 억지로 닫아버렸다. 크레스는 흐느껴 울었다. 이제 꼼짝없이 죽을 것이다. 저 남자 앞에서 크레스의 몸뚱이는 가느다란 나뭇가지에 지나지 않았다.

남자가 뾰족한 이 끝을 드러내며 으르렁거렸다. 그의 뜨거운 숨이 얼굴에 훅 와 닿았다. "기회가 있을 때 나를 죽이지 그랬나? 이젠 너무 늦었다. 네가 나를 이렇게 바꿔놨으니, 나는 또 다시 실험을 당하기 전에 널 죽여버릴 거야. 알아듣겠나?"

눈물이 흘러내렸다. 남자의 억센 손아귀가 턱을 조여와서 아팠다. 하지만 그가 크레스의 턱을 놓아준 뒤 무슨 짓을 할지가 더 무서웠다. 남자는 크레스가 의사 밑에서 일하는 사람이라고 착각하는 듯했다. 이 남자도 의사에게 팔려 온 희생자인 걸까? 둘 다 루나인이니 공통점이 많은 셈이었다. 서로 같은 처지의 동료라고 설득할 수만 있다면 도망칠 수 있을지도 모른다. 하지만 이 괴물에게 설득이라는 게 통하기나 할까?

"알아듣겠나?"

크레스의 눈꺼풀이 파르르 떨렸다.

그때 방문이 벌컥 열렸다.

크레스는 문 쪽을 돌아보았고, 남자는 그런 크레스를 끌어당겨 자기 가슴에 딱 붙여세웠다. 남자의 동작은 빠르고 매끄러웠다. 갑작스럽게 움직이니 현기증이 일었던지 비틀거리긴 했지만, 열린 문 밖에서 빛이 쏟아져 들어오자 곧바로 자세를 바로잡았다.

그리고 문간에 서 있는 사람은 의사가 아니었다. 경호원이었다. 루나 왕실 경호원.

크레스는 눈을 휘둥그레 떴다. 저 사람은 시빌의 경호원이었다. 시빌의 캡슐 비행선을 몰던 조종사, 크레스를 구해줄 수도 있었지만 구해주지 않았던 그 사람.

늑대 첩보원이 쉬익 하고 위협적인 숨소리를 냈다. 크레스는 그에게 붙들려 있지 않았더라면 쓰러졌을 것 같았다.

시빌이 크레스를 찾은 것이다. 시빌이 여기까지 온 것이다. 눈물이 철철 흘러넘쳤다. 이젠 끝장이다. 크레스는 죽은 목숨이었다.

"한 발만 더 들어오면 이 여자 목을 꺾어버리겠어!"

첩보원이 으르댔지만, 경호원은 그 말을 듣지도 못한 것처럼 아무 대꾸도 하지 않았다. 경호원은 상황을 살피더니 크레스가 누구인지 이제야 알아본 듯 멈칫했다. 하지만 의기양양한 기색은 없었다. 오히려 깜짝 놀란 표정이었다.

"스칼렛은……?"

첩보원의 말은 으르렁거리는 소리와 뒤섞여 알아듣기도 힘들 정도였다. "스칼렛은 어딨어?"

"당신, 그때 그 해커 아닙니까?" 경호원이 크레스를 향해 물었다.

첩보원이 크레스를 더 꽉 거머쥐었다. "5초 안에 스칼렛이 어딨는지 말하지 않으면 이 여자를 죽인 다음 너도 죽이겠다."

크레스가 쉰 목소리로 말했다. "저 사람은 내 편이 아니에요. 내…… 내가 어떻게 되든 신경 안 쓸 거예요."

경호원이 둘 다 진정하라는 듯 손을 들어올렸다. 그래도 첩보원은 크레스를 놓아주지 않았다.

시빌은 어디에 있는 걸까?

그러고 보니 이상했다. 경호원도 첩보원도 모두 레바나 여왕을 섬기는 입장이 아닌가? 그런데 어째서 서로 위협하는 거지?

"진정하십시오. 신더나 의사를 데려올 테니 기다려요. 그들이 설명해줄 겁니다."

첩보원이 움찔했다. "신더?"

"신더는 우주선에 있습니다." 경호원이 크레스를 돌아보고 물었다. "어디서 온 겁니까?"

크레스는 침을 꿀꺽 삼켰다. 첩보원이 던진 질문이 머릿속을 뎅 뎅 울렸다.

'신더?'

"뭐야, 무슨 일이야?"

밖에서 의사의 목소리가 들렸다. 지나와 흥정할 때보다 더 매서워진 그 음성에 크레스는 몸서리를 쳤다. 복도를 저벅저벅 걸어오는 발소리가 들렸고, 문간에 서 있던 경호원이 옆으로 비켜서자 의사가 방 안으로 들어왔다. 의사의 턱에 크레스에게 얻어맞은 자국이 붉게 남아 있었다. 그걸 보니 내심 뿌듯한 기분이 들었다. 그렇게 용기를 내서 맞서 싸운 결과는 결국 이런 식이었지만.

의사가 우뚝 멈춰서더니 방 안을 둘러보았다. "맙소사. 하필이면 이런 타이밍에……."

크레스는 의사를 보자마자 반사적으로 증오심이 솟구쳤지만, 저 사람은 단순히 루나인 노예를 사고파는 잔인한 늙은이가 아니었다. 그는 신더의 탈옥을 도운 사람이기도 했다.

머리가 어질어질했다.

"그 아이를 놔줘요. 우리는 당신의 적이 아니오. 그 애도 마찬가지고. 자, 모두 설명해줄 테니 일단 진정하시오."

의사가 부드럽게 말했다. 그러자 첩보원이 크레스를 잡고 있던 한 손을 떼어내 자기 얼굴을 문지르더니, 잠깐 휘청거렸다.

"나는 여기에 온 적이 있어. 신더…… 아프리카?"

그때 멀찍이 계단에서 쿵쿵거리는 소리가 들렸다. 어떤 남자가 고함을 지르며 누군가의 이름을 부르짖고 있었다. 그 이름은…….

"크레스!"

그 순간 크레스는 오열을 토해내며 붙들려 있다는 것도 까맣게 잊고 문으로 달려가려고 몸부림쳤다. "함장님!"

"크레스!"

의사와 경호원이 문 쪽을 돌아보았다. 바닥을 쿵쿵 울리는 발소리와 함께, 눈가리개를 한 카스웰 손 함장이 이 방의 문을 휙 지나쳐 복도 저편으로 뛰어가고 있었다.

"함장님! 여기예요, 여기!"

발소리가 멈추더니 다시 이쪽으로 돌아왔다. 카스웰은 지팡이를 문틀에 부딪쳐서 방의 입구를 찾아내고는, 한 손으로 문설주를 잡고 멈춰서서 숨을 헐떡거렸다. 이제 보니 눈가리개에 가려진 얼굴 한쪽에 시퍼렇게 멍이 들어 있었다.

"크레스? 너 괜찮아?"

크레스의 안도감은 이내 공포로 바뀌었다. "함장님! 함장님 왼편에는 루나인 경호원이 있고, 오른편에는 루나인으로 생체실험을 하는 의사가 있고, 나는 레바나의 늑대 변종에게 붙잡혀 있으니까 조심하세요!"

카스웰은 복도로 한 발짝 물러나면서 허리에서 총을 꺼내고, 총부리를 여러 방향으로 무작정 겨누어댔다. 하지만 그를 공격하려고 움직이는 사람은 아무도 없었다. 게다가 첩보원은 크레스를 붙잡은 손의 힘을 오히려 늦추고 있었다.

"어……." 카스웰이 미간에 주름을 잡으며 총을 창가 쪽으로 겨누었다. "크레스, 무슨 적들이 어디에 어떻게 있다고? 나 살짝 헷갈리니까 한 번만 더 묘사해줄래?"

"카스웰?"

첩보원이 입을 열어 그의 이름을 불렀다. 카스웰이 이쪽으로 총을 획 돌렸다.

"누구야? 너 뭐야? 크레스를 해쳤어? 만약 손끝 하나라도 건드렸
다가는……."

루나인 경호원이 카스웰의 손에서 총을 빼냈다.

"이봐!"

카스웰이 벌컥 화를 내며 지팡이를 들어올렸지만, 경호원은 카스
웰의 공격을 팔로 간단히 막아내고 지팡이마저 빼앗아버렸다. 그러
자 카스웰이 맨주먹을 휘두르려 했다.

"그만, 모두 그만해! 여기 다친 사람은 아무도 없고, 싸울 필요도
없어!"

의사가 고함을 지르자, 카스웰은 으르렁거리면서 의사 쪽으로 몸
을 돌렸다.

"웃기지 마, 늑대인간…… 의사…… 잠깐, 크레스, 저 사람이 누구
라고?"

"나는 드미트리 얼랜드 박사요. 린 신더의 친구죠. 아마 알겠지만,
신베이징 교도소에서 신더의 탈옥을 도와준 사람이오."

카스웰이 코웃음을 쳤다. "재밌는 얘기군. 하지만 신더의 탈옥을
도운 사람은 나야."

"그럴 리가요. 그리고 방금 당신이 친 늑대 전사도 신더의 동료입
니다. 진통제 때문에 의식이 혼미하고, 지금 당장 침대에 눕지 않으
면 수술 부위가 벌어질 게 분명한 상태죠."

늑대 첩보원은 의사의 경고를 들은 척도 않고 말했다. "카스웰,
대체 어떻게 된 거야? 여기가 어디지? 너 눈은 왜 그래?"

카스웰이 고개를 갸웃했다. "잠깐…… 울프?"

"그래."

길고 긴 침묵이 흐르더니, 카스웰은 안심한 표정으로 웃음을 터뜨렸다. "참 나, 크레스! 늑대 변종이란 말만 듣고 나 심장마비 걸릴 뻔했잖아. 왜 그냥 울프라고 말하지 않은 거야?"

"음…… 그게……."

"신더는?"

카스웰이 묻자 울프가 대답했다.

"모르겠어. 그리고 스칼렛도…… 신더가 지난번에 스칼렛에 대해 뭔가 말했던 것 같은데?" 울프는 한 팔을 여전히 크레스의 목에 느슨히 두른 채, 다른 한 손으로 자기 얼굴을 쓸어내렸다. "그냥 악몽이었나……?"

"신더는 이곳에 있습니다. 안전해요."

의사의 그 말에 카스웰은 활짝 웃었다. 그 어느 때보다도 환하고, 신비로울 만큼 근사한 함박웃음이었다.

크레스는 주위를 두리번거리며 숨을 가쁘게 몰아쉬었다. 눈앞의 사람들에 대한 관점이 급속도로 변하고 있었다.

우선 시빌의 경호원. 마지막으로 봤을 때만 해도 시빌과 함께 램피언에 쳐들어가던 그가, 지금은 시빌을 배신하고 신더 일행에 합류한 모양이었다.

의사. 그는 신더의 탈옥을 도와준 사람이었다.

늑대 첩보원. 카스웰의 말을 듣고 보니 이제야 그 얼굴을 알아볼 수 있었다. 그는 크레스가 처음 신더 일행과 화상통신을 했을 때 보았던, 울프라는 동료였다.

그리고 이 근처 어딘가에…… 신더도 있었다.

이곳은 안전했다. 그들은 모두 안전한 것이다.

카스웰은 경호원에게 지팡이를 건네받고 크레스에게 다가왔다.

"크레스, 너 괜찮아? 안 다쳤어?" 카스웰이 그렇게 물으면서 크레스에게 몸을 바싹 기울였다. 다친 곳이 있는지 살펴보기라도 하려는 듯이. 아니, 금방이라도 키스하려는 듯이. 하지만 그럴 리 없었다.

"네…… 저는 괜찮아요." 자신의 입에서 나온 그 말이 몹시 생소하고 터무니없게 느껴졌다. 괜찮다. 이제는 정말로 괜찮은 것이다. 후련한 해방감이 들었다. "여기까지 어떻게 찾아온 거예요?"

"지나 패거리의 한 놈에게서 이 마을의 이름을 알아냈지. 도착하자마자 마을 사람들을 붙잡고 '미친 의사' 어딨냐고 물으니까 다 알아듣던걸."

크레스는 무릎에서 스르르 힘이 풀려서 카스웰의 팔을 붙잡았다. "나를 구하러 와준 거군요."

카스웰이 싱긋 웃었다. 그야말로 용감하고 정의로운 영웅의 웃음 그 자체였다. 카스웰은 지팡이를 바닥에 팽개치고, 크레스를 부둥켜서 번쩍 안아올렸다. "그렇게 놀랄 것 없어. 암시장에서 네 몸값이 어마어마하던데, 놓칠 순 없잖아?"

C
R
E
S
S

40장

신더는 두 손으로 머리를 감싸쥐며 넷스크린 화면에 뜬 황궁 내부 지도를 쳐다보았다. 하루 온종일 뚫어져라 들여다보며 작전을 궁리했는데도 도무지 감이 잡히지 않았다.

"좋아. 만약…… 박사님과 내가 초대장을 얻어서 손님으로 위장해 잠입한다면…… 그리고 제이신이 주의를 분산시키면…… 아, 아니다. 이코 네가 주의를 분산시키고 제이신은 스태프로 잠입하는 편이…… 음, 아니지. 박사님은 얼굴이 너무 잘 알려져 있잖아. 차라리 제이신이랑 내가 손님으로 들어가고 박사님은…… 하지만 그러면 우리가 어떻게…… 으윽." 신더는 머리를 뒤로 젖히고 우주선 천장에 뒤얽힌 전선이며 통풍관을 노려보았다. "일을 괜히 복잡하게 만드는 것 같아. 그냥 나 혼자 가는 게 낫지 않을까?"

"그렇다. 너는 전혀 유명하지 않으니까 말이다."

이코가 그렇게 대구하며 신더의 교도소 사진을 화면에 떡하니 띄웠다. 신더는 신음을 흘렸다. 이 계획은 아무래도 무리수인 것 같았다.

"앗! 신더!"

"왜?"

"방금 이런 뉴스가 떴다."

이코가 황궁 지도를 치우고 뉴스 영상을 띄웠다. 한 기자가 사하라 사막의 지도 앞에 서서 뭐라고 말을 하고 있었다. 기자는 지도상의 몇몇 도시에 동그라미를 치더니, 그 도시들을 잇는 선과 화살표를 그려넣었다. 한편 화면 하단에는 이런 자막이 나왔다.

현상수배범 카스웰 손이 사하라의 교역도시에서 목격된 후 도주

곧이어 카스웰의 교도소 사진과 함께, 선명한 색깔의 굵은 글씨체로 된 경고문이 떴다.

범인은 무장한 상태이며 위험합니다. 관련된 정보는 즉시 당국에 신고하여 주십시오.

신더는 속이 뒤집혔다.

저건 사실이 아니었다. 카스웰은…… 카스웰은 죽었으니까. 누군가가 카스웰과 닮은 사람을 보고 착각한 것이리라. 처음 있는 일은 아니었다. 신더만 해도 지구 곳곳에서 동에 번쩍 서에 번쩍 나타났다는 헛소문이 무성했으니까.

하지만 진위 여부는 상관없었다. 일단 목격담이 나오기만 하면 경찰과 군대와 현상금사냥꾼들이 우르르 몰려들게 되어 있다. 사하라 일대는 이제 카스웰을 찾으려는 사람들로 북적거리게 될 것이다. 조그마한 오아시스 마을 한가운데에 신더의 으리으리한 램피언이 여봐란 듯이 서 있는 상황에서.

신더는 부츠를 신으면서 말했다. "이곳을 떠나야겠어. 이코, 난 나가서 사람들을 데려올게. 그동안 시스템 진단 돌리고 이륙 준비를 해줘."

신더는 이코의 대답을 기다리지 않고 승강구 밖으로 뛰어나갔다. 얼랜드 박사가 짐을 꾸리는 데 오래 걸리지 않아야 할 텐데. 그리고 울프도…… 울프가 움직여도 될 만큼 회복되었기만을 바랐다. 얼랜드 박사가 약물 투여량을 줄이고 있으니, 이제 깨워도 괜찮지 않을까?

호텔로 이어지는 길모퉁이를 돌자, 전기자동차 앞에 기대 서 있는 어떤 여자가 눈에 띄었다. 그 차는 지저분하고 낡아빠진 데다 그리 오래된 제품도 아니어서 빈티지라고 부를 만한 가치도 없었다. 하지만 차 앞에 선 여자는 십대 후반쯤 되어 보였는데, 굉장히 예뻤다. 연갈색 피부, 푸른 색조로 염색하고 땋아내린 머리카락이 인상적이었다.

신더는 걸음을 늦추고 싸울 준비를 했다. 저 여자가 마을 주민이 아니라는 건 분명했고, 어딘지 모르게 께름칙한 느낌도 들었기 때문이다. 현상금사냥꾼일까? 아니면 잠복 중인 형사?

여자는 자신에게 다가오는 신더를 멍하고 무료한 표정으로 지켜보았다. 드러내놓고 아는 척하지는 않았다. 좋은 신호였다.

그런데 여자가 빙그레 미소를 짓더니, 땋은 머리 가닥 하나를 손가락으로 꼬면서 입을 열었다. "린 신더 씨. 만나뵈어 반갑습니다. 주인님께서 당신 칭찬을 무척 많이 했답니다."

신더는 멈칫하고 여자를 다시 훑어보았다. "누구시죠?"

"저는 달라라고 합니다. 카스웰 손 함장님의 정부(情婦)이지요."

신더는 눈을 깜빡였다. "뭐라고요?"

"주인님께서는 제게 여기 남아서 차를 지켜보라고 하셨습니다. 그리고 영웅적인 일을 하기 위해 호텔로 들어가셨습니다. 그분이 신더 씨를 보면 무척 기뻐하실 겁니다. 주인님은 당신이 우주에 있을 거라고 생각하고 계셨거든요."

신더는 여자와 호텔을 번갈아 보았다. 여자는 무기나 수갑 따위를 꺼내지도 않았고, 자기 자리에서 움직일 기미조차 전혀 없었다. 그래서 신더는 호텔 문을 열어젖히고 계단을 올라갔다. 여자가 한 말들이 머릿속에서 빙빙 맴돌았다. 농담이거나, 덫이거나, 속임수일 것이다. 그게 사실일 리가 없다. 카스웰이…….

신더의 발이 층계참 바닥을 너무 세게 내디뎌서 쾅 소리가 났다. 바닥 널판이 부서지지 않은 게 신기할 정도였다. 복도로 걸어가니 울프의 방문 앞에 제이신이 팔짱을 끼고 서 있었다.

"제이신! 호텔 밖에 어떤 여자가……. 있잖아, 그 여자가 나한 테……."

제이신이 어깨를 으쓱하고는 방을 손짓했다. "들어가서 직접 보시죠."

신더는 제이신 옆으로 다가가서 문 안을 들여다보았다.

턱에 시퍼런 멍이 든 얼랜드 박사가 있었다. 울프는 깨어나 있었다. 그리고 또 한 사람…….

맙소사.

그는 꼴이 엉망진창이었다. 옷은 너덜너덜 찢어진 데다 흙먼지를 뒤집어썼고, 머리는 교도소에서 신더를 처음 만났을 때처럼 텁수룩했으며, 얼굴은 멍투성이였고, 턱에 수염이 까칠하게 자랐고, 무엇보다도 눈 위에 빨간 스카프를 감고 있었다.

그리고 조그마한 금발 여자애를 한 팔로 안고서 미소를 짓고 있었다.

틀림없는 카스웰 손이었다. 신더는 문틀을 붙잡고 서서 간신히 목소리를 쥐어짜냈다. "카스웰?"

카스웰이 고개를 홱 돌렸다. "신더?"

"아니, 무슨…… 대체…… 어떻게? 어디 있었던 거야! 어떻게 된 거야? 그 촌스러운 스카프는 또 뭔데!"

카스웰이 소리 내어 웃더니, 나무 지팡이로 바닥을 짚으면서 신더를 향해 비틀비틀 다가왔다. 그리고 한 손을 허공에 휘젓다가 신더의 어깨를 잡고는 와락 끌어안았다. "보고 싶었어."

신더는 카스웰을 마주 얼싸안으며 뇌까렸다. "야, 이 멍청아! 죽은 줄 알았단 말이야!"

"그게 말이 되냐? 고작 인공위성 추락 정도로 내가 죽을 리 없잖아. 물론 그때 목숨을 건진 건 크레스 덕분이지만."

신더가 카스웰을 밀쳐냈다. "눈은 왜 그런데?"

"실명했어. 사연이 좀 길어."

신더는 묻고 싶은 게 너무 많아서 어물거리다가 겨우 다음 질문으로 넘어갔다. "그 와중에 정부를 얻을 시간은 또 언제 난 거야?"

카스웰의 웃음이 흔들렸다. "크레스를 그런 식으로 말하지 마."

"뭐라고?"

"아! 달라 말하는 거구나. 갠 카드게임으로 얻은 거야."

신더는 얼이 빠져서 카스웰을 쳐다보았다.

"이코에게 선물해주면 좋아할 것 같아서."

"이코…… 뭐?"

"이코가 새 몸을 갖고 싶어 했잖아."

"음……."

"그러니까 달라는 시종 안드로이드라고."

비로소 이해가 되었다. 시종 안드로이드. 그래서 그 여자의 이목구비가 완벽한 대칭이었고 속눈썹이 터무니없이 길었던 것이다. 여자가 어쩐지 께름칙하게 느껴졌던 것도 당연했다. 그 몸에서 생체 전기가 전혀 발산되지 않았으니까.

"야, 네 말만 들으면 사람들이 내가 무슨 구제불능의 난봉꾼인 줄 알겠다. 그건 그렇고, 크레스 기억하지?" 카스웰이 옆의 금발 소녀를 가리켰다.

소녀가 어색한 미소를 지었다. 그제야 신더는 그 소녀가 누구인지 깨달았다. 살갗이 햇볕에 그을려 벗겨지고 머리가 들쭉날쭉 잘려 있어서 알아보기가 힘들었다.

"안녕."

신더가 인사하자, 크레스는 카스웰의 뒤에 몸을 숨기고 방 안의 사람들을 초조하게 둘러보았다. 신더는 헛기침을 했다.

"그리고…… 울프, 깨어났구나. 이건…… 그러니까, 나는…… 음.

저기, 카스웰. 너 근처 도시에서 목격됐대. 당국에서 벌써 수색대를 꾸리고 있어. 사람들이 우리를 찾으러 몰려올 거야."

신더는 얼랜드 박사를 돌아보았다. "여기서 빠져나가야 해요. 당장."

"신더."

울프가 거칠고 절박한 음성으로 불렀다. 신더는 단단히 긴장하고 그의 눈을 마주보았다. 울프의 이마가 땀으로 축축했고, 동공이 확장되어 있었다.

"꿈을 꿨습니다. 그 꿈에서 당신이 말하기를…… 스칼렛이……."

신더는 침을 꿀꺽 삼켰다. 이 순간을 피할 수만 있다면 얼마나 좋을까. "울프……."

신더의 표정에서 대답을 읽은 울프의 안색이 대번에 창백해졌다.

"꿈이 아니야. 스칼렛은 잡혀갔어."

카스웰이 고개를 갸웃했다. "잠깐, 뭐라고? 무슨 얘기야?"

"마법사가 램피언을 습격한 뒤, 도망칠 때 스칼렛을 데리고 가버렸어."

카스웰이 욕을 뇌까렸고, 울프는 공허한 얼굴로 벽에 털썩 몸을 기댔다.

방 안에 침묵이 흘렀다. 신더는 몸을 꼿꼿이 세우고 울프 앞에 마주 섰다. 낙관적으로 생각하자고, 희망을 잃지 말자고 자신을 타이르면서. "울프, 스칼렛은 루나에 있을 거야. 내가 아이디어를 생각해 뒀어. 루나로 잠입해서 스칼렛을 구할 방법을. 이제 우리 모두 모였으니, 꼭 성공할 수 있을 거라고 봐. 그러니까 나를 믿어줘. 일단 지금은 이 마을에서 빠져나가야 해."

"스칼렛이 죽었어……. 지켜주지 못했어." 울프가 중얼거렸다.

"울프, 스칼렛은 죽지 않았어. 모르는 거잖아."

"모르는 건 당신도 마찬가지죠."

울프가 두 손에 얼굴을 파묻고 어깨를 부들부들 떨었다. 울프의 에너지가 시커멓게 변하면서 탁해져갔다. 지난번과 똑같았다. 어딘가 텅 빈 사람, 금방이라도 사라져버릴 사람 같았다.

신더는 한 발짝 다가갔다. "스칼렛은 죽지 않았어. 루나에서는 스칼렛을…… 미끼로 잡아두려 할 거야. 정보가 필요할 테니까. 곧바로 죽이지는 않을 거야. 그러니까 아직 시간이……."

울프의 분노가 확 폭발하더니 순식간에 꺼졌다. 그리고 다시 불똥이 파직 튀면서, 작열하듯 활활 타오르기 시작했다.

울프가 신더를 붙잡고 뒤쪽으로 돌리더니 벽에 밀어붙였다. 엄청난 완력에 떠밀린 신더가 벽에 탕 부딪히자 넷스크린이 흔들거리면서 바닥에 떨어지려고 했다. 신더는 숨을 헉 들이쉬며 울프의 손목을 붙잡았지만, 그는 신더의 목을 움켜쥐고서 허공으로 들어올렸다. 망막 디스플레이에서 즉시 경고문이 흘러나왔다. 심박수 상승, 아드레날린 과다 분비, 체온 상승, 호흡 불규칙…….

"내가 그걸 바랄 것 같아? 스칼렛을 '산 채'로 잡아두기를? 그들이 스칼렛에게 무슨 짓을 할지 당신은 모르겠지. 하지만 나는 알아!" 그 순간 분노가 잦아들고, 공포와 절망이 울프를 뒤덮었다. "스칼렛……."

울프가 손을 풀었다. 신더는 바닥에 털썩 주저앉아 목을 문질렀다. 혼란스러운 생각들을 가누고 있으려니 울프가 방을 뛰쳐나가 복도 저편으로 달려가는 소리가 들렸다.

울프의 발소리가 사라졌다. 호텔 전체에 정적이 맴도는 듯싶더니, 이윽고 늑대 울음소리가 울려퍼졌다. 한 마리 늑대가 고통스럽게 울부짖는 그 소름 끼치는 소리가 신더의 뼛속까지 스며드는 것 같았다.

"멋지군요. 이번에는 훨씬 잘 대처해서 다행입니다." 얼랜드가 느릿느릿 비꼬았다.

신더는 신음을 흘리면서 벽을 짚고 일어선 뒤 동료들을 둘러보았다. 크레스는 카스웰 뒤에 숨은 채, 충격을 받아 눈을 커다랗게 뜨고 있었다. 제이신은 칼자루를 만지작거리고 있었다. 잔뜩 헝클어진 머리를 하고 코끝에 안경을 걸친 얼랜드 박사는 아무런 감흥이 없는 표정이었다.

"다들 먼저 가서 우주선에 짐 실으세요. 이코가 이륙 준비했는지 확인하시고요."

신더가 아픈 목을 추스르며 그렇게 말하는데, 애끓는 늑대 울음소리가 또 다시 호텔에 메아리쳤다. 신더는 마음을 최대한 가다듬었다.

"나는 울프를 데려올게요."

CRESS

41장

크레스는 경호원을 따라 계단을 내려갔다. 뒤에서는 카스웰이 한 손으로 크레스의 어깨를, 한 손으로는 지팡이를 잡고 따라오고 있었다. 크레스는 계단이 끝났다는 걸 그에게 알려준 다음 1층의 어둑한 복도로 들어섰다. 얼랜드 박사는 맨 뒤에서 소중한 실험도구들을 들고 내려오느라 씩씩거리고 있었다.

크레스는 뭐가 뭔지 갈피를 잡기가 힘들었다. 지금 그들이 어디로 가는 건지도 잘 몰랐다. 신더가 우주선으로 가라고 했던가? 그때 크레스는 루나 첩보원이 이성을 잃은 광경을 보고 너무 공포에 질려서 정신이 없었다. 늑대 울음소리가 아직도 귓전을 쟁쟁 울렸다.

경호원이 호텔 문을 열어젖혔다. 일행은 모래투성이 도로로 걸어 나갔다. 그런데 선두에 있던 경호원이 별안간 우뚝 멈춰서더니, 팔을 뻗어서 세 사람을 가로막았다.

크레스는 카스웰에게 바싹 달라붙어서 도로를 살펴보았다.

동방연방 군인 수십 명이 호텔을 둘러싸고 있었다. 도로며 골목마다, 건물 옥상과 녹슨 캡슐 비행선 지붕마다 군인들이 가득했다. 그리고 모두 총을 겨누고 있었다.

"크레스?" 긴장감으로 팽팽해진 공기 속에서 카스웰이 속삭였다.

"군인들이에요……. 아주 많아요."

그런데 저 앞에 푸른 머리카락의 여자가 눈에 띄었다. 크레스는 울컥 혐오감이 치솟았다. "저 여잔 여기 왜 온 거죠?"

"뭐? 누구?"

"쟤요. 지난번 도시에 있던 걔요."

카스웰은 고개를 갸웃했다.

"걘 달라라니까. 시종 안드로이드 말이야. 신더도 그렇고 너도 그렇고, 왜 이렇게 쟤 때문에 헷갈려 해?"

크레스는 눈을 휘둥그레 떴다. 저 여자가 안드로이드라고?

달라는 군인 둘 사이에 낀 채, 양손을 옆구리에 늘어뜨리고서 아무 감정 없는 눈으로 그들을 바라보고 있었다. 사방에 깔린 정적 속에서 달라의 음성이 들려왔다. "주인님, 죄송합니다. 경고해드리고 싶었지만 그건 불법이라서요. 저는 법에 저촉되는 행동을 할 수 없게 되어 있습니다."

"그래, 가장 먼저 그것부터 뜯어고쳐야겠어." 카스웰이 그렇게 말하고 크레스에게 속삭였다. "저 차 훔치는 거 도와달라고 했을 때도 법적으로 문제없는 방법을 찾아내느라 엄청 고생했다니까."

그때 한 군인이 입에 확성기를 대고서 쩌렁쩌렁 울리는 목소리로 일행에게 경고했다. "수배범을 은닉하고 원조한 죄로 모두 체포하겠다. 즉시 엎드려서 양손을 머리에 올려라. 그러면 아무도 다치지 않고 끝날 것이다."

크레스는 덜덜 떨면서 경호원을 돌아보았다. 그는 카스웰에게서 빼앗은 총을 벨트에 차고 있었지만, 양손이 모두 얼랜드 박사의 짐에 묶여 있는 상태였다.

아무도 움직이지 않자 군인이 다시 경고했다. "너희들은 포위되었다. 도망칠 곳은 없다. 엎드려라."

경호원이 먼저 무릎을 꿇고 앉더니 의료용품이며 이상한 기계 들이 담긴 가방을 바닥에 내려놓았다. 크레스와 카스웰도 뒤따라 바닥에 엎드렸다.

"맙소사. 다 늙어서 이런 짓을……." 얼랜드 박사가 신음하면서 그들의 옆에 엎드렸다.

크레스는 바닥에서 올라오는 후끈한 열기 속에서 두 손을 정수리에 얹었다. 뾰족한 돌멩이들이 배를 파고드는 게 느껴졌다.

네 사람이 모두 엎드리자 군인이 다시 확성기로 말했다. "린 신더, 너는 포위됐다. 머리에 손을 올리고 지금 즉시 호텔 정문으로 나와라. 그러면 아무도 다치지 않을 것이다."

＊

군인의 경고를 들은 신더는 자신이 생각할 수 있는 가장 창의적인 욕설들을 우르르 쏟아냈다. 복도에서 발견한 울프는 지금 신경쇠약으로 주저앉아봤자 스칼렛에게 아무 도움이 안 된다고 아무리

타일러도 소용 없었다. 머리를 무릎에 파묻고 웅크려 앉아 한사코 침묵할 뿐이었다.

그래서 신더는 울프를 거기에 놔두고, 얼랜드 박사의 방으로 들어가 창문의 블라인드를 젖혀보았다.

길 바로 맞은편의 건물 옥상에서 군인 두 명이 이쪽을 향해 총을 똑바로 겨누고 있었다.

신더는 블라인드를 냉큼 내리고, 또 욕을 뇌까리면서 벽에 몸을 딱 붙였다. 망막 디스플레이에 이코가 보낸 메시지가 떴다. 신더는 그게 무슨 내용일지 두려워하면서 확인해보았다.

동방연방 군용 비행선들이 레이더에 잡힌다. 발각된 것 같다.

"내 말이."

신더는 혼잣말을 중얼거리고, 눈을 꾹 감고서 재빨리 메시지를 입력했다. 자신이 떠올린 문자들이 눈꺼풀 위에 주르륵 나타났다.

호텔, 동방연방 군대에 포위됨. 즉시 이륙 준비할 것. 금방 돌아가겠음.

신더는 긴 숨을 내쉬면서 눈을 떴다. 저 군대를 뚫고 무사히 빠져나갈 방법이 과연 있을까? 충격으로 제정신이 아닌 늑대 첩보원과 실명한 남자, 늙은 의사를 데리고?

크레스라는 그 여자애도 별로 도움이 될 성싶지 않았다. 용감하거나 대담한 성격으로는 보이지 않았고, 이런 전투를 해본 경험도 없을 것 같았다.

친구들을 포기하고 신더 혼자 도망칠 수도 있다. 울프를 무기 삼아 조종해서 군인들을 무찌르고 나아간다면? 하지만 아무리 울프라고 해도 저 많은 군인들을 한번에 상대할 수는 없을 것이다. 군인들은 망설임 없이 울프를 죽일 터였다. 군인들을 세뇌해서 길을 터주게 할 수도 있지만, 그러려면 울프를 조종하는 것은 포기해야 했다. 울프가 정신을 차리고 스스로 신더와 함께 도망치지 않는다면 울프를 버려야 한다는 뜻이었다.

밖에서는 체포하겠다는 경고가 자동음성처럼 거듭 들려오고 있었다. 신더는 어깨를 똑바로 펴고 복도에 있는 울프 곁으로 돌아갔다. "울프, 네 도움이 필요해. 여기서 도망칠 수 있게 해줘."

울프는 두 팔에 파묻었던 머리를 살짝 들고서 신더를 올려다보았다. 초록색 눈동자가 흐리멍덩해 보였다.

"울프, 제발. 우린 우주선으로 가야 해. 그런데 군인들이 총을 들고 막고 있어. 생각해봐. 스칼렛이 네가 어떻게 하길 바라겠어?"

울프는 손을 구부려 허벅지를 꽉 움켜쥐었을 뿐, 일어설 기미는 전혀 없었다.

군인의 목소리가 다시 울려퍼졌다. "너는 체포되었다. 머리에 손을 올리고 밖으로 나와라. 너는 포위됐다."

신더는 일어섰다. "알았어. 그러면 나도 어쩔 수 없어."

신더는 어깨에 힘을 풀고 정신을 집중했다. 울프를 둘러싼 공포와 절망을 젖히고, 파직파직 타오르는 그 특유의 에너지를 붙잡으려 했다.

그런데 이제 울프의 에너지는 예전처럼 생기 있게 타오르지 않았다. 마치 시체를 조종하는 듯한 느낌이었다.

*

신더는 울프와 나란히 정문 밖으로 나갔다.

최소한 60개의 총부리가 이쪽을 조준하고 있었다. 건물이나 차량 뒤에 숨은 군인들까지 헤아리면 훨씬 더 많으리라.

제이신과 카스웰, 얼랜드, 크레스는 바닥에 엎드려 있었다.

우주선까지 가려면 길 두 개를 건너야 했다.

한편 신더는 울프의 정신에 약물을 주입하듯이 거짓말을 흘려넣고 있었다.

'스칼렛은 괜찮을 거야. 우린 스칼렛을 찾을 거야. 구출할 거야. 하지만 우선은 여기서 빠져나가야 해. 우주선으로 가야 해.'

울프의 손가락이 꿈틀거리는 게 언뜻 보였다. 울프가 신더의 최면을 받아들여 희망을 품어서 그러는 것인지, 아니면 신더가 자신을 이런 식으로 조종하는 데에 화가 난 것인지 알 수 없었다. 마법사가 그를 괴물로 바꾸어놓았듯이 신더는 울프를 꼭두각시로 만들고 있는 중이었다.

60정의 총에 둘러싸인 채 호텔 정문 앞에 서 있으려니, 신더는 자신이 정말로 그 마법사보다 나을 게 없다는 실감이 들었다. 이건 전쟁이었다. 신더는 정말로 전쟁 한복판에 있는 것이다.

여기서 이기기 위해 누군가를 희생시켜야 한다면, 그렇게 할 것이다.

그런다고 해서 자신의 처지가 얼마나 더 달라지겠는가? 더 심각한 범죄자가 되기라도 하나? 더 무서운 위험인물이 되나?

더 순수한 루나인이 되는 건가?

"머리에 손 올리고 건물에서 나와라. 그 어떤 돌발 행동도 하지 마라. 필요하다면 사살해도 좋다는 명령을 받았다."

사령관인 듯한 군인이 확성기를 들고 지시했다. 신더는 울프를 조종해서 나란히 걸어나갔다. 텁텁한 공기가 살갗에 달라붙는 느낌이 들었다. 머리에 무지근한 통증이 일었다. 하지만 울프를 조종하는 건 예전과 비교할 수도 없이 쉬웠다. 지나치게 손쉬워서 넌더리가 날 정도였다. 울프는 신더의 힘에 저항하려는 시도조차 하지 않았다.

신더가 카스웰 옆을 지나가자 그가 중얼거렸다. "너무 늦었어."

"신더, 혼자 도망쳐요." 얼랜드가 나지막이 다그쳤다.

신더는 최대한 입술을 움직이지 않으려 애쓰면서 웅얼거렸다. "마법 쓸 수 있겠어요?"

"멈춰!"

신더는 걸음을 멈췄다.

"무릎 꿇고 손 올려."

얼랜드가 말했다. "몇 명한테쯤은. 우리가 같이 한다면……."

"안 돼요. 나는 울프를 조종하는 중이에요. 거기에 추가로…… 군인 한두 명 정도는 가능할 것 같아요."

신더는 이를 악물었다. 얼랜드는 신더에게 혼자 도망치라고 했지만, 도저히 그럴 순 없었다. 동료들을 전부 포기한다는 생각을 온몸이 맹렬히 거부했다. 단지 의리와 우정 때문만이 아니었다. 동료들이 없으면 신더는 아무 쓸모도 없다는 걸 알았기 때문이다. 결혼을 막고 카이토를 구하려면, 루나로 가려면, 세상을 구하려면 그들의 힘이 필요했다. 반드시.

"제이신, 한 명이라도 조종할 수 있겠어?"

제이신이 어이없다는 듯 눈 굴리는 소리가 들리는 것 같았다. "뭐, 여기서 나갈 유일한 방법은 싸우는 거겠죠."

카스웰이 끙 앓는 소리를 냈다. "그래서 말인데, 누구 내 총 못 봤어?"

"나한테 있습니다." 제이신이 말했다.

"돌려줄래?"

"싫은데요."

사령관이 윽박질렀다. "전부 입 다물어! 한 명이라도 또 입을 놀리면 머리를 쏘아버리겠다. 알아듣겠나? 엎드려!"

신더는 그 군인을 쏘아본 다음, 경고를 무시하고 앞으로 한 걸음 내디뎠다.

도미노가 우르르 넘어지듯이, 60정의 총에서 안전장치가 일제히 풀리는 소리가 났다. 크레스가 훌쩍거리기 시작했다. 카스웰이 손을 더듬어 크레스의 손을 잡아주었다.

"나한테 마취총 화살이 여섯 개 있어. 그걸로 충분하길 빌어보자."

신더의 말에 제이신이 중얼거렸다.

"픽이나."

"마지막 경고다!"

군인이 버럭 외친 순간, 신더가 고개를 치켜들고 그 군인을 똑바로 바라보았다. 신더의 옆에서는 울프가 양손을 구부리고서 전투 태세로 웅크리고 있었다. 오로지 신더의 명령 때문에. 그때 울프에게서 처음으로 어떤 감정이 치솟는 게 느껴졌다. 혐오감인 것 같았다. 신더에 대한 혐오.

신더는 모른 척했다.

"마지막 경고? 아니, 이제 시작이야." 신더는 그렇게 말하고, 울프를 옆에 대기시킨 채 선두에 선 군인들 중 한 명을 골라서 의지를 빼앗았다. 그러자 그 여자가 몸을 휙 돌려 자신의 사령관을 향해 총을 겨누었다. 여자는 멋대로 움직이는 자신의 손을 보며 눈을 휘둥그레 떴다.

그 주위에 있던 병사 여섯 명도 각각 자기 아군에게 총부리를 돌렸다. 얼랜드 박사가 그들을 조종하고 있었다.

그렇게 해서 군인들 총 일곱 명이 손아귀에 들어왔다. 그리고 제이신의 총, 울프의 분노까지. 그게 신더가 가진 무기의 전부였다.

대학살이 벌어질 것이다.

"우리가 지나갈 수 있게 물러나라. 그러면 아무도 다치지 않고 끝날 거다."

신더가 경고했다. 그러자 사령관은 눈을 가늘게 뜨고서 신더를 쳐다보았다. 자신에게 겨누어진 아군의 총구에는 결코 눈길을 주지 않았다.

"이런 짓을 해봤자 너는 어차피 못 이긴다."

"이길 수 있다고는 안 했어. 하지만 최대한 피해를 입힐 순 있지."

신더는 손가락의 뚜껑을 열고 마취총을 장전했다. 그 순간 아찔한 현기증이 일었다. 정신력이 고갈되고 있었다. 이런 식으로는 울프를 오래 붙잡고 있을 수 없다. 그리고 만약 제어력을 잃는다면, 울프가 무슨 짓을 할지 예측할 수 없었다. 혼수상태가 될까, 광란을 일으킬까, 아니면 신더와 동료들에게 분노를 돌릴까?

옆에서 울프가 으르렁거렸다.

그때 어디선가 누군지 모를 여자 목소리가 들려왔다. "아뇨, 이길 수 있어요."

신더는 신경을 곤두세웠다. 공기의 흐름이 고동치면서 술렁거렸다. 사령관이 몸을 돌려 목소리가 들린 곳을 돌아보았다.

주위의 건물들에서 사람들이 하나둘씩 나오고 있었다. 골목에서, 창문에서, 문에서. 누덕누덕한 청바지와 헐렁한 면 티셔츠를 입고, 머리에 스카프며 모자를 쓰고, 테니스화나 부츠를 신은 남녀노소의 사람들이.

신더는 숨을 헉 들이켰다. 거의 모두 신더가 아는 사람들이었다. 파라프라에서 머문 짧은 기간 동안 한 번씩은 마주쳤던 사람들. 신더에게 음식을 가져다주고, 우주선에 페인트칠하는 것을 도와주고, 사이보그를 상징하는 장신구를 걸치거나 문신을 새겼던 사람들.

신더는 가슴이 북받쳤지만 금세 철렁 내려앉았다.

이 싸움이 좋게 끝날 리 없었다.

사령관이 주민들을 향해 말했다. "이건 국제안보 문제입니다. 여러분은 즉시 가택으로 돌아가십시오. 명령에 불복하는 자는 지구연합 법에 따라 구금될 것입니다."

"네, 얼마든지 구금하시죠. 저분들을 보내준 다음에."

신더는 눈부신 햇빛 속에서 실눈을 뜨고 그 목소리의 주인을 찾아 두리번거렸다. 약국에서 만났던 여자가 눈에 띄었다. 아들이 레바나의 경호원이 되기를 거부하고 자살했던 그 루나인 여자.

일부 군인이 신더를 겨누던 총부리를 주민들에게로 돌렸다. 그러자 사령관이 팔을 들어올리고 소리쳤다.

"이들은 수배 중인 범죄자들입니다! 체포 과정에서 필요하다면 무력을 사용할 수밖에 없습니다. 즉시 가택으로 돌아가십시오. 이건 명령입니다!"

그런데도 주민들은 움직이지 않았다. 그중 몇몇은 전혀 두려워하는 기색이 없었다. 단호한 결의만이 엿보일 뿐이었다.

약국 주인이 말했다. "저분들은 우리의 친구이고, 은신처를 찾아 여기까지 왔습니다. 당신들이 데려가게 놔둘 순 없습니다."

저 사람들은 대체 무슨 생각인 걸까? 뭘 할 수 있다고? 단순히 머릿수로는 우세일지 몰라도, 무기도 없고 싸우는 법도 모르지 않는가. 계속 저렇게 저항하다가는 군인들에게 살육당할 텐데.

"선택의 여지가 없군."

사령관이 자기 포트스크린을 꾹 눌러 쥐면서 말했다. 그의 옆얼굴에 땀방울이 흘러내렸다. 그러자 약국 주인이 독기가 서린 말투로 내뱉었다.

"정말로 선택의 여지가 없다는 게 어떤 건지 똑똑히 알려주지."

여자의 손가락이 꿈틀거렸다. 눈에 잘 띄지도 않는 그 작은 손짓 한 번이 군중 전체에 파도가 퍼져나가는 듯한 반향을 일으켰다. 신더는 흠칫 놀라 주민들을 둘러보았다. 대다수가 이마를 찡그리거나 손을 부들부들 떨면서 무언가에 집중하고 있었다.

그러자 신더를 둘러싼 군인들이 일제히 자세를 바꾸었다. 신더와 얼랜드에게 조종당하는 일곱 명과 마찬가지로, 모두가 총부리를 돌려 아군을 겨누거나 심지어 자기 머리에 총구를 들이댄 것이다.

아연실색한 군인들의 눈동자가 공포로 가득 찼다. 그 한가운데에서 오로지 사령관 혼자만이 입을 떡 벌리고 자기 부대를 쳐다보고 있었다.

약국 주인이 입을 열었다. "그래, 바로 그런 거야. 몸이 의지와는 반대로 움직인다는 것. 자신의 뇌가 자신을 거역한다는 것. 우리는 그런 끔찍한 상황에서 벗어나려고 지구로 왔어. 그런데 레바나가 지구를 정복하면 모든 게 헛수고가 되겠지. 지금 댁들이 잡으려 하는 그 아가씨가 레바나를 막을 수 있을지는 잘 모르겠지만, 우리가 믿고 의지할 데라고는 그 아가씨밖에 없는 것 같아. 그러니 이렇게 할 수밖에 없어."

그때 신더는 두개골이 쪼개지는 듯한 고통을 느끼며 비명을 질렀다. 울프와 여군 한 명을 조종하고 있던 제어력이 뚝 끊겼다. 신더가 무릎에서 힘이 풀려서 주저앉으려 하는데, 누군가가 그의 허리를 붙잡고 일으켜 세워주었다.

신더는 숨을 헐떡이며 위를 올려다보았다. 울프의 얼굴이 보였다. 그 눈동자가 밝은 초록색으로 빛나고 있었다. 정신이 돌아온 것이다.

"울프……."

울프가 시선을 휙 돌렸다. 바닥에 총이 덜그럭 떨어지는 소리가 들렸다. 신더가 흠칫 놀라서 그쪽을 돌아보니, 신더의 조종에서 풀려난 여군이 총을 떨어뜨리곤 동료들을 둘러보고 있었다. 어디를 봐야 할지, 무엇을 해야 할지 모른 채 덜덜 떨던 그 여자는 이윽고 두 손을 들어올려 항복 표시를 했다.

사령관은 얼굴이 시뻘겋게 달아오른 채 확성기를 떨구었다. 그리고 증오로 가득한 눈으로 신더를 노려보고는, 들고 있던 포트스크린을 바닥에 내동댕이쳤다.

카스웰이 좌우를 두리번거렸다. "음, 뭐가 어떻게 된 건지 누가 설명 좀……."

"나중에." 신더가 그렇게 일축하고 울프에게 기댔던 몸을 바로 세 웠다. "일어나. 지금 가야 돼."

카스웰이 바닥을 짚고 일어서면서 말했다. "알았어. 알았는데, 내 시종 안드로이드 좀 누가 챙겨줄래? 걔 얻느라 갖은 고생을 했……."

"카스웰."

신더는 지친 몸을 이끌고 동료들과 함께 발걸음을 옮겼다. 딱딱 하게 굳은 군인들 사이를 누비고 걸어나가려니 꼭 석상들로 이루어 진 미로 속을 걷는 기분이었다. 커다란 총을 든 그 석상들의 눈동자 가 신더 일행을 내내 뒤쫓고 있었다. 그 속에서 꿈틀거리는 분노와 경악이 생생히 느껴졌다.

신더는 주민들과 시선을 마주하려 했지만 대다수가 마법을 제어 하느라고 눈을 꼭 감고 있었다. 집중하려고 안간힘을 쓰는 그들의 모습을 보니, 군인들을 언제까지고 이렇게 붙들어둘 순 없을 거라 는 예감이 들었다.

오로지 루나인이 아닌 주민들만이 신더와 눈을 마주치고 고개를 끄덕였다. 그들의 얼굴에 겁에 질린 미소가 스쳤다. 루나인 이웃들 을 무서워하는 건 아닌 듯했다. 그들은 레바나가 지구를 정복하면 어떻게 될지 두려워하고 있는 것이다. 신더가 레바나를 무찌르는 데 실패한다면, 그래서 루나인들이 전 세계를 지배하고야 만다면 어떻게 될지.

제이신이 군중 틈에 끼어 있는 시종 안드로이드의 손목을 붙잡아

441

끌어냈다.

　마침내 신더 일행은 군중을 벗어나 램피언이 있는 길목으로 접어들었다. 눈앞에 램피언이 희망의 상징처럼 불쑥 솟아 있었다. 그때 울프가 입을 열었다.

　"그 여자 말이 맞습니다. 자신의 몸이 자기 의지와 반대로 이용당하는 것처럼 끔찍한 일도 없죠."

　울프는 비틀거리는 신더를 부축해주었다. 신더는 울프의 도움을 받아 몇 발짝 걷다가 다시 균형을 잡았다.

　"울프, 미안해. 어쩔 수 없었어. 너를 거기에 놔두고 올 수는 없잖아."

　"알아요. 이해합니다. 하지만 세상에 그런 종류의 힘이 존재해서는 안 되는 겁니다." 울프가 얼랜드 박사의 짐 하나를 들어주면서 서둘러 걸음을 옮겼다.

42장

　스칼렛은 여덟 살 남짓 되는 저 루나인 소년의 목을 닭 모가지 꺾듯 부러뜨리고 싶은 심정이었다. 저렇게 고약한 악동은 난생 처음 보았다. 만약 루나의 모든 어린이가 저 소년 같다면, 이 나라에 미래는 없으니 신더는 그냥 가만히 루나가 자멸하도록 내버려두는 편이 나을 거라는 생각마저 들 정도였다.

　스칼렛은 자신이 어쩌다가 아노텔 경이라는 귀족의 소유물이 되어 저 조그마한 악마에게 시달리게 된 건지 알 수 없었다. 루나 왕실에서 이 가문을 특별히 아껴서 스칼렛을 하사한 것일까. 아니면 지구인들이 새로운 안드로이드를 구매하듯 스칼렛을 돈으로 사서 데려온 것일까. 어느 쪽이든 간에 스칼렛은 이 식구들에게 일주일째 새로운 장난감으로 취급받고 있었다. 혹은 애완동물로, 또는 실험 대상으로.

찰슨 도련님이라는 저 아이는 아직 여덟 살이라 마법을 쓰는 법을 연습하는 중이었다. 그 연습 상대로 지구인을 가지고 노는 게 이들에게는 무척 재미있는 모양이었다. 그리고 찰슨 도련님은 몹시 저질스러운 유머감각을 갖고 있었다.

스칼렛은 찰슨의 놀이방에 감금되어 지냈다. 바닥에 고정된 사슬에 목이 묶인 채. 벽에는 거대한 넷스크린이 걸려 있었고 가상현실 게임기와 운동기구 들이 방 한편에 빽빽이 늘어서 있었지만, 그 어떤 것도 스칼렛의 손에 닿지 않았다.

찰슨의 마법 연습 시간은 고통 그 자체였다. 스칼렛은 다리가 긴 거미들을 콧속에 집어넣고, 자신의 팔만큼 긴 뱀들을 배꼽에 쑤셔 넣거나 허리에 휘감고, 꾸물거리는 지네를 귓구멍에 집어넣은 다음 목구멍으로 토해내야 했다.

스칼렛은 비명을 지르고 몸부림을 쳤다. 살에서 피가 나도록 뱃가죽을 할퀴고 피가 날 때까지 코를 풀면서 벌레들을 빼내려 했다.

그러는 내내 찰슨 도련님은 웃고, 웃고, 또 웃었다.

물론 스칼렛의 정신은 말짱했다. 자신이 무엇을 하고 있는지 정확히 알고 있었다. 바닥에 기어다니는 거미와 지네를 머리로 찧어 죽일 때조차도 의식은 또렷하게 깨어 있었다. 하지만 그래 봤자 아무 소용이 없었다. 몸이 멋대로 움직이고, 뇌에서 멋대로 명령을 내렸다. 스칼렛의 의지와 이성은 그 명령 앞에서 속수무책이었다.

저 소년이 증오스러웠다. 진심으로 증오했다.

그리고 그 아이를 점차 두려워하게 되는 자기 자신도 미웠다.

"찰슨."

어느 날 찰슨의 어머니가 놀이방 문을 열고 그 아이를 불렀을 때, 스칼렛은 최근 찰슨이 특히 좋아하는 장난감인 두더지들을 상대하던 중이었다. 눈이 가느다랗고 몸뚱이가 통통한 그 두더지들은 파충류 같은 커다란 발톱을 갖고 있었다. 그중 한 마리가 스칼렛의 발가락을 이로 갉아대면서 발톱으로 발바닥을 할퀴고 있었다.

찰슨이 자기 엄마를 돌아보자, 스칼렛을 사로잡았던 마법이 풀리면서 고통이 멎었다. 목이 따가웠고 얼굴은 눈물로 축축했다. 스칼렛은 방바닥에 누인 몸을 옆으로 굴리고 흐느껴 울었다. 소년의 마법이 아직 미숙하다는 게 다행스럽기 그지없었다.

스칼렛이 우는 동안 아노텔 부인과 찰슨은 무언가 대화를 나눴다. 스칼렛은 그들이 무슨 이야기를 하는지 귀담아듣지 않았다. 그런데 별안간 찰슨이 빼액 고함을 질러댔다. 통통 부은 눈을 뜨고 그쪽을 돌아보니, 찰슨이 징징거리며 떼를 쓰고 있었다. 그의 어머니가 조곤조곤 달래면서 무언가 좋은 걸 주겠다고 약속했지만 못내 분이 안 풀리는 기색이었다. 잠시 뒤 찰슨은 밖으로 쿵쿵 걸어나갔고, 복도 저편의 다른 방 문이 탕 닫히는 소리가 들렸다.

스칼렛은 떨리는 한숨을 내쉬었다. 조그마한 악마가 사라지자 비로소 근육의 긴장이 풀렸다. 스칼렛은 머리에 뒤집어썼던 점퍼의 후드를 벗고, 얼굴에 흩어진 붉은 머리카락을 걷어냈다. 아노텔 부인은 문간에 서서 노골적으로 경멸하는 눈길로 스칼렛을 내려다보고 있었다. 스칼렛이 두더지만큼이나 역겹다는 듯, 자신의 깨끗한 부엌에 기어들어온 구더기 떼처럼 징그럽다는 듯.

부인은 한마디 말도 없이 방을 나가버렸다.

오래지 않아 또 다른 사람이 문간에 나타났다. 긴 소매의 검은색 재킷을 입은 잘생긴 남자. 왕실 마법사였다.

스칼렛은 그 마법사가 반갑기까지 했다.

*

"이 여자는 제가 린 신더와 전투 중에 사로잡은 포로로, 린 신더의 공범들 중 한 명입니다."

"전투라 함은, 자네가 그 사이보그를 제거하지도 체포하지도 못하고 퇴각했던 그 전투 말인가?"

시빌은 말없이 콧김을 불고는 화려하게 조각된 대리석 왕좌 앞으로 걸어갔다. 새하얀 새 관복 차림의 시빌은 지난번에 입은 총상 때문에 뻣뻣하게 움직이고 있었다. "그렇습니다, 폐하."

"그래, 계속하게."

스칼렛은 자신의 앞에 선 시빌의 뒷모습을 쳐다보았다. 뒷짐을 진 시빌의 두 손은 너무 힘을 줘서 뼈마디가 새하얗게 변해 있었다.

"유감스럽게도 왕실의 소프트웨어 기술자들은 아직까지 램피언을 추적하지 못했습니다. 램피언에 남은 우리의 캡슐 비행선과 제가 압수한 D-COMM 칩을 모두 이용했으나 성과는 없었습니다. 따라서 저는 이 포로를 심문함으로써 그 사이보그를 수색하는 데 유용한 정보를 얻고자 합니다."

여왕이 고개를 끄덕였다. 유리와 석재로 이루어진 알현실 한가운데 무릎을 꿇고 있는 스칼렛에게는 레바나 여왕의 모습이 아주 잘 보였다. 시선을 돌리고 싶었지만 그러기가 힘들었다. 과연 소문대로 아름다웠다. 아니, 소문보다도 훨씬 더. 옛날에는 저런 미녀를 얼기 위해 남자들이 전쟁을 일으켰겠구나 하는 생각이 들 정도였다.

오늘날에는 카이토 황제가 전쟁을 '막기' 위해 '억지로' 미녀와 결혼하고 있지만 말이다.

그 아이러니함에 스칼렛은 웃음이 나오려 했다. 정신이 혼미하고 배가 고프고 몸이 녹초가 된 와중에도. 스칼렛은 가까스로 웃음을 눌러 삼켰지만 레바나 여왕은 스칼렛의 입술이 꿈틀거리는 걸 보고 눈살을 찌푸렸다.

스칼렛은 재빨리 시선을 피했다. 심장이 쿵쿵 날뛰었다. 알현실을 초조하게 훑어보니 경호원과 마법사 들이 보였다. 붉은 옷 마법사 세 명, 검은 옷 마법사 여섯 명. 거기에 시빌 미라까지 추가하면 스칼렛은 총 열 명의 마법사들과 휘하 경호원들에게 둘러싸여 있는 상황이었다. 게다가 그 우두머리인 여왕도 있었다. 그들은 스칼렛이 감히 도망칠 시도도 하지 못할 거라고 생각했는지 굳이 포박하지 않고 무릎만 꿇려 앉혀놓았다.

왕좌 양편에 있는 벨벳 씌운 의자들에도 최소한 50명의 루나인들이 앉아 있었다. 뭐하는 사람들인지는 알 수 없었다. 배심원? 기자? 귀족? 어쨌든 간에 하나같이 무척 우스꽝스러워 보였다. 반짝반짝하게 장식된 옷도, 태양계나 무지개나 짐승을 본따 화장해놓은 얼굴도. 머리카락은 죄다 곱슬곱슬하고 총천연색으로 염색을 한 데다 중력을 무시하고 붕 떠올라 있기까지 해서 무슨 거대하고 정교한 건축물처럼 보였다. 어떤 사람은 새장을 머리에 달고 있기까지 했다. 그 새장 안에 갇힌 새들은 이상할 만큼 조용했다.

어쩌면 저것도 전부 마법으로 자아낸 환상일지도 모른다. 저 루나인들이 실은 감자 포대를 뒤집어쓰고 있을지 어떨지 알 게 뭔가.

시빌 미라가 발꿈치를 바닥에 딱 부딪쳐 스칼렛의 주의를 자신에게로 돌렸다. "언제부터 린 신더의 모반에 동참했나?"

스칼렛은 시빌을 올려다보았다. 며칠 내내 비명을 질러댄 탓에 목이 쑤셨다. 아무 말도 하지 않고 버텨야 할까. 스칼렛은 여왕을 흘끔 돌아보았다.

"언제부터냐?" 시빌은 벌써부터 조바심이 난 어조로 채근했다.

스칼렛은 마음을 바꿨다. 저들의 심문에 침묵할 필요가 없다는 생각이 들었다. 어차피 자신은 죽을 테니까. 스칼렛은 죽음이 코앞에 다가왔는데도 못 알아챌 만큼 눈치 없는 사람이 아니었다. 이 알현실 바닥에만 해도 핏자국이 있었다. 여왕의 왕좌 맞은편 벽까지 피가 줄줄 흘렀던 얼룩이. 그리고 벽이 있어야 할 곳에 거대한 창문이 활짝 열려 있었고, 그 너머에는 허공뿐이었다.

이 알현실은 꽤 고층이었다. 적어도 3층이나 4층은 될 것이다. 창밖에 뭐가 있는지는 보이지 않았지만, 사람 시체를 밖으로 내던지면 아주 간편하게 처리할 수 있겠다는 생각이 들었다.

시빌이 스칼렛의 턱을 움켜쥐었다. "질문에 대답해라."

스칼렛은 이를 악물었다. 그래, 대답해버리자. 이렇게 대단한 청중들 앞에서 말이라도 해보고 죽어야 하지 않겠는가?

시빌이 턱을 놓아주자, 스칼렛은 여왕에게 눈을 돌리고 입을 열었다. 목소리는 쉬어 있었지만 또렷한 어조로 말을 이어나갔다. "나는 너희 특수첩보원 부대가 지구를 습격한 날 밤에 신더와 합류했다. 그날은 너희가 내 할머니를 죽인 날이기도 하다."

레바나 여왕은 아무 반응도 없었다.

"아마 당신은 내 할머니가 누구인지도 모르겠지. 내가 누군지도."

"그게 이 심문과 관련이 있다고 생각하나?" 시빌은 스칼렛이 심문의 주도권을 빼앗은 데 짜증이 난 듯 다그쳤다.

"아, 그럼. 관련이 매우 깊지."

레바나는 따분한 표정으로 뺨에 손마디를 가져다 댔다.

"할머니의 이름은 미셸 브누아다."

아무 대꾸도 없었다.

"그분은 유럽 군대에서 조종사로 28년간 복무하셨고, 루나로 떠나는 외교사절단의 비행선을 조종한 공로로 표창을 받으셨다."

레바나의 눈이 살짝 가늘어졌다.

"그로부터 몇 년 뒤, 할머니가 루나에서 만났던 한 남자가 그분 집에 찾아와서 아주 흥미로운 것을 가져다주었다. 목숨이 위태로운 어린 소녀를."

레바나의 입꼬리가 일그러졌다.

"할머니는 오랫동안 그 소녀를 숨겨놓고 간호했다. 그리고 그 대가로 목숨을 치러야 했다. 할머니가 돌아가신 그날 밤, 나는 린 신더의 동료가 되기로 했다. 나는 진정한 여왕의 편에 서기로……."

그 순간 스칼렛의 혀가 얼어붙고 입과 목이 딱딱하게 굳었다.

그래도 입술은 움직일 수 있었기에 스칼렛은 회심의 미소를 지었다. 입이 막히기 전에 이만큼이나 많이 말할 수 있어서 기뻤다. 레바나의 눈동자가 분노로 이글이글 타오르는 꼴을 보니 아주 쌤통이었다. 지켜보던 사람들은 자세를 고치며 부스럭거릴 뿐 감히 말을 꺼내지 않았다. 사람들이 당혹스러운 시선을 주고받았다. 시빌 미라는 하얗게 질린 얼굴로 스칼렛과 여왕을 번갈아 보았다.

"나의 여왕이시여, 황공합니다. 포로의 돌발 행동에 사죄드립니다. 심문을 개인적으로 진행할까요?"

"그럴 필요 없네."

레바나는 스칼렛의 망언에 티끌만큼도 개의치 않는다는 듯, 차분하고 노래하는 듯한 목소리로 말했다. 하지만 스칼렛은 그게 가식이라는 걸 잘 알고 있었다. 여왕의 눈에서 번뜩이는 살의를 분명히 보았으니까.

"시빌, 심문은 계속 진행해도 괜찮네. 하지만 오늘 밤 지구로 출발해야 하는데 이 일 때문에 일정이 늦어져선 곤란하겠지. 그러니 포로가 우리의 의문점에 집중할 수 있도록 동기를 부여해주면 좋을 것 같군."

"알겠습니다, 폐하." 시빌이 알현실 문 양옆에 서 있던 경호원들 중 한 명에게 고갯짓을 했다.

잠시 뒤, 경호원들이 수레 하나를 끌고 알현실로 들어왔다. 그걸 본 청중의 얼굴에 기대감이 떠올랐다.

스칼렛은 숨을 헉 들이켰다.

그 수레 위에는 커다란 흑단나무 토막이 있었다. 그 토막 전체에 정교한 조각이 새겨져 있었는데, 초승달을 왕관처럼 머리에 쓰고 긴 옷자락을 휘날리는 남자 앞에 수십 명의 사람들이 엎드려 있는 장면을 묘사한 것이었다. 나무토막 윗면에는 칼날 자국이 무수히 찍혀 있었고, 그 한가운데 은색 손도끼가 박혀 있었다.

경호원 둘이 스칼렛을 수레 위로 끌어올렸다. 스칼렛은 숨을 천천히 내쉬면서 턱을 치켜들고 공포를 억눌렀다.

"말해라. 린 신더는 지금 어디에 있나?" 시빌이 스칼렛의 뒤를 지나가면서 물었다.

스칼렛은 여왕의 눈을 똑바로 쳐다보았다. "몰라."

스칼렛의 손이 멋대로 움직여 도끼 자루를 잡았다. 목이 턱 메어 왔다.

"어디에 있나?"

스칼렛은 이를 갈았다. "나도, 몰라."

스칼렛의 손이 나무에 박힌 도끼를 뽑아냈다.

"긴급 착륙할 장소에 대해 논의한 적이 있을 텐데. 안전하게 숨을 만한 곳을 말해라. 린 신더가 어디로 갔을 것 같나?"

"전혀 아는 바 없다."

스칼렛의 다른 쪽 손이 나무토막을 탕 하고 짚었다. 다섯 손가락이 거무스름한 나무 표면에 쫙 펼쳐졌다. 스칼렛은 여왕에게 고정했던 시선을 떼어내고 자신의 손을 쳐다보며 숨을 헐떡였다.

"그러면 더 쉬운 질문을 해보지." 시빌이 어느새 등 뒤로 다가와 귓가에 속삭였다. "어느 손가락이 가장 덜 소중하지?"

스칼렛은 눈을 질끈 감았다. 진정하자. 이성적으로 생각하자. 겁먹지 말자. "그 일행에서 조종사는 나뿐이었다. 우주선을 조종하는 법을 아는 사람은 아무도 없어. 그들이 지구로 돌아가려고 했다면 추락했을 거야."

시빌의 발소리가 멀어졌다. 그래도 스칼렛의 한 손은 여전히 나무토막 위에 펼쳐져 있었고, 도끼는 여전히 그 위에 떠 있었다.

"내 경호원은 기량이 좋은 조종사고, 나는 그를 멀쩡히 살려둔 채 그 우주선에 버리고 나왔다. 린 신더가 그 경호원을 세뇌해서 조종을 시켰다고 쳐라." 시빌이 스칼렛 앞에 다가와 마주 섰다. "만약 그랬다면, 어디로 착륙했을 것 같나?"

"모른다고 했잖아. 궁금하면 그 경호원에게 물어보든가."

시빌의 얼굴에 서서히 미소가 번졌다. "그러면 가장 작은 손가락부터 시작해보지."

도끼를 잡은 쪽 팔이 뒤로 젖혀졌다. 스칼렛은 움찔하고 고개를 돌렸다. 보지 않으면 피할 수 있기라도 할 것처럼. 무릎에서 힘이 풀리면서 스칼렛은 나무토막에 기대어 풀썩 주저앉았다. 그런데도 두 팔은 끄떡도 없이 그 자리에 남아 있었다. 온몸이 후들후들 떨리는데 그 부분만은 미동도 하지 않았다. 도끼 자루를 잡은 손아귀가 힘을 잔뜩 주고 내리찍을 준비를 했다.

"폐하?"

누군가의 목소리가 끼어들었다. 너무나 조그마한 소리여서 정말로 들린 게 맞는지 긴가민가했다. 실내 전체가 그 음성을 빨아들이는 듯 조용해졌다. 한참 뒤에 레바나 여왕이 내뱉었다.

"뭐냐?"

"제가 저 애를 가져도 될까요?" 어떤 소녀가 미로 속으로 조심스럽게 걸어들어가는 것처럼 느릿느릿 말했다. "귀여운 애완동물로 삼을 수 있을 것 같아요."

귀에 맥동이 쿵쿵 울렸다. 눈을 떠보니 번뜩이는 도끼날이 보였다. 여왕이 성가신 투로 대꾸하는 소리가 들렸다.

"일이 끝나고 나면 가져도 된다."

"하지만 그러면 망가져 있을 거잖아요. 망가진 지구인은 재미가 없단 말이에요."

킥킥거리는 웃음소리가 장내에 퍼졌다. 스칼렛의 이마에 땀 한 방울이 흘러내려 눈으로 들어갔다. 스칼렛은 따가운 눈을 깜빡이며, 누군지 모를 소녀의 경쾌한 목소리에 귀를 기울였다.

"저 애를 상대로 연습하면 좋을 것 같아요. 조종하기 쉬울 테니까요. 저렇게 예쁜 지구인을 가지고 놀면 저도 더 나아지지 않을까요?"

사람들의 웃음소리가 멈췄다.

"아버지라면 분명 허락해주셨을 텐데."

속삭임에 가까울 만큼 작고 가냘픈 그 한마디가 고요한 실내에 총성처럼 메아리쳤다.

스칼렛은 말을 듣지 않는 자신의 두 팔을 움직여보려고 안간힘을 썼다. 호흡이 엉망으로 흐트러졌다. 한편 여왕은 귀찮은 아이를 떨쳐내듯이 매몰차게 말했다.

"가지게 해준다고 말했잖니. 하지만 너는 중요한 점을 이해하지 못하는 것 같구나. 여왕이 자신을 모욕한 사람에게 벌을 내릴 때는, 멈추지 않고 끝까지 벌을 줘야 하는 거야. 안 그러면 나라가 무질서해진단다. 너는 무질서한 나라가 좋으니, 공주야?"

스칼렛은 공포와 욕지기에 사로잡힌 채 힘겹게 고개를 들었다. 여왕은 자기 옆에 앉은 누군가를 보고 있었는데, 시야가 너무 흐릿해서 얼굴은 잘 보이지 않았다. 하지만 목소리는 들렸다. 공주라고 불린 그 소녀의 사랑스러운 목소리가 스칼렛의 귀에 꽂혔다.

"아뇨, 폐하."

"옳지." 레바나가 시빌을 돌아보고 고개를 끄덕였다.

스칼렛이 마음의 준비를 할 새도 없이 도끼가 떨어졌다.

4부

라푼젤은 왕자를 보았습니다.
그의 위에 쓰러져 울기 시작했지요.
그러자 라푼젤의 눈물이 왕자의 눈에 떨어졌답니다.

43장

크레스는 실험대 옆에 서서 포트스크린을 들고 있었다. 그동안 얼랜드 박사는 이상한 의료도구를 카스웰의 눈동자에 들이대고 가느다란 빛을 쏘았다. 얼랜드가 끙 하는 신음을 흘리더니 머리를 까딱거렸다.

"흐으음."

얼랜드가 손에 든 도구의 버튼을 눌러 설정을 바꿨다. 그러자 아래쪽에서 녹색 불빛이 나왔다. 그는 또 "흠, 흠" 하는 소리를 내며 카스웰의 반대쪽 눈에 빛을 비쳤다. 크레스도 카스웰의 눈을 들여다보았지만 얼랜드가 뭘 보고 그런 반응을 보이는 건지 알 수 없었다.

도구에서 짤깍 하는 소리가 몇 번 났다. 그러자 얼랜드는 크레스의 손에서 포트스크린을 가져가 화면을 살펴보더니, 고개를 끄덕이

고 다시 돌려주었다. 진단 결과가 포트스크린으로 전송되고 있었
다.

"흐으음, 흐으으음."

"흐으음은 그만하고 내 눈이 어떻게 된 건지 말해주면 안 돼요?"
카스웰이 말했다.

"기다려요. 시신경은 섬세해서 자칫 진단을 잘못 내렸다간 끔찍
한 결과가 발생할 수 있소."

카스웰은 팔짱을 꼈다. 얼랜드가 도구의 설정을 또 바꿔서 카스
웰의 눈을 마지막으로 스캔했다.

"그렇군. 머리 외상에 따른 심각한 시신경 훼손. 내가 추측하기로
는, 추락 과정에서 머리를 부딪혔을 때 내출혈이 일어나 시신경에
갑작스러운 압력이 발생해……."

카스웰이 손을 휘휘 내저으며 얼굴에 들이밀어진 의료도구를 뿌
리쳤다. "그래서, 고칠 수 있는 겁니까?"

얼랜드는 의무실 한쪽 벽에 붙은 작업대에 도구를 탁 내려놓았
다. 숨을 씨근거리는 걸 보니 자존심이 상한 눈치였다. "당연하죠.
우선은 당신의 골반뼈 중 장골 부분에서 골수를 추출해야 하오. 거
기서 추출한 조혈줄기세포로 용액을 제조해 시신경계에 외부적으
로 주입할 거요. 시간이 흐르면 줄기세포가 손상된 망막 신경절 세
포를 대체하고 세포의 다리를 형성해, 단절된……."

"랄 랄 랄 라!" 카스웰이 귀를 틀어막고 노래를 흥얼거렸다. "네,
네, 알았어요. 다시는 그 단어 말하지 마세요."

얼랜드가 눈썹을 치켜올렸다. "어느 단어? 줄기세포? 신경절?"

카스웰은 얼굴을 찌푸렸다. "후자요. 우웩."

"손 씨, 비위가 약하시오?"

"눈알 같은 건 생각만 해도 징그럽잖아요. 골반뼈를 가지고 수술 하는 것도 마찬가지고. 수술하는 동안 나 마취시켜줄 수 있죠?"

카스웰이 실험대에 드러누웠다. "빨리 해주세요."

"국부 마취로도 충분할 거요. 마침 골수 추출에 필요한 도구도 갖고 있으니, 거기까지는 오늘 할 수도 있소. 하지만 골수에서 줄기세 포를 분리하고 치료제를 만들 도구는 지금 없어요."

카스웰이 천천히 일어나 앉았다. "그래서…… 못 고친다고요?"

"적절한 수술 도구가 있어야 하오."

카스웰은 턱을 긁적거렸다. "그렇군요. 그럼 줄기세포니 치료제 니 하는 건 건너뛰고, 그냥 내 눈알을 사이보그 인조 안구로 교체 하면 안 될까요? 안 그래도 나한테 엑스레이 시야가 있으면 얼마나 편할까 생각했거든요. 흠, 그거 생각하면 할수록 괜찮은데요."

얼랜드가 안경알 너머로 카스웰을 훑어보았다. "흐으음, 그렇죠. 그 수술이 훨씬 간편하겠군요."

"정말요?"

"아뇨."

카스웰의 입이 일그러졌다.

크레스가 말했다. "적어도 뭐가 문제인지는 알았잖아요. 치료 가 능하다는 것도요. 어떻게든 해결할 수 있을 거예요."

얼랜드가 크레스를 흘끔 보더니, 몸을 돌려 의무실의 캐비닛 쪽 으로 걸어갔다. 그리고 호텔에서 가져온 자신의 도구들을 그 안에 정리해 넣었다.

얼랜드는 직업적인 호기심을 제외하고는 감정을 잘 드러내지 않는 편이었다. 하지만 크레스는 그가 카스웰을 별로 좋아하지 않는 것 같다는 인상을 받았다.

반면 얼랜드가 크레스에게 어떤 감정을 품고 있는지는 알쏭달쏭했다. 호텔을 떠난 뒤 얼랜드는 크레스와 눈도 한 번 제대로 마주치지 않았다. 아마도 루나인 껍데기 인신매매 사건에 대해 창피해하는 것 같았다. 당연히 창피해할 만한 일이었다. 아무리 같은 편이 되었더라도, 크레스는 그가 수많은 사람을 가축 경매하듯 사들여 이용했다는 사실을 도저히 용서할 수 없었다. 물론 가축 경매라는 걸 직접 본 적은 없었지만.

솔직히 크레스는 신더 일행의 대다수가 불편했다. 울프만 해도 그랬다. 울프가 욱하면 얼마나 포악해지는지 똑똑히 보았으니까. 더군다나 늑대 변종이 어떤 능력을 갖고 있는지 잘 알고 있었기에, 그 초록색 눈을 마주칠 때마다 목덜미의 털이 쭈뼛 솟곤 했다. 그래서 울프와는 최대한 거리를 두었다.

아프리카를 떠난 후 울프는 말을 한마디도 하지 않았다. 램피언을 레이더에 감지되지 않도록 조작하기 전에는 우주에 이대로 남아 있으면 위험하다는 문제로 일행 모두가 모여 토론을 할 때도, 울프는 조종실 구석에 혼자 웅크려 앉아 텅 빈 눈으로 조종석만 쳐다보고 있었다.

작전을 짜는 동안 신베이징 근처에 착륙하는 게 어떠냐고 신더가 제안했을 때도, 울프는 주방에서 토마토 통조림을 들고 서성거릴 뿐이었다.

동방연방 북부의 시베리아 지역에 있는 황무지에 착륙하는 것으로 마침내 결정을 내렸을 때, 울프는 승무원실들 중 한 방에 틀어박혀 있었다. 2층 침대의 1층 자리에 모로 누워 베개에 얼굴을 파묻고 있는 그를 보고 크레스는 당연히 울프의 침대겠거니 생각했는데, 카스웰이 그건 스칼렛의 침대라고 넌지시 알려주었다.

물론 안쓰럽기는 했다. 울프가 스칼렛을 잃어서 깊은 절망에 빠졌다는 건 누가 봐도 알 수 있었다. 하지만 크레스는 연민보다도 두려움이 앞섰다. 울프는 언제 터질지 모르는 시한폭탄 같았다.

그리고 한때 시빌의 경호원이었던 제이신 클레이가 있었다. 제이신은 거의 항상 고고한 태도로 침묵을 지켰고, 입을 열었다 하면 무례하거나 까칠한 말만 튀어나왔다. 게다가 크레스는 제이신이 수년 동안 시빌과 함께 인공위성을 오고 간 장본인이라는 사실을 떠올리지 않을 수 없었다. 지금은 같은 편이 되었다지만, 제이신은 그토록 오랜 세월 크레스가 갇혀 있다는 걸 뻔히 알면서도 도와주지 않은 사람이었다.

그리고 문제의 그 시종 안드로이드. "주인님, 이거 할까요?", "주인님, 저거 할까요?", "주인님, 발을 씻겨드리고 마사지 해드릴까요?"

"함장!"

별안간 들려온 여자 목소리에 크레스는 신경을 확 곤두세웠다. 시종 안드로이드가 푸른 머리카락을 휘날리며 의무실에 달려들어오더니 카스웰을 와락 껴안았다. 그 기세에 카스웰은 실험대에서 굴러떨어질 뻔했다.

"이게 뭐하는……."

"엄청 맘에 들어! 진짜 좋아! 이렇게 좋은 선물은 난생 처음이야! 당신은 은하 전체에서 최고의 함장이야. 고마워, 고마워, 고마워!"

안드로이드가 재잘거리더니 카스웰의 얼굴에 키스를 퍼부었다. 카스웰이 뒤로 물러나려고 버둥거리는데도 아랑곳하지 않았다. 크레스는 포트스크린을 꽉 거머쥐면서 팔을 부들부들 떨었다.

"이코, 카스웰 숨 막히잖아." 신더가 문간에 서서 말했다.

"앗, 미안!"

안드로이드는 카스웰의 두 뺨을 부여잡고 또 한 번 입술에 뽀뽀를 하고서야 놓아주었다. 크레스는 이를 너무 갈아서 턱이 쑤셨다.

"이코?" 카스웰이 말했다.

"그래, 인간형 몸이 된 이코야! 나 어때?" 안드로이드가 카스웰 앞에서 포즈를 취하더니, 깔깔 웃음을 터뜨렸다. "아, 참! 그랬지…… 음, 나는 지금 무지막지하게 예쁘다고 생각하면 돼. 게다가 이 회사 카탈로그를 확인해보니 업그레이드할 수 있는 눈 색깔이 40가지나 있더라. 나는 금색이 마음에 들던데, 일단 좀 더 생각해보려고. 유행은 워낙 금방 바뀌잖아."

카스웰이 자세를 편안하게 풀면서 미소를 지었다. "마음에 든다니 다행이네. 하지만 네가 여기 있으면 우주선은 누가 관리해?"

신더가 설명했다. "둘의 인격 칩을 맞바꿔놓았어. 달라는 자기가 우주선에 들어가도 상관없대. 뭐라더라, '주인님이 기뻐하시는 일이라면 뭐든지'라나?" 신더는 구역질하는 시늉을 했다.

"그리고 프로그래밍에도 살짝 손을 댔어. 이제 달라는 불법 행위에 별로 연연하지 않을 거야."

카스웰이 말했다. "내게 딱 맞는 우주선이 됐겠군. 달라, 듣고 있어?"

"명령만 내려주십시오, 손 함장님."

천장의 스피커에서 새로운 음성이 흘러나왔다. 이코의 야단스러운 목소리에 비해 이상할 만큼 인공적인 음성이었다.

"함장님의 새로운 자동제어 시스템으로 일하게 되어 기쁩니다. 승무원들의 안전과 편안한 여행을 위해 최선을 다하겠습니다."

카스웰이 활짝 웃었다. "아아, 마음에 들어."

신더가 문 쪽을 고갯짓하며 말했다. "검사 끝나면 곧바로 화물칸으로 와. 토론할 게 산더미니까."

*

램피언의 승무원 전원이 화물칸에 모였다. 이코는 바닥에 책상다리를 하고 앉아 자기 발가락을 내려다보며 넋을 잃고 있었다. 얼랜드 박사는 의무실에서 가져온 바퀴 달린 의자에 앉아 있었다. 나이가 있는 데다 키도 작아서 화물상자 위에 올라가 앉기는 힘든 모양이었다. 한편 울프는 퀭한 눈으로 조종석 문에 기대 서서 어깨를 구부리고 두 손을 주머니에 꽂고 있었다. 울프 맞은편 벽 앞에는 제이신이 있었다. 승무원 구역과 주방으로 이어지는 통로 옆에서 몸을 옆으로 비스듬히 돌리고 서 있는 걸 보니, 신더에게 오롯이 관심을 주기가 아깝기라도 한 것 같았다.

크레스는 카스웰을 이끌고 가장 큼지막한 화물상자 위에 앉았다. 자신이 울프와 가능한 한 떨어져 있으려고 한다는 게 너무 티가 나지는 않기를 바랐다.

신더가 헛기침을 하고, 벽에 박힌 커다란 넷스크린을 등지고 서서 사람들을 마주보았다. "결혼식이 나흘 남았어. 레바나가 동방연방의 황후가 되도록 내버려두면 안 된다는 데에는 우리 모두가 동의했다고 생각해. 일단 책봉식을 통해 황후라는 지위가 법적으로 주어지고 나면 그걸 무효화 하기는 힘들어. 그리고 레바나가 그런 권력을 가지면…… 음, 뭐. 말하지 않아도 알겠지?"

신더가 부츠 굽으로 바닥을 직직 긁었다. "예전에 우리가 세웠던 계획은, 결혼식에 침입해서 공개적으로 레바나를 퇴위시키자는 거였어. 하지만 얼랜드 박사님의 말을 들으니 그건 소용 없을 것 같더라고. 그러면 레바나는 황후가 되진 못하겠지만, 루나의 백성들에게 여왕으로 인정받는 한 언제라도 지구를 괴롭힐 수 있을 테니까. 그러니 레바나를 완전히 몰아낼 유일한 방법은 우리가 루나로 가서 시민들을 설득하는 것밖에 없다고 봐. 레바나에게 맞서 반역을 일으키도록……. 그리고 새로운 왕을 세우도록."

신더가 머뭇거리면서 제이신을 흘끔 보더니 다시 말을 이었다. "그리고 그렇게 하려면…… 루나로 잠입할 방법이 필요하겠지."

카스웰이 지팡이로 화물상자를 두드리면서 입을 열었다. "그래, 신비주의 아가씨. 그래서 작전이 뭔데?"

신더가 턱을 치켜세웠다. "우선은 신랑을 납치해야 해."

카스웰이 지팡이를 두들기던 걸 뚝 멈췄다. 실내가 조용해졌다. 크레스는 입을 꾹 다물고 사람들을 훑어보았다. 모두가 당황한 표정이었다.

이코가 손을 번쩍 들었다.

"응, 이코."

"최고의 아이디어야. 나도 끼워줘."

사람들의 긴장이 조금 풀어졌고, 신더는 키득키득 웃었다.

"다른 사람들도 그렇게 생각해줬으면 좋겠네. 모두의 도움이 절실히 필요하거든. 결혼식 초대장, 의상 등등 물건도 필요하지만……." 신더의 눈이 잠깐 멍해지더니, 머리를 휘휘 흔들고 정신을 차렸다. "하지만 지금 당장 가장 큰 문제는, 황궁에 침입했을 때 카이토의 위치를 파악할 방법이야. 카이토의 ID를 어떻게 추적해야 하는지 도저히 알아낼 수 없더라고. 황실 경호원들이 스토커나 암살자에게서 황제를 보호하려고 철통보안을 하고 있나 봐."

크레스가 몸을 앞으로 기울였다. "탄 카오루의 번호는?"

사람들이 일제히 크레스를 주목하자 크레스는 움츠러들었다.

"그게 뭐지?" 신더가 물었다.

"그건…… 음, 카이토 황제의 추적 번호야. 0089175004. 네트워크 프로필상으로는 탄 카오루라는 이름의 황궁 경호원으로 되어 있지만 그건 속임수야. 실은 황실 보안팀에서 황제를 추적하는 데 쓰는 비밀 ID지. 나는 그걸로 황제의 위치를 숱하게 파악했었어."

"정말? 그걸 대체 어떻게 알았어?"

크레스는 얼굴이 화끈 달아오른 채 입을 열었다가 다시 다물었다. 설명하자면 길고 지루한 이야기가 될 터였다.

신더가 관자놀이를 문질렀다. "뭐, 상관없어. 확실하긴 한 거지?"

"확실해."

"그래……. 잘 됐네. 번호가 008…… 음……. 이코, 외워놨어?"

"응."

"고마워, 크레스."

크레스는 한숨을 쉬었다. 신더가 손을 맞비비며 화제를 돌렸다.

"그래서 내가 짠 계획을 이제부터 알려줄게. 크레스, 너는 황궁 보안 시스템을 먹통으로 만드는 역할이야. 울프, 너는 크레스를 엄호해."

크레스는 고개를 치켜들었다가 울프와 시선이 마주치자 카스웰에게 꼭 달라붙었다. 신더와 카스웰은 울프를 신뢰하는 모양이지만, 그에 대해 대체 뭘 얼마나 안다고 그러는 걸까? 울프는 호텔에서 신더를 목 졸라 죽이려 했고, 늑대처럼 울부짖기도 했고, 애초에 사람들을 잔인하게 살육하려는 목적으로 창조된 존재인데.

그러나 크레스의 공포를 눈치챈 사람은 아무도 없는 듯했다. 아니면 알고도 모른 척하는 것이거나.

"그동안 이코랑 내가 카이토를 추적해서 데려올 거야. 황궁 옥상에서 다섯이 합류하면 제이신이 우리를 우주선에 태우고, 사람들이 눈치채기 전에 도망치는 거지. 일단 전체적인 계획은 이래." 신더가 머리카락을 귀 뒤로 넘기면서 말을 이었다. "그런데 중요한 문제가 하나 더 있어. 나는 손님이나 스태프로 위장할 수 없어. 얼굴이 너무 잘 알려져 있으니까. 그런데 어떻게 잠입하지?"

"나 혼자 갈까?"

이코가 묻자 신더는 고개를 저었다.

"카이토는 너를 모르잖아. 카이토의 신뢰를 얻으려면…… 내가 직접 만나야 한다고 봐."

제이신이 피식 비웃음을 흘렸다. 회의가 시작된 이래 제이신이 처음으로 낸 소리였다. 신더는 못 들은 척 무시했다.

사람들이 이런저런 제안을 꺼냈다. 취재 기자로 위장하는 건 어떠냐, 담을 넘어가는 건 어떠냐, 거대한 꽃다발에 숨어서 들어가는 건 어떠냐…….

그동안 내내 입술을 깨물고 있던 크레스는 결국 얼굴이 새빨개진 채 입을 열었다. "제 생각은……."

모두가 자신에게 주의를 돌리자 크레스는 말꼬리를 흐렸다. "음……."

"뭔데?" 신더가 물었다.

"그…… 비상 터널을 이용하는 건 어때?"

"비상 터널?"

크레스는 머리카락을 잡아당겼다. 비비 꼬고 매듭을 지으면서 초조함을 가라앉히고 싶었지만 이제 머리가 너무 짧아서 그럴 수 없었다. 가볍고 휑한 머리를 만지작거리면서 모두의 주목을 한 몸에 받고 있으니 팔에 소름이 돋았다.

"황궁 지하에 있는 터널이에요. 전쟁 이후 동방연방에서 궁궐을 지을 때, 지하에 터널을 뚫어서 여러 방공호와 은신처로 이어지게 해놓았어요. 침공에 대비하려고요."

신더가 넷스크린을 돌아보았다. "내가 본 황궁 내부 지도들에는 그런 터널은 안 나와 있던데."

"외부에 공개되면 안전하지 않으니까."

"그런데 너는 어떻게……." 신더가 멈칫하고는 말을 돌렸다. "알았어. 지금도 그 터널이 있는 거 확실해?"

"응, 확실해."

"그게 어디어디로 이어지는지는 기억 안 나겠지?"

"기억하는데."

크레스는 땀에 젖은 손바닥을 옆구리에 문질렀다. 신더는 비로소 조금 안심하는 기색이었다.

"굉장하네. 좋아. 그럼 구체적인 사항으로 들어가기 전에 질문 있으……."

"루나에는 언제 갑니까?"

울프가 입을 열어 그렇게 물었다. 너무 오래 말을 안 해서 목소리가 잔뜩 가라앉아 있었다. 크레스는 시뻘겋게 충혈된 울프의 눈을 보며 침을 꿀꺽 삼켰다. 당장이라도 사람들의 몸뚱이를 갈가리 찢어버릴 수도 있을 것 같았다.

그러다 울프의 질문이 뜻하는 바가 무엇인지 뒤늦게 이해가 되었다. 다른 사람들은 진작 알아차렸을 것이다. 스칼렛. 울프는 스칼렛을 구하러 가기까지 얼마나 기다려야 하는지 묻고 있는 것이다.

신더가 미안한 어조로 조용히 대답했다. "적어도 2주. 늦으면 3주……."

울프가 이를 악물고 고개를 돌리더니, 우두커니 그 자리에 서서 미동도 하지 않았다.

카스웰이 한 손가락을 들어올렸다. 신더가 엄격한 태도로 그쪽을 돌아보았다.

"응, 카스웰."

"신베이징 황궁에 의학 연구소 있지 않아? 거기에 실명한 눈 고쳐주는 마법 기계 같은 것도 있지 않을까?"

신더가 눈을 가늘게 떴다. "너는 같이 못 가. 너무 위험해. 방해 될 거야."

카스웰은 전혀 동요하지 않고 빙긋 웃었다. "신더, 생각해봐. 크레스가 보안 시스템을 손보는 동안, 황궁 경호원들은 모조리 두 곳으로 몰릴 거 아냐. 한 팀은 중앙제어본부에 가서 문제가 뭔지 파악하려 할 테고, 한 팀은 귀중한 황제님이 안전하신지 확인하러 가겠지. 하지만 황궁의 다른 곳에서 그것보다 더더욱 엄청난 소란이 일어난다면?"

카스웰이 턱을 괴었다. "너희들이 있는 곳에서 아주 먼 데서 소동이 일어난다면 말이야. 예컨대 의학 연구소에서."

크레스는 두 손을 깍지 끼고서 카스웰과 신더를 번갈아 보았다. 카스웰이 어떤 소란을 벌일 속셈일지 궁금해졌다. 신더는 갈팡질팡하는 표정으로 입을 열더니 다시 다물었다. 카스웰의 아이디어가 썩 마음에 들지 않는 눈치였다.

"저도 질문이 있습니다."

크레스는 흠칫하고 뒤를 돌아보았다. 제이신이 따분해 죽겠다는 얼굴로 벽에 팔꿈치를 짚고서 머리를 괴고 있었다. 선 채로 잠들려 하는 것 같은 자세였지만, 신더를 쳐다보는 푸른 눈은 날카로웠다.

"만약 이 작전에 성공한다고 칩시다. 그렇다고 정말로 성공할 거라고 생각하는 건 아닙니다만."

신더가 팔짱을 꼈다.

"여러분이 벌인 짓을 레바나가 알면 가만히 앉아서 기다려주진 않을 거예요. 그건 알고 있겠죠? 휴전이 끝날 거란 말입니다."

신더는 모여 앉은 사람들을 한 명씩 차례대로 보더니, 묵직한 목소리로 말했다. "그래. 우리가 성공한다면 전쟁이 시작될 거야."

C
R
E
S
S

44장

결혼식 날 아침이 되었다. 신더는 온갖 생각으로 머리가 터질 것 같고 신경이 타들어가는 듯했지만, 마음 한구석은 기이할 만큼 차분했다. 오늘 해가 지기 전에 이 작전의 결과를 알 수 있을 것이다. 그들이 성공할지, 아니면 레바나의 죄수가 될지.

또는 죽게 될지.

신더는 그 마지막 가능성을 머릿속에서 떨쳐냈다. 그리고 샤워를 하고, 옷을 입고, 딱딱한 크래커와 아몬드버터로 간단히 아침을 때웠다. 속이 울렁거려서 그 정도밖에 먹을 수 없었다.

시베리아의 얼어붙은 툰드라 위로 해가 떠올랐을 때, 그들은 램피언에 남은 캡슐 비행선 한 척을 타고 이륙하고 있었다. 다섯 명이 정원인 비행선에 일곱 명이 끼어 탔으니 매우 불편했지만 불평하는 사람은 아무도 없었다. 그 으리으리한 램피언을 타고 갈 수는 없으니까. 이 캡슐 비행선 정도라면, 신베이징에 북적거리는 외국 비행선들 틈에 눈에 띄지 않고 섞여들 수 있을 터였다.

신베이징으로 향하는 40분의 저공비행이 그렇게 시작되었다. 다닥다닥 붙어 앉은 일행은 고통을 참으면서 말을 아꼈다. 이따금씩 이코와 카스웰이 수다를 떨 뿐이었다. 한편 신더는 결혼식 중계 뉴스와 파라프라에서 일어난 폭동에 대한 뉴스를 번갈아 확인하면서 시간을 보냈다.

파라프라 주민들은 현장에 추가 병력이 도착하자마자 저항을 포기한 모양이었다. 동방연방 군대와 아프리카 정부는 시민 수백 명을 연행하는 대신 아예 그 마을 전체에 계엄령을 내리고 철저한 심문에 착수했다. 주민들은 린 신더, 드미트리 얼랜드, 카스웰 손을 도와준 혐의로 반역자로 간주되지만, 범인들에 대한 정보를 제공하는 자에게는 정부에서 기꺼이 선처를 베풀 예정이라고 했다.

그러나 지금까지 파라프라 주민들 중 단 한 명도 수사에 협조하지 않았다.

신더는 그중에 있는 루나인들이 여느 지구인들과 동일한 절차를 거칠지, 아니면 차후에 루나로 송환되어 진짜 재판은 그곳에서 받게 될지 궁금했다. 아직 언론에는 그들이 루나인이라는 언급은 없었다. 정부에서 그 사실을 숨기고 있는 것 같았다. 루나인들이 지구 사회에 그토록 쉽게 섞여 살아왔다는 것이 대중에게 밝혀지면 전 세계가 집단적인 공황에 빠질 테니까. 신더 자신만 해도 한때는 지구에 루나인이란 없다고 철석같이 믿었고, 얼랜드 박사에게 사실을 들었을 때 어마어마한 충격에 빠졌었다. 이제 와 돌이켜보면 그때

471

의 자신은 참 순진했구나 싶었다.

비행선 창밖으로 신베이징의 경관이 나타났다. 신더는 뉴스를 껐다. 도시 한가운데 늘어선 웅장하고 근사한 건물들이 보였다. 마치 크롬과 유리로 된 가느다란 조각품들이 하늘로 뻗어오르는 것 같았다. 불현듯 향수로 가슴이 저려왔다. 그동안 너무 바빠서 떠올릴 겨를도 없었던 그리움이 이제야 솟구치고 있었다.

아침 햇살 속에서 높다란 절벽 위에 위풍당당하게 서 있는 황궁의 모습이 보였다. 하지만 그들이 탄 비행선은 궁궐에서 멀어지고 있었다. 제이신은 신더의 지시에 따라 시내 쪽으로 비행선을 몰았고, 마침내 공중을 북적이는 호버들 사이에 섞여들었다. 다행히도 캡슐 비행선들 역시 많았다.

가장 먼저 들를 곳은 피닉스타워 아파트였다. 비행선은 아파트 단지에서 두 블록 거리에 멈춰섰다. 신더는 심호흡을 하고 비행선에서 내렸다. 지난 몇 주 동안 가을이 훌쩍 다가와 날씨가 쾌청하면서도 따뜻했다. 지난번에 신더가 이 도시를 떠날 때는 후텁지근했는데, 이제는 약간 덥다 싶은 정도였다.

"10분 뒤에도 내가 약속 장소에 오지 않으면, 근처를 적당히 몇 바퀴 돌다가 와."

제이신은 신더를 보지도 않고 고개를 끄덕였다. 이코가 당부의 말을 덧붙였다.

"기회 있을 때 나 대신 아드리 아줌마 엉덩이를 뻥 걷어차줘. 사이보그 쪽 발로!"

신더는 킥킥 어색한 웃음을 흘렸다.

일행이 떠나고, 신더는 천 번도 넘게 걸었던 그 길에 홀로 남았다. 외모는 이미 마법으로 꾸며둔 상태였기에 누가 자신을 알아볼 위험은 없었다. 하지만 옛 집으로 가려니 정신을 집중하기가 힘들어서, 결국 고개를 숙이고 바닥만 내려다보게 되었다.

몇 주 동안 동료들에게 둘러싸여 있다가 갑자기 혼자가 되니 기분이 이상하긴 했지만, 지금 옆에 아무도 없다는 사실이 오히려 다행스러웠다. 이 아파트에 살던 과거의 자신과 현재의 자신을 철저히 분리하고 싶었다. 새 친구들이 자신의 옛 가족을 만난다는 생각만 해도 진저리가 났다.

아파트 정문으로 다가가자 벌써부터 등에 땀이 나서 셔츠가 들러붙었다. 신더는 잠시 기다리다가, 다른 거주자가 와서 ID 센서에 인증하고 문을 열었을 때 그 뒤를 따라 들어갔다. 작은 로비를 지나자 해묵은 공포가 되살아났다. 한때는 지극히 당연하고 일상적인 감정이었다. 하지만 지금 신더에게는 명확한 목표의식이 있었다. 신더는 이제 더 이상 시키는 대로 일하고 양어머니의 눈길을 피해 지하 작업실로 숨곤 하던 그 사이보그 고아가 아니었다.

신더는 자유였다. 자신의 삶을 스스로 결정하고 주도하고 있다. 이제는 아드리의 소유물이 아니다.

이 엘리베이터를 타면서 고개를 꼿꼿이 드는 건 생전 처음인 것 같았다. 엘리베이터 문이 열리고, 신더는 복도를 걸어가 1820호 앞에 멈춰섰다. 그리고 어깨를 똑바로 펴고서 문을 두드렸다.

집 안에서 발소리가 들렸다. 신더는 마법에 집중했다. 그녀는 지난번 카이토의 기자회견에서 보았던 한 정부 관료의 외모를 따라하고 있었다. 검은 머리가 군데군데 희끗하게 바래고, 넓은 얼굴에 비해 코가 지나치게 작고, 몸이 약간 통통한 중년 남자의 모습을. 청

회색 정장과 다갈색 구두까지도 완벽하게 신경 써서 변신했다.

현관문이 열리면서 실내에 고여 있던 후끈한 공기가 밀려나왔다. 아드리가 목욕 가운 차림으로 문간에 서 있었다. 아드리는 집에 있을 때면 늘 목욕 가운을 입곤 했는데, 저 가운은 신더가 처음 보는 것이었다. 머리는 뒤로 묶여 있었고 화장을 하지 않은 맨얼굴이 땀으로 반질거렸다.

옛 양어머니의 시선 앞에 서면 몸이 움츠러들 줄 알았는데, 전혀 그렇지 않았다. 오히려 초연하고 냉담한 기분이었다. 저 여자는 그저 황실 결혼식의 초대장을 갖고 있는 사람일 뿐이다. 작전을 수행하기 위해 해결해야 할 과제 중 하나일 뿐이다.

"누구시죠?"

아드리가 신더를 미심쩍게 올려다보았다. 황실 공무원으로 위장한 신더는 허리를 숙여 인사했다.

"안녕하세요, 린 아드리 씨 계십니까?"

"제가 린 아드리인데요."

"만나뵈어 반갑습니다. 이렇게 이른 시각에 찾아와서 죄송합니다." 신더는 미리 연습해둔 말을 쏟아냈다. "저는 황실 결혼식 준비위원회에서 나왔습니다. 카이토 황제 폐하와 레바나 여왕 폐하의 혼인 예식에 부인께서 따님과 함께 초대를 받을 예정이셨지요. 고귀한 시민이신 두 분께 오늘 밤 예식의 초대장을 직접 전해드릴 수 있어 영광입니다."

신더는 종이 두 장을 내밀었다. 실은 냅킨이었지만 아드리의 눈에는 고급스러운 종이봉투로 보일 터였다. 그렇게 보이기만을 바랐다. 신더는 생명이 없는 물체를 대상으로 마법을 걸어본 경험이 없었다. 딱 한 번, 자신의 인조 손을 사람 손처럼 보이게 바꿔본 적은 있었지만.

아드리는 냅킨을 보며 얼굴을 찌푸리더니 재빨리 참을성 있는 미소를 지었다. 신더가 황궁에서 나온 사람이라고 완전히 믿는 눈치였다. "뭔가 착오가 있었나 보네요. 저희는 지난주에 초대장을 받았답니다."

신더는 짐짓 놀란 표정을 짓고 냅킨을 든 손을 내렸다. "이상하군요. 제가 그 초대장을 봐도 괜찮을까요? 어떤 문제가 생긴 건지 확인해봐야 할 것 같습니다."

아드리는 미소를 딱딱하게 굳혔지만, 군말 없이 신더를 안으로 들였다. "물론이지요. 들어오세요. 차라도 좀 드시겠어요?"

"아뇨, 괜찮습니다. 감사합니다. 부인의 시간을 오래 빼앗지 않고 이 문제만 빨리 해결하고 돌아가겠습니다."

신더는 아드리를 따라 거실로 들어갔다. 아드리가 작은 탁자에 있던 선풍기를 집어들어서 스위치를 켰다.

"어휴, 집이 너무 덥지요? 공기 관리 시스템이 일주일째 고장이라서요. 이 아파트 정비 서비스는 아무 쓸모가 없어요. 예전에는 우리 남편이 데려온 사이보그 하인이 이런 걸 고쳐주곤 했는데……. 음, 아무튼 이젠 없어요. 잘됐죠."

신더는 '하인'이라는 표현에 발끈했지만 내색하지 않았다. 실내를 둘러보니 달라진 점은 별로 없었다. 홀로그램 벽난로 선반에 장식된 물건들만 바뀌어 있었다. 예전에 가장 눈에 띄는 위치에 놓여 있었던 린 가란의 상패나 펄과 피어니의 디지털 사진 등은 구석으로 밀려나고, 아름다운 도자기가 선반 한가운데를 차지하고 있었다. 조각이 새겨진 마호가니 밑바닥에 놓인 그 도자기에는 분홍색과 흰색의 작약(작약은 영어로 피어니peony이다_역주)들이 그려져 있었다.

신더는 숨을 들이쉬었다. 저건 장식품이 아니다. 유골 단지였다. 화장하고 남은 뼛가루를 담은 단지.

입안이 바싹 말랐다. 아드리가 거실을 서성거리는 소리가 들렸지만 신더는 오로지 유골 단지와 그 안에 들어 있을 물건, 아니, 사람에만 온통 주의가 쏠렸다. 발이 저절로 그쪽으로 움직였다. 피어니의 장례식이 그사이 끝난 것이다. 아드리와 펄은 펑펑 울면서 피어니의 반 학생들, 아파트 이웃들, 잘 알지도 못하는 먼 친척들까지 몽땅 초대했을 것이다. 그 친척들은 마지못해 조문장과 꽃을 보내면서 귀찮다고 투덜거렸겠지만.

그런 자리에 정작 신더는 참석하지 못한 것이다.

"제 딸이에요."

아드리의 말에 신더는 흠칫 물러났다. 어느새 자기도 모르게 유골 단지에 손을 뻗어 꽃 문양을 어루만지고 있었다.

"최근에 레투모시스로 세상을 떠났어요. 겨우 열넷이었는데."

묻지도 않은 말을 하는 아드리의 목소리에서 깊은 슬픔이 배어났다. 피어니에 대한 슬픔은 신더와 아드리가 공유하는 유일한 공통점일 것이다.

"유감입니다."

주의가 산만해졌는데도 마법을 유지해낸 자신의 재능에 감사할 따름이었다. 신더는 다시 정신을 집중하면서 울음을 참았다. 물론 울고 싶어도 울 수 없었다. 신체 구조상 눈물이 나오지 않으니까. 하지만 눈이 눈물을 짜내려고 한바탕 난리를 치고 나면 몇 시간 동안 두통에 시달리곤 했다. 지금은 슬퍼할 때가 아니다. 결혼식을 막는 데에 집중해야 한다.

"자식이 있으신가요?" 아드리가 물었다.

"음…… 아뇨." 신더는 자신이 흉내내고 있는 공무원에게 자식이 있는지 없는지 전혀 몰랐다.

"저는 딸이 하나 더 있어요. 열일곱 살이지요. 얼마 전까지만 해도 저는 착하고 부유한 사윗감을 찾아서 그 애를 시집보낼 궁리만 했어요. 딸 키우는 데 돈이 오죽 많이 들어야죠. 엄마란 딸에게 뭐든 해주고 싶어 하는 법이고요. 그런데 이제는…… 큰애도 나를 떠난다고 생각하면 견딜 수가 없네요." 아드리는 한숨을 쉬고 유골 단지에서 눈을 돌렸다. "이럴 때가 아니죠, 참. 많이 바쁘실 텐데. 지난번에 제가 받은 초대장은 이거예요."

신더는 화제가 바뀐 것에 내심 기뻐하며 초대장을 건네받고 유심히 살펴보았다. 그리고 진짜 초대장 봉투의 생김새를 참고로 냅킨에 걸어둔 마법을 고쳐놓았다. 조금 더 빳빳한 종이에 색깔은 아이보리색에 가깝고, 한 면에는 금색의 유려한 문자가 돋을새김 되어 있고, 다른 면에는 제2시대의 한자로 장식된 봉투로 보이도록.

"이상하군요." 신더는 봉투를 열어서 초대장을 꺼냈다. 그리고 당황하는 척하며 헛웃음을 웃었다. 어쩔 수 없이 슬픔이 섞인 웃음이 나왔지만 아드리가 눈치채지 못하기를 바랐다. "아아, 이건 린 정씨 부부에게 가야 할 초대장입니다. 저희 데이터베이스에서 주소가 바뀌었나 봅니다. 이런 한심한 일이……."

아드리가 고개를 갸웃했다. "정말요? 도착했을 때는 분명히……."

"직접 보시지요." 신더는 초대장을 내밀고 아드리에게 환상을 보여주었다. 신더가 시키는 대로 보고, 시키는 대로 믿도록.

"세상에, 그러네요."

신더가 냅킨을 건네주자 아드리는 냅킨이 세상에서 가장 귀중한 보물이라는 듯 받아들었다.

"그럼 이제 가보겠습니다. 모쪼록 오늘 예식에서 즐거운 시간 보내시길 바랍니다."

아드리가 냅킨을 가운 주머니에 집어넣었다. "이렇게 직접 전해주셔서 감사합니다. 황제 폐하께서는 정말 자애로우십니다."

"그런 황제가 계셔서 행운이지요."

신더는 현관 밖으로 나갔다. 그런데 문에 손을 얹은 순간, 자신이 양어머니를 보는 건 이제 마지막일지도 모른다는 생각이 들었다. 이 문에서 돌아서고 나면 두 번 다시 만나지 못할지도 모른다는.

신더는 아드리에게 얼굴을 돌렸다. "저⋯⋯."

'나는 아무 할 말도 없다. 아드리에게 할 말 따윈 없다.' 신더는 속으로 그렇게 되뇌며 마음속에서 치미는 충동을 억누르려 했다. 하지만 있는 분별력을 모조리 긁어모아도 소용이 없었다. 그 말은 결국 입 밖으로 나오고야 말았다. "캐물으려는 건 아닙니다만, 아까 사이보그 얘기를 하셨지요? 혹시 린 신더의 후견인이셨나요?"

아드리의 친절한 미소가 대번에 흐려졌다. "예전엔 그랬지요, 유감스럽게도. 이제 떨어져나갔으니 망정이죠."

신더는 이러면 안 된다고 생각하면서도 현관문 안으로 도로 들어갔다. "그런데 린 신더는 여기서 자라지 않았습니까. 한 식구라고 생각해본 적이 없었나요? 한 번도 딸이라고 생각하진 않으셨어요?"

아드리가 씨근거리면서 손부채질을 했다. "걔가 어떤 앤지 모

478

르셔서 그래요. 항상 배은망덕하게 굴고, 자기가 남들보다 우월하다고 생각하고……. 아시잖아요, 사이보그들이 원래 그렇죠. 자신의…… '부속품'들 때문에 자기가 대단한 줄 알고 우쭐거리죠. 그런 애랑 같이 살려니 얼마나 끔찍했는지. 더군다나 루나인이라니! 물론 무도회에서 그 치욕스러운 난리통이 벌어지기 전까지는 우리도 개가 루나인인 줄은 전혀 몰랐어요."

아드리가 목욕 가운의 벨트를 여미면서 말을 이었다. "그리고 이제는 우리 가문의 이름에 먹칠을 하고 있죠. 그 사이보그로 우리를 판단하지 말아주셨으면 좋겠네요. 저는 그 애를 도우려고 최선을 다했지만, 어쩌겠어요. 처음부터 구제불능이었는데."

신더는 손가락이 꿈틀거렸다. 익숙한 반항심이 불쑥 치솟았다. 마법을 확 풀어버리고 마구 고함을 지르고 싶었다. 진짜 자신의 모습을 아드리에게 한 번만이라도 보여주고 싶었다. 자신은 배은망덕하고 우쭐거리는 여자애가 아니라고, 늘 가족을 원했고 어딘가에 속하고 싶었던 고아일 뿐이라고.

그런데 한편으로는 더욱 음흉한 열망이 고개를 들었다. 양어머니에게 사과를 받아내고 싶다는 열망이었다. 신더를 물건처럼 다루고, 인조 발을 빼앗아서 망가진 인형처럼 절뚝거리며 다니게 만들고, 신더가 울지도 못하고 남을 사랑하지도 못하며, 따라서 인간이 아니라고 조롱했던 그 모든 일에 대해 사과를 받아내고 싶었다.

신더는 아드리의 피부에서 아른거리는 생체전기를 감지했다. 그리고 마구 날뛰는 분노를 억제하면서, 동시에 죄책감, 후회, 수치심을 양어머니의 그 우둔한 머리통 속에 몽땅 밀어넣었다. 너무나 급격한 감정의 변화에 아드리는 숨을 헉 들이켜고 벽에 몸을 기댔다.

"그 애가 얼마나 힘들었을지 생각도 안 해봤어요?" 신더는 악문이 사이로 그렇게 말하며 다그쳤다. 벌써 두통이 치밀어 눈물 없는 눈시울이 지끈거리고 있었다. "그 애를 그런 식으로 다루면서 죄책감 한 번 안 느꼈단 말이에요? 그 애와 시간을 들여 대화하고 이해해보려고 노력이라도 해봤다면 사랑할 수도 있었을 거라는 생각, 안 해보셨어요?"

아드리는 신음하면서 배를 움켜쥐었다. 오랜 세월 쌓인 죄책감 때문에 속이 미식거리는 것처럼. 신더는 얼굴을 찡그리고 아드리의 격한 감정을 서서히 늦춰주었다. 잠시 뒤 아드리가 숨을 헐떡이며 눈물이 글썽이는 눈으로 신더를 마주보았다.

"가끔은…… 가끔은 제가 오해했는지도 모른다는 생각이 들어요. 너무 어릴 때 입양됐잖아요. 무서웠을 거예요. 그리고 우리 귀여운 피어니는 신더를 정말 좋아했어요. 그래서 가끔은…… 상황이 달랐더라면, 만약 남편이 곁에 있고 집안 형편도 여유로웠더라면…… 신더도 한 식구가 되었을 텐데 싶긴 해요. 이해하시죠……? 신더가 정상이었으면 얼마나 좋았을까요."

그 마지막 한마디가 신더의 가슴에 날아와 박히는 듯했다. 신더는 흠칫하면서 아드리의 죄책감을 살짝 풀어주었다.

아드리가 몸서리를 치며 가운 소매로 눈을 문질렀다.

양어머니가 온 세상의 죄책감을 다 느낀다 해도 아무 소용도 없었다. 결국 모든 문제의 궁극적인 원인은 신더에게 있다고 생각할 테니까. 신더가 '정상'이 아니었기 때문이라고.

"어머, 죄…… 죄송합니다." 아드리가 자기 코를 꼬집으며 허둥거렸다. 눈물은 사라지고 얼굴이 창백하게 질려 있었다. "내가 갑자기 왜 이러지? 그게…… 딸을 잃은 이후로는 가끔 이렇게 감정이…… 오해하진 마세요. 린 신더 걔는 거짓말 잘하고 남들을 조종하는 영악한 아이예요. 꼭 잡혔으면 좋겠네요. 저와 제 가족처럼 그 애 때문에 피해를 입는 사람이 나오지 않도록, 무엇이든 돕겠습니다."

신더는 고개를 끄덕이고 속삭였다. "이해합니다, 린 부인. 완벽히 이해합니다."

신더는 초대장을 움켜쥐고 현관문 밖의 복도로 빠져나갔다. 두통으로 두개골이 쪼개질 지경이라 발을 한 걸음씩 앞으로 옮기는 데만도 온 신경을 기울여야 했다. 혹시 아드리가 뒤에서 지켜보고 있을까 봐 마법을 아슬아슬하게 유지하긴 했다. 그리고 드디어 엘리베이터에 탔다.

그 순간 신더는 얼어붙었다.

엘리베이터 안쪽 벽에 거울이 달려 있었다.

닫히는 엘리베이터 문을 등 뒤로 하고, 신더는 거울에 비친 자신의 모습을 쳐다보았다. 가슴이 쿵쾅거렸다. 엘리베이터에 아무도 없어서 천만다행이었다. 순식간에 마법이 풀어지는 꼴을 누가 봤다면 큰일이었을 것이다. 입을 벌린 채 자신의 갈색 눈동자를 바라보고 있으니, 난생 처음으로 신더는 거울 속의 그 사람이 무서워졌다.

아드리에게 무슨 짓을 한 것인가. 오로지 자신의 지독한 호기심과 불타는 복수심 때문에, 아드리의 감정을 멋대로 이용하고 죄책감과 수치심을 느끼게 강요하다니…….

딱 레바나가 할 만한 짓이었다.

45장

캡슐 비행선이 이코를 내려주고 길을 미끄러져갔다. 이코는 동료들에게 키스를 날리고 다섯 손가락을 한들한들 흔들어 보였다. 동료들의 비행선이 혼잡한 아침 도로의 차량들 틈으로 빠져나간 뒤, 이코는 물류 창고를 향해 걸음을 옮겼다. 흥분 때문에 내부 프로세서가 웅웅거리는 느낌이 들었다.

계산에 따르면 이코는 물류 창고에 07시 25분에 도착할 것이다. 황궁에서 주문한 안드로이드 60대를 실은 배달 호버는 그 물류 창고에서 07시 32분에 출발할 것이다. 그 안드로이드들 중 절반은 07시 58분에 출장요리업체 사무실에 떨어질 것이고, 나머지는 08시 43분에 화훼업체로 배송될 것이다. 거기서부터 인간 스태프와 안드로이들이 섞여서 황궁으로 투입될 예정이었다.

이코는 자신이 09시 50분 전까지는 황궁에 진입할 것이라 예측했다.

이 공업지대는 버려지다시피 한 상태였다. 신베이징의 산업 대부분이, 아니 아마도 전 세계가 오늘을 휴일로 삼아 업무를 중단하고 결혼식 중계방송을 보고 있을 것이다. 주위에 이코를 눈여겨볼 사람은 아무도 없었다. 이코는 창고로 통하는 골목을 뽐내듯이 걸어가다가, 앞을 가로막은 철조망 울타리를 깡총 뛰어넘었다. 울타리 너머의 마당에는 물류 창고의 하역장과 배달 비행선 다섯 대가 있었다.

이코는 단순한 검은색 바지와 흰 블라우스 차림이었다. 화려한 무도회 드레스를 입지 못해서 조금 아쉽긴 했지만, 지금 이 모습도 눈부시게 예쁘니 괜찮았다. 카이토 황제를 만날 생각에 참을 수 없이 설렜다. 이코는 폴짝폴짝 뛰면서 비행선들을 지나쳐 하역장으로 이어지는 계단을 올라갔다.

그리고 눈앞에 펼쳐진 광경에 우뚝 멈춰섰다. 하마터면 넘어져서 완벽한 콧날을 바닥에 처박을 뻔했다.

창고 문 너머로 수많은 시종 안드로이드가 보였다. 거의가 여성형이었고, 피부색과 머리색이 다양했다. 대부분 벌거벗은 채 바닥에 쪼그려 앉아 두 팔로 무릎을 안고 머리를 수그리고 있었다. 몇 줄로 가지런히 정렬된 안드로이드들은 얼추 200대는 넘을 듯 보였다. 그중 어떤 것들은 팔다리 사이에 완충재가 끼인 채 포장 테이프로 친친 묶여 있었으며, 화물 운반대 위에 놓인 플라스틱 상자에 담겨 있는 것들도 보였다. 주위의 바닥에는 스티로폼이며 판지 따위가 뒹굴고 있었다.

왼편의 벽에는 3층짜리 금속 선반이 있었는데, 거기에는 안드로이드들의 상표, 모델, 특징이 적힌 화물상자들이 늘어서 있었다.

"이게 전부인 거 맞죠?" 어떤 남자가 말했다.

이코는 벽 뒤에 몸을 숨기고 문설주 너머로 안을 빼꼼 들여다보았다. 검은색 바지와 불그스름한 실크 상의를 입은 안드로이드 60대가 일렬로 늘어서 있었다. 여성형 모델은 45대, 남성형 모델은 열다섯 대였는데, 성별에 따라 상의의 디자인이 달랐다. 남성형에는 스탠드칼라로 된 단순한 드레스셔츠를 입혀놓았다. 반면 여성형들은 기모노처럼 몸을 휘감는 스타일에 소매가 나풀거리는 우아한 블라우스 차림이었고, 머리카락은 말끔하게 틀어올려 난초를 꽂고 있었다.

"주문 내역 체크해볼게요." 한 여자가 안드로이드들 사이를 걸어다니면서 포트스크린에 무언가를 메모했다. "618번 주문은 소형 모델로 해달라고 되어 있는데요. 이건 중형이잖아요?"

"소형은 지난주에 다 동났거든요. 그거 중형으로 바꿔도 된다고 목요일에 허락받았습니다."

여자가 포트스크린에 손가락을 두드렸다. "알았어요. 59대……60대. 네, 다 됐네요."

"좋아요. 얼른 실읍시다. 황실에서 맡긴 임무에 늦으면 안 되죠."

남자가 배달 비행선들 중 하나의 플랫폼으로 통하는 커다란 셔터문을 열었다. 여자는 안드로이드들의 목에 있는 제어판을 하나씩 조작해서 설정을 바꾸었다. 그러자 안드로이드들의 자세가 부드러워졌다.

"한 줄로 들여보내요. 비좁을 테니까 바싹 끼어 타게 하고요."

황실에서 임대한 안드로이드 60대가 한 대씩 비행선으로 들어갔다. 이코가 저 틈에 몰래 끼어 탈 방법은 없어 보였다. 옷차림이 너무 달라서 분명히 눈에 띌 것이다. 자칫했다간 불량 안드로이드인 줄 알고 붙잡아서 포맷해버릴지도 모른다. 그 생각에 전선이 부르르 떨렸다.

이코는 자세를 낮추고 화물 담당 직원 두 명에게서 먼 곳으로 살금살금 걸어갔다. 그리고 높다란 공업용 선반 밑으로 재빨리 기어 들어간 뒤, 이번 임무에 속하지 않은 유휴 상태 안드로이드들 쪽으로 다가갔다. 상자들 뒤에 숨어서 천천히 이동하다 보니, 맨 뒷줄에 있는 여성형 안드로이드가 눈에 띄었다. 허리까지 치렁치렁 내려오는 백금색 머리카락 끝이 형광 초록색으로 염색되어 있었다. 이코는 그 뒤에 웅크려 앉아서 안드로이드의 목덜미를 더듬어 제어판 뚜껑의 걸쇠를 찾아냈다. 주위를 둘러보니, 황실 임대 안드로이드들 중 절반은 이미 비행선에 타고 있었다.

이코는 조그맣게 콧노래를 흥얼거리며 안드로이드의 전원을 켰다. 프로세서가 윙 돌아가면서 안드로이드가 고개를 들었다. 이코는 안드로이드의 백금발을 어깨너머로 쓸어넘기고 속삭였다. "명령한다. 일어나서 비명을 지르고, 출구로 달려나가라."

안드로이드는 이코가 말을 끝맺기도 전에 벌떡 일어나서 비명을 내질렀다. 귀청이 찢어지고 등골이 오싹해지는 비명이 창고 전체에 메아리쳤다.

이코는 아무것도 모른 채 가만히 앉아만 있는 안드로이드들 뒤로 몸을 휙 날려서 청각 볼륨을 낮췄다. 백금발 안드로이드는 이미 비명을 멈추고 출구를 향해 전속력으로 뛰어가고 있었다. 가는 길에 다른 안드로이드의 몸뚱이를 걷어차서 쓰러뜨리기까지 했다.

직원 두 명이 화들짝 놀라 고함을 지르고는 안드로이드를 뒤쫓아 달려나갔다. 그들이 밖으로 뛰쳐나가자마자 이코는 벌떡 일어나서 황실 임대 안드로이드들 쪽으로 허둥지둥 뛰어갔다. 그 안드로이드들은 자신들을 비집고 끼어드는 이코를 말없이 바라보며 눈을 깜빡거릴 뿐이었다.

"미안, 미안. 좀 지나갈게. 나 신경 쓰지 마. 아, 거기 오빠 안녕?" 이코는 카이토와 닮은 잘생긴 남성형 안드로이드에게 인사를 건넸지만, 물론 아무 반응도 돌아오지 않았다. "싫으면 말고."

이코는 안드로이드들을 젖히고 비행선 안으로 들어갔다. "실례할게요, 자리 조금만 내줄래요?"

직원 두 명이 창고로 돌아와서 인격 칩에 에러가 났다는 둥 프로그래밍 부서 직원들이 얼간이라는 둥 불평을 터뜨릴 때쯤엔, 이코는 이미 비행선 안쪽에 편안하게 앉아 있었다. 자신의 먼 사촌들 사이에 끼어 앉아 있으려니 미치광이처럼 히죽히죽 웃음이 나오려는 걸 참기가 힘들었다.

역시 인간으로 산다는 건 상상만큼이나 재미있었다.

*

126년 전 정부에서 황가의 피난용 별장을 왜 이 장소에 마련했는지는 명백했다. 거리상으로만 따지면 신베이징에서 15킬로미터 남짓 되는 가까운 곳이었지만, 높다란 절벽 덕분에 분리되어 아예 다른 나라라고 해도 좋을 만큼 동떨어져 있었기 때문이다. 계곡에 틀어박힌 그 별장은 계단식 논으로 둘러싸여 있었다. 하지만 아무렇게나 무성히 자라난 벼들을 보니, 오래전부터 농사를 짓지 않고 방치한 것 같았다. 덕분에 별장은 그저 버려진 농가처럼 보였다.

제이신이 비행선을 별장 옆에 세웠다. 신더는 비행선에서 내려 땅에 발을 디뎌보았다. 여름 소나기에 흠뻑 젖은 흙이 질척거렸다. 사방이 고요했고 공기에서는 가을 풀과 들꽃 향기가 풍겼다.

"그 해커 말이 맞기를 바랍니다."

제이신이 별장으로 걸음을 옮기며 말했다. 집의 창문들은 널판으로 가려져 있었지만 세심하게 관리되고 있는 것 같았다. 정부에서 1년에 두어 번쯤 사람을 보내 지붕의 기와를 덧대고 발전기가 잘 작동하는지 확인하는 것이리라. 그래야 불시에 재난이 벌어져 황제가 이곳으로 찾아와도 안전하게 머물 수 있을 테니까.

아마 감시도 되고 있겠지만, 오늘만큼은 보안팀의 인력이 전부 다른 곳에 투입되어 있기를 바랄 뿐이었다.

"맞는지 어떤지, 이제부터 확인해보자고."

신더는 집 둘레를 걸어서 지하 창고 출입구의 철문으로 다가갔다. 크레스의 말이 맞다면, 저 문 너머에 있는 것은 눅눅한 지하 창고가 아니라 절벽을 관통해 황궁 지하로 이어지는 터널일 것이다.

신더는 문을 당겨 열고, 사이보그 손에 내장된 조명등으로 계단을 비춰보았다. 거미줄이 쳐진 콘크리트 벽, 터널 내부의 조명등을 끄고 켜는 데 쓰이는 듯한 구식 스위치가 보였다.

"맞는 것 같아."

신더가 뒤를 돌아보았다. 눈가리개를 한 카스웰이 얼랜드에게 기대 있었고, 얼랜드는 인상을 찌푸리고 있었다.

이제부터 기나긴 행군을 해야 할 것이다.

"좋아. 제이신, 너는 이제 램피언으로 돌아가. 그리고 도시를 선회하면서 내가 통신 걸 때까지 기다려."

"알고 있어요."

"그리고 수상한 게 있는지 잘 살피고. 조금이라도 이상한 점을 발견하면, 계속 선회하면서 우리 연락을 기다려."

"알고 있다니까요."

"일이 계획대로 잘 풀리면 우리는 18시 정각에 황궁의 착륙장에 있을 거야. 하지만 뭔가 잘못된다면 여기로 돌아오거나, 비상 터널을 통해 다른 은신처로……."

보다 못한 카스웰이 끼어들었다. "신더, 제이신이 안다잖아."

신더는 카스웰을 노려보며 따지려 했지만, 그의 말이 옳았다. 이 탈출 작전은 이미 세세한 것 하나하나까지 철저히 검토했기에 더이상 설명할 필요가 없었다. 더 설명해봤자 실패할 가능성만 되새기게 될 뿐이다. 제이신은 이미 잘 알고 있었다. 자신이 없다면, 아니, 이 일행 중 한 명이라도 없다면, 이 계획은 너무나 쉽게 실패하리라는 것을.

신더는 고개를 끄덕였다.

"그래, 그럼 이제 가자."

46장

크레스는 탈의실의 사면을 둘러싼 거울에 자신을 비춰보았다. 눈물이 나오려 했다.

어느새 크레스는 오페라 배우가 되어 있었다.

햇볕에 탔던 피부는 이제 다 벗어지고 살짝 그을린 빛깔만 얼굴에 남았다. 이코가 단정하게 잘라준 황금빛 머리카락은 얼굴 주위에서 예쁘게 곱슬거렸다. 램피언에 화장 도구가 없어서 화장은 못 했지만, 이코가 알려준 대로 볼을 꼬집고 입술을 잘근잘근 깨물었더니 발그레한 핑크빛으로 물들어 있었다.

크레스는 이코가 슬슬 마음에 들기 시작했다. 적어도 달라처럼 얄밉지는 않았다.

그리고 해킹한 통장계좌를 이용해 디자이너 부티크에서 옷을 사자고 제안한 사람은 크레스 자신이었는데도, 정말로 이런 일이 벌어질 거라고는 상상도 못 했다.

이건 현실이었다. 크레스는 정말로 황실 결혼식에 가는 것이다. 실크와 시폰으로 된 드레스를 차려입은 자신의 모습이 눈앞에 또 똑히 보였다. 드레스 색깔은 자신의 눈 색깔과 어울리는 군청색이었다(이코의 아이디어였다). 상의 부분은 꼭 끼고 스커트는 너무나 풍성해서 넘어지지 않고 걸을 수 있을지 자신이 없었다. 구두는 단순한 플랫슈즈였다. 크레스와 이코는 화려한 하이힐을 신자고 이야기했지만, 신더가 그건 곤란하다고 극구 반대했다. 목숨을 걸고 도망쳐야 할지도 모르는데 하이힐을 신으면 위험하다며.

"브리스톨 부인, 마음에 드세요?" 직원이 크레스의 등에 달린 단추를 끝까지 채워주고 물었다.

"정말 마음에 들어요. 고맙습니다."

직원이 만족스럽게 웃었다.

"손님께서 황실 결혼식에 입을 드레스를 저희 부티크에서 선택해 주셔서 정말 기쁩니다. 더없는 영광이에요." 직원이 크레스의 귀를 덮은 머리카락을 뒤로 걷어냈다. "장신구는 가지고 계세요? 드레스랑 어울리는지 볼까요?"

크레스는 어색하게 귓불을 만지작거렸다. "아, 아뇨. 괜찮아요. 그…… 다른 데다 맡겨놔서요. 황궁 가는 길에 가져가야 해요."

직원은 잠깐 어리둥절한 표정을 지었지만 더 이상 묻지 않고 고개를 꾸벅 숙이곤 물었다. "그럼 이제 남편분께 보여드릴까요?"

크레스는 움찔했다. "네."

크레스는 직원을 따라 탈의실 밖으로 나갔다. 호화로운 가구들이 갖추어진 홀에 크레스의 새로운 '남편'이 있었다.

울프는 거울을 노려보면서 헝클어진 머리카락을 다듬는 중이었다. 몸에 완벽하게 맞는 턱시도의 라펠은 단정히 눌려 있었고, 하얀 나비넥타이까지 매고 있었다.

울프가 거울에 비친 크레스와 눈을 마주쳤다. 크레스는 몸을 꼿꼿이 세웠지만, 울프는 크레스를 훑어보기만 할 뿐 아무 말도 하지 않았다. 크레스는 풀이 죽은 채 자신의 두 손을 맞잡았다.

"정말 멋져요…… 여보."

그건 사실이었다. 다부진 근육과 조각처럼 또렷한 골격 위에 매끈한 정장을 걸친 그는 로맨스 드라마에 나오는 주인공 같았다. 하지만 여전히 뚱한 표정이었다.

초조해진 크레스는 몸을 살짝 돌려서 자신의 옷차림을 보여주었다. 울프는 끝내 칭찬 한마디 하지 않고 차갑게 고개를 끄덕였다.

"호버가 기다리고 있어."

크레스는 실망감에 두 손을 내렸다. 울프는 임무를 위해 옷을 차려입었을 뿐 이 상황을 즐길 생각은 조금도 없는 게 분명했다.

"그래요. 초대장은 있죠?"

울프가 정장 재킷의 앞주머니를 두드렸다. "어서 끝내자고."

*

출장요리업체로 향하는 배달 비행선 안에서 이코는 다른 안드로이드와 옷을 바꿔 입었다. 안드로이드가 이코의 명령을 전혀 거부하지 않았기에 너무나도 손쉽게 위장을 끝낼 수 있었다. 이제 이코는 나머지 안드로이드들과 똑같은 유니폼 차림으로 섞여들 수 있을 것이다. 머리는 단정하게 틀어올렸다. 혹시라도 파란 염색 때문에 누군가가 불쾌해하지 않기만을 바랄 뿐이었다.

비행선이 첫 번째 목적지에 도착했다. 이코는 출장요리업체 담당으로 배정된 안드로이드들과 함께 비행선에서 내렸다. 이제 비행선이 두 번째 목적지인 화훼업체에 도착하면, 안드로이드들 중 하나가 잘못된 옷을 입고 있다는 게 발각될 것이다.

하지만 그때쯤이면 이코는 이미 사라진 뒤다. 게다가 누가 이코를 의심하겠는가? 사람들은 이코를 그저 아무 지각도 없고 고분고분한 여느 로봇들 중 하나로 여길 것이다.

하지만 평범한 로봇인 척하기가 만만치는 않았다.

다른 안드로이드들과 완벽한 일치를 이루며 서 있기. 1분에 열 번씩 눈을 깜빡이기. 그뿐만이 아니었다. 인간 직원들이 황제를 직접 볼 수 있을지도 모른다며 신이 나서 재잘거리거나, 레바나 여왕이 음식을 마음에 안 들어하면 어쩌냐며 두려움에 젖어 소곤거릴 때, 이코는 가만히 듣기만 하면서 혀를 깨물어야 했다. 이코는 평생 인간다운 유머감각과 반어법과 애정을 배우려고 애썼는데, 이제는 로봇의 본능을 되살려서 무표정한 얼굴을 유지해야 했다.

사람들이 안드로이드들을 커다란 호버에 태웠다. 황궁까지의 거리는 그리 멀지 않았지만, 궁의 뒷문으로 돌아가서 연구소 시설을 거쳐 직원 출입구로 들어가느라 시간이 꽤 걸렸다. 호버의 속도가 느려지자 대화를 나누던 인간 직원들이 점점 초조해졌다.

밖에서 문이 열리는 소리가 들리더니 호버가 멈춰섰다. 안드로이드들이 들어갈 곳은 황궁으로 상품을 반입하는 하역장 입구였다.

이코가 황궁에 들어가는 날을 고대하며 늘 상상했던 화려한 궐문이 아니라서 실망스러웠지만, 내색하지 않고 뻣뻣한 동료들의 뒤를 따라갔다.

하역장으로 들어가니, 관리자인 듯한 여자 두 명이 서 있었다. 한 명은 보석처럼 화사한 빛깔의 사리를 걸치고 포트스크린에 무언가를 적고 있었다. 다른 한 명은 인간 직원들의 ID 칩을 스캔하며, 이 중요한 행사의 스태프로 사전에 결정된 사람들이 맞는지 철저히 검증했다. 신원 확인 절차가 끝나자 관리자는 시종 안드로이드들을 두 줄로 세워서 안으로 들여보냈다. 이코는 끝에 슬쩍 끼어서 뒤따라갔다.

안드로이드들은 완벽하게 발을 맞추어 걸어갔다. 칙칙한 복도에 울리는 그들의 발소리가 한 명의 발소리처럼 들릴 정도였다. 이코는 그들과 호흡을 맞추는 동시에, 복도에 보이는 문의 개수를 헤아리며 자신의 메모리에 다운로드되어 있는 황궁 내부 지도와 비교했다. 정확히 예상했던 시점에 주방이 나왔다. 실제로 보니 생각보다 훨씬 으리으리했다. 공업용 사이즈의 오븐 여덟 개와 셀 수도 없이 많은 버너가 보였다. 벽 전체에 붙어 있는 조리대 앞에는 요리사 십수 명이 달라붙어서 칼질을 하고 반죽을 주무르고 거품을 휘젓고 재료의 양을 재면서 은하에서 가장 중요한 1200명의 귀빈들을 대접할 준비를 하고 있었다.

사리를 입은 여자가 한 요리사의 옷자락을 끌어당기고 말을 걸었다. 온갖 소음 때문에 목소리를 높여 고함을 질러야 했다. "저 안드로이드들은 어디로 보낼까요?"

요리사가 안드로이드들을 훑어보더니 이코의 푸른 머리카락에 잠깐 시선이 머물렀다. 그러나 그런 문제를 걸고넘어지는 건 자기 소관이 아니라고 생각한 듯했다. "일단 거기 놔둬요. 첫 번째 코스에서 일반 스태프와 같이 내보낼 테니. 안드로이드들은 그냥 쟁반 들고 웃고 있기만 하면 돼요. 할 수 있겠죠?"

"프로그래밍에 한 치의 흠도 없도록 확실히 해뒀습니다. 안드로이드들에게는 가능하면 루나인 손님들을 맡겨주시면 좋겠네요. 무언가…… 뜻밖의 일이 벌어지면 안드로이드들이 경보를 울려줘야 하니까요."

요리사가 어깨를 으쓱했다. "그렇죠 뭐. 어차피 우리 스태프는 루나인 상대하기 싫어하니까요."

요리사가 자기 일로 주의를 돌리고는 금쟁반들을 여기저기 늘어놓으며 바쁘게 움직였다. 사리를 입은 여자는 안드로이드들에게 눈길 한 번 주지 않고 떠났다.

이코는 그 자리에서 움직이지 않았다. 아주 가만히, 아주 얌전히 서서 기다렸다. 신더와 크레스와 다른 동료들이 지금쯤 뭘 하고 있을지 상상하면서. 주방 스태프는 안드로이드들에게 별 관심을 주지 않았다. 그들이 공간을 너무 많이 차지해서 걸리적거리면 성가신 시선으로 쏘아볼 뿐이었다.

아무도 이쪽을 보지 않는 틈을 타서 이코는 옆의 안드로이드에게 손을 뻗었다. 이코가 그 목에 있는 걸쇠를 풀고 제어판을 손으로 훑는 동안 안드로이드는 미동도 하지 않았다. 마침내 스위치를 젖히자, 안드로이드에게서 인간 같지도 않고 너무 기계적이지도 않은 목소리가 튀어나왔다.

"명령을 입력하여 주십시오."

이코는 손을 홱 내리고 주위를 둘러보았다. 주방은 시끌벅적했다. 안드로이드의 음성을 들은 사람은 아무도 없었다.

"나를 따라와." 이코는 보는 사람이 아무도 없다는 걸 다시금 확인한 뒤 복도로 빠져나갔다.

안드로이드는 훈련된 애완동물처럼 이코의 뒤를 졸졸 따라왔다. 복도 두 개를 지나면서 인기척이 들리지 않나 귀를 기울였지만, 이쪽은 잘 사용되지 않는 구역이라서 지나다니는 사람이 아무도 없었다. 익히 예상한 대로 스태프는 전부 예식 준비와 손님 접대에 동원되어 있었다. 지금쯤 연회장 식탁에 놓은 그릇과 숟가락 사이의 거리를 세심하게 조정하고 있으리라.

수리용품 보관소 앞에 이르러, 이코는 문을 열고 안드로이드를 안으로 들여보냈다.

"일단 나는 너한테 악감정이 전혀 없다는 걸 알아줬으면 좋겠어. 너를 만든 프로그래머가 상상력이 부족했던 게 잘못이지."

안드로이드는 텅 빈 눈으로 이코의 시선을 마주했다.

"다음 생에서 우리는 자매로 태어날 수도 있을 거야. 나는 이런 문제를 고려하는 게 중요하다고 봐."

안드로이드는 6초에 한 번씩 눈을 깜빡였다.

"하지만 난 지금 중요한 임무를 수행하고 있거든. 나보다 발달이 덜 된 안드로이드에 대한 동정심 때문에 일을 그르칠 순 없지."

아무 반응도 없었다.

"좋아. 이제 네 옷을 벗어줘." 이코가 손을 내밀었다.

47장

크레스는 호버 좌석을 손으로 꽉 누르면서 창문에 얼굴을 바싹 가져갔다. 입김이 유리에 뽀얗게 서렸다. 볼거리가 너무나 많아서 눈을 아무리 크게 뜨고 아무리 열심히 두리번거려도 역부족이었다. 신베이징 시는 끝이 없는 것 같았다. 동쪽으로는 하늘로 치솟은 마천루들이 늦은 오후의 햇살에 오렌지빛과 은빛으로 반짝였고, 시 외곽으로는 창고, 경기장, 공원, 주택가가 하염없이 펼쳐졌다. 온갖 건물과 사람 들을 구경하느라 넋을 잃을 수 있어서 다행이었다. 안 그랬으면 속이 메슥거렸을 테니까.

절벽 꼭대기에 자리 잡은 황궁이 시야에 들어왔다. 영상이나 사진으로 숱하게 보았던 건물이지만, 실제로 보니 차원이 달랐다. 훨씬 더 장엄하고 아름다웠다. 크레스는 창문에 손을 대고 황궁의 전경을 액자에 끼워넣듯이 손아귀 안에 넣어보았다. 궐문 밖에 줄지어 늘어선 차량, 인파, 절벽과 그 아래의 도시가 손에 가려서 지워지고, 궁궐 건물 자체만이 또렷하게 내다보였다.

울프도 날카로운 눈으로 황궁을 주시하고 있었지만 경이로워하는 기색은 없었다. 조바심을 치고 있을 뿐이었다. 다리를 떨고 손가락을 구부렸다 폈다 하면서 안절부절못하는 그 모습을 보고 있으니 크레스도 덩달아 불안해졌다. 얼마 전까지만 해도 한없이 음울하게 가라앉아 있던 사람이 저렇게 에너지를 분출하는 걸 보니, 그의 안에 들어 있는 시한폭탄이 돌아가기 시작한 게 아닐까 싶었다.

아니면 그냥 크레스와 마찬가지로 초조한 것인지도 모른다. 작전을 머릿속으로 점검하면서 각오를 다지고 있는 것일지도. 아니면 그 스칼렛이라는 소녀를 생각하고 있는 걸까?

크레스는 스칼렛을 만난 적이 없어서 아쉬웠다. 지금 신더 일행은 중요한 일부분을 잃어버린 것처럼 허전한 분위기였는데, 크레스는 스칼렛이 이들에게 어떤 역할을 했기에 그러는지 알 수 없었다. 스칼렛 브누아에 대해 자신이 알고 있는 지식은 예전에 신더와 카스웰이 스칼렛 할머니의 농장에 착륙했다는 것을 알았을 때 조사한 기본적인 정보가 전부였다. 그때만 해도 크레스는 스칼렛이 신더와 합류한 줄 몰랐다.

신더 일행과 처음 통신을 했을 때 스칼렛과 대화해본 적은 있었다. 좋은 사람이라는 인상을 받았다. 하지만 그때 크레스는 워낙 카스웰에게 정신이 팔려 있었기에 스칼렛에 대해서는 빨간 곱슬머리밖에는 기억나지 않았다.

드레스의 끈을 만지작거리던 크레스는 울프에게 흘끔 눈길을 던졌다. 울프는 나비넥타이를 헐겁게 늦추고 있었다.

"뭐 하나 물어봐도 될까요?"

울프가 돌아보았다. "보안 시스템 해킹에 대한 건 아니지?"

크레스는 눈을 깜빡였다. "물론 아니에요."

"그럼 해."

크레스는 스커트 자락을 무릎 위에 매만져 폈다. "그 스칼렛이라는 분…… 사랑하는 사이인 거죠? 그렇죠?"

울프는 돌덩이처럼 딱딱하게 굳었다. 호버가 황궁으로 이어지는 언덕을 올라가고 있었다. 울프는 어깨를 축 늘어뜨리더니 차창으로 시선을 돌리고, 지독하게 서글픈 어조로 중얼거렸다.

"스칼렛은 내 알파였어."

알파. 크레스는 무릎에 팔꿈치를 짚고 울프에게 몸을 가까이 기울였다. "별 말인가요?"

"별이라니?"

크레스는 문득 무안해져서 다시 뒤로 물러났다. "음……. 별자리에서요, 가장 밝은 별을 알파라고 하거든요. 그러니까…… 어…… 그분이 당신에게 그런 존재라는 뜻인 줄 알았어요."

크레스는 손을 꼭 맞잡고서 시선을 떨구었다. 자신이 이렇게 대책 없이 낭만적인 바보라는 걸 저 야생동물 같은 남자에게 들켜버렸다는 생각에 얼굴이 화끈거렸다. 그런데 울프는 비웃지도, 코웃음을 치지도 않았다. 그저 한숨을 쉬고는 지평선 위에 떠오른 보름달을 올려다보더니 짤막하게 대답했다.

"그래, 맞아."

그 한마디에 크레스는 울프에 대한 두려움이 잦아들었다. 부티크

498

에서 울프를 보고 내심 떠올렸던 생각이 사실이었던 것이다. 울프는 정말로 로맨스에 나오는 주인공이었다. 사랑하는 알파를 구하려고 위험에 뛰어드는 영웅.

크레스는 볼 안쪽의 살을 꽉 깨물며 그 상상을 떨쳐냈다. 이건 유치한 동화 속 이야기가 아니다. 스칼렛 브누아는 루나에 포로로 잡혀갔다. 이미 죽었을 가능성이 매우 높았다.

그런 생각에 한창 잠겨 있을 때, 호버가 궐문 앞에 멈췄다.

문지기가 호버 문을 열어주었다. 그러자 주위에 와글거리는 사람들의 목소리가 한꺼번에 귀를 파고들었다. 크레스는 몸서리를 치고, 네트워크 드라마에서 여자들이 하던 행동을 떠올리며 문지기에게 손을 내밀었다. 호버에서 내려서 타일이 깔린 진입로에 발을 딛고 선 크레스는 별안간 엄청난 인파에 둘러싸였다. 기자들과 구경꾼들이 무리 지어 다니며 사진을 찍거나, 서로 질문을 던지거나, 결혼을 반대하는 구호가 적힌 팻말을 들어올리며 화를 내고 있었다.

크레스는 머리를 수그렸다. 저 눈부신 불빛들과 머리를 울리는 소음을 피해 호버 안으로 기어들어가고 싶어졌다. 눈앞이 빙빙 돌았다. 기절할 것 같았다.

"아가씨? 아가씨, 괜찮으십니까?"

목이 깔깔해졌다. 귀에 피가 솟구치고 숨이 막혀왔다.

그때 누군가가 크레스의 팔꿈치를 붙잡아 문지기에게서 떼어냈다. 울프였다. 크레스는 머리가 아득해지면서 휘청거렸지만, 울프가 강철처럼 튼튼한 팔로 크레스의 허리를 꽉 끌어안고서 자신의 발과 보조를 맞추어 한 걸음씩 걷게 했다. 울프 옆에 있으니 자신이 조그마한 새처럼 연약해진 기분이 들었다. 하지만 동시에 보호를 받는 것 같아서 든든하기도 했다. 일단 든든하다는 생각에 집중하기 시작하자, 안온한 백일몽이 마음속에 떠올랐다.

크레스는 유명한 배우였다. 오늘은 시상식 무대에 서는 날이고, 울프를 보디가드로 대동했다. 울프는 크레스에게 그 어떤 위험도 닥치지 않도록 지켜줄 것이다. 그러니 크레스는 고개를 높이 쳐들고, 대담하고 우아하고 자신감 있게 행동하면 된다.

섬세한 무도회 드레스는 무대의상이 되었다. 기자들은 크레스를 흠모하는 팬들이 되었다. 크레스의 허리가 조금씩 조금씩 곧게 펴지면서, 눈앞에 몰려왔던 어둠이 서서히 걷혔다.

"괜찮아?" 울프가 속삭였다.

"나는 유명한 배우야." 크레스는 그렇게 중얼거렸다. 울프의 얼굴은 보지 않았다. 그랬다가는 자신의 상상력이 만들어낸 마법이 깨질까 봐 두려웠다.

잠시 뒤 울프가 크레스를 붙든 팔의 힘을 풀었다.

등 뒤에 북적이던 군중의 소음이 멀어지고, 궁궐 정원의 평온한 정적이 그들을 반겼다. 개울물이 졸졸 흐르고 대나무들이 바스락거리는 소리가 들려왔다. 크레스는 진홍색 퍼걸러(덩굴식물을 올려 만든 정자 형태의 구조물_역주)로 장식된 정문으로 곧장 걸어갔다. 문으로 이어지는 계단 맨 위에 문지기 두 명이 서 있었다.

울프가 초대장 두 개를 내밀었다. 스캐너 불빛이 초대장을 훑고 지나가는 동안 크레스는 가만히 숨을 죽였다. 그건 원래 린 아드리와 그 딸의 몫이었지만, 종이 안에 박혀 있는 조그마한 칩의 ID 프로필을 바꾸는 것쯤은 식은 죽 먹기였다. 문지기의 포트스크린에 나타난 울프의 신원은 영국 이스트캐나다 주 토론토의 지역의회 대표인 삼하인 브리스톨이었고, 크레스는 그의 젊은 아내였다. 진짜 브리스톨 씨는 지금쯤 집에서 안전하게 쉬고 있으리라. 결혼식에 참석하지 않음으로써 정치적 입장을 표명하려 했던 원래의 결정이 자신을 사칭하는 침입자 때문에 수포로 돌아간 줄은 꿈에도 모른 채. 앞으로도 계속 모르고 있기만을 크레스는 바랐다.

문지기가 지체 없이 울프에게 초대장을 돌려주었을 때에야 크레스는 숨을 길게 내쉬었다.

"브리스톨 씨, 결국 참석해주셔서 정말 기쁩니다. 무도회장으로 들어가시면 자리로 안내받으실 겁니다."

문지기가 그렇게 말하고 다음 손님들의 초대장을 받았다. 울프는 크레스를 이끌고 안으로 들어갔다. 그의 무표정한 얼굴만 봐서는 울프도 자신처럼 초조한지 아닌지 가늠이 되지 않았다.

중앙 복도에는 술 달린 견장으로 어깨가 장식된 붉은 제복 차림의 경비병들이 늘어서 있었다. 한쪽 벽에는 낮익은 병풍이 보였다. 뽀얀 구름 위로 솟구친 산봉우리들과 학들이 가득 내려앉은 호수가 그려진 병풍이었다. 크레스는 반사적으로 천장을 올려다보았다. 복도 천장에 걸려 있는 샹들리에들 중 하나가 눈에 띄었다. 너무 작아서 보이지는 않지만, 레바나 여왕의 감시카메라가 분명 거기에 설치되어 있을 터였다. 지금 이 순간도 그들을 찍고 있을 것이다.

여왕 쪽에서 지금 저 감시 영상을 지켜보고 있지는 않을 테고, 설령 그렇다 해도 크레스의 모습을 알아볼 리 없었다. 그래도 크레스는 재빨리 고개를 돌리고 재미난 농담을 듣기라도 한 것처럼 쿡쿡 웃는 시늉을 했다. 울프가 크레스를 보며 눈을 찡그렸다.

"저 샹들리에들 정말 '특별'해요. 그렇죠?"

크레스는 최대한 가벼운 어투로 말했다. 울프는 멀뚱히 쳐다보더니, 고개를 설레설레 젓고 무도회장을 향해 발길을 재촉했다.

이윽고 두 사람은 거대한 계단 꼭대기에 이르렀다. 그 아래에는 널따랗고 아름다운 무도회장이 펼쳐져 있었다. 그 어마어마한 규모를 마주하니 광활한 사막에서 느꼈던 압도적인 경이와 현기증이 그대로 되살아나는 듯했다. 다행히도 계단 꼭대기에 멈춰서서 아래를 내려다보는 사람들은 크레스와 울프만이 아니었다. 저 밑의 무도회장에서도 사람들이 이리저리 서성거리거나 고급 직물을 씌운 의자에 자리를 잡는 중이었다. 공식적인 예식이 시작되기까지는 한 시간 정도 남아 있었고, 손님들은 그전에 이곳의 아름다움에 한껏 취한 채 서로 어울리면서 시간을 보내고 있었다.

황금빛 용이 조각된 기둥들이 천장을 떠받쳤고, 벽은 수많은 화환으로 장식되어 있었다. 크레스의 키만큼이나 커다란 화환도 있었다. 실내가 꽃들이 무성히 피어난 정원이 된 것만 같았다. 한쪽 벽 전체를 차지하는 통유리 창문 앞에는 새장 여섯 개가 늘어서 있었다. 그 안에 갇힌 비둘기, 흉내지빠귀, 참새 등이 오케스트라의 아름다운 선율과 경쟁하듯이 시끄럽게 노래를 불렀다.

크레스는 울프의 얼굴을 마주보았다. 마치 깊은 대화를 나누는 것처럼 보이도록. 울프는 크레스를 향해 머리를 기울이면서 그 연극에 동참했지만, 주의는 근처의 경비병에게 기울이고 있었다.

"사람들과 어울릴 필요는…… 없겠죠?"

울프가 코를 찡그리더니, 주변을 한번 훑어보고는 크레스에게 팔꿈치를 내밀었다. "사람들은 피하는 게 낫지. 새장에 갇힌 새들이나 위로해주러 가자."

C
R
E
S
S

48장

　눅눅한 지하 터널을 지나면서 신더는 이 통로가 황제의 옥체에 걸맞게 설계되어 있다는 것을 깨달았다. 바닥에는 타일이 깔려 있고, 매끄러운 콘크리트 벽에는 스무 걸음 간격마다 전구가 달려 있었다. 카스웰이 돌멩이에 발을 헛디뎌 넘어질까 봐 걱정하지 않아도 되어서 다행이었다.

　그런데도 그들의 걸음은 고통스러울 만큼 더뎠다. 일행을 남겨두고 혼자 가버릴까 하는 충동이 든 적이 여러 번이었다. 카스웰은 오히려 그럭저럭 잘 따라왔는데, 얼랜드는 나이도 있는 데다 다리도 짧은 탓에 거의 기어오다시피 했다. 목마라도 태워주고 싶은 심정이었지만, 그러면 기분 나빠할 테니 참았다.

　어차피 다 예상한 일이었다. 이 문제도 염두에 두고 계획을 짰으니 일정에 늦지는 않을 것이다.

'다 잘될 거야.' 신더는 마음속으로 거듭 되뇌었다.

마침내 황궁에 거의 다 왔다는 이정표가 보였다. 보존식품, 쌀로 빚은 술, 식수가 가득 비축된 창고가 나타났다. 사용되지 않은 채 가만히 정지돼 있는 발전기를 지나자, 회의실 같은 방들이 보였다. 커다란 원형 테이블, 불편해 보이는 의자, 넷스크린, 제어판과 프로세서 등이 갖추어진 방이었다. 최첨단은 아니긴 해도 언제든지 사용할 수 있는 상태였다. 황가에서 피신할 일이 생긴다면 이곳에서 오랫동안 머무를 수 있을 것이다.

그런데 사방으로 뻗은 복도와 여러 창고들을 지나다 보니, 이곳은 황족들만을 위한 공간이 아니라는 사실을 알 수 있었다. 이 광대한 미로는 정부 구성원 전체를, 아니면 적어도 황궁에서 일하는 사람들 모두를 수용하기에 충분했다.

"거의 다 왔어." 신더는 GPS와 망막 디스플레이에 띄운 지도를 통해 자신의 위치를 파악했다.

"잠깐, 우리 어디로 가는 거였지? 비행선에서 내린 지 너무 오래돼서 그런지 기억이 안 나."

"카스웰, 너 되게 재밌다."

신더가 뒤를 돌아보았다. 카스웰은 벽을 한 손으로 짚으며 걷고 있었고, 그의 지팡이는 얼랜드가 쓰고 있었다. 언제부터 카스웰이 지팡이를 얼랜드에게 주었는지, 언제부터 얼랜드가 저렇게 피리 부는 듯한 쌕쌕 소리를 내며 숨을 몰아쉬었는지 신더는 알 수 없었다. 앞으로의 계획으로만 머리가 꽉 차 있어서 동료들의 기척을 눈치채지 못한 것이다. 얼랜드의 이마에 솟은 땀방울이 모자챙 끝에서 굴러떨어지는 걸 보고 신더는 멈칫했다.

"박사님, 괜찮아요?"

얼랜드가 고개를 떨구고 숨을 헐떡였다. "몽롱하군요. 그냥 혜성의…… 꼬리를 붙잡고 있어요. 소성단, 모래 언덕…… 그리고…… 여기 왜 이렇게 더운 거죠?"

"음…… 네. 우리 꽤 많이 왔어요." 신더는 거짓말을 했다. "잠깐 쉬었다 갈까요?"

얼랜드가 고개를 저었다. "안 됩니다. 내 크레센트 문이 저 위에 있어요. 작전대로 합시다."

카스웰이 어리둥절한 표정으로 신더와 얼랜드에게 가까이 다가왔다. "초승달이라뇨? 오늘 보름달 아니었어요?"

"박사님, 환각 보시는 거 아니죠?"

얼랜드가 눈을 가늘게 떴다. "어서 가기나 해요. 나는 따라가고 있으니까. 버…… 벌써 괜찮아졌습니다."

신더는 안 된다고 하고 싶었지만, 여유 부릴 시간이 없다는 건 사실이었다. 설령 얼랜드가 쉬었다 가자고 부탁하더라도 그러기는 힘들 것 같았다.

"알았어요. 카스웰, 가자."

카스웰이 어깨를 으쓱하고 손짓했다. "앞장서."

신더는 지도를 다시금 체크하고 앞으로 나아갔다. 이윽고 크레스가 일러준 갈림길이 나왔고, 위로 올라가는 계단이 보였다. 신더는 발걸음을 늦추고 황궁 지도상에서 그들의 현재 위치를 확인했다.

"저게 바로 그 계단인 것 같아. 카스웰, 발 조심해. 박사님?"

"아주 멀쩡합니다." 얼랜드가 옆구리를 움켜쥐면서 말했다.

신더는 마음을 단단히 먹고 계단을 올라갔다. 나선형 계단을 오르다 보니 지하 터널의 조명등 불빛이 멀어져갔고, 마침내는 너무 어두워져서 손전등을 다시 켜야 했다. 매끄러운 벽에는 금속 난간 하나만 달려 있을 뿐 아무 장식도 없었다. 3층 정도에 해당하는 높이까지 올라가자 문 하나가 나타났다. 네 사람이 나란히 걸어들어 갈 수 있을 만큼 널찍한 그 문은 두꺼운 강화 강철로 되어 있었다. 예상했던 대로 문의 이쪽 면에는 손잡이도 경첩도 달려 있지 않았다. 외부인이 이 터널을 통해 황궁으로 침입할 경우를 대비해 밖에서 안으로는 못 들어가게 해둔 것이다.

신더는 한 손을 들어올리고, 규칙적인 리듬에 맞춰 문을 두드렸다. 그리고 기다렸다.

너무 살살 두드렸나? 너무 일찍 온 건가? 아니면 너무 늦은 건가? 작전은 이미 실패한 걸까?

그런데 문 너머에서 소음이 들려왔다. 걸쇠가 철컹 풀리고, 잠금 장치 내부가 끼익 돌아가고, 오랫동안 쓰지 않은 경첩이 삐걱거리는 소리가 났다.

열린 문 앞에 이코가 단정히 개킨 옷가지를 들고 서 있었다. 이코가 활짝 웃으며 말했다. "신베이징 황궁에 오신 것을 환영합니다."

*

카스웰은 신더와 헤어져서 저 찌무룩하고 쇠약한 의사 양반하고만 단둘이 가기가 솔직히 내키지 않았다. 지금까지 얼랜드는 카스웰에게 살갑게 대해준 적이 한 번도 없었고, 카스웰의 눈을 고쳐주는 것을 중요하게 생각하지도 않는 듯했다. 터널을 걸을 때 얼랜드가 계속 주절거리는 노망 든 헛소리를 듣고 있는 것도 고역이었다. 하지만 어쩔 수 없었다. 두 사람은 이미 황궁에 들어왔고, 연구소 구역으로 가야만 했다. 그 사이비 같은 시신경 수술인지 뭔지를 하는 데 필요한 도구가 있는 곳으로.

단둘이서만.

"이쪽이오."

카스웰은 얼랜드의 목소리가 들리는 쪽으로 방향을 돌렸다. 지팡이가 없어서 한 손으로 벽을 짚으면서 걸어야 했지만, 얼랜드가 지팡이로 바닥을 짚는 소리를 길잡이 삼을 수 있으니 그리 불편하진 않았다. 지팡이는 자신보다 얼랜드에게 더 필요해 보였다.

얼랜드가 쓰러지지 않기만을 간절히 바랐다. 그랬다가는 작전이 모조리 엉망진창이 되어버릴 것이다.

"주위에 사람 있어요?" 카스웰이 물었다.

"멍청한 질문 하지 마시오."

카스웰은 얼굴을 찌푸리고 아무 대꾸도 하지 않았다. 바라던 대로 되어가고 있었다. 정부에서는 1급 기밀인 비상 터널을 통해 침입자가 들어올 거라고는 전혀 예상하지 못했고, 따라서 경비 인력을 전부 황궁 출입문과 무도회장 쪽에 집중시킨 것 같았다. 연구소도 텅 비어 있을 것이다.

물론 카스웰과 얼랜드가 다른 동료들을 위해 소란을 일으키면 상황은 달라지겠지만.

손가락에 닿는 벽의 감촉이 달라졌다. 부드러운 벽지가 아니라 매끄럽고 서늘한 표면이었다. 이윽고 문이 열리는 소리가 들렸다.

"이제부터 계단이오."

"엘리베이터는 왜 안 타요?"

"황궁 내 엘리베이터는 안드로이드가 조작하니까. 허가된 ID 칩이 없으면 탈 수 없소."

카스웰은 난간을 붙잡고 얼랜드를 뒤따라 계단을 올라갔다. 얼랜드는 두 번 멈춰서서 숨을 골랐고, 그동안 카스웰은 참을성 있게 기다렸다. 지금쯤 크레스가 잘하고 있을지, 정해진 시간이 되기 전에 임무를 완료할 수 있을지 걱정하면서.

하지만 걱정하지 않기로 했다. 크레스는 울프와 같이 있다. 괜찮을 것이다.

마침내 얼랜드가 어떤 방의 문을 열고 카스웰을 들여보냈다. 미끌미끌한 바닥에 발이 닿았고, 천장에서 전등이 켜지면서 미세하게 웅 하는 소음이 들렸다.

"아늑한 6D번 연구실이오. 내가 공주를 만난 곳이 바로 여기지."

"6D번 연구실. 그렇군요. 연구실 같은 데서 공주를 발견하는 건 흔한 일이죠."

카스웰은 코를 찡그렸다. 톡 쏘는 화학약품 냄새가 풍겼다.

"앞으로 네 발짝쯤 가면 실험대가 있소. 누워요."

"네? 잠깐이라도 쉬어야 하지 않겠어요? 숨이라도 좀 돌리고……."

"시간이 없잖소."

카스웰은 침을 꿀꺽 삼키고 앞으로 걸어갔다. 실험대에 손이 부딪혔다. 가장자리를 더듬어 만져보고 그 위로 기어올라가자 실험대에 깔린 위생용 종이가 부스럭 구겨지는 느낌이 났다.

"그런데 이제부터 내 골반뼈를 칼로 쑤시는 거 아니에요? 서두르지 않는 게 좋을 것 같은데요."

"불안한가 보지?"

"네, 엄청요."

얼랜드가 콧방귀를 뀌었다. "딱 당신다운 행동이군. 오로지 자기 자신이 걱정될 때만 오만방자한 태도를 거두고 인간적인 고뇌에 휩싸인다니. 뭐, 놀랍지도 않소."

"박사님은 제 상태가 조금도 걱정되지 않는 겁니까? 내 눈이랑 골반이 말이에요?"

"나는 내 나라, 내 공주, 내 딸만 걱정하오."

"딸이라니? 대체 무슨 소릴 하는 겁니까?"

얼랜드가 헛기침을 하더니 서랍을 탕 열었다가 닫았다. "크레센트를 인공위성에서 구해주려다가 실명했다고 들었소. 그것만으로도 나는 당신에게 큰 신세를 진 거겠지."

카스웰은 뺨을 긁적거렸다. "음, 그런가요?"

"그나저나, 그 아이가 언제부터 갇혀 지냈는지 아시오?"

"크레스요? 인공위성에서 7년 동안 살았다던데요."

"7년이라고!"

"네, 그전에는 용암 동굴 기숙사 같은 데서 다른 껍데기들이랑 같이 자랐다나? 기억은 잘 안 나는데, 아무튼 마법사가 아이들을 모아놓고 혈액 샘플을 뽑았답니다. 왜 그랬는지는 크레스도 잘 모른댔어요."

캐비닛 문이 탕 닫히는 소리에 이어 침묵이 흘렀다.

"박사님?"

"혈액 샘플을 뽑았다고? 껍데기 아이들에게서?"

"섬뜩하죠? 그래도 울프처럼 엽기적인 유전자 조작 같은 걸 하지는 않았으니 다행이죠." 카스웰은 머리를 흔들고 말을 이었다. "루나 과학자들은 대체 뭐하는 작자들인지…… 온갖 해괴한 일을 하고 있나 봐요."

또 침묵이 흐르다가 부스럭거리는 소리가 들렸다. 의자가 끌리고, 바퀴 달린 카트가 다가오는 소리가 났다. 그러면서 얼랜드가 뜻모를 혼잣말을 중얼거렸다. "껍데기의 혈액을 이용해서 치료제를 개발한 거겠지만…… 시기가 안 맞는데. 그때는 레투모시스가 발생하기도 전인데……. 레투모시스의 존재가 아직 밝혀지지도 않았을 때 크레스가 잡혀갔다니?"

카스웰은 얼랜드의 말이 끝나기를 기다렸다가 고개를 기울였다. "그래서 이제 어쩌죠?"

"그건…… 분명……."

"분명 뭐요?"

"오, 맙소사. 그래서 그런 거였어. 불쌍한 그 아이들을…… 내 크레센트 문을……."

카스웰은 손으로 턱을 괴었다. "뭐, 맘대로 하세요. 의미 불명 헛소리 끝나고 수술할 준비 되면 말씀이나 해주세요."

또 카트의 바퀴가 바닥을 구르는 소리가 나더니, 얼랜드가 돌연 날이 선 목소리로 말했다. "당신은 그 아이의 사랑을 받을 자격이 없소. 그건 알아두시오."

"물론…… 네? 뭐라고요?"

"그 아이가 얼른 정신을 차리기를 바랄 뿐이오. 그 애가 당신을

510

보는 표정이 나는 조금도 달갑지 않으니까."

"대체 누구 얘길 하는 겁니까?"

뭔가 달그락거리는 소리가 났다. 얼랜드가 수술 도구들을 금속 카트 위에 내려놓은 것 같았다.

"됐소. 지금 중요한 건 그게 아니니. 누우시오."

"잠깐만요. 솔직히 말해보세요. 박사님, 지금 실성하신 건가요?"

얼랜드가 씨근거리더니 말했다. "카스웰 손, 나는 방금 매우 중요한 사실을 발견했소. 카이토 황제와 다른 지구연합 국가들에 즉시 알려야 할 긴급한 사안이오. 하지만 그러려면 우선은 이 작전을 완수해야 하고, 당신의 줄기세포를 추출하고 재생 용액을 만드는 일을 지금부터 4~5분 안에 마쳐야 하오. 나는 당신을 좋아하지는 않지만 서로 같은 편이라는 건 잘 알고 있고, 우리 둘 다 크레스와 신더가 이 황궁을 무사히 떠날 수 있도록 노력하고 있다는 것도 알고 있소. 그러니 나를 신뢰할 거요, 말 거요?"

카스웰은 그 질문을 생각해보다가, 한숨을 푹 쉬고 실험대에 누웠다. "네, 준비됐어요. 하지만 그전에 꼭 잊지 말고……."

"잊지 않았소. 레투모시스 비상경보 발령."

넷스크린 화면에 손가락이 부딪치는 소리가 나더니, 쩌렁쩌렁한 사이렌이 연구소 복도에 울려퍼졌다.

49장

크레스는 안절부절 마음을 졸였다. 결혼식이 시작되기 전까지 불과 27분밖에 남지 않았는데 경비병들은 모두 자기 위치를 굳건히 지키고 있었다. 게다가 크레스와 울프는 남들의 이목을 끌지 않기위해 계속 자리를 옮겨야 했다. 그들은 지나가는 웨이터에게 새우로 된 애피타이저를 받아서(크레스는 한 접시, 울프는 여섯 접시) 먹는 데 집중하는 척했고, 교대로 화장실에 가는 척 밖으로 빠져나가서 경비병들이 동요하는 기색이 있는지 살펴보기도 했으며, 크레스는 여자들이 자꾸만 울프에게 다가와 치근대려 하는 바람에 연신 울프를 잡아당기며 열심히 웃고 수다를 떠는 척해야 했다. 울프를 만지기만 해도 불안해지고, 농담을 한다는 건 상상도 되지 않는데, 자신이 그런 행동을 세 번이나 했다니 믿기지 않았다.

오케스트라가 준비된 곡들을 다 연주하고 첫 곡으로 다시 돌아갔을 때, 크레스는 울프에게 속삭였다. "다른 대책을 생각해야 할 것 같아요."

"이미 생각했어."

크레스는 울프를 올려다보았다. "정말요? 그게 뭔데요?"

"계획한 대로 중앙제어본부로 가는 거야. 가는 길을 가로막는 경비병들은 내가 다 쓰러뜨리고."

크레스는 입술을 깨물었다. 전혀 마음에 들지 않는 대책이었다.

"저기 봐봐."

크레스는 울프가 가리킨 곳을 돌아보았다. 경비병 둘이 고개를 숙이고서 대화하고 있었다. 한 명은 배지를 많이 달고 있는 걸 보니 계급이 상당히 높은 것 같았다. 그가 부하에게 뭐라고 말을 하면서 무도회장 밖으로 나가는 복도들 중 하나를 가리켰다. 연구소 방향이었다.

물론 그 복도는 연구소만이 아니라 여러 곳으로 통하긴 하지만, 크레스는 그 경비병이 연구소에서 소란이 일어났다는 이야기를 한 것이기를 바랐다. 만약 그렇다면 카스웰과 얼랜드가 연구소로 침입해 레투모시스 경보를 울리는 데 성공했다는 뜻이리라.

두 경비병이 즉시 밖으로 나갔다.

"성공한 걸까요?" 크레스가 물었다.

"우리가 직접 알아봐야지."

크레스는 울프가 내어준 팔꿈치를 잡고 중앙 복도로 걸어갔다. 다음 복도로 접어들 때까지도 그들에게 신경 쓰는 경비병은 없었다. 크레스는 외워둔 길을 거듭 떠올렸다. 네 번째 복도에서 오른쪽으로 꺾고, 거북이 모양 분수가 있는 정원을 지나, 두 번째 갈림길에서 왼쪽으로 꺾어야 한다. 심장이 쿵쿵 날뛰었다.

그 과정에서 스태프에게 두 번 제지당했다. 그때마다 그들은 술에 살짝 취해서 길을 잃은 손님인 척하고 방향을 물었고, 적당히 눈에 안 띄는 곳에 숨어 있다가 스태프가 사라지고 나면 다시 앞으로 나아갔다. 침입자 경보 같은 건 울리지 않았고, 경비병들에게 붙잡히지도 않았다. 물론 감시카메라에는 숱하게 많이 노출되고 있겠지만, 신더나 카스웰이나 얼랜드처럼 얼굴이 알려진 위험인물이 아니니 딱히 수상쩍게 보이지는 않을 것이다. 설령 누가 의심한다 해도 연구소에서 터진 비상사태에 정신이 더 팔려서 신경 쓰지 못하기를 바랐다. 하지만 무도회장에서 너무 멀어지면 길을 잃은 척하는 연기는 통하지 않을 것이다.

울프의 발걸음이 빨라졌다. 크레스는 마음이 조금 놓였다. 신더와 이코가 기다리고 있다. 시간이 없었다.

황궁의 탑 두 개를 연결하는 구름다리 통로에 이르렀다. 바닥이 유리로 되어 있어서 아래가 오롯이 내려다보였다. 짙푸른 풀밭에 탐스럽게 피어난 국화 꽃송이들과 졸졸 흐르는 시냇물을 내려다보며 걷다 보니 통로가 끝나고 원형 로비가 나왔다. 거무스름한 목재를 조각한 의자와 테이블이 마련되어 있고, 그 주위를 신화 속 동물들을 표현한 동상들이 빙 두르고 있었다. 대나무와 난초 화분에서 농밀한 향기가 풍겼다.

여기는 크레스가 아는 곳이었다. 크레스는 행운을 상징하는 용의 조각상 뒤로 다가가서 그 앞면이 벽 쪽을 향하도록 돌려놓았다.

"왼쪽 눈에 루나의 감시카메라가 박혀 있어요."

514

두 사람은 엘리베이터를 향해 발길을 재촉했다. 여러 대의 엘리베이터 앞에 흰색 안드로이드가 서서 집게손을 배 앞에 모으고 있었다. 안드로이드가 푸른 센서를 두 사람에게 비췄다.

"불편을 끼쳐드려 죄송합니다." 안드로이드가 지극히 단조롭고 중립적인 어조로 말했다. "1단계 보안 경계가 발령되어 모든 엘리베이터가 임시 폐쇄되었습니다. 경계가 해제될 때까지 따뜻한 차를 드시면서 기다려주시기 바랍니다."

안드로이드의 집게발이 벽 쪽에 있는 기계를 가리켰다. 그 기계에는 주둥이에서 김이 모락모락 올라오는 도자기 찻주전자와 각종 찻잎, 향신료가 마련되어 있었다.

"보안 경계를 무시할 수 있어?" 크레스가 물었다.

"할 수 있습니다. 다만 자격 있는 황궁 공직자의……."

크레스는 웅크려 앉아서 안드로이드의 몸을 붙잡고 뒤로 돌렸다. "제어판 뚜껑 열 수 있는 드라이버 같은 건 없겠지?"

"……코드가 있어야 1단계 보안 경계를……."

울프가 크레스의 뒤에서 몸을 구부리더니, 안드로이드 몸체에 있는 홈을 손가락으로 후벼파서 뚜껑을 통째로 뜯어냈다.

"무시할 수 있습니다. 불편을 끼쳐드려 죄송합니다만……."

울프가 얼랜드에게 받은 포트스크린을 주머니에서 꺼내 크레스에게 건네주었다. 크레스는 안드로이드의 연결 케이블을 뽑아내서 포트스크린에 꽂고, 연결기기 진단 검사가 자동으로 시작되기 전에 재빨리 프로그램을 중지시켰다. 그리고 보안 경계 무시 설정을 찾아 제어판을 살펴보았다.

"……정부 기물 훼손을 중지하십시오. 황실 안드로이드를 훼손하는 행위는 5000유니브의 벌금형과 6개월의 징역…… 신원이 확인되었습니다. 콘 토린 황실 고문관님. 보안 경계 모드를 중단합니다. 지시를 내려주십시오."

"1층으로 내려가는 엘리베이터."

"A 엘리베이터에 탑승하십시오."

크레스는 케이블을 뽑았다. 울프가 크레스를 일으켜 세우고 엘리베이터 안으로 들어갔다.

엘리베이터가 내려가는 동안 크레스는 가슴이 쿵쾅거렸다. 당장이라도 저 문이 열리고 총을 든 경비병들이 들이닥칠 것만 같았다. 지금쯤이면 그들은 분명히 감시당하고 있을 것이다. 카스웰이 아무리 주의를 분산시켰다고 해도 엘리베이터에 두 대씩 설치되어 있는 감시카메라가 돌아가지 않는 건 아니었다. 문제는 경비병들이 크레스와 울프의 목적지를 알아차리고 거기까지 오는 데 걸리는 시간이었다.

엘리베이터가 멈췄다. 문이 열리기까지 몇 초의 시간이 몇 분처럼 느껴졌다. 가슴이 미친 듯이 고동쳤다. 마침내 문이 열리자 텅 빈 복도가 나타났다. 크레스는 긴 한숨을 내쉬었다.

이 구역은 관료들이 정무를 보기 위한 공간이었다. 회견실이며 집무실을 지나치면서 크레스는 예전에 인공위성 감시 영상으로 보았던 것들을 알아보았다. 책상에 놓인 명패, 벽에 걸린 그림 등등. 카펫이 깔린 복도를 울프와 함께 뛰어가면서 크레스는 자신이 인공위성에 돌아와 있다는 상상을 했다. 천장에 달린 감시카메라로 자신과 울프의 모습을 지켜보고 있다고. 언제나 구석에 숨은 채 조용히 지켜보고 있는 저 카메라들에 두 사람은 어떻게 비치고 있을까.

모퉁이를 하나 돌고 새로운 복도에 접어들었을 때, 크레스는 인공위성의 모니터 화면에 나오는 실시간 감시 영상이 저 복도에 있는 카메라의 영상으로 바뀌는 것을 상상했다. 천장에 달린 카메라 하나를 지났을 때, 지금쯤 감시 영상에서는 두 사람의 뒷모습이 보일 거라고 상상했다.

둘은 무사히 또 다른 엘리베이터 구역에 이르렀다. 이곳에는 안드로이드가 없었다. 크레스는 엘리베이터의 제어 스크린을 눌러보았지만 작동되지 않았다. '1단계 보안 경계로 인해 임시 폐쇄됩니다'라는 빨간 글씨만 나타날 뿐이었다. 크레스는 얼굴을 찡그리며 화면을 꽉 눌렀다. 출입할 방법이 분명 있을 텐데, 엘리베이터 작동에 지정된 안드로이드가 없다면 대체 어떻게…….

그때 누군가가 크레스의 팔꿈치를 붙잡고 끌어당겼다. 크레스는 짧게 비명을 올렸다. 하지만 그건 경비병이 아니라 울프였다.

"계단."

울프가 크레스를 이끌고 한쪽에 있는 벽감으로 다가가서 문을 열어젖혔다. 등 뒤에서 문이 닫혔을 때, 멀찍이서 달려오는 사람들의 발소리가 들렸다. 심장이 목구멍으로 튀어나올 것 같았다. 크레스는 울프도 저 소리를 들었는지 물어보려고 고개를 돌렸지만 그럴 새도 없었다. 울프가 순식간에 크레스를 어깨 위에 들쳐메고서 계단에서 펄쩍 뛰어내려 맨 밑의 층계참에 착지했다. 크레스는 조그맣게 꺅 소리를 냈다가 입을 틀어막았다.

아래로, 아래로, 아래로……. 마침내 그들은 '지하 D: 정비 및 보안 구역'이라는 팻말이 붙은 문 앞에 이르렀다.

울프가 크레스를 내려놓고 문을 밀자 전혀 황궁 내부 같지 않은 공간이 펼쳐졌다. 새하얀 벽과 탁한 회색 콘크리트 바닥으로 된 살 풍경한 로비였다. 왼편에는 엘리베이터가, 앞쪽에는 물건이 어지럽 게 흩어져 있는 책상 하나가 놓여 있고, 그 뒤에는 사면이 착색유리 로 된 방이 하나 있었다. 그 유리방 안에는 40여 개의 모니터가 보 였다. 대부분의 화면에는 황궁 내부와 주변 지역의 실시간 감시 영 상이 출력되고 있었고, 그중 네 개에는 보안 경고문이 번뜩이고 있 었다.

그리고 경비병 한 명이 그들에게 총을 겨누고 있었다.

"거기 멈춰서 손들어!"

크레스는 덜덜 떨면서 손을 들어올리려 했다. 그런데 손가락이 머리카락을 채 스치기도 전에 울프가 앞으로 휙 뛰쳐나갔다. 크레 스는 비명을 지르며 바닥에 엎드렸다. 드레스 안감이 북 찢어지는 느낌이 났고, 탕 하는 총성이 콘크리트 바닥을 메아리쳐 울렸다. 크 레스는 머리를 팔로 덮으면서 또 다시 비명을 질렀다.

"크레스, 일어나. 당장."

고개를 들어보니 경비병은 의식을 잃고 책상 위에 쓰러져 있었 다. 울프가 바닥에 떨어진 총을 걷어차서 날려버리고, 경비병의 몸 뚱이를 유리방 쪽으로 끌고 가서 문에 설치된 ID 스캐너에 경비병 의 손목을 들이댔다. 초록색 불빛이 켜졌다.

"빨리해. 곧 경비병들이 들이닥칠 거야."

크레스는 후들후들 떨면서 몸을 일으켜 울프를 따라 중앙제어본 부로 들어갔다.

50장

"나 제대로 입은 거 맞아?"

신더가 블라우스를 만지작거리며 물었다. 몸에 휘감는 스타일의 그 블라우스는 허리띠뿐만 아니라 세 개의 끈으로 복잡하게 묶어 여미게 되어 있었다.

"응, 맞아. 머리 좀 그만 움직일래?"

이코가 신더의 양쪽 귀를 붙잡고 머리를 멈추게 하더니, 두피가 아플 만큼 머리카락을 잡아당겨서 틀어올려주었다. 그동안 신더는 체중을 두 발에 번갈아 실으면서 마음을 가라앉히려 애썼다. 카스웰과 얼랜드와 헤어진 지 몇 시간은 흐른 기분이었다. 물론 사이보그 시스템상으로는 17분도 안 지났다고 되어 있었지만.

시야의 한쪽 귀퉁이에 틀어놓은 뉴스 방송에서는 결혼식까지 남은 시간을 카운트다운하고 있었다.

신더는 눈을 질끈 감고 욕지기를 삼켰다. 평생 여러 가지 일로 불안에 떨며 살아왔지만 이렇게까지 불안한 건 처음이었다. 변수가 너무나도 많았고, 체포되어 다시 감옥으로 끌려갈지도 모른다는 사실을 뻔히 알면서 가만히 있으려니 정신이 나갈 것만 같았다.

그런데 정말로 무서운 일은 따로 있었다. 이제 카이토를 만나게 된다는 것이었다. 직접, 얼굴을 맞대고.

마지막으로 카이토를 보았을 때는 신더가 황궁 계단에서 굴러 넘어지던 순간이었다. 그때 충격과 배신감으로 가득한 카이토의 표정에 신더는 가슴이 무너지는 것 같았다. 그로부터 한 시간 전만 해도, 신더가 무도회장 계단 꼭대기에서 빗물에 쫄딱 젖은 채 서 있을 때만 해도, 카이토는 자신을 올려다보며 미소를 지었는데.

너무나 다른 그 두 가지 표정이 모두 신더 한 사람을 보고 지은 것이었다.

이번에는 카이토가 자신을 보고 어떤 반응을 보일지 알 수 없었다. 그래서 끔찍하도록 막막했다.

"신더, 뉴스 보고 있어?"

신더는 뉴스 방송으로 주의를 돌렸다. 해설자가 결혼식이 일시적으로 지연되고 있다고 말하고 있었다. 문제는 전혀 없고 모든 게 잘 돌아가고 있지만, 황실 보안팀에서 경계에 각별히 신중을 기하느라 잠시 늦어질 예정이라고.

"이제 됐어. 가자."

둘은 복도 양쪽을 둘러보았다. 사람은 아무도 없었고 천장에 달린 카메라의 불빛은 꺼져 있었다. 그때 신더는 자신이 지금 얼마나 위험한 처지인지 실감했다.

전 세계에서 수배 대상 1순위인 범죄자가 자신의 범죄 현장으로 돌아가는 짓이다.

그렇다 해도 이 결정을 돌이킬 마음은 전혀 없었다.

"위치 파악할게." 신더는 뉴스를 끄고 황궁 내부 지도를 시야에 띄웠다. 그리고 지금 있는 곳의 좌표를 표시한 다음, 크레스가 알려 준 카이토 황제의 추적 코드를 입력했다.

위치 측정 시스템이 검색에 들어갔다. 신더는 숨을 죽였다.

이윽고 지도에 초록색 점이 나타났다. 북쪽 탑 14층, 개인 처소로 이어지는 응접실. 카이토는 그 안에서 서성거리고 있었다.

신더는 몸을 떨었다. 거리가 너무나 가까웠다. 우주를 사이에 두고 떨어져 있었던 그가 바로 지척에 있었다. "찾았어."

그들은 아무도 없을 것 같은 복도를 통해서만 움직였다. 신더는 천장의 카메라들을 자꾸만 흘끔거릴 수밖에 없었다. 그러나 그중에 서 움직이거나 빛을 내거나 여하간 켜져 있다는 신호가 보이는 카메라는 하나도 없었다. 서서히 불안감이 찾아들었다.

크레스가 해냈다. 크레스가 보안 시스템을 마비시킨 것이다.

북쪽 탑으로 올라가는 엘리베이터로 이어지는 모퉁이를 돌았을 때, 신더는 어떤 여자와 부닥쳤다.

"앗, 죄송합니다!"

신더는 비틀거리면서 사과하자, 여자가 신더를 쓱 훑어보았다. 그녀는 신더와 똑같은 블라우스와 검은 바지를 입은 황궁 스태프였 다. 신더는 재빨리 마법을 걸어 사이보그 손을 인간 손처럼, 얼굴은 안드로이드처럼 흠 없이 고운 피부로 보이게 했다. 그리고 놀란 기색을 감추며 미소를 짓고 허리를 굽혀 인사했다.

그런데 자신이 이렇게까지 깜짝 놀란 이유가 무엇인지 뒤늦게 떠올랐다. 복도에서 누군가와 마주쳤기 때문이 아니었다. 모퉁이를 돌기 전에 그 여자의 기운을 전혀 느끼지 못했기 때문이다.

모든 인간에게서는 생체전기가 발산된다. 신더는 평소에 사람들의 생체전기를 감지하고 만져보고 파악하는 데 너무 익숙해져 있었다. 카스웰, 울프, 제이신, 얼랜드가 자신의 근처에 있으면, 마치 그림자가 드리우는 것처럼 그들의 고유한 생체전기가 신더의 잠재의식에 드리워지는 걸 느낄 수 있었다. 숨 쉬는 것만큼이나 본능적인 능력이었다.

그런데 지금 눈앞의 저 여자는 텅 빈 눈으로 신더를 쳐다보고 있었다. 아무것도 느껴지지 않았다. 껍데기인 크레스나, 안드로이드인 이코처럼. 여자가 마주 허리를 숙여 인사하면서 말했다.

"죄송합니다. 이 구역은 황실의 허가 없이는 출입하실 수 없습니다. 나가주십시오."

이코가 밝게 웃으며 끼어들었다. "허가받았어요. 예식 시작되기 전에 황제 폐하께서 다과라도 드시고 싶으신지 여쭤보라고 해서 왔거든요."

이코가 여자 뒤로 걸어가려고 하자, 여자가 손을 확 뻗어서 이코의 가슴을 막았다. 시선은 오로지 신더에게만 고정되어 있었다.

"당신은 린 신더군요. 지명수배자. 당국에 경고하겠습니다."

"음, 미안해요. 지금은 좀 곤란해서요."

신더는 한 걸음 물러서서 인조 손을 들어 마취총을 쏘았다. 여자의 허벅지에 맞은 화살이 땡그랑 소리를 내면서 바닥으로 떨어졌다. 알아야 할 건 그것으로 충분했다.

신더는 이를 악물고 여자의 옆머리를 향해 주먹을 휘둘렀다. 그러자 여자가 머리를 획 피하더니 신더의 옆구리를 걷어찼다. 신더는 신음을 흘리며 뒷걸음질치다가 벽에 등을 부딪혔다.

여자가 무표정한 얼굴로 뛰어와 신더의 코를 팔꿈치로 찍으려 했다. 신더는 간신히 손으로 공격을 막고, 그 탄력을 이용해 여자의 몸을 획 돌려서 팔로 목을 조였다. 그러자 여자가 허리를 획 숙여서 신더를 자기 머리 너머로 떨어뜨렸다. 바닥에 쾅 자빠진 신더의 시야에 치직거리며 노이즈가 꼈다.

"이코, 저 여자……." 무언가가 딸깍 하는 소리가 나더니, 정적이 흘렀다. 여자의 공격이 멈췄다. 신더는 신음하면서 말을 맺었다. "안드로이드야."

"그렇더라고." 이코가 안드로이드의 목에서 전선째 뜯어낸 제어판을 들어서 보여주고는, 걱정스럽기 그지없는 표정을 지으면서 신더의 옆에 웅크렸다. "괜찮아?"

신더는 숨을 헐떡거리면서도 웃음이 나왔다. "너는 내가 본 안드로이드 중에서 최고로 인간적이야."

"알아. 그나저나 머리가 또 엉망이 됐네. 기껏 단정하게 만들어줬더니 5분을 못 넘기고 이게 뭐야?"

신더는 이코의 부축을 받아 일어서면서 입버릇처럼 대답했다. "나는 정비공인걸."

여자 쪽을 돌아보니, 팔을 축 늘어뜨린 채 공허한 눈으로 엘리베이터 쪽을 바라보고 있었다.

신더는 머리를 휘휘 흔들고 엘리베이터 버튼을 눌렀다. 스크린에

1단계 보안 경고문이 뜨더니, 별안간 사라지면서 엘리베이터 문이 열렸다. 황궁 저 아래 어디에선가 크레스가 방금 경보를 해제해준 것이다.

신더는 이코와 함께 안드로이드를 엘리베이터로 끌고 들어와서 구석에 내려놓았다. 너무 긴장돼서 손이 덜덜 떨린 나머지 다른 층의 버튼을 잘못 누를 뻔했다. 문이 닫힌 뒤, 신더는 머리에 꽂힌 핀들을 빼내고 고개를 흔들어서 너저분한 포니테일로 만들었다. 단정한 모습을 유지하는 건 5분으로 충분했다.

머릿속의 지도에서는 두 개의 점이 점점 가까워지고 있었다.

탑으로 올라가고 있는 신더, 그리고 카이토.

＊

시빌 미라 마법사는 무언가가 잘못됐다는 걸 알아차렸다. 지구인 경비병들이 심각한 분위기로 속닥거리고 총집을 만지작거리는 걸 보면 알 수 있었다. 시빌은 레바나 여왕의 뒤를 따라가면서 점점 긴장에 사로잡혔다.

무엇 하나라도 잘못된다면 여왕이 기뻐하지 않을 것이다.

시빌은 에이머리 마법사를 곁눈질했다. 그의 시선이 시빌과 마주쳤다. 에이머리도 눈치챈 것이다.

여왕은 대례복을 입고 있었다. 동방연방 전통혼례에 쓰이는 색깔인 붉은색과 황금색으로 이루어진 그 드레스에는 용과 봉황이 수놓아져 있었다. 가슴 부위에서 맞닿은 두 신수(神獸)의 꼬리가 치마의 긴 끝자락까지 이어졌다. 머리에 얇은 베일을 쓴 여왕은 예복의 천을 돛처럼 나부끼며 걸어나갔다. 언제나처럼 침착하고 자신만만한 걸음걸이였다. 여왕은 경비병들의 이상한 낌새를 아직 모르는 걸까? 만약 눈치챘다 해도 여왕은 그게 자신 때문이라고 생각할 것이다. 나약한 지구인들이 자신에게 추파를 던지면서도 동시에 무서워 벌벌 떠는 것뿐이라고.

하지만 시빌은 그렇게 단순한 문제가 아니라는 걸 알고 있었다. 목덜미의 털이 쭈뼛 섰다.

중앙 복도에 거의 다 왔을 때, 선두에 있던 동방연방의 경비병들 중 하나가 대열을 가로막았다. 여왕이 멈춰서자 치맛자락이 발치에 사뿐히 내려앉았다. 에이머리도 멈췄다. 시빌은 여왕 옆으로 다가갔다. 부상당한 쪽의 다리를 절뚝거리지 않고 최대한 자연스럽게 걸어야 했다. 시빌은 여왕에게 린 신더를 잡지 못했다는 것만 털어놓았을 뿐, 그 싸움에서 자신이 총에 맞기까지 했다는 창피한 사실은 숨기고 있었다. 더군다나 자신의 경호원이 쏜 총에 맞았다니.

"폐하, 황공합니다."

지구인 경비병이 여왕에게 허리만 굽혀 짧게 인사했다. 시빌은 눈을 부라리며 손가락을 꿈틀거렸다. 그러자 경비병이 한쪽 무릎을 털썩 꿇어앉았다.

"여왕의 안전에 나서려거든 예의를 갖춰라."

시빌이 손을 소매 속에 숨기면서 말했다. 경비병은 충격에 사로잡혀 말을 잃었다. 시빌은 그가 다시 일어서기는커녕 정중하게 조아린 고개를 들지도 못하게 막고 있었다. 경비병이 마침내 헛기침을 하고 긴장된 어조로 말했다.

"폐하, 현재 저희 보안 시스템이 예상치 못한 오작동을 일으키고 있습니다. 그래서 여왕 폐하와 카이토 황제 폐하의 안전을 위해 예식의 거행을 지연해야 한다는 지시를 받았습니다." 경비병이 숨을 들이쉬었다. 목에서 땀 한 방울이 흘러내렸다. "금방 조처가 끝날 것으로 사료됩니다만, 지금은 처소로 돌아가주셔야 합니다. 문제가 해결되어 예식을 거행할 수 있게 되었을 때 즉시 고해 올리겠습니다. 수행원 여러분은 속히 폐하를 모시고……."

"무슨 오작동인가?" 여왕이 물었다.

"황공하오나 현 상황에서는 구체적인 사항을 말씀드릴 수 없습니다. 하지만 문제를 시정하기 위해……."

시빌이 말을 가로막았다. "여왕께서 지극히 타당한 질문을 하시는데 대답이 불손하구나. 네가 한 말은 여왕께서 위험에 처하실 수도 있다는 뜻이다. 그게 어떤 위험인지 알아야 폐하의 옥체를 돌볼 수 있을 것이다. 설명해라. 정확히 어떤 오작동이 일어난 것이냐?"

여왕의 발에 시선을 고정한 경비병의 턱이 실룩거렸다. 계급이 높지 않아서 이런 질문에 대답할 권한이 없는 모양이었지만, 두려움 때문에 얼마 못 가 털어놓을 기색이었다. 그 옆에 있는 두 계급 아래의 경비병들은 꿈쩍도 하지 않고 서 있었다. 뻣뻣한 자세를 보니 심기가 불편한 듯했다. 저놈들도 다 꿇어앉혀버릴까 싶었다.

경비병이 마침내 입을 열었다. "저희의 보안 시스템이 정지되었습니다. 그건 중앙제어본부에서 직접 통제해야만 일어날 수 있는 일입니다."

"그곳은 황궁 내에 있고?"

"네, 미라 마법사님."

"그건 오작동이 아니라 '침입'이 아니냐?"

"저희도 그 가능성을 고려하고 있습니다. 저희의 최우선 임무는 귀빈들의 안전을 지키는 것입니다. 폐하, 처소로 돌아가시기를 다시금 간청드립니다."

시빌이 깔깔 웃었다. "황궁 중심부까지 침입자가 들어왔는데 우리가 처소에 안전하게 머물 수 있다고 생각하느냐? 자기네 보안 시스템도 못 지키는 너희들을 믿고?"

"시빌, 그쯤 해두게."

시빌은 웃음을 뚝 그치고 여왕을 돌아보았다. 여왕은 길고 흰 손가락을 치맛자락 위에 단정히 모아쥐고 있었다. 베일에 가려진 두 눈은 바늘처럼 날카로울 것이다.

"폐하?"

"이 결혼식이 얼마나 중요한지는 저자들도 잘 알고 있을 것일세. 이 결혼이 무산된다면 전 세계적으로 어떤 여파가 일어날지도. 그렇지 않은가, 제군들?"

경비병들은 아무 말도 하지 않았다. 무릎을 꿇은 남자는 덜덜 떨기까지 했다. 저렇게 불편한 자세로 고개를 숙이고 있으니 목이 꽤나 아플 것 같았다. 에이머리가 여왕의 옆으로 뚜벅뚜벅 걸어와 천둥처럼 나지막하고도 위협적인 음성으로 말했다.

"여왕께서 질문을 하셨다."

경비병이 헛기침을 했다. "폐하, 저희는 이 예식을 지연하거나 방해할 의사가 없습니다. 저희는 다만 이 문제를 속히 시정해서 최대한 빨리 예식이 거행되기를 바랄 뿐입니다."

"그래. 시빌, 에이머리, 이만 처소로 돌아가세. 저들이 우리 때문에 고생하지 않고 소임을 다하도록 해야지." 여왕이 몸을 돌리다가 멈칫했다. 베일이 팔꿈치에 스치며 사라락 소리를 냈다. "아, 내 신랑의 안전에 대해서도 확인해보거라. 그이가 무탈하신지 알지 못하면 내가 불안해서 견디지 못할 것이니."

경비병이 말했다. "예, 폐하. 두 분의 처소 밖에 추가 병력을 배치할 것입니다."

여왕이 시종과 경호원 들을 앞세우고 걸음을 옮겼을 때에야 시빌은 경비병에게 건 마법을 풀었다. 저들은 이 사태가 해결되지 않으면 어떤 화가 닥칠지 상상이나 할 수 있을까.

예식이 지연되는 것 자체는 문제가 아니었다. 중요한 것은 이러한 사태를 일으킨 원인이 무엇인지, 혹은 누구인지였다.

레바나는 지구의 군대가 무능하다고 욕할 때를 제외하면 사이보그 도망자에 대해 일절 언급도 하지 않았다. 하지만 시빌은 여왕이 숨기는 것이 무엇인지 짐작하고 있었다. 그 빨간 머리 여자애가 심문당할 때 했던 이야기가 무슨 뜻인지는 뻔했으니까. 그게 거짓말이 아니라는 것도 분명했다. 린 신더라는 그 사이보그는 정말로 셀린 공주였던 것이다.

시빌은 지난번 무도회에서 린 신더의 마법을 보았다. 정확히는 그 마법에 여왕이 내보인 반응을. 그런 소동을 일으킬 만한 사람은 은하 전체에서 단 한 사람, 여왕의 조카인 셀린 공주밖에 없었다. 여왕은 셀린이 살아서 이리저리 도망치며 자신을 비웃고 있다는 생각에 미치도록 화가 난 것이다.

지금까지 린 신더는 놀랍도록 뛰어난 위기대처력을 보여주었다. 신베이징에서 탈옥하고, 프랑스 파리와 아프리카의 작은 마을에서 군대에 포위되었다가도 탈출하고, 심지어는 시빌의 습격에서도 빠저나갔다.

결혼식이 지연된 것도 그 사이보그의 소행일까? 감히 여왕의 결혼을 막는 무모한 짓까지 벌이려는 것일까?

만약 그렇다면 지금껏 시빌은 린 신더를 과소평가한 것이리라. 황궁에 침입하고, 보안을 중지시키고, 시스템을 마비시키기까지…….

시빌은 발을 헛디딜 뻔했다. 그녀답지 않게 칠칠치 못한 행동을 하는 걸 본 에이머리가 미심쩍은 눈길을 던졌다. 시빌은 에이머리를 돌아보지 않았다. 머리가 온갖 생각으로 분주했다.

아니, 그럴 리 없다. 성급한 비약일 것이다.

시빌은 옷소매 안에서 소형 포트스크린을 꺼내 신베이징 황궁의 감시 프로그램을 열어보았다. 수많은 따분한 회담이며 회견을 틈타서 자신이 황궁 전체에 힘들게 설치해놓은 카메라와 도청기 들이…….

연결할 수 없습니다.

시빌은 이를 갈았다.

황궁의 보안 시스템만 고장 난 게 아니었다. 루나의 감시 시스템도 마비되어 있었다. 시스템 전체가.

말도 안 되는 일이었지만, 크레센트의 짓이라고 볼 수밖에 없었다. 시빌은 포트스크린을 집어넣었다.

"여왕이시여."

행렬이 멈췄다.

"이 보안 침입 사건을 제가 직접 조사하고 싶습니다. 윤허하여주십시오."

경비병들 중 한 명이 움찔거리며 입을 열었다. "송구합니다만, 여러분 모두를 처소로 모시라는 명령을⋯⋯."

시빌은 그 경비병의 머리에서 나오는 생체전기를 휘어잡아 비틀었다. 목이 졸린 경비병이 컥 하고 숨을 내뱉었다.

"네 허락을 구한 것이 아니다."

레바나가 베일을 아주 살짝 움직이며 고개를 끄덕였다. "허락하겠네."

시빌은 절을 했다.

"그리고 시빌, 그 침입자들을 발견하거든 즉시 죽이도록 하게. 결혼하는 날 체포니 재판이니 하는 사소한 문제로 시달리고 싶지는 않구먼."

"그리하겠습니다, 폐하."

51장

카이토는 숨을 헐떡이듯 껵껵거리는 웃음을 토해냈다. 이 사태가 끔찍한 건지, 아니면 어마어마하게 우스꽝스러운 건지 알 수가 없었다. "황궁 보안이 '훼손'되었다니, 그게 정확히 무슨 뜻이오?"

토린이 말했다. "보안팀에서 경황이 없어 공식 보고서를 작성하지는 못했지만, 무기 검색기를 비롯한 스캐너와 감시카메라 일체가 마비되었다고 합니다. 정확히는 보안요원들이 감시 영상에 접속하지 못하고 있다는 겁니다."

"언제부터?"

"17분 전부터입니다."

카이토는 창가로 걸어갔다. 혼례복을 입은 자신의 모습이 유리에 비쳤다. 흰 실크 셔츠와 어깨에 두른 붉은 장식띠. 그 띠를 볼 때마다 붉은 피 같다는 생각이 들었다. 그래서 카이토는 지난 한 시간 동안 처소를 서성거리면서 거울을 보기를 최대한 피했다.

"배후에 레바나가 관련되어 있다고 보시오?"

"여왕이 오늘 예식을 그르치는 일을 할 성싶지는 않습니다."

카이토는 손으로 머리를 쓸어올렸다. 프리야가 이 모습을 보면 발끈할 것이다. 최고의 스타일리스트들이 40분 동안 한 올 한 올 말끔하게 다듬어준 머리였으니까.

"폐하, 창가에서 물러나시는 편이 좋겠습니다."

카이토는 토린의 걱정스러운 목소리에 놀라서 뒤를 돌아보았다.

"왜 그러시오?"

"이 침입 사태는 폐하의 옥체에 위협이 닥칠 수도 있다는 뜻입니다. 그 위협이 어디에서 어떻게 발생할지는 모르는 일입니다."

"누가 창문을 깨부수고 나를 암살할지도 모른다는 거요? 여긴 14층인데?"

"추가적인 정보가 나오기 전까지 불필요한 위험은 피하셔야 한다는 겁니다. 곧 경비대장이 도착할 예정입니다. 이런 상황에 대비한 황실 내규가 분명 있을 겁니다. 전원 대피하거나, 또는 황궁 격리 조치에 들어갈 수도 있습니다."

카이토는 창가에서 물러났다. 격리? 그런 조치가 있는 줄도 몰랐다. "결혼식이 취소되는 거요?"

카이토는 내심 기대하면서 물었지만 토린은 한숨을 쉬었다.

"아직 공식적으로는 아닙니다. 그건 최후의 방법이지요. 현재 레바나 여왕과 그 수행단도 처소에서 대기하고 있고, 필요하다면 더 떨어진 장소로 이동해야 할 겁니다. 두 분의 안전이 확실해질 때까지 예식은 일시적으로 연기됩니다."

카이토는 조각 장식이 된 목제 의자에 걸터앉으려다가 너무 초조해서 그냥 일어섰다. "레바나가 길길이 날뛸 텐데. 이 소식을 레바나에게 전하는 사람에게 주의하라고 일러주시오."

"이미 잘 알고 있을 거라고 봅니다."

카이토는 당혹스러워 고개를 흔들었다. 지난 몇 주 동안 카이토는 비참, 걱정, 공포, 불안에 사로잡혀 정신이 혼미한 상태로 지냈다. 하지만 그 와중에도 절박한 희망이 끈질기게 머릿속을 맴돌았다. 탈출구가 있으리라는 희망. 결혼식이 무산되리라는 희망. 셀린 공주가 발견되어서 모든 걸 바꾸리라는 희망.

그러다가 이런 일이 발생한 것이다.

단순한 사고일 리 없다. 누군가가 의도적으로 황궁 보안 시스템을 해킹한 것이다. 대체 누가, 무슨 목적으로? 그냥 결혼식을 저지하려고? 물론 이 결혼을 반대하는 사람들이 세상에 넘쳐나긴 할 것이다. 하지만 만약 이 침입자들의 목적이 거기서 끝나지 않는다면? 더욱 위험하고 사악한 의도를 품고 있다면?

카이토는 토린을 올려다보았다. "내가 음모론 얘기 꺼내면 싫어하는 건 알지만, 이거야말로 음모 아니겠소?"

토린은 길고 고통스러운 한숨을 내쉬었다. "폐하, 이번만큼은 저도 폐하의 추측에 동의할 수 있을 것 같습니다."

그때 문에서 노크 소리가 들려 두 사람 다 흠칫 놀랐다. 누가 방문하면 벽에 달린 스피커에서 안내가 흘러나오는 게 정상이었다. 시스템이 마비가 돼서 스피커도 작동하지 않는 듯했다.

그런데 좀 이상했다. 이런 경우에 대비한 예비 시스템이 있지 않나? 아니면 그것까지도 먹통이 된 걸까?

토린이 문으로 다가갔다. "누군지 고하시오."

"타시미 프리야입니다. 황제 폐하의 알현을 요청합니다."

카이토는 긴장을 풀고 목을 문질렀다. 토린이 문을 열자, 뻣뻣한 자세로 서 있는 프리야가 나타났다. 에메랄드빛과 은색 사리로 평소보다도 더더욱 화려하게 차려 입고 있었다.

"무슨 일이오?"

프리야의 멍한 얼굴에서 두려움이 언뜻 배어났다. 아무래도 최악의 소식을 각오해야 할 것 같았다. 더 이상 뭐가 최악인지는 잘 모르겠지만.

그런데 프리야가 눈을 감더니 카펫 위에 쓰러져버렸다.

카이토는 입을 떡 벌리고 프리야 옆에 꿇어앉았다. 그 맞은편에서 토린이 프리야의 손목을 잡고 맥박을 확인했다.

"왜 이러는 거요? 대체 무슨……."

카이토는 입을 다물었다. 프리야의 등에 꽂힌 조그마한 다트가 보였기 때문이다. 그리고 누군가의 목소리가 들렸다.

"그분은 괜찮을 거예요."

카이토는 얼어붙었다.

고개를 들어보았다. 검은 바지, 실크 블라우스를 입은 소녀…….

심장이 목구멍으로 튀어나오려 했다. 신더였다.

신더는 결혼식 스태프 유니폼 차림이었다. 머리는 언제나처럼 너저분했지만 장갑은 끼지 않았다. 허둥거리는 기색이 역력했다.

신더 뒤에서 또 다른 여자가 방 안으로 들어오더니 문을 닫았다. 그 여자는 신더보다 키가 조금 더 컸고 연갈색 피부에 푸른 머리카락이었다. 어쨌거나 카이토는 그쪽에 그 이상 눈길을 줄 수 없었다.

눈앞에 신더가 있었으니까.

카이토는 벌린 입을 좀처럼 다물지 못하고 일어나 섰다. 토린이 다가와서 앞을 가로막았지만, 카이토는 신경도 쓰지 못했다.

신더는 카이토와 눈을 마주쳤다. 마음을 단단히 다지고 있는 눈치였다. 사이보그 손의 한쪽 손가락에서 살벌한 무기 같은 부속품을 꺼내놓고 있으면서도 표정만큼은 꼭 수줍음 타는 소녀 같았다.

견디기 힘든 침묵이 무겁게 내려앉았다. 카이토는 할 말이 전혀 떠오르지 않았다. 신더가 먼저 침을 꿀꺽 삼키고 입을 열었다.

"죄송해요. 어쩔 수 없이 이분을⋯⋯." 신더는 의식을 잃은 프리야를 가리키고는 뭔가를 털어내기라도 하듯 손을 휘휘 흔들었다. "하지만 괜찮을 거예요. 정말이에요. 깨어나면 약간 속이 메슥거릴 수도 있겠지만⋯⋯. 그리고 폐하의 안드로이드⋯⋯ 나인시 맞죠? 아무튼 그 안드로이드도 망가뜨렸어요. 예비 프로세서도요. 하지만 아무 정비공이든 부르시면 1분도 안 돼서 뚝딱 고쳐줄 거예요. 그러니까⋯⋯."

신더는 초조하게 손목을 문질렀다.

"아, 그리고 오는 길에 경비대장님이랑 다른 경비병들을 마주쳤거든요. 그래서 겁을 좀 줬어요. 그랬더니, 음, 경비대장님은 의식불명이에요. 그치만, 정말로 괜찮을 거예요. 맹세해요." 신더가 불안한 미소를 지으면서 한마디를 덧붙였다. "아⋯⋯ 그건 그렇고, 오랜만이에요."

뒤에 있던 여자가 눈을 굴리면서 말했다. "너 때문에 미치겠다."

신더가 여자를 쏘아보았다. 여자는 카이토에게 한 걸음 앞으로 다가와 우아하게 몸을 숙여 절했다.

"황제 폐하, 다시 만나뵙게 되어 크나큰 영광입니다."

카이토는 아무 말도 하지 않았다.

신더도 아무 말도 하지 않았다.

카이토와 신더 사이에 버티고 선 토린 역시 아무 말도 하지 않았다.

푸른 머리의 여자가 고갯짓을 했다. "신더, 시간 없어."

"앗, 그래."

신더가 카이토에게 머뭇머뭇 다가오면서 뭐라고 말을 하려고 입을 벌렸다. 하지만 카이토가 먼저 말을 가로챘다.

"미쳤어요?"

신더가 멈칫했다.

"도대체…… 아니, 이게 무슨…… 레바나 여왕이 지금 이 궁에 있단 말입니다. 당신을 죽일 거라고요!"

신더가 눈을 깜빡였다. "네, 알아요."

"그래서 낭비할 시간이 없다는 거예요."

푸른 머리 여자가 나지막히 중얼거렸다. 카이토는 그녀를 돌아보고 눈살을 찌푸렸다.

"당신은 누굽니까?"

여자의 안색이 환하게 밝아졌다.

"아, 전 이코예요! 기억하지 못하시겠지만, 안드로이드를 시장으로 데려왔을 때 만났죠. 그때는 제 키가 이만했고요." 여자가 자기 엉덩이께 손을 들어 표시했다.

"그리고 커다란 애호박처럼 생겼었죠. 피부색은 아주 하얬고요."

536

여자가 애교스럽게 속눈썹을 깜빡거렸다.

카이토는 신더에게 눈을 돌렸다.

"이코 말이 맞아요. 아무튼 우린 지금 나가야 해요. 당신도 같이 가야 하고요."

"내가 뭘 해야 한다고요?"

"절대로 안 됩니다."

토린이 신더를 향해 다가오며 말했다. 그런데 그의 발이 허공에서 멈추더니 뒤로 움직였다. 토린은 뒷걸음으로 프리야의 몸뚱이를 넘어 걸어다가가 안락의자에 무릎 안쪽을 부딪치고는 털썩 주저앉았다.

카이토는 자신이 너무 스트레스를 받아서 해괴한 꿈을 꾸는 건가 생각하며 토린을 쳐다보았다.

"미안해요. 그런데 아직 저한텐 마취총 화살이 한 개 남아 있어요. 방해하면 쏠 수밖에 없어요."

토린은 카이토가 한 번도 본 적 없는, 증오심이 이글이글 타오르는 눈빛으로 신더를 노려보았다.

"카이토, 당신의 ID 칩을 제거해야 해요."

카이토는 신더를 마주보고, 불현듯 처음으로 신더에게 공포를 느꼈다. 무언가가 딸깍 하는 소리가 나더니 신더의 손가락에서 나이프가 튀어나왔다.

신더가 사이보그라는 사실이야 이제 그럭저럭 익숙했다. 하지만 루나인이라는 점은 그것과는 또 다른 차원의 사실이었다. 신더가 대놓고 마법을 쓰는 현장을 목격한 건 처음이었다.

신더가 한 걸음 다가왔다. 카이토는 한 걸음 물러섰다.

신더가 상처받은 눈빛으로 멈춰섰다. "카이토."

"여기 오지 말았어야 했습니다."

"이 상황이 어떻게 보일지는 알아요. 하지만 저를 믿어주셔야 해요. 당신이 레바나와 결혼하게 놔둘 순 없어요."

카이토는 웃음을 터뜨렸다. 결혼식이 있다는 걸, 그 결혼식의 신랑이 자신이라는 걸 까맣게 잊고 있었다. "그건 당신이 간섭할 문제가 아닙니다."

"그래도 간섭할 거예요."

신더가 다시 다가오자 카이토는 뒷걸음을 치다가 탁자에 몸이 부딪혔다. 그런데 그 탁자를 본 신더의 눈이 휘둥그레졌다.

카이토는 뒤를 돌아보았다.

탁자 위에 신더의 발이 놓여 있었다. 황궁 계단에서 넘어졌을 때 떨어뜨렸던, 표면이 우그러지고 관절에 흙이 끼어 있는 아동용 사이즈의 사이보그 발. 원래는 집무실에 보관했지만, 레바나가 숨겨둔 도청장치를 제거하려고 집무실에 보안팀을 불렀을 때 저 발을 이곳 개인 처소로 가져다놓은 것이다.

카이토는 귀가 화끈 달아올랐다. 타인의 아주 사적이고도 기묘한 물건을 멋대로 가지고 있다가 들킨 것만 같았다.

"그, 음…… 저걸 떨어뜨렸더군요."

카이토는 건성으로 그쪽을 손짓하며 말을 맺었다. 신더는 자기 발을 쳐다보던 눈을 카이토에게 돌리고 침묵했다. 신더가 무슨 생각을 하고 있을지 가늠도 되지 않았다. 자신이 저걸 갖고 있었다는 게 무슨 의미인지 카이토 자신도 알 수 없었다.

이코라는 여자가 두 손으로 턱을 괴고 말했다. "드라마보다 훨씬 흥미진진하네."

신더는 시선을 거두고 표정을 가다듬더니 손을 내밀었다. "카이토, 제발. 시간이 없어요. 손목 내줘요."

신더의 목소리는 상냥하고 친절했지만 카이토는 오히려 그래서 더욱 내키지 않았다. 루나인들은 다들 저렇게 상냥하고 친절한 척 하지 않던가. 카이토는 고개를 내저으며 자신의 연약한 손목을 옆구리에 눌렀다.

"신더, 내 말 들어요. 여기 뭐하러 온 건진 모르겠지만 나쁜 의도는 아니겠죠. 하지만…… 나는 당신에 대해 아무것도 모른다고요. 항상 거짓말만 했잖아요."

"거짓말한 적 없는데요." 신더는 탁자 위의 자기 발에 다시금 눈길을 던졌다. "물론 모든 진실을 말하지는 않았죠. 하지만 그게 잘 못은 아니라고 봐요."

카이토는 얼굴을 찌푸렸다. "당연히 잘못이죠. 진실을 말할 기회가 얼마든지 있었잖습니까?"

신더는 그 말에 놀란 듯하더니 옆구리에 양손을 얹었다. "그래요? 그러면 제가 그때, 아, 네, 황자 전하, 정말로 무도회에 같이 가고 싶지만, 제가 사이보그라는 걸 아셔야 할 것 같네요, 그렇게 말했어야 할까요?"

카이토는 고개를 돌렸다.

"그랬으면 당신은 다시는 저를 안 보려고 했을 거예요. 수치스러워 하셨겠죠."

"그래서 평생 비밀로 하려고 했단 말입니까?"

"평생? 저기요, 당신은 이 나라의 황제예요. 어차피 우리 사이가 평생 갈 리 없잖아요."

신더가 '이 나라'를 보여주려는 듯 창문 쪽을 손짓했다. 카이토는 그 말에 마음이 쿡 찔리는 듯 아팠다. 신더가 옳았다. 두 사람의 터무니없는 관계가 지속될 리 없었다. 황제와 사이보그라니. 마음 아파할 필요가 없는, 너무나 당연한 말이었다.

"루나인이라는 건? 그건 언제 말하려고 했죠?"

신더는 매우 화가 난 듯 씩씩거렸다. "지금 이럴 시간 없어요."

"몇 번이나 나를 조종했죠? 내가 느낀 감정이 얼마나 세뇌된 겁니까?"

신더는 카이토가 그런 말을 한 것만으로도 질겁한 듯이 입을 떡 벌리더니, 눈에 화르륵 쌍심지를 켰다. "왜요? 비천한 사이보그를 진심으로 좋아했을까 봐 걱정돼서요?"

"나는 그저 뭐가 진짜인지, 내 앞에 있는 이 사람이 대체 누구인지 알고 싶은 겁니다." 카이토가 신더를 머리끝부터 발끝까지 가리키며 말했다. "어느 날은 시장에서 포트스크린을 수리하고 있더니, 또 어느 날은 철통 같은 교도소에서 탈출을 했죠. 그리고 지금은 내 궁궐의 보안을 마비시키고, 나한테 칼을 겨누고, 내 수석 고문관을 협박하기까지. 대체 나더러 뭘 어떻게 생각하란 겁니까? 나는 당신이 누구 편인지도 모른단 말입니다!"

화가 난 카이토가 조목조목 따지는 걸 들으며 신더는 주먹을 꽉 틀어쥐었다. 그러더니 카이토의 어깨 너머에 있는 창문을 뚫어져라 바라보았다. 으리으리한 전망창으로 내다보이는 동방연방의 풍경을. 신더는 무언가를 고민하는 듯 골똘한 표정으로 변했다.

"나는 '내' 편이에요. 동방연방과 지구 전체를 구하고 싶다면, 당신도 내 편 하세요." 신더가 손을 내밀었다. "손목 이리 내놔요."

카이토는 주먹을 쥐었다. "나는 이곳을 책임져야 합니다. 나는 지켜야 할 나라가 있는 사람이에요. 그런 식으로 도망칠 순 없습니다. 하물며 당신이랑 도망칠 순 없습니다."

카이토는 단호하게 턱을 치켜올렸다. 그런데 신더가 싸늘하게 노려보는 서슬에 카이토는 자신이 모래 알갱이만큼이나 조그마한 존재가 된 느낌이 들었다.

"정말요? 차라리 레바나랑 살겠다 이거예요?"

"적어도 레바나가 나를 조종할 때는 분간할 수 있으니까."

"똑똑히 알려드리죠. 나는 한 번도 당신을 조종한 적 없어요. 앞으로도 그럴 일 없길 바라요. 그리고 책임져야 할 나라가 있고 지켜야 할 백성이 있는 사람은 당신 혼자만이 아니거든요. 그러니까 폐하, 송구합니다만, 저랑 같이 가시죠. 나를 믿을지 말지는 나중에 시간이 넉넉할 때 고민해보시고."

신더가 손을 들어서 카이토에게 마취총을 쏘았다.

C
R
E
S
S

52장

카이토는 가슴에 화살이 박히자마자 눈꺼풀이 파르르 감기더니 신더의 품에 그대로 쓰러졌다. 고문관이 외마디 소리를 지르며 벌떡 일어섰지만 이코에게 제지당했다.

신더는 몸이 마비된 것만 같았다. 자신이 뱉은 말이, 자신이 벌인 짓이 너무나 어마어마해서 정신이 아뜩해졌다.

"신더? 괜찮아?"

이코가 물었다. 신더는 카이토의 몸을 테이블에 기대어 앉히고 화살을 뽑아냈다.

"괜찮아. 카이토가 깨어나면 나를 미워하겠지만, 아무튼 나는 괜찮아."

신더는 묵직한 커튼이 매달려 있는 커다란 전망창을 올려다보았다. 자신의 모습이 유리에 비쳐 보였다. 금속 손, 너저분한 머리, 시종 유니폼.

신더는 숨을 길게 내쉬면서 머리를 식히고, 카이토의 손을 끌어 당겼다.

"그분에게 무슨 짓을 하려는 거냐?" 고문관이 얼굴이 분노로 시뻘겋게 달아오른 채 물었다.

"안전한 곳으로 모실 거예요. 레바나가 건드릴 수 없는 곳으로."

"그러면 어떤 파장이 일어날지 모르는 거냐? 너뿐만이 아니라 지구 전체에! 전쟁이 벌어질 수도 있단 말이다!"

"벌어지는 게 아니라, 벌일 거예요. 그리고 끝낼 거고요."

이코가 거들었다. "신더는 정말로 끝낼 수 있어요. 우리한테 계획이 있다고요. 폐하께선 안전하실 거예요."

이코의 자신만만함에 신더는 괜스레 민망해져서 카이토의 손목에만 집중했다. 최근에 사람들의 ID 칩을 하도 많이 적출해내서 이제는 익숙하다시피 했지만, 칼날이 살갗을 파고드는 순간에는 항상 피어니의 축 늘어진 손과 푸르스름하던 손가락이 떠올랐다.

카이토의 피부에 핏방울이 맺혔다. 신더는 그의 새하얀 셔츠를 망치지 않으려고 팔을 기울여서 피가 바닥으로 떨어지게 했다.

"그분은 네가 셀린 공주를 찾았다고 믿고 계신다."

신더는 흠칫했다가 이코와 고문관을 번갈아 보았다. "그분이…… 뭐라고요?"

"그게 사실인가? 찾아낸 것이냐?"

신더는 손의 떨림이 잦아들기를 기다린 다음 카이토의 살에서 조그마한 칩을 떼어냈다. 그리고 종아리의 수납함에서 붕대를 꺼내 상처를 감싸면서 조심스럽게 대답했다. "네, 공주는 저희와 같이 있어요."

"그럼 너도 공주가 상황을 바꿀 수 있다고 믿는 게로군."

신더는 이를 악물었다가 억지로 풀고, 붕대를 수납함에 집어넣었다. "바꿀 거예요. 루나의 백성들이 공주를 받들어 단결할 거고, 공주는 왕위를 되찾을 거예요."

신더는 칼을 손가락 안으로 거두고 고문관의 시선을 똑바로 마주했다. "하지만 이 결혼식이 거행되면 아무 소용도 없게 돼요. 루나에서 혁명이 일어나봤자 이 나라 군주의 혼인과 책봉을 무효화할 순 없으니까요. 일단 레바나가 황후라는 권력을 얻고 나면 그걸 빼앗을 수 있는 사람은 아무도 없다고요. 당신은 똑똑한 분이니 그에 따르는 '파장'이 뭔지도 잘 아시겠죠."

신더는 한숨을 쉬고, 접어 올렸던 바짓단을 내린 다음 일어섰다. "고문관님이 저를 믿을 하등의 이유가 없다는 건 알아요. 그래도 믿어달라고 부탁할 수밖에 없네요. 카이토에게 아무런 해도 끼치지 않을게요. 약속해요."

고문관은 폭발하기 일보직전인 눈빛으로 신더를 계속 노려볼 뿐이었다.

"됐어요, 그럼. 이코?"

신더는 이코와 함께 카이토를 들어올려서 그의 두 팔을 서로의 어깨에 들쳐멨다. 문 쪽으로 다섯 걸음쯤 걸었을 때, 뒤에서 고문관의 말소리가 들렸다.

"칩이 하나 더 있다."

신더와 이코는 걸음을 멈췄다.

고문관은 여전히 안락의자에 앉아, 여전히 눈을 부라리며, 자기 자신에게 짜증이 난 듯 조소를 머금고 있었다.

"무슨 뜻이에요?"

"황제의 오른쪽 귀 뒤에 또 다른 추적장치가 삽입되어 있다. 누가 납치할 경우에 대비해서."

신더는 이코에게 카이토의 체중을 맡기고, 축 늘어진 그의 머리를 조심스럽게 만져보았다. 머리카락을 걷어내고 목뼈와 두개골 사이에 움푹 들어간 부분을 손으로 눌러보니, 뼈 위에 무언가 조그맣고 단단한 것이 만져졌다. 신더는 다시 칼을 꺼내며 고문관에게 고개를 끄덕였다.

"고마워요."

고문관이 끙 앓는 소리를 냈다. "만약 그분에게 무슨 일이라도 일어난다면, 내가 너를 찾아내서 직접 죽일 거다."

*

목에 땀이 흘러내렸지만 손이 너무 바빠서 닦아낼 틈도 없었다. 손가락을 화면 위에 부산히 움직이며, 크레스는 각종 목록과 코딩을 훑어보면서 자신이 한 일에 오류가 없는지 세 번씩 체크했다.

폐쇄회로 보안 시스템은 다운되었다. 카메라, 스캐너, 신원 조회 소프트웨어, 경보장치까지 모두 포함해서.

예비 시스템 두 개도 정지시켰다. 세 번째 예비 시스템이 발동될 기미는 아직 없었다.

루나의 스파이웨어 연결 역시 끊어놓았다.

북쪽 탑의 모든 디지털 잠금장치를 해제했고, 이 중앙제어본부와 연구소 사이에 있는 문들도 전부 열 수 있게 해두었다. 지붕에 있는 기린(麒麟) 조각상에 삽입된 레이더 감지기를 교란하는 데에도 특별히 주의를 기울였다. 그래야 램피언이 감지되지 않고 접근할 수 있을 테니까.

엘리베이터는 북쪽 탑에 있는 것 한 개만 가동해두었다. 그 엘리베이터는 지금도 14층에 멈춰서서 신더와 이코가 탈출하기를 기다리고 있었다.

그런데 그 둘은 영원히 탈출하지 않을 것만 같았다.

크레스는 마스터스크린에서 부지런히 놀리던 손가락을 떼어내고 위를 올려다보았다. 주위를 둘러싼 수십 개의 화면들이 전부 새까만 바탕에 '시스템 에러'라는 회색 문자만 띄우고 있었다.

"됐어. 이제 된 것 같아."

크레스는 의자에 몸을 풀썩 기댔다. 크레스의 혼잣말을 듣는 사람은 아무도 없었다. 제어실 밖에 있는 울프와 크레스 사이에는 방음처리가 된 유리벽이 있었다. 지하 D층 전체가 방음 및 방탄이었다. 그 외에도 수많은 보호 설비가 갖추어져 있으리라.

크레스는 책상 앞에서 일어나 밖으로 나갔다. 울프는 작은 로비의 계단 출입문 옆에 기대 서 있었다. 어느새 턱시도 재킷과 넥타이를 벗어던지고, 옷깃의 단추를 풀고, 소매도 걷어올린 채였다. 말끔하게 빗어넘겼던 머리카락은 삐죽삐죽 솟아 있었고, 지루해 보이는 표정이었다.

그리고 그의 발치에는 황궁 경비병들이 적어도 서른 명쯤은 널브러져 있었다.

울프가 크레스와 눈을 마주친 순간, 계단 출입문이 벌컥 열리면서 경비병 하나가 총을 들고 들이닥쳤다. 크레스는 비명을 질렀지만, 울프는 시큰둥하게 경비병의 팔을 붙잡고 등 뒤로 돌리더니 그의 목 옆부분을 정확히 강타했다.

경비병이 쓰러지자, 울프는 그 몸을 다른 경비병들 위에 단정히 쌓아놓았다. 그리고 크레스를 향해 두 손을 펼쳐 보였다. 무엇 때문에 이렇게 오래 걸리냐고 묻는 듯했다.

"그러게요."

크레스는 두근거리는 가슴을 가누며 중얼거리고, 엘리베이터 현황을 띄워놓은 화면을 다시금 돌아보았다. 엘리베이터 한 대가 북쪽 탑 14층에서 아래로 내려가는 중이었다.

입가에 미소가 번지려 했지만 금세 또 초조감이 엄습했다. 크레스는 제어판 위에 몸을 구부리고, 중앙 콘솔에 자신의 포트스크린을 연결하고 타이머를 맞췄다.

*

카스웰의 줄기세포가 투입된 기계가 자동으로 용액을 제조하고 있었다. 얼랜드 박사는 화면에 줄줄이 나열되는 정보들을 지켜보았다. 줄기세포의 안정성 확인, 단계별 절차 표시, 세포에 일어나는 화학반응에 대한 구체적인 사항들. 너무 오래 걸리는 것 같아서 조바심이 났지만, 사실 별로 급할 건 없었다. 아직까지는. 카스웰은 얼랜드의 뒤에서 자신이 앉아 있는 실험대의 옆면을 발꿈치로 툭툭 두들기는 중이었다.

제조가 완료되었습니다. 아래의 파라미터를 확인하세요.

수치들을 훑어보니 결과는 만족스러웠다. 얼랜드는 약병을 기계에서 꺼내고, 작업대 위에서 점안기를 집어들었다. "다 끝났소."

카스웰이 눈가리개를 목으로 끌어내렸다. "벌써요?"

"나머지는 당신 몸의 면역체계가 알아서 해줄 거요. 하루에 네 번씩 이 안약을 눈에 넣어요. 한두 주쯤 지나면 시력이 차츰 회복될 거요. 이건 당신의 몸이 스스로 시신경을 재생하게 해주는 약이오. 그러니까 하루아침에 반짝 치료되는 게 아니오. 자, 이제 착하고 용감한 어린이답게 안약은 직접 눈에 넣어야겠지?"

카스웰이 얼굴을 찌푸렸다. "뭐라고요? 그 고생을 해서 여기까지 왔는데 내가 내 눈을 찌르기라도 하면 어쩌려고요?"

얼랜드는 한숨을 쉬면서 점안기를 약병에 담갔다. "머리 뒤로 젖히고 눈 크게 뜨시오. 각각 세 방울씩 넣을 거요."

얼랜드는 투명한 거품이 맺혀 있는 점안기 끝을 카스웰의 눈 위로 가져갔다. 그런데 자신의 손목에 웬 멍자국이 눈에 띄었다. 얼랜드는 멈칫하고 손목을 들여다보았다.

멍 안에 검붉은 반점이 있었다. 종이처럼 얇은 그의 피부 밑에서 피가 한데 고인 것처럼.

속이 철렁 내려앉았다.

얼랜드는 몸서리를 치면서 카스웰에게서 물러나 약병과 점안기를 작업대 위에 내려놓았다. 카스웰이 뒤로 젖혔던 머리를 다시 내렸다.

"왜 그래요?"

"아무것도 아니오. 그냥…… 뭘 좀 확인하느라……."

얼랜드는 서랍에서 마스크를 꺼내 써서 코와 입을 가리고, 살균 세척제로 약병과 점안기를 닦아서 헝겊으로 쌌다. 벌써부터 기력이 빠지는 느낌이 들었지만 기분 탓일 뿐이리라. 레투모시스 감염자는 처음 증상이 나타난 지 최소 24시간에서 48시간 정도는 생존한다. 그 점은 돌연변이 바이러스도 동일했다. 하지만 얼랜드는 늙었고, 오늘 비상 터널을 걸어서 황궁까지 진입하느라 지나치게 무리했으니 면역력이 많이 떨어졌을 터였다.

얼랜드는 혼자 휘파람을 불고 있는 카스웰을 돌아보았다. "혈액 샘플을 뽑아야겠소."

카스웰이 신음했다. "설마 뭐가 잘못된 거예요?"

"아니오. 신중을 기하려는 것뿐이오. 팔 내밀어요."

카스웰은 내키지 않는 눈치였지만 군말 없이 소매를 걷어올렸다. 이건 얼랜드가 천 번도 넘게 했던, 간단하고 빠른 검사였다. 피를 뽑아서 진단 모듈을 돌려 레투모시스 병원균이 있는지 확인하기만 하면 된다. 얼랜드는 마스크에 자신의 입김이 닿는 뜨뜻한 감각에 주의가 흐트러졌다.

혹시 카스웰도 감염되었다면…… 그리고 카스웰이 동료들과 합류한다면…… 신더, 그리고 크레센트 문.

얼랜드는 작업대를 움켜쥐고서 떨리는 손을 억눌렀다. 진작 크레센트에게 말했어야 했는데. 시간은 충분히 많을 거라고 생각했다. 셀린이 여왕이 되고 레바나가 사라지고 나면 몇 년이고 여유를 가질 수 있을 줄 알았다. 그 아이에게 진실을 알려주고, 안아주고, 사랑한다고 말해줄 수 있을 거라고. 그렇게 놓아버려서 미안하다고 몇 번이고 사과할 수 있을 거라고.

얼랜드는 손목의 발진을 내려다보았다. 아직은 이것 하나밖에 없었다. 적어도 팔뚝에는 더 번지지 않았다. 하지만 수많은 환자들의 손목에 생긴 똑같은 발진을 보아온 얼랜드의 뇌는 이미 남은 시간을 예측하고 타이머를 맞추고 있었다. 죽음이 다가오는 시간을.

진단 모듈에서 삑 소리가 났다.

레투모시스 검사 결과: 음성

얼랜드는 안도감에 눈을 질끈 감았다.

"박사님, 어떻게 되고 있습니까?"

얼랜드는 헛기침을 했다. "음……. 재생 용액을 몇 시간 정도 숙성시키는 게 좋을 것 같소. 램피언에 타고 나면 투약하시오. 혹시 모르니 포트스크린에 지침을 적어두겠소."

얼랜드는 디지털펜을 꺼내 포트스크린에 메시지를 입력했다.

"지침이라뇨?"

"나는 같이 돌아가지 않을 거요."

침묵이 흘렀다. 펜으로 화면을 두드리는 소리와 얼랜드의 거친 숨소리만이 들릴 뿐이었다.

"무슨 말을 하는 겁니까?"

"나는 너무 늙었소. 내가 따라가면 방해만 될 거요. 동료들이 도착하면 당신 혼자 합류하시오."

"멍청한 소리 하지 마요. 작전대로 해요."

"아니오. 나는 여기 남겠소."

"어째서? 레바나한테 붙잡혀 고문당하다가 정보를 누설하려고요? 좋은 아이디어네요!"

"고문할 시간이 없을 거요. 나는 이미 죽어가고 있으니까."

그 한 마디가 배 속을 쿡 찌르는 듯했다. 입김이 서린 안경알이 뽀얗게 변했다. 시간이 없었다. 그렇게 오랜 세월을 준비했는데도, 시간은 언제나 부족했다.

"대체 그게 무슨 소리예요?"

얼랜드는 잠자코 포트스크린에 입력을 끝낸 뒤 디지털펜을 귀 뒤에 꽂았다. 그리고 연구실 문 쪽으로 걸어가서 작은 창문으로 밖의 복도를 내다보았다.

총을 든 경비병 열두 명이 복도 곳곳으로 흩어지고 있었다.

"정말이지 모든 게 작전대로 되고 있군."

얼랜드가 그렇게 중얼거리는데, 카스웰의 손이 얼랜드의 어깨를 잡았다. 얼랜드는 부리나케 그 손을 뿌리치다가 작업대에 넘어질 뻔했다.

"만지지 마시오."

"왜 그러는데요?"

카스웰이 안절부절못하며 따졌다. 얼랜드는 카스웰을 피해 방의 다른 편 끝으로 물러났다.

"이 연구실에는 격리실이 딸려 있소. 내가 스스로 거기로 들어갈 거요. 거기까지 들어와 나를 심문할 사람은 아무도 없을 테니 걱정 마시오." 얼랜드는 안경을 벗어서 렌즈를 셔츠 자락으로 닦았다. "방금 내가 레투모시스에 걸렸다는 확진을 내렸소."

카스웰이 불에 데기라도 한 듯 펄쩍 뛰어 물러나 벽에 몸을 딱 붙였다. 얼랜드에게서 아무리 거리를 벌려도 모자라다는 듯이. 카스웰은 욕을 뇌까리며 얼랜드를 만졌던 손을 바지에 문질러 닦았다.

"걱정 마시오. 방금 검사 결과에서 당신은 음성이었소. 그 뒤 2분 만에 나한테서 전염됐을 확률은 매우 낮아요. 재생 용액은 왼쪽의 작업대 위에 헝겊으로 싸여 있고, 그 옆에 포트스크린이 하나 있소. 그걸 크레스에게 전해주고 도움을 받도록 해요."

목소리가 잘 나오지 않았다. 얼랜드는 안경을 다시 쓰고, 키패드에 손을 뻗어 격리실 출입 코드를 입력했다. 다행히도 코드는 예전 그대로였다.

문을 열자 격리실 내 조명등이 자동으로 켜졌다. 격리실의 창문은 안에서는 거울처럼 보일 것이다. 격리실 밖에서는 안을 들여다볼 수 있지만, 그 안의 환자들은 밖을 볼 수 없도록 특수 처리된 유리창이었다.

얼랜드는 지금껏 저 유리 안쪽에 들어가본 적이 한 번도 없었다.

"카스웰 손."

카스웰은 여전히 벽에 달라붙어 있었지만 아까처럼 공포에 질린 표정은 아니었다. 그 얼굴에서 숙연한 결의와 얼랜드에 대한 연민이 엿보였다.

"네?"

"고맙소. 크레센트를 사막에서 지켜줘서. 그래도 당신이 그 애의 사랑을 받을 자격이 없는 건 마찬가지요."

카스웰이 뭐라고 대답하기도 전에 얼랜드는 격리실로 들어가 문을 닫았다. 그 즉시 방이 밀폐되고, 얼랜드는 숨이 막혀오는 밀실 속에 완전히 갇혔다.

C
R
E
S
S

53장

　울프는 황궁 내부 지도를 크레스보다 더 잘 외우고 있는 것 같았다. 계단을 오르락내리락하고, 모퉁이를 돌고, 복도를 내달리기를 수없이 거듭하다 보니 크레스는 방향감각을 완전히 잃었다. 반면 울프는 조금도 머뭇거리지 않고 크레스를 이끌고서 아무도 없는 통로를 거침없이 질주했다.

　"완벽한 타이밍이군."

　울프가 어느 복도의 모퉁이를 돌기 직전에 나직이 중얼거리더니, 크레스의 팔꿈치를 확 잡아당겼다. 덕분에 크레스는 반대편 복도에서 달려오던 신더와 이코와 부딪치지 않을 수 있었다.

　"아, 여러분 안녕?" 이코가 말했다.

　울프가 신더와 이코에게 매달려 있는 의식불명의 황제를 고갯짓했다. "남자 오드콜로뉴 냄새가 나더군. 도와줄까?"

신더와 이코는 사양하지 않고 카이토를 울프에게 넘겨주었다. 크레스는 미친 듯이 도망치느라 혼이 쏙 빠진 탓에 황제를 보고도 감격할 여력이 없었다.

"연구소는 이쪽이야. 뭐 새로운 소식 있어?"

신더가 앞장서면서 물었다. 크레스는 치맛자락을 모아쥐고 총총 뒤따라갔다.

"아니, 너는?"

신더는 고개를 흔들고 연구소로 이어지는 구름다리 통로로 뛰어갔다. "없어. 다만 경비병이 엄청 많……."

황궁 경비병 한 명이 그 말에 대답이라도 하듯 불쑥 앞에 나타나 총을 들어올렸다. "거기 멈……!"

경비병이 컥 하고 숨을 들이켜고는 얼굴이 멍해지더니, 두 손이 옆구리에 늘어지면서 총이 바닥에 툭 떨어졌다. 크레스는 깜짝 놀라 주춤했지만, 신더는 발을 조금도 늦추지 않고 복도에 멍하니 서 있는 그 경비병의 옆을 지나치면서 크레스를 끌어당겼다.

"대단하다. 그동안 연습한 보람이 있네."

크레스가 헐떡거리면서 말하자, 신더는 모퉁이를 돌면서 고개를 저었다.

"연습한 덕분에 이렇게 능숙해진 거면 차라리 좋겠어. 하지만 이건…… 애초에 너무 쉬워. 울프를 상대로는 적어도 노력을 해야 했는데, 지구인들은……. 아아, 레바나가 황후가 된다면 지구에 미래는 없을 거야."

엘리베이터 앞에 이르러, 크레스는 경계 해제 코드를 입력하면서 지친 미소를 지었다. "그럴 일은 없을 텐데 뭐."

엘리베이터에 타자 다들 약속이라도 한 듯 한숨을 쉬었다. 잠시나마 숨을 돌리고 마음의 준비를 할 시간이 주어진 것이다. 크레스는 극도의 긴장으로 신경이 온통 타들어가는 듯했다. 값비싼 드레스의 등판이 땀으로 축축하게 젖어 있었다. 그런 와중에도 울프의 어깨에 업힌 남자를 자꾸만 곁눈질하게 되는 걸 어쩔 수 없었다.

오랜 세월 카이토 황제와 그 아버지를 염탐하면서 그를 만나는 순간을 숱하게 상상했다. 그런데 첫 만남이 이런 식일 줄이야.

엘리베이터가 느려지자 울프의 몸이 경직되었다. "밖에 경비병이 많아요."

"그렇겠지. 카스웰과 박사님이 준비되어 있어야 할 텐데."

울프와 신더가 대화하는 동안 크레스는 뒤로 주춤 물러났다. 밖에 누가 있을지 몰라도 저 두 사람이 곁에 있으니 다행이었다.

"크레스, 드레스 진짜 잘 어울린다. 신더, 얘 엄청 예쁘지 않아?"

이코의 말에 신더는 한숨을 쉬었다. 엘리베이터가 완전히 멈췄다. "이코, 너는 이 일 끝나고 나면 때와 장소에 적절한 말과 행동에 대해 공부 좀 해야겠어."

문이 열리고, 붉은색과 황금색 제복 차림의 경비병 수십 명이 눈앞에 나타났다.

"역시 안드로이드는 없군. 카이토도 황궁 보안에 대해 공부 좀 해야겠네." 신더는 복도로 걸어나가더니 경비병들을 둘러보며 말했다. "너희들은 이제부터 우리의 경호원이다. 우리를 엄호해라."

경비병 여덟 명이 로봇처럼 일제히 움직여 그들을 에워쌌다. 동료들에게 배신당한 나머지 경비병들의 눈동자에 당혹한 빛이 떠올랐다.

신더가 손을 내밀자, 경비병 한 명이 자기 총을 신더에게 쥐어주었다. 신더는 냉랭한 표정으로 그 총을 카이토의 머리에 겨누었다. "한 명이라도 앞을 가로막으면 너희 황제는 죽는다. 비켜라."

일행은 새로 생긴 경호원 여덟 명에게 둘러싸인 채 앞으로 나아갔다. 그들은 복도에 늘어선 연구실들 쪽으로 걸어가고 있었다. 6번 연구실 앞에 이르러 신더는 미리 약속해둔 리듬에 맞춰 문을 두드려 신호했다.

문이 벌컥 열렸다. 얼굴이 벌겋게 달아오른 카스웰이 서 있었다. 한 손에는 지팡이를, 한 손에는 헝겊으로 감싼 어떤 물건을 든 채 눈가리개에 가린 얼굴을 찡그리고 있었다.

"박사님은 못 와."

신더가 멈칫하더니 말했다. "무슨 뜻이야? 못 온다니?"

카스웰이 연구실 안쪽을 손짓했다. 그들은 꼭두각시 경비병들을 복도에 남겨두고 안으로 몰려들어갔다. 한쪽 벽에 난 창문으로 격리실이 들여다보였다. 얼랜드는 실험대 위에 앉아 고개를 수그리고 모자를 만지작거리고 있었다.

신더가 주먹으로 창문을 탕탕 두들기자, 얼랜드가 헝클어진 회색 머리를 들어올렸다. 신더는 책상의 마이크를 움켜쥐고 버튼을 누르고는 소리를 질렀다.

"이럴 시간 없어요! 얼른 나와요!"

얼랜드는 서글픈 미소를 지을 뿐이었다. 그러자 카스웰이 전에 없이 무거운 목소리로 입을 열었다.

"신더, 박사님 레투모시스에 걸렸어."

크레스는 가슴이 철렁했다. 신더가 비틀비틀 뒷걸음질을 쳤다.

"모두 무사히 돌아왔습니까?"

얼랜드의 목소리가 벽에 설치된 스피커를 통해 흘러나왔다. 신더는 잠시 침묵하다가 더듬거리며 말했다.

"……네, 박사님만 빼고요."

누군가가 크레스의 머리에 손을 얹었다. 크레스는 놀라서 움츠러들었다가 그게 카스웰의 손이라는 것을 깨달았다. 카스웰이 크레스의 어깨를 감싸안고 끌어당기며 말했다.

"너라는 걸 확인하고 싶어서."

크레스는 카스웰의 옆얼굴을 올려다보며 눈을 깜빡였다. 서로 떨어져 있던 몇 시간이 며칠처럼 길게 느껴졌다. 그 시간 동안 카스웰에게 어떤 일이라도 일어날 수 있었다. 얼랜드가 아니라 카스웰이 돌아오지 못했을 수도 있었다. 크레스는 카스웰의 품에 꼭 달라붙었다.

"미안합니다." 얼랜드 박사가 또렷한 어조로 말했다. 그 말을 하려고 예전부터 별렀던 것 같았다. 실험대 위에 앉아 있는 그의 작은 몸과 주름진 얼굴은 그 어느 때보다도 연약해 보였다. "신더 씨, 울프 씨. 그리고…… 크레센트."

크레스는 눈을 크게 떴다. 그 이름으로 크레스를 부르는 사람은 시빌밖에 없는데. 어떻게 안 것일까? 루나에서는 워낙 흔한 이름이니 추측으로 알아맞힌 것뿐인지도 모른다.

"나는 여러분 모두를 상처 입혔습니다. 여러분이 살면서 겪었던 고통에 내가 어떤 식으로든 일조했다는 것을 압니다. 미안합니다."

크레스는 죄책감이 치밀었다. 얼랜드의 턱에 크레스에게 얻어맞은 멍자국이 아직도 남아 있었다.

"이곳에서 알아낸 중요한 사실을 말씀드리겠습니다. 시간을 얼마나 낼 수 있죠?"

마이크를 쥔 신더의 손에 힘이 꽉 들어갔다. "제이신이 6분 뒤 도착할 예정이에요."

서글픈 표정을 띠었던 얼랜드의 얼굴이 단단해졌다. "충분하겠군요. 폐하께서는 옆에 계십니까?"

"의식을 잃었어요."

"그렇군요. 그러면 지금부터 내가 하는 말을 그분에게 전해주시겠습니까?" 신더가 대답하기도 전에, 얼랜드는 손에 쥐었던 모자를 다시 쓰고 심호흡을 하고는 입을 열었다. "레투모시스는 단순한 전염병이 아닙니다. 그건 생물학적 무기입니다."

신더가 책상을 손으로 짚었다. "뭐라고요? 그게 무슨 뜻이죠?"

"루나 왕실에서는 마법을 타고나지 못한 사람들의 혈액에서 레투모시스의 항체를 발견했습니다. 그 실험이 실시된 게 적어도 16년 전의 일입니다. 어쩌면 훨씬 더 오래전일 수도 있고요. 그런데 16년 전에는 레투모시스가 존재하지도 않았습니다. 그러므로 그 바이러스는 루나의 연구실에서 제조되었다고 봐야 합니다. 루나는 전염병으로 지구를 약화시키고, 자신들이 개발한 치료제에 지구가 의존하도록 유도한 겁니다." 얼랜드가 가슴을 두드리며 앞주머니에서 무언가를 찾으려 하더니 손을 내렸다. "아, 그렇지. 아까 카스웰 손 씨에게 넘겨준 포트스크린에 내가 발견한 사실을 정리해두었습니다. 폐하께서 회복되시면 그걸 보여드려요. 전 세계가 이 사실을 알아야 합니다. 전쟁은 최근의 습격으로 시작된 게 아닙니다. 10년 전

558

이미 시작되었고, 유감스럽게도 지구는 지고 있습니다."

숨 막히는 침묵이 이어졌다. 신더가 마이크에 머리를 기울이고 말했다. "우리는 지지 않을 거예요."

"믿습니다, 신더 씨." 얼랜드가 떨리는 숨을 내쉬면서 말을 이었다. "그리고…… 크레스, 이리로 가까이 오겠니?"

크레스는 뻣뻣하게 굳었다. 모두의 시선이 자신에게 쏠렸다. 크레스는 카스웰의 옆에 찰싹 달라붙었지만, 카스웰이 그녀를 살짝 밀어서 앞으로 걸어가게 했다.

어쩔 수 없이 마이크 앞에 다가서고서야 크레스는 이 창문이 편면유리라는 것을 깨달았다. 크레스는 얼랜드를 볼 수 있지만 저 안의 얼랜드에게는 거울에 비친 자기 모습만 보일 것이다.

신더가 호기심 어린 시선으로 크레스를 보다가 헛기침을 했다. "크레스 여기 있어요."

얼랜드는 애써 미소를 지으려다가 그만두고는 입을 열었다. "크레센트. 나의 크레센트 문."

"제 풀네임을 어떻게 아는 거죠?"

크레스는 너무 당황해서 자신이 모질게 다그치고 있다는 것도 몰랐다. 얼랜드는 동요하지 않고 대답했다.

"내가 지은 이름이거든."

크레스는 부르르 떨면서 치맛자락을 움켜쥐었다.

"네게 꼭 알려주고 싶었단다. 너를 잃었을 때 나는 절망에 빠져 죽을 뻔했고, 그 뒤로 너를 생각하지 않은 날이 없다는 걸."

얼랜드의 시선이 창문 아래쪽 어딘가에 멍하니 떠돌았다. "나는 늘 아버지가 되고 싶었지. 젊었을 때부터 말이다. 그런데 교육을 마치고 곧바로 왕실 연구팀으로 선발됐단다. 그건 크나큰 영광이었지. 그래서 일만이 내 삶의 전부가 되었고, 가족을 꾸릴 여력은 없었어. 그러다가 40대가 되어서야 결혼을 했지. 아내는 오래전부터 알았던 동료 연구자였단다. 그냥 동료 사이라고만 생각하며 지냈는데, 어느 날 그 사람이 내게 고백했을 때 나도 내 마음을 알게 됐어. 아내도 그리 젊진 않아서 임신은 어려웠고, 시간이 흘러서…… 희망을 버리고 있었는데, 어느 날, 아내가 임신을 했단다.”

크레스는 등줄기가 오싹해졌다. 마치 슬픈 옛날이야기를 듣는 것 같았다. 그 이야기의 결말을 알 것 같았지만, 설마 그럴 리가 없다고 생각하면서 얼랜드의 말에서 거리를 두고 있었다.

“우리는 아이를 기다리며 모든 걸 준비했어. 아기 방을 꾸며놓고, 축하 파티도 계획하고. 그리고 밤이 되면 아내는 옛 자장가를 부르곤 했지. 내가 오랫동안 잊고 있었던 노래를. 그 노랫말을 따서 너에게 이름을 붙인 거란다. 크레센트 문이라고.”

마지막 말에서 목소리가 갈라지더니, 얼랜드는 몸을 앞으로 푹 수그리며 모자를 움켜쥐었다. 크레스의 눈앞이 흐려졌다. 창문도, 격리실도, 짙푸른 반점투성이의 노인도 모두 어렴풋하게 흐려졌다.

“그렇게 네가 태어났는데, 너는 껍데기였어. 그래서 시빌이 왔고, 나는…… 빌었어. 데려가지 말라고, 제발 데려가지 말라고, 하지만 아무 방법도…… 아무런……. 나는 네가 죽었다고 생각했단다. 죽은 줄로만 알았어. 그런데 그동안 너는……. 크레센트, 내가 알았어야 했는데. 알았더라면 절대로 떠나지 않았을 거야. 어떻게든 너를 구할 방법을 찾았을 거야. 미안하다. 너무나 미안하다.” 얼랜드가 얼굴을 가리고 흐느껴 울었다.

크레스는 입술을 깨물며 고개를 저었다. 모든 걸 부정하고 싶었지만 그럴 수 없었다. 크레스의 본명을 알고 있는 사람. 크레스와 눈이 꼭 닮은 사람. 그리고……

뜨거운 눈물이 솟아 뺨으로 굴러떨어졌다.

아버지가 살아 있었다. 그리고 죽어가고 있었다.

아버지가 바로 앞에 있었다. 손을 뻗으면 닿을 거리에. 그런데 아버지는 저기서 홀로 죽어가야 하고, 크레스는 두 번 다시 아버지를 보지 못할 것이다.

신더가 서늘한 금속 손으로 크레스의 손목을 살며시 잡았다. "정말 미안하지만…… 가야 할 시간이야. 얼랜드 박사님……."

"그, 그래요. 압니다." 얼랜드가 눈물을 허둥지둥 닦아내고 고개를 들었다. 뺨이 불그스름해지고 눈동자가 멀겋게 변한 그는 날개가 부러진 새처럼 너무나 연약해 보였다. "정말 미, 미안하구나. 그러니까…… 아아, 부디 조심하렴. 무사해야 한다. 내 크레센트 문. 사랑한다. 정말로 사랑한다."

크레스는 숨을 가쁘게 몰아쉬었다. 눈물이 턱을 타고 실크 드레스에 툭툭 떨어졌다. 입을 열었지만 아무 말도 나오지 않았다. '사랑해요. 저도 사랑해요.' 공상 속에서는 그토록 쉽게 내뱉었던 말을 지금은 도저히 할 수 없었다.

얼랜드의 말을 믿었다. 하지만 크레스는 그를 몰랐다. 자신이 그를 사랑하는지 아닌지도 몰랐다.

"크레스, 미안해. 가야 돼."

신더가 손목을 꼭 잡으며 말했다. 크레스는 멍하니 고개를 끄덕였다.

"아······ 안녕히 계세요."

겨우 그 말만 하고서 크레스는 신더에게 이끌려 물러났다.

유리 맞은편에서 얼랜드는 울고 있었다. 그는 고개를 들지 못하고 떨리는 손만 들어올려 작별을 고했다. 그 손가락은 쭈글쭈글했고, 푸르스름하게 물들어 있었다.

54장

　일행은 꼭두각시 경비병들을 엘리베이터에 남겨두고 꼭대기층에 내렸다. 그들의 목적지가 어디인지는 누가 봐도 뻔히 알겠지만 어쩔 수 없었다. 경비병들이 신더의 마법에서 풀려났을 때쯤엔 일행이 이미 탈출한 뒤이기를 바라는 수밖에 없었다.

　마지막으로, 연구소의 외딴 곳에 위치한 비상용 엘리베이터를 타야 했다. 그들이 넘어야 할 최후의 장애물이었다. 그건 자체적인 시스템으로 가동되었고, 크레스는 그 엘리베이터가 제대로 작동되도록 미리 조처해두었다. 키패드에 코드를 입력하다 보니 몸이 휘청거렸다. 감정의 격류에 휩쓸려 진이 다 빠졌다. 머릿속이 온통 진흙탕이 되고 그 안에서 뇌가 출렁거리는 듯한 느낌이었다. 너무 먹먹해서 처음에는 코드가 전혀 기억나지 않았다.

엘리베이터 문이 열리고 일행은 안으로 들어갔다.

모두 아무 말도 하지 않았다. 얼랜드 박사에 대한 경의 때문이거나, 아니면 이제 드디어 탈출한다는 희망 때문이리라. 이제 곧……

옥상에 도착한 엘리베이터의 문이 열리자 땅거미가 깔린 도시가 펼쳐졌다. 저무는 햇살이 황궁 건물들의 유리창에 비쳐 반짝이며 이착륙장을 자줏빛으로 물들이고 있었다.

그리고 거기 램피언이 승강구 계단을 내리고 서 있었다.

크레스는 웃음을 터뜨렸다. 실성한 듯한 웃음이 목구멍에서 튀어나왔다.

이코는 함성을 내지르며 승강구로 뛰어갔다. "해냈다!"

카스웰이 크레스의 팔을 잡은 손에 힘을 주며 물었다. "제이신이 왔어?"

"네, 왔어요." 크레스가 속삭였다.

울프 혼자만이 카이토를 업은 채 천천히 걸어오고 있었다. 일그러진 입술 사이로 이가 드러나 보였다.

"제이신! 이륙 준비! 우리……"

신더가 램피언으로 뛰어가며 고함을 치다가 입을 다물었다. 그리고 걸음이 느려지다가 완전히 멈춰섰다. 크레스는 숨을 헉 들이켜고 카스웰의 팔을 부둥켜안아 멈춰세웠다.

승강구 문간에 누군가가 나타났다. 그 새하얀 코트와 긴 소매 때문에 마치 유령이 출몰한 것처럼 보였다. 그들의 탈출을 막으려고 나타난 유령.

크레스의 본능이 비명을 질렀다. 도망치라고, 숨으라고, 시빌 마님에게서 최대한 멀리 달아나라고.

뒤를 돌아보니 시빌만 있는 게 아니었다. 루나 경호원들이 일행 뒤에서 엘리베이터를 가로막고 있었다. 게다가 엘리베이터를 타고 도망치는 것은 불가능했다. 그들이 옥상에 도착하고 나면 아무도 따라 올라오지 못하게끔 엘리베이터가 자동으로 정지되도록 프로그래밍해둔 것은 크레스 본인이었다. 크레스가 보안 시스템의 중앙 컴퓨터에 설치해둔 타이머가 끝나고 시스템이 리부팅되기 전까지 저 엘리베이터는 작동하지 않을 것이다.

즉 도망칠 곳이 없다는 뜻이었다. 숨을 곳도 없었다. 램피언을 겨우 마흔 걸음 앞에 두고 그들은 덫에 빠졌다.

*

마법사를 본 신더는 한껏 치솟았던 희열이 순식간에 사그라짐을 느꼈다. 저 마법사와 경호원들의 존재를 진작 감지했어야 했다. 엘리베이터에서 내리기 전에 알았어야 했다. 하지만 성공의 예감에 너무 도취된 나머지 방심하고 말았다. 신더 일행은 포위되었다.

옥상에 거세게 불어닥치는 바람 속에서 시빌이 소맷자락을 나부끼며 말했다. "이렇게 반가울 데가. 모두가 제 발로 찾아올 줄 알았더라면 내가 여러분을 찾느라 괜히 고생하지 않았을 텐데요."

신더는 시빌에게 집중하면서 동시에 동료들을 확인했다. 울프는 신더보다 조금 더 앞에 서서 카이토를 바닥에 내려놓으며 으르렁거리고 있었다. 울프의 드레스셔츠에 묻어난 핏자국이 보였다. 아파하는 기색은 전혀 없었지만, 실밥이 뜯어져서 상처가 벌어진 게 분명했다.

이코는 울프에게서 조금 떨어진 곳에 있었다. 일행 중에서 유일하게 숨을 헐떡이지 않는 존재였다.

크레스와 카스웰은 신더의 왼편에 있었다. 카스웰은 지팡이를 짚고 있었다. 아마 총도 가지고 있을 터였다. 하지만 마법사가 그 무기를 이용하려 들 것이다. 마법에 조종당하지 않는 크레스나 이코와 달리 카스웰과 울프는 골칫거리가 되기 십상이었다.

"몇 명?" 카스웰이 물었다.

"앞에 시빌 마님, 뒤에 경호원 여섯."

크레스의 대답에 카스웰은 약간 망설이더니 고개를 끄덕였다. "해볼 만하겠네."

시빌이 고개를 갸웃했다. "재미있군요. 내 피후견인이 사이보그와 안드로이드와 범죄자에게 둘러싸여 있다니. 지구 사회의 인간쓰레기들 틈에 쓸모없는 껍데기가 끼어 있으니 퍽 어울리는군요."

카스웰이 크레스를 보호하듯 앞을 가로막았다. 그런데 크레스가 턱을 치켜들더니 그 어느 때보다 자신만만한 표정으로 말했다.

"쓸모없는 껍데기? 황궁에 설치된 너희 감시 시스템을 모두 마비시킨 그 껍데기 말이냐?"

시빌이 혀를 쯧쯧 찼다. "얘야, 거드름 피우는 건 네게 어울리지 않아. 감시 시스템이 무슨 대수니? 이 황궁은 곧 레바나 여왕님의 집이 될 텐데."

시빌이 고갯짓을 했다. "경호원 제군, 황제 폐하와 저 특수첩보원은 놔두고 나머지는 다 죽여라."

저벅저벅하는 발소리, 제복의 옷자락이 스치는 소리, 총집에서 총을 꺼내는 소리가 울렸다.

566

신더는 경호원들의 생체전기를 헤아렸다. 루나인 경호원 여섯명. 그들도 제이신과 마찬가지일 것이다. 마음을 열고 고분고분한 꼭두각시가 되기 위해 훈련받은 사람들.

신더는 그들의 생체전기를 휘어잡았다. 그 순간 경호원 여섯 명이 일제히 옥상 난간 쪽으로 몸을 돌려 총을 힘껏 집어던졌다. 권총 여섯 자루가 허공을 횡 날아가 저 아래에 있는 건물들의 기와에 덜그럭덜그럭 부딪혔다.

시빌이 깔깔대며 비명 같은 웃음을 터뜨렸다. 저 마법사가 저렇게 감정을 분출하는 건 처음 보는 광경이었다. "아하, 지난번에 만난 이후 공부를 조금 했나 보군? 하지만 기껏 경호원 몇 명 조종하는 게 대단한 일은 아니지."

시빌이 승강구 계단을 내려오더니 울프에게로 눈을 돌렸다.

신더는 경호원들의 생체전기를 떨치고 울프에게 정신을 뻗었다. 울프를 조종하려 할 때면 늘 그렇듯이 머리에 날카로운 통증이 치밀 것을 단단히 각오하면서.

그런데 두통이 일지 않았다. 울프의 마음은 이미 닫혀 있었다. 누군가가 그의 꿈틀거리는 에너지를 가두고 빗장을 채워놓은 것만 같았다.

울프가 살기 띤 얼굴로 신더를 돌아보았다.

신더는 욕을 뇌까리며 한 발짝 물러섰다. 화물칸에서 울프와 싸움 연습을 했던 기억들이 뇌리를 스치는 순간 울프가 신더에게 펄쩍 뛰어 날아왔다.

신더는 재빨리 몸을 피하면서, 울프의 복부를 밀어올려 등 뒤로 둘러메쳤다. 울프는 유연하게 착지하더니 신더의 턱을 노리고 주먹을 날렸다. 신더는 금속 손으로 그 공격을 막았지만, 울프의 완력에 떠밀려서 균형을 잃고 넘어져버렸다. 이착륙장의 딱딱한 아스팔트 바닥에 쓰러진 신더는 즉시 두 손으로 땅을 짚었다. 그리고 울프의 옆구리를, 즉 부상을 입은 자리를 발로 걷어찼다. 자신이 그런 짓을 했다는 데 진저리가 났지만 효과는 있었다. 울프는 고통스러운 신음을 뱉으며 한 발짝 뒤로 물러났다.

신더는 벌떡 일어섰다. 벌써부터 숨이 찼다. 망막 디스플레이에 각종 경고문이 나오고 있었다.

울프가 입술을 핥더니 날카로운 이를 번뜩이며 다시 덤벼들 준비를 했다.

신더는 공포를 억누르며 다시금 울프의 정신을 제어하려 시도했다. 시빌의 제어를 부술 수만 있다면. 아까 시빌보다 먼저 울프를 사로잡았더라면…… . 신더는 울프에게서 끓어오르는 분노와 살의 이면에 숨어 있는 약점을 찾아내려 했다. 신더가 익히 알고 있는 울프의 또 다른 본성을.

시빌의 제어를 푸는 데 너무 정신이 팔린 나머지, 신더는 누군가의 발이 자신의 옆머리로 날아오는 것을 눈치채지 못했다. 신더는 머리를 걷어차이고 플랫폼 저 너머로 날아가버렸다.

바닥에 모로 쓰러진 신더의 시야에 하얀 노이즈가 꼈다. 현기증이 일었고, 아스팔트에 쓸린 왼팔이 화끈거렸고, 숨이 잘 쉬어지지 않았다. 머리도 들 수 없었다. 사이보그 진단 프로그램이 미친 듯이 날뛰면서 온갖 문구들이 나타났다.

신더는 겨우 진단 프로그램을 끄는 법을 기억해냈다. 시야가 맑아지자 석양에 물든 하늘을 배경으로 움직이는 사람들이 보였다.

맞붙어 싸우는 사람들의 흐릿한 그림자, 고통에 찬 신음 소리.

경호원들이 공격을 개시한 것이다. 카스웰은 어디서 났는지 칼을 꺼내들었고, 크레스는 카스웰의 지팡이를 무턱대고 휘두르고 있었고, 이코는 금속과 실리콘으로 된 팔다리로 최대한 자신을 방어하려 했다. 하지만 카스웰은 앞이 보이지 않고, 이코의 프로그램에는 전투기술이 내장되어 있지 않았다. 경호원들 중 한 명에게 지팡이를 빼앗긴 크레스는 털썩 꿇어앉아 두 팔로 머리를 가렸다.

한 경호원이 카스웰의 손목을 붙잡고 등 뒤로 꺾었다. 카스웰의 입에서 비명이 튀어나오면서 칼이 손에서 떨어졌다. 또 다른 경호원이 카스웰의 배에 주먹을 꽂았다.

어디선가 으르렁거리는 소리가 들렸다. 신더는 그쪽을 돌아보았다. 울프가 웅크리고서 공격 태세를 갖추고 있었다.

신더는 눈을 질끈 감고 공격에 대비하고 싶었지만 그 충동을 억지로 참았다. 그리고 코로 숨을 천천히 내쉬고, 근육에서 긴장을 풀었다. 울프의 가르침이 뇌리를 스쳤다.

'몸과 마음이 같이 움직여야 합니다.'

그 순간 신더는 울프와 단둘만 남은 것 같았다. 눈이 저절로 뜨였고, 자신에게 달려드는 울프가 또렷이 보였다. 긴장이 풀려 가벼워진 신더의 몸이 본능적으로 옆으로 굴러 공격을 피했다.

신더는 벌떡 일어섰다. 그와 동시에 신더의 마법이 주위에 흘러넘치는 에너지를 감지해냈다. 그리고 거대한 손으로 경호원 여섯 명을 한꺼번에 움켜쥐듯 생체전기를 휘어잡았다. 경호원들이 화들짝 놀라더니 그중 한 명이 무릎을 꿇었고, 두 명은 경련을 일으키며 쓰러졌다.

신더는 울프의 주먹을 피하고, 발길질을 막아냈다. 신더의 본능은 손가락에 내장된 나이프를 써야 한다고 부르짖었지만 의지력이 그 본능을 억눌렀다.

울프는 적이 아니다.

신더는 울프의 턱에 어퍼컷을 꽂았다. 비로소 처음으로 울프에게 확실한 타격을 입힌 그 순간, 머릿속에 그 생각이 가득 들어찼다. '울프는 적이 아니야.'

시야에 무언가 푸르스름한 것이 휙 스쳤다. 이코가 울프의 등에 달라붙어 그의 허리를 다리로 휘감고 있었다. 두 팔로 울프의 머리를 부둥키면서, 눈을 가리든 숨을 막든 어떤 식으로든 방해하려고 안간힘을 쓰는 중이었다.

그 노력은 3초 만에 끝났다. 울프가 등 뒤로 손을 뻗어 이코의 머리를 붙잡고 확 돌려버린 것이다. 이코의 목 피부가 찢겼고, 척추 윗부분의 전선이 밖으로 튀어나와 불똥을 파직파직 튀겼다.

이코가 바닥에 풀썩 널브러졌다. 다리가 부자연스러운 형태로 꼬여 있었다. 목 언저리에 댄 금속판이 뜯겨나가서, 내부의 끊어진 전선들과 찢어진 근육 패드가 불거지고 노란 실리콘이 어깨로 흘러내렸다.

신더는 망가진 이코의 몸을 바라보다 휘청거리면서 주저앉았다. 내부의 오디오 출력기가 방금 들은 끔찍한 소리를 자꾸만 반복 재생했다. 이코의 목이 우드득 부러지는 소리, 몸이 바닥에 쾅 쓰러지는 소리.

배 속이 뒤틀렸다. 신더는 이코에게서 억지로 눈을 돌려 적을 쳐다보았다. 울프가 아니라, 시빌을.

시빌은 승강구 계단 밑에 서서 그 아름다운 얼굴을 찡그린 채 집중하고 있었다.

쓰러졌던 루나 경호원들이 다시 일어나는 기척이 느껴졌다. 동료들이 다시 공격당하고 있었다. 신더는 으르렁거리며 이를 악물고 그 모든 것을 무시했다. 울프도 무시했다.

쓰러뜨려야 할 적은 시빌이었다.

울프가 발을 쿵쿵 울리며 달려왔다. 하지만 신더는 시빌에게서 흐르는 생체전기에만 오롯이 집중했다. 오만하고 의기양양하고 비틀려 있는 시빌의 에너지가 생생히 느껴졌다. 신더는 그 틈새를 발견하고 미끄러져 들어갔다.

그와 동시에 울프가 신더를 덮쳐 쓰러뜨렸다. 그러나 신더는 거의 느끼지도 못했다.

울프에게 깔린 채, 신더는 시빌에게서 발산되는 마력을 헤집었다. 시빌의 팔다리와 손가락을 타고 일렁이는 에너지의 흐름을 헤아리고, 자신의 머릿속에서 출렁거리고 고동치는 고유의 에너지와 시빌의 에너지가 얼마나 다른지 파악했다.

울프가 뾰족한 송곳니를 드러냈을 때, 신더는 시빌의 정신이 울프를 조종하느라 뜨겁게 끓어오르는 부분이 어디인지 찾아냈다. 다른 부분들은 차갑게 식어 있었고 무방비로 노출되어 있었다.

울프가 신더의 목에 이를 박으려 머리를 숙였을 때, 신더는 시빌의 정신을 휘어잡아 공격했다.

CRESS

55장

쾅!

크레스가 고개를 들어보니, 이코가 울프의 등에서 미끄러져 바닥에 떨어지고 있었다. 끔찍하게 박살난 채 바닥에 널브러진 그 모습에 크레스는 진저리를 쳤다. 찢긴 살점과 파직거리는 전선들을 멀리서도 알아볼 수 있었다.

"뭐야, 방금?"

크레스는 카스웰에게 주의를 돌렸다. 배를 호되게 얻어맞고 쓰러져 숨을 제대로 쉬지 못하는 그를 옆에 꿇어앉아 도와주던 참이었다. 다시 말하는 걸 보니 이제 숨이 트이는 모양이었다.

"방금 이코가 죽은 것 같아요. 일어설 수 있겠어요?"

카스웰이 신음하면서 손으로 배를 쥐고는 석연찮은 어조로 "응"

하고 대답했다. 그때 무언가 부스럭거리는 소리가 들렸다. 크레스는 주위를 둘러보았다가 꺅 소리를 지르고 카스웰의 팔을 움켰다. 방금 전까지 텅 빈 얼굴로 온몸이 굳어버렸던 경호원들이 다시 꿈틀거리고 있었다. 그중 한 명이 신음을 흘렸다.

카스웰이 일어서면서 얼굴을 찡그렸다. "됐어. 견딜 만해. 그나저나 내 지팡이 못 봤어? 칼은?"

지팡이는 한 경호원 뒤의 바닥에 떨어져 있었다. 그의 눈은 더 이상 공허하지 않았다. 분노로 맹렬히 타오르고 있었다.

"크레스?"

"경호원들이 다시 깨어났어요."

카스웰이 움찔했다. "여섯 명 다?"

크레스는 뒤를 돌아보았다. "그리고 신더는 바닥에 쓰러져 있고…… 의식을 잃은 것 같아요. 울프는 시빌에게 조종당하고 있고, 울프가…… 우, 울프가……"

크레스는 카스웰의 팔을 꽉 틀어쥐며 질겁했다. 울프가 신더를 깔아뭉개고 있었다. 더 이상 보고 싶지 않은데도 시선이 떼어지지 않았다. 악몽 속에 갇힌 것만 같았다.

"아주 급박한 상황인가 보네." 카스웰이 말했다.

크레스는 덜덜 떨면서 자신이 어떻게 죽을지 생각했다. 콘크리트에 머리가 깨부숴질까? 이코처럼 목이 부러질까?

"때가 된 것 같아."

크레스가 자신에게 일어날 수많은 끔찍한 일들을 상상하며 넋이 나가 있는데, 갑자기 몸이 휙 들려올라가는 느낌이 났다. 카스웰이 두 팔로 크레스의 등을 안아올렸다. 크레스는 헉 소리를 지르며 카스웰의 어깨에 매달렸다.

그러자 카스웰이 키스했다.

전투가 태풍처럼 휘몰아쳤지만, 두 사람은 그 태풍의 눈 속에 있었다. 자신을 안아든 카스웰의 품이 느껴졌다. 치맛자락이 바람결에 부풀어오르며 나부끼는 게 느껴졌다. 카스웰의 입술은 부드러우면서도 능란했다. 온 세상의 시간을 다 가졌다는 듯 천천히 애태우는 키스였다.

따스한 온기에 휩싸여 크레스는 눈을 감았다. 카스웰의 목을 부둥켜안고 싶었지만 몸이 떨리고 머리가 어지러워서 겨우 셔츠를 움켜쥐었을 뿐이었다.

온몸이 사르르 녹아 없어져버렸다는 생각이 들었을 때, 카스웰이 크레스를 다시 내려서 바닥에 세워주었다.

세상이 빙글 돌았다. 카스웰은 크레스를 한 팔로 안고, 다른 쪽 손으로 자신의 허리춤을 더듬었다. 곧이어 탕 하는 총성이 울렸다. 크레스는 비명을 지르며 카스웰의 품에 파고들었지만, 정신을 차려보니 그건 카스웰이 쏜 총소리였다.

경호원 한 명이 신음을 흘렸고 또 다른 경호원이 카스웰의 옷깃을 붙잡았다. 그러자 카스웰이 팔꿈치로 경호원의 턱을 가격했다.

"크레스, 부탁 하나 들어줘."

카스웰이 크레스의 몸을 돌려서 자신의 가슴에 등을 맞대도록 했다. 크레스는 궤도에서 빙글빙글 이탈하는 인공위성이 된 듯한 기분이 들었지만 걷잡을 수 없었다. 카스웰이 크레스의 어깨에 팔을 걸치고는 말했다.

"우리가 좋아하는 사람들을 쏘지 않게 도와줘."

카스웰이 다시 총을 쏘자 어떤 경호원의 위 팔에 총이 맞았다. 경호원은 잠깐 주춤했을 뿐 그들을 향해 계속 달려들었다.

크레스는 숨을 헉 들이켜며 총을 쥔 카스웰의 손을 감싸쥐고 조준했다. 카스웰이 방아쇠를 당기자, 경호원의 가슴에 탄환이 명중했다. 경호원은 비틀거리며 나자빠졌다.

크레스는 몸을 돌려 카스웰의 손을 다른 경호원에게 거누었다. 또 다시 가슴에 명중했다. 다음 경호원에게 쏜 총알은 어깨에 맞았다. 다시 조준을 하고 마지막 한 명의 경호원을……

철컥, 철컥.

총알이 다 떨어졌다. 카스웰이 욕을 뇌까렸다. "뭐, 그래도 재미있었어."

경호원이 소리 내어 웃었다. 그는 훤칠한 근육질 사내였고, 주홍색 머리카락을 위로 올려 빗어서 꼿꼿이 세우고 있었다. 여섯 명의 경호원들 중에서 유일하게 낯이 익은 사람이었다. 감시카메라 영상에서 항상 여왕의 수행단과 함께 다니는 걸 보았다. 여기서 가장 계급이 높은 경호원일 거라는 뜻이었다.

"괜찮으시다면 지금 죽여드리지요." 경호원이 말했다.

"이야, 신사분이시네?" 카스웰이 크레스를 등 뒤로 숨기면서 주먹을 들었다.

그때 누군가의 비명이 바람을 갈랐다.

여느 비명이 아니었다. 극도의 고통과 광란과 절망에 사로잡힌 절규였다.

크레스와 카스웰은 동시에 머리를 수그리고 귀를 틀어막았다. 크레스는 그게 신더의 비명일까 봐 공포에 질렸다. 그런데 눈을 들어

보니, 시빌이 바닥에 쓰러져 경련을 일으키고 있었다. 시빌은 하염없이 비명을 지르고 또 지르며 머리를 쥐어뜯고, 사지를 비틀고, 발버둥을 쳤다. 그러면서 목을 길게 빼다가 아스팔트에 머리를 퍽 부딪치고는 태아처럼 몸을 조그맣게 웅크렸다. 고통을 피해 한없이 어디론가 숨어들려는 것처럼.

신더는 여전히 의식불명인 것 같았다. 울프가 그 위에 올라타고 있었다. 그런데 울프가 물에 젖은 개가 머리를 털듯 고개를 휘휘 흔들고는 신더에게서 펄쩍 뛰어 물러났다. 그 눈은 죄책감으로 가득했다. 신더는 시체처럼 누워 있었다.

"멈춰!"

붉은 머리의 경호원이 신더를 향해 고함을 지르며 크레스를 카스웰에게서 끌어내 목을 움켜쥐었다. 크레스는 비명을 지르며 경호원의 손을 할퀴어댔지만 경호원은 느끼지도 못하는 듯했다.

"즉시 멈추지 않으면 이 계집의 목을 꺾어버리겠다!"

경호원이 버럭버럭 질러대는 고함은 시빌의 비명에 묻혀서 잘 들리지도 않았다. 신더도 경호원의 말이 들리지 않는 모양이었다. 아니면 신경 쓰지 않는 것이거나…… 멈추는 게 불가능한 것인지도 모른다. 크레스는 경호원을 걷어차려고 했지만 다리가 너무 짧아서 닿지 않았다. 시야가 캄캄해졌다…….

그때 퍽 하는 소리가 들리며 목을 조이던 손이 풀어지더니 경호원이 휘청거리다가 실신해버렸다. 크레스는 목을 문지르며 뒷걸음질을 쳐 뒤를 돌아보았다. 카스웰이 지팡이를 곤봉처럼 들고 있었다.

"지팡이 찾았다." 카스웰이 지팡이를 빙글 돌리면서 위로 던져올렸다가 다른 쪽 끝을 받아쥐려고 했다. 하지만 지팡이는 그의 손을 스쳐 바닥에 떨어져버렸다. 카스웰이 주춤했다. "크레스, 괜찮아?"

"……네." 크레스는 화끈거리는 목의 통증을 가누며 침을 삼켰다.

카스웰이 지팡이를 다시 주웠다. "좋아. 그건 그렇고, 이 비명은 대체 뭐야?"

"모르겠어요. 신더가 시빌 마님을 어떻게 한 것 같아요……. 마법 으로요."

"흠, 시끄럽고 시간도 없으니까 빨리 가자."

카스웰의 총에 맞아 쓰러진 경호원 하나가 지나가는 크레스의 발목을 붙잡으려고 했다. 크레스는 그 손을 걷어차버리고 신더에게 뛰어갔다. 울프가 신더를 흔들고 있었지만 아무 반응도 없었다. 시빌의 비명은 점점 가늘어지더니 울음으로 변했다. 시빌은 걷잡을 수 없이 오열을 토해내며 경기를 일으켰다.

크레스가 최대한 상황을 설명하자, 카스웰이 말했다.

"신더를 리부팅해야 하나 봐. 예전에도 이런 적이 있거든. 여기." 카스웰이 신더의 뒤통수에 손을 뻗더니 무언가를 만졌다. 찰칵 하는 소리가 들렸다.

그러자 신더의 눈이 확 뜨이면서 카스웰의 손목을 낚아챘다. 카스웰이 억 소리를 지르며 바닥에 넘어졌다.

시빌의 통곡 소리가 잦아들며 훌쩍거림으로 변했다.

"내, 제어판, 열지, 마."

신더가 카스웰을 놓아주고 머리의 뚜껑을 닫았다. 카스웰이 벌떡 일어섰다.

"그러니까 왜 혼수상태인 척하고 그러냐고! 이제 얼른 가지 않을래? 동방연방 군대 전체가 몰려오기 전에?"

신더가 일어나 앉아 눈을 깜빡였다. "이코……."

"울프, 이코 좀 챙겨줘. 그리고 황제도. 황제 아직 여기 있지?"

황제! 크레스는 황제를 까맣게 잊고 있었다. 그런데 울프가 고개를 한쪽으로 젖히더니 말했다.

"사이렌이 들린다. 이 방향으로 다가오고 있어."

신더가 말했다. "군대가 금방 온다는 뜻이군. 혹시 제이신 본 사람 없지?"

아무도 대답이 없었다. 도주로를 확보해줘야 할 조종사는 싸움이 시작되었을 때부터 코빼기도 보이지 않았다. 크레스는 초조하게 입술을 핥았다. 제이신이 배신한 걸까? 그들의 계획을 누설한 걸까?

"알았어. 카스웰, 나랑 같이 조종석에 타자. 나 예전에 제이신에게 이륙하는 방법 배운 적 있어. 한 번 배운 거라 기억이 가물가물하니까 네가 옆에서 도와줘."

그들은 이코의 부서진 몸과 여전히 의식불명인 카이토의 몸을 램피언의 화물칸으로 옮겼다.

그때 웃음소리가 들렸다. 찢어지는 듯한 그 소리에 크레스는 등골이 오싹해졌다.

시빌이 몸을 일으키고 있었다. 간신히 일어난 시빌은 비틀거리며 두 발짝 걷더니, 다시 한쪽 무릎을 꿇고 주저앉았다. 그리고 또 웃으면서 헝클어진 머리카락을 한 움큼 그러쥐었다.

울프가 크레스를 젖히고 승강구 계단을 달려내려가더니, 시빌의 먹살을 잡고 끌어당겼다. 시빌의 눈알이 뒤로 넘어갔다.

"스칼렛은 어딨지? 아직 살아 있나?"

울프가 버럭 고함쳤다. 크레스는 멀찍이서도 울프의 눈에서 활활 타오르는 증오심을 볼 수 있었다. 증오보다 앞서는 것은 오로지 대답을 들어야 한다는 절박함뿐이었다. 스칼렛이 아직 살아 있다는 실낱같은 희망을 얻고 싶어서. 아직 스칼렛을 구할 기회가 있다는 걸 알고 싶어서.

그러나 시빌은 고개를 한쪽으로 떨구고서 "우와, 저 새들 예쁘다!"라고 소리치더니 키득키득 웃기만 했다.

울프가 으르렁거리며 이를 드러냈다. 몸을 부들부들 떠는 걸 보니 당장이라도 시빌의 목을 찢어발길 기세였다. 하지만 그는 시빌을 그냥 바닥에 내동댕이쳐버렸다. 바닥에 세차게 부딪친 시빌은 흑 하고 신음을 뱉으면서 몸을 굴려 드러누웠다. 그리고 하늘을 쳐다보며 또 깔깔 웃기 시작했다. 도시의 지평선 너머로 해가 저물어가고, 하늘 저 높이 만월이 떠 있었다.

울프는 계단을 올라와서 승강구 안으로 들어가버렸다. 크레스와는 눈도 마주치지 않았다.

크레스는 화물칸 안에 서서 얼떨떨하게 시빌을 바라보았다. 시빌은 두 팔을 하늘로 쳐들고서 킬킬거리고 있었다.

이윽고 승강구 계단이 올라가면서 옥상에 널브러진 시빌과 피투성이 경호원들의 모습이 서서히 가려졌다. 엔진의 굉음이 터져나오자 미친 웃음소리와 황궁 벽 너머에서 울려퍼지는 사이렌 소리도 들리지 않게 되었다.

C
R
E
S
S

56장

누군가 지금 레바나를 보았다면 평화의 화신 같다고 생각했을 것
이다. 붉은색의 섬세한 혼례복을 차려입고 황금빛 베일을 손목까지
드리운 채, 레바나는 자기 처소의 안락의자에 완벽한 자세로 앉아
서 두 손을 무릎 위에 포개고 있었다.

그런데 실은 손을 포갠 게 아니라 주먹을 말아쥔 것이었다.

양손에는 결혼반지를 하나씩 쥐고 있었다. 하나는 아주 오래전부
터 끼고 있던 것이었다. 사랑과 행복을 가져다줄 줄 알았던, 그러나
상처만을 안겨주었던 반지.

다른 하나의 반지가 상징하는 것은 이기적이고 맹목적인 남편의
사랑이 아니었다. 그건 레바나에게 지구 전체의 사랑을 가져다줄
반지였다. 지금쯤이면 그 반지를 꼈어야 했다.

모든 게 아주 잘 되어가고 있었다. 지구를 거머쥘 순간이 코앞까지 닥쳐왔었다. 지금쯤이면 결혼이 끝났어야 했다. 정해진 서약을 하고 황후가 되었어야 했다.

그런데 결혼식은 아직도 시작되지 않았다. 이 지연 사태가 누구의 책임인지 밝혀내기만 하면 그자의 연약한 정신을 있는 대로 고문해서 미치광이로 만들겠다고 레바나는 다짐했다. 자기 손이 무섭다고 벌벌 떨며 침을 질질 흘리는 머저리로 만들어버릴 것이다.

노크 소리가 들렸다. 레바나는 사념을 떨치고 고개를 들었다.

"들어오라."

경비병이 누군가를 데리고 안으로 들어왔다. 콘 토린이었다. 어린 황제를 끊임없이 따라다니는 성가신 고문관. 레바나는 황금빛 베일 너머로 고문관을 힘껏 쏘아보았지만, 물론 토린에게는 레바나의 눈이 보이지 않을 터였다.

"곤위(袞位)에 오르실 폐하."

토린이 새로운 수식어를 붙인 호칭으로 레바나를 부르며 평소보다 더욱 깊게 절했다. 그 앞에서 레바나는 목덜미가 따끔거렸다.

"예식이 지연된 것과 더불어 이제부터 전해드려야 할 소식에 마음 깊이 사죄드립니다. 망극하오나 결혼식을 연기하는 것이 불가피해졌습니다."

"그 무슨 말이오?"

토린이 굽혔던 몸을 세웠다. 눈은 변함없이 정중하게 내려깔고 있었다. "황제 폐하께서 납치되었습니다. 범인들은 처소에 침입해 폐하를 납치하고, 추적 불가능한 우주선에 태워 도주했습니다."

레바나는 결혼반지 두 개를 꽉 거머쥐었다. "누가?"

"린 신더입니다, 폐하. 무도회에 나타났던 사이보그 도망자입니다. 그와 더불어 공범도 여러 명 있었다고 합니다."

린 신더. 그 이름을 들을 때마다 침을 뱉고 싶어졌다.

"그렇군. 그러한 침입에 대비한 보안 수단도 마련되어 있지 않았단 말이오?" 짐짓 부드러운 어조로 말하는 데도 이제 진력이 났다.

"저희의 보안 시스템은 훼손되었습니다."

"'훼손'되었다고?"

"예, 폐하."

레바나는 벌떡 일어섰다. 드레스가 바람처럼 슥 하는 소리를 냈다. 그런데 고문관은 겁을 먹기는커녕 눈도 깜짝하지 않았다.

"그 십대 소녀가 귀국의 교도소에서 탈출하고, 귀국의 우수한 군대의 추적에서도 빠져나간 것도 모자라, 이제는 귀국의 황궁에 침입해, 황제 폐하의 처소에까지 쳐들어와 그분을 납치하고, 탈출에까지 성공했다는 말이오?"

"정확히 그렇습니다, 폐하."

"그래서 그대는 내 신랑을 되찾기 위해 무엇을 하고 있소?"

"저희는 현재 가용 경찰력과 병력 전체를 투입……."

"집어치우시오."

그 한마디에 고문관이 비로소 움찔했다.

레바나는 숨을 고르고 입을 열었다. "동방연방은 린 신더를 추적하는 일에 이미 숱하게 실패했소. 이제부터는 내 병력을 이용해 내 방식으로 추적할 거요. 지난 48시간 동안 보안 시스템에 기록된 영상과 정보 일체를 내 경호원들에게 넘기시오."

고문관이 뒷짐을 지고 말했다. "기꺼이 제공해드릴 수 있습니다.

그러나 오늘 오후 발생한 보안 침입으로 인해, 두 시간 동안은 감시 영상 및 스캔 기록이 남지 않았습니다."

레바나가 냉소를 지었다. "남아 있는 건 전부 넘기시오."

에이머리 파크 마법사가 문간에 나타났다. "폐하, 긴히 드릴 말씀이 있습니다."

"고하시게." 레바나는 콘 토린에게 손을 휘저었다. "그대는 물러가시오. 그리고 말해두건대, 나는 이번에 황궁 보안팀이 보여준 무능한 대처에 대해 그냥 넘어가지 않을 것이오."

고문관은 가타부타 말도 않고, 깊이 절한 뒤 물러갔다. 고문관이 나가자마자 레바나는 베일을 휙 벗어 의자에 내던졌다.

"황제가 납치당했다는군. 그것도 자기 황궁에서! 지구인들이란 한심하기 짝이 없어. 진작 멸종하지 않았다는 게 놀라운 일이야."

"폐하, 동의합니다. 그리고 또 다른 흥미로운 소식이 있습니다만, 콘 토린 경에게서 듣지 못하셨겠지요?"

"흥미로운 소식이라니?"

에이머리가 눈을 빛냈다. "세이지 다넬 박사가 이 황궁에 있다고 합니다. 현재 연구소의 격리실에 갇혀 있습니다."

"세이지 다넬? 그 계집의 탈옥을 돕고는 감히 여기로 돌아왔단 말인가?"

"이번 납치 사건에 공모한 것으로 사료됩니다. 허나 그는 생명이 위태로운 상태입니다. 새로운 종류의 레투모시스에 감염되었고, 그 바이러스는 기존보다 진전 속도가 훨씬 빠른 모양입니다. 그리고 물론, 다넬 박사는 루나인입니다."

레바나는 가슴이 뛰었다. 이건 흥미로운 가능성을 암시하는 사건

583

이었다. "내가 직접 만나보겠네."

레바나는 자신의 진짜 결혼반지를 손가락에 끼고, 카이토 황제와의 결혼으로 끼게 될 반지는 탁자에 놔두었다. 문 밖으로 나서는 레바나의 뒤에서 에이머리가 따라오면서 말했다.

"폐하, 궁내 엘리베이터 전체가 작동되지 않는 상태입니다. 송구하오나 계단으로 올라가셔야겠습니다."

"지구인들이란." 레바나는 으르렁거리고 치맛자락을 잡아들었다.

끝없는 미로 같은 복도와 계단을 거친 끝에 그들은 연구소에 다다랐다. 세이지 다넬이 있다는 연구실 밖에 동방연방의 정부 관리들이 모여 있었다. 다넬을 숨기고 자기들 선에서 처리하려 한 모양이었다. 린 신더에게 그랬던 것처럼. 하지만 그 둘은 어디까지나 레바나의 소관이었다.

레바나는 연구실로 들어가서 그 안에 있는 사람들의 마음을 조종해 이곳에서 떠나야 한다는 생각을 불어넣었다. 그러자 사람들이 즉시 밖으로 나가고, 레바나와 에이머리 둘만 남았다.

연구실은 서늘했고 화학약품 냄새가 풍겼다. 조명이 환했고, 기계며 벽의 표면이 모두 딱딱하고 매끄러웠다. 그리고 착색된 유리창 맞은편에 세이지 다넬 박사가 보였다. 그는 실험대 위에 드러누워 배 위에 올려놓은 회색 모자를 그러쥐고 있었다.

다넬 박사가 린 신더의 탈옥을 돕는 장면을 감시 영상으로 본 것을 제외하면, 레바나는 10년도 넘게 그를 보지 못했다. 한때 박사는 레바나 휘하의 가장 전도유망한 과학자였다. 그는 늑대 병사들을 개발하는 연구에 투입된 지 불과 한 달 만에 커다란 진전을 일구어낸 바 있었다.

그런데 그동안 고생이 이만저만이 아니었던 것 같았다. 얼굴은 온통 주름이 졌고, 머리도 벗어져가고, 남아 있는 머리카락은 잿빛으로 세어 있었다. 게다가 전염병까지 걸렸다. 파충류 같은 피부는 멍 같은 반점과 물집처럼 부풀어오른 발진으로 뒤덮여 있었다. 손가락은 이미 파랗게 변한 상태였다. 에이머리의 말은 사실이었다. 금방이라도 숨이 넘어갈 듯한 꼴이었다.

레바나는 창문 앞으로 다가갔다. 책상에 마이크가 하나 있고 그 옆에 조명이 켜져 있는 걸 보니, 그 마이크를 통해 격리실과 대화를 나눌 수 있는 듯했다. "친애하는 다넬 박사. 자네를 다시 만나는 반가운 순간이 찾아올 줄은 미처 몰랐네."

다넬의 눈이 뜨였다. 안경알 너머의 그 눈동자는 여전히 새파랬다. 다넬은 천장만 올려다볼 뿐 눈을 돌리려 하지 않았다. 레바나는 이 창문이 편면유리라는 것을 알고 있었지만, 다넬이 얼굴을 마주하려 하지도 않는다는 게 짜증이 났다.

"폐하, 저는 당신의 목소리를 들을 날이 올 줄 알았습니다."

레바나의 옆에 서 있던 에이머리가 벨트에 찬 포트스크린을 확인하더니, 절을 하고 연구실을 나갔다.

"재미있군. 참으로 아이러니해. 자네는 루나의 명예로운 지위를 버리고 지구로 와서 말년을 전염병 치료제를 찾는 데 매달렸는데, 이제는 그 전염병에 걸려 죽어가고 있다니 말일세. 게다가 그 치료제는 우리가 이미 개발해냈지. 사실…… 그래, 지금 이 황궁의 내 처소에도 그 치료제 샘플이 있다네. 나는 샘플 몇 개를 항상 가지고 다니거든. 내 약혼자를 비롯해 내게 필요한 사람들에게 비극적인 일이 일어날 경우를 대비해서 말이야. 그 치료제를 자네에게 줄 수도 있겠지. 하지만 그러고 싶지는 않구먼."

"폐하, 걱정 마시지요. 주겠다고 해도 제가 거절할 겁니다. 그걸 얻으려고 얼마나 엄청난 악행을 저질렀는지 알고 있으니까."

"악행이라니? 그 질병은 내 백성들에게는 감염되지 않았네. 적어도 지금 자네가 걸린 바이러스를 빼면 말이야. 남의 나라 백성들의 병을 고쳐주려고 노력한 것은 오히려 자선 행위에 가깝지 않은가?"

다넬이 천천히 일어나 앉았다. 그것만으로도 힘에 부치는지 머리를 떨구고 숨을 몰아쉬었다. "여왕이시여. 나는 당신의 음모를 다 알았습니다. 당신이 껍데기들을 붙잡아가서 전부 죽이는 줄 알았는데, 그게 아니었더군요. 아니, 껍데기를 한 명이라도 죽이기는 한 겁니까? 그저 거짓 명분이 아니었던가요? 그들을 몰래 격리시키고 혈액을 채취하기 위한?"

레바나의 속눈썹이 파르르 떨렸다. "아, 그래. 자네에게도 껍데기 아이가 하나 있었지? 그 아이가 아들이었던가, 딸이었던가? 내가 고국에 돌아가면 그 아이를 한번 만나보고 싶구먼. 자기 아버지가 내 눈앞에서 얼마나 처량하게 죽어갔는지 말해줘야 하니까."

다넬은 귀를 긁적거리더니, 레바나의 말을 듣지도 못한 것처럼 자기 말만 계속했다. "더욱 흥미로운 점은, 레투모시스가 처음 발병한 사례는 12년 전이라는 겁니다. 그런데 당신은 그보다 훨씬 더 전부터 레투모시스의 항체를 수집하고 있었더군요. 사실 그 실험을 시작한 건 당신의 언니, 그러니까 전대 여왕일 겁니다. 제 계산이 맞다면."

레바나가 책상 위에 얹은 손을 쫙 펼쳤다. "자네가 우리 연구팀에서 빠진 것이 얼마나 크나큰 손실인지 새삼 되새기게 되는군."

다넬은 땀으로 축축해진 이마를 팔로 훔쳤다. 눈부신 빛 속에서 다넬의 피부는 투명하게 변한 것처럼 보였다. "이 질병은 모두 당신이 만든 겁니다. 당신은 치료제가 있으면서도 숨겨두고, 그토록 오랜 세월 수많은 사람이 죽어가는 걸 방관했습니다. 적당한 때가 되면 기적 같은 치료제로 그들을 구해줘서 지구를 당신의 발 앞에 무릎 꿇리려고 한 거죠."

"나를 너무 과대평가하는군. 그 바이러스를 만든 건 나의 부모님이었고, 치료제를 완성한 건 내 언니였네. 나는 그저 선왕들이 일군 업적을 실행에 옮겼을 뿐이지."

"그러셨겠죠. 당신은 루나인들을 의도적으로 바이러스에 노출시킨 뒤 지구로 보냈으니까요. 그 루나인들은 자기 몸에 뭐가 들어 있는지도 전혀 몰랐겠지요."

"지구로 보냈다고? 그럴 리가. 나는 다만 그들이 탈출……할 때 잡히지 않도록 보안을 느슨히 해두었을 뿐일세." 레바나는 '탈출'이라는 단어에서 뜨끔했다. 자신이 만든 지상낙원에서 감히 달아나고 싶어 하는 백성들이 있다는 사실이 영 마음에 들지 않았다.

"그건 생물학적 무기였습니다. 지구는 아무것도 모른 채 완전히 당했지요." 다넬이 쿨럭 기침을 하자 팔꿈치에 검붉은 피가 튀었다.

"그래, 그리고 앞으로도 쭉 모를 걸세. 내가 여기 서서 자네가 죽어가는 걸 똑똑히 지켜볼 테니까."

다넬이 귀가 째지는 듯한 소리로 웃어젖혔다. "제가 이런 정보를 무덤까지 가져갈 거라고 생각합니까? 정말로?"

레바나는 슬금슬금 짜증이 치밀어올랐다. 다넬은 눈이 흐릿해진 채 싱글벙글 웃으며 자기 앞의 거울을 쳐다보고 있었다.

"정말로 큰 거울이군요. 이런 거울 앞에서는 자신을 감출 수 없죠……. 내가 어떤 꼴이 되었는지. 여왕이시여, 당신이라면 여기서 죽는 게 고역이었을 겁니다. 저런 거울을 오랫동안 쳐다보느니 스스로 살을 찢어발겼겠죠."

레바나는 주먹을 꽉 틀어쥐었다.

"폐하."

에이머리의 목소리에 레바나는 손을 풀었다. 손톱이 박혔던 손바닥이 화끈거렸다. 연구실로 돌아온 에이머리는 경호대장 제리코를 대동하고 있었다. 제리코는 한바탕 난투를 치른 듯한 몰골이었다.

"드디어 왔군. 너와 시빌은 어디 있었느냐? 고하라."

제리코가 절했다. "여왕이시여, 미라 마법사와 저는 정예 저격수 다섯 명과 함께 이 탑의 옥상에 있는 비상 이착륙장에서 린 신더와 그 공범들을 포위했습니다."

레바나의 가슴이 희망으로 부풀었다. "그래서 잡았나? 놈들이 결국 탈출하지 못한 건가?"

"아닙니다, 폐하. 저희는 실패했습니다. 제 부하 둘은 죽었고, 나머지 셋은 중상입니다. 반역자들과 카이토 황제가 탄 우주선이 이륙했을 때 저는 혼수상태였습니다."

분노가 또 다시 등줄기를 타고 치밀어올랐다. "미라 마법사는 어디에 있느냐?"

제리코가 공손하게 시선을 내리뜨렸다. "사망했습니다, 폐하. 린 신더가 마법으로 미라 마법사의 정신을 고문했습니다. 그 비명 소리를 제가 직접 들었습니다. 의식이 있었던 부하들의 증언에 따르면, 우주선이 이륙한 뒤 미라 마법사는 옥상에서 몸을 던졌다고 합니다. 그 시신이 정원에서 발견되었습니다."

실성한 듯 낄낄거리는 웃음이 실내에 울려퍼졌다. 레바나가 뒤를 휙 돌아보니, 다넬이 무릎 위에 몸을 구부리고서 발꿈치로 실험대 옆면을 쾅쾅 차고 있었다.

"그래도 싸지! 내 작은 금빛 새를 그렇게 오랫동안 새장에 가둬 놓았으니! 뱀 같은 년, 꼴좋다!"

"폐하."

레바나는 제리코를 다시 돌아보았다. "뭐냐?"

"그 싸움이 벌어지기 전에, 린 신더의 우주선에 타고 있던 공범 하나를 붙잡았습니다. 린 신더의 새로운 파일럿인 것 같습니다."

제리코가 문밖을 손짓했다. 그러자 밖에서 경호원이 한 남자를 데리고 들어왔다. 그 남자는…….

레바나는 미소를 지었다. "친애하는 제이신 클레이."

제이신은 두 손목이 등 뒤로 묶여 있으면서도 꼿꼿하게 서 있었고 그 어느 때보다도 건강해 보였다. 린 신더의 우주선에서 포로 신세로 지내지는 않은 게 분명했다.

"여왕이시여."

제이신이 머리를 숙였다. 레바나는 마법으로 제이신의 정신을 감지하며, 그 인사에 조롱기가 배어 있거나 반항할 기미가 있는지 살폈다. 하지만 그런 건 전혀 느껴지지 않았다. 제이신은 언제나처럼 텅 비어 있고 고분고분했다.

"내가 알기로, 너는 중요한 전투에서 네 마법사를 버리고 린 신더의 편에 섰으며, 내 약혼자를 납치하는 데 가담했다. 너는 나를 배신했으며 내 왕권에 모반을 일으켰다. 어떻게 변명하겠느냐?"

"저는 결백합니다, 폐하."

레바나는 깔깔 웃었다. "픽도 그렇겠지. 어디 한번 스스로 변호해 보거라."

제이신이 아무런 죄의식도 없는 눈빛으로 레바나의 시선을 마주했다. "전투가 벌어졌을 때, 미라 마법사님께서는 반역자 무리에 가담한 루나인 특수첩보원을 조종하는 데 집중하고 계셨습니다. 그러자 린 신더는 저를 조종해 미라 마법사님과 싸우도록 만들었고, 결국 그분은 저를 우주선에 남겨두고 후퇴하셨습니다. 저는 그 기회를 틈타 반역자들의 환심을 사는 데 성공했습니다. 그래서 3주 동안 반역자들의 동료인 척 동행하며 스파이로 활동할 수 있었습니다. 그 모든 것은 제가 온 마음으로 받들어 모시는 여왕 폐하께 돌아왔을 때 그들의 약점과 전략을 보고하기 위해서였습니다."

레바나는 히죽 웃었다. "사랑하는 공주를 다시 보고 싶어서이기도 했겠지."

마침내 제이신에게서 미세한 감정의 물결이 번졌다. 그러나 호수처럼 일렁이던 그의 에너지는 이내 가라앉아 유리처럼 단단해졌다. "저는 루나의 왕가 전체를 섬기기 위해 존재합니다, 폐하."

레바나는 치맛자락을 손으로 매만지며 말했다. "너는 내 적의 우주선에서 붙잡혀 끌려왔다. 그런데 네가 아직도 내게 충성하고 있다는 걸 어떻게 믿는단 말이냐?"

"저의 행동이 증명할 것입니다. 제가 린 신더를 돕고자 했다면, 제가 그 우주선을 몰고 착륙할 위치와 시간을 미라 마법사님께 통신으로 알려드리지도 않았을 겁니다."

레바나는 제이신을 쓱 훑어보고 제리코에게 시선을 돌렸다. "그게 사실이냐?"

"알 수 없습니다. 미라 마법사님은 반역자들을 찾을 장소가 어디인지 확신하고 계신 듯했으나, 그런 통신을 받았다는 말씀은 없었습니다. 또한 우주선 조종석에서 제이신을 발견했을 때 마법사님은 매우 분노하셨습니다. 저희가 제이신을 구금한 것도 미라 마법사님의 명령 때문이었습니다."

제이신이 입을 열었다. "마법사님이 분노한 것은 당연합니다. 이전에 제가 린 신더에게 조종당해서 그분을 총으로 쏘았으니까요. 그리고 그 통신은 익명으로 발송되었습니다. 애초에 그 정보를 전한 사람이 저라는 걸 그분은 몰랐을 겁니다."

레바나가 손을 휘저어 제이신의 말을 끊었다. "차후에 조사를 더 진행할 것이다. 하지만 네가 몇 주 동안 첩보 활동을 했다고 하니, 어디 한번 그것부터 보고해보거라. 우리의 적에 대해 무엇을 알아냈느냐?"

제이신은 지구의 안드로이드처럼 무감정한 태도로 정보를 털어놓았다. "린 신더가 루나 특수첩보원을 조종할 능력이 있다는 것을 알았습니다. 그러나 훈련이 부족했고 집중력이 떨어졌습니다. 정신적, 육체적 전투를 동시에 병행하는 데에는 재능이 없었습니다."

"흥미로운 관찰이군. 린 신더가 집중력이 부족하다면, 적의 정신을 고문해 광기로 몰아갈 수는 없겠군?"

"그런 일은 절대로 불가능합니다, 폐하."

"절대로 불가능하다? 그래. 그러면 너는 내 생각보다 멍청한 것이거나, 아니면 거짓말을 하고 있는 거야. 오늘 린 신더가 내 수석 마법사를 고문해서 미치광이로 만들었으니까."

제이신에게서 불쑥 긴장한 기색이 치솟은 순간, 격리실에서 쾅쾅거리는 소음이 일었다.

　"당연히 거짓말이지!" 다넬이 갈라지는 목소리로 악을 써대고 있었다. 다넬은 실험대에서 기어내려와 창문을 손바닥으로 두들기며, 유리에다 피가 섞인 침을 튀기며 왁왁 소리를 질렀다. "신더는 네 수석 마법사를 죽일 수 있다. 네 경호원들도, 네 궁중 전체도 몰살시킬 수 있다! 신더는 셀린 공주니까. 루나 왕위의 진정한 계승자니까! 그분은 너희들을 싸그리 죽일 수 있고, 죽일 것이다! 여왕이여, 그분이 네게 오고 있다. 셀린 공주가 너를 파멸시킬 것이다!"

　레바나가 으르렁거렸다. "닥쳐! 닥쳐라, 이 노망 든 노친네야! 왜 아직도 안 죽는 것이냐?"

　다넬은 숨을 헐떡이느라 레바나의 말을 듣지도 못한 듯했다. 그는 바닥에 쓰러져 가슴을 부여잡고 씨근거리면서 마른기침을 토해냈다.

　레바나는 제이신을 돌아보았다. 제이신은 미심쩍은 눈빛으로 다넬을 쳐다보았다가 서서히 납득하는 표정으로 변하더니, 농담을 들은 것처럼 입을 실룩거리며 웃으려 했다. 제이신이 드물게 감정을 내비치는 그 모습을 보고 레바나는 더더욱 부아가 치솟았다.

　"끌고 가라. 루나에서 전면적인 조사를 진행할 것이다."

　제이신이 복도로 끌려나간 뒤, 레바나는 두 주먹을 꽉 쥐고서 에이머리 파크 마법사를 돌아보았다.

　"자네는 오늘부로 진급했네. 즉시 떠날 준비를 하고, 우리 연구팀에게 레투모시스의 변종이 발견되었다고 경고하게. 그리고 군대를 집결시키도록. 린 신더가 나를 직접 대면하기를 두려워하니, 지구인들에게 그 대가를 치르게 해야겠네."

"미라 마법사의 프로그래머가 없어져서 이제 지구의 대기권으로 몰래 잠입하는 것은 불가능합니다. 괜찮으신지요?"

"우리의 침공을 지구인들이 미리 알든 말든 무슨 상관인가? 자신들의 파멸이 다가오는 것을 지켜보면서 자비를 빌 수는 있겠지."

에이머리가 절했다. "분부대로 하겠습니다, 폐하."

격리실을 돌아보니, 다넬 박사는 바닥에 널브러진 채 격렬하게 몸을 뒤틀며 기침을 하고 있었다. 레바나는 다넬이 몸부림치는 것을 가만히 지켜보았다. 그가 내뱉은 말에 피가 펄펄 끓어올랐다.

세상 사람들은 셀린이 13년 전에 죽은 줄 알고 있다. 레바나는 그것이 사실로써 역사에 남도록 만들 작정이었다.

루나의 정당한 여왕은 자신이다. 그리고 지구의 여왕이, 나아가 은하 전체의 여왕이 될 것이다. 그 누구도 레바나의 권능을 빼앗을 수는 없다.

레바나는 창문으로 바짝 다가섰다. 고통으로 일그러진 다넬의 얼굴에 흘러내리는 눈물이 보였다. 다넬은 몸을 덜덜 떨면서, 입술을 조그맣게 달싹이며 무언가를 속삭였다.

"어여쁜 크레센트 문…… 하늘에 떴네……."

어디선가 들어본 듯한 자장가였다.

"해가 저물고 나면…… 너는 달콤한…… 노래를 부르네……."

다넬의 몸에서 떨림이 멈췄다. 입술에서 채 나오지 못한 마지막 말이 허공에 떠돌았고, 그의 푸른 눈동자는 텅 빈 구슬 한 쌍처럼 허공을 올려다보고 있었다.

C
R
E
S
S

57장

"인공위성 AR817.3······ 추적기 방향 전환······ 교차 타이머 작
동······ 체크. 그러면 이제 남는 건 인공위성 AR944.1······ 그리
고······ 이것도······ 이렇게 하면······ 끝."

크레스는 숨을 들이쉬고, 조종석의 중앙 스크린에서 천천히 손을
뗐다. 세 시간 동안 매달린 작업이 드디어 끝났다. 램피언이 가는
길에 있는 인공위성들의 각도를 모두 조정해서 다른 쪽을 면하도록
돌려놓은 것이다. 앞으로 램피언이 궤도대로만 움직인다면 감지될
일은 없을 것이다.

물론 인공위성이나 레이더상으로는 그렇다는 뜻이었다. 육안으
로 보이는 것은 막을 도리가 없었다. 그리고 20분 전, 동방연방에서
는 램피언을 찾아내 신고하는 자에게 어마어마한 포상금을 지급하

겠다고 발표했다. 이제 지구에서 화성 사이에 있는 우주선 전체가 수색 대상이 될 것이다.

그러므로 다른 비행체에 발각될 경우 즉시 도망쳐야 했다. 하지만 일행에 숙련된 조종사가 없다는 게 문제였다. 카스웰은 앞을 못 보니 조종할 수 없었다. 신더가 카스웰의 설명과 램피언의 새로운 자동제어 시스템의 도움을 받아 이륙에 성공하긴 했지만, 곡예를 펼치다시피 아슬아슬한 과정을 거친 끝에야 간신히 중립궤도로 전환할 수 있었다. 그보다 복잡한 조종을 해야 하는 순간이 온다면, 그들은 곤경에 빠질 거라는 뜻이었다. 그때까지 카스웰의 시력이 회복되기를 바라는 수밖에 없었다.

하지만 신더는 카스웰의 시력이 회복돼봤자 곤경에 빠져 있는 건 마찬가지일 거라고 단언했다.

크레스는 뻐근한 목을 마사지하면서 머리를 식혔다. 한창 해킹을 하다 보면 고도의 집중 상태에 빠지곤 했다. 각종 코딩이며 숫자들이 눈앞에 어른거리고, 손이 생각의 속도를 못 따라가는 동안 머릿속은 벌써 다음 단계로 획획 넘어가면서, 피로도 의식하지 못할 만큼 무아지경에 사로잡히는 것이다. 이제 해킹이 끝나고 램피언이 당분간 안전할 거라는 확신이 들자 잊었던 피로가 몰려왔다.

크레스는 화면 아래에서 반짝이는 노란색 불빛으로 시선을 옮겼다. 작업을 시작할 때부터 눈에 거슬렸지만 일에 집중하느라 바빠서 그냥 놔두고 있었다. 투입구의 배출 버튼을 눌러보니, 예상대로 어렴풋이 반짝이는 조그마한 D-COMM 칩이 튀어나왔다. 예전에 크레스가 갖고 있었던 것과 똑같은 칩이었다. 결국은 시빌에게 빼앗긴, 친구들과 연락할 유일한 희망이었던 그 칩.

친구들.

크레스는 칩을 물끄러미 바라보며, 친구라는 단어가 적합한 것일까 생각에 잠겼다. 신더 일행과 친구가 된 것 같긴 했다. 목숨을 건 임무를 함께하고 나니 더더욱. 하지만 크레스는 친구를 사귀어본 적이 없어서 판단하기가 어려웠다.

그래도 한 가지만은 확실했다. 자신은 이제 구출될 필요가 없다는 것.

크레스는 칩을 부술 만한 도구를 찾아 주위를 둘러보았다. 그런데 조종실 창문에 누군가의 그림자가 언뜻 비쳐 보였다. 카스웰이 두 손을 주머니에 꽂은 채 문간에 서 있었다.

크레스는 숨을 헉 들이켜고 몸을 뒤로 돌렸다. 그러자 풍성한 드레스 자락이 의자 다리에 휘감겼다. 옷을 갈아입을 짬이 없어서 너덜너덜하고 지저분한 그 드레스를 아직도 입고 있었다. 그리고 솔직히 갈아입고 싶지 않았다. 그걸 입고 있으니 여전히 드라마 속 여주인공이 된 기분이었고, 그 환상에서 깨어나면 오늘 일어난 온갖 충격적인 사건의 여파가 몰려올 것 같아 겁이 났기 때문이다.

"놀랐잖아요!"

카스웰이 쑥스러운 미소를 지었다. "어, 미안."

"언제부터 거기 서 있었던 거예요?"

카스웰은 어깨를 으쓱했다. "네가 일하는 소리를 듣고 있었어. 뭐랄까, 그러면 마음이 편안해지거든. 네 노랫소리도 듣기 좋고."

크레스는 얼굴을 붉혔다. 자신이 작업하는 동안 노래를 부르는 줄은 미처 몰랐다. 카스웰이 앞을 더듬으면서 조종석으로 다가와 앉더니, 지팡이를 무릎 위에 올려놓고 부츠를 신은 발을 계기판 위에 턱 올렸다.

"이제 우리 우주선 감지 안 되는 거야?"

"당분간 레이더에는 안 잡힐 거예요. 저기, 지팡이 좀 빌려줄래요?"

카스웰이 눈썹을 치켜올리더니 군말 없이 지팡이를 건네주었다. 크레스는 D-COMM 칩을 바닥에 떨어뜨리고, 지팡이로 내리찍어서 부숴버렸다. 자신에게 그런 힘이 있다는 게 새삼 짜릿했다.

"뭐한 거야?"

"예전에 서로 연락할 때 썼던 D-COMM 칩을 부쉈어요. 이제는 필요 없을 테니까."

"엄청 옛날 일처럼 느껴지는군." 카스웰이 눈가리개를 매만지면서 말을 이었다. "지구를 많이 보여주지도 못하고 또 이렇게 우주에 갇히게 해서 미안해."

크레스는 지팡이를 두 손바닥 사이에서 돌돌 굴리면서 멍하니 대답했다. "괜찮아요. 무지 좋은 우주선이잖아요. 인공위성보다 훨씬 넓고요. 그리고…… 좋은 사람들이랑 함께 타고 있는걸요."

"맞는 말이야." 카스웰이 씩 웃더니, 주머니에서 조그마한 약병을 꺼냈다. "이건 박사님이 만들어준 신비의 안약인데, 네가 좀 도와줄 수 있을까? 양쪽 눈에 네 방울씩, 하루에 두 번 넣으라던데…… 음…… 두 방울씩 하루에 세 번이던가? 기억이 잘 안 나네. 아무튼 포트스크린에 투약법을 써놓으셨다니까 네가 봐줘."

카스웰이 벨트에 찬 포트스크린을 풀어서 건넸다. 크레스는 지팡이를 계기판에 기대어놓고 포트스크린을 받았다.

"말로만 들으면 잊어버릴까 봐 걱정하셨나 봐요. 그때 워낙 정신

없는 상황이었으니까……." 크레스는 화면에 떠 있는 글에 시선이 쏠린 채 말꼬리를 흐렸다.

카스웰이 고개를 갸웃했다. "왜 그래?"

화면에는 안약 투약 지침과 더불어, 레투모시스를 생물학적 병기로 봐야 하는 이유가 상세히 기술된 문서가 열려 있었다. 그리고 그 창의 상단에는…….

"제 이름으로 된 탭이 있네요."

'크레스'가 아니었다. '크레센트 문 다넬'이라는 이름이 적힌 탭이었다.

"아아, 그거 박사님의 포트스크린이거든."

크레스는 마음의 준비를 채 하기도 전에 무심코 화면을 손가락으로 훑어서 그 탭을 열어버렸다.

"DNA 분석 결과예요……. 부녀 관계 확증이라고 나와 있어요." 크레스는 자리에서 일어나 포트스크린을 제어판 위에 내려놓았다. "안약 넣어줄게요."

카스웰이 손을 뻗어 크레스의 치맛자락을 움켰다. "크레스, 너 괜찮아?"

"아뇨."

크레스는 의자에 도로 주저앉았다. 카스웰은 눈가리개를 목까지 끌어내렸다. 눈가리개에 가려졌던 부분만 햇빛에 타지 않아서 눈 주위의 피부가 희끄무레했다.

"나, 그분에게 사랑한다고 말하지 못했어요. 바로 내 눈앞에서 죽어가고 계셨는데……. 다시는 못 본다는 걸 뻔히 알면서도 나는…… 그렇게 말할 수가 없었어요. 나 너무 못됐죠?"

"아니야. 박사님이 생물학적으로 너의 아버지라고는 해도, 너는 그분을 잘 알지도 못하잖아. 그런데 어떻게 사랑할 수 있겠어?"

"그게 무슨 상관이에요? 그분은 저를 사랑한다고 했는걸요. 지금쯤이면 이미 돌아가셨을 테고, 나는 이제…… 두 번 다시는……."

"크레스. 야, 그만해." 카스웰이 의자를 돌려서 크레스를 마주하고, 크레스의 손목을 더듬어 찾아서 손을 맞잡았다. "너는 아무 잘못도 하지 않았어. 모든 일이 너무 순식간에 벌어졌잖아. 네가 할 수 있는 일은 아무것도 없었어."

크레스는 입술을 깨물었다. "처음 만난 날 그분은 제 피를 뽑았어요. 파라프라에서요. 그러니까 처음부터 알고 있었던 거예요……. 그런데 일주일 내내 숨겼던 거라고요. 어째서 더 일찍 말해주지 않은 거죠?"

"적당한 때가 오면 말해주실 생각이었겠지. 자신이 죽을 줄은 모르셨을 테니까."

"우리 모두가 죽을지도 모른다는 걸 알고 계셨을 거 아녜요!"

숨을 들이쉬는 순간 가슴이 흔들리면서 눈물이 터져나왔다. 그러자 카스웰이 크레스를 끌어당겨 무릎에 앉히고, 치맛자락이 엉키지 않도록 팔로 받쳐주었다. 크레스는 그의 가슴에 얼굴을 파묻고 흐느껴 울었다. 그런데 펑펑 쏟아지던 눈물은 몇 분도 가지 않아 그쳐버렸다. 이것밖에 울지 못한다는 데 죄책감이 들었다. 더 오래 슬퍼해야 하는데, 더 깊이 애도해야 하는데, 자신의 슬픔은 고작 이 정도라니.

울음소리가 잦아들고 심장박동이 더 크게 들릴 즈음, 카스웰은 안은 팔을 풀고 크레스의 얼굴에 흩어진 머리카락을 쓸어넘겨주었다. 카스웰이 자신을 보지 못한다는 게 내심 다행스러웠다. 이기적인 생각인 줄은 알지만, 얼굴이 새빨개지고 눈이 퉁퉁 붓고 칠칠치 못하게 그의 셔츠에 콧물까지 묻혀놓은 꼴을 들키고 싶진 않았다.

호흡이 가지런해지자 카스웰이 크레스의 머리카락에 입을 댄 채 속삭이는 소리가 들렸다. "크레스, 내 말 들어봐. 내가 이런 문제에 관해 전문가는 아니지만, 네가 잘못하지 않았다는 것만은 확실히 말할 수 있어. 사랑한다는 말은 진심 없인 하는 게 아니니까."

크레스는 훌쩍거리며 입을 열었다. "하지만 함장님은 수많은 여자에게 사랑한다고 말해줬다면서요."

"그러니까 내가 전문가가 아니라는 거야. 그건 전부 진심이 아니었으니까. 솔직히 나는 진정한 사랑이라는 게 뭔지 모르고 살았던 것 같아. 그런데 이제……."

크레스는 뺨의 눈물을 손등으로 닦아내며 물었다. "이제 뭐요?"

카스웰은 헛기침을 하더니 등받이에 머리를 기댔다. "아무것도 아니야. 이제 좀 괜찮아?"

"네……, 그런 것 같아요. 좀 충격받은 것 같긴 하지만."

"다들 그런 심정일 거야."

얼랜드의 포트스크린 옆에 놓인 안약 병이 눈에 띄었다. 카스웰의 품에서 떨어지기는 싫었지만 이만 일어나서 약을 가져와야 할 것 같았다. 얼랜드 박사에 대해 더 이상 생각하고 싶지 않았다. 얼랜드가 숨겼던 비밀에 대해, 자신이 하지 못했던 말에 대해.

"이제 안약 넣어요."

"울음 다 그쳤어? 손 떨리고 그러면 안 돼. 내 눈 앞에서 뭐가 흔들거리면 무섭다고."

크레스는 힘없이 웃으며 카스웰의 무릎 위에서 일어섰다. 카스웰이 팔에 잠깐 힘을 줬다가 풀어주었다.

크레스는 죄책감을 꾹 삼키고, 지금은 그 생각을 하지 말자고 자신을 다잡았다. 그리고 포트스크린에 적힌 투약법을 읽어보았다. 일주일 동안 하루에 네 번, 양쪽 눈에 세 방울씩 넣으라고 되어 있었다. 크레스는 약병 뚜껑을 열고 점안기로 약을 빨아올린 뒤, 구겨진 드레스 자락을 스치면서 카스웰 앞으로 다가갔다.

카스웰은 다시 제어판 위에 발을 올리고 머리를 뒤로 젖혔다. 며칠 만에 보는 그 눈동자는 변함없이 파랬다. 크레스가 그의 이마에 손을 얹자, 카스웰은 뺨을 실룩거렸다.

"지금 넣을게요."

크레스는 점안기의 고무주머니를 쥐어짰다. 카스웰이 본능적으로 눈꺼풀을 깜빡이자 눈에 들어간 안약이 눈물처럼 관자놀이로 흘러내렸다. 그걸 손으로 닦아주다 보니 이마에 흩어진 머리카락도 넘겨주고 싶다는 충동이 들었지만, 카스웰의 입술에 시선이 닿자 문득 정신이 들어서 크레스는 손을 떼어냈다.

"어때요?"

카스웰은 눈을 감더니 "눈에 물 들어간 느낌"이라고 말하고는 킥킥 웃으며 눈을 떴다.

"이거 혹시 그냥 물 아니야? 박사님이 장난친 거면 어떡해?"

크레스는 약병 뚜껑을 닫으면서 단호히 대답했다. "그건 너무 심하잖아요! 그럴 리 없어요."

"응, 알아. 그렇게 고생해서 거기까지 갔는데." 카스웰은 등받이에 기댔던 머리를 들고, 목에 걸려 있는 스카프를 잡아당겼다. "그런데 박사님은 나를 별로 좋게 보지 않는다고 하시더라."

"그랬나요? 그분이 당신을 아직 잘 몰라서 그랬을 거예요."

"그래, 같이 지내다 보면 분명 그분도 나한테 반했겠지."

"그럼요. 함장님의 훌륭한 점들을 유감없이 보여줬을 테니까."

크레스는 미소를 지으며 그렇게 말했다가 얼굴을 붉혔다. 그리고 하루에 네 번 안약을 넣을 시간마다 알람이 울리도록 포트스크린에 설정을 해두었다. 그런데 화면에서 고개를 들어보니 카스웰의 얼굴이 심각한 표정을 띠고 있었다.

"함장님?"

카스웰은 목울대를 실룩 움직이더니 몸을 꼿꼿이 세워 앉고 두 손을 맞비볐다. "하고 싶은 얘기가 있어."

"음?" 크레스는 의자에 앉았다. 호화로운 드레스 자락이 풍성하게 부풀어오르고, 그와 함께 마음속에서 희망도 차올랐다. 옥상에서 키스했던 순간이 떠올랐다. 카스웰이 드디어 자신의 마음을 알아준 걸까? "무슨 얘긴데요?"

카스웰은 계기판 위에 올렸던 발을 내렸다. "사막을 건널 때…… 내가 네게 상처 주고 싶지 않다고 했던 말 기억해? 네가 나를 오해하고 있다고."

"당신이 영웅이라는 걸 열심히 부정하려 했던 거 말이죠?"

크레스는 놀리는 어조로 말하려 했지만, 너무 초조해서 겁에 질린 듯한 새된 목소리가 튀어나왔다. 카스웰은 목에 걸린 스카프를 손가락으로 느슨하게 당기면서 대답했다.

"그래, 그거. 그때 내가 어떤 여자애 때문에 싸웠던 일에 대해 얘기했었지? 걔 포트스크린을 빼앗은 놈들이랑."

602

"케이트 펠로요."

"그래, 케이트 펠로. 음, 사실은 걔가 수학을 진짜 잘했거든. 그리고 나는 낙제였고."

몸이 싸늘하게 식었다. 카스웰이 하려던 말이 이거였던 건가? 케이트 펠로라는 여자에 대한 고백?

크레스가 아무 말도 하지 않자 카스웰이 헛기침을 했다.

"내가 싸움에서 졌는데도, 걔는 내게 고맙다고 한 달 동안 자기 숙제를 복사해줬어. 난 그것 때문에 싸웠던 거야. 엉뚱한 영웅심리 때문이 아니라."

"그 애를 좋아했다면서요."

카스웰은 굳은 미소를 지었다. "크레스. 나는 '모든 여자'를 좋아했어. 그건 별로 중요한 동기가 아니야."

크레스는 의자에 몸을 꼭 붙이고 무릎을 가슴으로 끌어당겼다. "이런 얘기를 지금 왜 하는데요?"

"예전에는 할 수 없었으니까. 너는 내가 영웅이라고 너무나 굳게 믿고 있었잖아. 네가 나를 그렇게 봐준다는 게 솔직히 기분 좋더라고. 아무도 나를 그런 식으로 보지 않았거든. 어쩌면 네 판단이 맞는지도 모른다는 생각까지 들었어. 이제껏 모두가 나를 오해했던 거라고, 심지어 나 자신도 나에 대해 잘못 알고 있었던 거라고." 카스웰은 어깨를 으쓱했다. "하지만 그건 내 희망사항일 뿐이고. 네겐 진실을 알려줘야 하는 게 맞겠지."

"그럼 제가 당신이 열세 살 때 했던 일 하나만 가지고 당신의 모든 걸 판단했다는 거예요?"

카스웰이 미간을 모았다. "너는 다른 일들도 예로 들긴 했지만,

그것도 내가 이미 다 반박하지 않았어? 혹시 또 있으면 얘기해봐. 하지만 뭐가 됐든 네 상상하곤 많이 다를 거야."

크레스는 입술을 깨물었다.

옥상에서 나눈 키스. 그때 카스웰은 사막에서 했던 약속을 지켰다. 크레스가 죽을 때가 되자 여한이 없을 만큼 멋진 키스를 해준 것이다. 하지만 죽음의 위기에 몰렸던 건 카스웰도 마찬가지였고, 그런 상황에서 키스를 한다는 건 위험할 뿐더러 어리석은 행동이었을 것이다. 그런데도 카스웰은 그런 결정을 내렸다. 크레스가 그 완벽한 순간을 겪지 못한 채 죽도록 내버려두지 않기 위해서.

크레스는 그보다 더 영웅적인 행동은 없다고 생각했다.

그런데 카스웰은 왜 그 일을 언급하지 않는 걸까? 더 중요한 것은, 크레스 자신은 어째서 그 얘기를 하지 못하는 걸까?

크레스는 마침내 조그만 목소리로 말했다. "없어요. 그 외에는 더 없는 것 같아요."

카스웰은 서운한 표정으로 고개를 끄덕였다. "그러면…… 이제 내 진실을 확실히 알았을 테니까…… 음, 이제 넌 나를 사랑하지 않겠네. 그렇지?"

크레스는 앉은 자리에서 움츠러들었다. 만약 카스웰이 앞을 볼 수만 있었다면, 대답을 듣지 않아도 뻔히 알 수 있었을 것이다. 크레스의 얼굴에 다 쓰여 있을 테니까.

크레스는 그 어느 때보다도 열렬히 카스웰을 사랑했다.

카스웰에 대한 서류, 데이터, 사진을 뒤져서 알아낸 막연한 지식 때문이 아니었다. 카스웰이 환상 속에서 걸어나온 완벽하고 꿈결 같은 남자였기 때문이 아니었다. 폭죽이 터지는 밤하늘 아래, 별빛이 반짝이는 강가에 앉아, 바이올린 선율 속에서 키스하는 상상 때문도 아니었다.

카스웰이 사막을 걸을 때 크레스에게 힘을 주었기 때문이었다. 크레스가 납치되었을 때 구하러 와주었기 때문이었다. 희망이 사라지고 죽음이 목전에 닥쳤을 때 키스해주었기 때문이었다.

카스웰이 어색하게 귀를 긁적거렸다. "그럴 줄 알았어. 어차피 열에 들떠서 한 얘기였을 테니까, 뭐."

"함장님."

"응?"

크레스는 치마 위에 둘러진 시폰 천을 만지작거렸다. "우리가 운명으로 만났다고 생각해요?"

카스웰은 눈을 가늘게 뜨며 잠시 생각하더니 고개를 저었다. "아니, 신더 때문에 만나게 된 거지. 왜?"

"저도 고백할 게 있어요." 크레스는 벌써부터 얼굴이 화끈거려서 치맛자락을 꾹 잡아내렸다. "저…… 실은, 함장님을 만나기도 전부터 좋아했어요. 넷스크린으로 봤을 뿐인데도요. 함장님이랑 제가 운명으로 엮인 사이라고, 언젠가는 꼭 만날 거라고 믿었어요. 그리고 엄청나게 근사하고 환상적인 로맨스에 빠질 거라고 믿었어요."

카스웰이 한쪽 눈썹을 치켜올렸다. "우와, 이거 부담 주려고 하는 얘기지?"

크레스는 안절부절못하고 꼼지락거렸다. "그렇다기보단…… 미안해요. 저는 다만…… 함장님 말이 맞는 것 같아서요. 어쩌면 운명 같은 건 없는지도 몰라요. 그저 기회가 주어지는 것뿐이고, 그 기회를 붙잡는 건 우리가 할 일이라는 생각이 들어요. 근사하고 환상적인 로맨스는 저절로 일어나는 게 아니라, 우리가 직접 만들어야 하는 거예요."

카스웰이 발을 직직 끌며 말했다. "그때 키스가 별로였으면, 그냥 그렇다고 말해도 돼."

크레스는 뻣뻣해졌다. "그런 뜻이 아니라……. 잠깐, 함장님은 그 키스가 별로였어요?"

카스웰은 얼빠진 웃음을 터뜨렸다. "아니, 나한테 그 키스는…… 음."

그는 헛기침을 하더니, 움찔거리면서 말을 이었다. "하지만 아무래도…… 그렇잖아. 워낙 기대가 컸고, 압박감도 심해서…… 어…… 그때 우린 죽는 줄 알았다고. 알잖아."

크레스는 무릎을 꼭 끌어안았다. "알아요. 그리고 저는 그 키스…… 좋았어요."

카스웰이 등받이에 머리를 털썩 기댔다. "아아, 다행이다. 네가 별로라고 했으면 나는 진짜 무뢰한이 된 기분이었을 거야."

"전혀 그렇지 않아요. 기대 이상이었는걸요. 고맙다고 해야겠죠?"

카스웰의 표정에서 불편한 기색이 눈 녹듯 사라졌다. 여전히 얼굴이 활활 타오르던 크레스는 그 모습에 질투마저 느꼈다. 카스웰이 손을 내밀었고, 크레스는 오늘 얻은 용기를 몽땅 끌어내고서야 간신히 그 손을 잡을 수 있었다.

"크레스, 고마워해야 할 사람은 오히려 나야."

58장

　스칼렛은 거대한 흰 늑대에게 쫓기는 꿈을 꾸었다. 보름달 빛에 두 눈이 번뜩이는 늑대가 송곳니를 드러내며 쫓아오고 있었다. 스칼렛은 질척질척한 밭을 내달렸다. 신발이 진흙투성이가 되고, 가쁜 숨이 공기 중에 하얗게 부서졌다. 목이 따갑고 다리가 화끈거렸다. 아무리 빨리 뛰려 해도 몸은 가면 갈수록 무거워지기만 했다. 썩어버린 사탕무 잎사귀들이 발밑에서 짓이겨지는 느낌이 났다. 멀찍이 집 한 채가 보였다. 할머니의 집이었다. 스칼렛이 어린 시절부터 쭉 살았던 집이 창문에서 따스한 불빛을 뿜으며 서 있었다.

　그 집은 안전했다. 거기가 스칼렛이 돌아갈 곳이었다.

　그런데 한 걸음 내디딜 때마다 그 집은 뒤로 물러났고, 점점 자욱해지는 안개와 그림자에 먹혀 기어이 사라지고 말았다.

스칼렛은 발을 헛디뎌 넘어졌다. 진창을 데굴데굴 구르다가 멈추고 나니 옷과 머리가 진흙 범벅이 되어 있었다. 땅에서 올라오는 냉기가 뼛속까지 스며들었다. 한편 늑대는 미끈한 근육을 우아하게 움직이며 슬금슬금 다가오고 있었다. 늑대가 굶주린 눈을 빛내며 으르렁거렸다.

스칼렛은 무기로 쓸 만한 물건을 찾아 바닥을 더듬었다. 무언가 매끄럽고 딱딱한 것이 만져졌다. 쥐어들어서 보니 도끼였다. 날카로운 도끼날 위에 달빛이 흘러내렸다.

늑대가 아가리를 벌리며 펄쩍 뛰었다.

스칼렛은 도끼를 휘둘렀다.

도끼가 늑대의 몸뚱이를 말끔하게 갈랐다. 머리부터 꼬리까지 두 동강 난 늑대의 시체가 스칼렛의 양옆에 떨어지면서 뜨뜻한 피가 얼굴에 튀었다. 속이 메슥거렸다. 토할 것 같았다.

도끼를 팽개치고 땅에 드러누웠다. 귀에서 흙이 질척거리는 소리가 났다. 저 위에는 하늘 전체를 집어삼킬 듯 커다란 달이 보였다.

그런데 늑대 시체 두 토막이 꾸물거리더니 천천히 일어났다. 이제 보니 시체가 아니라, 늑대의 부드러운 겉가죽만 남아 있었다. 가죽 두 장이 어렴풋이 인간 같은 형체를 띠었다. 마치 눈 늑대의 털가죽을 뒤집어 쓴 사람 두 명이 서 있는 것 같았다.

안개가 걷혔다. 눈앞에는 어느새 울프와 할머니가 팔을 내밀고 서 있었다.

집에 어서 오라며.

스칼렛은 숨을 헉 들이켜며 눈을 떴다.

가장 먼저 보인 것은 철창이었다. 공기에서 이끼와 양치식물 냄새가 풍겼고, 엄청나게 많은 새 울음소리가 들렸다. 섬세하게 장식된 새장에 갇힌 새도 있고, 나뭇가지 위에 모여 앉아 있는 새들도 있었다. 나무들은 유리 천장을 떠받친 으리으리한 기둥과 뒤엉켜 자라나 있었다.

늑대가 깽깽거리는 소리가 들렸다. 슬프고 걱정스러운 듯한 소리였다. 스칼렛은 팔꿈치로 바닥을 짚고 엎드려서 철창 밖을 내다보았다. 통로 건너편에 있는 또 다른 우리 안에서 흰 늑대 한 마리가 스칼렛을 바라보며 앉아 있었다. 늑대가 짧게 울었다. 꿈속에서 들리던 무시무시한 울음이 아니라, 호기심 어린 음색이었다. 괜찮냐고 묻고 있는 걸까? 스칼렛이 악몽을 꾸느라 비명을 지르고 몸부림을 치는 걸 보고 걱정하는 마음에 저렇게 연노랑빛 눈을 깜빡이고 있는 게 아닐까?

침을 삼키려 하는데, 입안이 깔깔하고 침이 걸쭉했다. 늑대와 텔레파시로 대화한다는 생각을 하다니, 아무래도 미쳐버린 모양이다.

"쟤가 너 좋아해."

스칼렛은 숨을 헉 들이켜며 등을 깔고 돌아누웠다.

낯선 소녀가 책상다리를 하고 곁에 앉아 있었다. 손이 닿을 만큼 가까운 거리였다. 물러나려고 몸을 일으키자 붕대를 감은 손에서 통증이 치밀었다. 스칼렛은 신음을 흘리며 도로 드러누웠다.

왼손 새끼손가락이 두 마디까지 잘려나갔다. 도끼날이 내리쩍히는 그 순간에도 스칼렛은 기절하지 않았다. 기절했더라면 좋았을 텐데. 루나인 의사가 매우 세심하게 붕대를 감아주었는데, 여기서는 그런 절차가 관행인 모양이었다.

아픈 데는 손가락만이 아니었다. 찰슨 도련님의 장난감 노릇을 할 때 얼굴과 배를 할퀸 상처들도 있었다. 딱딱한 바닥에서 자느라 몸이 쑤시기도 했다. 몇 밤을 그렇게 잤는지는 세다가 잊어버렸다.

고통으로 오만상을 짓는 스칼렛 앞에서, 그 소녀는 다만 천천히 눈을 깜빡일 뿐이었다.

소녀는 스칼렛과 같은 처지의 죄수는 분명 아니었다. '애완동물'도 아니었다. 이 우리 밖을 지나다니는 사치스러운 옷차림의 루나인들은 스칼렛을 애완동물이라고 부르곤 했다. 그들은 스칼렛을 손가락질하고, 킬킬 웃어대고, 동물에게 먹이를 줘도 되냐 안 되냐 하는 이야기를 들으라는 듯 크게 떠들곤 했다.

그러나 소녀는 그런 처지가 아니었다. 무엇보다도 소녀의 복장이 그 지위를 보여주었다. 엷게 비치는 은백색 드레스가 어깨와 허벅지 위에 살포시 내려앉은 모습이, 꼭 고요한 언덕에 깔린 눈꽃들을 보는 듯했다. 따뜻한 갈색 피부는 건강하고 한 점 티도 없었으며, 깨끗한 손톱은 완벽하게 다듬어져 있었다. 밝게 빛나는 홍채는 녹아내린 캐러멜 색깔이고 동공 주위에는 진회색 빛이 살짝 돌았다. 그리고 비단결 같은 흑발이 완벽한 나선형으로 굽이치며 얼굴 주위를 단정히 감쌌으며, 높은 광대뼈와 루비처럼 붉은 입술이 도드라졌다.

소녀는 스칼렛이 평생 본 그 어떤 인간보다도 아름다웠다.

그런데 한 군데 흠이 있었다. 아니, 세 군데라고 해야 할까. 소녀의 오른쪽 뺨에 흉터가 세 개 있었다. 눈꼬리에서부터 턱까지 세 줄기의 흉터가 눈물 자국처럼 패 있었다. 그런데 이상하게도 그 흠 때문에 소녀가 덜 예뻐 보이지는 않았다. 오히려 미모를 더욱 돋보이게 해주는 것 같았다. 상대방이 눈을 떼지 못하게끔 홀리는 듯한 아름다움이었다.

아니, 어쩌면 정말로 홀리고 있는 것인지도 모른다. 마법으로.

뒤늦게 든 그 생각에 스칼렛은 울컥 화가 치밀었다. 자신이 경이감에 휩싸여 얼굴까지 붉히고 있었다는 것을 깨닫고 나니 더더욱 화가 났다.

소녀가 또 눈을 깜빡였다. 터무니없을 만큼 길고 풍성한 속눈썹이 팔랑거렸다.

"악몽을 꾼 거야, 아니면 무지 좋은 꿈을 꾼 거야? 류랑 나는 헷갈렸어."

스칼렛은 소녀를 노려보았다. 기억 저편으로 흩어져가던 꿈의 내용이 불현듯 떠올랐다. 울프와 할머니가 무사히 살아서 자신의 앞에 서 있던 장면이. 잔인한 농담 같은 꿈이었다. 할머니는 죽었고, 울프는 마법사의 조종을 받던 모습을 본 게 마지막이다.

"넌 누구야? 류는 또 누구고?"

소녀가 미소를 지었다. 상냥하면서도 의뭉스러운 그 미소에 스칼렛은 오싹 전율이 끼쳤다. 빌어먹을 루나인들. 빌어먹을 마법.

"류가 누구긴, 저 늑대지. 바보. 넌 나흘째 류의 이웃으로 지냈잖아. 류가 아직도 자기소개를 하지 않았다니 놀라운걸." 소녀가 몸을 앞으로 기울이더니, 아무도 모르는 비밀을 알려주려는 듯 속삭였다. "그리고 나는 너의 새로운 단짝 친구야. 그치만 아무한테도 말하면 안 돼. 다들 나는 네 주인이고 너는 내 애완동물인 줄로만 알거든. 내겐 애완동물들이 정말로 소중한 친구들인데, 사람들은 그걸 전혀 모르고 있어. 그러니까 너도 비밀로 해줘야 해. 너랑 나랑 같이, 그 사람들을 다 속이는 거야."

611

스칼렛은 실눈을 뜨고 소녀를 쳐다보았다. 그 목소리를 어디서 들었는지 이제야 기억이 났다. 한 단어 한 단어씩 잘 구슬려서 입 밖으로 내보내는 것처럼 느린 말투. 스칼렛이 심문당할 때 끼어들었던 바로 그 소녀였다.

소녀가 스칼렛의 뺨에 흘러내린 지저분한 머리카락 한 가닥에 손을 뻗었다. 스칼렛은 신경을 잔뜩 곤두세웠다.

"네 머리카락, 불타는 것 같아. 연기 냄새도 나니?" 소녀는 스칼렛의 머리카락을 코로 가져가서 냄새를 맡았다. "안 나네. 다행이다. 너한테 불붙는 건 싫거든."

소녀가 몸을 뒤로 젖히더니 옆에 놓여 있던 바구니를 끌어당겼다. 소녀가 입은 드레스와 똑같은 은빛 천이 대어진 피크닉 바구니였다. "오늘은 병원 놀이 하자. 네가 환자 역할이야."

소녀가 바구니에서 뭔지 모를 작은 기계를 꺼내서 스칼렛의 이마에 대고 눌렀다. 삑 소리가 나자, 소녀는 기계에 있는 조그마한 화면을 들여다보았다. "열은 안 나네요. 이제 편도선 체크해봅시다."

소녀가 가느다란 플라스틱 조각을 스칼렛의 입에 댔다. 스칼렛은 멀쩡한 쪽 손으로 소녀의 손을 뿌리치고 힘겹게 일어나 앉았다.

"넌 의사가 아니잖아."

"그렇지. 그래서 놀이를 하는 거잖아. 재미없어?"

"재미없냐고? 야, 난 며칠 동안 정신적, 육체적으로 고문받았어. 배고프고, 목마르고, 이제 짐승 우리에 갇혀서……."

"여긴 동물원이야."

"……그리고 온몸이 구석구석, 다친 줄도 몰랐던 곳까지 여기저기 다 아프고, 급기야는 웬 미친 여자애가 내 친구 행세를 하면서

요란한 소꿉장난을 하자고 하는데…… 너 같으면 이게 재밌겠니? 전혀 재미없거든? 네가 아무리 친절한 척 들러붙으면서 속임수를 써도 난 절대 안 믿을 테니 작작하시지."

소녀의 커다란 눈동자는 텅 비어 있었다. 스칼렛이 우르르 쏟아 낸 폭언에도 놀라거나 불쾌해하는 기색이 없었다. 소녀는 눈을 흘 끔 돌려 우리 밖을 내다보았다. 이국적인 꽃과 나무 들이 우거진 여 러 개의 우리들이 무성한 정글 같은 분위기를 자아냈다. 그 우리들 사이로 굽이굽이 오솔길이 나 있었다.

오솔길의 모퉁이에 경호원 한 명이 서서 눈을 부라리고 있었다. 낯이 익은 얼굴이었다. 그는 스칼렛에게 규칙적으로 빵과 물을 가 져다주던 경호원들 중 한 명이었고, 처음 스칼렛을 이 우리로 끌고 오면서 엉덩이를 움켜잡았던 놈이기도 했다. 그때 스칼렛은 너무 피곤해서 고작 비틀거리며 피할 수밖에 없었지만, 기회만 있었다면 손가락을 모조리 부러뜨려줬을 것이다.

소녀가 환히 웃으면서 경호원에게 말했다. "우린 괜찮아. 내가 얘 머리카락을 잘라서 내 머리에 붙이는 척하고 있었거든. 그럼 내가 촛불처럼 될 것 같아서. 그랬더니 얘가 싫대."

소녀가 말하는 동안에도 경호원은 스칼렛을 노려보는 눈길을 거 두지 않았다. 경호원은 눈을 가늘게 뜨고 경고의 눈빛을 보내더니, 한참 뒤에야 다른 곳으로 떠나갔다. 경호원의 발소리가 사라지자 소녀는 바구니를 무릎 위에 올려놓고 그 안을 뒤적거렸다.

"나를 미쳤다고 하면 안 돼. 그럼 사람들이 싫어해."

스칼렛은 소녀를 다시 마주보고 뺨의 흉터를 훑어보았다. "미친 거 맞잖아."

"응, 알아. 내가 어떻게 알게?"

스칼렛은 대답하지 않았다.

"오래전부터 궁전 벽이 피를 흘리거든. 그런데 사람들은 그게 안 보이는지, 내 말을 안 믿더라고." 소녀는 바구니에서 작은 상자를 꺼내면서, 그게 지극히 사소한 이야기라는 듯 어깨를 으쓱했다. "하지만 어떤 복도에는 피가 너무 낭자해서 발 디딜 틈도 없는걸. 가끔 그런 데를 어쩔 수 없이 지나가고 나면, 하루 종일 내가 가는 곳마다 피 묻은 발자국이 찍혀. 그러면 여왕님의 병사들이 내 냄새를 맡고 쫓아올까 봐 무서워. 내가 자는 동안 나를 잡아먹으면 어떡해? 그래서 그런 날 밤에는 잠도 잘 못 자."

소녀가 눈을 어슴푸레 빛내면서 섬뜩한 어조로 소곤거렸다. "그런데 그 피가 진짜라면 하인들이 진작 깨끗하게 닦았겠지. 안 그래?"

스칼렛은 몸서리를 쳤다. 저 소녀는 정말로 미친 것이다. 소녀는 순식간에 놀라울 만큼 쾌활한 표정으로 돌아오더니, 들고 있던 상자를 스칼렛에게 건넸다.

"자, 이거 너 줄게. 의사들이 하루에 한 알씩 두 번 먹으랬어." 그러고는 몸을 살짝 기울이고 덧붙였다. "물론 의사들은 너한테 진짜 약을 가져다주게 하진 않았어. 그러니까 이건 그냥 사탕이야."

소녀가 자못 의미심장하게 윙크를 했다. 상자에 들어 있는 게 사탕이라는 뜻인지, 약이라는 뜻인지 분간이 되질 않았다.

"안 먹어."

소녀가 고개를 갸웃했다. "왜? 이건 선물인걸. 우리의 영원한 우정을 위한 거야."

소녀가 상자의 뚜껑을 열자, 솜사탕 위에 놓인 조그마한 사탕 네 개가 드러났다. 구슬처럼 동그랗고 반짝거리는 빨간 알사탕이었다. "새콤한 사과맛이야. 내가 제일 좋아하는 거. 자, 하나 먹어."

"나한테 뭘 원하는 거야?"

소녀의 속눈썹이 깜빡거렸다. "친구가 되는 거지."

"너는 항상 그렇게 거짓으로 친구를 사귀니? 아, 참. 당연히 그렇겠지. 넌 루나인이니까."

소녀는 처음으로 시무룩한 모습을 보였다. "나한텐 친구가 딱 둘 있었어."

소녀가 맞은편 우리의 흰 늑대를 흘끔 곁눈질했다. 류는 앞발에 머리를 얹고 엎드린 채 두 사람을 지켜보고 있었다.

"동물은 빼고 말이야. 사람 친구는 둘 있었어. 그런데 그중 한 친구는, 아주 어렸을 때 재가 되어버렸어. 여자애 모양의 잿더미. 그리고 다른 한 친구는 사라졌어……. 영영 못 돌아올지도 몰라."

소녀가 부르르 몸서리를 치면서 상자를 떨어트릴 뻔했다. 소녀는 상자를 바닥에 내려놓고, 소름이 돋은 팔을 꼼지락거리며 드레스 자락을 매만졌다. "나는 별들에게 기도했어. 그 친구가 무사하다면 신호를 보내달라고. 그랬더니 하늘에 별똥별이 떨어지더라. 그리고 그다음 날에 재판이 있었는데, 여느 재판이랑 똑같았지만, 거기에 별똥별 같은 머리카락의 지구인 여자애가 서 있지 뭐야. 별들이 너를 내게 보내준 거야. 그리고 너는 그 친구를 봤고."

"무슨 소린지 좀 알아듣게 얘기하면 안 돼?"

소녀는 손으로 땅을 짚고 스칼렛에게 몸을 바싹 기울였다. 코가 맞닿을 만큼 가까이. 스칼렛은 숨이 가빠왔지만 물러나지 않고 꿋

꽂이 맞섰다.

"내 친구가 무사했니? 네가 마지막으로 봤을 때 말이야. 시빌은 그 친구가 아직 살아 있을 거라고, 너희 우주선에서 조종사로 이용됐을 거라고 하더라. 하지만 다쳤는지 아닌지는 말하지 않았어. 네 생각엔 걔가 무사할 것 같아?"

"당최 무슨 말인지 모르겠⋯⋯."

소녀가 스칼렛의 입을 손가락으로 눌렀다. "제이신 클레이. 시빌의 경호원. 금발머리, 아름다운 눈동자, 떠오르는 태양 같은 미소. 제발, 걔가 무사하다고 말해줘."

스칼렛은 눈을 깜빡였다. 소녀의 손가락에 입이 막혀 있어서 대답할 수 없었지만, 어차피 너무 당황스러워서 언뜻 대답할 말이 떠오르지 않았다. 램피언에서 일어났던 전투는 비명과 총소리가 뒤섞인 흐릿한 기억으로만 남아 있고, 더군다나 당시에 스칼렛은 마법사와 싸우는 데에만 집중했기에 그 외에 다른 적이 있었는지 의식하지도 못했다. 하지만 생각해보니 그때 금발 경호원이 한 명 있기는 있었다.

그런데 '떠오르는 태양 같은 미소'라고? 환장할 노릇이었다.

스칼렛은 으르렁거리며 입을 열었다.

"나랑 내 친구들을 죽이려 한 사람이 두 명 있었다는 건 기억나네."

"그래, 둘 중 한 명이 제이신이었어."

소녀는 '죽이려 했다'는 언급에는 개의치 않았다.

"그렇겠지. 금발 경호원이었으니까."

소녀의 얼굴에 기쁨이 번졌다. 지켜보는 이들의 심장이 멎고, 주위가 환하게 밝아질 만한 웃음이었다. 하지만 스칼렛에겐 전혀 그렇지 않았다.

"어때 보였어?"

"그 사람? 나를 '죽이려고' 하는 걸로 보였지. 하지만 내 친구들이 분명 그 작자를 먼저 죽였을 거야. 우리는 너희 여왕 밑에서 일하는 사람들을 만나면 보통 죽이거든."

소녀의 얼굴에서 웃음기가 싹 가셨다. 소녀가 움츠러들면서 두 팔로 배를 감쌌다.

"거짓말이지?"

"진담인데. 죽었을 거야. 죽어야 마땅했고."

소녀는 덜덜 떨면서 숨을 헐떡거렸다. 과호흡 증세라도 일으킬 것처럼. 소녀가 저러다가 발작을 하더라도 스칼렛은 손도 까딱하지 않을 작정이었다. 죄책감 따위는 느낄 필요도 없다. 결코 도와주지 않을 것이다. 경호원을 불러주지도 않을 것이다. 저 낯선 소녀는 친구가 아니니까.

맞은편 우리에서는 늑대가 일어서서 철창 밑을 긁어대며 낑낑 울었다.

잠시 뒤 소녀가 겨우 자신을 추슬렀다. 소녀는 사탕 상자의 뚜껑을 덮고 바구니에 넣어둔 다음, 낮은 천장 밑에서 몸을 구부리고 일어섰다. "그렇구나. 나는 이만 가볼게. 그럼 환자분, 적절한 휴식을 취하……."

소녀는 고개를 돌리며 흑 울음을 터뜨렸다. 어깨를 들썩이며 흐느끼던 소녀는 이내 울음을 멈추고 천천히 스칼렛을 돌아보았다. "벽이 피를 흘린다고 했던 건 거짓말이 아니야. 얼마 뒤면 궁전 전체가 피에 흠뻑 젖고, 아르테미시아의 모든 호수가 새빨갛게 물들 거야. 지구에서도 보일 만큼."

"네 환각 따위엔 관심 없어."

그 순간 땅을 짚고 있던 팔에 날카로운 통증이 솟구쳤다. 스칼렛은 바닥에 뒹굴면서 고통이 가라앉기를 기다렸다. 자신이 너무나 나약하다는 게 화가 났다. 자신을 내려다보는 저 소녀의 걱정스러운 눈빛이 너무나 솔직해 보인다는 것에도 화가 났다.

"그리고 네가 아무리 동정심을 가장해봤자 소용없어. 그거 마법이란 거 다 알아. 내가 그따위 거짓말에 장단 맞춰줄 줄 알아? 처음부터 끝까지 거짓으로만 이루어져 있는 너희 문화에 난 손톱만큼도 끼고 싶지 않아."

소녀는 한참 동안 스칼렛을 물끄러미 바라보았다. 스칼렛은 방금 내뱉은 말을 주워담고 싶어졌다. 하지만 그녀는 하고 싶은 말을 입 속에 담아두는 데 워낙 소질이 없었다.

마침내 소녀가 시선을 거두고, 철창을 손마디로 똑똑 두드려 경호원을 불렀다. 경호원이 이쪽으로 다가오는 발소리가 들렸다. 그러자 소녀는 바구니에서 사탕상자를 꺼내 스칼렛 옆에 내려놓고 경호원의 눈에 띄지 않도록 몸 밑에 슬쩍 밀어넣었다.

"나는 열두 살 때부터 마법을 쓰지 않았어."

소녀가 스칼렛을 뚫어져라 쳐다보며 그렇게 속삭였다. 스칼렛이 그걸 꼭 알아주기를 바라는 것처럼.

"스스로 제어할 수 있게 되면서부터 나는 마법을 일절 쓰지 않았어. 그래서 내가 환각을 보는 거야. 그래서 미쳐가는 거라고."

그때 경호원이 우리의 문 앞에 다가와 빗장을 철컹 열고 말했다.

"전하."

소녀가 머리를 수그리고 문 밖으로 빠져나갔다. 검은 머리카락이 아래로 드리워져 그 아름다운 얼굴과 흉터가 가려졌다.

'전하'라고?

스칼렛은 아연히 그 자리에 누워 있었다. 갈증으로 입이 텁텁해졌다. 자신이 알기로는, 루나에 공주는 신더를 제외하면 한 명밖에 없었다.

여왕의 수양딸인 윈터 공주.

형언할 수 없이 아름다운 미인이라는 윈터 공주가 바로 그 소녀였다. 소문에 의하면, 얼굴의 그 흉터는 레바나 여왕이 직접 낸 것이라고 했다.

스칼렛은 철창 밖을 흘끔 돌아보았다. 류라는 그 늑대는 자기 우리 안쪽으로 슬렁슬렁 걸어들어가고 있었다. 그 우리는 스칼렛의 공간보다 훨씬 넓었다. 거의 1에이커는 되는 듯한 땅에 풀과 나무가 무성했고, 바닥에 쓰러져 있는 모조 통나무가 아담한 보금자리 노릇을 하고 있었다.

스칼렛은 한숨을 쉬면서 유리 천장을 올려다보았다. 나뭇가지들 사이로 펼쳐진 검은 하늘과 무수한 별들을 보고 있으려니 배속이 쓰려왔다. 단출한 식사를 한 지 벌써 몇 시간이 지났다. 이대로 내일까지는 배를 곯으며 보내야 할 터였다. 류, 멀찍이 떨어진 우리에 있는 흰 사슴, 가끔 우리 밖으로 나와 통로를 자유롭게 걸어다니는 알비노 공작새가 스칼렛보다 더 자주 먹이를 먹었다.

옆에 놓인 사탕 상자의 무게가 느껴졌다. 스칼렛은 그걸 건드리지 않으려고 의지력을 한껏 끌어모았다. 그 소녀를 믿을 이유가 없었다. 아니, 믿어서는 안 되었다. 하지만 허기가 져서 머리가 빙빙 돌 정도가 되니 더 이상은 버틸 수 없었다. 스칼렛은 체념하고 상자 뚜껑을 열었다.

사탕 하나를 집어서 입에 넣어보았다. 유리처럼 매끄러운 겉껍질은 금세 부서지고, 속에 든 따뜻하고 녹진녹진한 것이 혀에 닿았다. 새콤달콤한 맛이었다.

스칼렛은 신음을 흘리며 딱딱한 바닥에 머리를 털썩 뉘었다. 경진대회에서 상까지 받은 할머니 밭의 토마토도 이보다 맛있지는 않았다.

사탕을 입안에서 굴리며 남김없이 빨아내다 보니 목구멍이 따스하게 달아오르는 느낌이 들었다. 그 온기가 서서히 번져 가슴, 배, 손과 발, 잘린 손가락 끝까지 퍼져나갔다. 그러면서 온몸이 편안해졌다.

그 온기가 사라지고 나니, 고통도 사라져 있었다.

C
R
E
S
S

59장

고요한 어둠에서 천천히 끌려나오는 듯한 느낌이었다. 행복한 꿈을 조금만 더 즐기고 싶은데 어쩔 수 없이 잠에서 깨어나는 것처럼, 카이토는 아쉬워하면서 눈을 떴다. 널조각들로 이루어진 낯선 천장이 보였다. 그는 2층 침대의 1층에 누워 있었다.

카이토는 아직도 꿈을 꾸고 있는 걸까 생각하면서 눈을 비볐다. 가슴이 욱신거리고 배 속은 울렁거렸다. 고개를 돌리자 목덜미에 따가운 통증이 느껴졌다. 손을 대보니, 머리카락이 난 부분 바로 밑에 반창고가 붙어 있었다.

카이토는 주위를 둘러보았다. 방은 아주 조그마했다. 저편에 작은 책상과 실용적인 벽장이 있었는데, 손을 뻗으면 만질 수도 있을 만큼 가까웠다. 문 옆에 켜져 있는 희미한 조명 불빛이 금속 벽에 드리워져 있었다. 덮고 있는 이불은 까슬까슬한 갈색 군용 담요 같았다.

심장이 빠르게 뛰었다. 카이토는 침대 천장을 손으로 짚고, 머리가 부딪치지 않게끔 수그린 다음 매트리스 밖으로 발을 내렸다. 카펫도 깔리지 않은 맨바닥에 발이 닿았다. 그런데 그 발에 신발이 신겨 있었다.

예식용 구두.

뿐만이 아니었다. 정장 바지, 예복 셔츠, 쭈글쭈글해진 장식 띠…….

맙소사. 결혼식!

입안이 말라붙는 듯했다. 카이토는 침대 밖으로 튀어나가서 창가로 다가갔다. 그리고 입을 벌린 채 창문 양옆의 벽을 손으로 짚었다. 가슴이 철렁 내려앉았다.

엄청난 별들이 보였다. 저렇게 많은 별들이 저렇게 밝게 빛나는 광경은 생전 처음 보았다. 게다가 지평선이 보이지 않았다. 분명 땅에서 올려다보는 밤하늘 풍경이어야 할 텐데, 중력이 완전히 어긋난 듯한 느낌이었다. 자신이 어디에 있는지 알 수 없다는 것에 현기증이 일었다. 이마에 식은땀이 맺혔다. 카이토는 벽에 뺨을 바싹 가져다 누르고, 조그마한 창 너머로 최대한 아래쪽을 내려다보려 했다. 그러자 눈에 보인 것은…….

지구였다.

카이토는 벽에서 펄쩍 뛰어 물러나다가 넘어질 뻔했다. 침대의 2층 매트리스를 붙잡고 몸을 가누었지만, 심장은 균형을 잃고 퍼덕거리기만 했다.

띵한 머릿속에 기억이 돌아오면서 수수께끼가 차차 풀렸다. 신
더. 칼. 팔목과 목에 감긴 붕대는 추적용 칩이 제거된 흔적이리라.
그런데 목에도 칩이 삽입되어 있다는 건 1급 기밀이 아니었던가?
게다가 신더의 손가락에서 나오던 총, 가슴에 남아 있는 따가운 느
낌…….

신더가 자신을 쏜 것일까?

카이토는 머리를 쓸어넘기고, 방문을 벌컥 열었다.

더 밝은 조명이 켜져 있는 좁다란 복도가 보였다. 복도 한쪽 끝에
는 주방 같은 게 있었고, 그 반대 방향에서 사람들의 말소리가 들렸
다. 카이토는 어깨를 단단히 펴고 그쪽으로 성큼성큼 걸어갔다.

플라스틱 화물상자들이 널려 있는 커다란 방 하나가 나왔다. 방
한편에 있는 문 너머는 조종실인 모양이었다. 여러 종류의 불빛과
조종장치들이 보였고, 유리창 밖으로 지구의 아름다운 광경이 펼쳐
졌다. 그 앞의 조종석에는 두 사람이 앉아 있었다.

"신더는 어딨지?"

두 사람이 고개를 획 돌렸다. 둘 중에서 소녀가 벌떡 일어났다.
"폐하!"

소녀 옆에 있던 남자가 싱글벙글 웃으면서 벽에 기대어 있던 지
팡이를 쥐고 천천히 일어섰다. 그리고 절을 하면서 말했다. "램피언
에 탑승하신 걸 환영합니다, 황제 폐하. 카스웰 손 함장입니다."

카이토는 얼굴을 찌푸렸다. "알고 있네."

"정말요?" 남자의 만면에 희색이 퍼지더니, 옆의 소녀를 팔꿈치로
쿡 찔렀다. "폐하가 나 안대!"

"신더는 어디에 있냐니까?"

소녀가 초조하게 꿈틀거렸다. "신더는 캡슐 비행선 격납고에 있을 거예요, 폐하."

카이토는 몸을 돌려 화물칸 쪽으로 나가다가 외마디 비명을 질렀다. 웃통을 벗은 남자가 화물상자 위에 책상다리를 하고 앉아 있었다. 한 손에는 바늘을 들고, 입에는 실 한 가닥을 물고 있었으며, 그 옆에는 피에 전 붕대가 수북이 쌓여 있었다. 그의 상체는 흉터와 상처로 가득했고 왼팔에는 검은색 문신이 새겨져 있었다.

남자가 가슴에 벌어진 상처에 바늘을 꿰면서, 입에 문 실을 뱉어내고 고개를 끄덕였다. "폐하."

심장이 목구멍으로 튀어나올 것 같았다. 카이토는 그 자리에 꼼짝도 못하고 얼어붙은 채 저 남자가 자신을 덮칠 순간만을 기다렸다. 여왕의 늑대 병사를 직접 본 것은 처음이었지만 영상으로는 숱하게 보았다. 저들이 얼마나 민첩한지, 얼마나 잔인하게 사람을 죽이는지 익히 알고 있었다.

그런데 어색한 침묵이 흐르더니 그 남자는 자기 상처로 주의를 돌렸다.

"음, 폐하?"

카이토는 흠칫 놀라 뒤를 돌아보았다. 조종실에 있던 금발 소녀가 뒤에 서 있었다.

"캡슐 비행선 격납고로 안내해드릴까요?"

카이토는 주먹을 틀어쥐었던 손을 힘겹게 풀었다. 자신은 동방연방제국의 군주라고, 설령 범죄자와 괴물의 소굴에 있더라도 체통을 지켜야 한다고 마음속으로 되뇌면서. "부디 그렇게 해주시오."

신더는 입술을 깨물면서, 선로 접속기에 고정한 전선들을 비비 꼬았다. "됐어. 이제 한번 해봐."

이코는 바닥에 드러누운 채 아래쪽을 흘끔 내려다보았다. 그리고 고개를 왼쪽으로 돌려보더니, 눈을 반짝 빛내며 다시 오른쪽으로 돌렸다. 고개가 완전히 돌아간다는 것을 확인한 이코는 활짝 웃었다. "돼!"

신더는 퓨즈 뽑개로 이코의 턱을 톡톡 두드렸다.

"셋째 척추뼈가 약간 구부러졌어. 지금은 어떻게 손 댈 방법이 없으니까, 새 부품이 생길 때까지 기다려. 손가락 다시 움직여볼래?"

이코가 손가락과 발가락을 꼼지락거리고는, 다리를 바닥과 수직이 될 때까지 높이 들어올린 뒤 무릎이 입술에 닿을 만큼 바싹 당겨보았다. 이코는 탄성을 내지르며 발을 바닥에 내리고 그 탄력으로 벌떡 일어났다. "돼! 된다고!"

"이코, 누워! 아직 더 고쳐야……."

말을 채 끝맺기도 전에 이코가 신더를 덥석 끌어안고 기쁨으로 몸을 부르르 떨었다. 안드로이드가, 기쁨으로 몸을 떨고 있었다. "넌 안드로이드에게 최고의 정비공이야."

신더는 이코의 품에서 몸을 떼어내며 말했다. "아직 목에 커다란 구멍이 뚫려 있는데 그런 말하긴 일러."

이코는 거울에 비친 자기 모습을 보고 움찔했다. 신더가 내부를 수리하느라 목에서부터 가슴까지의 겉판을 활짝 열어놓은 상태였다. 중앙 프로세서, 전선, 운동 메커니즘이 다 드러나 보였다. 이코가 두 손으로 구멍을 가리면서 신음했다. "으으, 역겨워. 내 전선이 보이는 거 싫은데."

"나도 그 기분 알아." 신더는 벽의 자석판에 붙어 있던 펜치를 떼어냈다. "이리 와. 겉판을 펴서 최대한 제자리로 맞춰볼게. 망가진 피부 섬유는 수리 불가능한 수준이라 말끔하게 고쳐주지 못할 것 같아. 어쩔 수 없어. 당분간은 터틀넥이라도 입고 다녀야겠다."

이코는 한숨을 쉬며 신더 옆에 다가섰다. "손 함장이 근사한 몸을 가져다주자마자 그 멍청한 루나인들이 망쳐버렸네."

신더는 실긋 웃었다. "말하지 말고 가만히 있어봐. 그래야 내가 고치지."

이코는 초조하게 손가락으로 엉덩이를 두드렸다. 그동안 신더는 목 언저리의 겉판을 두들기고 구부려서 쇄골 비슷하게 보이도록 만들었다.

그때 등 뒤에서 문이 열렸다.

"이쪽입니다, 폐하."

신더는 펜치를 쥔 채 뻣뻣하게 굳었다. 복도에서 발소리가 울리자 이코가 비명을 지르면서 신더를 떠밀었다.

"폐하께 내 이런 꼴 보여주지 마!"

이코가 캡슐 비행선 뒤로 뛰어들어가 숨었다. 신더는 펜치를 뒷주머니에 집어넣고 천천히 뒤를 돌아보았다. 카이토가 캡슐 비행선 밑에 튀어나온 이코의 다리를 어두운 눈빛으로 쳐다보고 있었다. 그 시선은 바닥에 널린 공구함들, 벽에 고정된 전력 케이블 등을 훑다가 마침내 신더에게로 향했다. 크레스와 카스웰은 문간에서 호기심 어린 표정으로 기웃거리고 있었다.

"깨어났군요." 신더는 더듬더듬 말하고 나서야 그게 멍청한 인사말이라는 걸 깨달았다. 신더는 몸을 꼿꼿이 세우고 다시 물었다. "기분은 어때요?"

"납치된 기분이죠. 어떨 것 같습니까?"

신더는 손목을 초조하게 문질렀다. 사이보그 손을 인간의 손으로 보이게끔 마법을 쓰고 싶은 충동이 들었지만 참아야 했다. 그것은 멍청한 짓일 뿐더러, 레바나가 할 만한 짓이기도 하니까.

"푹 쉬고 개운해지지 않았을까 했는데요." 신더는 힘없이 미소를 지으며 농담을 건넸다. 그러나 카이토는 아무런 반응도 없었다. 웃음도, 옅은 미소도, 농담을 받아들이는 일말의 기미조차도 없었다. 신더는 입을 꾹 다물었다.

"우리 얘기 좀 하죠."

카이토의 말에 카스웰이 느리게 휘파람을 불었다.

"어휴, 그거 세상에서 가장 무서운 말인데."

"카스웰, 넌 이코한테 조종법이나 좀 가르쳐주지 그래?"

신더가 카스웰을 쏘아보며 그렇게 말하자, 크레스는 눈치껏 카스웰을 쿡 찔러서 문 밖으로 내보냈다.

"좋은 생각이야. 이코, 이리 와."

이코는 여전히 자기 몸을 껴안고 숨어 있었다. "폐하가 보고 있어?"

카이토는 눈썹을 치켜올렸다.

"아니." 신더가 말했다.

이코는 머뭇거렸다. "진짜야?"

신더는 카이토에게 벌컥 화를 냈다. "보지 말라잖아요!"

카이토는 천장을 올려다보았다. "미치겠군."

카이토가 팔짱을 끼고 등을 돌리고 나서야, 신더는 이코에게 손짓했다. "이제 됐어, 나와. 그…… 부분은 이따가 마저 고치자."

이코가 땋은 머리를 팔랑거리며 크레스와 카스웰을 따라 복도로 뛰어나갔다. 그러면서 카이토의 등에다 대고 소리쳤다. "폐하, 기체 안녕하신 모습을 뵈어서 너무 기뻐요!"

이코가 신더에게 두 손가락을 치켜세우며 응원을 전한 순간, 문이 닫히고 신더와 카이토는 단둘이 남았다.

60장

"나를 납치했다니 믿을 수 없군요!" 신더가 채 마음의 준비를 하기도 전에 카이토가 그녀를 마주보고 고함을 쳤다. "여긴 우주선입니다, 신더. 우주라고요!"

카이토가 한쪽 벽을 가리켰다. 사실 거긴 우주로 이어지는 바깥쪽 벽이 아니었지만 신더는 굳이 지적하지 않기로 했다.

"나는 우주에 있으면 안됩니다. 나는 나라를 다스려야 하는 사람입니다! 백성들에게 내가 필요하다고요! 지금 전쟁이 터지기 일보 직전입니다. 모르겠어요? '전쟁' 말이에요. 사람들이 '죽는'다고요. 나는 여기 틀어박혀서 당신이나 당신의 저 사회부적응자 일당이랑 어울릴 시간이 없단 말입니다. 당신이 레바나의 돌연변이 병사까지 데리고 있다는 거, 알기는 해요?"

"아, 울프요? 울프는 해로운 사람이 아니에요." 신더는 눈을 굴리면서 덧붙였다. "음, 가끔 해를 끼치긴 하지만……."

카이토는 신경질적인 웃음을 터뜨렸다. "이게 무슨…… 나는 도무지…… 대체 무슨 생각을 한 겁니까?"

"폐하를 위한 일이었어요."

신더는 반항적인 자세로 팔짱을 꼈다. 카이토는 전혀 고맙지 않은 표정으로 신더를 노려보았다.

"나를 지구로 돌려보내요."

"안 돼요."

"신더……."

카이토는 씩씩거렸다. 그러더니 잠시 생각에 잠겼다가, 아주 살짝 화를 가라앉히는 듯했다. 그 작은 변화만으로도 신더는 방어 태세가 허물어지는 느낌이 들었다. 갈비뼈가 이상하게 간질거리는 감각을 느끼며, 신더는 손톱을 팔꿈치에 대고 꾹 눌렀다.

"나는 당신이 이렇게까지 해야만 했던 까닭을 이해합니다. 그리고 기어이 성공하고야 만 당신의 능력을 존경해요. 그런 내가 이렇게 간청합니다. 제발, 신더. 나를 돌려보내주세요."

신더는 숨을 한껏 들이쉬었다. "안 돼요."

카이토의 부드러운 태도는 즉시 사라졌다. 그는 머리를 뒤로 젖히고 두 손으로 머리카락을 감싸쥐었다. 신더는 카이토의 저런 몸짓이 자신에게 무척 익숙하다는 걸 깨닫고 새삼 놀랐다.

"언제부터 이렇게 답답한 사람이 된 겁니까?"

신더는 부츠 앞코로 바닥을 직직 긁었다.

"좋다! 그럼 황제로서 명령한다. 나를 지구로 돌려보내라, 즉시!"

"카이…… 황제 폐하. 제가 루나인이라는 건 기억하시죠? 루나인에게는 동방연방의 시민권이 금지되어 있어요. 그러니…… 당신은 제 나라의 황제가 아니에요."

"이건 농담이 아니다."

카이토의 그 한마디가 놀라울 만큼 아프게 가슴을 찔렀다. 그리고 지난번에 황궁에서 말다툼을 벌였을 때처럼 분노가 화르륵 일어났다.

"제가 얼마나 심각하게 이 일을 하고 있는지 전혀 모르시는군요."

"심각하다고요? 당신이 벌인 짓으로 인해 어떤 결과가 초래될지 알기나 하는 겁니까?"

"네, 알아요. 이게 전쟁이라는 거. 더 많은 사람이 죽을 거라는 거. 하지만 선택의 여지가 없었어요."

"이 선택은 도망치는 거잖습니까! 아무것도 안 하고 숨는 것뿐이라고요! 신더, 나는 황제예요. 이건 내 의무이고 내가 책임질 일이라고요. 내가 처리하게 놔둬요."

"레바나랑 결혼하게 놔두라고요? 그게 처리하는 거예요?"

"그게 내 결정입니다."

"멍청한 결정이죠!"

카이토가 몸을 홱 돌리며 머리를 쥐어뜯었다. 결혼식을 위해 머리에 무슨 제품을 발랐는지는 몰라도, 손을 댈 때마다 평소보다 머리가 더 심하게 헝클어졌다. 그러자…… 더더욱 멋있어 보였다.

신더는 그런 생각이나 하고 있는 자기 자신에게 짜증이 났다. 카이토가 다시 신더를 마주보고 딱딱한 목소리로 말했다.

"설마…… 무슨…… 사소한 질투 때문에 이런 일을 벌인 건 아니겠죠? 그런 건 아니죠? 고작 내가 무도회에 초대했다는 이유로, 그리고 내가 엘리베이터에서 당신에게 그랬다는 이유로……."

"농담하시는 거죠? 정말로 저를 그렇게까지 얕잡아보신 거예요?"

"신더, 당신은 날 마취총으로 쐈잖아요. 그리고 납치를 했다고요. 솔직히 이걸 대체 어떻게 생각해야 할지 모르겠군요."

"음, 믿거나 말거나지만 이건 단지 당신 한 사람 때문에 한 일이 아니에요. 우리는 권력에 미친 당신의 약혼녀에게서 전 세계를 구할 작정이거든요. 레바나가 황후가 되게 놔둘 순 없어요. 레바나가 동방연방 전체를 주무르게 가만 놔둘 순 없단 말이에요. 하지만 아직은 시간이 필요해요."

"무슨 시간? 당신 때문에 레바나는 더 화가 나서 보복을 하려 들 겁니다. 이전보다 훨씬 악독하게요. 당신이 무슨 계획을 세웠는지 몰라도, 이 문제를 해결할 방법은 있는 겁니까? 아니면 일단 부딪쳐 보고 생각하는 겁니까?"

신더는 피가 끓어올랐다. 당연히 해결할 방법이 있다고 말하고 싶었다. 반드시 성공할 계획을 세워놓았다고, 레바나의 독재를 영원히 끝낼 보장이 있다고. 하지만 그런 보장 같은 건 없었다. 오로지 미래에 대한 실낱같은 희망, 그리고 절대로 지면 안 된다는 절박함뿐이었다. 신더는 힘겹게 침을 삼켰다. "레바나를 끝장낼 계획이 있긴 해요. 하지만 그 계획엔 당신의 도움이 필요해요."

카이토는 자기 콧마루를 손가락으로 눌렀다. "신더, 나도 레바나가 싫은 건 마찬가집니다. 하지만 지금 주도권을 가진 쪽은 레바나잖아요. 그쪽에는 엄청난 군대도 있고…… 2주 전에 지구인 1만 6000명이 학살당한 거? 그건 레바나에겐 그저 사소한 소규모 전투였어요. 레바나의 진면목에 비하면 애들 장난이었다고요! 게다가 레바나에게는 레투모시스 치료제가 있습니다. 우리에게 그게 얼마나 절실히 필요한지는 말 안 해도 잘 아시겠죠. 그러니까 나 역시 레바나를 황후로 맞는다는 건 생각만 해도 내 눈알을 뽑고 싶어질 만큼 싫지만, 어쩔 도리가 없다는 거예요."

신더는 부드럽게 반문했다. "눈알을 뽑는다고요? 레바나는 당신이 그렇게 하게 만들 수도 있을걸요. 아시죠?"

카이토의 표정이 어두워졌다. "당신도 마찬가지죠."

"카이토…… 아니, 폐하……."

"카이토라고 불러요. 상관없으니까."

신더는 입술을 다물었다. 부전승으로 이긴 듯한 기분이어서 기분이 좋진 않았다. "절 믿어주셔야 해요. 우린 레바나를 무찌를 수 있어요. 분명히."

"어떻게? 설령…… 만에 하나 이긴다고 칩시다. 레바나를 죽이기까지 했다고 치죠. 그렇다 해도 빈 왕좌를 차지하려 드는 마법사 패거리가 넘쳐날 게 아닙니까? 그들도 레바나보다 딱히 나은 인종은 아니던데요?"

"레바나를 대체할 새 여왕을 정하면 돼요. 사실…… 이미 정해둔 사람이 있어요."

카이토가 키득 웃었다. "아, 그렇군요. 그러면 루나인들이 네, 알겠습니다, 하고 선선히 추대…… 해줄……."

카이토는 눈을 휘둥그레 뜨더니, 얼굴에서 삽시간에 분노가 걷혔다. "……잠깐. 혹시……?"

신더는 시선을 떨구었다. 그러자 카이토가 한 발짝 가까이 다가왔다. "셀린 공주를 찾은 겁니까? 전부 그것 때문에 벌어진 일이었어요?"

신더는 너무 초조해서 주머니에서 펜치를 꺼내 만지작거리며 손장난을 쳤다. 그러지 않으면 몸속의 신경들이 파직파직 불똥을 튀길 것만 같았다. 그러고 보니 금속 손이 뻔히 드러나 있다는 게 기억났다. 그런데도 카이토는 대화 내내 그 손에 눈길 한 번 주지 않았다.

"신더?"

"……네, 맞아요. 찾았어요."

카이토가 화물칸을 가리켰다. "그 금발 여자분입니까?"

신더는 고개를 저었다.

"그럼 그 프랑스 여자분? 이름이 뭐더라……. 스칼렛인가 하는 분?"

"아뇨, 스칼렛 아니에요." 신더는 펜치를 힘껏 움켜쥐었다.

"그러면 어디 있죠? 이 우주선에 계시긴 한가요? 제가 만날 수 있습니까? 아니면 지구에 숨어 있는 겁니까?"

신더가 차마 입을 떼지 못하고 침묵하자, 카이토는 얼굴을 찌푸렸다. "왜 그래요? 공주님에게 무슨 문제가 있습니까?"

"우선 당신에게 묻고 싶은 게 있어요. 솔직히 대답해줬으면 좋겠어요."

카이토는 미심쩍은 듯 실눈을 떴다. 신더는 그 반응이 못내 서운했지만 내색하지 않고, 펜치를 잡은 손에서 힘을 풀며 입을 열었다.

"정말로 제가 당신을 세뇌했다고 생각하나요? 무도회 전에…… 우리가 처음 만났을 때부터 내내?"

카이토가 어깨를 축 늘어뜨렸다. "뭐예요? 지금 그런 얘기로 화제를 돌리려는 겁니까?"

신더는 이코를 수리하느라 늘어놓은 연장들을 정리하면서 손을 바쁘게 놀렸다. "제겐 중요한 문제예요. 만약 당신이 그렇게 생각했더라도 이해할게요. 제가 어떻게 보였을지는 알고 있으니까요."

카이토는 셔츠에 두른 장식띠를 만지작거리다가 아예 벗어버리고는 손으로 둘둘 말아 쥐었다. "글쎄요, 잘 모르겠군요. 마법이라고 믿고 싶지는 않지만, 혹시나 하는 마음을 떨칠 순 없었어요. 당신이 넘어졌을 때 보였던 그 환상만 해도……. 신더, 당신의 마법이 만든 외모가 얼마나 아름다운지 알기는 합니까?"

신더는 움츠러들었다. 저 말은 칭찬이 아니었다. 당시에 카이토는 신더의 환상을 '보기 괴롭다'라고 표현했으니까. 신더는 자석판의 지정된 자리에 연장을 붙이는 데 신경을 집중하면서 겨우 대답했다. "아뇨, 저한텐 안 보이니까요."

"그건 말이죠……. 음, 아무튼 감당하기엔 너무 벅찰 정도였어요. 하지만 세뇌당한 건지 아닌지는 긴가민가했죠. 나는 레바나에게 여러 번 조종당해봤고, 그 느낌이 어떤 건지 압니다. 그런데 당신에게 그런 느낌을 받은 적은 없었거든요."

신더가 마지막 하나 남은 연장을 자석판에 붙이는 동안 카이토는 한마디를 덧붙였다. "물론 언론에서는 제가 세뇌당한 거라고 믿고 싶어 하죠. 그래야 편리하니까."

신더는 마침내 그를 돌아보고 대꾸했다. "그렇겠죠. 그래야 당신이 무도회에 사이보그를 초대한 행동이 납득될 테니까요."

카이토가 눈을 깜빡였다. "네? 그게 아니라 무도회에 루나인을 초대한 행동 말이에요."

신더는 지난 몇 주 동안 속에 맺혀 있던 앙금이 조금 풀어지는 기분이었다. "어쨌든 간에…… 저는 한 번도 당신을 조종한 적 없어요. 앞으로도 그러지 않을 거고요."

신더는 머뭇거렸다. 사실 그 약속을 지킬 수 있을지 자신 없었다. 만약 카이토가 신더를 돕지 않겠다고 계속 고집을 부린다면, 그때는 부득불 마법을 써야 할지도 모르는 일이었다.

"그리고 저는 제가 사이보그라는 것도 말하려고 했어요. 적어도 두 번쯤은 진지하게 고민했어요."

카이토가 고개를 설레설레 젓는 걸 보고 신더는 숨을 죽였다.

"아뇨, 지난번에 당신이 한 말이 맞습니다. 당신이 그 사실을 밝혔더라면 나는 아마 다시는 당신을 만나지 않으려고 했겠죠."

카이토는 손 안에 구겨져 있는 장식띠를 물끄러미 내려다보며 말을 이었다. "하지만 지금의 나라면 다르게 행동했을 것 같군요."

카이토가 신더와 눈을 마주했다. 그의 귀가 붉게 달아올라 있었고, 입가에는 엷은 미소마저 떠올랐다. 신더가 그리워했던 바로 그 미소였다. 하지만 얼마 못 가 사라져버렸다.

"신더, 내 말 들어요. 솔직히 나도 지금은 결혼하지 않았다는 게 기쁘긴 해요. 하지만 이건 엄청난 실수입니다. 레바나의 화를 돋울 순 없어요. 당신의 계획이 뭔지는 몰라도 거기서 나는 빼줘야 합니다."

"안 돼요. 당신이 꼭 도와줘야 해요."

카이토는 한숨을 쉬었다. 숨소리가 떨리는 걸 보니, 마음이 흔들리고 있는 것 같았다. "셀린 공주가 레바나를 퇴위시킬 수 있다고 생각합니까?"

신더는 볼 안쪽의 살을 깨물면서 고개를 끄덕였다. "네."

"그렇다면 공주가 빨리 나서줬으면 좋겠군요."

신더는 두 손을 옆구리에 내리뜨렸다. 부담감으로 가슴이 답답해졌다. "카이토, 셀린 공주는 당신이 기대하는 그런 사람이 아닐 수도 있어요. 실망하지 않았으면 좋겠어요. 당신이 공주를 찾으려고 얼마나 노력했는지 아니까……."

"왜요? 뭔가 잘못됐나요?"

신더는 몸을 움츠리면서 두 손을 깍지 꼈다. 금속 표면과 부드러운 피부가 만났다. "음…… 공주는 화재에서 구사일생으로 구출됐잖아요. 몸이 불타서 많이 망가졌어요. 손이랑 발도 일부 없어졌고, 피부도 녹아버려서 이식해야 했고…… 그래서…… 상태가 온전하지 못해요."

카이토가 미간을 찡그렸다. "무슨 뜻입니까? 공주가 혼수상태인가요?"

"한때는 그랬는데, 지금은 정신을 차렸어요. 하지만…… 사이보그예요."

신더는 카이토의 반응을 각오하며 마음을 단단히 먹었다. 하지만 카이토는 눈을 휘둥그레 뜨더니, 신더를 제대로 마주보지 못하겠다는 듯이 시선을 주변으로 미끄러뜨릴 뿐이었다.

"그렇군요." 카이토가 천천히 신더의 눈을 돌아보았다. "그래도…… 건강하게 잘 지내시는 거죠?"

그 질문에 허를 찔린 신더는 웃음을 터뜨릴 수밖에 없었다. "아, 그럼요. 아주 잘 지내죠. 음, 전 세계의 절반은 그분을 죽이려 하고 또 절반은 그분을 루나의 왕좌에 올려버리려고 애쓰고 있긴 하지만, 뭐 괜찮아요. 공주님은 그런 상황이 딱 맘에 든대요. 그래서 자긴 무진장 행복하대요."

카이토는 신더의 정신 상태를 의심하는 듯한 눈초리로 쳐다보았다. "뭐라고요?"

신더는 눈을 질끈 감고 마음속에서 치미는 공포를 억눌렀다. 그리고 두 손을 쫙 펼치고서 우물쭈물 눈을 떴다.

신더는 천장을 올려다보았다.

심호흡을 했다.

그리고 카이토를 마주보고 입을 열었다.

"카이토, 저예요. 제가 셀린 공주예요."

C
R
E
S
S

61장

카이토는 얼토당토않은 소리를 들었다는 듯 어리둥절한 표정을 지었다. 손에 쥔 장식띠가 스르르 흘러내려 바닥에 떨어졌다.

둘 사이의 침묵이 슬슬 어색해지자 신더는 헛기침을 했다. "혹시나 해서 말씀드리는데, 아까 '무진장 행복'하다고 말했던 건 농담이에요. 그러니까…… 제 말은, 당신은 이미 걱정거리가 많은 분이니까, 제 걱정까지 할 필요는…… 음…… 전 정말 괜찮아요. 그냥 지난 몇 주 동안……."

신더는 설명할 말을 찾지 못하고 손으로 허공을 휘저었다. "피어니, 무도회, 레바나, 결혼식 기타 등등으로 정신없이 시달렸거든요. 그리고 이제 얼랜드 박사님은 돌아가셨고 스칼렛은 납치됐고 카스웰은 실명했고 울프는…… 울프는 뭐라고 해야 하지? 걔는 요새 엄청나게 조용해요. 슬슬 심각하게 걱정되긴 해요. 하지만 제가 잘 다독여줬어요. 어떻게든 이겨내게 해줄 거예요. 내가……."

"그만. 그만 말해요."

신더는 입을 다물었다. 또 침묵이 흘렀다.

신더가 입을 열려 하자 카이토가 손을 들어 제지했다. 신더는 다시 입술을 깨물었다.

"당신이었어요? 당신이 셀린 공주였어요?"

신더는 얼굴을 찌푸리며 손목을 문질렀다. "놀랐죠?"

"지금껏 내내 당신이 공주였다고요?"

신더는 카이토가 자신을 보는 시선이 갑자기 불편해져서 고개를 숙였다. "음, 그야 그렇죠. 어느 날 갑자기 공주가 된 건 아니니까요. 하지만 그걸 먼저 안 사람은 얼랜드 박사님이었어요. 사이보그 징집으로 연구소에 오자, 박사님이 제 DNA를 검사하고는……. 네, 뭐 그렇게요. 하지만 그때까지도 저는 몰랐어요. 제가 교도소에 갇힌 다음에야 박사님이 말해줬거든요. 그래서 일이 좀 꼬였죠."

카이토는 폭소를 터뜨렸다. 비웃으려는 의도는 전혀 아닌 것 같았다. 그는 떨리는 숨을 들이쉬더니 손바닥으로 눈을 꾹꾹 눌렀다. 그리고 충격을 금세 털어내고, 이제야 이해가 된다는 듯한 어조로 말했다. "아, 맙소사. 레바나가 아는 거군요. 그렇죠? 그래서 레바나가 당신을 그렇게 미워하는 거겠죠. 그래서 당신을 찾아내려고 아득바득 벼르는 거였어."

"네, 맞아요."

"그런데 그게 당신이었다니. 그동안 내내 내가 찾던 공주가 바로 당신이었다니……."

"제가 생각했던 것보다 잘 납득해주시네요."

카이토는 손으로 얼굴을 문질렀다. "납득이 갈 수밖에요. 아귀가 들어맞으니까요. 그런데…… 어쩐지, 나는 공주가 꼭…… 드레스를 입고 있을 거라고 상상했어요. 왠진 몰라도."

신더는 피식 웃었다.

"그리고 공주를 찾아내기만 하면 모든 일이 간단히 풀릴 줄 알았어요. 뭐라고 할까……. 그냥 공주를 세상 앞에 보여주고 진정한 여왕이라고 선포하면, 레바나가 알아서 꽁무니를 뺄 줄 알았다고 할까요. 레바나가 이미 알고 있을 줄은 상상도 못 했습니다. 더군다나 공주와 맞서 싸우려고 할 줄은."

신더는 눈썹을 구부렸다. "당신은 자기 약혼녀가 어떤 사람인지 잘 모르는 것 같네요."

카이토가 신더를 쏘아보았다. "제 말이 그 말입니다. 신더, 이젠 내게 아무것도 숨기지 마세요. 이 이상의 충격적인 비밀은 제가 감당할 자신이 없습니다. 비밀이 있다면 다 털어놔요. 지금 당장."

신더는 몸을 까닥거리며 생각에 잠겼다. 사이보그, 루나인, 공주. 그 이상 비밀은 없었다. 그 밖에 카이토에게 숨긴 것은 없다.

글쎄, 한 가지 정도는 있을까? 어쩌면 자신이 카이토를 사랑하는지도 모른다는 것.

하지만 그것만은 절대로 말할 수 없었다.

"나, 눈물을 흘리지 못해요."

신더는 어깨를 구부리며 속삭였다. 그러자 카이토는 눈을 깜빡이더니 귀를 긁적이며 시선을 돌렸다.

"그건 이미 알아요."

"네? 어떻게요?"

"당신의 후견인에게 들었습니다. 그리고…… 당신의 의료 기록을 보기도 했고요."

신더는 눈을 휘둥그레 떴다. "의료…… 당신이 그걸 봤다고요……? 그래서 알았다고요?"

"당신은 수배 대상이었으니까요. 당신의 정보를 상세히 알아야 할 필요가 있어서……. 미안해요."

신더는 눈을 질끈 감았다. 사이보그 개조 부위들이 고스란히 나타난 자기 신체의 홀로그램을 본 적 있었다. 전선, 인조 조직, 금속판. 생각만 해도 속이 메슥거렸다. 다른 사람이 그걸 봤다면, 카이토가 그걸 봤다면 무슨 생각을 했을지 상상도 할 수 없었다.

"아녜요. 괜찮아요. 아무것도 숨기지 않을게요."

카이토가 한 걸음 앞으로 다가왔다. "그럼 당신의 눈은……? 정말로……."

"네 인조예요." 신더는 중얼거렸다.

"그래서 울지 못하는 건가요?"

카이토가 두 발짝도 안 되는 거리에 다가서 있는데도, 신더는 차마 눈을 들지 못하고 고개만 주억거렸다.

"제 눈은 젖어 있어야 할 필요가 없으니까요. 그리고 누관이 있으면 방해가 돼서…… 음……." 신더는 관자놀이를 손가락으로 두들겼다. "제 망막에 스캐너랑 디스플레이가 있어요. 조그마한 넷스크린 같은 거예요. 그래서 전선이 무지 많이 달려 있……. 아아, 맙소사. 당신에게 이런 얘길 하게 될 줄이야……."

신더는 두 손에 얼굴을 파묻었다.

"괜찮아요. 오히려 멋진데요."

신더는 갑자기 터져나온 웃음에 사레가 들릴 뻔했다. 카이토가 신더의 손목에 손을 뻗었다.

"내가 봐도 될까요?"

신더는 신음을 흘렸다. 홍조를 띨 수 있는 보통 인간이었더라면, 지금쯤 신더의 얼굴은 카이토의 장식띠처럼 새빨갛게 달아올랐을 것이다. 신더는 마지못해 부끄러움을 삼키고 얼굴을 가렸던 손을 거뒀다. 그리고 카이토의 눈을 힘겹게 마주보았다. 그는 신더의 머릿속에 들어 있는 제어판까지 꿰뚫어볼 듯 빤히 쳐다보더니, 이윽고 고개를 저었다.

"이렇게 봐서는 전혀 모르겠는데요."

신더는 천장을 올려다보며 마음을 다잡았다. 이제 와서 뭘 보여주든 달라질 건 없다. 어차피 자신이 정상적인 인간이라고 카이토를 속일 수는 없을 테니까.

"제 왼쪽 눈동자의 홍채 아랫부분을 보세요."

신더는 망막 디스플레이에 네트워크 방송을 띄웠다. 신베이징에 가기 전부터 내내 보고 있던 아프리카연합 쪽의 방송이었다. 앵커가 뭐라고 말하고 있었지만, 오디오를 켜지 않아서 무슨 말인지 들리진 않았다. 카이토가 신더의 왼쪽 눈을 들여다보며 고개를 기울이더니 입을 벌렸다.

"어, 저기……."

"그게 뉴스 화면이에요."

"엄청 작군요. 그냥 점처럼 보이는데요."

"저한텐 아주 크게 보여요."

등줄기에 스멀거리는 느낌이 들었다. 카이토는 어린아이처럼 천진한 경이감에 휩싸인 눈빛으로 자신을 바라보았다. 더군다나 신더의 손목을 잡고서, 얼굴을 바싹 마주하고서.

카이토도 그 사실을 깨달았는지 문득 표정이 변했다. 이제 그는 신더의 망막 디스플레이나 인조 안구를 보고 있지 않았다. 카이토는 '신더'를 보고 있었다.

심장이 마구 날뛰었다.

카이토가 혀로 입술을 적시고는 입을 열었다. "경찰에 쫓기게 해서 미안해요. 하지만 당신이 무사해서 정말로 기쁩니다."

"정말요? 제가 밉지 않으세요? 당신을…… 총으로 쐈는데요."

카이토가 입술을 실룩거리더니 아래를 내려다보았다. 그리고 신더의 사이보그 손을 잡아들고서 손가락들을 유심히 살펴보았다. "의료 기록상에는 손가락에 총이 들어 있다는 내용은 없었는데. 그걸 보안요원들이 알았더라면 더 단단히 대비를 했겠죠."

"저는 신비주의 전략이 좋아요."

"그런 것 같았습니다."

신더는 카이토의 엄지가 자신의 손가락을 훑는 것을 내려다보았다. 숨이 잘 쉬어지지 않았다. 손끝조차 꼼짝할 수 없었다. 신더는 조그맣게 소곤거렸다. "이 손은 새로 생긴 거예요."

"매우 정교한 것 같군요." 카이토도 목소리를 낮췄다.

"겉면은 100퍼센트 티타늄이에요." 신더는 자기가 이런 말을 왜 하는지 몰랐다. 아니, 자기가 무슨 말을 하는지도 몰랐다.

카이토가 고개 숙여 신더의 손마디에 입을 맞췄다. 손등에 신경 말단이 없는데도 그 입맞춤에 팔 전체에 전율이 흐르는 것 같았다.

"신더."

"네?"

카이토가 시선을 들었다. "혹시 지금 마법 쓰고 있는 거 아니죠?"

"아니에요."

"그냥 확인해봤어요." 그러더니 신더의 허리를 안고 키스했다.

신더는 숨을 헉 들이켜고 카이토의 가슴을 손으로 밀었다. 그러자 카이토는 그녀를 더 꽉 끌어당겼다.

체내의 시스템에 흐르는 새로운 화학물질들이 망막 디스플레이에 나열되었다.

도파민과 엔돌핀 상승, 코티솔 감소, 맥박 불규칙, 혈압 상승……

신더는 카이토의 품에 기대면서 그 메시지들을 꺼버렸다. 그리고 머뭇머뭇 그의 어깨로 손을 옮겨가다가 목을 어루만졌다.

그런데 문득 망막 디스플레이에 주의가 쏠렸다. 닫힌 눈꺼풀 안의 어둠 속에서 빛나는 뉴스 화면이 성가시게 신경이 쓰였다. 그런데 그 화면에 흘러가는 문구가…….

파라프라

루나인들

대학살

신더는 눈을 퍼뜩 뜨고 뒤로 물러났다. 카이토가 흠칫 놀라서 신더를 쳐다보았다.

"왜······."

"미안해요."

신더는 진저리를 치면서 뉴스 방송에 집중했다. 공포에 사로잡힌 채 뉴스에 초점을 고정하고 있는데, 카이토가 헛기침을 하더니 무거운 음성으로 말했다.

"아뇨, 내가 미안해요. 그러지 말았어야······."

신더는 카이토가 물러나기 전에 부리나케 그의 셔츠 자락을 붙잡았다. "그게 아니에요! 레바나····· 레바나가······."

카이토의 얼굴이 싸늘하게 굳었다.

"······보복했어요. 레바나가 습격을······."

신더는 욕을 뇌까리며 카이토를 잡았던 손을 떼어냈다. 그리고 얼굴을 가린 채 뉴스를 지켜보았다. 약 두 시간 전에 루나인 병사들이 파라프라에 쳐들어와 민간인들뿐만 아니라 그들을 심문하기 위해 주둔하던 동방연방 군인들까지도 가차 없이 학살했다고 했다. 그러고는 순식간에 사막으로 사라졌다고 했다.

자료 사진들이 화면에 나타났다. 선혈이 낭자했다. 온 동네가 피투성이였다.

"신더! 어디죠? 어디가 습격당한 겁니까?"

"아프리카요." 신더는 침을 꿀꺽 삼키고 말을 이었다. "제 일행을 도와줬던····· 젠장."

그 순간 이성의 끈이 뚝 끊어졌다. 신더는 고함을 치며 스패너 하나를 집어 벽 쪽으로 내던졌다. 스패너가 바닥에 딸그랑 떨어졌다. 신더는 드라이버를 집어들어 또 던지려고 했다. 그러자 카이토가 재빨리 그걸 빼앗고는 섬뜩하도록 차분한 어조로 물었다.

"레바나가 무언가를 요구했다고 합니까?"

신더는 주먹을 틀어쥐었다. "모르겠어요. 주민들이 모두 죽었다는 것만 알아요. 나 때문에. 나를 도왔기 때문에."

신더는 머리를 두 팔로 감싸고 웅크렸다. 온몸이 분노로 불타올랐다. 레바나에 대한 분노도 있었다. 하지만 무엇보다도 자기 자신에게 넌더리가 났다. 이건 결국 자신이 내린 결정이었다. 이런 일이 일어날 줄 뻔히 알면서도 파라프라의 주민들을 희생시키기로 결정한 건 신더 자신이었다.

"신더."

"내 잘못이에요."

카이토가 신더의 등에 손을 얹었다. "당신이 죽인 게 아닙니다."

"제가 죽인 거나 마찬가지예요."

"주민들은 어떤 위험이 닥칠지 알면서도 당신을 도운 거예요."

신더는 카이토에게서 고개를 홱 돌렸다.

"그들은 당신을 믿었기 때문에 그런 선택을 한 겁니다. 그 위험을 감수할 만한 가치가 있다고 믿었기 때문에."

"그걸 지금 위로라고 하는 말이에요?"

"신더……."

"비밀 하나 더 말해줄까요? 내 가장 큰 비밀?" 신더는 망가진 인형처럼 두 다리를 뻗었다. "난 무서워요, 카이토. 너무 무섭다고요."

말하고 나면 기분이 나아질 줄 알았는데 오히려 스스로가 초라하고 나약해진 느낌이 들었다. 신더는 두 팔로 몸을 감쌌다. "레바나가 무서워요. 레바나의 군대가 무서워요. 레바나가 할 짓이 무서워……. 그런데 사람들은 모두 내가 강하고 용감한 사람이길 기대해요. 나는 내가 뭘 하고 있는지도 모르겠는데. 레바나를 어떻게 퇴위시켜야 할지도 모르겠고, 만약 성공한다 해도 여왕이 돼서 나라를 다스리는 법 같은 건…….. 나는…… 내게 의지하는 사람들이 세상에 너무 많아요. 내게 의지하는지도 모른 채 의지하는 사람들이 수두룩하다고요! 그런데 내가 단지 그 사람들을 도울 수 있다는, 구할 수 있다는 터무니없는 공상에 빠져 있는 것뿐이면 어떡해요? 그런 나 때문에 그 사람들이 죽어가는 거라면? 그런데 내가 구해주지 못하면?"

관자놀이가 지끈거리며 두통이 일었다. 울어야 한다는 신호였다. 신더가 사이보그가 아니었다면.

카이토가 신더를 감싸안았다.

신더는 카이토의 실크 셔츠에 얼굴을 기댔다. 알싸한 향기가 났다. 아주 엷은 비누 냄새도 느껴졌다.

"당신 기분이 어떤지 잘 알아요."

신더는 눈을 감았다. "아닐걸요."

"나 역시 비슷한 입장이라고 생각합니다."

신더는 고개를 저었다. "아뇨, 당신은 이해 못 해요. 내가 무엇보다도 무서운 건…… 레바나와 싸우면 싸울수록, 내가 점점 강해질수록, 내가 레바나와 닮아간다는 점이에요."

카이토가 몸을 약간 뒤로 젖히고 신더의 얼굴을 마주보았다. "아뇨, 당신은 레바나가 아닙니다."

"과연 그럴까요? 오늘 하루만 해도 나는 수많은 사람을 조종했어요. 당신의 고문관도, 경비병들도, 울프도……. 그…… 그리고 프랑스에서 경찰관을 죽이기도 했고……, 앞으로도 필요하다면 더 많

은 사람을, 당신 나라의 군인들을 계속 죽여나가겠죠. 별다른 악감
정도 없으면서! 항상 정당화할 명분이야 있죠. 대의를 위한 거라고,
희생은 감수할 수밖에 없다고. 게다가 거울 말이에요, 그거…… 그
냥 거울인데도, 거울일 뿐인데도, 나 이제 레바나가 이해돼요. 레
바나가 그걸 왜 그렇게 싫어하는지 이해가 된단 말이에요. 게다
가……." 신더는 몸을 덜덜 떨었다. "오늘 레바나의 마법사 한 명을
고문했어요. 단순히 조종한 게 아니에요. 고문했다고요! 게다가 거
의 즐기기까지 했고요!"

"신더, 나를 봐요." 카이토가 신더의 얼굴을 감싸 들어올렸다. "겁
에 질려 있다는 건 알아요. 충분히 그럴 만해요. 하지만 당신은 레
바나 여왕이 아닙니다. 앞으로도 아닐 거예요."

"그걸 어떻게 알아요?"

"나는 알아요."

"레바나는 제 이모예요. 아시잖아요."

카이토가 신더의 머리카락을 쓸어넘겨주었다. "그렇게 치면 제
조부님은 사이보그 보호법을 제정하신 분입니다. 그런데 나는 여기
있죠."

신더는 입술을 깨물었다. 카이토는 여기 있다. 신더도 지금 이곳
에 있었다.

"당신이 레바나의 친척이란 말은 꺼내지 맙시다. 나는 원칙적으
로 아직 레바나와 약혼한 사이잖아요? 약혼녀의 조카랑 이러고 있
다고 생각하면 기분 엄청 이상해요."

신더는 기진맥진하면서도 피식 웃음을 흘릴 수밖에 없었다. 비명
을 내지르고 싶은 충동을 삼키기 위해서라도. 카이토가 다시 신더

를 꼭 부둥켜안았다. 두통이 점차 잦아들면서 카이토의 강인한 심장박동이 느껴졌다. 그의 품 안에 파묻혀 있으니 자신이 연약한 아가씨가 된 기분이었다.

가냘픈 아가씨. 안전하게 보호받는 아가씨.

또는 왕자의 품에 안긴 공주.

"제가 한 얘기, 아무한테도 말하면 안 돼요. 알았죠?" 신더가 웅얼거렸다.

"말 안 할 거예요."

"만약 제가 형편없는 공주가 되면요?"

카이토가 어깨를 으쓱했다. "루나의 백성들에게 필요한 건 공주가 아니에요. 혁명가죠."

신더는 미간을 모으고 그 말을 되뇌었다. "혁명가."

그건 '공주'라는 단어보다 훨씬 마음에 들었다.

그때 격납고 문이 윙 열렸다.

두 사람은 화들짝 놀라 서로에게서 떨어졌다. 카이토가 황급히 일어섰다. 문간에는 크레스가 얼굴이 빨개진 채 숨을 헐떡이며 서 있었다.

"미안해요. 하지만 방금 뉴스에서…… 레바나가……."

"알아. 파라프라 소식."

신더는 애써 몸을 가누며 일어났다. 크레스는 아연한 눈빛으로 신더를 바라보며 머리를 흔들었다.

"파라프라뿐만이 아니야. 루나의 비행선들이 지구 전체를, 모든 대륙을 덮치고 있어. 수천 명의 병사가 도시를 침공하고 있다고. 그 병사들은……." 크레스가 몸서리 치면서 문틀을 움켜쥐었다. "예전

의 그 특수첩보원들이 아니야. 짐승 같은 병사들이야. 완전히 포식
동물 같아."

"지구 측은 어떻게 대응하고 있습니까? 방어를 하고 있나요?" 카
이토가 어느새 군주의 태도를 갖추고 엄숙한 음성으로 말했다.

"노력은 하고 있어요. 6개국 전체가 전쟁을 선포하고, 대피령을
내리고 군대를 결집……."

"6개국이 전부?"

크레스는 이마에 흩어진 머리카락을 쓸어넘겼다. "콘 토린 고문
관이 동방연방의 임시 지도자 역할을 맡았어요……. 폐하께서 돌아
오실 때까지요."

묵직한 침묵이 신더의 가슴을 내리눌렀다. 카이토가 자신을 돌아
보는 시선이 느껴졌다. 그 눈빛을 보지 않고도 카이토의 무거운 감
정을 헤아릴 수 있었다.

"이제 당신이 세운 작전을 말해줄 때인 것 같군요."

신더는 주먹을 꽉 말아쥐었다. 카이토를 납치하는 작전이 성공할
가망이 너무나 적어 보였기에 다음 단계를 생각해두긴 했어도 깊이
고려하지는 못했다. 하루나 이틀쯤은 쉴 수 있기를 바랐지만 그런
여유를 부릴 틈은 없었다. 전쟁은 시작되었다.

"아까 루나의 백성들에게 혁명가가 필요하다고 하셨죠." 신더는
턱을 치켜들고 카이토를 마주보았다. "나는 루나로 가서 혁명을 일
으키겠어요."

인공위성에 갇힌 라푼젤

'루나 크로니클' 시리즈도 어느덧 3부에 이르렀다. 신데렐라와 빨간 모자에 이어, 마리사 마이어가 세 번째로 독자들에게 선보이는 히로인은 라푼젤이다. 작가는 언제나처럼 기상천외한 상상력을 동원해 SF 판타지의 세계로 라푼젤을 환생시킨다. 탑이 아닌 인공위성에 갇히고, 마녀가 아니라 달 왕국 마법사의 손에서 자라며, 노래만 부르며 시간을 보내는 게 아니라 전 세계 각국 정부의 기밀을 염탐하는 천재 해커 라푼젤.

하지만 '크레스'라는 이름의 이 라푼젤의 가장 독특한 매력은 따로 있는 것 같다. 그건 바로 크레스가 라푼젤이 되기를 꿈꾸는 라푼젤이라는 점이다. 크레스는 어렸을 때부터 외롭게 갇혀 살았기에 상상력이 넘치는 소녀가 되었고, 오페라와 드라마와 소설을 삶의 낙이자 도피처로 삼는다. 그리고 언젠가 근사한 영웅에게 구출되어 낭만적인 사랑에 빠지는 것을 꿈꾼다. 동화 속에서 비롯된 캐릭터가 동화 같은 사랑을 꿈꾸는 셈이다. 크레스의 꿈은 과연 이루어질 수 있을까?

자연히 《크레스》의 주요 시나리오는 크레스의 상상 속 사랑이 현실에서 어떻게 풀려나갈지에 초점을 맞춘다. 그러므로 왕자가 라푼젤과 약속한 탈출에 실패하고 탑에서 추락하는 부분은 본래 동화에서는 클라이맥스였으나, 《크레스》에서는 모든 일의 시작에 해당한다. 인공위성에서 지구로 추락하고, 카스웰의 눈이 멀고, 광활한 사막 한가운데에서 조난되면서부터 비로소 진짜 이야기는 시작된다. 왕자님에게 구출되어 영원히 행복하게 살고 싶은 크레스의 꿈을 산산조각 내려는 듯이, 이렇게 험난한 시련에 맞닥뜨리고서도 그런 순진한 꿈을 계속 꿀 수 있겠냐고 묻듯이, 이 이야기는 히로인을 가혹한 현실로 밀쳐버린다.

나는 카스웰을 짝사랑하는 크레스의 여정을 번역하면서 내내 조마조마하고 애틋한 심정이었다. 신더나 스칼렛과는 달리, 크레스는 자신이 좋아하는 사람의 애정을 곧바로 돌려받지 못한다. 바람둥이인 카스웰은 크레스의 마음을 받아주지도 않을 거면서 야속하게 아름다운 미소를 지으며 애만 태우는 '나쁜 남자'다.

마리사 마이어는 언젠가 인터뷰에서, '루나 크로니클'의 캐릭터 중에서 자신과 가장 닮은 캐릭터를 꼽으라면 크레스일 것이라고 말한 적이 있었다. 동화와 로맨스에 대한 애정으로 이런 소설까지 쓰게 된 작가이니만큼 크레스를 분신으로 여기는 것도 당연하겠다 싶다. 하지만 작가뿐만이 아니다. 책을 좋아하고 공상을 사랑하는 수많은 소녀들에게, 그리고 그런 시절을 믿고 자라서 어른이 된 모든 독자들에게, 크레스는 사랑스러운 분신 같은 존재일지도 모른다. 삶은 책처럼 낭만적이지 않고, 사랑은 꿈꿨던 것처럼 달콤하지만은 않다는 것을 깨달으면서부터 우리는 사랑을 믿지 않게 되기도 한다. 나는 크레스가 그렇게 되지 않기를 바라며 응원을 보냈다. 크레스의 사랑이 이루어지기를, 아니, 크레스가 사랑을 스스로 이루어내기를 바랐다.

결과적으로, 크레스는 '죽어도 여한이 없을 만큼 멋진 키스'를 하게 된다.

마리사 마이어가 동화를 플롯에 엮어나가는 솜씨는 이제 경이로울 정도다. 《신더》나 《스칼렛》보다 훨씬 많은 캐릭터와 에피소드를 소화하는 《크레스》는 분량도 압도적으로 길지만, 그 긴 이야기가 한 순간도 지루하지 않을 만큼 흥미진진하게 굴러간다. 곳곳에 숨어 있는 동화 속 요소들을 엿보는 재미도 쏠쏠하다. 라푼젤의 어머니와 아버지가 마녀에게 아기를 빼앗겼던 것, 마녀가 키우던 채소를 도둑맞았던 것, 라푼젤이 마녀를 자신의 탑으로 들이기 위해 머리카락을 드리내리는 것 등이 《크레스》에서 어떤 방식으로 절묘하게 형상화되는지 찾아내다 보면 거듭 감탄하게 된다.

《신더》에서부터 이어지는 신데렐라 이야기도 놓칠 수 없다. 카이토 황제는 드디어 사이보그 발 한 짝의 주인을 찾아낸다. 그런데 정확히 말하면, 카이토가 신더를 찾아내는 것이 아니라 오히려 신더가 카이토에게 '쳐들어간다'. 《크레스》의 또 다른 주요 시나리오는 신더가 카이토의 결혼식장에 난입해 "이 결혼은 무효요!"를 외치고 신랑을 납치하는 이야기이기도 하다. 왕자를 라이벌에게서 빼앗아버리는 신데렐라라니, 이보다 매력적인 신데렐라가 또 있을까? 신더는 어떻게 보면 '눈의 여왕'의 겔다처럼 보이기도 한다. 카이토의 이름이 '카이'와 연결되기에 더더욱 그럴 것이다. 냉혹한 눈의 여왕에게 붙잡힌 카이를 구하러 떠난 겔다처럼, 신더는 카이토를 레바나에게서 구하기 위해 죽음의 위험을 무릅쓰고 신베이징의 황궁으로 돌아간다.

'루나 크로니클'의 세계관은 더욱 깊고 복잡하고 암울해졌다. 신더는 자아 정체성의 갈등을 넘어서서, 수많은 사람들의 삶을 책임져야 하는 지도자로서 세상의 미래를 고민하기 시작한다. 자신 때문에 무고한 시민들이 죽고 동료를 잃는 경험을 거치면서 신더는 몰라보게 성숙해진다. 한 소녀의 어깨에 너무나 많은 짐을 짊어진 것이 안타깝지만, 마지막 4부 《윈터》에서 신더가 루나의 혁명을 일으킬 활약상이 기대된다. 마리사 마이어가 선보일 매력적인 백설공주 역시.

2014년 가을
김지현

크레스

초판 1쇄 발행 2014년 11월 7일
초판 9쇄 발행 2022년 12월 1일

지은이 마리사 마이어
옮긴이 김지현
펴낸이 신경렬

상무 강용구
기획편집부 최장욱
마케팅 박수진
디자인 박현경
경영기획 김정숙 김태희
제작 유수경

펴낸곳 (주)더난콘텐츠그룹
출판등록 2011년 6월 2일 제2011-000158호
주소 04043 서울시 마포구 양화로12길 16, 7층(서교동, 더난빌딩)
전화 (02)325-2525 | **팩스** (02)325-9007
이메일 longest@thenanbiz.com | **홈페이지** www.thenanbiz.com
ISBN 979-11-85051-75-8 03840